길상문연화루

上

옛사람은 돌아오고

Jixiang Wen Lianhua Lou
by Teng Ping

길상문연화루

吉祥紋蓮花樓 — 옛사람은 돌아오고

上

텅핑 장편소설

허유영 옮김

문학동네

일러두기

1. 주석은 모두 옮긴이주다.
2. 장편 문학작품은 『 』, 단편·시는 「 」, 노래·희곡 등은 〈 〉로 구분했다.

차례
上

○ 주요 등장인물 ○

이연화李蓮花

길상문연화루의 주인. 강호의 명의로 알려졌지만
사실 의술에 대해서는 전혀 모른다. 온화하고 선량한 성격으로
지혜롭지만 겉으로는 어수룩한 척한다.

방다병方多病

무림의 명문인 방씨 가문의 대공자이자 이연화의 친구.
감성적이고 섬세한 성격의 소유자다.

이상이李相夷

사교邪教인 금원맹金鴛盟에 대항하기 위해
형당刑堂 '불피백석佛彼白石'을 세운 사고문四顧門의 문주.
십 년 전, 금원맹과의 결투중 종적을 감춘다.

적비성笛飛聲

금원맹의 맹주이자 이상이의 숙적.

기한불紀漢佛

이상이의 사제. '불피백석'이라는 명칭은 기한불을 비롯해
이상이의 사제 출신인 운피구, 백강순, 석수 네 사람의 이름에서
따온 것이다.

운피구雲彼丘

사고문에서 전략과 계책을 건의했던 참모.

백강순白江鶉

사고문에서 인맥 관리를 담당하고 있다.
둥근 얼굴에 두툼한 입술, 살집 있는 체격의 외모가 돋보인다.

석수石水

사고문의 막내. 거무튀튀한 얼굴에
괴이한 목소리를 지녀 섬뜩한 분위기를 자아낸다.

제1장

푸른 창의 살인귀

상주성常州城, 소면小棉객잔.

6월 17일, 삼경三更*.

학행표행鶴行鏢行**의 우두머리인 정운학程雲鶴이 보석이 든 궤짝 열여섯 개를 위탁받아 길을 떠난 지 이틀째 되는 날이었다. 아무 일 없이 순탄한 길이었지만 온종일 긴장한 탓에 피로가 몰려왔다. 깊은 잠에 빠졌던 그가 왠지 돌연 잠에서 깨어났다.

칠흑같이 깜깜한 방안에는 적막만이 감돌았다.

그때 창밖에서…… 노랫소리가 들려왔다.

어렴풋한 그 소리는 누군가가 마음을 담아 부르는 노래 같았는데, 발음이 또렷하지 않아 마치 혀가 잘린 사람이 부르는 것 같았다.

---

* 밤 11시에서 1시 사이.

** 표행은 남의 돈이나 귀중품을 대신 호송하거나 사람을 호위해 목적지까지 데려다주는 일을 하는 조직을 뜻한다.

정운학은 눈을 번쩍 뜨고 침대 맞은편 창문을 똑바로 쳐다보았다.

시커먼 어둠 속에서 창문 위에 푸르스름한 점들이 가물거리며 떠다녔다.

창밖에서 들리는 노랫소리는 산 사람은 알아들을 수 없는 처량한 소리였다.

사십 년 가까이 무술을 연마한 정운학은 눈과 귀의 감각이 무척 예리했다. 강호 제일이라고 할 수는 없지만 평범한 이들보다는 훨씬 밝았다. 하지만 그의 귀에 그 어떤 '사람'의 소리도 들리지 않았다.

살짝 열린 창틈으로 바람이 비집고 들어왔다. 푸른 그림자가 떠다니는 창을 노려보며 그는 난생처음 한 단어를 머릿속에 떠올렸다. "귀신!"

1. 길상문연화루吉祥紋蓮花樓

파란 하늘에 밝은 해가 떠 있고 태평한 기운이 하늘과 땅 사이를 가득 채웠다.

병산진屛山鎭은 그리 눈에 띄지 않는 작은 마을이었다. 귀한 보물이 있는 것도 아니고 인걸을 배출한 풍수 좋은 땅은 더더욱 아니었다. 강호의 여느 마을처럼 백성들은 그다지 활기차지 않고, 땅에서 나는 곡식도 그다지 튼실하지 않았으며, 그곳을 흐르는 강물도 그리 맑지 않았다. 사람들의 흥밋거리로 회자될 만한 것도 별로 없는, 아니 거의 없는 곳이었다. 작은 일이라도 하나 생길라치면 모두들 아주 오랫동안 이야기꽃을 피웠다. 그러므로 최근에 일어난 그 기이한 일은 말할 것도 없었다.

사건은 이러했다. 6월 18일 이른 아침, 집 앞을 쓸러 나온 병산진 사람들은 어제까지 없던 무언가를 발견했다. 익숙한 큰길에 처음 보는 이층짜리 목조 누각이 거리에 떡 하니 나타난 것이다. 게다가 누각의 생김새도 범상치 않았다. 사람이 살 수 있을 만큼 넓은데다 전체가 나무로 되어 있으며, 화려하고 정교한 연꽃과 상서로운 구름 문양이 사방에 조각되어 있었다.

누각을 빙 둘러싸고 쑤군거리던 사람들 사이에서 예리한 눈을 가진 한 남자가 누각의 바닥이 평평한 땅 위에 얹혀 있다는 사실을 발견했다. 누군가 누각을 수레로 끌어다 이 큰길에 내려놓은 것 같았다. 사람들은 그저 신기해할 뿐, 한밤중에 여기다 누각은 왜 끌어다놓았는지 짐작조차 할 수 없었다. 혹시 토지신을 모시는 사당으로 쓰라는 걸까? 그러고 보니 마을의 토지신 사당은 낡은 채로 방치되어 향이 끊긴 지 오래이긴 했다……

숱한 추측만 난무한 채 사흘이 지나고, 어느 표인鏢人*이 모처럼 집에 돌아가던 길에 그 누각을 보고는 소스라치게 놀라며 소리쳤다. "길상문연화루다!" 그러고는 집에도 가지 않고 그길로 걸음을 돌려 왔던 길로 내달리며 실성한 사람처럼 계속 외쳐댔다. "길상문연화루야!"

누각을 본 어떤 이가 실성했다는 소문이 퍼지자 사람들은 그 누

* 표행에서 호송을 맡은 사람.

각을 귀신누각이라 부르기 시작했다.

이레 후, 그 표인이 다시 돌아왔다. 이번에는 자신이 속한 표행 사람들을 전부 데리고 왔다. 그제야 사람들은 그게 귀신누각이 아니라는 걸 알았다.

귀신누각이 아닐 뿐더러 그 마을에 찾아온 복덩이였다. 그것도 엄청난 복덩이!

'길상문연화루'는 병을 고쳐주는 의관醫館으로, 그곳의 주인은 이연화李蓮花였다.

이연화가 누구인가? 사실 이건 강호에서도 수수께끼였다. 누구에게서 무예를 사사했는지, 무공이 얼마나 깊은지, 나이는 몇인지, 심지어 생김새는 어떠한지도 알려진 바가 없었다. 강호에 나타난 지 여섯 해가 흐르도록 그가 한 일은 단 두 가지뿐이었다. 하지만 그 두 사건만으로 길상문연화루는 강호의 가장 신비로운 전설이 되었다.

첫번째 사건은 결투에서 중상을 입고 죽은 호수궁경皓首窮經 시문절施文絶을 되살려낸 것이고, 두번째 사건은 절벽에서 추락해 전신이 골절되어 죽은 철소鐵簫 대협 하란철賀蘭鐵을 멀쩡하게 살려낸 일이었다. 시문절은 수많은 경서를 섭렵해 무림에서 학식이 뛰어나기로 유명한 인물이었고, 하란철은 쇠퉁소를 무기로 쓰는 대협으로, 둘 다 이미 땅에 묻힌 지 여러 날이 지난 상태였다.

이 두 사건이 알려지자 강호 사람들은 너도나도 이연화와 친분을 맺고 싶어했다. 게다가 언제 어디든 이동이 가능한 신기한 누각 덕분에 그는 더욱 전설적인 인물이 되었다.

학행표행의 우두머리 정운학은 표인들을 이끌고 말을 달려 병산진에 와서는 목욕재계하고 사흘 동안 향을 올린 뒤에야 배첩拜帖* 을 들고 녹나무로 만든 그 누각을 찾았다. '학행표행 정운학이 뵙고자 청하옵니다.'

누각의 창틈으로 배첩을 던져넣은 뒤 정운학과 표인 사오십 명은 염라대왕의 판결을 기다리듯 공손히 밖에 서서 답을 기다렸다.

잠시 후, 아무도 살지 않는 것처럼 고요하던 누각 안에서 부스럭부스럭 작은 소리가 들렸다. 표인 수십 명이 숨죽인 채 귀를 기울이고, 옆에서 함께 지켜보던 사람들도 눈을 크게 뜨고 누각에서 어떤 귀신이 나올지 기다렸다.

드디어 문이 휙 열리더니 요란한 소리와 함께 안에서 먼지가 쏟아져나와 정운학 일행을 덮쳤다. 곧 안에서 "어이쿠!" 하는 소리와 함께 겸연쩍어하는 목소리가 들렸다. "청소를 하던 중이어서 문밖에 손님이 계신 줄 모르고, 이거 죄송하게 됐습니다."

먼지와 톱밥을 머리부터 가득 뒤집어쓴 표인들은 문을 열고 나온 사람을 놀란 눈으로 응시했다. 그가 쥐고 있는 빗자루 끝에 방금 전 창틈으로 던져넣은 붉은 배첩이 보였다. 나이가 많아봐야 스물일고여덟 살쯤 되어 보이는 젊은이였다. 누덕누덕 기운 먼지투성이 옷만 아니었다면 더 젊어 보였을지도 모른다. 흰 피부에 고상한 분위기를 풍겼지만 한번 보면 결코 잊지 못할 대단한 미남은 아니었다. 오른손에 빗자루를, 왼손에는 쓰레받기를 든 그는 만면에

* 남을 방문할 때 사용했던 붉은 종이에 쓴 명함.

미안한 표정을 지으며 문밖에 서 있는 무리를 둘러보았다.

정운학이 묵직한 기침을 내뱉은 뒤 두 손을 모으고 인사했다. "학행만리鶴行萬里 정운학이라고 하오. 길상루의 이 선생님을 뵈러 왔으니 정아무개가 가르침을 청할 일이 있어 찾아왔노라고 전해주시게."

누더기를 걸친 젊은이가 "아" 하는 짧은 감탄사를 내뱉더니 되물었다. "전해달라고요?"

정운학이 가라앉은 목소리로 말했다. "이연화 선생님을 뵙고 상의할 일이 있소이다."

젊은이가 빗자루를 내려놓으며 말했다. "제가 이연화인데요."

정운학은 눈이 휘둥그레지며 입이 떡 벌어졌지만 얼른 표정을 수습하고 헛기침을 했다. "선생님의 명성을 익히 들어왔습니다……" 하지만 다음 말을 어떻게 이어야 할지 난처했다. 자신이 찾아온 연유를 자세히 써놓은 배첩은 지금 이연화의 빗자루 밑에 있었다.

"잡동사니가 어수선히 널려 있어 부끄럽습니다만……" 이연화가 그렇게 말하며 정운학을 안으로 들였다.

누각 안 바닥에는 정말 온갖 잡동사니가 널브러져 있었다. 망치, 못, 톱, 도끼, 걸레, 빗자루에, 사방은 톱밥과 먼지 투성이였고, 뭐가 들었는지 알 수 없는 상자도 몇 개 놓여 있었다. 전실前室에 가구라고는 대나무를 엮어 만든 탁자 하나, 의자 하나가 전부였는데 둘을 합쳐도 엽전 스무 닢이 되지 않을 것 같았다. 정운학은 여전히 얼떨떨했지만 길상문연화루의 명성을 생각하면 눈앞의 누더기 청년이 가짜라는 의심을 함부로 할 수 없었기에 공손하게 이연화 앞에 앉았다. 그러고는 보름 전에 있었던 섬뜩한 사건을 소상히 얘기하기 시작했다.

보름 전 그 삼경 무렵, 소면객잔의 일을.

이상한 느낌에 눈을 뜬 정운학은 창문에 어른거리는 푸르스름한 그림자와 밖에서 들려오는 기이한 노랫소리에 '귀신'이라는 단어를 떠올렸지만 이내 피식 웃음이 터졌다. 스무 해 넘게 강호를 누빈 그는 귀신을 믿어본 적이 없다. 그때 대제자가 자고 있던 옆방에서 비명소리가 들렸다. 정운학이 놀라 달려가보니, 그의 대제자 최검가崔劍軻도 창에 비친 푸른 그림자를 보고는 벌떡 일어나 운반을 맡은 궤짝들을 살펴본 참이었다. 나무궤짝의 봉인은 그대로인데 뚜껑을 열어보니 있어야 할 물건이 없었다. 궤짝을 처음 받았을 때 보았던 금은보화가 감쪽같이 사라졌다. 하지만 표행에서 십수 년 일한 최검가가 그 정도 일에 외마디 비명을 지를 리는 없었다. 최검가가 비명을 지른 이유는 궤짝 속 상황 때문이었다. 금은보화가 사라진 자리에 돌멩이 하나가 들어 있고, 궤짝 안에는 피 묻은 손자국이 낭자했던 것이다.

마치 피칠갑이 된 누군가가 안에 갇혀 빠져나오려고 버둥거리다 남긴 자국처럼 보였다. 하지만 궤짝 안에는 돌멩이 말고 아무것도 없었다. 한밤중 창문에 푸른 그림자가 어른거리고 기이한 소리가 들리는 와중에 궤짝 안에 낭자한 피로 된 손자국까지 보았으니 강호에서 잔뼈가 굵은 최검가도 비명을 지르지 않을 수 없었다.

정운학은 충격과 분노에 휩싸였다. 제자들에게 궤짝 열여섯 개를 모두 열어보게 했더니 그중 열 개에는 금은보화가 그대로 들어 있었지만 나머지 여섯 개는 경악스러웠다. 하나는 피 묻은 손자국이 찍혀 있고 세 개에는 죽은 사람의 위패가 들어 있었으며, 나머지 두 개 중 하나에는 울퉁불퉁한 돌이, 다른 하나에는 사람의 시신이 들어 있었다. 흰옷을 입은 아리따운 얼굴의 젊은 여자였는데, 죽기 직전 극심한 공포를 느낀 듯한 표정이었다.

시신을 본 정운학과 최검가는 그녀보다 더 공포에 질린 표정을 지었다. 그녀는 강호 사람이라면 누구나 아는 무림 옥성玉城 성주의 딸, '추상절옥검秋霜切玉劍'* 옥추상玉秋霜이었다. 옥성 성주 옥목람玉穆藍은 서남부 산간지대의 일인자이자 곤륜옥이 나는 광산을 독점하고 있는 무림 제일의 부자였으므로 그의 금지옥엽 딸도 강호에서 모르는 이가 없었다. 그런 옥추상이 어떻게 무명에 가까운 표행이 운반하던 궤짝 속에서 죽은 채 발견됐단 말인가?

소면객잔이 발칵 뒤집혔다. 잠시 후 수십 명이 최검가의 방으로 달려들어와 시신을 보고는 얼굴이 하얗게 질렸다.

정운학은 옥추상도 소면객잔에 묵고 있었다는 사실을 그제야 알았다. 그녀의 호위를 맡은 옥성의 무사 오륙십 명이 창에 어른거리는 푸른 그림자를 보고 놀라던 그 시간, 옥추상과 한방에 묵고 있던 그녀의 벗 운교雲嬌가 갑자기 옥추상이 사라진 걸 알았다. 일행이 모두 나와 사방으로 그녀를 찾아다니다 죽은 채 궤짝 안에 있는 그녀를 발견한 것이다.

---

* '가을 서리처럼 예리한 검날'이라는 뜻으로, 이백의 시 「백마편(白馬篇)」의 한 구절.

이것이 바로 보름 내내 이 근방을 소란스럽게 한 '푸른 창의 살인귀' 사건이었다. 옥목람은 사랑하는 딸의 갑작스러운 죽음에 분노한 나머지 옥추상의 호위 무사들을 모조리 죽인 뒤 학행표행 사람들까지 죽이라는 명령을 내렸다. 궁지에 몰린 정운학은 수하의 표인들이 각자 살길을 찾도록 해산시키려던 중에 길상문연화루 소식을 듣게 되었다.

이연화는 죽은 사람을 살려내는 신의神醫라고 하지 않던가. 만약 이연화가 옥추상을 살려낸다면 학행표행도 무사할 것이다. 보름 전까지만 해도 정운학은 죽은 사람을 살릴 수 있다는 말 자체를 믿지 않았지만, 상황이 이렇게 되고 보니 이연화에게 실낱같은 희망이라도 걸지 않을 수 없었다. 소문이 사실이라면 모든 일이 단숨에 해결될 것이다.

그런데 정운학이 '푸른 창의 살인귀' 이야기를 처음부터 끝까지 자세히 들려주었건만, 이연화는 그저 "아!" 하는 탄성과 함께 고개만 끄덕일 뿐 아무 묘책도 내놓지 않았다.

찻잔을 다 비운 정운학은 그냥 돌아갈 수밖에 없었다. 잡동사니만 널브러져 있는 누각과 온화하지만 막연한 미소만 짓고 있는 이연화 앞에서 더이상 그곳에 앉아 있을 이유를 찾을 수 없었다.

정운학이 돌아간 뒤 길상문연화루의 이층에서 나직한 목소리가 들렸다. "오 년이 흘렀는데도 사람들에게서 잊히질 않는구나."

의자에 앉아 조용히 차를 마시던 이연화의 입에서 "휴……" 하고 의미를 알 수 없는 탄식이 새어나왔다.

"아무리 생각해도 이해할 수가 없어." 이층에 있던 사람이 천천히 걸어내려왔다. 뼈가 도드라져 보일 만큼 비썩 마르고 낯빛이 창백한 청년이었다. 스무 근 정도 살이 붙으면 미소년으로 보이겠지만 지금은 굶어죽은 시체가 걸어오는 것 같았다. 비록 몰골은 '굶어죽은 시체'이지만 화려한 흰옷에 속세의 풍류객들이나 좋아할 법한 옥노리개를 드리우고 허리에는 우아해 보이는 장검까지 차고 있었다. "죽은 사람이 되살아난다는 걸 다들 어떻게 믿을 수 있지? 오 년이 지나도 그 빌어먹을 일은 잊히지도 않네."

"세상 사람들이 너만큼 똑똑하지 못해서 그렇지." 이연화는 빙그레 웃고는 몸을 일으켜 옆구리를 돌려 몸을 푼 뒤 다시 빗자루를 들고 바닥을 쓸기 시작했다.

"제발 청소 좀 안 하면 안 돼?" 계단을 다 내려온 '굶어죽은 시체'가 눈을 홉뜨며 따지듯 말했다. "이 대단하신 공자께서 네 앞에 있는데 넌 그깟 청소나 하고 있을 거야? 잘 모르나본데 내가 여기 있다는 걸 정운학이 알았다면 제발 도와달라고 내 앞에 엎드려 애걸했을 거라고. 이렇게 잘생기고 지체 높은 공자께서 눈앞에 있는데 계속 빗자루질이나 하고 있을 거야?"

"응. 안 하면 안 돼. 너무 오랫동안 수리도 청소도 안 했더니 지저분해졌어. 비라도 오면 물이 샐 거야."

'굶어죽은 시체'가 황당하다는 표정으로 이연화를 응시하다 탄식을 내뱉었다. "무예도 못하고 병도 고칠 줄 모르고, 그렇다고 농사를 지을 줄 아나, 하다못해 도적질이라도 할 줄 아나, 할 줄 아는 게 아무것도 없는데 네가 어쩌다 이렇게 유명해졌는지 정말 알다가도 모를 일이야."

이 '굶어죽은 시체'는 무림 방方씨 가문의 대공자인 근심 공자 방다병方多病이었다. 육 년 전 이연화를 알게 된 후 줄곧 친하게 지내왔으므로 이연화가 유명세를 얻은 과정을 누구보다 잘 알고 있었다.

시문절 사건은 사실 시문절이 결투를 벌이다 중상을 입은 뒤 구식대법龜息大法*을 통해 스스로 상처를 치료하고 있었는데, 마을 사람들이 그가 죽은 걸로 오인하고 매장했던 것이었다. 이연화가 땅을 파 그를 꺼내주자 그는 당연히 살아났다.

하란철의 경우도 아내에게 잘못을 저지른 뒤 용서해달라며 절벽에서 몸을 던지는 자작극을 꾸민 뒤 죽은 척하고 땅에 묻힌 것인데, 우연히 지나가던 이연화가 발견하여 무덤에서 꺼내어준 것뿐이다.

세상 사람들은 이연화가 어떻게 죽은 사람을 살려냈는지 궁금해하지만, 방다병의 의문은 흙 속에 산 사람이 묻혀 있다는 걸 그가 어떻게 알았느냐 하는 점이었다.

"그래도 돈은 조금 있어." 이연화는 전실을 말끔히 비질한 뒤 쓰레받기를 정리했다. "잘 관리하면 먹고사는 덴 문제없어."

방다병이 눈을 흘겼다. "얼마나 있는데?"

"오십 냥." 이연화가 싱긋 웃었다. "나한테는 죽을 때까지 쓸 수 있는 돈이야."

방다병은 코웃음을 쳤다. "오십 냥으로 평생을 살아가겠다는 얼간이라니, 넌 강호의 수치야. 네가 이런 놈인 걸 알았다면 정운학

---

* 호흡을 최대한 줄여 기를 아끼며 스스로 몸을 치유하는 내공.

이 도와달라고 널 찾아왔을까? 흥! 의술의 '의' 자도 모르고 객잔에 묵을 돈도 없어서 집을 짊어지고 다니는 '돌팔이 의원'에게 죽은 사람을 살려달라고 찾아오다니." 방다병이 눈동자를 굴리며 이연화를 위아래로 훑었다. "설마 죽은 사람을 살리러 갈 생각은 아니겠지?"

이연화는 의자에 앉아 삐걱삐걱 소리가 나는 대나무 탁자의 모서리를 붙잡고 아귀를 맞추다 빙그레 웃었다. "왜 거절해? 어차피 난 농사도 지을 줄 모르고 장사할 줄도 모르고, 돈이 모자르지도 않아. 그런데 할일조차 없으면 인생이 너무 따분하잖아?"

방다병이 장난기 그득한 얼굴로 나지막이 말했다. "네가 돌팔이인 걸 알고 옥목람이 널 죽이려 해도 본 공자는 절대로 널 구해주지 않을 거야. 갈 테면 가. 배웅은 안 할 테니."

그후 이연화는 꼬박 사흘 동안 길상문연화루를 청소하고 수리한 뒤 작은 보따리에 뭔지 모를 물건들을 챙겨넣었다. 그러고 나서 시문절에게 길상문연화루를 며칠 봐달라는 서신을 써서 보낸 뒤 길을 떠났다.

옥추상의 시신을 보러 옥성으로 향하는 길이었다.

2. 옥성

이연화는 '옥추상을 살리러 왔다'는 명분으로 당당히 곤륜산崑崙山 옥성 안으로 들어갈 수 있었다.

옥성은 황량하고 척박한 고산지대에 있는데다 성안에 기이한 보물을 쌓아놓고 있었으므로 아무나 들어갈 수 없는 곳이었다. 무림에서 옥성에 들어갈 수 있는 사람은 열 명밖에 되지 않았다. 그 중 열번째가 이연화이고, 아홉번째가 종정명주宗政明珠였다. 이연화는 죽은 옥추상을 살리겠다고 공언한 절세 신의의 신분으로 들어왔지만, 종정명주가 옥성에 들어온 명분은 그보다 더 거창했다. 그는 바로 옥추상의 약혼자이자 승상丞相의 손자이며 조정의 오품 관리였다. 게다가 여자들이 흠모해 마지않는, 고상하고 우아한 생김새에 문무를 겸비한 귀공자였다.

종정명주는 이연화보다 보름 남짓 먼저 옥성에 들어왔다. 옥추상이 변을 당한 바로 다음날이었다.

옥목람은 사랑하는 딸의 시신이 도착하자 실성한 나머지 옥추상을 호위했던 무사 오륙십 명에게 옥성의 법도를 들어 자결을 명하고 옥성 궁전에 불까지 질렀다. 그러고도 아직 제정신이 돌아오지 않았다.

"어떻습니까?" 고귀한 인상에 흰 비단옷을 입은 귀공자가 이연화 뒤에 서서 약간 긴장된 표정으로 그를 응시하며 물었다.

이연화는 허리를 굽혀 얼음관 속에 누워 있는 옥추상의 시신을 찬찬히 살피고 있었다. 벌써 반 시진*째 그 자리에서 꼼짝도 하지 않았다.

마침내 이연화의 입에서 "아" 하는 짧은 탄성이 흘러나왔다. 종정명

* 하루 스물네 시간을 열두 개로 나눈 단위. 한 시진이 두 시간.

주는 그 탄성이 무엇을 의미하는지 전혀 알 수 없었다. "이 선생님?"

이연화가 물었다. "이 시신이 옥추상 아가씨가 맞습니까?"

종정명주는 잠시 멈칫하다 대답했다. "성주께서 불을 지르셨을 때 추상도 그만 화를 입고 말았소……"

얼음관 속에 누워 있는 시신은 얼굴을 알아보기 어려울 정도로 끔찍하게 타버린 형상이었다. 차라리 완전히 불타 백골만 남았으면 덜 끔찍할 것 같았다. 하늘에서 내려온 신선이 이 시신을 살려내겠다고 해도 아무도 믿지 못할 판인데, 하물며 이연화는 신선도 아니지 않은가. 하지만 종정명주는 죽은 사람을 살려낸다는 전설의 신의에게 일말의 희망이라도 걸고 싶었다.

"정말 옥추상 아가씨가 맞습니까?" 이연화가 다시 물었다.

종정명주는 고개를 끄덕였다. 비록 끔찍하게 불탔지만 옥추상의 특징은 어렴풋이 알아볼 수 있었다.

이연화가 자신의 파란색 잔꽃무늬 보따리에서 단검을 꺼내더니 조심스럽게 옥추상의 배를 가르려 했다.

종정명주가 깜짝 놀라 손을 뻗어 저지했다. "이 선생님?"

이연화는 단검을 들고 있는 오른손이 종정명주에게 가로막히자 이번에는 왼손을 뻗었다. 그의 손이 닿자 옥추상의 배 부분이 쑥 들어갔다. 시신이 부패한 상태여서 이연화의 가지런하게 자른 손톱으로도 쉽게 가를 수 있을 것 같았다.

종정명주가 손을 거두고는 이연화의 능숙한 손놀림에 놀라워하는데 이연화가 단검으로 옥추상의 뱃속에서 뭔가를 끄집어냈다. 종정명주가 물었다. "그게 무엇이오?"

"핏덩어리입니다."

굳은 지 오래된 핏덩어리였다. 종정명주는 가슴이 철렁 내려앉았다. 뱃속에 피가 고였다는 건 내장에 상처를 입었다는 뜻이다. 조금만 상식이 있는 사람이라면 그 정도는 누구나 안다.

"그러니까 이 선생님이 보기에……"

이연화가 미소를 지으며 답했다. "이 살인귀는 사람을 죽이는 방법이 참으로 기이하군요. 옥처럼 희고 고운 아가씨의 피를 빨아 먹지도 않고 얼굴 가죽을 벗기지도 않고, 창자를 끊어서 복강내출혈로 죽게 만들었습니다. 외상은 하나도 없도록 말이죠."

종정명주가 미간을 찡그렸다. "추상을 죽인 게 귀신이 아니라 사람이라는 뜻이오?"

이연화는 동문서답을 했다. "옥추상 아가씨는 죽은 지 너무 오래됐고 불에 타버리기까지 해서 되살릴 수 없겠습니다." 태연한 말투였다. 정말로 죽은 사람을 살릴 수 있지만 옥추상은 사정이 이러해 살릴 수 없으니 아쉽다는 투였다.

종정명주의 금실로 테두리를 두른 흰 비단 옷소매가 파르르 떨렸다. "추상을 죽인 범인이 사람이라면 어째서 내상을 입혀서 죽였겠소? 각 문파의 장법掌法과 권술 중 그 어떤 것도 상대의 가슴과 배 아래 다섯 치 이내를 단숨에 공격하는 것은 없으니 이 또한 이치에 맞지 않소."

이연화의 입에서는 또 한번 "아" 하는 탄성이 흘러나왔다.

종정명주는 이번에도 그 탄성이 의미하는 바를 짐작할 수 없어 잠시 머뭇거리다 화제를 돌렸다. "최근 밤만 되면 옥성에서 괴이한 일이 일어나는데……"

이연화가 중얼거렸다. "저는 귀신이 제일 무섭습니다……"

시신의 배를 손으로 가르는 사람이 귀신을 무서워하다니. 종정명주는 속으로 의아해하며 말했다. "그렇다면 오늘밤 내 방에서 같이 자도 괜찮소."

이연화가 반색을 하고는 계면쩍은 듯 얼굴을 붉혔다. "송구하지만 신세 좀 지겠습니다."

그날 이연화는 옥씨 일가의 집에서 저녁식사를 했다. 옥목람의 부인 옥홍촉玉紅燭을 보고 이연화는 속으로 조금 놀랐다. 딸을 잃고 남편도 실성했는데 그녀는 조리 있고 차분했다. 옥성의 여느 남자들보다 훨씬 강하고 똑똑해 보였다. 게다가 마흔에 가까운 나이인데도 여전히 백옥처럼 고운 피부와 아름다운 외모를 유지하고 있었다. 그녀는 곤륜산 옥씨 가문의 무남독녀였다. 가문의 대를 잇기 위해 옥씨 가문은 이십 년 전 가난한 서생 포목람蒲穆藍을 데릴사위로 들여 옥씨 성을 주었다. 비록 옥목람이 옥성 성주로 대외적인 권세를 누리고 있지만, 성안에서 일어나는 모든 일은 옥홍촉이 관리하고 있었다. 옥홍촉은 여중호걸이었다. 그녀 역시 이연화가 죽은 딸을 살려내러 왔다는 걸 믿지 않았지만 별다른 말 없이 그가 하는 대로 내버려두었다.

그날 밤, 옥성의 손님방에 종정명주와 이연화가 함께 묵었다. 둘이 각각 다른 침대에 눕긴 했지만 누군가와 한방에서 자본 적이 없는 종정명주는 좀처럼 잠을 이루지 못했다. 약혼녀가 있었지만 아직 여자와 동침한 적도 없었다. 게다가 지금 그와 한방에서 자고 있는 사람은 아름다운 옥추상이 아니라 평범해 보이지만 어쩐지 이상한 느낌이 드는 남자가 아닌가.

종정명주의 눈에 이연화는 모든 일에 성실하고 진지하지만 세상 물정에 어두운 서생처럼 보였다. 하지만 그가 정말 세상 물정 모르는 책벌레라면 어떻게 자기 명성을 내세워 이토록 당당하게 옥성에 들어왔겠는가? 그렇다고 다른 꿍꿍이가 있다고 단정하기에는 옥성에 들어와 어수룩한 척하며 옥추상을 살려내겠다고 해서 그가 얻을 수 있는 이득이 무엇일지 생각나지 않았다. 옥추상은 창자가 끊어지는 내상을 입고 내출혈로 죽었다. 외상은 전혀 없었다. 그런데 이연화는 그걸 어떻게 알아냈을까? 의문이 꼬리에 꼬리를 물고 이어져 좀체 잠을 이룰 수 없었다.

그때 갑자기 종정명주의 동공이 커졌다. 문밖에서 이상한 인기척이 들린 것 같았다.

밖으로 나가 확인해볼까 마음먹기도 전에 별안간 창 위로 푸르스름한 점 같은 그림자들이 가물거리며 나타났다. 그리고 바로 뒤이어 멀리 떨어진 정원에서 기괴한 노랫소리가 들리기 시작했다.

종정명주는 온몸의 솜털이 바짝 섰다. 여자 목소리였다. 이상한 음조로 처량한 노래를 느릿느릿 부르고 있었다. 마치 혀가 잘린 사람이 부르는 슬픈 사랑가 같았다. 구슬프지만, 뭐라고 하는지 산 사람은 알아들을 수 없었다……

그건 바로 추상이 죽던 날 사람들이 보았다는 푸른 창의 귀신 그림자였다! 종정명주는 깜깜한 방안에서 창에 어른거리는 기이한 그림자를 보고 있다 자기도 모르게 소름이 돋아 몸서리를 쳤다.

깊은 숨을 한번 들이마시고 밖에서 들리는 소리에 모든 신경을 곤두세웠지만 그 어떤 '사람'의 목소리도 들리지 않았다. 종정명주는 침대에서 벌떡 일어나 창가로 달려가서는 창문을 벌컥 밀어올려 열었다.

창밖에는 밝은 달빛과 성근 별빛과 서늘한 공기뿐, 그 외엔 아무것도 없었다.

"창문에 있군요."

종정명주는 소스라치게 놀랐다. 푸른 창의 귀신 그림자가 아니라 이연화 때문이었다. 이연화의 말에 종정명주는 다시 창문을 내려 닫았다.

이연화가 촛불을 켠 뒤 침대에서 천천히 내려왔다. 귀신 그림자가 어른거리는 창문에 촛불을 가까이 대자 푸른 그림자가 감쪽같이 사라졌다. 마치 밝은 빛이 두려워 숨어버린 것 같았다.

이연화가 오른손 검지를 뻗어 긴 손톱으로 팍 찌르자 창호지가 찢어지고, 그 틈으로 달빛이 새어들어오는 대신 무언가가 기어나왔다.

종정명주가 쓴웃음을 지었다. 알고 보니 두 겹으로 발린 창호지 사이에 날개 없는 반딧불들이 있었다. 누군가 일부러 날개를 떼어내고 집어넣은 것이었다. 낮에는 반딧불이 보이지 않다가 밤이 되면 창호지 틈에서 불빛이 어른거려 깜깜한 방안에서 마치 귀신 그림자가 가물거리는 듯 보였던 것이다.

"푸른 창의 살인귀는 벌레였군." 종정명주가 고개를 돌려 이연화에게 물었다. "이 창문의 비밀을 어떻게 알았소?"

이연화가 싱긋 웃었다. "제가 귀신을 무서워한다고 말씀드렸잖습니까. 공자께서 사람 소리가 들리지는 않는지 귀기울이는 동안, 저는 사람 소리가 아닌 다른 소리가 나는지 귀를 기울였지요."

종정명주는 이연화의 말을 믿어야 할지 말아야 할지 갈피를 잡을 수 없어 그저 쓴웃음만 지었다.

이연화는 열린 창문을 흔들며 말을 이었다. "미향迷香* 냄새가 나지 않습니까? 반딧불들이 미향에 취해 있다 한밤중에 깨어난 겁니다. 바깥쪽 창호지에 구멍을 뚫어놓으면 깨어난 반딧불들이 살길을 찾아 그리로 빠져나가지요. 귀신이 사라지듯이 말입니다."

종정명주가 고개를 끄덕였다. "추상의 죽음에 의심스러운 구석이 많더라니, 과연 푸른 창의 살인귀는 누군가 꾸민 일이로군."

그때 구슬픈 노랫소리가 갑자기 처절한 비명으로 바뀌었다가 뚝 끊겼다.

종정명주는 어찌나 놀랐던지 원래도 하얀 얼굴에 핏기가 싹 가셨다. "푸른 창의 살인귀가 옥성에 나타나다니, 설마 오늘밤……"

이연화는 "아" 하는 탄성을 내뱉었다. 이번에는 종정명주도 그 탄성의 의미를 알아들었다.

"귀신을 믿지 않는 사람들이 있기 때문에 '귀신'이 나타나기 마련이지요." 이연화는 그렇게 말하고는 늘어지게 하품을 했다. "저는 졸려서 이만 자겠습니다."

종정명주는 이연화가 '푸른 창의 살인귀'의 비밀을 밝혀낸 뒤에

* 최음 효과가 있어 정신을 혼미하게 만드는 향불 연기.

내린 결론이 '졸려서 이만 자야겠다'라는 걸 믿을 수 없어 한참 동안 멍하니 그 자리에 서 있었다. 이연화는 정말로 침대로 돌아가 편히 잠들었지만 종정명주는 잠이 오지 않아 침대에 걸터앉아 구멍난 창을 물끄러미 응시했다. 머릿속이 어수선했다.

추상이 사람에게 살해당했다면 시신은 어째서 정운학이 운반하던 궤짝 속에서 발견된 걸까? 푸른 창의 살인귀는 누가 꾸민 장난이며, 오늘밤에는 또 누가 농간을 부리는 걸까? 이연화가 등장해 '귀신'이 불안해진 걸까? 수많은 수수께끼가 그의 머릿속에서 겹겹이 똬리를 틀었다. 그의 희고 고운 얼굴은 투명한 달빛 아래에서 죽은 사람처럼 창백했고, 아득한 공포가 그의 눈동자를 휘감았다. 만약 그를 사모하는 소녀가 지금의 그를 보았더라면 틀림없이 실망했을 것이다. 하지만 그의 뒤편 침대에 누운 사람은 고른 숨을 쌕쌕 쉬며 곤히 잠들어 있었다. 식은땀 한 방울 흘리지 않았고 실오라기만큼의 근심도 없어 보였다.

3. 꽃에 물을 주다

이튿날, 종정명주가 선잠에서 깨어났을 때 이연화의 모습은 보이지 않았다.

이연화는 표주박을 들고 손님방 앞뜰의 꽃에 물을 주고 있었다. 빠진 곳 없이 꼼꼼히 물을 주며 수시로 여린 잎사귀를 쓰다듬는 모습이 아주 기분좋아 보였다.

뜰에는 세 사람이 더 있었는데 다들 이상한 표정으로 이연화를 지켜보고 있었다. 옥홍촉, 옥추상의 벗 운교, 옥씨 집안의 오래된 하인 주복周福이었다. 옥홍촉은 얼굴에 살기가 가득했고, 운교는 눈에 눈물이 그렁그렁했으며, 주복은 불안한 기색이 역력했다.

종정명주도 세수를 하고 밖으로 나갔다. 알고 보니 옥홍촉은 이연화에게서 딸의 사인을 듣고 분노가 끓어오른 상태였다. 귀신이 아닌 사람의 손에 딸이 살해당했으며 범인이 괘씸한 장난질로 자신을 속였다는 사실을 안 옥홍촉은 "내 손으로 범인을 잡아내 갈기갈기 찢어 죽이지 않으면 내 성을 갈겠다!"라며 분노에 찬 맹세를 했다. 옥추상이 사람에게 살해당했다는 사실에 운교는 겁에 질려 바들바들 떨고, 주복은 반신반의했다. 그리고 이연화는 어째서 옥추상을 죽인 범인이 '귀신이 아니라 사람인지' 차분히 설명을 마친 뒤, 아주 진지한 투로 주복에게 표주박이 어디에 있느냐고 묻더니 흥이 오른 기색으로 꽃에 물을 주기 시작한 것이었다.

종정명주의 시선은 꽃을 나란히 심어놓은 꽃길의 허리 높이쯤 오는 백옥 난간을 넘어, 화초 사이에 서 있는 이연화의 태연한 뒷모습에 멈추었다. 종정명주는 한참을 멍하니 쳐다보다 한숨을 내쉬고는 밤새도록 고민해서 간신히 정리해놓은 의문점들을 떠올렸다.

푸른 창의 살인귀 사건에서 이해하기 어려운 지점은 모두 일곱 가지였다. 첫째, 범인은 왜 옥추상의 창자를 끊어 죽였을까? 둘째, 옥추상의 시신이 어떻게 표행이 운반하던 궤짝에서 발견됐을까? 셋째, '푸른 창의 살인귀'는 누구의 소행일까? 넷째, 창밖에서 들린 괴이한 노랫소리는 또 어떻게 된 일일까? 다섯째, 소면객잔에 있던 '귀신'이 어떻게 옥성까지 왔을까? 여섯째, 범인은 왜 여리디 여린 옥추상을 죽였을까? 일곱째, 귀신의 소행처럼 꾸민 이유는 무엇일까?

이 일곱 가지 의문 중 종정명주가 답을 짐작할 수 있는 건 두 가지뿐이고, 나머지 의문의 해답을 알려주리라 기대를 걸 유일한 사람은 지금 여유작작하게 꽃에 물을 주고 있었다.

종정명주가 멍하니 생각에 잠겨 있는데 표주박을 든 이연화가 갑자기 몸을 돌리며 싱긋 웃었다.

"해가 중천에 떴으니 성주님도 기침起枕하셨겠지요?" 이연화는 한껏 품위 있는 투로 옥홍촉에게 말했다. "비록 제 능력이 미천하여 추상 아가씨를 살리지는 못했지만, 성주님을 위해 미약한 도움이나마 드릴 수 있다면 여기까지 온 것이 헛되지는 않을 듯합니다. 마님께서는 저를 믿어주시겠습니까?"

이렇게 물으면 설령 마뜩지 않더라도 누가 거절할 수 있겠는가. 게다가 옥홍촉으로서는 이연화에게 옥목람의 병을 고쳐달라고 애원해도 모자랄 판이었기에 그녀는 망설임 없이 고개를 끄덕였다.

운교가 눈물을 닦으며 작은 소리로 말했다. "그럼 전 이만 방에 가서 쉴게요."

이연화가 부드럽게 대답했다. "그러시지요."

옥홍촉이 이연화를 옥목람의 방으로 안내했다. 가는 길에 옥성을 장식한 화려한 조각과 보물을 구경할 수 있었는데, 영롱한 진주와 푸른 옥으로 뒤덮인 회랑 지붕은 이 세상 것이라고 믿기 힘들 만큼 호화로웠다. 이연화는 줄곧 미소 띤 얼굴로 금은보화를 구경하며 걸음을 옮겼다. 회랑 모퉁이를 몇 개 돌아 드디어 성주의 침소에 도착했다.

옥목람은 방안에 멀거니 앉아 있었다. 눈동자는 초점이 풀린 채 누가 무슨 얘기를 해도 아무런 반응도 보이지 않았다.

옥홍촉이 말했다. "그날 밤 성에 불을 지르고 나서부터 계속 이렇답니다. 식음을 전폐하고 밤잠도 자지 않고요. 누가 무슨 얘기를 해도 들리지 않는 것 같아요." 사실 그녀가 하려다 삼킨 말이 있었다. 지금까지 옥목람을 진찰한 의원들 모두 그가 귀신이 씌었다는 결론을 내렸다는 점이다. 어느 의원은 옥목람을 진맥하다 덩달아 실성해버리기도 했다.

이연화는 옥목람의 눈동자를 가만히 들여다보다 파란색 보따리에서 은침을 꺼내더니 천천히 옥목람의 눈을 찌르려 했다.

옥홍촉은 깜짝 놀랐다. 지금까지 그런 식으로 병을 치료하는 의원은 본 적이 없다. 옆에 서 있는 종정명주는 지난밤의 경험으로 이연화가 어수룩한 사람이 아니라는 걸 알고 있었다. 다만 그의 언행을 이해할 수 없을 뿐이었다. 옥홍촉과 종정명주가 놀란 눈으로 서로의 얼굴만 바라보는 사이 이연화의 은침이 천천히 옥목람의 오른쪽 눈동자에 가까워졌다. 그의 손은 멈추지 않고 계속해서 옥목람의 눈동자로 향했다. 종정명주와 옥홍촉은 그를 저지하고 싶은 걸 간신히 참아냈다.

은침이 옥목람의 눈동자에 거의 닿을 듯 가까워졌을 때 이연화가 손을 멈추고 은침의 위치를 조금 움직였다. 은침이 여전히 옥목람의 눈을 향하고 있었지만 옥목람은 한 번도 눈을 깜박이지 않았다. 정말로 실성해버린 모양이었다.

"성주님의 병세가 아주 깊습니다." 이연화가 가벼운 한숨을 내쉬었다.

이연화에 대해 잘 알지 못하는 사람들은 그가 의술의 '의' 자도 모른다는 걸 상상조차 하지 못했으므로, 그의 탄식에 종정명주와 옥홍촉의 미간이 시름에 겨워 일그러졌다.

"부인의 정원에 풍질瘋疾*에 효험이 있는 약초가 있던데 그걸 따서 성주님의 병을 고치는 데 써도 되겠습니까?" 이연화가 짐짓 진지한 투로 물었다.

"그렇게 하세요." 옥홍촉은 고개를 끄덕였지만 속으로는 조금 의아했다. 정원의 화초는 모두 그녀가 직접 심은 것으로 말리꽃, 모란, 목련 같은 평범한 꽃들이었다. 그런데 거기 어디에 약초가 있단 말인가? 아니면 그 꽃들에 그녀가 모르는 효험이 있는 걸까?

이연화는 성큼성큼 밖으로 나가더니 백옥 난간 위로 훌쩍 올라가 사방을 둘러보았다. 그러고는 다시 내려와 느릿느릿 걸어 근처에 있는 건물로 다가갔다. 그 건물의 모서리에 풀 한 무더기가 자라고 있었다. 이연화가 다가가 잎사귀 두 장을 땄다.

점점 더 이해할 수 없는 그의 행동에 종정명주가 참지 못하고 입을 열었다. "이 선생, 그건 단장초斷腸草라는 풀로 맹독을 가졌소……"

"괜찮습니다." 이연화는 눈썹을 까딱이고는 맹독성의 단장초를

---

* 정신병.

품에 넣은 뒤 그 건물을 흘긋 보며 물었다. "여긴 누구 방인가요?"

"빈방이에요."

옥홍촉의 대답에 이연화는 고개를 끄덕인 뒤 활짝 핀 모란 옆으로 가서 잠시 들여다보다 그 아래에서 특이하게 생긴 잡초 한 포기를 뽑았다.

이연화가 열심히 정원을 돌아다니는 동안 옥홍촉과 종정명주는 어리둥절해 서로 얼굴만 쳐다보았다. 이연화는 잡초를 모두 여섯 포기 뽑았는데, 그중 세 가지는 종정명주도 아는 것이었다. 단장초는 맹독을 가지고 있고 다른 두 가지도 약한 독성이 있었다.

이연화가 잡초를 들고 또 한번 가볍게 "아" 하는 탄성을 내뱉자 종정명주는 본능적으로 가슴이 철렁 내려앉았다. "왜 그러시오?"

정원에서 밖으로 통하는 꽃길 바닥에 발자국 하나가 선명히 찍혀 있었다. 이연화가 아침에 꽃에 물을 주어서 정원의 흙바닥이 젖은 상태였는데, 방금 전 이들이 옥목람의 방에 있을 때 누군가 정원을 지나가 남긴 것이었다. 마치 한걸음에 정원을 가로지른 것처럼 발자국은 단 하나만 찍혀 있었다.

이연화는 땅에 있던 돌멩이를 주워 발자국 옆에 무슨 표시처럼 놓아두고는 일어나 옷을 툭툭 털었다.

종정명주가 의아한 시선으로 그 발자국을 내려다보다 고개를 들어 꽃길 쪽으로 시선을 옮겼다. "누굴까……"

옥홍촉이 냉랭한 목소리로 말했다. "운교예요!"

이연화는 의아한 눈빛으로 옥홍촉을 보았다. "그걸 어떻게 아십니까?"

옥홍촉이 싸늘한 미소를 지었다. "추상이 죽고 나서도 계속 옥성에 머무르면서 사람들 앞에서는 추상과 친자매처럼 정이 깊어서라고 하지만, 흥! 실은 명주 때문에 남아 있는 거죠. 그동안 몰래 명주를 훔쳐보는 걸 몇 번이나 봤어요."

이연화가 또 "아" 하고 내뱉고는 고개를 저었다.

종정명주의 얼굴에 난감한 기색이 역력했다. "어머님, 저는 아무것도……"

옥홍촉이 그의 말을 잘랐다. "나도 아네. 안 그랬으면 진즉에 자네를 내쫓았겠지."

종정명주의 난색이 더 짙어졌다. 이연화는 옥추상, 운교, 종정명주의 삼각관계에 대해서는 이렇다 할 얘기를 하지 않고 그저 미소만 지었다. "종정 공자님, 한 가지 도움을 청해도 되겠습니까?"

"무슨 도움 말이오?" 종정명주가 되물었다.

이연화가 그에게 가까이 오라는 손짓을 하고는 귓가에 대고 무어라 속삭이자 종정명주가 놀라며 물었다. "그걸 어떻게 알았소?"

"짐작입니다……" 이연화가 빙긋 웃고는 또 몇 마디 속삭였다.

옥홍촉은 이연화가 소곤거리는 소리를 들으려고 신경을 집중했다. 이연화는 공력이 부족해 목소리를 종정명주의 귓구멍으로만 흘려보내지는 못했다. 그 덕에 옥홍촉은 천청술天聽術로 몇 마디를 포착해낼 수 있었다. "불…… 거기 가서…… 성주님은…… 진실……" 옥홍촉은 속으로 깜짝 놀랐다. 설마 옥성을 두 바퀴 돌고 꽃에 물을 주고 옥목람의 눈을 은침으로 찌르는 시늉만 하고도 사건의 전말을 알아냈단 말인가?

"이 선생님. 옥성에서 일어난 일들의 진실을 알아냈습니까?" 옥홍촉이 이토록 가슴 졸이며 누군가의 대답을 기다린 건 처음이었다.

이연화의 입에서 "아" 하는 짧은 탄성이 흘러나왔다. 이제 옥홍촉은 그 탄성의 의미를 알 것 같았다. 그건 이연화가 생각에 잠겼을 때 자기도 모르게 내뱉는 습관적인 감탄사였다. 아니나 다를까 이연화가 멍한 얼굴로 고개를 돌리며 옥홍촉에게 물었다. "죄송합니다. 방금 뭐라고 하셨나요?"

이연화가 종정명주에게 무슨 부탁을 했을지 옥홍촉이 짐작할 겨를도 없이 이연화는 품에서 잡초들을 꺼내 그녀에게 건넸다. "마님, 이 여섯 가지 약초를 잘게 잘라서 한나절 동안 맹물에 우린 다음 그 물을 끓이지 말고 그대로 약초까지 함께 복용하시게 하세요. 그러면 성주님의 병이 금세 나을 겁니다." 이연화의 말투는 매우 진지했다.

옥홍촉은 '약초'를 건네받았다. 처음에 그녀는 자신이 이 고지식한 서생의 속을 훤히 들여다보고 있다고 생각했지만, 보면 볼수록 알 수 없는 사람이라고 느끼던 참이었다. 그러다 이연화가 여섯 가지 잡초를 건넬 때에 이르러서는 그녀 역시 종정명주와 마찬가지로 그의 말과 행동에 담긴 의도를 짐작조차 할 수 없었다.

이연화는 수수께끼 같은 인물이었다. 머리부터 발끝까지 전부.

4. 깊은 밤 귀신 이야기

그날 밤.

옥성 무사들이 옥추상의 침소 앞을 지켰다.

종정명주는 이연화에게 부탁받은 일을 처리하러 산을 내려갔다. 이연화는 흔들리는 촛불 밑에서 얼음관에 누워 있는 옥추상의 시신을 살펴보고 있었다. 원래는 옥홍촉도 함께 오려 했지만 갑자기 처리해야 할 일이 생겨 오지 못하고 이연화 혼자 촛불을 든 채 썩고 불에 탄 젊은 여인의 시신을 살폈다.

"휴……" 촛불을 들고 한참을 살펴보던 이연화가 한숨을 내쉬며 고개를 저었다. 열일고여덟 살밖에 안 된 젊고 아름다운 여인이 이토록 끔찍한 시신이 되다니. 이보다 더 참혹한 시신을 숱하게 보았던 그도 범인이 증오스러웠다.

이연화는 파란 보따리에서 단검을 꺼내 옥추상의 배에 난 상처를 천천히 벌렸다. 어제 뱃속에서 핏덩이를 꺼낼 때 끊어진 창자를 보았지만 더 확인할 것이 있었다.

창밖은 칠흑처럼 깜깜했다. 짙은 구름에 별도 달도 보이지 않았다. 이연화는 무덤덤하게 옥추상의 뱃속 곳곳을 칼날로 가볍게 건드려보았다. 의술에 대해 전혀 모르는 이연화는 뱃속에 뭔가 다른 것이 들어 있지는 않은지 일일이 들춰보는 것 외에 달리 할 수 있는 일이 없었다. 단단히 언 시신에 칼날이 부딪히며 소름 끼치는 소리가 났지만 이연화는 재미있다는 듯 입가에 옅은 미소까지 띠었다.

그때 문밖을 지키고 있던 무사들이 술렁였다. 깜깜한 어둠 속에서 갑자기 그 괴이한 노랫소리가 들리기 시작한 것이다.

노랫소리는 정원의 커다란 나무 뒤에서 들렸지만 그곳엔 아무도 없었다. 노래는 두 소절 들려오고 멈췄다. 무사들이 서로 눈짓을 주고받은 뒤 고함을 내지르며 나무 쪽으로 달려갔다. 하지만 정원에는 아무도 없었다. 무사 두 명이 울타리를 넘어가 두 방향으로 갈라져 수색했다.

이연화는 촛불을 든 채 빙긋 웃었다. 옥성 무사들이 잘 훈련되어 있다더니 과연 명불허전이었다.

주위에는 깜깜한 어둠뿐, 아무것도 없었다.

"귀신이 사람을 잡아먹기 딱 좋은 밤이야……" 이연화가 중얼거리며 하품을 했다. "아, 으스스해. 방에 가서 숨어야겠어."

그때 돌연 서늘한 바람이 훅 불었다. 머리를 풀어헤친 커다란 그림자가 이연화 등뒤의 문 앞에 나타났다. 마치 얼굴이 없는 것처럼, 얼굴이 있어야 할 자리에 헝클어진 머리카락뿐이었다.

서늘한 바람이 이연화의 옷자락을 휙 스쳤다. "이것 봐. 무서워 죽겠다니까." 이연화는 단검을 조심스럽게 보따리에 챙겨넣고는 고개도 돌리지 않고 뒷문으로 천천히 빠져나갔다. 앞문에 서 있는 귀신은 쳐다보지도 않았다.

긴 머리 귀신은 화가 난 듯 몸을 부르르 떨더니 이내 소리 없이 이연화의 뒤를 따라 몰래 손님방으로 들어갔다.

이연화는 방에 들어가 촛불을 켜고 문과 창을 모두 닫았다. 그러고는 잠시 생각하더니 정말로 귀신이 무서운 듯 문과 창을 잠갔다. 그제야 안심이 됐는지 한숨을 내쉬고는 촛불을 끄고 침대에 누워 이불을 머리끝까지 덮어쓰고 잠을 청했다.

반 시진쯤 지난 뒤 긴 머리 귀신이 대들보 위에서 내려왔다. 이연화가 방으로 들어올 때 따라 들어와 재빨리 대들보 위로 올라갔던 것이다. 이연화가 느릿느릿 촛불을 켜고 창을 닫고 문까지 잠갔으므로 대들보에 몸을 숨길 시간이 충분했다. 귀신은 살금살금 이연화의 침대 옆으로 다가가서는 서늘한 빛을 내는 무언가를 들어올렸다 천천히 아래로 내렸다.

"운교 아가씨." 그때 이불 속에서 목소리가 들렸다. 누굴 겁주려는 의도는 전혀 없는 평온한 목소리였지만 긴 머리 귀신은 흠칫 놀라며 그대로 얼어붙었다. "종정 공자님은 오늘 안 계십니다."

긴 머리 귀신은 뒤로 두 발짝 물러섰다 팔을 힘껏 내렸다. 손에 들린 반짝이는 물체가 단숨에 침대에 내리꽂혔다. 귀신이 다시 팔을 들어올리자 이번에는 섬광이 번뜩이며 허공을 갈랐다. 귀신의 손에 들린 그 반짝이는 물체는 칼집이 달린 비수였다! 칼집은 침대 틈에 걸리고 비수만 뽑혀 나온 것이다. 귀신은 칼끝으로 곧장 이연화의 목을 노렸다. 그 모든 동작이 찰나에 이루어졌다. 평범한 칼잡이는 아닌 게 분명했다.

이연화는 계속 이불 속에 웅크리고 있었다. 긴 머리 귀신의 손에 들린 비수가 바람을 일으키며 이연화의 목을 향해 날아가는 순간, 갑자기 이불 한쪽이 불쑥 솟아오르더니 세지도 약하지도 않은 힘으로 비수를 든 귀신의 손목을 탁 쳤다. 귀신의 손에서 튕겨나간 비수는 비스듬히 날아 세 치쯤 떨어진 문에 꽂혔다.

"악!" 긴 머리 귀신이 놀라 비명을 질렀다. 여자 목소리였다.

"운교 아가씨…… 진정하세요." 이불 속에서 들리는 이연화의 목소리에 안타까움이 묻어났다. 이유는 모르겠지만 그는 계속 이불 속에서 웅크린 채 말했다. "종정 공자님은 오늘밤 안 계십니다. 아가씨와 상의하고 싶은 일이 있습니다."

긴 머리 귀신은 고개를 떨구더니 살그머니 몸을 돌려 재빨리 문 쪽으로 다가갔다. 문을 열고 달아나려던 귀신은 그제야 문에 채워진 자물쇠를 발견했다. 이 손님방은 안쪽에서도 자물쇠로 잠글 수 있어 열쇠가 있어야만 열렸다. 귀신이 몸을 홱 돌리더니 문에 꽂힌 비수를 뽑아들고 조금 겁이 난 눈빛으로 이연화를 응시했다. 침대 위에 우스꽝스럽게 불룩 솟아 있는 이불이 섬뜩하게 보였다. 사람이 놓은 함정에 귀신이 빠져버린 격이었다.

이연화가 부드러운 투로 말했다. "지금 아가씨의 차림새가 마음에 들지 않으실 테니 아가씨를 보지 않고 얘기하겠습니다."

긴 머리 귀신은 흠칫 놀라 몸을 가늘게 떨다가 이내 가발과 겉옷을 벗었다. "이불 속에서 나오셔도 됩니다." 냉랭하게 말했지만 미간에는 채 가시지 않은 두려움이 남아 있었고 목소리도 조금 떨렸다.

이연화가 천천히 이불을 걷고 얼굴을 내민 순간, 운교는 문득 누구도 위협하지 않을 이 온화한 얼굴을 어디선가 본 듯한 착각이 들었다. 그러자 조금도 무섭지 않았다. 운교는 순간 온몸의 긴장이 풀려 문에 등을 기대고 숨을 깊이 들이마셨다. 동시에 굵은 눈물이 그녀의 뺨을 타고 흘러내렸다.

운교의 떨리는 목소리가 방안의 적막을 깼다. "난 아니에요……"

이연화가 미소를 지으며 말했다. "압니다."

운교의 몸이 문을 따라 힘없이 미끄러졌다. "그걸…… 어떻게 아세요?"

"옥추상 아가씨는 창자가 끊어졌지만 뼈는 부러지지 않았어요. 누군가 벽공장劈空掌*으로 아랫배를 타격한 것이죠. 운교 아가씨도 무공이 뛰어나지만 내력內力**은 강하지 않아요. 그러니 범인이 아닙니다. 하지만……" 이연화는 일상적인 대화를 나누듯 미소를 머금은 채 천천히 말을 이었다. "옥추상 아가씨가 왜 죽었는지는 알고 있겠지요."

운교는 낯빛이 창백해지며 아무 말도 하지 못했다. 이연화는 미소를 머금은 얼굴로 계속 말을 이었다. "옥추상 아가씨가 어떻게 죽었는지 말해주시겠습니까? 오늘밤 상의드리고 싶은 일이 바로 이겁니다."

운교는 느리지만 단호하게 고개를 저었다.

"아가씨…… 이건 아주 중요한 일입니다."

"저는 오늘밤 그저 남자 옷을 입고 찾아왔을 뿐이에요. 어째서 제가 그걸 알 거라고 생각하시나요? 추상은 소면객잔에서 귀신 손에 죽었어요…… 그런데 제가 어떻게 범인을 알겠어요?" 운교가 숨을 크게 들이쉬고는 다시 내쉬었다. 방금 전 이연화가 이불 속에서 "운교 아가씨"라고 불렀을 때 놀란 가슴이 차츰 진정되면서 말투도 한결 강경해졌다. "아무도 죽이지 않았어요. 누구도 사람을

---

* 손바닥에 기를 모아 허공으로 발산하는 일종의 장풍.

** 내공에서 나오는 힘.

죽이지 않았다고요. 물론 저도 절대로 사람을 죽인 적이 없고요."

"그런가요?" 이연화가 한숨을 내쉬었다. "정운학에게 푸른 창의 살인귀 사건을 들었을 때부터 운교 아가씨가 이 일과 관련이 있다는 걸 알았습니다. 어제 여기서 귀신 그림자를 보고 노랫소리를 들은 뒤에는 더욱 확신했고요."

운교의 얼굴이 창백해졌다. "말도 안 돼요! 마님이 멋대로 하는 얘길 듣고 그러시는 거죠? 마님은 처음부터 날 좋아하지 않았어요……"

이연화가 그녀를 보며 또다시 한숨을 내쉬었다. "운교 아가씨, 잊으셨습니까? 정운학 일행이 도망친 뒤 성주님이 강호를 샅샅이 뒤져서라도 모두 찾아내 죽이라고 명하셨지요. 그날 밤 객잔에 있던 무사들은 성주님의 명령에 따라 모조리 죽었고요. 그중에서 '살아남은' 유일한 사람이 바로 운교 아가씨입니다." 이연화가 천천히 시선을 들어 운교의 눈을 똑바로 바라보았다. "소면객잔과 옥성의 이 방에 푸른 창의 살인귀가 나타났고, 그 두 장소에 모두 있었던 사람은 운교 아가씨뿐이에요."

"그게 뭐가 어떻다는 거죠?" 운교가 입술을 깨물었다. "귀신은 어디든 갈 수 있겠죠. 난 추상을 죽이지 않았어요."

이연화는 여전히 미소를 띠고 그녀를 응시했다. 이 정도 반응은 예상했다는 듯한 표정이었다. "귀신이라면, 속임수를 쓰지 않았겠죠."

운교의 얼굴에서 핏기가 싹 가셨다. "속임수라고요?"

"이번 사건에서 제일 이상한 점은 옥추상 아가씨의 시신이 난데

없이 정운학이 운반하던 궤짝 안에서 발견됐다는 거예요. 학행표행이 무림의 고수들은 아니지만 신용을 잘 지켜 신망이 두텁지요. 정운학은 속임수를 쓸 사람이 아닙니다. 궤짝을 건드린 사람이 없다는 그의 말은 틀림없을 겁니다. 귀중품이 든 채로 봉인된 궤짝에서 갑자기 시신이 발견됐으니 귀신이 곡할 노릇이지요. 하지만 실은 아주 단순합니다." 차분하게 이야기를 잇던 이연화가 운교를 보며 빙긋 웃었다. "조금만 달리 생각해보면 옥추상 아가씨가 어떻게 궤짝에 들어가게 됐는지 알 수 있지요."

"뭐라고요?" 운교의 낯빛이 다시 창백해졌다. 방금 전의 단호했던 기세도 한풀 누그러졌다.

이연화는 줄곧 차분하고 온화한 미소를 짓고 있었다. "정운학은 정직한 사람이지만 세상에는 정직하지 않은 사람이 많지요. 정운학은 속임수를 쓸 리 없지만 운교 아가씨는 속임수를 쓸 수 있고요. 이렇게 조금만 바꿔서 생각해보면 어떻게 된 일인지 금세 알 수 있습니다."

운교는 말없이 듣기만 했다. 이연화는 그런 운교를 응시하며 말을 이었다. "학행표행 사람들은 그날 밤 옥추상 아가씨가 소면객잔에 묵고 있다는 걸 몰랐고, 그들이 발견했을 때 아가씨는 이미 죽어 있었습니다. 그렇죠?"

운교는 얼어붙은 표정으로 천천히 고개를 끄덕였다.

"그날 밤 그곳에 있던 무사들은 시신을 싣고 옥성으로 돌아온 뒤 한 명도 빠짐없이 죽었습니다. 그렇죠?" 이연화가 또 물었다.

운교는 또 고개를 끄덕였다.

"사실 정운학은 옥추상 아가씨에게 그날 밤 무슨 일이 있었는지 전혀 모릅니다. 옥성 무사들은 엄격한 훈련을 받은 이들이니 옥추상 아가씨가 돌연 숨진 일에 대해 결코 외부에 함부로 발설했을 리 없고요. 옥추상 아가씨의 시신이 보름도 안 돼 곤륜산으로 돌아왔다는 건 그들이 밤낮으로 쉬지 않고 달려왔다는 뜻입니다…… 하지만 유감스럽게도 그들은 옥성에 돌아오자마자 실성한 성주님에게 몰살당했지요. 그러니 강호에 떠도는 풍문과 정운학이 알고 있는 사실은 모두 운교 아가씨에게서 나온 것입니다. 옥추상 아가씨가 그날 밤 죽었는지 살았는지, 객잔에 있었는지 없었는지 알려줄 유일한 증인이 바로 운교 아가씨입니다." 이연화가 운교의 눈을 똑바로 응시했다. "그러니 운교 아가씨가 거짓말을 하고 있다면요? 그날 밤 옥추상 아가씨가 무슨 일을 당한 건지 누가 진상을 알 수 있을까요?"

운교는 입을 굳게 다물고 열지 않았다. 넋이 나간 얼굴이었다.

"만일 운교 아가씨가 거짓말을 하고 있다면, 사건은 아주 간단해집니다. 시신은 처음부터 궤짝 속에 들어 있었던 겁니다." 이연화는 여전히 온화한 투로 한 글자씩 또박또박 말했다. "짐을 바꿔치기 당한 것도 아니고 아무도 건드리지 않았다면, 그 궤짝은 처음부터 그랬을 겁니다. 그저 그날 밤 시신이 발견되었을 뿐이지요. 그렇다면 이 사건의 수수께끼가 모두 풀립니다."

"제가 거짓말을 하지 않았다면요?" 운교가 작은 소리로 물었다.

"그렇다면 세상에 정말로 귀신이 있겠죠. 전 귀신을 무서워하지만, 귀신이 있다고 믿지는 않습니다."

"추상이…… 처음부터 정운학의 궤짝에 있었을 리 없잖아요. 추상과 정운학은 일면식도 없는 사이인데." 운교가 힘없이 반박했다.

"옥추상 아가씨는 정운학이 맡은 궤짝 열여섯 개 중 하나에 들어 있었을 뿐입니다. 운반을 의뢰한 사람이 옥성 사람이었으니 옥추상 아가씨의 시신이 궤짝에서 발견된 건 이상한 일이 아니지요."

"옥성 사람이 의뢰했다는 걸 어떻게 알았어요?" 운교는 자기도 모르게 그렇게 내뱉었다. 그녀의 얼굴에는 두려움이 가득했다. 다른 것들은 논리적으로 추리해 짐작할 수 있다 해도, 그 물건을 옥성 사람이 의뢰했다는 걸 어떻게 넘겨짚을 수 있는지 도무지 알 수 없었다. 아무런 단서도 없는데 말이다.

그녀의 외마디 비명 같은 물음은 그 궤짝들을 맡긴 것이 옥성 사람임을 확인시켜주는 자백이나 다름없었다. 이연화가 웃으며 말했다. "곤륜산에서는 백옥이 나지요. 산 위에 있는 돌은 모두 자갈이고 광맥은 산중턱에 있습니다. 옥성은 광산 위, 빙하에서 녹아내린 물이 흐르는 강 옆에 세워져 있고요. 성안에 있는 돌은 다른 곳에서는 볼 수 없는 특이한 돌들입니다. 그런데 궤짝에 들어 있던 돌이 성주님의 정원에 있는 돌과 똑같더군요. 그리고 궤짝 열여섯 개 중 열 개에는 금은보화가 가득 들어 있었는데, 그것을 옥성에서 맡기지 않았다면 설마 황제께서 맡기셨겠습니까?"

"그건……" 운교가 입술을 꽉 깨물었다. 하얗게 질린 입술이 파르르 떨렸다.

이연화는 온화한 시선으로 운교를 응시하며 말을 이었다. "옥성은 아주 부유한 곳입니다. 어쩌면 성주님은 황제보다 더 부유할 겁니다. 금은보화 열 궤짝은 웬만한 고관대작이나 부자들에게도 엄청난 양이지요. 궤짝을 맡긴 사람이 누군지는 모르지만 그건 중요하지 않습니다. 중요한 건…… 그 짐들이 옥성에서 나왔고, 옥성에서 그걸 모를 리 없다는 겁니다. 옥추상 아가씨의 죽음에 대해 운교 아가씨는 거짓말을 하고 있습니다. 아가씨와 함께 나타난 푸른 창의 살인귀에 대해서도 말이지요. 그건 귀신이 아니라 반딧불이었습니다. 귀신은 거짓으로 불빛을 만들어내거나 분장할 필요가 없지요."

운교는 고개를 숙여 자신이 입은 검은 옷과 바닥에 떨어져 있는 헝클어진 가발을 물끄러미 내려다보았다. 그녀의 눈에서 굵은 눈물이 후드득 떨어졌다.

"아가씨는 옥추상 아가씨를 죽이지는 않았지만 누군가를 감춰주고 있지요. 누구를 위해 이런 일을 꾸미셨나요?" 이연화는 온화한 미소를 지으며 말을 이었다. "옥추상 아가씨가 이미 숨진 채로 소면객잔에 도착했다는 사실을 알았을 때 운교 아가씨가 누군가를 감춰주고 있었다는 걸 직감했습니다. 부디 다른 사람의 죄를 대신 뒤집어쓰지 않길 바랍니다."

"이렇게 똑똑하시니 범인이 누군지도 직접 찾아내면 되겠네요."

이연화가 고개를 저었다. "옥추상 아가씨가 죽은 뒤에 일어난 귀신 소동은 모두 운교 아가씨가 꾸민 일입니다. 그렇지 않습니까? 오늘밤 저를 죽이는 일도 직접 하려고 했고요. 운교 아가씨가 보호하고 있는 그 사람은 당신과 함께 위험을 무릅쓸 생각이 추호도 없어요. 그걸 모르겠어요?"

이연화는 다정한 눈빛과 말투로 아이를 어르듯 운교를 달래고 있었다. 추궁하는 기색은 조금도 보이지 않았다. 운교는 멍하니 그를 바라보았다. 아까부터 이연화의 표정과 말투가 낯이 익다고 느꼈는데, 다른 어디선가 그를 만났을 리는 없지 않은가? 그저 그녀가 심한 두려움을 느끼지 않도록 부드럽게 설득하는 말을 예전에 누군가에게서 들었던 걸까?

"공자님을…… 어디서 만난 적이 있는 것 같아요……" 운교가 더듬더듬 말했다. "공자님은 아시겠어요? 알고 계세요?…… 물론 저도 알아요…… 하지만 전……"

"그 사람을 위해 죽을 수도 있나요?" 이연화가 물었다.

운교의 눈가에 맺힌 눈물이 반짝였다. "모르겠어요, 아마 그렇겠죠."

이연화는 그녀를 한참 바라보다 중얼거렸다. "옥성의 재물이 사람을 해치는군요. 저는 피곤해서 이만 쉬어야겠습니다." 이연화는 다시 이불을 머리끝까지 뒤집어썼다. "밤이 깊었으니 아가씨도 이제 돌아가세요."

운교는 이 상황이 얼떨떨했다. 자신을 방에 가두고 모든 속임수를 밝혀냈는데도 옥홍촉에게 끌고 가지 않고 돌려보내다니? 운교는 머뭇거리며 서 있다 두려움도 안심도 아닌 난처한 표정으로 말했다. "문이…… 잠겨 있어서요."

이연화가 이불 속에서 말했다. "아…… 잠겼지만 열려 있어요."

열려 있다고? 운교는 굳게 닫힌 채 자물쇠가 채워진 문을 쳐다보았다. 문에는 세 개의 빗장이 있었는데 자물쇠는 그중 어느 것에도 끼워져 있지 않았다. 그저 문고리에 채워져 있을 뿐이었다. 순간 운교는 놀라야 할지, 화를 내야 할지, 울어야 할지, 웃어야 할지 갈피를 잡지 못해 넋이 나간 채로 문을 밀어 열고 송장처럼 걸어나갔다.

5. 일대신의一代神醫

이연화가 '귀신'을 본 그 밤 이후 여드레 가까이 지났다. 귀신 그림자도 귀신 노랫소리도 그후 다시는 등장하지 않았다. 운교는 그날 밤 손님방에서 나온 뒤, 괴이한 차림으로 얼이 빠져 걷고 있는 걸 수상하게 여긴 옥성 무사들에게 붙잡혔고 옥홍촉의 명으로 곧장 옥에 갇혔다. 운교는 옥홍촉에게 심한 고문을 당하면서도 아무것도 털어놓지 않아 이연화를 안타깝게 했다.

옥목람은 이연화가 준 잡초 여섯 가지를 매일 우려 마셨지만 병세에 차도가 없었다. 여전히 초점 풀린 눈으로 멍하니 앉아만 있고 주위에서 무슨 일이 일어나는지 전혀 알지 못했다. 옥홍촉은 이연화가 잡초를 뽑을 때 그 풀들이 결코 '약초'는 아닐 거라고 속으로 짐작했지만 그래도 시키는 대로 날마다 잡초 우린 물을 옥목람에게 먹였다.

그 잡초들이 정말로 신비한 효험을 발휘할 수 있을지에 대해서는, 옥홍촉뿐 아니라 옥성 사람들 모두 의구심을 품고 있었다. 그런데 아흐레째 되는 날 갑자기 옥목람의 정신이 돌아왔다.

이날 아침, 옥목람의 방문이 열리더니 전날까지만 해도 눈이 풀려 있던 환자가 자줏빛 옷을 차려입고 멀끔한 모습으로 걸어나왔다. 과연 병을 앓을 때와는 딴판이었다. 겨울밤 반짝이는 별빛 같은 눈빛에, 우뚝한 콧대의 준수한 얼굴에 문인과 같은 점잖은 기품이 흘렀다.

그는 자신이 실성한 사이에 있었던 일을 전혀 알지 못했다. 옥성에 불을 질렀다는 것도, 옥추상의 시신을 싣고 온 무사들에게 자결을 명했다는 것도, 아무것도 기억하지 못했다. 이 사실을 안 뒤 옥목람은 깜짝 놀라 무사들의 무덤 앞에서 참회하며 서럽게 흐느껴 울었다. 옥홍촉은 그런 남편을 지켜보며 속으로 탄식했다. 참혹한 모습으로 변한 딸의 시신은 차마 보여주지 못했다. 그녀는 남편에게 차분히 안정을 취하며 건강을 회복하라고 당부했다. 이윽고 옥목람의 상태를 보러 온 이연화가 진맥을 마친 뒤 이렇게 중얼거렸다. "어떤 약초가 아흐레째가 돼서야 효험을 발휘한 거지? 정말 신기하군!"

아침식사 후.

옥홍촉에게서 운교가 옥에 갇히게 된 자초지종을 들은 옥목람이 이상하다는 듯 물었다. "옥성에서 그런 짓을 벌이도록 시킨 자가 누군지, 운교가 정녕 자백하지 않았단 말이오? 그 일들을 운교 혼자 꾸민 짓이라고? 추상의 둘도 없는 벗이 어떻게 그럴 수 있단 말이오?"

"명주를 몰래 흠모했던 거예요. 추상이 죽지 않으면 어떻게 명주의 마음을 얻을 수 있겠어요?" 옥홍촉이 냉랭하게 말했다. "그

천한 계집이 추상을 죽인 게 분명해요! 내 딸을 죽인 것도 모자라 겁도 없이 또 이런 짓을 벌이다니! 그것도 내 옥성에서! 괘씸한 것!"

"운교가 추상을 죽였다고?" 옥목람이 깜짝 놀라 물었다.

"그 계집이 한밤중에 이 선생이 자는 방에 가서 귀신 장난을 치다 잡혔는데 무슨 증거가 더 필요해요? 앙큼하게 우리 집안을 상대로 이런 짓을 저지를 줄 누가 알았겠어요? 그 계집도 추상처럼 불태워 죽여버리겠어요. 안 그러면 난 어미 자격도 없어요!"

옥목람의 눈에도 증오가 차올랐다. "부인, 시간 끌 것 없이 오늘 오시午時에 당장 그 계집을 죽여 추상의 한을 풀어줘야겠소!"

옥홍촉이 고개를 끄덕였다. "그게 좋겠어요. 누군가의 사주를 받은 건 아닌 게 분명해요. 그날 밤 귀신 장난을 치고 이 선생을 죽이려 한 것도 혼자 한 짓이었어요. 다행히 이 선생에게 들켜 쫓겨났죠."

두 사람은 운교가 옥추상을 죽인 범인이 확실하다고 단정했다. 그때 문밖에 하얀 그림자가 나타났다. 흰옷을 입은 무사였다. "나리, 마님, 보고드릴 일이 있습니다."

"무슨 일이냐?" 옥홍촉이 긴장된 표정으로 외쳤다.

"종정 공자께서 돌아오셨습니다."

"그게 뭐가 어떻단 말이냐?" 옥목람이 버럭 화를 냈다. 종정명주는 옥추상과 약혼한 뒤 옥성에서 지내는 날이 많았으므로 특별한 손님이 아니었다. 적어도 그가 돌아온 것이 성주 부부의 대화를 방해할 정도로 중요한 일은 아니었다.

"그게…… 사슬에 묶여 포청천捕青天에게 압송되어 왔습니다!" 늘 냉정하고 차분한 옥성 무사답지 않게 잔뜩 겁에 질린 목소리였다. "화청천花青天도 함께 왔습니다!"

옥홍촉과 옥목람은 몸을 파르르 떨며 서로의 얼굴을 쳐다보았다. 두 사람 모두 낯빛이 창백해졌다. "어떻게 그런 일이……"

'포청천' 복승해卜承海와 '화청천' 화여설花如雪은 대리시大理寺*에 소속된 관리였다. 두 사람이 황족 열한 명을 체포해 그중 아홉 명을 처형하고 두 명은 귀양 보낸 뒤로 조정 신하들은 그들의 이름만 들어도 두려움에 떨었다. 그러니 그 둘이 종정명주를 압송해 온 것은 엄청난 사건이 아니겠는가?

옥홍촉과 옥목람은 벌떡 일어나 허겁지겁 대전으로 달려갔다.

금빛 휘황한 대전 한가운데 창백한 얼굴의 종정명주가 혈도를 짚인 채 서 있고, 관복 차림의 두 사람이 그 뒤에 있었다. 한 사람은 큰 키에 건장한 체구이고 다른 한 사람은 마르고 왜소해, 한 사람은 관복이 너무 작아 보이고 다른 한 사람은 관복이 너무 커 보여 조금 우스꽝스러운 느낌을 주었다. 하지만 그 때문에 두 사람이 바로 '포화이청천捕花二青天' 즉 포청천과 화청천이라는 걸 한눈에 알아볼 수 있었다.

옥홍촉과 옥목람이 급하게 달려들어오자 왜소한 몸집, 거무튀튀한 피부에 오종종한 이목구비의 화여설이 냉랭한 투로 물었다. "두 분께서 이자가 살인을 했다고 고발하셨습니까?"

---

* 형벌 · 재판 등에 관한 일을 담당했던 관청.

옥홍촉과 옥목람은 또 한번 놀랐다. "종정 공자는 종정 승상의 손자입니다. 두 대인께서 사람을 잘못 보신 건 아닌지요."

옥홍촉의 다급한 말이 끝나기가 무섭게 옥목람이 외쳤다. "명주! 설마 자네가 추상을 죽였단 말인가?"

화여설이 미간을 찡그렸다. 복승해도 어리둥절한 표정을 지으며 품안에서 편지를 꺼냈다. "이자가 옥추상을 죽였으니 체포하라고 고발하지 않으셨습니까? 어떻게 된 일입니까?"

"아닙니다. 저희 부부는 그런 적이 없습니다." 옥홍촉이 손사래를 쳤다. "종정 공자는 우리 딸의 약혼자인데 어떻게 딸을 죽일 수가 있겠습니까? 누가 그런 말도 안 되는 소리를……"

하지만 옥목람은 또다시 격분한 목소리로 외쳤다. "이놈이 운교와 작당해서 추상을 죽인 게 분명하오. 무공도 보잘것없는 운교가 어떻게 추상을 죽일 수 있었나 의아했는데, 이제 보니 명주와 공모했던 거로군……"

화여설과 복승해는 이게 무슨 상황인지 모르겠다는 듯 서로 얼굴만 쳐다보았다. 사건 수사를 위해 천하를 순행하던 두 사람이 평안루平安樓에 잠시 묵고 있는데 종정명주가 찾아와 편지를 전했다. 편지를 펼쳐보니 이렇게 쓰여 있었다. '이 편지를 전해준 사람을 체포하십시오. 그자가 바로 옥추상을 죽인 범인입니다. 사건의 전말을 알고 싶으면 옥성으로 오십시오.' 두 사람은 고심 끝에 일단 종정명주를 체포해 옥성으로 찾아온 것이었다. 그런데 성주 부부 중 한 사람은 종정명주가 절대 살인을 했을 리 없다고 두둔하고, 또 한 사람은 그가 누군가와 공모해 옥추상을 죽인 게 분명하다고 노발대발하니 황당한 노릇이었다. 창밖의 귀신이 사람을 죽였다는 소문은 복승해와 화여설도 얼핏 들어 알고 있었지만 이렇게 복잡하고 괴이한 사건인 줄은 몰랐다.

그때 복승해가 대전 한쪽에 앉아 차를 마시고 있는 젊은이를 향해 물었다. "자네는 누구인가?" 한 젊은이가 아까부터 그곳에 앉아 여유롭게 차를 우려 마시며 그들을 구경하고 있었다. 찻잎을 덜어 차를 우리고 마시는 동작 하나하나가 지극히 태평했다.

"저요?" 물론 그는 이연화였다. "구경꾼이지요……"

그 순간 옥홍촉이 새된 비명을 내질렀다. 그녀와 몇십 년을 함께 산 옥목람도 그녀가 그렇게 큰 소리를 내는 건 처음 보았다. 옥홍촉이 이연화를 향해 고함을 질렀다. "이연화! 네놈 짓이로구나! 네놈이! 이…… 이…… 요괴 같은 놈!"

이연화가 "아" 하는 짧은 감탄사와 함께 만면에 미안한 표정을 담아 말했다. "마님을 실망시켰다면 송구스럽습니다."

이연화를 노려보는 옥홍촉의 성난 눈에 두려움과 절망의 빛이 스쳤다. "네놈이……" 옥홍촉이 갑자기 훌쩍 솟구치듯 뛰어오르더니 이연화를 향해 장풍을 날렸다. 그의 머리를 단숨에 날려버릴 듯 맹렬한 기운이 허공을 갈랐다!

하지만 장풍이 이연화를 덮치기 전에 그가 들고 있던 찻잔이 먼저 장풍을 맞고 바닥으로 떨어지며 그의 옷에 차가 쏟아졌다. 이연화가 민첩하게 일어나 달아나는 순간 그가 앉았던 의자가 장풍을 맞고 산산조각났다. 옥홍촉의 얼굴이 하얗게 굳었다. 더이상 자신의 무공을 숨길 수 없게 되었음을 깨달은 것이다.

화여설이 어느새 옥홍촉의 등뒤로 다가가 의미심장하게 말했다. "부인, 흠차欽差 대신 앞에서 살인을 하려 하다니 담력이 대단하시군요."

복승해가 이연화를 향해 싸늘하게 물었다. "편지를 보낸 사람이 자넨가?"

문 앞까지 도망친 이연화는 안전하다는 걸 확인하고는 몸을 돌려 빙그레 웃었다. "네, 접니다."

혈도를 짚인 채 서 있는 종정명주가 하얗게 질린 얼굴로 바들바들 떨었다.

이연화는 미안해하는 표정으로 그를 보았다. 자신을 믿은 그를 배신했으니 말이다.

"옥추상의 약혼자가 어째서 옥추상을 죽였다는 겐가?" 화여설이 이연화에게 물었다.

이연화는 천천히 돌아와 부서진 의자 옆에 있는 팔걸이의자에 앉더니 가벼운 한숨과 함께 특유의 미소를 지었다. '흥미진진'하게 즐기는 듯한 표정이 빠르게 스쳤다.

"성주님은 벽공장을 쏘지 못하니까요." 이연화가 느릿느릿 말했다.

화여설과 복승해의 미간에 주름이 잡혔다. 옥목람의 얼굴은 난처함으로 일그러졌지만 이내 엷은 안도감이 번졌다. 이연화가 계속 말하길 바라는 건지, 말하지 않길 바라는 건지 모를 기이한 표정이었다.

"성주 나리, 운교 아가씨를 풀어주시지요. 아가씨가 범인이 아니라는 걸 누구보다 잘 아시지 않습니까?" 이연화가 헛기침을 한 뒤 말을 이었다. "이제 여러분께 이야기를 들려드리겠습니다……"

6. 이상한 살인 사건

"사실 정운학 선생에게 이 사건에 대해 들었을 때는 누군가 귀신 놀이를 하고 있다고만 생각했지요." 이연화가 빙그레 웃으며 이야기를 시작했다. "학행표행, 옥추상, 옥성 무사, 운교…… 이들 중 마지막까지 아무 일이 없는 사람은 운교 아가씨뿐이었습니다. 그래서 운교 아가씨가 이 사건과 관련이 있을 거라고 생각했습니다. 처음부터 운교 아가씨가 귀신 흉내를 내거나 살인을 했을 거라고 의심한 건 아니고, 남들과 다른 무언가가 있을지 모른다고만 생각했지요. 가령 아무도 모르는 뭔가를 알고 있다거나."

감옥에서 풀려난 운교는 말없이 듣고 있다 천천히 고개를 주억거렸다.

"그런데 옥성에 와보니 이상한 점이 두 가지 있었습니다. 첫째, 종정 공자님은 옥추상 아가씨가 죽은 다음날 옥성에 도착했다고 들었습니다. 이상하지 않습니까? 원주袁州에서 곤륜산까지는 옥성 무사들이 말을 타고 하루에 팔백 리를 달려도 보름 남짓 걸리는 거리인데 어떻게 소식을 들은 다음날 곤륜산에 도착했을까요?" 이연화는 잠깐 말을 끊고 엷은 미소를 지어 보인 뒤 계속 말했다. "종정 공자님이 곤륜산이나 옥성 근처에 있었다면 가능한 일이지요. 둘째, 약혼녀가 살해당했다는 소식을 듣고도 사건이 일어난 소면객잔으로 가지 않고 곤륜으로 왔다는 사실입니다. 백번 양보해 장래의 장인 장모가 걱정스러워 그랬다고 해도 상식적으로 이해하기 어렵습니다."

"자네도 소면객잔에 가지 않았지?" 화여설이 이연화를 가리키며 말했다. "그럼 자네도 의심스럽긴 마찬가지군."

이연화가 싱긋 웃으며 말했다. "저는 운교 아가씨가 거짓말을 하고 있을지도 모른다고 생각했습니다. 그래서 운교 아가씨의 증언을 제외하니, 옥추상 아가씨가 처음부터 짐 궤짝 안에 있었다고 쉽게 결론을 낼 수 있었습니다."

복승해가 고개를 끄덕였다. 이어 화여설도 고개를 끄덕였다.

"옥추상 아가씨가 처음부터 궤짝 속에 있었다면 소면객잔에서 죽은 게 아니란 뜻입니다." 이연화가 짧은 한숨과 함께 말했다. "그러니 제가 소면객잔에 뭣하러 가겠습니까?"

복승해가 또다시 고개를 끄덕이고 화여설도 뒤따라 고개를 끄덕였다.

"그래서 종정 공자님이 의심스러웠습니다. 하지만 저와 같은 이유로 소면객잔에 가지 않았는지도 모르지요. 그리고 그보다 더 의심스러운 사람이 있었습니다."

"그게 누구지?"

이연화는 웃으며 옥목람에게로 시선을 돌렸다. "성주님입니다."

복승해와 화여설의 눈이 휘둥그레졌다. "옥목람 성주?"

"옥추상 아가씨의 시신이 돌아오자마자 성주님이 불을 지르는 바람에 시신은 형체를 알아보기 어렵게 타버렸습니다. 혹시 증거를 없애려고 한 건 아닐까요? 더욱이 성주님이 보름이나 실성한 척한 것도 이해할 수 없었습니다."

화여설이 종정명주를 가리키며 물었다. "그런데 왜 이 사람이 범인이라는 건가? 게다가 성주가 거짓으로 실성한 척했다고? 그걸 자네가 어떻게 안단 말인가?"

"저는 성주님이 범인일 수 없다는 걸 우연히 알았습니다." 이연화가 잠시 말을 멈추고 짧은 한숨을 내쉬었다. "하마터면 성주님이 범인이라고 생각할 뻔했지만, 성주님 부부와 식사를 하다 성주님이 원래 옥씨가 아니라 포씨라는 사실을 알게 됐습니다."

"그게 뭐가 중요하단 말인가?" 복승해가 의아하다는 표정으로 물었다.

"아주 중요합니다. 포목람은 원래 무예를 할 줄 모르는 가난한 서생이었습니다. 스무 살 넘어 데릴사위로 들어온 뒤에야 무예를 닦기 시작했지요. 무예를 아는 사람이라면 어릴 적부터 내공을 쌓아야 고수가 될 수 있다는 걸 잘 알고 있습니다. 옥추상 아가씨는 벽공장을 맞고 죽었는데 성주님은 벽공장을 쏠 수 없을 겁니다."

"일리가 있군." 화여설이 고개를 끄덕였다.

"하지만 거짓으로 실성한 척했습니다." 이연화가 눈을 크게 뜨고 말했다. "저도 깜빡 속을 뻔했지요. 그래서 바늘로 성주님의 눈을 찌르는 시늉을 해보았습니다."

"바늘로 눈을 찌르는 시늉을 했다고? 그건 또 왜인가?"

"바늘로 눈을 찌르려고 하면 누구든 본능적으로 피하기 마련입니다. 게다가 성주님은 실성했을 뿐 실명한 건 아니지 않습니까. 그런데 제가 바늘로 눈을 찌르려고 할 때 아무런 반응도 보이지 않았습니다. 그래서 실성한 척하고 있다는 걸 알았습니다."

옥목람의 얼굴이 순식간에 굳었다. 기쁜 듯 슬픈 듯, 웃는 듯 우는 듯, 알 수 없는 표정이었다.

이연화는 미소를 지으며 말을 이었다. "혹시 눈을 찔러도 겁내지 않는 정신병이 있는지도 모를 일 아닙니까? 그래서 약초 우린 물을 드시게 했습니다. 그 묘약을 며칠 드시게 한 뒤에 성주님이 연기를 하고 있다는 걸 확신할 수 있었지요."

"그렇게 신기한 묘약이 다 있단 말인가?" 화여설은 점점 이 젊은이에게 흥미가 생겼다.

"몇 가지 잡초를 우려낸 물입지요. 그걸 마시면 십중팔구는 설사나 구토를 할 겁니다." 이연화가 신뢰감을 주는 점잖은 미소를 지었다. "하지만 실성하지 않은 사람은 그걸 마시는 척하고 몰래 쏟아버릴 것이고 그러면 물에 섞여 있던 풀씨에서 싹이 트겠지요. 최근 성주님의 침소 창밖에 마침 그 잡초들이 한데 돋아났습니다. 흥미롭지 않습니까?"

이연화는 하얗게 질린 옥목람의 얼굴을 차분한 시선으로 훑어보며 계속 말을 이었다. "성주님이 실성한 척 연기하고 있다면 그건 필시 딸의 죽음과 관련이 있다는 뜻입니다. 직접 죽이지는 않았더라도 죄책감을 품고 있겠지요. 그런데 종정 공자님과 성주님 중 누가 더 의심스러운지 고민하고 있을 때 우연히 마님에게서 이상한 점을 발견했습니다." 이연화가 옥홍촉에게로 시선을 옮겼다.

"마님께서는 자꾸만 제 앞에서 운교 아가씨가 범인인 것 같다는 말을 하셨습니다. 딸이 죽었는데 별로 슬퍼하는 것 같지도 않았고요. 제일 이상한 건 시신을 땅에 묻지 않고 얼음관에 보관해둔 점이었습니다. 사리분별이 분명한 마님께서 귀신이 사람을 죽였다는 말을 믿는 것도 이해할 수 없었지요. 또 성주님의 거짓 연기를 이십 년 넘게 같이 산 부인이 눈치채지 못한다는 것도 이상하지 않습니까? 그래서 마님도 의심하기 시작했습니다."

복승해가 고개를 끄덕였다. "그도 그렇군."

"운교 아가씨와 성주님이 이 사건과 관련되어 있고, 마님과 종정 공자님도 의심스러웠으므로, 옥추상 아가씨가 어떻게 죽었는지부터 파헤치기로 했지요." 이연화는 천천히 말을 이었다. "벽공장을 맞고 죽은 옥추상 아가씨의 시신이 궤짝에 담겨 표행에 맡겨졌고, 운교 아가씨는 그 궤짝을 운반하는 정운학의 표행과 도중에 마주쳤습니다. 그렇다면 운교 아가씨가 그 의뢰인과 관련이 있을 것 같았습니다. 또 '푸른 창의 살인귀'는 객잔과 옥성에서 나타났고, 이 두 곳에서 동일한 장난을 칠 사람은 운교 아가씨 외엔 없었습니다. 그러므로 운교 아가씨가 시신이 운반된 모든 사정을 알고 있을 거라고 짐작했습니다."

이연화는 잠시 말을 멈추고는 엷은 웃음을 지어 보였다. "소면 객잔에서 일어난 일은 '귀신'에게 죄를 뒤집어씌우기 위해 꾸민 것이었습니다. 이 일을 계획한 건 운교 아가씨고요. 대체 왜 그랬을까요? 그리고 성주님은 왜 시신을 불태우고 무사들을 모조리 죽였을까요? 두 사람은 옥추상 아가씨를 죽이지도 않았는데 이 일을 감추려 애썼습니다. 제가 추측하건대…… 성주님은 자신이 딸을 죽였다고 착각하셨던 겁니다."

"착각했다고?" 화여설이 깜짝 놀라 물었다. "자기가 살인했다고 착각했다니, 어떻게 그럴 수 있단 말인가?"

"옥추상 아가씨가 장풍을 맞고 죽었다는 사실을 알고 운교 아가씨가 몹시 놀라는 걸 보았습니다. 옥성에서 벽공장으로 사람을 죽일 수 있는 사람은 많습니다. 하지만 어째서 옥추상 아가씨를 죽여야 했을까요? 옥추상 아가씨의 죽음으로 이득을 볼 사람이 누굴지 아무리 생각해도 알 수 없었습니다. 이득도 없이 살인을 할 사람이 어디 있겠습니까? 그런데 꽃병이 깨져서 좋을 사람은 없지만 부주의한 실수로 꽃병이 깨지는 건 흔히 일어나는 일입니다."

화여설이 실소를 터뜨렸다. "옥추상이 누군가의 실수로 죽었다는 뜻인가?"

"옥추상 아가씨는 성안에서만 생활했고 무사들이 무예를 단련하는 장소는 성밖에 있습니다. 무사들은 명령 없이 성안으로 들어오지 않습니다. 하인들 중에는 무예의 고수가 없고요. 그렇다면 실수로 옥추상 아가씨를 죽일 수 있는 사람은 옥씨 집안과 왕래하는 몇 사람뿐입니다. 즉, 종정 공자님과 마님, 성주님과 운교 아가씨뿐이지요. 성주님과 운교 아가씨는 벽공장을 쏠 줄 모르니 범인은 종정 공자님과 마님 중 한 사람으로 좁혀집니다. 어쩌면 두 사람 다일 수도 있고요. 그런데 여기서 이상한 사실을 발견했습니다."
이연화가 미소를 지으며 시선을 옥홍촉에게로 향했다.

화여설과 복승해도 의미심장한 미소를 지었다. 강호에서 잔뼈가 굵은 그들은 여기까지만 듣고서도 어디가 잘못됐는지 금세 알아차렸다.

이어지는 이연화의 말은 과연 두 사람이 짐작한 대로였다. "이 네 사람의 조합이 참 이상하지 않습니까? 성주님이 운교 아가씨와 짝이 되고, 마님이 종정 공자님과 짝을 이루다니 말입니다. 성주님과 운교 아가씨는 서로를 돕고, 마님은 종정 공자님을 두둔하고. 무슨 연유일까요?"

옥목람과 옥홍촉의 낯빛이 창백해지고, 운교의 얼굴은 당장이라도 숨이 끊어질 듯 핏기가 하나도 없었다. 그때 종정명주의 눈에서 왈칵 눈물이 쏟아졌다.

이연화는 안타까운 표정으로 네 사람을 쳐다보며 한숨을 내쉬었다. "처음 성주님의 병세를 보러 갔을 때 누군가 정원에서 몰래 성주님의 침실을 훔쳐보았습니다. 바닥에 발자국도 남겼지요. 운교 아가씨, 마님은 그게 운교 아가씨의 발자국이라고 했는데, 사실입니까?"

운교는 나무토막처럼 한참을 굳은 채로 있다 고개를 끄덕였다. 눈물이 그녀의 두 뺨을 타고 흘러내렸다.

"그건 운교 아가씨가 성주님께 각별한 마음이 있다는 뜻이지요." 이연화가 부드러운 목소리로 말했다.

운교는 눈을 감고 고개를 끄덕였다.

"심지어 아가씨는 죽음의 위험을 무릅쓰고 살인을 하려고도 했습니다. 성주님은 사람을 죽이지도 않았는데 어째서 시신을 다른 곳으로 운반하려 했는지 이해할 수 없군요." 이연화가 부드럽고 점잖은 목소리로 운교에게 물었다. "성주님을 사랑하시나요?"

옥홍촉과 종정명주가 경악한 표정으로 그 자리에 얼어붙었다. 운교는 또 고개를 끄덕였다. 눈물 두 줄기가 그녀의 두 뺨을 타고 흘러내렸다.

이연화가 이번에는 종정명주에게로 시선을 옮긴 뒤 부드러운 미소를 지었다. "옥추상 아가씨가 강호에서 사귄 벗들은 과연 모두 출중한 인재들이로군요. 종정 공자님은 수려한 외모에 고상한 풍모를 두루 갖추셨고, 운교 아가씨도 온화하고 지혜로우며 섬세하십니다. 다만…… 너무 출중하신 것이 탈이지요. 거기에 성주님은 혈기 왕성하고, 마님은 아름다워 방년 열여덟 소녀와는 또다른 원숙한 매력을 풍겼을 겁니다."

이연화는 종정명주의 창백한 얼굴을 보며 잠시 멈췄다 말을 이어갔다. "이 관계를 이해하고 나니 옥추상 아가씨가 왜 죽었는지 알 수 있었습니다. 옥추상 아가씨는 아랫배에 장풍을 맞고 숨졌습니다. 벽공장을 쏘기에는 너무 낮은 위치인데, 왜 아랫배에 맞았을까요? 옥성의 구조를 살펴보면 성주님의 침실 밖에만 백옥 울타리로 둘러싸인 꽃길이 있습니다. 왼쪽으로는 빈방과 연결되고, 오른쪽에는 옥추상 아가씨의 방이 있지요……"

이연화의 느릿느릿한 말투가 점점 의미심장해졌다. "이건 제 가정입니다만, 옥추상 아가씨가 울타리에 올라갔다면 오른쪽 창문을 통해 방안 광경을 볼 수 있었을 겁니다. 그때 방안에 있던 사람이 아가씨를 발견하고 벽공장을 쏘았다면 아랫배를 맞힐 수 있는 높이가 됩니다. 옥추상 아가씨는 벽공장을 맞고 울타리에서 떨어진 뒤 경황이 없어 방향감각을 잃고 빈방으로 도망쳤습니다…… 그런데 정말 불운하게도 그 빈방에서 또 예상치 못한 광경을 마주치게 된 겁니다. 이미 벽공장을 맞고 창자가 끊어져 복강내출혈이 생긴 상황에서 그 충격을 견디지 못하고 쓰러져 숨을 거두었습니다. 그렇다면 빈방에 있던 누군가는 자신이 옥추상 아가씨를 죽인 걸로 착각할 수도 있겠지요? 다시 말씀드리지만, 이건 아무런 증거도 없는, 순전히 제 망상입니다. 한데……"

이연화는 온화한 투로 종정명주에게 물었다. "제가 공자님께 도움을 청할 때 뭐라고 물었는지 기억하십니까? '다섯 길 정도 되는 거리에서 장풍으로 모래주머니를 터뜨리는 게 가능하시지요?' 공자님께서는 놀라며 그걸 어떻게 아느냐고 되물으셨고요. 성주님의 침실에서 백옥 울타리까지 거리가 다섯 길입니다. 하지만 마님께서 장풍을 쏘았다면……" 이연화가 방금 전 장풍을 맞고 부서진 녹나무 의자를 흘긋 보았다. "뼈까지 으스러졌을 겁니다."

이연화의 설명이 끝나자 대전 전체가 정적에 휩싸였다.

잠시 후 화여설이 짝짝짝 박수를 세 번 쳤다.

종정명주가 입을 벙긋거리자 복승해가 그의 아혈啞穴*을 풀어주었다. 종정명주는 쉰 목소리로 더듬더듬 말했다. "고의로 죽인 건 아니었소. 이 선생의 말이 맞지만…… 이 종정명주가 옥추상에게 어떻게 했는지는 하늘이 알고 땅이 알 거요. 그날은 정말 실수였소……"

---

* 어깨에 있는 혈자리. 이곳을 누르면 몸에 힘이 빠져 말을 하지 못하게 된다.

"이 공자님…… 그분을 탓하지 마세요. 제가 알아요……" 조용히 있던 운교가 다급하게 외쳤다. "성주님과 마님은 혼인한 지 스무 해가 넘었는데…… 두 분 사이에는 애정이 없었어요. 그저 추상을 위해 이십 년이 넘도록 억지로 행복한 척하며 산 거예요. 딸 앞에서는 늘 금슬 좋은 부부인 척하셨죠. 옥성의 재산이 어마어마하게 많아도 두 분의 혼인생활은 가난한 백성들보다도 못했어요. 성주님은…… 불쌍한 분이에요…… 마님도…… 자신을 존중해주는 남자를 원했던 거예요. 그게 잘못은 아니잖아요…… 우리 모두 추상을 속인 게 잘못이었어요. 추상이 받아들이지 못할 것 같아 두려웠어요. 결국 우리 넷이…… 추상을 그렇게 만든 거예요. 누군가의 목숨으로 죗값을 치러야 한다면 저를 죽이세요. 전 죽음이 두렵지 않아요, 정말이에요. 성주님과는 상관없이 말이에요."

"운교." 예상치 못한 운교의 말에 종정명주가 놀란 듯 몸을 떨었다. "추상을 죽인 건 나요. 추상이 꽃을 꺾으려고 울타리에 올라갔다가 나와 홍촉이 방에 있는 걸 봤소. 내가 얼떨결에…… 벽공장을 쏘고 말았소. 맹세컨대, 그땐 그 사람이 추상이라는 걸 몰랐소! 그녀는 울타리에서 떨어져 도망쳤소. 나와 홍촉이 옷을 입고 그녀를 찾으러 달려나갔지만 찾을 수 없었소. 그리고 다시 보았을 때 그녀는 이미 시신이 되어 있었소. 원주에서 죽어 시신을 옮겨왔다고 들었소…… 나는 정말로 귀신의 짓인 줄 알았소. 이 선생이 추상의 죽음을 조사하겠다고 했을 때 누구보다 더 진실을 알고 싶은 게 나였소……"

"추상이 빈방으로 뛰어들어왔을 때…… 성주님과 제가 거기에 있었어요." 운교가 천천히 말했다. "추상은 이성을 잃은 것처럼 저와 성주님을 향해 원망의 말을 쏟아냈어요. 저는…… 아무 말도 할 수 없었어요. 그러다 추상이 갑자기 바닥에 고꾸라지더니 숨을 거뒀어요. 성주님과 저는 추상이 우리 때문에 충격을 받아 죽었다고 생각했어요. 추상은 선천적으로 몸이 약하고 어릴 적에는 호흡이 짧고 빨랐지요. 추상이 우리 앞에서 쓰러져 죽었으니 덜컥 겁이 났어요. 성주님의 재산은 모두 마님에게 받은 것인데, 저와 몰래 정을 통했고 그 때문에 추상이 죽었다는 걸 알면 마님이 성주님을 절대로 용서하지 않을 테니까요. 추상의 시신을 처리할 방법을 생각해야 했어요. 우린 마님과 종정 공자님의 관계를 전혀 몰랐고, 마님 역시 제가 종정 공자님을 흠모한다고 오해할 뿐 성주님과의 관계는 전혀 모르고 있었어요."

운교는 가을 호수 같은 눈빛으로 이연화를 보며 말을 이었다. "이 선생님은 정말 무서운 분이네요. 모든 걸 직접 본 것처럼 다 꿰뚫고 계시다니 말이에요. 저는 가면을 쓰고 산을 내려가 표행을 물색했고 성주님은 추상의 시신을 궤짝에 숨겼어요. 그러고는 성주님이 몰래 감춰두고 있던 금은보화와 함께 표행에게 운반을 맡겼어요. 다른 사람들에게는 옥을 팔기 위해 다른 곳으로 옮기는 거라고 둘러댔어요. 하지만 여름철이라 시신이 궤짝에서 오랫동안 온전하게 있을 수 없었기에 제가 소면객잔에 가서 귀신 소동을 꾸몄어요. 제 예상대로 표행 사람들이 놀라서 궤짝을 열어보았고요. 정운학은 남을 의심할 줄 모르는 정직한 사람이어서 곧 귀신이 추상을 죽였다고 소문이 나게 됐죠. 귀신의 농간으로 결론 나면 이 사건은 이대로 묻힐 거라고 생각했어요." 사건의 전말을 모두 털어놓은 운교는 눈물을 닦은 뒤 더는 아무 말도 하지 않았다.

"나와 명주가 추상을 찾지 못하고 있을 때 귀신 소문이 돌기 시작했죠." 마침내 옥홍촉도 입을 열었다. 말투는 차갑고 목소리는 처량했다. "이 선생이 쉽게 옥성에 들어올 수 있었던 건, 그때 나와 명주가 겁에 질려 있었기 때문이에요. 강호에서 유명한 신의라더니 과연 헛소문은 아니더군요. 옥성에 오자마자 추상이 벽공장을 맞고 죽었다는 사실을 알아냈으니 말이에요. 그걸 보고 마음이 놓였어요."

이연화가 미소를 지었다. "마님은 종정 공자님이 사람을 죽였다는 걸 들킬까봐 두려웠을 테고, 또 운교 아가씨가 공자님 때문에 옥성을 드나든다고 오해하셨지요. 그래서 운교 아가씨가 범인일 거라는 은밀한 암시를 여러 번 제게 주셨지만, 유감스럽게도 제가 눈치가 없어 마님의 암시를 알아채지 못했습니다."

본인 입으로 '눈치가 없다'고 말하면서도 이연화의 말투에서는 일말의 부끄러움이나 자괴감이 느껴지지 않았다.

"이 선생님의 숨은 재능을 제가 미처 알아보지 못했군요." 옥홍촉이 담담하게 말했다.

"추상을 죽인 게 명주라니." 옥목람이 홀가분한 듯 웃음을 터뜨렸다. "이 선생은 과연 보통이 아니시군. 착한 사람에게 죄를 뒤집어씌우지 않잖아. 나와 운교는 죄가 없다고. 하하하하……"

그때 화여설이 싸늘한 투로 말했다. "실성한 척하며 무사들 수십 명에게 자결을 명했지요? 그들은 사람이 아니고 성주의 딸만 사람입니까?"

옥목람의 웃음소리가 뚝 멈췄다.

계속 눈을 감고 있던 운교의 속눈썹이 파르르 떨렸다. 그녀는 더이상 할말이 없었다.

복승해도 냉랭한 투로 말했다. "우리는 옥추상이 죽은 사건 때문에 옥성에 온 게 아니오. 지난 오십 년간 강호에서 무사들에게 자결을 강요하는 일은 없었거늘, 무사 수십 명에게 자결을 명한 옥성의 성주가 대체 얼마나 대단한 인물인지 보러 온 거요."

화여설이 바로 이어 말했다. "성주는 실제로 실성한 게 아니라 거짓으로 실성한 척한 것이니 그 무사들의 목숨값을 치러야 하오."

옥목람의 얼굴이 하얗게 질렸다. "아니, 아닙니다…… 그런 게 아니에요. 난…… 사람을 죽이지 않았습니다. 무사들은 자결한 겁니다……"

"내 이런 날이 올 줄 알았지. 이 이기적인 미치광이! 당신은 우리 옥씨 가문에 들어온 그날부터 사람 목숨을 파리 목숨보다 하찮게 여겼어! 속 좁고 비열하고 염치도 모르면서 성인군자인 척 위선이나 떨고!" 옥홍촉이 싸늘하게 말하고는 운교를 보았다. "처음에는 나도 너처럼 저 사람의 잘생긴 얼굴과 점잖은 행동에 속았지. 난 금방 깨닫고 돌아섰지만 멍청한 너는 그걸 알 리가 없었겠지. 너나 포목람이나 죽어도 아까울 게 없는 인간들이야."

운교는 체념한 듯 참담한 시선을 이연화에게로 옮겼다. 옥목람이 실성한 척 연기했다는 걸 이연화가 폭로한 순간, 운교는 이미 돌이킬 수 없다는 걸 직감했다. 그녀와 옥목람이 상상했던 아름다운 미래는 그 순간에 물거품이 되었다.

그녀를 보는 이연화의 눈빛에 미안함이 가득했지만 운교는 분명히 알고 있었다. 이연화가 자신에게 잘못을 뉘우치고 사죄할 기회를 여러 번 주었다는 사실을. 하지만 그녀는 번번이 그 기회를 붙잡지 않았다.

"명주, 모든 게 나 때문이야." 옥홍촉이 종정명주를 보며 깊은 숨을 들이마셨다. "내가 널 유혹하지 않았다면 너와 추상은 남들의 부러움을 살 만큼 행복하게 지냈겠지. 추상은 착한 아이였으니, 내가 착한 엄마가 아니었지……"

종정명주는 고개를 끄덕이고 또 끄덕일 뿐, 아무 말도 하지 않았다.

옥홍촉은 눈을 감았다. 옥추상은 어려서부터 그늘 하나 없이 밝게 자랐다. 부모가 서로를 사랑하지 않는다는 걸 모른 채 행복한 나날을 보냈다. 다만 옥홍촉은 딸이 한없이 원망스러웠다. 추상이 아니었다면 그녀는 절대로 포목람과 반평생을 부부로 살지 않았을 테고, 꽃다운 젊음을 그토록 덧없이 흘려보내지도 않았을 것이다. 뒤늦게나마 종정명주를 만나지 않았더라면 그녀의 아름다움도 무슨 의미가 있었겠는가. 비록 그 만남은 용납될 수 없는 죄였지만.

7. 여규女規

옥성에서 돌아온 이연화는 더욱더 전설적인 인물이 되었다. 그가 '묘약'으로 실성한 옥목람을 고쳤을 뿐 아니라, 종정명주가 약혼녀를 죽이고 옥목람 부부가 각자 외도를 한 기괴한 사건을 해결했다는 소문이 파다하게 퍼졌다.

종정명주는 포화이청천에게 체포되어 국법에 따라 형부刑部의 감옥으로 보내졌고, 옥목람과 운교는 강호의 법도에 따라 '불피백석佛彼白石'에 넘겨졌다.

불피백석은 십 년 전에 생긴 조직으로, 원래는 사고문四顧門이 사교邪教인 금원맹金鴛盟에 대항할 때 설치한 형당刑堂*이었다. 나중에 금원맹이 와해된 뒤 사고문의 문주 이상이李相夷가 금원맹의 맹주 적비성笛飛聲과 바다에서 일전을 벌이다 함께 실종되었고, 그후 사고문도 해산되었다. 십 년 전 금원맹을 제거한 젊은 협객들도 이제 중년으로 접어들어, 강호를 떠나 은둔한 이들은 차츰 잊히고, 은둔하지 않은 이들도 처자식이 생겨 각자 문파를 세웠다. 명성을 떨치던 사고문은 형당만 남아 그 명망을 유지한 채 지난 십 년간 강호에서 각 문파의 배신자에 대해 공과를 가려 처벌하는 역할을 했다. 불피백석이라는 이름은 이상이의 수족이었던 한불漢佛, 피구彼丘, 백아白鵝, 석수石水의 이름에서 따와 지은 것이다. 이들 네 사람은 지난 십 년 사이 강호 제자들이 동경하는 대협이 되었지만, 적비성과 배 위에서 결투를 벌이다 부상을 입고 실종된 이상이는 이미 사람들에게 잊힌 지 오래였다.

옥목람과 운교가 불피백석에 넘겨진 이상, 철저하고 공정하게

* 강호의 법을 집행하여 죄인에 대한 심문, 고문, 판결, 형벌 등을 수행하는 곳.

처리될 것은 의심의 여지가 없었다.

이연화는 파란 보따리를 들고 느릿느릿 산길을 걸어 병산진으로 돌아갔다.

저멀리 한 사람이 보였다. 누군가 길상문연화루 앞에서 고개를 좌우로 흔들며 시를 읊고 있었다.

"내 마음 알아주는 벗이 작별하고 장안으로 떠나는구나. 시름 가득하여 봄날의 심사에서 깨어나기 어렵네. 이제는 나처럼 가난하고 병든 사람 찾아줄 이 없으리. 말발굽소리, 수레바퀴 자국 푸른 풀 사이로 사라지네."

그는 문득 고개를 돌렸다 이연화가 돌아온 것을 보고 깜짝 놀라 외쳤다. "사기꾼이 돌아왔군!"

이연화는 그를 보고 가벼운 한숨을 내쉬며 인사 같지 않은 인사를 건넸다. "아직 살아 있네?"

책벌레 시문절. 바로 이연화가 땅속에서 꺼내준 사람이었다. 시문절과 방다병은 정반대였다. 방다병은 굶어죽은 귀신처럼 피골이 상접하게 야위어 자칭 '병약한 귀공자'였고, 시문절은 정말로 문약한 서생이지만 햇빛에 그을린 얼굴이 포청천包青天처럼 까매 '백면서생'이라는 말이 어울리지 않았다.

"네가 아직 미치지 않고 멀쩡한데 내가 어떻게 죽겠어?" 시문절이 이연화를 따라 탄식을 내뱉고는 고개를 외로 꼬고 그를 보았다. "이연화가 귀신을 잡았다는 소문을 듣고 가슴이 아팠지."

이연화가 웃으며 되물었다. "어째서?"

"네가 비록 사기꾼에 가난뱅이에 의술이라고는 쥐뿔도 모르고 싸우는 재주도 없지만, 그래도 바보는 아니라는 거잖아. 몇 년 뒤 네가 갑자기 미치광이가 된다면 아주 낯설 것 같아."

이연화도 한숨을 지었다. "내가 생각해도 난 참 괜찮은 사람이야. 만일 정말 그런 날이 오면 날 위해 눈물 두 방울만 흘려줘. 나도 가슴이 아플 테니까."

두 사람은 서로를 쳐다보다 동시에 한숨을 내쉬고는 하하하 웃음을 터뜨리며 함께 길상문연화루로 들어갔다.

이연화는 수소음심경手少陰心經*과 수궐음심포경手厥陰心包經**, 족양명위경足陽明胃經***에 중상을 입은 적이 있다. 이 세 가지 경맥은 뇌에 큰 영향을 미치기 때문에 세 경맥이 손상되면 지능이 떨어지고 환각이 나타나다 결국 실성하게 되며 고칠 수 있는 약도 없다. 이 사실을 알고 있는 유일한 사람이 시문절이었다. 그는 속으로 이연화를 몹시 걱정했다. 이연화는 웃는 얼굴 뒤에 남들은 전혀 모르는 비밀을 감추고 있으니 정말로 사기꾼인 셈이었다. 하루하루 자신이 아둔해지고 미쳐가는 걸 기다리는 심정이 어떨지 시문절은 상상조차 할 수 없었다. 하지만 겉보기에 이연화는 느긋하게 잘 지내는 것처럼 보였고 시문절은 그런 이연화에게 탄복하지 않을 수 없었다.

"뭘 가지고 온 거야?" 시문절은 이연화의 보따리 속에 살아 있는 무언가가 들어 있는 걸 발견했다. "그게 뭐야? 생쥐?"

---

* 모든 경맥들 중 기본이 되는 십이경맥 중 하나로 심장과 관계된다.

** 십이경맥 중 하나로 심장의 바깥막 심포를 관장한다.

*** 십이경맥 중 하나로 위장과 관계된다.

이연화가 보따리에서 조심스럽게 앵무새 한 마리를 꺼냈다.

"새."

시문절의 눈이 휘둥그레졌다. "앵무새? 암컷이네. 어떤 아가씨에게 사랑의 징표로 받았어?"

이연화가 밝게 웃었다. "운교가 기르던 거야. 노래도 부를 줄 알아. 들어볼래?"

"노래를 부른다고?" 시문절이 귀엽게 생긴 노란 앵무새를 호기심 가득한 눈으로 들여다보았다. "어디 한번 시켜봐."

이연화가 앵무새 머리를 쓰다듬자 앵무새가 노래를 하기 시작했다.

"어이쿠, 무슨 귀신 소리 같잖아! 이렇게 귀엽게 생긴 새가 이런 섬뜩한 소리를 내다니. 꼭 요괴 소리 같아……" 작고 귀여운 앵무새에게서 혀 잘린 귀신이 흐느끼는 듯한 기괴한 소리가 흘러나오자 시문절이 기겁하며 놀란 가슴을 쓸어내렸다. "어떻게 된 거야?"

"혀를 잘렸을 뿐이야. 내가 여규*라는 이름을 지어줬어." 이연화가 앵무새 부리를 부드럽게 쓰다듬으며 중얼거렸다. "방다병은 아마 이 노랫소리를 아주 좋아할 거야."

"안 돼! 방다병한테는 절대로 보여주면 안 돼!" 시문절이 손사래를 쳤다. "아마 매일 밤 이 새를 데리고 다니면서 사람들에게 겁을 줄걸? 방씨 가문 사람들은 물론이고 무당파武當派, 아미산峨眉山,

* 여자가 지켜야 하는 삼종사덕(三從四德).

소림사少林寺까지 모조리 놀라게 하겠지. 강호를 그런 혼란에 빠뜨리지 말아줘……"

"그럼 너에게 줄게……"

"나? 싫어! 밤마다 악몽에 시달리고 싶지는 않아."

"사랑스럽고 키우기도 쉬워. 엽전 한 닢으로 커다란 전병 하나 사서 주면 열흘을 먹으니 돈도 별로 안 들어." 이연화가 진지하게 권했다.

"이연화! 언제 미치나 했더니 드디어 미쳤구나? 싫.다.고!"

제2장

일품분

시린 바람이 몰아치는 한겨울, 삼나무가 서리를 맞으며 우뚝 서 있었다.

이곳은 전대前代 희성제熙成帝의 황릉이었다. 둘레가 오십 리에 달하는 구릉을 둥근 봉분으로 꾸미고 삼나무를 가지런히 심었으며 봉분 아래에는 거대한 궁전을 지어놓았다. 정식 명칭은 희릉熙陵이지만 이곳 사람들은 '일품분一品墳'이라고 불렀다.

희성제는 평범한 일생을 살았다. 재위 기간 동안 이렇다 할 공적을 세우지는 못했지만 특별히 큰 과오를 저지르지도 않았다. 수백 년 전 붕어한 황제가 잠들어 있는 희릉은 찾아오는 이 하나 없이 고요한 세월을 보내고 있었다. 서생과 묵객조차도 쓸쓸한 이곳에서 옛날을 그리워하지 않았다.

현 황조의 황제는 오십 리 둘레의 희릉에 고작 병사 백 명만 두어 건성으로 지키는 척만 했고, 희릉을 지키는 병사들도 툭하면 술

마시고 소란을 피우는 것으로 유명했다. 어차피 죽은 사람이 살아 나올 리도 없으니 무덤을 지키는 건 따분하기 짝이 없는 일이었다.

장청모張青茅는 양손에 빈 술주전자를 하나씩 들고 희릉의 지상 궁전에서 나와 나흘 동안 내린 눈이 수북이 쌓인 길을 비틀비틀 걸었다. 한겨울 바람이 살을 에는 듯했다. 화권划拳*에서 지는 바람에 술을 사러 가는 길이었다. 가는 길에 쇠고기장조림도 몇 근 사 오기로 했다. 눈보라가 거세게 몰아쳤지만 술과 고기를 먹을 수 있다는 생각에 애써 정신을 차리고 배에 힘을 주며 희릉에서 이십 리 떨어진 병산진으로 향했다.

오늘은 섣달 초하루이고 나흘째 내린 눈은 장청모의 무릎까지 차오를 만큼 쌓여 있었다. 장청모는 구시렁거리며 걷다 갑자기 돌부리에 걸려 넘어졌다. 순간 부아가 치밀어 희릉의 따뜻한 지상궁전에서 노닥거리고 있을 동료들을 저주하는 욕설을 내뱉었다. 마치 그들이 자신의 발을 걸어 넘어뜨리기라도 한 듯. 속이 후련해질 때까지 욕을 퍼붓고 몸을 일으키는데 눈밭 가운데 비죽 튀어나온 다리 하나가 그의 눈에 들어왔다.

무 같기도 하고 나무토막 같기도 했지만 그게 '발'이라는 걸 알아볼 수 있었던 건 바지와 신발 때문이었다. 장청모가 넘어지며 움푹 파인 눈구덩이 위로 그 발을 감싸고 있는 질 좋은 검은 비단이 선명하게 드러났다. 발에 신겨져 있는 신발에는 얇고 부드러운 신발창이 덧대어졌고, 그 위에 이목구비 없이 머리카락과 목만 있는,

---

* 술자리에서 흥을 돋우기 위해 하는 가위바위보 비슷한 놀이.

기괴한 형상의 사람 머리가 수놓아져 있었다.

장청모는 술고래가 되기 전 강호에서 몇 년을 지낸 경험이 있었다. 그는 그 신발을 보고 한참을 멍하니 있다 돌연 큰 소리로 외쳤다. "자객 무안無顏!"

눈 속에서 드러난 발의 주인은 바로 강호의 기인 순위에서 스물여덟번째를 차지하는 자객 모용무안慕容無顏이었다. 북방의 이민족 출신으로 정확한 나이는 알려지지 않았다. 소림사의 주지승을 살해하려다 미수에 그친 일로 강호를 떠들썩하게 한 인물이었다. 심지어 그는 털끝 하나 다치지 않고 무사히 소림사를 빠져나왔고, 그의 진짜 모습을 제대로 본 사람 또한 아무도 없었다.

1. 불피백석

불피백석이 기거하는 백천원百川院은 청원산清源山 뒤쪽 늪 옆에 자리했다. 백천원이라는 이름은 유명한 글귀인 '해납백천海納百川, 유용내대有容乃大'*에서 따온 것이다. 푸른 벽돌에 검은 기와를 얹은 가옥 네다섯 채가 지붕마다 두꺼운 눈을 이고 옹기종기 모여 있었다.

마흔 살 정도 되어 보이는 푸른 도포 차림의 남자가 누각 안에 서서 창으로 정원을 내다보고 있었다. 정원에는 아무것도 없었고,

* '바다는 모든 내를 다 받아들이기에 그 너그러움으로 거대하다'라는 뜻의 성어.

푸른 벽돌에 소복이 쌓인 흰 눈 위로 새가 머물렀다 떠난 흔적만 희미하게 남아 있었다. 짙은 눈썹에 부리부리한 눈망울의 남자는 훤칠한 키로 하늘을 떠받치듯 창 앞에 서 있었다.

불피백석의 우두머리 기한불紀漢佛이었다.

"얼마 전 일품분에서 큰 사건이 있었대요." 그의 등뒤에서 누군가가 말했다. "모용무안과 오광吳廣이 거기서 죽었다는군요. 일품분에 대해 조사해보니 삼십 년 동안 그곳에서 실종된 사람이 열한 명이나 되는데 그중 일곱 명이 무예의 고수였어요."

"무예로 따지면 모용무안이 최고지. 그의 무공은 우리에게 뒤지지 않아." 기한불이 냉랭하게 말했다.

기한불 뒤에 서 있는 남자는 솜옷을 입고 있었다. 족히 이백 근은 나갈 것 같은 살집 있는 체격에 얼굴이 둥글고 입술이 두툼했다. 키도 크지 않아 꼭 투실투실 살진 거위처럼 보였다. 백아白鵝 백강순白江鶉이었다.

"일품분의 삼나무 밭에서 모용무안과 철골금강鐵骨金剛 오광의 시신이 함께 발견됐는데, 두 사람 모두 상체는 장작처럼 바싹 마르고 하체는 퉁퉁 부었다고 하네요. 외상은 전혀 없었고요."

"음. 피구가 사람을 보내 조사하고 있으니 머지않아 소식이 있겠지."

"피구 그놈은 문주가 떠나시고 십 년 가까이 되도록 문밖으로 한 발짝도 안 나오는군요." 백강순이 이죽거렸다. 두꺼운 솜옷을 입고서는 손에 부들부채를 들고 부채질을 하고 있었다. "형님이 오른팔을 직접 망가뜨린 것처럼요. 문주께서는 이미 세상을 떠나셨는데, 형님이나 피구나 그렇게 자신을 못살게 굴어서 얻는 게 뭡니까?"

"그러는 너는 어째서 방안에 동해 섬들의 모형을 만들어놓고 몰래 사람을 보내 찾고 있느냐?" 기한불은 담담한 어투로 말했다.

백강순은 흥 하고 콧방귀를 뀌고는 화제를 돌렸다. "피구는 죽어도 밖으로 안 나올 거고, 그놈 제자들은 하나같이 아둔해빠졌잖아요. 나는 마침 운남雲南에 가야 하고, 형님과 넷째도 다른 일이 있는데, 일품분 사건도 작은 일은 아니니 어떻게 하실 거예요?"

"일품분 사건은 피구가 이미 방씨에게 맡겼어." 기한불의 눈동자에 옅은 광채가 빠르게 스쳤다. "피구가 틀어박혀 있긴 해도 일 처리는 정확하지."

백강순은 두툼한 살집에 눌린 작은 눈을 껌뻑였다. "방다병한테요?"

기한불이 고개를 끄덕였다.

"특별한 이유라도 있어요?" 백강순의 눈이 반짝였다.

기한불은 잠시 뜸을 들이다 천천히 대답했다. "이연화."

백강순이 손에 들고 있던 부채로 탁자를 탁 쳤다. "강호 최고의 신의 이연화. 나이 미상, 출신 미상, 생김새도 알려진 바 없음. 육년 전 강호에 등장, 길상문연화루라는 누각을 소유하고 있으며, 정교하게 지어진 그 누각은 소나 말로 끌고 다닐 수 있음. 이미 죽어 땅에 묻힌 시문절과 하란철을 놀라운 의술로 살려냈고, 최근에는 포화이청천과 함께 '푸른 창의 살인귀' 사건을 해결했으나 그가 정확히 어떤 역할을 했는지는 알 수 없음." 백강순은 불피백석에서

'인맥'을 담당하고 있었으므로 강호에 조금이라도 이름이 난 사람이라면 대략적인 정보는 알고 있었고, 유명한 사람이라면 손바닥 들여다보듯 술술 꿰었다.

기한불이 말했다. "이연화는 문주와 아무 관계도 없지만 그 누각이……" 그는 잠시 말을 멈췄다 나직한 목소리로 물었다. "너와 내가 금원맹으로 쳐들어갔을 때 적비성의 침소 앞에 있던 불당을 기억하느냐?"

백강순이 고개를 끄덕였다. "우리가 불당을 급습했을 때 향은 아직 타고 있었지만 적비성은 사라진 뒤였잖아요."

"그 불당의 장식을 조각한 사람은 적비성의 부하 금상金象 대사야. 천축天竺*에서 온 사람인데 불법과 조각에 조예가 깊었지. 피구가 그 불당의 조각을 보고 무척 감탄한 기억이 나. 그런데 길상문 연화루에 조각된 문양이 그 불당에서 본 것과 아주 비슷해."

"형님과 피구는 이연화가 금원맹의 제자일 거라고 의심하는 거예요?" 백강순은 잠시 생각에 잠겼다 말을 이었다. "그게 사실이라면 조사해볼 만하겠어요."

"만약 연화루가 정말로 금원맹의 물건이라면 이연화는 필시 적비성과 관련이 있을 거야. 적비성과 문주가 함께 실종됐는데 적비성이 죽지 않았다면 문주도 무사하겠지."

백강순은 한참 뒤에야 퉁퉁한 콧구멍으로 긴 숨을 내뿜었다. "피구가 희릉으로 누굴 보냈어요?"

---

* 인도.

"갈반葛潘."

갈반은 피구의 가장 유능한 제자였다. 장부를 기록하고 숫자를 계산하는 재주로 따지면 그를 따라올 자가 없었다. 나이는 스물다섯으로, 이상이가 실종된 지 얼마 되지 않아 피구의 제자가 되었으니 불피백석에 들어온 지 꼭 십 년이 되었다. 갈반은 직접 이상이를 만나보지 못한 것을 평생의 한으로 여겼다. 사고문의 문주 이상이는 잘생긴 외모로도 유명하지만 '상이태검相夷太劍'이라는 무공으로 더욱 이름을 날렸다. 냉정하고 오만하며 괴팍한 성격이지만 그 누구보다도 지혜로워, 열일곱 살에 사고문을 세우고 열여덟 살에 천하에 이름을 떨쳤다. 사고문에 수많은 인재가 모여 있었는데도 기한불과 백강순 등이 나이 어린 그를 공경해 문주로 깍듯하게 모셨다는 것만으로도 그가 어떤 인물이었는지 짐작할 수 있다.

갈반은 이번에 '방씨'와 함께 일품분에 가서 사건을 조사하는 임무를 맡고는 가벼운 흥분을 느꼈다. 십 년의 세월이 흐르는 동안 자신에게 맡겨진 임무에 가슴이 뛰는 일은 점점 줄어들었지만 이번에는 이연화가 금원맹의 사람인지 확인하러 가는 임무였기 때문에 평소와는 달랐다. 마음이 급해 달리는 말에 계속 채찍질을 하며 길을 재촉했다. 오후까지 방다병과 약속한 효월曉月객잔에 도착해야 했다.

말은 산길을 쏜살같이 내달렸다.

어느 모퉁이를 돌 때였다. 산길 옆에 쌓인 눈 위로 갑자기 물이 쏟아지더니 말이 어딘가에 발이 걸려 휘청했다. 그러나 말은 금방 다시 중심을 잡고 계속 달렸다.

2. 길은 어디에 있는가

방다병은 짜증이 가득한 표정으로 객잔에 앉아 이연화를 쳐다보고 있었다. 이연화는 아까부터 효월객잔 여주인의 아들을 품에 안고 방안을 이리저리 서성이고 있었다. 걸음을 잠시라도 멈추면 아기가 자지러지게 울음을 터뜨렸다.

"네 아들이야?"

"아니." 이연화는 별로 귀엽게 생기지도 않은 아기의 머리를 쓰다듬었다.

"네 아들도 아닌데 뭣하러 안고 달래는 거야?" 방다병은 이연화 때문에 화가 머리끝까지 치밀어 있었다. "내가 벌써 한 시진째 여기 가만히 앉아 있잖아. 공사다망하신 본 공자께서 먼길을 달려 이 누추한 곳까지 찾아왔는데 넌 내 앞에서 한 시진째 남의 아들만 돌봐주고 있다고!"

이연화가 문밖을 가리켰다. "취화翠花가 간장을 사러 갔는데 아기를 봐줄 사람이 없어."

"돌봐줘야 하는 아들 딸린 과부가 이 세상에 얼마나 많은 줄 알아? 전부 다 데려다 혼인하시지?" 방다병은 눈을 부릅뜨고 주먹으로 탁자를 쾅 내려쳤다. "불피백석이 본 공자에게 일을 맡겼어. 오광과 모용무안 사건이야. 살인범을 잡으러 같이 가지 않으면 널 이 자리에서 죽여버리겠어. 갈 거야, 안 갈 거야? 안 가면 널 죽여버리겠다니까!" 방다병이 위협하는 투로 나오기 시작했다.

"오광이 죽었다고? 모용무안도?" 이연화가 깜짝 놀라 되물었다.

"이상이도 죽고 적비성도 죽는데 그들이라고 별수 있겠어?" 방다병이 미간을 잔뜩 찌푸린 채 이연화의 품에 안긴 아기를 쳐다보다 또다시 탁자를 내려쳤다. "대체 언제까지 남의 아들을 끌어안고 있을 거야?"

그때였다. 삐거덕, 문이 열렸다 이내 닫히더니 문밖에서 젊은이의 쭈뼛거리는 목소리가 들려왔다. "저는 갈반이라고 합니다. 불피백석 문하의 제자입니다."

문을 열었다 방다병의 고함소리에 놀라 얼떨결에 다시 문을 닫은 것이다.

방다병은 얼른 옷매무새를 가다듬었다. '고상하다'는 뜻의 '이아爾雅'라고 이름 붙인 자신의 장검을 오늘은 가지고 오지 않았기에 장검 대신 본인이 직접 '고상한' 미소를 지었다. "들어오시게. 방다병이라 하네."

갈반이 문을 밀고 들어왔다. 그는 푸른 비단 저고리에 신발창이 얇은 장화를 신고 있었으며 그 또래 젊은이들에 비해 상냥한 미소를 지었다.

"갈반이 방 공자님과 이 선생님께 인사드리옵니다." 그는 방다병과 이연화에게 포권례抱拳禮*를 올렸다. 이연화가 아기를 안고 있는 것을 보고는 놀라 눈동자가 흔들렸지만 금세 표정을 관리하고

* 주먹 쥔 한 손을 다른 한 손으로 감싸 가슴 앞에서 양손을 맞대는 인사법.

못 본 척했다.

"일품분의 일은 어떻게 된 건가?" 방다병이 두 손으로 의자 팔걸이를 짚으며 물었다. "피구가 보낸 서신에는 오광과 모용무안이 일품분에서 죽었다는 얘기밖에 없었네. 자세한 건 자넬 만나서 들으라더군. 대체 어떻게 된 일이지?"

갈반은 방다병이 앉은 탁자 앞에서 공수拱手하며 말했다. "사부도 상세한 소식을 들으신 건 아닙니다. 백아 사숙께서 확인한 바로는 그들이 외상 하나 없이 상체는 깡마르고 하체는 퉁퉁 부은 상태로 발견됐다고 합니다. 시신은 둘 다 일품분 지상궁전에서 십 리쯤 떨어진 삼나무 숲에서 발견됐는데, 서로 열다섯 장丈* 정도 떨어져 있었고요. 시신을 발견한 사람은 소림 출신 장청모라는 자입니다. 모용무안이 희릉에서 죽은 건 그곳을 지키는 수릉군守陵軍과는 관계가 없지만 강호에서는 아주 큰 사건입니다. 백아 사숙께서 조사해보니 희릉에서 사람이 죽은 건 이번이 처음이 아니라고 합니다. 지난 삼십 년 동안 희릉에서 실종된 사람이 열한 명이나 되고 그중에 무림의 고수도 여럿 있었습니다."

방다병이 흥 하고 콧방귀를 뀌었다. "바로 이 객잔 뒤가 희릉이니 가보면 알겠지. 다만 기다려야 할 사람이 있네……"

갈반이 의아하다는 표정으로 물었다. "누구를요?"

방다병은 또 콧방귀를 뀌었다. "객잔 주인."

"객잔 주인을요?" 갈반이 영문을 모르겠다는 표정으로 마른기

* 한 장은 한 척(尺)의 열 배로 약 3미터에 해당한다.

침을 했다.

방다병이 노기 탱천한 눈으로 노려보자 이연화가 미안해하는 표정을 지었다. "간장을 사 오는 데 이렇게 오래 걸릴 줄은 나도 몰랐어."

피구가 일품분 사건 조사를 방씨 가문에 부탁했고, 불피백석의 부탁을 중요하게 여긴 방씨 가문에서는 방다병에게 신중에 신중을 기해 반드시 이 사건을 해결하라고 신신당부했다. 그래서 방다병은 이연화를 꼭 데려가야겠다고 생각했다. 총명하다고 자부하는 방다병은 이럴 때 누구의 힘을 빌리는 게 가장 효과적인지 잘 알았기 때문이다.

갈반은 마침내 입을 연 강호의 신의를 유심히 살펴보았다. 모용무안의 죽음을 조사하는 것보다 간장을 사러 간 객잔 주인을 더 중요하게 여길 수 있다는 게 신기할 따름이었다.

반 시진을 더 기다렸지만 효월객잔 주인 손취화孫翠花는 돌아오지 않았고, 이연화는 어쩔 수 없이 아기를 객잔 옆 기루 이홍원怡紅院의 포주에게 맡겼다.

이연화가 아기를 맡기고 돌아오니 두 사람은 조바심이 한계에 달해 있었다. 세 사람은 지체하지 않고 바로 희릉으로 향했다.

세 사람이 희릉에 도착했을 때는 이미 땅거미가 내려앉기 시작할 무렵이었다. 희릉은 아무나 출입할 수 없는 곳이었으므로 일반 백성의 발길은 거의 닿지 않았고 왕릉을 지키는 병사도 백 명이 채 되지 않았다. 희릉 주위는 삼나무 숲으로 둘러싸여 있고 들짐승도 거의 출몰하지 않았다. 세 사람의 발자국이 눈밭 위로 구불구불 또

렷하게 이어졌다. 큰 눈이 더 내리거나 날씨가 풀리지 않는다면 며칠이 지나도 발자국은 새로 찍힌 것처럼 선명할 터였다.

앞쪽으로 그리 멀지 않은 숲에 불빛이 보였다. 세 사람이 가까이 다가가기도 전에 숲에서 누군가 큰 소리로 외치는 게 들렸다. 조정의 군대가 주둔한 곳이니 함부로 들어오지 말라는 경고였다.

갈반이 불피백석의 제자라고 신분을 밝히자 숲에서 몇 사람이 횃불을 들고 마중나왔다. 소림과 무당의 제자들이라고 신분을 밝힌 그들은 '불피백석'을 목 빠지게 기다리고 있었노라고 말했다.

횃불을 들고 나온 사람은 모두 다섯 명이었다. 비둔한 몸집의 장청모와 소림파 속가제자俗家弟子* 둘, 무당파 제자 둘이었다. 소림파 속가제자 둘은 쌍둥이 형제 장경호張慶虎와 장경사張慶獅였는데, 장경호의 뺨에 난 점만 빼면 생김새가 똑같았다. 장경호는 소림십팔곤少林十八棍에 능하고 장경사는 나한권羅漢拳에 정통했다. 무당파 제자 두 사람은 양추악楊秋岳과 고풍신古風辛이었다. 그들은 며칠째 현장에서 모용무안과 오광의 시신을 지키고 있었다. 다들 강호 사람인지라 죽은 둘이 비범하다는 걸 잘 알고 있었기에, 그들의 가족이나 문파 사람들이 일제히 희릉으로 들이닥치기라도 할까봐 두려웠다. 고작 백 명의 병사로 감당하기에는 역부족일 게 분명하니 그들이 할 수 있는 건 그저 장렬한 희생일 터였다.

장청모, 장경호, 장경사 세 장씨는 모용무안의 시신을, 양추악과 고풍신은 오광의 시신을 지키고 있었다. 그들은 기다리던 자들

* 정식으로 문파에 입문하지 않고 다른 지역에서 그 문파의 무공을 수련하는 제자.

이 오자 만면에 희색이 돌았다.

방다병이 시신 두 구를 대충 훑어보았다. 모두 살아 있을 때는 건장한 체구였을 텐데 상반신은 바짝 야위고 하반신은 퉁퉁 부은 기괴한 형상이었다. 방다병이 탄식하며 말했다. “어떻게 이럴 수 있지? 독이 퍼졌나? 아니면 귀신이 씌었나?”

갈반이 능숙하게 오광의 시신을 뒤집었다. “이상합니다. 둘 모두 굶어죽었습니다.”

“굶어죽었다고?” 방다병은 깜짝 놀랐다. 옆에 있는 ‘신의’도 흠칫 놀라는 게 느껴졌다. “어떻게 그럴 수 있지? 가난한 이들도 아닌데 어찌 굶어죽는단 말인가?”

“습한 곳에서 굶어죽은 시신은 이런 모습입니다. 이 공자님은 잘 아실 겁니다. 처음에 시신의 상태에 대해 들었을 때는 독살을 의심했는데, 지금 보니 굶어죽은 게 확실합니다.” 갈반이 고개를 들어 이연화를 올려다보며 조심스럽게 물었다. “혹시 제 생각이 틀렸을까요?”

이연화는 약간 머뭇거리다 미소를 지었다. “자네 말이 맞네.”

방다병은 옆에서 가타부타하지 않고 히죽거리기만 했다.

“그런데 사방이 탁 트인 곳에서 무림의 고수들이 굶어죽다니 이상합니다. 여기서 죽은 게 아닌 듯해요.” 갈반은 의아하다는 표정으로 주위를 둘러보다 숲 가장자리의 희릉에서 시선을 멈췄다. “먹을 것이 없는 곳에 갇혀 있었던 것 같습니다. 설마……”

방다병이 물었다. “희릉?”

갈반이 고개를 끄덕였다. “이 근처 오십 리 안에서 강호의 고수들이 찾아갈 만한 곳은 희릉뿐입니다."

"그런데 여기까지 어떻게 왔을까?"

이연화의 질문에 방다병과 갈반 모두 흠칫했다. 희릉은 이곳에서 십 리나 떨어져 있는데, 시신 근처에 어지러이 난 발자국은 모두 수릉군 병사들이 남긴 묵직한 것뿐이었다. 무술의 고수 모용무안과 오광이 남겼을 것으로 보이는 발자국은 없었다.

방다병의 머리가 빠르게 돌아갔다. "장청모의 발자국 때문에 흔적이 지워진 건 아닐까?"

이연화는 방다병의 말을 듣지 못한 듯 옆에 있는 삼나무만 올려다보고 있었다.

방다병은 이연화를 따라 시선을 위로 옮기다 문득 깨달은 듯 외쳤다. "옳거니! 둘은 여기서 죽은 게 아니니 당연히 발자국이 남아 있을 리 없지. 이 시신이 바로 발판이었어."

갈반이 물었다. "시신이 발판이라고요? 자세히 설명해주세요."

방다병이 삼나무를 가리켰다. "저길 보게."

갈반이 위를 올려다보니 커다란 삼나무 가지 사이에 쌓인 눈이 움푹 들어가 있고 발자국이 선명했다.

"발을 디딘 곳인가요?"

방다병이 고개를 끄덕였다. "이 나무는 모용무안과 오광의 시신 사이에 있어. 두 시신은 서로 열다섯 장 떨어져 있고 이 나무가 바로 중간에 있지. 모용무안은 나무에서부터 여덟 장 떨어진 곳에 있어."

갈반도 주위를 둘러보다 깨달았다. "그렇군요. 이 산에 삼나무가 많지만 서로 붙어 있지 않아 두 시신이 열다섯 장이나 떨어져 있는 거로군요. 관찰력이 대단하십니다."

얼떨결에 과찬을 듣자 방다병은 뒷덜미에서 식은땀이 솟았다. 그가 억지웃음을 지으며 이연화를 흘긋 쳐다보니 이연화도 고개를 끄덕이고 있었다.

이곳 산에는 삼나무가 가득 자라고 있지만, 삼나무 숲끼리 서로 이어지지 않고 조금씩 거리를 두고 있었다. 숲마다 넓은 공터가 있을 뿐 아니라 산꼭대기와 산허리 사이에는 아예 숲이 이어지지 않고 끊긴 구간도 있었다. 그러므로 삼나무를 밟아 흔적을 남기지 않고 산을 내려가려 한다면 스무 장 가까운 눈밭을 단숨에 뛰어넘어야 했다. 하지만 아무리 절대 고수라 해도 스무 장을 한 번에 뛰어넘는 건 불가능하다. 다른 산이라면 돌을 주워다 징검다리처럼 밟고 지나갈 수 있겠지만, 이곳은 황릉인지라 산 전체를 인공으로 꾸며놓아 돌이라고는 산꼭대기에 깔려 있는 일정한 크기의 조약돌뿐이었다. 게다가 큰 눈이 내린 뒤라 돌을 주우려다가는 오히려 발자국을 선명히 남기게 된다. 이때 시신 두 구가 있다면 시신을 짊어지고 삼나무 위로 올라가 시신을 눈밭으로 던져 그 위를 딛고 스무 장 눈밭을 뛰어넘을 수 있다. 눈밭에 조그만 흔적도 남기지 않고 말이다. 시신을 나무 위에서 던질 수 있는 자라면 분명 보통 사람은 아닐 것이다. 그런데 그는 어째서 강호를 떠들썩하게 할 만한 시신 두 구를 눈밭에 던지면서까지 발자국을 남기지 않으려 했을까?

방다병이 혼잣말처럼 중얼거렸다. "모용무안과 오광을 죽인 범인은 아닐 수도 있겠군. 범인이라면 이런 짓을 할 이유가 없잖아.

옳거니! 다리에 문제가 있는 사람이야. 평소에 열등감이 심해서 눈밭에 자기 발자국을 남기지 않으려 한 게 틀림없어."

방다병은 눈을 반짝이며 의기양양한 표정으로 이연화를 보았다. 하지만 이연화는 그에게 눈길도 주지 않고 삼나무 위 흔적만 살펴보고 있었고, 갈반도 모용무안의 시신을 뒤집으며 이리저리 살피고 있었다. 방다병의 기발한 추리에는 아무도 관심이 없는 듯했다.

이들 세 사람을 귀인으로 여기는 장청모는 잠자코 듣고만 있는데 장경호가 조심스레 끼어들었다. "저희가 오랫동안 희릉을 지켜왔는데, 명루明樓*와 보성寶城**에는 항상 병사들이 있기 때문에 희릉에 누가 갇혔다면 굶어죽을 때까지 발견되지 않았을 리 없습니다."

말주변이 없는 장경사는 연방 고개만 끄덕였지만 시선은 줄곧 갈반에게로 향해 있었다. 방다병은 장경사의 눈길에 뭔가 이상한 느낌이 들었지만 뭐가 문제인지 알 수 없었다.

"지하궁전에 있었다면?" 양추악이 장경호를 향해 차갑게 말했다. "아무리 희성제께서 장례를 간단히 치르라는 유언을 남기셨다 해도 어쨌든 황릉이니 지하에 보물이 묻혀 있지 않겠는가. 모용무안과 오광이 보물을 찾으러 올 만하지. 게다가 이곳에 관음수루觀音垂淚라는 신비의 약이 있다는 둥, 황위 계승의 징표인 옥새가 있다는 둥, 황릉에 얽힐 법한 갖가지 소문들도 있지 않은가." 양추악

---

* 황릉의 지상에 있는 가장 높은 건물.

** 황릉의 봉분을 벽돌로 둘러싼 원형 담장.

은 생김새가 점잖지만 왠지 모르게 말투가 어두웠다. 방다병은 그가 썩 마음에 들지 않았다.

"하지만 우리가 삼 년 넘게 희릉을 지키는 동안 지하궁전의 입구를 본 적이 없잖은가." 이번에는 고풍신이 입을 열었다. "정말로 누군가 지하궁전의 입구를 찾아내 그 안의 시신을 꺼낸 거라면 입구가 눈에 띄지 않을 만큼 작을 리도 없는데, 대체 어디에 있단 말이야?"

이때 갈반이 끼어들었다. "사서史書의 기록에 따르면, 황릉 입구는 일반적으로 명루에 있다고 합니다. 희릉에 들어가 흩어져서 찾아보는 건 어떻겠습니까?"

이연화가 흘긋 쳐다보자 갈반이 가벼운 헛기침을 했다. "이 선생님은 다른 의견이 있으신가요?"

이연화는 "아" 하는 탄성과 함께 난처한 표정을 지었다. "난 귀신이 무서운데."

예상치 못한 대답에 갈반이 당황해 어쩔 줄 몰라하는데 방다병이 웃음을 터뜨렸다. "절세의 신의가 밤에 귀신을 무서워하다니. 하하하하! 하하하하……"

갈반이 한숨을 내쉬었다. "귀신이 무서우면 내일 아침 일찍 들어가도록 하지요."

3. 세번째 시신

그날 밤, 이연화와 방다병과 갈반은 희릉에 머물렀다.

수릉군 우두머리 장청모가 그의 방 양쪽에 있는 방으로 세 사람을 안내했다. 방다병과 이연화는 오른쪽 방에, 갈반은 왼쪽 방에 들었다. 장청모의 방 맞은편은 장씨 형제의 방이고, 방다병과 이연화의 맞은편 방에는 양추악이 묵었다. 갈반의 방 맞은편은 고풍신의 방이었다.

명루와 보성은 원래 묵을 수 없는 장소였다. 전대 황조의 군대였다면 황릉 밖 순산포巡山鋪에 머물렀겠지만 지금의 수릉군은 군기가 풀어질 대로 풀어져 명루 안에 묵었다. 춥다는 이유로 산을 순찰하지도 않고 온종일 희릉 안에서 술을 마시며 노름을 하고 노름에서 진 사람이 벌칙으로 술과 고기를 사오는 등 군기가 엉망이었다.

하얀 눈밭에 달빛과 별빛이 우련하게 비쳤다. 방다병은 잠이 오지 않았다. 장청모의 코 고는 소리 외에는 사방이 기이할 정도로 적막했다. 눈밭에 반사된 달빛이 왼쪽 방 창문으로 들어와 오른쪽 방까지 훤히 비추어 불편했지만 이연화는 쌕쌕 숨소리를 내며 잘도 잤다.

방다병은 어쩐지 불안한 마음을 떨칠 수 없었다. 장경사를 처음 봤을 때부터였다. 분명히 처음 본 사람인데 왜 이렇게 불안한 느낌이 드는 걸까?

뜬눈으로 밤을 새우고 거의 동이 틀 무렵이었다. 누군가 장청모의 방으로 뛰어들며 황급히 외치는 소리가 방다병의 귀에도 들려왔다. "장 통령統領, 장경사가…… 장경사가 살해당했습니다! 머리가 사라졌어요. 누가 장경사의 머리를……"

장경사의 죽음을 알린 건 양추악이었다.

방다병은 침대에서 솟구치듯 일어났다. 이연화도 일어나 앉아 방다병과 시선을 맞추었다. 장경사가 죽었다고?

장경사의 죽음은 실로 괴이했다. 장청모가 허겁지겁 옷을 걸치고 장씨 형제의 방으로 달려가보니 장경사가 평상복 차림으로 침대에 앉아 있는데 머리는 보이지 않고 목에서 흐른 검붉은 피에 옷의 절반이 젖어 있었다. 추운 날씨에 장경사의 몸에서 피가 그대로 얼어붙어 붉은색이 유난히 선명해 보였다. 희고 깨끗한 벽 앞에 머리 없는 시신이 앉아 있는 모습은 소름 끼치도록 끔찍했다.

장경호는 밤새도록 양추악의 방에서 노름을 한 뒤 이른 새벽에야 방으로 돌아왔는데 아우가 죽어 있었다고 증언했다.

방다병과 이연화는 장경사의 방에서 한참을 머물렀다. 장경사는 머리가 잘린 것 외에 다른 외상은 없었다. 이연화는 넋이 나간 표정으로 장경사를 쳐다보고만 있었지만, 방다병은 잔뜩 화가 난 표정이었다. 이건 정말 예상치 못한 사건이었다. 누가, 왜 장경사를 죽였을까? 모용무안과 오광의 죽음에 장경사가 어떤 관련이 있었던 걸까?

갈반도 같은 생각을 한 듯 옆에서 중얼거렸다. "이상해요. 누가 왜 장경사를 죽였을까요? 설마 장경사가 모용무안과 오광의 죽음에 관련이 있었던 걸까요?"

방다병이 고개를 끄덕였다. "장경사가 지하궁전의 입구를 알고 있었을 거야."

갈반은 납득이 가지 않았다. "그렇다면 어째서 말하지 않았을까요?"

"장경사가 두 사람을 지하궁전으로 끌어들여 죽게 만든 장본인이라면 당연히 말할 리가 없지."

갈반이 미간을 찡그렸다. "장경사가 죽었다는 건, 장경사 외에도 이 일과 관련된 사람이 더 있다는 뜻이겠군요. 오늘 우리가 지하궁전의 입구를 수색하려 하니 입을 막으려고 죽인 모양이에요."

방다병이 한숨을 쉬었다. "그건 범인이 가까운 곳에 있다는 뜻이지. 어쩌면 수릉군과 우리 셋 중에 있을 수도 있어."

그때 이연화가 끼어들었다. "밖에 발자국이 없어."

그 말에 갈반이 흠칫했다. "그렇다면 지난밤에 외부인은 들어오지 않았단 얘기로군요……"

"꼭 그런 건 아니지." 이연화가 덤덤하게 말했다. "용의자가 더 있어. 시신 두 구를 숲에 던져놓고 능은문陵恩門의 월대月臺에서부터 숲을 뛰어넘어 산을 내려간 그 사람……"

이연화의 말이 끝나기도 전에 방다병과 갈반이 놀라 이구동성으로 반문했다. "능은문의 월대?"

이연화가 태연하게 말했다. "응. 능은문 뒤에 가림벽이 있고, 가림벽 뒤편이 바로 명루야. 명루에는 쭉 사람이 기거하고 있고 능은문 옆에는 부엌이 있어서 평소에 사람이 자주 오가지. 그래서 눈이 쌓이지 않도록 쓸어놓으니 거기라면 발자국을 남기지 않을 수 있어. 밤에는 부엌에 사람이 없고, 월대 앞은 삼나무 숲이니 도망칠 수 있는 곳은 거기뿐이야……"

방다병이 이연화의 어깨를 탁 치며 감탄했다. "역시 대단해. 일리가 있어! 지하궁전의 입구도 능은문 근처에 있겠군!"

하지만 이연화는 여전히 이해할 수 없다는 표정으로 고개를 저었다. "이상한데. 만약 지하궁전에서 시신을 꺼낸 사람이 장경사를 죽였다면 오늘 아침 우리가 지하궁전 입구를 찾으려 한다는 걸 어떻게 알고 장경사를 죽였겠어?"

방다병이 눈을 휘둥그레 떴다. "그 말은……"

그때 갈반이 불쑥 말했다. "그렇다면 어젯밤에 숲에서 우리가 하는 얘길 들은 사람 중에 범인이 있겠군요!"

그 말에 양추악과 장경호의 낯빛이 새파랗게 질렸다. 어젯밤 숲에 있던 사람은 장경호 형제, 양추악, 고풍신, 장청모, 이연화, 방다병, 갈반 이렇게 여덟 명뿐이었다. 그중 장경사를 제외한 나머지 일곱 명 중에 장경사를 죽인 범인이 있다면 과연 누구란 말인가? 게다가 머리는 왜 베어 갔단 말인가?

희릉의 지하궁전에 들어가야만 이 모든 수수께끼를 풀 수 있을 것이다. 수백 년 동안 깊이 잠들어 있는 황릉에 어떤 비밀이 숨겨져 있기에 무림의 고수 두 명이 굶어죽고, 수릉군 병사의 머리가 잘린 걸까?

장청모는 숲에서 시신을 지켰던 이들을 불러 이연화 일행과 함께 곧장 능은문의 월대로 향했다.

이들 일곱 명은 웅장하게 솟은 돌기둥과 돌문을 몇 개 지나 능은문에 도착했다. 희릉의 능은문에는 구름을 둘둘 휘감은 용 아홉 마리와 앉아 있는 용의 모습을 정교하게 조각한 부조 두 점이 모셔져 있었다. 황제의 영혼을 지키는 영물이었다. 이연화 일행은 바로 지하궁전의 입구를 찾기 시작했다. 다들 전대 황제에게는 공경심이 별로 없었으므로 단검과 장검으로 여기저기를 조심성 없이 툭툭 두드렸다.

"잠깐 이리 와봐." 방다병이 이연화를 한구석으로 데려가 나지막이 속삭였다. "누가 제일 의심스러운지 알려줘. 내가 계속 주시할 테니까."

이연화가 빙그레 웃었다. "아…… 나도 모르겠어……"

이연화의 말이 끝나기도 전에 방다병이 눈을 흘겼다. "네 앵무새가 아직도 우리집에 있는 것 같더라?"

이연화는 머뭇거리다 미간을 찡그렸다. "설마 갑자기 앵무새 고기가 먹고 싶어진 건 아니겠지?"

방다병이 입술을 가늘게 찢으며 웃었다. "말해주지 않으면 내가 갑자기 앵무새 고기를 좋아하게 될지도 모르지."

이연화는 짧은 한숨을 내뱉었다. "휴, 천하의 방 공자께서 그깟 앵무새 한 마리를 볼모로 잡고 협박하다니 창피하지도 않아?" 이연화는 슬며시 웃음을 터뜨리고는 나직이 속삭였다. "장경사의 방에서 시신이 아닌 다른 곳에는 피가 한 방울도 묻어 있지 않았다는 사실을 눈치챘어?"

방다병이 기억을 더듬었다. "음, 그게 왜? 설마 장경사도 거기서 죽은 게 아니라는 얘기야?"

"장경사의 몸에 남은 핏자국 봤지? 분수처럼 뿜어져나온 게 아니라 흘러내린 핏자국이었어. 벽에도 피가 튄 흔적이 없었고."

방다병의 미간이 찔그러졌다. "그래서, 하고 싶은 얘기가 뭐야?"

"목을 베서 죽인 게 아니라 죽인 다음에 머리를 잘라낸 거야."

방다병은 이해할 수 없었다. "입막음을 하려고 죽였으면 그만이지 뭣하러 목까지 베었지?"

이연화가 빙긋 웃었다. "입을 막기 위해 죽였을 수도 있지. 하지만 목을 벤 이유는…… 어쨌든 침대에 앉아 산 채로 목이 잘렸다면 벽에 아무 흔적도 남지 않았을 리 없어. 검으로 사람을 찔렀을 때 즉시 피가 나면 무기에도 피가 묻는다는 걸 너도 알잖아. 검을 내려치는 힘이 세고 속도가 빠를수록 힘이 가해지는 방향을 따라 피가 튀게 된다고. 하지만 장경사의 방에는 핏자국이 하나도 없었어. 피가 굳기 시작했을 때 목을 베었다는 증거야. 그러면 곧바로 피가 나오지 않으니까 무기에도 피가 묻지 않지."

방다병은 여전히 이해가 가지 않았다. "방안에서 목을 잘렸다고 단정할 수 있어? 다른 곳에서 목이 잘린 뒤에 옮겨졌을 수도 있잖아."

이연화가 한숨을 쉬었다. "밖에서 목이 잘린 뒤에 옮겨졌다면 핏자국이 그렇게 생길 수 없어. 그건 목이 잘리고 나서 얼마 후에 천천히 흘러내린 핏자국이야. 목이 베인 뒤 그 자세 그대로 움직이지 않았기 때문에 피가 천천히 옷을 적신 거지. 목을 베어 죽였다면 피가 왈칵 쏟아져 흘러내리고 사방에 피가 튀었을 거야."

방다병은 계속 반박했다. "아니야. 역시 다른 곳에서 죽은 뒤에 옮겨진 것 같아……"

이연화는 할 수 없다는 듯 한숨을 내쉬었다. "난 먼저 죽은 뒤에 방에서 목이 잘렸다고 했지 방에서 죽었을 거라고 말한 적은 없어. 자꾸 그걸로 물고 늘어지지 마."

방다병이 콧방귀를 뀌었다. "그래 좋아. 죽은 뒤에 목이 잘렸다고 쳐. 그게 뭐가 어떻다는 거야?"

"그 말은 곧, 장경사는 두 번 죽임을 당했다는 거야. 그 두 번이 동일인의 소행이라면 살인의 목적은 목을 베는 것이었겠지. 하지만 죽인 사람과 목을 벤 사람이 서로 다른 자일 수도 있어." 이연화가 차근차근 설명했다. "그렇다면 두번째 사람은 살인이 아니라 머리를 자르는 데 관심이 있었다는 뜻이야."

방다병의 눈이 휘둥그레졌다. "머리를 자르는 데?"

이연화가 빙긋 웃었다. "머리는 신비한 부위지. 많은 비밀을 알려주거든. 살아 있을 때든 죽었을 때든."

방다병은 어리둥절하기만 했다. "그게 무슨 말이야?"

이연화가 방다병의 귀에 대고 속삭였다. "예를 들어 머리를 잘라내면 죽은 사람이 누군지 알 수 없지."

뜻밖의 얘기에 방다병이 깜짝 놀라 "아!" 하고 외치며 고개를 들다 이연화의 머리를 들이받았다.

입구를 찾고 있던 사람들이 일제히 두 사람을 돌아보았다. 이연화는 미안한 표정을 지었고, 방다병은 주먹으로 이연화를 쿡 쥐어박았다. "앞 좀 보고 다녀! 부딪히잖아!"

이연화는 이번에는 억울한 표정을 지었다.

아까부터 두 사람을 유심히 보고 있던 갈반이 물었다. "무슨 얘길 하고 계세요? 입구를 찾으셨어요?"

이연화가 답했다. "다병이 찾았다는군."

방다병이 펄쩍 뛰었다. "뭐라고?"

이연화는 어리둥절한 표정을 지어 보이며 태연하게 반문했다. "네가 방금 전에 가림벽 뒤에 있다고 하지 않았어?"

방다병이 머리를 긁적였다. "아……"

이연화는 계속해서 능청맞게 말했다. "대개 황릉은 능묘 중심선에 지하궁전으로 내려가는 통로가 있고 입구는 가림벽 뒤에 있다고 네가 말했잖아."

방다병이 고개를 끄덕였다. "그렇지. 본 공자가 그렇게 말했지."

갈반이 능은문 뒤 가림벽 쪽으로 성큼성큼 다가갔다.

희릉의 가림벽에 그려진 문양이 다른 황릉의 것과 약간 달랐다. 일반적으로는 용과 봉황, 신성한 동물 등을 그려 황제의 영혼을 지키는 상징으로 삼지만, 희성제의 가림벽에는 아주 복잡한 문양이 그려져 있었다. 모두들 머리를 맞대고 한참 살펴본 뒤에야 용의 머리를 하고 날개가 달린 잉어 두 마리가 연꽃 주위에서 놀고 있는 그림이라는 걸 알아볼 수 있었다. 용으로 변한 잉어를 그린 그림인데 황실 장식에는 절대로 쓰지 않는 문양이었다. 그런데 삼십 년 넘게 재위한 황제의 능묘에 이런 문양이 있다니, 전례가 없는 기이한 일이었다.

갈반이 가림벽을 쓰다듬으며 검 끝으로 가볍게 두드려보았지만 특별한 점은 발견할 수 없었다. "조금 이상하기는 하군요. 그런데 입구는 어디에 있습니까?"

"입구가 땅속에 묻혀 있는 건 아닐 겁니다." 장청모가 불현듯 말했다. "제가 이곳을 지킨 지 삼 년이 넘었는데, 가림벽 앞은 늘 사람들이 오가는 곳인데다 누가 여기서 뭘 파내는 걸 본 적이 없습니다. 파낸 흙무더기를 본 적도 없고요."

방다병이 눈을 빛냈다. "그럼 어떤 개폐 장치가 있겠군요?"

그 말에 갈반이 중얼거렸다. "개폐 장치라…… 벽돌을 다 두드려봐도 속이 빈 듯한 곳은 없었는데……" 갈반이 사방을 둘러보다 말했다. "아무리 살펴봐도 손으로 잡아당길 수 있도록 튀어나온 곳도 없습니다. 개폐 장치가 어디에 있을까요? 수백 년 전에 그런 장치를 고안해냈다면 참으로 감탄할 만한 일이군요."

방다병은 배뚜름한 시선으로 이연화를 흘긋 보았다. '설마 입구를 찾았다는 게 거짓말은 아니겠지? 하지만 이연화는 거짓말을 밥 먹듯이 하는 위인이잖아. 이걸 어쩌지? 내가 입구를 찾았다고 해놓고 찾지 못하면 본 공자의 체면이 말이 아닌데.' 방다병이 속으로 씩씩거리고 있는데 별안간 무릎이 저릿했다. 무언가가 무릎 옆 혈해혈血海穴에 날아와 부딪힌 것이다. 방다병은 그대로 바닥에 고꾸라졌다. 어찌나 요란하게 엎어졌던지 다들 깜짝 놀라 쳐다봤다.

"방 공자님!"

얼굴을 바닥에 붙인 채 널브러진 방다병의 눈에 문득 기묘한 광경이 들어왔다.

아침햇살이 환하게 비추는 가운데, 그의 코앞부터 가림벽 바로 앞까지 사각으로 희미한 금이 보이고 그 구역의 모래들이 모두 유리벽 앞으로 쓸려 있었다. 가림벽 앞에는 모래뿐 아니라 미세한 돌조각과 흙먼지도 보였다. 방다병이 뒤로 한 발짝 기어 물러나서 살펴보고, 다시 뒤로 한 발짝 더 물러나서 살펴봤지만 역시 마찬가지였다. 그렇게 엉금엉금 기어서 능은문 뒷방의 문턱까지 물러나서야 눈앞의 바닥에 모래가 가득히 흩어져 있었다.

방다병이 장청모에게 물었다. "장 통령, 여기는 보통 며칠에 한 번씩 비질을 하시오?"

"희릉 자체가 사람의 발길이 거의 닿지 않는 곳이라 눈이 쌓인 경우가 아니면 거의 비질을 하지 않습니다. 어차피 이곳은 사람이 아니라 귀신이 사는 곳이기도 하고요."

방다병은 흙먼지가 묻은 옷을 툭툭 털며 바닥에서 일어났다. "그렇다면 최근에는 비질을 한 적이 없소?"

"그렇습니다. 지금 쌓여 있는 눈은 보름 전에 내린 것이고, 그때 눈을 쓸어낸 뒤로는 보름 동안 비질을 한 적이 없습니다."

방다병이 콧김을 내뿜었다. "그렇다면 입구는 바로 여기요."

"응? 어디?" 이연화가 놀란 듯 눈을 동그랗게 뜨며 방다병을 쳐다보았다. 방다병은 정말이지 천뭉치로 저 입을 틀어막고 싶었다.

방다병은 이연화의 수작으로 얻어맞은 혈해혈이 아직도 얼얼했지만 내색도 하지 못하고 마른기침을 두어 번 한 뒤 사람들에게 말했다. "이곳 바닥은 모래가 모두 가림벽 쪽에 쏠려 있소. 일부러 모래를 가림벽 쪽으로 쓸어 모아놓은 것이 아니라면 이 바닥이 수직으로 세워졌거나 들어올려진 적이 있다는 뜻이오. 그러지 않으면 바닥의 모래가 모두 같은 방향으로 미끄러질 리 없으니 말이오. 이 바닥을 들어올려주시겠소? 내 생각에는 여기가 바로 지하궁전의 입구인 것 같소."

갈반이 고개를 끄덕였다. "일리 있는 말씀입니다. 그런데 바닥이 꽤 무거울 텐데 어떻게 들어올리죠?"

방다병은 말문이 막혀 우물쭈물하다 무안한 마음에 짜증 섞인 목소리로 말했다. "무예의 고수라면 당연히 손으로 들어올리지 않겠나?"

갈반이 미간에 힘을 주며 말했다. "그러려면 초인적인 힘을 타고났거나 외가권外家拳*을 단련한 사람이어야 할 겁니다. 철골금강이라는 별명을 가진 오광은 가능했겠지만, 저도 공자님도 할 수 없을 겁니다."

장청모가 불쑥 말했다. "힘이라면 우리 중에 소림파 출신 장씨 형제를 따라올 자가 없습니다. 두 손으로 천 근도 들 수 있지요. 들어보라고 할까요?"

예상치 못한 얘기에 갈반과 방다병 모두 깜짝 놀랐다. 키가 크지도 작지도 않고, 마르지도 뚱뚱하지도 않은 장경호가 그 정도로 힘이 세다니 의외였다.

장경호가 고개를 끄덕이더니 품에서 쇠갈고리를 꺼내 한쪽 끝은 능인문 계단에 걸고 다른 쪽 끝은 바닥에 난 금에 걸었다. 그런 다음 "헙!" 하는 기합소리와 함께 갈고리를 잡아당기자 바닥이 콰직 소리를 내며 먼지가 피어올랐다.

---

* 몸안의 단전과 기운을 중시하는 내가권(內家拳)과 달리 동작이 크고 화려하며 근골의 단련을 중시하는 권법으로 소림권법이 대표적이다.

그의 괴력에 쇠갈고리도 힘없이 비틀어졌다. 바닥이 들리며 생긴 좁은 틈으로 갈반이 장검을 집어넣자 방다병도 소매에서 단곤短棍을 꺼내 바닥 틈으로 밀어넣어 지탱했다. 나머지 사람들도 각자 무기를 꺼내 힘을 합쳤다. 장경호가 쇠갈고리를 집어던지고 방다병의 단곤을 잡더니 우렁찬 기합소리를 내며 있는 힘껏 돌을 들어올렸다. "열려라!"

그러자 바닥 돌이 순식간에 세 장만큼 들어올려지고 흙먼지와 모래가 사방으로 우수수 떨어졌다. 거의 대부분 어두운 구멍 속으로 떨어졌지만 일부는 가림벽 쪽으로 쏟아졌다. 바닥이 들어올려지는 순간 양추악, 고풍신, 장경호 세 사람은 마치 숨겨진 비수의 공격이라도 받은 것처럼 재빨리 몸을 날려 피했다. 그들이 바닥에 착지했을 때는 입구가 완전히 열렸고 비수의 공격도 없었다.

모든 무기가 거대한 돌판에 눌려 찌그러졌지만 단곤만 멀쩡했다.

장경호가 단곤을 방다병에게 돌려주며 공손하게 말했다. "좋은 무기로군요."

방다병은 흡족한 미소를 지으며 단곤을 받아 소매 안에 넣고는 바닥에 나타난 구멍 안으로 머리를 넣어보았다. "구멍이 아주 크군."

입구를 덮고 있던 돌판은 두께가 한 자尺는 족히 될 것 같고 둘레는 다섯 장쯤 되었으며 무게가 천 근은 너끈히 나갈 것 같았다. 모두 장경호의 괴력에 감탄하며 소림 제자들은 과연 특출하다고 칭찬했다.

4. 희릉의 지하궁전

일곱 사람은 칠흑처럼 깜깜한 입구를 에워싸고 내려다보았다. 땅 밑에서 약한 바람이 불어올 뿐 퀴퀴한 냄새 같은 것은 나지 않았다.

갈반이 고조된 목소리로 말했다. "아래에 통풍구가 있는 것 같습니다. 과연 비밀을 품고 있는 황릉이군요."

황릉은 완벽하게 밀폐하는 것이 일반적인데 어떻게 통풍구가 있을 수 있지? 다들 의아하게 생각했다. 장청모가 사람을 시켜 횃불을 가져오게 한 뒤 갈반이 제일 먼저 횃불을 들고 깜깜한 굴 안으로 훌쩍 뛰어들어갔다.

어른거리는 불빛이 발밑을 비췄다. 입구부터 바닥까지는 두 장 정도밖에 되지 않았다. 나머지 여섯 명도 차례로 몸을 던져 내려갔다. 입구의 돌판은 괴력의 소유자가 아니면 도저히 들 수 없을 만큼 무거웠기에 누군가 몰래 입구를 닫을까 걱정할 필요는 없었다.

횃불 일곱 개가 굴의 벽을 비추었다. 그들 앞에 놀라운 광경이 펼쳐졌다. 그들이 서 있는 곳은 벽을 정교한 조각으로 장식하고 바닥에 돌판을 평평하게 깔아놓은 통로였다. 사방 벽에 글자가 빽빽하게 새겨져 있는데 한자가 아니어서 읽을 수는 없지만 필체가 섬세하고 아름다웠다. 통로 천장에는 서천제불西天諸佛, 보살, 나한 등이 조각되어 있어 능묘의 모습을 갖추고 있었다.

그런데 희성제와 그 후비가 잠들어 있는 무덤에 어째서 밖으로 난 통로가 필요했을까? 모용무안과 오광은 정말로 이 지하능묘에서 죽었을까? 그들은 입구를 어떻게 찾아냈을까? 일행은 글자가 빽빽하게 새겨져 있는 통로를 따라가며 각자 생각에 빠져 아무도 입을 열지 않았다.

"연화." 한참 만에야 방다병이 정적을 깼다. "벽에 글씨가 끝없이 이어지네. 뭐라고 새겨져 있는 거야?"

"범문梵文*으로 어떤 이야기를 새겨둔 거야." 이연화는 이어 "아" 하고 탄식하고는 약간 심드렁하게 말했다. "누군가의 아들 이야기야."

"누군가의 아들 이야기라고?" 방다병이 의아하다는 표정을 지었다. "무슨 이야긴데?"

다른 사람들은 숨죽인 듯 조용했다. 끝을 알 수 없는 지하통로 안에서 긴장감과 의구심만 점점 커지는데다, 장경사를 죽인 범인이 곁에 있을지 모른다는 생각을 하니 더 섬뜩했다. 다들 초조함을 떨치기 위해 두 사람의 대화에 귀를 기울였다.

이연화가 여전히 심드렁한 투로 말했다. "『법화경』 5권 여래수량품에 나오는 이야기야. 부처가 제자들에게 들려준 의자유醫子喻라는 이야기지. 의술이 훌륭한 명의에게 아들이 여럿 있었는데, 하루는 명의가 멀리 출타한 사이에 아들들이 집에서 독약을 잘못 먹고 무척 괴로워했어. 명의가 돌아와 그걸 보고는 약을 지어주었지. 효성스러운 아들들은 그게 영약일 것이라 믿었고, 평소에 불효하

---

* 브라흐미문자. 고대 인도에서 썼던 문자의 하나.

던 아들들은 그게 독약일 거라고 의심했어. 아버지를 믿은 아들들은 약을 먹고 회복됐지만, 믿지 않은 아들들은 고통스럽게 신음하면서도 끝내 약 먹기를 거부했지. 아버지가 자기들을 죽이려는 거라고 생각했으니까. 아버지는 불효자들을 탓하지 않고 아들들 앞으로 서신을 썼어. '내 나이가 많아 살날이 얼마 남지 않은 것 같구나. 나의 영약은 모두 집에 두었으니 너희들이 필요할 때 가져다 먹거라.' 명의는 다시 멀리 출타하며 사람을 시켜 이 서신을 아들들에게 전해주고 자신이 죽었다고 얘기하라고 했어. 아버지가 자신을 독살할까봐 두려워했던 아들들은 아버지가 죽은 줄 알고 자애로운 아버지를 그리워하다, 어차피 이제는 누가 약을 가져갔는지 아버지가 모를 테고, 가짜 약일 리도 없다고 확신해서 아버지가 남긴 약을 가져다 먹고 몸이 나았어. 그런 뒤 명의가 집에 돌아오자 불효했던 아들들은 자신들이 얼마나 어리석었는지 크게 깨달았지. 부처가 이 이야기를 들려준 뒤 제자들에게 물었어. '이 명의가 거짓말로 남을 속인 죄를 지었느냐?' 그러자 제자들은 아니라고 대답했지."

방다병이 따분하다는 듯 말했다. "그런 이야기를 보배처럼 여겨 능묘 벽에 새겨놓게 했다니 희성제가 노망이 났었나보군."

그때 갑자기 갈반이 끼어들었다. "어느 황조에서든 황릉을 짓는 것은 중대한 일입니다. 그 이야기를 여기에 새겨놓은 특별한 뜻이 있을 겁니다. 우리가 그걸 알지 못할 뿐이지요."

갈반의 말이 끝남과 동시에 앞에 모퉁이가 나타났다. 모퉁이를 돌자 통로 끝에 문 두 짝이 나란히 닫힌 돌문이 보였다.

횃불을 비추니 흰색 돌문 위에 조각된 부조가 보였다. 반룡蟠龍 두 마리가 연꽃 봉오리 하나를 두고 서로 차지하려고 큰 파도 속에서 싸우는 그림이었다. 연꽃이 문짝 가운데에 새겨져 문틈이 연꽃을 반으로 갈랐고, 용은 좌우 양쪽 문에 한 마리씩 조각되어 있었다.

갈반은 속으로 생각했다. '역사서에 따르면 모든 능묘의 돌문은 안쪽에서 기다란 버팀돌이나 석구石球를 받쳐놓아 안에서 나갈 수는 있지만 밖에서 들어가지는 못한다고 했는데…… 게다가 이 돌문은 머리카락 하나 들어갈 틈도 없을 만큼 굳게 닫혀 있으니, 장경호 같은 장수 서너 명이 붙어도 열 수 없을 것 같은데.'

갈반이 그런 생각에 잠겨 있을 때 장청모가 돌문을 두 손으로 밀었다. 뜻밖에도 문은 별다른 저항 없이 스르르 열렸다.

모두 어리둥절해 그 자리에 얼어붙었다. 갈반이 문 안쪽으로 횃불 하나를 던졌다. 안쪽도 역시 통로였다. 과연 돌문 뒤에 거대한 석구가 있었지만 이미 누군가에 의해 반으로 쪼개져 한옆에 나뒹굴고 있었다.

일행은 차례차례 안으로 들어갔다. 쪼개진 석구 옆을 지날 때는 다들 간담이 서늘했다. 처음 이 돌문을 연 사람은 어떤 방법으로 열었을까? 지름이 웬만한 성인 남자 키의 절반이나 되는 커다란 석구를 어떻게 깨부수었을까? 만약 격산타우隔山打牛*를 써서 돌문을 사이에 두고 석구를 깨뜨린 것이라면 그 무공이 어느 수준일지 가히 상상하기 힘들었다.

---

* 어떤 물체에 힘을 가해 그 뒤에 있는 대상에 타격을 가하는 무공.

돌문 뒤 통로는 완만한 내리막길이었다. 석벽에는 역시 글자가 새겨져 있고, 일정한 간격을 두고 구멍이 뚫려 있어 미풍이 새어들어왔다. 그래서 조금 전에 지나온 통로보다 공기가 더 맑았다.

얼마 뒤 또 돌문 하나가 나왔다. 흉측한 얼굴의 귀신이 그려진 문 앞에 부서진 돌조각이 흩어져 있었다. 모두 의문을 가득 품고 귀문鬼門을 넘어 계속해서 앞으로 나갔다. 열 장도 채 가지 않아 또 돌문이 나왔다.

이번에는 금과 은으로 상감한 관음상이 조각되어 있었다. 자비롭고 인자한 얼굴의 관음이 버들가지를 들고 연꽃 위에 앉아 있는 모습은 상서로운 느낌을 자아냈다. 이번에도 장청모가 힘껏 문을 밀었다. 어찌된 까닭인지 이번에는 열리지 않았다. 장경호도 나서서 힘껏 밀어보았지만 미세하게 흔들리기만 할 뿐 열리지 않았다.

갈반이 고개를 들어 올려다보며 말했다. "모용무안과 오광이 죽은 곳이 바로 여기인 것 같습니다."

장청모는 온몸의 솜털이 바짝 서는 걸 느꼈다. "어째서입니까?"

갈반이 횃불을 높이 들어 범문이 새겨진 벽을 비추었다. 벽에는 날카로운 것에 파이고 긁힌 듯한 흔적이 많았다. 바닥도 마찬가지였다. 그뿐 아니라 심하게 비틀어진 장검 한 자루가 바닥에 떨어져 있고 날 끝은 벽 모서리의 돌 틈에 박혀 있었다.

"그들이 들어올 때 이전의 문들은 모두 열려 있었던 것 같습니다. 여기까지 들어온 두 사람이 이 문을 열 방법을 궁리하고 있을 때 누군가 뒤에서 귀문을 닫아버린 것이죠. 이어 석구로 받쳐 열어두었던 다른 문 하나도 닫으면, 석구는 이 경사진 통로를 따라 저절로 굴러 내려와 귀문 앞을 막게 됩니다. 오광과 모용무안이 아무리 힘이 세도 문을 열고 나갈 수 없었을 겁니다."

장청모는 고개를 돌려 귀신이 그려진 돌문을 쳐다보았다. 서늘한 기운이 등줄기를 타고 올라왔다. 그때 방다병이 말을 받았다. "문을 닫으려고 큰 힘을 들일 필요도 없었겠지. 뒤에서 문을 살짝 밀기만 해도 석구가 저절로 내려가 문을 눌렀을테니. 그 커다란 석구가 경사로에서 문을 내리누르면 그 힘을 감당할 사람이 없을 거야. 더군다나 깜깜한 어둠 속에서 당장 도망칠 곳을 찾는 건 결코 쉬운 일이 아니지."

그때 이연화가 바닥에서 뭔가를 발견하고 주워들었다. "여기 양피羊皮가 있어. 지도로군. 여기에……" 이연화의 얼굴에 당혹스러운 표정이 스쳤다. "관음이라고 표시되어 있는데? 이 관음상을 말하는 걸까?" 이연화가 앞에 있는 돌문을 가리켰다.

방다병도 지도를 한 장 주워들고 살펴보았다. "여기도 한 장 있어. 네가 주운 지도와 거의 같은 그림이 그려져 있어."

"여기도 있어요…… 아!" 지도를 주워들던 양추악의 손에 들린 횃불이 관음문 앞쪽 바닥을 비추는 순간, 양피에 덮인 백골이 어렴풋이 눈에 들어왔다. 이미 검게 변한 백골이었다. "시신이 있어요!"

사람들의 시선이 일제히 문 앞 바닥으로 쏠렸다. 이내 모두 횃불을 낮춰 바닥을 살폈다. 그제야 바닥 곳곳에 나뒹굴고 있는 백골들이 보였다. 대부분 온전하지 않고 부서진 채 진흙 속에 엉망으로 흩어져 있었기에 처음에는 눈에 띄지 않았던 것이다. 양피 지도도 한두 장이 아니라 열한 장이나 됐다. 바닥에 널려 있는 뼛조각들을 내려다보며 방다병은 자기도 모르게 몸서리를 쳤다. "뼈들이 왜 이렇게 부서져 있는 거야…… 설마……"

이연화가 뼛조각 하나를 주워 자세히 들여다보고는 가벼운 한숨을 내쉬었다. "네 생각이 맞아. 뼈에도 날카로운 것에 베인 흔적이 있어. 다른 사람한테…… 잡아먹힌 거야. 그래서 뼛조각이 이렇게 흩어져 있는 거고. 아마 오래전 황릉에 들어왔다 누군가에 의해 갇혔을 테고, 이후 자기들끼리 격투를 벌여 강자가 약자를 잡아 인육을 먹었을 거야. 하지만 마지막에 남은 사람도 결국 죽음을 피하지는 못했지." 이연화의 말투에서 연민이 묻어났지만 나머지 사람들은 모골이 송연해 무기를 든 손에 힘이 들어갔다. "지하궁전의 입구 위치를 그린 지도들이네요. 이렇게 많은 사람이 위험을 무릅쓰고 들어올 만큼 이 희릉에 진귀한 보물이 있나요?"

갈반이 형형한 눈빛으로 관음이 새겨진 문을 응시했다. "이 문을 열어야만 진실을 알 수 있을 것 같습니다."

"이곳에……" 끔찍한 인육 얘기에 말없이 몸을 떨고 있던 장청모가 떨리는 목소리로 입을 열었다. "보물이 있다는 얘기를 들은 적이 있습니다. 서남쪽 제후국에서 공물로 바친 환약인데 모든 병을 고칠 수 있는 만병통치약이라고 합니다. 무예의 고수가 먹으면 공력을 강하게 해주기도 하고요. 희성제가…… 환약 백 알을 합쳐 한 알로 만들었는데 그 약의 이름이 '관음수루'라고 했습니다."

방다병과 이연화는 어리둥절하여 서로의 얼굴만 쳐다보았다. 이 해골들은 모두 관음수루를 훔치기 위해 왔던 자들인 모양이었다. 보물이 있는지 확실한 것도 아니고 단지 소문만으로 이 많은 사람이 목숨을 걸고 보물을 찾으러 오다니, 혀가 내둘러졌다.

양추악이 말했다. "모용무안과 오광도 지도를 손에 넣고 보물을 찾으러 왔겠군요. 그런데 이들이 똑같은 지도를 가지고 와서 똑같이 이 문 앞에서 굶어죽었다면 이 지도의 배후에 어떤 음모가 있는 게 틀림없습니다."

방다병은 양추악이 그다지 마음에 들지 않았지만 그의 말이 일리가 있다고 생각했다. "삼십 년 동안 열한 명이 실종됐고 여기 양피 지도가 열한 장 있는 걸 보니 실종된 자들은 전부 여기서 죽은 것 같소. 만약 이 일을 꾸민 배후가 있다면 그의 계획도 삼십 년 동안 계속됐겠군."

갈반이 고개를 끄덕였다. "삼십 년에 걸친 음모라니. 결코 작은 일은 아닐 것 같습니다."

방다병이 이번에는 고개를 갸웃하며 말했다. "그런데 이상한 점이 하나 더 있는데…… 우리가 여기까지 들어온 게 너무 순조롭지 않은가?"

모두 같은 생각이었다. 그때 장경호가 굵은 목소리로 외치듯 말했다. "길을 터줬군요!"

방다병이 고개를 끄덕이며 장경호의 어깨를 탁 쳤다. "본 공자의 생각도 그렇소. 배후 인물이 치밀한 계획에 따라 적당한 길잡이를 선택해 지하궁전으로 들여보냈고, 지하통로에 설치된 기관機關*

* 원치 않는 사람이 들어오지 못하도록 막기 위한 함정이나 장치를 통칭하는 말.

들은 그들이 먼저 맞아 처리했기 때문에 우리가 이렇게 쉽게 들어올 수 있었던 거지. 하지만 그들도 이 관음문은 열지 못한 듯하오. 퇴로가 막힌 절박한 상황에서 괴력의 소유자 오광도, 소림의 제자 모용무안도 이 문을 열고 도망치지 못했군."

"관음문을 열어야 합니다. 그래야만 비밀을 풀 수 있습니다." 갈반의 입에서 짧은 탄식이 새어나왔다.

하지만 이연화의 시선은 사람들의 얼굴을 이리저리 훑고 있었다. 방다병이 미간을 찡그리며 물었다. "뭐 할말 있어?"

이연화는 헛기침을 하고 얼버무리듯 대답했다. "그게…… 문을 열기 전에 이 얘길 해야 하나 생각중이었어. 장경호를 죽인 범인 말이야……"

그 순간 통로 안이 쥐죽은듯 고요해지며 모두의 놀란 시선이 이연화에게로 쏠렸다. 자신이 잘못 들었다고 생각한 방다병이 되물었다. "뭐라고? 장경호를 죽인 범인?"

이연화가 미안해하는 표정으로 장경호를 보았다. "형제의 목을 베고 얼굴에 점도 붙였지만…… 오는 길에 점이 떨어졌지 뭡니까……"

사람들의 시선이 다시 '장경호'의 얼굴로 쏠렸다. '장경호'는 본능적으로 손을 뻗어 자기 얼굴을 만졌다. 지하궁전의 입구에서 돌판을 들어올릴 때 땀을 뻘뻘 흘린데다 조금 전에도 돌문을 밀어 열려고 잔뜩 힘을 준 뒤라 얼굴이 땀범벅이 되었는데, 이연화가 태연스럽게 그렇게 얘기하니 긴장한 나머지 손으로 뺨을 세게 문지르는 바람에 점이 손에 붙어 떨어졌다.

그 순간 모두의 입에서 "악!" 하고 외마디 비명이 터져나왔다. 그는 장경호가 아니라 간밤에 '살해된' 장경사였다.

방다병은 속으로 이연화를 사기꾼이라고 욕하며 겉으로는 냉정한 목소리로 물었다. "당신은 장경사요, 장경호요?"

"경사, 너는…… 이미 죽지 않았어? 그렇다면 그 시신은 네가 아니라 경호란 말이냐? 이게 어떻게 된 일이야……" 장청모가 충격에 휩싸여 더듬거리며 물었다. "너희 형제에게 무슨 일이 있었던 거야? 경호는 어떻게 죽었고, 넌 왜 경호인 척을 한 거야? 설마…… 네가 경호를 죽였어?" 장청모가 사납게 눈을 부라렸다.

이연화는 조심스럽게 장경사를 살펴보고 입술을 비죽이더니, 이번에는 조심스럽게 양추악을 쳐다보았다.

"실은……" 양추악이 할말이 있는 듯 입술을 달싹이는데 별안간 미풍이 불어오고 장청모가 외마디 비명을 내질렀다. 모두가 소스라치게 놀라는 그 순간, 그들이 들고 있던 횃불 여섯 개가 동시에 꺼졌다. 이어 무언가 퍽 하고 부딪히는 소리, 콰당 하고 넘어지는 소리가 난 뒤 곧 사방이 고요해졌다.

방다병이 어둠 속에서 고함을 질렀다. "어딜 도망가려고!"

누군가 쏜살같이 밖으로 뛰쳐나갔다.

그때 머리 위에서 천천히 불빛이 나타났다. 언제 천장으로 몸을 피했는지, 이연화가 횃불을 들고 조심스럽게 아래를 내려다보고 있었다.

방다병의 얼굴이 어둡게 굳었다. 방금 전 어둠 속에서 누군가와 세 번씩 공격을 주고받았는데 상대의 초식招式이 복잡해 어떤 무공을 구사하는지 종잡을 수 없었다. 그런데 그 상대가…… 단 한 번의 공격으로 장경사의 숨통을 끊어놓았다!

"이 정도로 대단한 고수일 줄은 생각도 하지 못했습니다. 장경사를……" 갈반이 말을 잇지 못하고 한숨을 내쉬었다. 방금까지만 해도 멀쩡히 살아 있던 장경사가 눈 깜짝할 사이에 머리가 짓뭉개져 숨이 끊어진 채 벽에 비스듬히 기대어 있었다. 두개골이 깨지면서 근육이 당겨져 입가에 기묘한 웃음을 띤 것처럼 보였다. 바닥에 백골이 낭자하게 깔려 있는, 음습하고 깜깜한 이 능묘는 갈수록 등골을 서늘하게 만들었다. 천장에 매달려 있는 이연화의 얼굴에서도 핏기가 가셨다.

방다병이 죽은 장경사를 보며 말했다. "실로 엄청난 장력이군."

갈반이 다가가 장청모를 일으켜세웠다. 자세히 보니 표창 하나가 장청모의 팔에 꽂혀 있었다. 표창이 힘줄을 끊어놓기는 했지만 치명상은 아니었다. 장청모는 얼빠진 표정으로 장경사의 시신을 보고 있었다. 그의 눈에 극도의 공포가 차올랐다.

도망친 사람은 고풍신이며, 장경사는 죽고 장청모는 부상을 입었다. 양추악만 얼굴이 파랗게 질린 채 두 주먹을 꼭 쥐고 옆에 서 있었다.

갈반이 담담하게 말했다. "이제 분명해졌군. 장씨 형제를 죽인 사람은 고풍신이 아니라 바로 당신이야."

양추악은 번쩍 고개를 들고 갈반을 죽일 듯이 노려보았지만 아무 말도 하지 않았다.

갈반이 천천히 말했다. "두 사람 중 당신이 더 의심스러워. 고풍신이 바보가 아닌 이상 제 발로 도망치지 않았겠지. 그건 자기가 범인이라고 자백하는 꼴이니까. 진짜 범인은 모용무안과 오광을 함정으로 유인하고 장씨 형제를 죽일 만큼 대담하고 비상한 실력을 가진 고수야. 그런 자가 그렇게 아둔할 리 없어……"

양추악은 뒤로 한 발짝 물러나 방다병을 흘긋 보았다. 방다병은 아직 갈피를 잡지 못한 상태였는데, 갈반의 추리가 꽤 그럴듯하게 들렸다. 양추악과 장청모를 번갈아 쳐다보는 방다병의 미간이 불룩하게 솟아올랐다.

갈반이 양추악에게 싸늘한 눈초리를 던졌다. "하지만 당신에게 장씨 형제를 죽일 만한 공력이 있는지 확인해봐야겠어."

말이 끝남과 동시에 갈반의 주먹이 양추악의 가슴팍을 향해 날아갔다. 양추악은 두 팔을 펼치며 방어 태세를 갖추려 했지만 갈반이 재빨리 손날을 세워 그의 맥소脈所를 노렸다. 양추악은 하는 수 없이 손가락 하나를 세워 막아냈다. 손가락으로 일으킨 바람이 예리하게 공기를 가르자 방다병의 낯빛이 변했다.

갈반이 팔을 거두며 말했다. "무당파 백목白木 도장道長의 제자였군. 어쩐지……"

무당파의 백목 도장은 쾌검快劍*, 지법指法**, 장공掌功***으로 유명한 고수였다. 방금 전 양추악의 지법은 백목의 창구지蒼狗指가 틀림없었다.

---

* 매우 빠른 검법.

** 손가락을 이용해 상대를 공격하는 무술.

*** 손바닥을 이용해 상대를 공격하는 무술.

양추악이 숨을 깊게 들이마신 뒤 싸늘하게 말했다. "난 누가 장경사를 죽였는지 모르고 누가 장경호를 죽였는지도 모릅니다. 난 이 일과 무관해요."

방다병이 탄식했다. "무당파 백목의 제자가 이 먼 희릉까지는 왜 왔을까? 거 참 이상하군."

양추악은 얼굴이 파랗게 질린 채 음산한 기운을 내뿜을 뿐, 입을 굳게 다물고 더는 아무 대꾸도 하지 않았다.

"이제…… 범인이 잡힌 건가?" 천장에 있던 이연화가 조심스레 끼어들었다.

갈반이 이연화와 방다병에게 포권례를 하며 공손하게 말했다. "그런 것 같습니다."

방다병은 이연화를 흘긋 쳐다보고는 갈반을 칭찬했다. "음, 과연 불피백석의 제자답군. 명불허전이야. 날카로운 추리력에 본 공자도 감탄했네." 하지만 속으로는 이연화를 원망했다. '빌어먹을 이연화. 죽은 사람이 장경사가 아니고, 장경사가 장경호 행세를 했다면 그래야만 하는 이유가 있을 거라는 사실도 알고 있었겠지. 누군가 장경사를 죽이려 한다는 걸 말이야. 그런데도 그걸 성급하게 폭로하는 바람에 장경사가 죽고 말았어. 장경호를 죽인 범인은 알아내지도 못하고. 그런데도 신이 나? 양추악은 무슨 꿍꿍이가 있는지 알 수 없고, 고풍신은 도망쳐버렸고, 장청모가 범인이 아니라는 증거도 없잖아?'

방다병이 속으로 구시렁거리고 있을 때 이연화가 천장에서 관음문 위쪽 벽을 손으로 더듬었다. "여기 금이 간 것 같은데……"

이연화는 검에 찍혀 생긴 틈을 디디며 천장으로 올라간 것이었다. 우연히 벽에서 금을 발견하고는 더듬어 살펴보다 중심을 잃고 그대로 떨어질 뻔했지만 손과 발로 지탱해 천천히 내려왔다.

"여기……" 이연화가 뭐라고 말하려는데 갈반이 갑자기 양추악 앞으로 성큼 다가서며 그의 어깨에 있는 혈도를 짚었다. "방 공자님, 범인을 맡아주십시오."

갈반은 순식간에 위로 솟구쳐올라 벽을 아래로 힘껏 끌어내렸다. 그러자 커다란 돌판이 요란한 소리와 함께 떨어져 백골이 널브러져 있는 진흙에 처박혔다. 돌판의 두께가 두 자 다섯 치는 족히 되어 보였다. 장경사의 힘으로도 밀 수 없을 만했다. 견고하게 만들어지긴 했지만 수백 년 세월을 거치며 풍화된 탓인지, 아니면 무림의 고수들에게 시달린 탓인지, 문 위쪽의 돌벽에 세 자 길이로 가느다란 틈이 벌어져 있었다. 이연화가 천장에 올라가 살펴보지 않았다면 발견하지 못했을 것이다.

관음문 위쪽에 폭이 세 자가량 되는 구멍이 생겼다. 문 안쪽도 깜깜해 마치 지옥에서 음산하게 인간 세상을 내려다보고 있는 귀신 눈동자 같았다.

방다병은 목덜미가 선득했다. 담력이 세서 늘 겁없이 일을 벌이는 그였지만 발밑에 나뒹구는 백골들을 생각하니 선뜻 안으로 들어갈 수 없었다.

하지만 갈반은 희색이 만면해서는 서둘러 횃불을 붙여 구멍으로 들어갔다.

이연화가 천천히 기어올라가며 물었다. "갈반, 안에 뭐가 있나?"

"아직 아무것도……" 그 순간 갈반은 등허리에서 약한 바람을 느끼고 본능적으로 팔을 뒤로 홱 뻗었다. 아직 하반신은 구멍을 빠져나오지 못했다는 게 생각났지만 이미 늦은 뒤였다. 퍽 하는 소리와 함께 손이 돌벽에 부딪히며 감각이 사라졌다. 곧이어 등허리의 요양관혈腰陽關穴도 얼얼해지더니 전신이 마비된 채 관음문 위의 시커먼 구멍에 몸이 걸려 꼼짝도 할 수 없게 되었다.

방다병은 어찌나 놀랐는지 눈과 입이 함께 벌어졌다. 갈반의 혈도를 짚은 사람은 물론 뒤따라 올라가고 있던 이연화였다.

양추악과 장청모도 동시에 "아!" 하고 소리쳤다. 이연화는 다시 천천히 벽을 타고 내려와 옷매무새를 가다듬었다.

장청모는 문 위에 매달린 갈반을 가리키며 벌어진 입을 다물지 못했다. "아…… 저자가…… 그……"

양추악이 자기도 모르게 외쳤다. "저자라는 걸 어떻게 알았습니까?"

이연화는 고개를 들어 갈반을 쳐다보고는 빙그레 웃었다. "저자는 갈반이 아니니까요."

모두 어안이 벙벙했다. 방다병이 미간을 찡그리며 물었다. "저자가 갈반이 아니라고? 네가 불피백석의 갈반을 알고 있었어?"

이연화는 고개를 저었다. "일면식도 없지. 하지만 불피백석이 가난하다는 건 알아. 피구도 비단옷을 입지 못하는데 피구의 제자가 비단옷을 입을 수 있겠어?"

방다병은 그제야 깨달았다. "옳거니. 네 말이 맞아. 저자가 지금 입은 옷이 은자 열 냥은 족히 될걸? 본 공자의 옷과 마흔 냥밖에 차이가 나지 않아."

이연화가 말했다. "저자가 갈반이 아니라고 확신한 이유가 세 가지 더 있어. 첫째, 너무 고상해."

방다병이 어리둥절한 표정으로 물었다. "고상한 게 문제라고?"

이연화가 웃음을 참으며 말했다. "그건 네가 이상이에 대해 몰라서 하는 소리야. 이상이는 눈이 머리 꼭대기에 달린 위인이라 평생 번잡한 격식과 법도를 무시하고 살았어. 그의 문하에 있는 제자들도 교양이라곤 없어서 누굴 만나도 공자님이니 선생님이니 부를 리도 없고 예를 갖춰 인사할 리도 없지."

방다병이 코웃음을 쳤다. "불피백석 사람들이 우리 집안 노인네들과 얘기할 때도 예의 차린 빈말은 한마디도 안 하더라니."

옆에서 듣고 있던 장청모는 속으로 의아했다. 이연화가 사고문에 대해 잘 알고 있는 것 같은데, 그가 대체 언제 사고문과 친분을 맺었을까?

이연화가 계속해서 말했다. "둘째, 황릉에 대해 아는 게 너무 많아. 역사서를 보면 지하궁전의 입구가 대부분 명루에 있다고 적혀 있다는 얘기도 했지. 내가 알기로 책벌레인 피구가 닥치는 대로 책을 읽는 바람에 그에게 질려버린 이상이가 피구더러 제자들에게는 일절 글공부를 시키지 않겠다고 맹세하게 했어. 그래서 피구의 제자들은 대부분 까막눈이지. 간혹 글을 읽을 줄 아는 사람이 있을 수 있겠지만 사서와 경전을 통독한 제자가 있을 리 없어."

방다병이 하하 웃음을 터뜨렸다. "이 대협은 재미난 사람이었군. 그런데 넌 사고문의 속사정을 어떻게 그렇게 잘 알아?"

이연화는 그 질문에는 미소만 지어 보인 뒤 하던 얘기를 계속 했다. "세번째는 조금 전 장경사가 죽었을 때였어……" 장경사의 죽음에 대한 얘기가 나오자 이연화의 목소리가 한층 가라앉았다. "횃불 여섯 개가 동시에 꺼진 게 분명한 증거야. 자기 손에 횃불이 들려 있지 않아야 횃불 여섯 개를 한꺼번에 끌 수 있으니까."

양추악은 혈도를 짚여 팔다리가 굳은 채 고개만 끄덕이고, 장청모는 이제야 알겠다는 듯 감탄했다. "그렇군요!"

장경사가 죽기 직전 횃불 여섯 개가 동시에 표창을 맞고 꺼졌다. 만약 손에 횃불을 들고 있는 사람이었다면 횃불 하나가 먼저 꺼진 뒤에 나머지 다섯 개가 꺼졌을 것이고, 또 횃불을 든 손으로 표창을 던졌다면 옆 사람에게 쉽게 들켰을 것이다. 그때 횃불을 들고 있지 않은 사람은 입구에서 문안으로 횃불을 던져넣은 '갈반'뿐이었다. 횃불을 끈 사람이 '갈반'이라면 어둠을 틈타 장경사를 죽인 사람도 '갈반'일 것이고, 장경사를 죽인 사람이 '갈반'이라면, 장경호를 죽인 사람이 누군지도 저절로 알 수 있었다.

"장경호를 죽인 범인은 바로 이 가짜 갈반이야." 이연화가 천천히 말을 이었다. "희릉 지하궁전의 입구를 열려면 힘 좋은 장수가 필요했을 테니, 이 사람들을 지하궁전으로 유인한 배후 인물에게 문지기가 필요했을 거야. 내 추측으론…… 장씨 형제 중 한 사람이 최근 몇 년간 그 입구를 열어주는 역할을 한 것 같아. 장경호가 쓰는 철곤의 끝을 조금 구부리면 지렛대로 쓸 수 있어. 장경사의 강점은 나한권이지만 장경호 행세를 하느라 쇠갈고리로 입구를 열었지. 하지만 가느다란 쇠갈고리로는 돌판을 들어올릴 수 없어. 네가 단곤으로 도와주지 않았다면 입구를 열지 못했을 거야. 만약 가짜 갈반과 결탁한 자가 장경사였다면 굳이 쇠갈고리와 몽둥이를 동원할 필요가 없었겠지. 따라서 가짜 갈반과 결탁한 사람은 장경호일 거야. 같은 방을 쓰는 형제가 그걸 눈치채지 못했을까? 가짜 갈반과 우리가 희릉에 도착했을 때 장경사의 표정이 괴이했던 것도 그 때문이야. 어쩌면 그는 가짜 갈반이 바로 장경호와 접촉하는 사람이라는 걸 알아챘는지도 몰라. 정말로 그랬다면 가짜 갈반이 장경사를 죽여 입막음을 하려고 했겠지. 하지만 장씨 형제가 쌍둥이인 탓에 한밤중에 사람을 잘못 보고 장경호를 죽이고 말았어. 장경사는 형이 죽은 걸 보자마자 가짜 갈반이 죽이려던 사람이 자신이었다는 걸 직감했지. 그래서 가짜 갈반이 사람을 잘못 죽였다는 걸 알아채지 못하게 하려고 장경호의 목을 벤 뒤 얼굴에 점을 붙이고 장경호 행세를 했던 거야. 하지만…… 장경호의 목을 벤 사람은 따로 있어. 바로, 양추악."

방다병이 깜짝 놀라 외쳤다. "양추악?"

장청모는 뭐라고 해야 할지 몰라 떡 벌어진 입만 벙긋거렸다.

양추악이 고개를 끄덕였다. "맞습니다. 제가 목을 벴습니다…… 그런데 그걸 어떻게……"

이연화가 빙그레 웃었다. "단칼에 목을 벤 걸 보면 공력이 대단한 사람이지만 장경사에겐 그런 공력이 없네. 장경사가 밤새도록 그대 방에서 노름을 한 걸 보면 자네는 그와 아주 친할 테지. 또 소림의 제자들은 검술에 서툴지만 무당파 제자들은 검법에 정통해."

양추악이 고개를 끄덕였다. "가짜 갈반이 장경호를 죽였다는 건 어떻게 아셨습니까?"

"그건 아주 간단하지. 장경호는 무방비 상태로 죽었네. 그날 밤 명루의 왼쪽 방은 자네와 장씨 형제, 고풍신이 차례로 쓰고, 오른쪽 방에는 나와 방다병, 장청모, 가짜 갈반이 차례로 묵었네. 그날 밤 눈밭에 반사된 달빛이 왼쪽에서 오른쪽으로 비췄지. 누군가 복도를 통해 장씨 형제의 방으로 들어가 범행을 저질렀다면 오른쪽 방에서 그 그림자를 보았을 거야. 우리 여덟 명 모두 무술을 단련한 사람들인데 아무리 무공의 깊이가 다르다고 해도 어떻게 그걸 모를 수가 있겠나? 따라서 범인은 장씨 형제의 방에 들어가지 않았어."

장청모는 온몸에 힘이 풀린 듯 중얼거렸다. "난 아무것도 못 봤어요……"

이연화가 빙그레 웃으며 말을 이었다. "장씨 형제의 방에 들어가지 않고도 살인을 하고, 또 사람을 잘못 죽였다면, 내가 추측하는 방법은 하나뿐이야."

방다병이 금세 알아차렸다. "암기暗器*!"

양추악도 그제야 깨달았다. "그랬군요!"

이연화가 고개를 끄덕였다. "문틈으로 작은 암기를 쏘아 장경호의 머리를 맞힌 거야. 그뒤에 장경호의 목을 베었으니 시신에는 외

* 표창, 비수, 화살 등 상대가 눈치채지 못한 사이에 몰래 날려 공격할 수 있는 무기를 통칭하는 말.

상이 하나도 없었지."

방다병이 중얼거렸다. "머리 없는 시신을 잠깐 보기만 하고 이렇게 많은 걸 알아냈다고? 장경호가 암기를 맞고 죽은 게 사실이라 해도 그게 가짜 갈반과 무슨 관계가 있어? 장 통령에게 표창을 던지고 횃불 여섯 개를 꺼버린 걸 보면 가짜 갈반이 암기의 고수인 건 분명하지만, 이건 모두 나중에 벌어진 일이잖아. 넌 장경사가 죽기 전부터 가짜 갈반이 범인이라는 걸 알고 있었지?"

이연화가 한숨을 쉬었다. "암기로 사람을 죽이려면 일정한 각도가 필요해. 그러니까 장씨 형제의 양쪽 옆방에 묵은 두 사람은 범인이 아니야. 양추악과 고풍신은 장씨 형제의 방 앞에 가지 않고서는 문틈으로 암기를 날릴 수 없어. 오른쪽 방에 묵은 사람만이 장씨 형제 방의 열린 문틈으로 암기를 날려 흔적도 없이 사람을 죽일 수 있지. 그중 나와 넌 물론 범인이 아니고, 장 통령이 범인이라면 애초에 불피백석에게 도움을 청했을 리 없어. 그러니까 범인은 가짜 갈반이라는 결론이 나오지."

이연화는 잠시 말을 멈췄다 다시 천천히 입을 열었다. "다만, 저자가 이 정도로 위험을 무릅쓸 줄은 예상하지 못했어. 장경사가 죽지 않은 걸 알고 다시 그를 죽이고 양추악에게 누명을 씌울 줄은."

방다병이 왈칵 성을 냈다. "저자가 범인이라는 걸 진즉 알았으면서 내가 물었을 때는 왜 말하지 않았어?"

이연화가 미안한 투로 대답했다. "네가 놀라는 걸 보고 저자가 도망쳐버릴까봐 그랬지."

방다병이 매서운 눈길로 이연화를 흘겼다. "본 공자가 그 정도 눈치도 없을까봐?"

이연화가 아무렇지도 않게 대답했다. "응……"

그 대답이 방다병의 부아를 더욱 돋웠다.

양추악이 긴 한숨을 내뱉었다. "저와 경사도 가짜 갈반이 범인일 거라 짐작했지만 확신할 만한 증거가 없었습니다."

이연화가 양추악을 위아래로 훑어보며 조심스럽게 물었다. "양소협…… 이제 말해보게. 어째서 누명을 쓰고도 사실대로 털어놓지 않았는지."

방다병이 속으로 한마디 더 보탰다. '무당파 백목 도장의 제자라면 강호에서 지위가 꽤 높을 텐데 어째서 이 먼 곳까지 와서 능묘나 지키고 있지? 혹시 희릉의 지하궁전에 있다는 보물 때문인가?'

"실은 오랫동안 행방이 묘연한 황칠黃七 사숙을 찾아다니고 있습니다. 황칠 사숙은 십일 년 전 희릉 부근에서 실종됐습니다. 황칠 사숙을 찾아 여기까지 왔다가 수릉군 신분으로 위장하고 희릉의 비밀을 파헤치고 있었습니다."

방다병이 깜짝 놀라 말했다. "어이쿠! 실종자 중에 황칠도 있었다고? 황칠이 기문팔괘진법奇門八卦陣法*에 통달했다고 들었는데 그 때문에 여기로 유인당했을 수도 있겠군. 설마 황칠도 잡아먹혔나?"

---

* 각종 장치와 자연물을 통해 환영을 보여주거나 사람을 가두고 감각을 혼란스럽게 하는 등의 초자연적인 현상을 일으키는 것.

양추악의 얼굴에 순간적으로 분노가 스쳤지만 워낙 의뭉스러운 성격인지라 노기를 내색하지 않고 담담하게 말했다. "희릉에서 삼 년을 보내는 동안 비문을 해석하고 전대 황조의 사서를 읽으며 몇 가지 단서를 찾았습니다."

"황칠의 실종이 희성제의 죽음과 어떤 연관이 있단 말인가?" 이연화가 물었다.

양추악이 고개를 끄덕였다. "희릉은 무덤처럼 생겼지만 실은 무덤이 아닙니다. 황릉처럼 보이지만 '회回' 자 형태로 된 중문이 설치되어 있고 명루에도 사람이 살 수 있는 방이 있습니다. 수릉군 병력보다 훨씬 많은 수의 말들을 기르기도 했고요. 비문과 사서의 기록에 따르면, 희성제가 급작스럽게 붕어한 뒤 그의 아들이 황위를 물려받았지만 얼마 못 가서 실종되고 뒤이어 조정이 혼란해지고 국력이 쇠락했다고 합니다."

방다병이 끼어들었다. "희성제의 아들 방기芳璣가 심각한 추남이었다는 건 알고 있지."

양추악이 말을 이었다. "방기제는 몸에 장애가 있고 용모도 추해서 황제로 즉위한 뒤에도 신하들의 비웃음거리가 될까봐 조회에 거의 나오지 않았습니다. 하지만 태어날 때부터 용모가 추했던 건 아닙니다. 사서에 따르면, 방기가 태어났을 때는 장애가 없었습니다. 어려서부터 영리하고 국가 통치에 대한 주관이 뚜렷하여 희성제의 총애를 받았습니다. 소년 시절 방기의 풍모가 남달리 준수했다는 기록도 있습니다. 그런데 열일곱 살 되던 해에 갑자기 안면이 마비되어 입이 비뚤어지고 얼굴이 추하게 변했습니다. 게다가 희성제 재위 삼십오 년이자 방기가 열일곱 살이었던 바로 그해부터 희성제가 잇달아 자객의 습격을 받았고 그중 한 번은 중상을 입었습니다. 그때 한 신하가 황제를 암살하려 한 자가 바로 방기라고 주장하자 진노한 희성제가 방기를 참수하라는 명령을 내린 적도 있습니다. 방기는 희성제가 열한 명의 아들 중 유일하게 아끼던 아들이었습니다."

여기까지 말한 양추악은 잠시 숨을 고른 뒤 말을 이었다. "방기는 열일곱 살부터 스물일곱 살까지 십 년간 희성제로부터 봉호와 함께 수많은 보물을 받았습니다. 심지어 미녀까지 하사받았지만 이상하게도 방기는 부황을 조금도 공경하지 않았습니다. 희성제를 모욕하고 욕설을 퍼부었다는 기록도 있습니다. 하지만 희성제는 그걸 조금도 문제삼지 않았습니다. 희성제가 후계자를 정하지 않은 채 급사한 뒤 방기가 황제로 즉위했을 때 아무도 이의를 제기하지 않았습니다. 희성제가 살아 있었더라도 황위는 당연히 방기에게 물려줬을 거라고 생각했기 때문입니다."

"확실히 이상하군." 방다병이 중얼거렸다. "정상적인 부자 사이는 아니야……"

양추악이 이연화에게 물었다. "당대의 신의 이 선생님께 한 가지 여쭤도 되겠습니까?"

이연화가 "아" 하고 내뱉고는 되물었다. "무슨 질문인가?"

양추악이 망설이다 물었다. "입이 비뚤어지고 얼굴이 경련을 일으키는 그런 증상은 독약을 먹거나 상해를 입었을 때 나타나는 것이 아닙니까?"

이연화는 잠시 말문이 막혔다. 방다병은 돌팔이 신의가 이번엔 제대로 걸렸구나 싶어 속으로 쾌재를 불렀다. 하지만 이연화는 곧 태연하게 대답했다. "물론 그렇지."

방다병은 어이가 없었다. "물론 그럴 가능성이 있지" 또는 "그렇지 않을 수도 있지"가 아니라 "물론 그렇지"라고 단정적으로 대답하다니, 역시 이연화는 희대의 사기꾼이라고 속으로 욕했다.

양추악은 이연화에게 속고 있는 줄도 모르고 진지한 표정으로 말했다. "만약 방기제의 용모가 그런 까닭으로 추하게 변한 것이라면, 누가 그런 짓을 했을까요?"

방다병은 어리둥절했다. "설마 그의 아버지의 소행이란 뜻인가?"

양추악이 고개를 저었다. "그건 모르겠습니다." 그러고는 문 위에 매달려 있는 가짜 갈반을 올려다보았다. "희성제와 방기제의 비밀, 그리고 실종된 열한 명의 죽음에 대한 해답이 모두 이 관음문 안에 있을 겁니다."

이연화가 천천히 말했다. "양 소협, 어째서 죄를 뒤집어쓰면서도 가짜 갈반에게 반박하지 않았느냐는 질문에는 아직 대답하지 않았네."

순간 양추악의 얼굴에서 핏기가 가셨다. "저는……"

"저자가 사람들 앞에서 자네에게 누명을 씌우는데도 자네는 반박도 해명도 하지 않았어. 백목의 수제자가 신분을 숨기고 삼 년 동안 수릉군으로 있었던 것이 정말로 단지 황칠의 행방을 찾기 위함이었나? 가짜 갈반으로 인해 일이 폭로되지 않았다면 자네는 백목 제자라는 신분을 절대로 밝히지 않았겠지. 사숙의 행방을 찾는 것이 무슨 나쁜 일도 아닌데 말이야. 자네가 희릉의 비밀을 파헤치고 전대 황조의 역사서를 탐독하는 것이야 괴담을 좇는 취미라고 칠 수도 있겠지만, 그걸로는 설명할 수 없는 일이 하나 있네."

이연화는 말을 멈추고 양추악을 똑바로 응시했다. 그의 눈빛은 확신에 찬 듯 차분했다. 지금 이 순간만큼은 평소의 그와 전혀 다른 사람 같았다. 이연화가 한 글자씩 또박또박 힘주어 말했다. "방금 전 내가 장경호는 암기에 살해당했다고 했을 때, 자넨 '그랬군요!'라고 말했어. 장경호의 목을 벤 사람이 바로 자네인데, 그가 암기에 살해당한 걸 어떻게 모를 수 있지?"

그 순간 양추악의 얼굴이 하얗게 질렸다.

방다병은 아무 말도 하지 못하고 양추악을 쳐다보기만 했다. 이연화가 천천히 말했다. "자네가 장경호의 목을 벤 건 장경사의 신분을 감춰주려는 것이었나, 아니면 가짜 갈반의 범죄를 감춰주려는 것이었나? 시신에 머리가 없으면 그가 어떻게 죽었는지 아무도 모르지. 안 그런가?"

양추악은 굳게 다문 입술을 떼지 않았다.

"자넨 가짜 갈반에게 장경사가 죽지 않았다는 걸 말하지 않았네. 그 대신 장경사가 장경호 행세를 하도록 도와주었지. 그건 가짜 갈반에게 대항할 수 있는 무기를 남겨두기 위함이었나? 가짜 갈반이 자네에게 누명을 씌운 건 장경사가 죽지 않았다는 걸 알고 자네에게 복수하려는 것 아니었나? 대체 가짜 갈반에게 무슨 약점을 잡혔기에 무당파 백목의 제자가 그리도 속수무책으로 고분고분 당했단 말인가?"

양추악은 긴 한숨만 내쉴 뿐 여전히 아무 말도 하지 않았다. 그는 대답할 수 없는 질문에 해명하기보다 묵인하는 쪽을 택했다.

"백목 도장의 수제자가 가짜 갈반과 손을 잡았다 해도 양심마저 저버린 건 아니겠지. 난 자네가 사람을 죽이지 않았다고 믿네." 이연화가 가짜 갈반에게 짚인 그의 혈도를 풀어주었다.

그 어떤 질문에도 대답하지 않던 양추악이 이연화의 마지막 한마디에 부르르 몸을 떨며 입을 뗐다. "저는……"

방다병이 탄식하며 말했다. "무슨 사연인지 말해보게. 우리가 자넬 해치기야 하겠나?" 그러고는 자기 가슴을 탁탁 두드렸다. "우리 방씨 가문이 든든하게 버티고 있는데 두려울 게 뭐가 있어?"

"저는 이미 무당파 제자가 아닙니다." 양추악이 동요된 감정을 애써 누르며 담담하게 입을 열었다. "삼 년 전 사부님께 쫓겨난 몸이 어떻게 백목 도장의 제자라 하겠습니까?"

방다병이 고개를 갸웃했다. "아? 무공이 이토록 훌륭한데 왜 백목에게 쫓겨났어?"

양추악은 고개를 돌려 시선을 피했다. "무당금검을 훔쳐 은자 오만 냥에 팔았습니다."

"은자 오만 냥? 그걸로 뭘 하려고?"

양추악은 잠시 침묵하다 짧게 대답했다. "노름이요."

방다병과 이연화는 서로를 멀뚱히 쳐다보았다. 무공도 뛰어나고 용모도 점잖은 양추악이 문파에서 제명될 만큼 노름에 빠진 모습을 상상하기 어려웠다.

양추악이 말을 이었다. "이 노름벽을 고칠 수 없다는 것도 알고, 감히 사부님께서 용서해주시길 바라지도 않지만 금검은 돌려드리고 싶었습니다. 제가 판 금검은 이미 녹아 장신구가 되어 돌려드릴 수 없으니, 무당파의 금검을 돌려드리려면 황칠 사숙의 행방을 찾아야만 합니다."

무당금검은 무당파의 전대 장문掌門*이 쓰던 단검 한 쌍이었다. 단검 하나는 현 장문인 백학白鶴 도장이 가지고 있다 양추악에게 도둑맞았고, 다른 하나는 실종된 황칠에게 있었다.

양추악이 말했다. "희릉에서 지낸 삼 년 동안 지하궁전에 두 번 들어왔습니다……"

이연화와 방다병이 동시에 "아" 하고 탄성을 내뱉었다.

"……하지만 두 번 모두 이 문을 열지 못했죠. 금검과 황칠 사숙의 행방은 찾지 못했지만 여기서 지내는 동안 아내를 만났습니다."

방다병은 어안이 벙벙했다가 실소를 터뜨렸다. "축하하네."

양추악은 조금도 기쁜 기색 없이 말했다. "아내 이름이 손취화입니다."

방다병은 웃다 말고 혀를 깨물 뻔했다. "효월객잔 주인 말이야? 과부가 아니었어?"

양추악이 무거운 표정으로 말했다. "혼례를 올리지는 않았지만 우린 부부입니다. 그런데 아내가 실종됐습니다."

* 문파를 이끄는 우두머리.

방다병은 속으로 생각했다. '객잔 주인과 동거를 했군.'

이연화가 한숨을 내쉬며 말했다. "그래서 내가 간장을 사러 나간 주인이 한나절이 지나도록 돌아오지 않는 게 모용무안의 죽음보다 더 흥미로운 일이라고 여겼다니까. 아무도 믿지 않겠지만."

방다병이 코웃음을 쳤다. "흥! 그렇게 똑똑하신 분이 왜 처음부터 가짜 갈반을 잡아내지 못했을까?"

이연화가 씁쓸하게 웃었다.

양추악이 말했다. "가짜 갈반이 제 아내를 인질로 잡아두고 제가 지하궁전에 들어간다면 무당금검을 돌려주고 은자 십만 냥도 주겠다고 했습니다."

방다병이 콧김을 흥 내뿜었다. "그런 조건이면 나라도 응하겠군. 자네가 찍소리도 못하고 협조한 것도 당연해."

양추악은 흔들림 없이 담담한 목소리로 말했다. "은자 십만 냥을 주겠다는 말은 믿지 않았습니다. 하지만 그 말이 사실이든 아니든 아내는 찾아야지요."

방다병은 속으로 감탄했다. '음흉한 노름꾼이지만 사랑과 의리는 지키는 사람이었군.'

"이 문 안쪽에 대체 뭐가 있을까? 들어가서 확인해보지 않으면 잠자리가 편치 않겠어." 이연화가 미간을 찡그리며 탄식했다.

방다병이 웃음을 터뜨렸다. "누군가는 삼십 년 전부터 밤잠을 못 자고 있겠군. 이 안에 어떤 보물이 있는지 몰라도, 찾으면 나랑 반씩 나누는 거 잊지 마."

이연화가 피식 웃었다. "그야 물론이지."

네 사람이 상의한 뒤 가짜 갈반을 문 위에서 끌어내렸다. 방다병이 점혈법*으로 그의 혈도 열여덟 곳을 짚어 꼼짝도 못하게 했다. 바닥에 널브러진 백골을 보고 문을 열 용기가 사라진 장청모가 밖에 나가 사람을 더 불러다 조사하자고 고집을 부리자 방다병이 그를 명루까지 데려다놓고 돌아왔다. 놀라서 도망친 고풍신은 어디로 갔는지 보이지 않았다.

5. 관음수루

방다병이 지하궁전으로 돌아왔을 때는 이연화가 이미 바닥에 있는 백골들을 수습해 구덩이를 파고 묻어준 뒤였다. 쉬지 않고 청소하는 그의 결벽증은 무덤에서도 예외가 아니었다.

양추악이 문 위에 난 구멍을 통해 횃불 몇 개를 안으로 던져넣었다. 문틈으로 새어나오는 불빛이 점점 환해졌다. 내부가 완전히 밀폐되지는 않았다는 뜻이다. 이곳이 바로 황제가 잠들어 있는 곳인 듯했다.

"네가 들어가봐." 방다병이 이연화를 앞으로 밀었다. 비틀거리며 앞으로 몇 발짝 밀려간 이연화가 기겁을 하며 말했다. "뛰어난 무공과 학식을 겸비한 방 공자님이 먼저 들어가셔야지요. 게다가

* 몸의 중요한 혈자리를 손으로 누르거나 가격해 상대의 신체 기능을 약화시키거나 움직이지 못하게 만드는 공격법.

저 좁은 틈으로 들어가기에는 방 공자님의 '늘씬한' 체격이 더없이 적합하기도 하고요."

"본 공자가 널 붙잡아 저 구멍에다 던져넣어주마!" 방다병이 버럭 화를 냈다. 그는 스스로를 병약하고 고귀한 귀공자라고 표현하길 좋아했지만, 이연화는 그를 보고 대나무 장대처럼 비쩍 말랐다고 표현하곤 했다.

그때 양추악이 말없이 두세 장 높이의 문 위로 기어올라가더니 구멍으로 몸을 집어넣어 들어갔다. 이연화와 방다병은 실랑이를 멈추고 양추악의 반응을 숨죽여 기다렸다. 이내 문 너머에서 양추악의 담담한 목소리가 들렸다. "참으로 괴이합니다."

그 순간 방다병이 이연화를 홱 낚아챘다. 몸은 말랐지만 손아귀힘은 대단해서 아기 새를 잡아채듯 이연화를 잡아끌고는 곧장 구멍으로 들어갔다. 이연화는 걸레처럼 방다병의 손에 끌려 안으로 딸려갔다. 잠시 후 정신을 차리고 눈을 떠보니 횃불의 희미한 빛무리 속에서 기이한 광경이 눈에 들어왔다. 방다병은 눈만 휘둥그레 뜬 채 아무 말도 하지 못했다.

그 광경을 어떻게 '괴이하다'는 네 글자로 형언할 수 있을까? 기괴하다, 불가사의하다, 영문을 알 수 없다, 혼란스럽다, 귀신에 홀린 듯하다 등등 수많은 말들이 방다병의 뇌리를 스쳤다.

관음문은 두 자 다섯 치쯤 되었던 지하궁전 입구의 돌판보다 훨씬 두꺼웠다. 두께가 다섯 자 두세 치는 족히 되어 보이는데다 밑으로 갈수록 점점 두꺼워져 반원을 엎어놓은 것 같았다.

이 '문'은 사실 문이 아니라 땅속에 박혀 있는 거대한 암석이었다. 암석 위에 관음상을 조각한 뒤 가운데에 금을 그어 문의 형태를 만들어놓기는 했지만 실은 절대로 열 수 없는 '문'이었다. 당시 이 황릉을 건설한 사람은 거대한 암석 위에 쌓인 토층을 파서 통로를 만들어 암석 뒤로 들어간 뒤, 그곳에 무덤을 만들어놓고 나와 통로 입구를 돌판으로 덮고 주변도 모두 똑같은 돌판으로 덮었다. 겉으로는 조금도 표가 나지 않지만, 입구를 덮은 돌판이 주변의 돌판과 다르게 뒤가 비어 있기 때문에 수백 년 세월을 거치며 풍화작용으로 틈이 생겨 우연히 이연화의 눈에 띄었던 것이다.

관음문 안쪽은 궁전을 그대로 옮겨다놓은 듯했다.

방다병이 놀란 건 여느 황릉과는 다른 그 모습 때문이었다. 그곳에는 관도 배장품도 없이 탁자와 의자와 침대가 놓여 있었으며, 심지어 바닥에는 술주전자와 술잔 두 개가 떨어져 있었다.

이연화가 멍하니 중얼거렸다. "정말 이상하군. 황제의 능묘에 관도 없이 시신만 있다니. 게다가 죽은 이가 술을 마시려고 했어……"

비단이 길게 드리워진 안쪽에 상아와 홍목으로 된 침대가 놓여 있고, 벽에는 강남 비단에 그린 산수화가 걸려 있었다. 산수화에는 '대호하산大好河山'이라는 글씨가 쓰여 있고 '대낭주인大琅主人'이라는 낙관이 찍혀 있었다. 산수화 아래에 놓인 자단목 사각 탁자와 의자 두 개에는 모두 용 문양이 조각되어 있었다. 바닥에 말 모양의 납작한 은주전자와 은술잔이 떨어져 있고, 구석에 향을 피우는 탁자가, 탁자 옆 금대琴臺* 위에는 금색 단검과 칼집이 놓여 있었다. 가구와 물건이 많지는 않지만 만듦새가 하나같이 정교해 황실 물건임을 알 수 있었다. 희릉의 가장 깊숙한 곳이 이런 모습일 줄은 아무도 예상치 못했다. 하지만 정말로 이상한 건 따로 있었다. 바로 백골 두 구였다.

그중 금색 장포 차림의 백골은 허공을 향해 입을 벌린 채 자단목 의자에 기대어 있었는데 발치에 금색 단검이 떨어져 있었다. 술을 마시다 갑자기 누군가가 휘두른 칼에 찔려 죽은 것 같았다. 또 다른 백골은 관음문 뒤 구덩이 속에서 발견되었다. 관음문에 점점이 튄 핏자국을 아직도 알아볼 수 있을 정도였다. 백골은 단검을 양손에 쥐고 문 아래 바닥의 깊은 구덩이 안에 들어가 있었다. 관음문이 워낙 크고 단단해 어찌할 수 없으니 '문' 아래를 파내 빠져나가려 했던 것 같지만 암석이 깊이 박혀 불가능했을 것이다.

"이 문을 밖에서만 열려고 한 건 아니었군. 안에서도 누군가 문을 열려고 발버둥쳤어." 방다병의 입에서 한숨이 흘러나왔다. "이 둘은 누구지?"

양추악이 말했다. "두 사람 모두 황포皇袍를 입고 있군요."

방다병이 쓴웃음을 지었다. "그렇다면 희성제와 방기제? 아버지와 아들이 대체 여기서 뭘 한 거야?"

이연화가 우울한 투로 말했다. "지금 이 광경이 모든 걸 설명해주고 있잖아. 둘 중 한 사람이 다른 한 사람을 죽인 뒤 그 자신도 죽었다는 걸. 저 의자에 있는 백골은 치아가 거의 다 빠진 걸 보니 노인이겠군. 아들이 아버지를 죽인 뒤에 땅을 파다 죽었겠지."

---

* 앉아서 악기를 연주할 수 있도록 만든 단.

이 말에 양추악마저 실소하고 방다병은 흥 하고 코웃음을 쳤다. "두 사람 모두 황제인데, 어떻게 무덤을 만들어 자신을 가둘 수 있겠어? 특히 아들은 천하를 쥐락펴락할 권력을 손에 넣었는데 제 발로 여기 와서 구덩이를 팠다고? 그게 말이 돼?"

"그게 말이 되는지는 나도 모르지." 이연화가 빙그레 웃었다. "하지만 이자는 뭔가 알고 있겠지." 이연화가 말한 '이자'란 바로 가짜 갈반이었다.

방다병이 '갈반'의 아혈을 풀어준 뒤 물었다. "이봐, 무슨 꿍꿍이로 갈반 행세를 하면서까지 지하궁전에 들어온 거야?"

'갈반'의 싸늘한 시선이 이연화를 향했다. 이연화의 미안해하는 표정이 '갈반'에게는 더 증오스럽게 느껴졌다. '갈반'이 담담하게 말했다. "이연화, 강호에 명성이 자자한 인물이 무공은 삼류요, 담력은 그보다 더 보잘것없으니, 그게 참 이상하다 싶었지. 이 어릿광대 같은 인간……"

방다병이 키득거렸다. "보는 눈은 정확하네."

"그건 부끄럽지만, 그래도 이 아버지와 아들의 일은 네가 말해줘야겠어."

이연화의 말에 '갈반'이 냉소를 흘렸다. "모든 걸 꿰뚫어보시는 신의께서 굳이 내게 물을 필요가 있을까?" 그러고는 입을 굳게 다물었다. 방다병이 다그쳐 물었지만 더는 한마디도 하지 않았다.

양추악이 능묘 안쪽 벽을 여기저기 두드려보았다. 이 '방'은 여염집 방보다는 훨씬 컸지만, 실제 황궁은 본 적이 없는 양추악이기에 황제의 침궁이 원래 이렇게 휑뎅그렁한 것인지는 알 도리가 없었다. 홍목침대 뒤에 방 하나가 더 있었는데, 병풍이 세워진 벽 앞에 금대가 있고 그 위에 연주비폭連珠飛瀑이라 불리는 요금瑤琴이 놓여 있었다.

이연화가 그 방으로 들어가 병풍을 살펴보다 무언가에서 시선을 우뚝 멈췄다. "방다병, 여기 흥미로운 게 있어."

방다병은 신바람이 나서 다시 '갈반'의 아혈을 눌러놓고 서둘러 이연화에게 다가갔다. "뭔데…… 악!" 방다병이 외마디 비명을 질렀다. 병풍 뒤에, 백골 한 구가 더 있었다.

"여긴 여인의 방입니다." 뒤따라온 양추악이 말했다. "백골이 비단옷을 입고 있는 걸 보면 희성제나 방기의 후비인 것 같습니다." 병풍 뒤의 백골은 다른 두 구의 백골과 달리 흰 비단치마를 입고 있었다. 수백 년이 흘렀지만 조금도 부서지지 않고 말아올린 머리 모양까지 온전히 보존되어 있었다. 장신구는 없었고 머리가 약간 옆으로 기울어져 있었다.

방다병이 백골을 뚫어져라 쳐다보았다. "죽은 지 수백 년이 흘렀는데도 백골이 이렇게 깨끗하다니."

이연화는 백골에 걸쳐져 있는 흰 비단옷을 살짝 잡아당겨보았다. 피와 살은 이미 썩어 문드러지고 없는 백골에 흰 비단옷이 꼭 맞게 입혀져 있었다. 이연화는 다시 고개를 돌려 악기와 병풍뿐인 방을 찬찬히 둘러보았다. 이 방에 다른 출구는 없었다. 이곳이 희릉의 가장 깊은 곳인 모양이었다. 몇 길 두께의 진흙과 암석이 사방을 감싸고 있었다. 장엄하고 화려한 희릉 아래 가장 깊은 곳에 감춰진 비밀이 여인의 방이라는 걸 누가 상상이나 할 수 있을까?

이 여인의 방 앞에서 젊은 황제가 자기 아버지를 죽였다.

이 여인은 대체 누굴까?

퉁, 하는 작은 소리에 양추악과 방다병이 화들짝 놀랐다. 이연화가 연주비폭의 현을 튕긴 것이었다. 이연화가 현을 한번 더 튕겼다.

한번 더 놀란 방다병이 벌컥 성을 냈다. "이연화, 뭐하는 거야? 귀신이 흐느끼는 소리 같잖아!"

"앗." 그때 양추악이 뭔가를 발견했다. "요금에 뭐라고 쓰여 있군요."

이연화도 요금에 쓰여 있는 붓글씨를 들여다보고 있었다. "음만즉불능여정淫漫則不能勵精*이라……" 힘있는 필체였지만 마지막 획이 길게 늘어져 요금 한가운데까지 이어져 있었다. 글씨를 쓰다 마지막 획에서 붓을 내던진 것 같았다. 워낙 오래된데다 금의 본체가 검어서 먹으로 쓴 글씨는 쉽게 눈에 띄지 않았다.

세 사람은 방안을 몇 번 더 둘러보았지만 그 외에 특별한 점은 보이지 않아 밖으로 나왔다.

'갈반'은 바닥에 고꾸라져 있는 백골에 시선을 고정한 채 미동도 하지 않고 있었다. 방다병이 무슨 생각에선지 구덩이 안의 백골을 밖으로 끌어냈다.

백골이 부서지고 흩어지는 바람에 누더기가 된 황포로 감싸 간신히 끌어올렸다. 방다병이 그 '자루' 속에 든 '물건'들을 바닥에 쏟자 요란한 소리와 함께 흙먼지가 피어올랐다. 백골 외에도 인장

* '미혹에 빠지고 나태하면 오묘한 이치를 깊이 궁구할 수 없다'라는 뜻.

하나, 옥으로 된 병 하나, 악보 한 권, 금과 은으로 된 관음상이 하나씩 나왔다. 관음의 표정은 문 앞에 조각된 관음과 비슷했지만, 이목구비가 단정하고 자세와 옷의 형태도 물 흐르듯 유려했다. 군데군데 부서졌지만 희귀한 보물이었다. 그에 비하면 문에 새겨진 관음상은 정교하긴 해도 단정하거나 자비로운 분위기를 풍기지는 않았다. 황릉을 만들 당시 이 관음상 두 개를 모방해 문을 조각한 것 같았다.

방다병이 인장을 주워 이리저리 살펴보았다. "이게 진짜 옥새인 모양이로군. 황제의 인장은 본 적이 없지만 이 옥이 최상품이라는 건 알겠어."

양추악이 말했다. "희성제가 방기제에게 살해당한 것 같습니다. 사서에는 희성제가 급사한 뒤 성대한 장례의식을 치렀다고 기록되어 있는데 어떻게 여기서 칼에 찔려 죽었을까요?"

이연화가 가만히 웃었다. "희릉이 이렇게 기이한 형태인 건, 원래 이곳에 황릉을 건설하려다 나중에 무슨 이유에서인지 비밀궁전으로 바꾸었기 때문이겠지. 희성제가 자기 능묘를 비밀궁전으로 만들었다면 특별한 의도가 있었을 거야."

방다병이 눈을 크게 떴다. "특별한 의도라니?"

양추악도 담담하게 말했다. "필시 방기제와 관련이 있겠지요."

"아직도 모르겠어?" 이연화가 한숨을 내쉬었다. "희성제가 지하궁전 입구에 의자유 이야기를 구구절절 새겨놓았잖아. 그건 아버지가 아들을 위해 가짜로 죽은 척했다는 이야기고."

방다병과 양추악이 동시에 "아" 하고 탄성을 질렀다. "희성제가 가짜로 죽은 척을?"

이연화가 여인의 백골이 있는 방을 가리켰다. "저 요금에 '음만즉불능여정'이라고 쓰여 있고, 밖에 있는 가림벽에는 용이 된 잉어 그림이 그려져 있지……"

방다병은 그제야 깨달았다. "옳거니! 그건 제갈량의 계자편戒子編에 나오는 말이야. 의자유와 계자편. 희성제가 이 아들도 용이 되리라고 큰 기대를 걸었던 게 분명해."

양추악은 여전히 이해가 가지 않았다. "방기제가 무엇을 했기에 희성제가 자기 죽음을 거짓으로 꾸몄을까요?"

이연화가 헛기침을 하고 천천히 말했다. "내 짐작엔…… 방기제가 저 방에 있는 여인을…… 연모했던 것 같군."

방다병이 코웃음을 쳤다. "저 여인이 누군데?"

"희성제의 후비겠지. 희성제는 아들이 자기의 후비와 사랑에 빠졌다는 사실에 침통함을 금할 수 없었을 거야."

방다병은 또 코웃음을 쳤다. "저 여인이 방기제의 후비일 수도 있잖아?"

이연화가 어깨를 으쓱였다. "여긴 희릉이야…… 희성제가 죽은 척하고 자기 무덤에 숨었는데 어떻게 아들의 후비와 함께 있을 수 있겠어? 게다가……"

양추악이 참지 못하고 물었다. "게다가, 뭔가요?"

"게다가 저 여인은…… 희성제와 방기제가 죽기 한참 전에 죽었어."

방다병은 점점 더 이해할 수 없었다. 방다병이 방안의 백골을 가리키며 물었다. "저 여인이 희성제보다 먼저 죽었다고? 그것도 한참 전에?"

이연화는 고개를 끄덕였다.

양추악도 도무지 영문을 알 수 없어서 고개만 갸웃거렸다.

이연화가 한숨을 내쉬었다. "저 여인의 백골은 희성제와 방기제의 백골과 달라. 옷이 하나도 흐트러지지 않았고 머리도 단정해. 희성제와 방기제의 백골보다 훨씬 깨끗하고."

방다병이 고개를 끄덕였다. "그게 뭐가 어떻다는 거야?"

이연화는 또 한숨을 쉬었다. 방다병이 이렇게 아둔하다는 사실이 실망스러웠다. "황제의 옷은 최고급 옷감으로 만들었을 텐데 어떻게 희성제와 방기제의 옷은 이렇게 누더기가 되고 머리는 산발에 백골도 이토록 참혹한 모습일까? 그에 비하면 저 여인의 해골은 왜 이렇게 깨끗할까?" 이연화가 잠시 멈췄다가 천천히 말을 이었다. "희성제와 방기제는 육신이 썩으면서 구더기에 옷도 갉아먹혀 온통 구멍이 뚫렸지만 여인의 옷은 구더기에게 갉아먹히지 않았어…… 이게 또하나의 증거야."

방다병이 미간을 찡그렸다. "구더기가 저 여인의 옷은 왜 갉아먹지 않았다는 거야? 그럼 여인의 살은 어디로 가고?"

방다병을 쳐다보는 이연화의 눈빛에 점점 실망의 빛이 짙어졌다. "아직도 모르겠어? 저 여인은 처음부터 백골 상태였을 수도 있다는 얘기야. 이미 죽어서 백골이 된 시신을 누군가 여기로 옮겨다 놓은 뒤에 옷을 입히고 머리를 올려준 거지. 이미 백골이 되었으니 구더기에게 갉아먹힐 일이 없어서 여인의 옷은 희성제나 방기제의 것보다 훨씬 깨끗하고 백골도 깨끗하게 느껴진 거야."

한참 동안 말문을 열지 못하던 양추악이 마침내 입을 열었다. "너무 황당한 추리입니다."

이연화가 요금을 가리켰다. "저 요금의 소리가 괴상한 걸 들었지? 누군가 저 금을 탄 적이 있다면 어떻게 현을 조율하지도 않았겠나? 또 정말로 금을 사랑하는 사람은 절대로 금에 글씨를 쓰지 않아. 그러니 저 요금은 희성제의 것이 아니네. 게다가 저 여인의 머리는 가발이야. 대머리나 비구니가 아니라면 어째서 가발을 썼을까? 원래 머리카락은 어디에 있지? 그리고…… 여인의 옷도 백골에 딱 맞게 만든 옷이야. 산 사람이라면 아무리 야위어도 백골에 맞을 정도로 작은 옷은 입을 수 없지."

방다병은 온몸의 솜털이 곤두서는 걸 느꼈다. "그러니까 네 말은, 희성제가 자기 무덤에서 죽은 척하면서 저 여인의 백골을 돌봤다는 거야? 희성제가 실성이라도 했었다는 건가?"

양추악이 여인의 백골에서 머리카락을 살짝 들어보았다. 정말로 틀어올린 가발을 백골 위에 얹어놓은 것이었다. 아래쪽에 가발을 고정하기 위한 끈도 묶여 있었다. 가발이기 때문에 수백 년이 지나도록 흐트러지지 않았던 것이다.

"경추가 꺾여서 죽었어." 방다병이 백골을 가만히 들여다보다가 불쑥 말했다.

이연화가 고개를 끄덕였다. "여인이 죽어 백골이 된 뒤 누군가 옷을 맞춰 입히고 가발을 얹어 희성제의 명령에 따라 무덤 속 비밀 궁전으로 데려다놓았어. 후비였는지는 모르지만 희성제가 사랑했던 여인임은 틀림없어."

방다병과 양추악이 고개를 주억거렸다.

이연화가 계속해서 말했다. "그렇다면 이 여인의 경추를 부러뜨려 죽인 건 누굴까? 누가 감히 그런 짓을 했을까? 어째서 사서에는 아무런 기록도 없을까?"

양추악이 천천히 말했다. "여인을 죽인 사람이, 희성제이기 때문이겠죠."

이연화가 미소를 지었다. 유난히 우아해 보이는 미소였다. "짐작건대…… 이 여인은 상상을 초월하는 절세미인이었을 거야. 희성제가 그녀를 후비로 삼았지만 방기가 장성하면서 부황의 후비를 사랑하게 됐지. 스스로 주체할 수 없을 만큼. 그 사실을 안 희성제는 당연히 분노했을 테고. 방기의 외모가 갑자기 흉측해진 건 희성제가 독을 썼기 때문일 거야. 하지만 정작 방기의 얼굴이 흉측하게 변하자 희성제는 후회했어. 방기는 총명하고 배움을 좋아해서 희성제가 극진히 아끼며 큰 기대를 걸었던 아들이었으니까. 그 아들이 돌연 여자에게 정신이 팔려 학업도 팽개쳤으니 아버지의 애석함은 이루 말할 수 없었을 거야. 그러다 그 분노가 애첩을 향한 증오로 번졌고, 그녀의 미모가 자기 아들을 망쳤다는 생각에 사랑하는 여인을 목 졸라 죽였지. 그 일로 인해 방기는 희성제를 미워하게 됐고 사랑하는 여인의 복수를 위해 아버지를 죽이려고 했어. 아버지는 아들에 대한 미안함과 후비를 향한 그리움에 괴로워하고, 또 아들이 자신을 죽일까 두려워 고통 속에서 하루하루를 보냈어. 그래서……"

이연화가 거기서 말을 멈추자 방다병이 이어서 말했다. "그래서 희성제가 이 백골을 가지고 무덤으로 도망쳐 와 죽은 척했던 거로군. 황위는 아들에게 물려주고. 하지만 황제가 될 마음이 없었던 아들은 아버지의 무덤으로 달려와 아버지를 죽였어."

이연화가 빙그레 웃었다. "음…… 아버지는 아들이 황제가 된 후 자신의 고충을 이해해주길 바랐을지도 몰라. 아버지가 사랑하는 여인을 죽인 것도 아들을 위해서였다는 걸 말이야. 의자유 이야기에서 아들이 결국은 아버지의 마음을 깨닫게 되는 것처럼. 하지만 방기는 아버지의 마음을 깨닫지 못했고, 희성제는 더욱 실망했겠지."

양추악이 무거운 투로 말했다. "뭔가 이상해요. 정말 그렇다면 방기가 왜 무덤을 빠져나가지 못하고 여기 갇혀서 죽었을까요?"

이연화가 문 위의 통로를 가리켰다. "통로가 너무 높아 무공을 단련하지 않은 사람은 올라갈 수 없어. 간신히 올라간다 해도 내려갈 수가 없지. 게다가 지하궁전 입구의 돌판이 그렇게 무거운데 무예의 고수가 아니고서야 그걸 여는 건 어림도 없네. 그러니 희성제의 거짓 죽음과 방기제의 부친 살해 사건에는 적어도 무예의 고수 한 사람의 협조가 있었을 거야. 그런데 여기 있는 백골은 세 구뿐. 바로 그 조력자가 통로를 막았겠지. 희성제와 방기제 부자가 여인 하나를 두고 싸우며 국사를 돌보지 않는 동안 황위를 노린 사람이 있지 않았겠나? 희성제에게는 아들이 열한 명이나 있었고, 방기는 그중 하나였으니까."

양추악이 그제야 고개를 끄덕였다. "그렇다면 희성제의 거짓 죽음과 부자 사이의 은원 관계를 모두 알고 있던 누군가가 방기제의 호위병을 매수해 관음문을 닫고 방기제를 죽였겠군요. 이 사실을 모르는 사람들은 방기가 실종됐다고 믿었고요. 그런 다음……"

방다병이 또 불쑥 끼어들었다. "그런 다음, 두 황제가 사라졌으니 황위는 자연히 다른 후계자가 물려받았겠지."

이연화가 웃으며 말했다. "방기제가 실종되고 두 달 뒤, 국사를 대리하던 종친왕이 황위를 물려받았어. 공교롭게도 그 황자가 희릉 건설을 지휘한 총책임자였고. 석구로 막아둔 문, 열 수 없는 관음문 등, 들어올 수는 있지만 나갈 수는 없게 만든 기관들은 모두 종친왕의 작품이야."

여기까지 들은 양추악과 방다병은 긴 한숨을 내쉬었다. 바닥에 쓰러져 있는 '갈반'의 얼굴에도 놀란 기색이 번졌다. 이연화가 그를 보고 웃자 그의 얼굴이 더 하얗게 질렸다.

방다병은 바닥에 뒹굴고 있는 물건들을 휙 훑어봤다. 갑자기 으스스한 기분이 들었다. "어서 나가자. 누가 밖에서 입구를 막아버리면 어떻게 해? 이 방의 백골이 일곱 개로 늘어날 거야."

이연화가 고개를 끄덕였다. "옳은 말이야, 얼른 나가자."

그때 '갈반'의 얼굴에 초조한 빛이 떠올랐다. '갈반'은 바닥에 어지럽게 널린 물건들을 노려보다 무슨 할말이 있는지 컥컥 소리를 내기 시작했다.

양추악이 한 손을 올리며 싸늘하게 말했다. "내 아내가 어디에 있는지 말하겠다면 혈도를 풀어주마."

이연화가 고개를 끄덕였다. 손취화를 찾아야 한다는 사실을 잊고 있던 게 미안했다.

'갈반'이 조금의 망설임도 없이 고개를 끄덕였다. 양추악이 손으로 혈도를 내려치자 '갈반'은 숨을 훅 들이마셨다. "옥새…… 천신만고 끝에 간신히 여기까지 왔는데…… 옥새를 가지고 나가야 해……"

방다병이 일부러 그의 화를 돋웠다. "좋은 옥이기는 하지만 본 공자의 집에도 흔히 있는 옥이야. 원한다면 내가 몇 개 줄게. 이런 재수없는 물건을 가져가서 뭣해?"

'갈반'은 화가 났지만 이를 악물고 말했다. "나는 방기제의 오대손이다. 이 옥새는 내 나라의 보배다……"

이연화가 빙긋이 웃었다. "참 이상하지. 종친왕이 방기제를 이곳에 가둬 죽이면서 어째서 옥새는 가져가지 않았을까?"

'갈반'이 말했다. "방기제께서 옥새를 몸에 지니고 있었다는 걸 종친왕은 몰랐다. 나중에…… 그 적장수笛長岫라는 호위병이 강호를 떠돌다 사라지는 바람에 다시는 이 지하궁전의 문을 열지 못하다, 삼십 년 전 내 조부가 가문에 전해 내려오는 책에서 선조의 비밀을 발견하고 옥새가 여기 있다는 사실도 알았다. 종친왕이 지은 지하궁전의 치밀한 기관과 곳곳의 함정 때문에 내 조부와 부친 모두 지하통로에서 목숨을 잃으셨다……"

방다병의 가슴이 철렁 내려앉았다. 지하통로에서 두 명이 더 죽었다면, 희릉에서 실종된 열한 명 가운데 빠져나간 사람이 있다는 뜻이었다!

'갈반'이 계속 말했다. "이곳으로 유인해 들여보낸 고수들도 모두 지하통로에서 죽었고, 부친께서 돌아가신 지도 십수 년이 흘러나도 이제 옥새 찾는 일을 단념하고 있었는데 모용무안과 오광의 시신이 희릉 밖에서 발견됐다는 소문을 들었다. 그건 결코 불가능한 일이야! 누군가……" '갈반'이 이를 꽉 물었다. "누군가 희릉의 지하궁전에 들어왔다 빠져나갔다는 뜻이니까! 모용무안과 오광은 관음문 앞에서 죽었고, 그 앞의 문은 석구에 막혀 있었으니 누군가 석구를 치워주지 않는다면 영영 열 수 없었지. 수천 근이나 되는 석구를 깨뜨리고 그 문을 열어 두 사람의 시신을 꺼내 눈밭에 던질 수 있는 사람이 있다니, 상상도 할 수 없었다. 정말 그런 사람이 있다면, 어쩌면 관음문도 열 수 있을 거라고 생각했지. 그래서……"

"그래서 갈반 행세를 한 거로군. 하지만 아쉽게도 석구를 깬 사람은 찾지 못했고." 방다병이 애석하다는 표정으로 말했다. "관음문의 천장을 열기만 하면 들어올 수 있었는데 모두들 그저 문을 열려고만 했던 거야."

이연화가 가만히 중얼거렸다. "의심 가는 사람이 한 명 있긴 한데……" 그러더니 갑자기 큰 소리로 외쳤다. "장청모가 일품분에 관음수루라는 명약이 있다고 하지 않았어?"

이연화가 흥분해서 외친 소리에 방다병과 양추악이 깜짝 놀라며 어리둥절해했다.

'갈반'이 고개를 끄덕였다. "그건 희성제가 방기제에게 독을 쓴 뒤 비틀어진 방기제의 얼굴을 되돌리려고 명의를 시켜 만든 약이다. 바로 저 옥병 속에 들어 있지."

이연화는 옥병을 주워 뚜껑을 열었다. 방다병과 양추악도 다가가 고개를 빼고 병 안을 들여다보았다. 하지만 병은 텅 비어 있었다.

이연화는 이미 예상한 듯 짧은 한숨을 뱉었다. "역시 죽지 않았어."

"누가?" 방다병이 의아한 표정으로 물었다.

"누군가 이미 여기 들어와서 관음수루를 가지고 나갔어. 관음문 위 돌판에 금이 간 것도 저절로 생긴 게 아니라 누군가 장력으로 흔들어서 부서진 거야. 누가 한번 열었기 때문에 그 틈이 내 눈에 띄었던 거지."

방다병과 양추악이 눈을 휘둥그레 떴다. "그런 공력을 가진 사람이 대체 누굴까?"

이연화는 말없이 미소 지으며 고개를 저었다.

쓰러져 있던 '갈반'이 고함을 질렀다. "적비성! 금원맹의 맹주 적비성! 적비성의 비풍백양悲風白楊 말고 또 누가 이런 공력을 낼 수 있겠나! 사고문의 문주 이상이라 해도 이렇게 거대한 암석을 깨뜨리는 건 불가능해!"

방다병이 코웃음을 쳤다. "흥! 말도 안 되는 소리! 적비성이 이상이와 같이 죽은 건 세상 사람이 다 아는 사실이야. 죽은 지 십 년이나 됐다고."

'갈반'은 순간적으로 말문이 막혔다가 다시 말했다. "적비성의 후계자가 있을 수도 있어. 적비성과 당시 방기제의 호위병이었던 적장수가 같은 적씨이기도 하고. 그들이 같은 가문이라면 적비성도 관음문의 입구가 어디에 있는지 알았겠지."

멍하니 있던 이연화가 중얼거리듯 말했다. "떠난 이는 하루하루 잊히고, 태어난 이는 날이 갈수록 가까워지네. 성곽 문을 나서서 곧바로 바라보니, 보이는 건 언덕과 무덤뿐이로구나. 옛 무덤은 갈아엎어 밭이 되고, 소나무와 잣나무는 꺾여 땔감이 되네. 백양나무에 구슬픈 바람 자꾸 불어, 그 소리 듣는 이 근심으로 마음 상하네…… 여기서 비풍백양을 다시 만나니 이 시가 생각나는군."

방다병이 의외라는 눈빛으로 이연화를 보았다. "적비성과 아는 사이야?"

이연화가 "아" 하고 짧은 탄성을 흘린 뒤 심드렁하게 대꾸했다. "잘 몰라."

방다병의 미간이 불룩 솟았다. '잘 모른다'는 말이 아는 사이라는 뜻인지, 모르는 사이라는 뜻인지 알 수 없었다.

양추악은 '갈반'을 다그쳐 손취화가 희릉 보정산寶頂山 아래 박서진朴鋤鎭이라는 작은 마을의 민가에 갇혀 있다는 사실을 알아냈다.

네 사람은 다시 관음문 위 통로를 통해 밖으로 나왔다.

6. 눈발의 수수께끼

이들 네 사람이 희릉 밖으로 나오니 장청모가 수릉군 몇십 명을 이끌고 밖에서 초조하게 기다리고 있었다. 지하궁전에서 있었던 일을 들은 장청모는 몹시 기뻐하며 서둘러 사야師爺*를 불러다 이

* 옛날 지방관리가 개인적으로 두었던 고문.

일을 소상히 적어 상부에 보고하라고 일렀다. 전대 황조의 침릉에 얽힌 비밀을 발견한 건 공로라고 할 만한 일이었다.

이연화, 방다병, 양추악은 손취화를 찾기 위해 '갈반'을 데리고 산을 내려가기 시작했다.

희릉의 지하궁전에 지도가 열한 장 있었지만 백골은 몇 구인지 정확히 셀 수 없었고, 황칠 도장의 무당금검도 발견하지 못했다.

눈이 한 자는 족히 쌓인 대지에서 반사된 순백의 빛이 삼나무 가지의 짙은 초록빛과 선명한 대조를 이루었다. 산속 공기는 차갑지만 상쾌했다. 세 사람은 약속이나 한 듯 심호흡을 몇 번 한 뒤 경신법輕身法*을 이용해 빠르게 박서진으로 향했다.

그런데 박서진에 다다르기도 전에 이들은 동시에 멈춰 섰다. 양쪽으로 삼나무 숲이 펼쳐진 눈밭에 두 사람이 서 있었다.

고풍신과 손취화였다!

"네가……" 방다병은 그제야 깨달았다. 이 일과 아무 관계도 없다고 생각했던 고풍신이 실은 처음부터 '갈반'과 결탁하고 있었던 것이다. 하긴 양추악까지 끌어들인 '갈반'이 고풍신이라고 그냥 지나쳤겠는가. 고풍신도 무당파의 제자라고 했으니 말이다. 무공의 깊이나 사람됨이 어떤지는 겉모습만으로 알 수 없지만.

이연화는 놀라지 않았다. 희릉 지하궁전의 입구를 열 때 이미 돌멩이로 양추악, 고풍신, 장경호, 장청모 네 사람의 무공을 시험했는데 유일하게 장청모만 눈치채지 못했고, 나머지 세 사람은 재

* 몸을 가볍게 하는 무공.

빨리 몸을 날려 돌멩이를 피했다. 세 사람의 무공 실력과 청력이 비범하다는 뜻이었다.

손취화가 고풍신에게 붙잡혀 있는 것을 보고 양추악은 표정이 어두워졌을 뿐 놀라지는 않았다. 고풍신도 '갈반'에게 매수당했다는 사실은 몰랐지만, 무당파 제자라는 그의 말과 달리 무당파 문하에는 그런 사람이 없었으므로 양추악도 진즉부터 그를 의심하고 있던 터였다.

'갈반'이 싸늘하게 낄낄거리며 방다병에게 말했다. "방 공자, 날 놓아주면 내 사제에게 손취화를 풀어주라고 하겠다. 어때?"

방다병은 조금도 망설이지 않고 딱 잘라 말했다. "내 아내도 아닌데 나랑 무슨 상관이야?"

이연화가 부드러운 미소를 지었다. "고 대협의 무공도 범상치 않던데…… 아까 지하통로에서 맞붙었을 때 방 공자도 탄복했을 정도로."

그 말에 방다병은 깜짝 놀랐다. '횃불 여섯 개가 꺼졌을 때 나와 맞붙은 사람이 가짜 갈반이 아니었다고? 장풍 한 번으로 장경사의 숨통을 끊어놓은 실력이니, 역시 본 공자의 무공이 약한 건 아니었어.'

방다병은 기분이 좋아졌다가 다시 흠칫 놀랐다. 세 차례 무공을 주고받았는데 승부를 가리지 못했으니 고풍신은 무공이 '약하지 않은' 정도가 아니라 무예의 고수일 것이다. 가짜 갈반의 혈을 눌러 제압해놓았기에 망정이지 가짜 갈반과 고풍신이 연합한다면 그와 이연화는 줄행랑을 쳐야 할지도 모른다.

고풍신이 손취화의 목에 검을 대고 음산한 목소리로 말했다. "옥기玉璣를 놓아주면 나도 이 여자를 놓아주마. 내가 셋을 셀 때까지 그를 놓아주지 않으면 이 여자의 목을 베겠다."

그의 손에 들려 있는 마도馬刀* 역시 그가 무당파 제자가 아님을 보여주는 증거였다.

양추악이 외쳤다. "취화! 아기는?"

고풍신의 마도에 목을 눌린 손취화는 말을 하지 못하고 부릅뜬 눈으로 이연화를 노려보기만 했다.

이연화가 부드러운 투로 두 사람을 안심시켰다. "아기는 안전한 곳에 맡겨두었으니 걱정 말게."

방다병이 속으로 웃었다. '이홍원의 포주에게 맡겼지만 딸이 아니라 아들이니 걱정할 필요가 없지.'

그 순간 고풍신이 마도를 휙 돌려 손취화의 목 뒤로 검날을 옮겼다. "지금 당장 옥기를 놓아주지 않으면 이 여자의 목을 베겠다!"

서슬 퍼런 검날이 당장이라도 손취화의 숨통을 끊어놓을 듯 번뜩였다.

다급해진 방다병이 '갈반'을 발로 뻥 차서 고풍신 쪽으로 보냈다. "옜다, 돌려주마!"

'갈반'이 고꾸라지자 고풍신이 재빨리 검을 휘둘러 칼등으로 그의 등을 내려쳐 혈도를 풀었다.

---

* 기병들이 휴대하는 칼.

"옥기, 괜찮아?"

'갈반'은 바닥에 엎어진 채 쉽게 일어나지 못했다. 방다병에게 혈도 열여덟 곳을 짚였으니 그리 쉽게 회복될 리 없었다.

'갈반'이 이를 바득바득 갈며 잇새로 분노를 토해냈다. "이연화를 죽이고 옥새를 빼앗아! 우리 황조의 옥새가 저놈에게 있다!"

이연화가 깜짝 놀라 방다병 뒤로 숨으며 옥새를 방다병의 품안으로 쑥 찔러넣었다. "옥새는 네가 가져."

방다병도 기겁을 하며 품에서 옥새를 꺼내 다시 이연화에게 안겼다. "고맙지만 사양할게."

이연화가 손사래를 쳤다. "아니야, 아니야. 이건 네가 찾았으니 당연히 네 거지."

방다병이 능글맞게 웃었다. "보물을 찾으면 반씩 나눠 갖기로 했잖아? 옥새도 보물이니까 나눠 가져야지. 절반은 네게 줄게. 사양할 거 없어."

이연화가 뭐라 대답할 겨를도 없이 고풍신이 손취화의 어깨를 발로 차 넘어뜨렸다. 양추악이 다급하게 달려가 그녀를 감싸안는 순간 양손이 자유로워진 고풍신이 이연화의 머리를 향해 검을 휘둘렀다.

서슬 퍼런 검날이 맹렬한 기세로 이연화를 덮치려는 찰나 방다병이 재빨리 소매에서 단곤을 꺼내 검을 막았다.

양추악은 손취화를 번쩍 안아 들고 몸을 홱 돌려 도망쳤다. 그의 비범한 경신공 덕분에 눈밭에는 검은 점만 하나 남았다.

방다병이 속으로 의리 없는 양추악을 향해 욕을 퍼붓고 고개를 돌리니 이연화도 이미 줄행랑을 치고 있었다. 다만 뛰는 속도가 조금 느려 아직 일고여덟 장 정도밖에 달아나지 못했다.

"이연화!" 방다병은 화가 머리끝까지 치밀었다. "친구를 버리고 도망치다니……"

말을 끝내기도 전에 고풍신의 마도가 곧장 방다병을 향해 날아오는 바람에 방다병은 입을 다물고 고풍신과 맞붙는 수밖에 없었다. 단검과 단곤이 부딪히는 소리만 요란하게 들렸다.

방다병이 고풍신을 상대로 악전고투하고 있는 사이 이연화는 단숨에 삼나무 숲으로 도망쳐 몸을 숨겼다. 그때, 쓰러져 있던 '갈반'이 땅을 박차고 일어났다. 그의 무공은 방다병에게 결코 뒤지지 않았고, 고풍신이 그의 대혈大穴을 풀어주었기에 기가 솟구쳐오르며 혈도 열여덟 곳이 한꺼번에 뚫렸다. 벌떡 일어난 '갈반'은 곧바로 방다병의 등 한가운데를 향해 장풍을 쏘았다.

방다병은 재빨리 몸을 옆으로 돌려 피한 뒤 왼손으로 공강명월空江明月을 구사해 장풍을 흩뜨렸다.

그 순간 고풍신이 엄청난 기합소리와 함께 마도를 돌려 방다병의 가랑이를 반으로 가를 기세로 검을 아래에서 위로 쳐올렸다!

방다병은 소스라치게 놀라 몸을 훌쩍 솟구쳤다.

고풍신은 다시 팔을 돌려 이번에는 검을 가로로 휘둘렀다. 이 두 검술은 절대로 무당파의 검법이 아니었지만 섬뜩하리만치 강하고 매서웠다.

허공으로 뛰어오른 방다병은 바닥으로 착지해야 했지만 빠르게 착지하면 고풍신의 검에 머리가 날아가고, 늦게 착지하면 허리를 베일 상황이었다. 방다병은 어쩔 수 없이 단곤을 비스듬히 뻗어 가로로 날아오는 고풍신의 마도를 막았다. 땅! 허공에 뜬 채 사력을 다해 검을 막아낸 방다병은 순간 반신이 마비되는 걸 느끼며 몸이 튕겨나갔다. 가까스로 쓰러지지 않고 두 발로 착지한 방다병의 낯빛이 하얗게 변했다. "단두도斷頭刀 풍사風辭!"

'고풍신'이 싸늘하게 웃었다. "눈썰미가 좋군."

방다병은 숨을 크게 들이마셨지만 미친듯이 방망이질하는 가슴은 진정되지 않았다. 단두도 풍사는 강호에서 다섯 손가락 안에 꼽히는 도법刀法 고수였다. 강호로 나서기 전부터 이미 칼을 잘 쓰기로 유명했던 그가 어떻게 가짜 갈반의 수하가 됐단 말인가? 방다병이 아무리 집안 대대로 내려오는 무예와 학문을 익혀 젊은 나이에 엄청난 무공 실력을 갖추었어도 결코 단두도의 적수가 될 수는 없었다. 풍사는 눈 하나 깜짝하지 않고 사람을 죽이고 수많은 이들에게 원한을 산 인물인데 몇 년 전 돌연 자취를 감췄다. 강호에서는 그가 원수의 손에 죽었을 거라는 풍문이 떠돌았는데, 그런 그가 신분을 감추고 희릉의 수릉군이 되어 있었다니!

풍사가 방다병에게 내상을 입히자 '갈반'은 이연화를 찾으러 숲으로 달려갔다. 이연화와 방다병이 실랑이를 벌이며 서로 떠넘기던 옥새가 지금 누구 손에 있는지 알 수 없었다.

방다병은 충격과 분노를 동시에 느꼈다. 이연화가 자신을 팽개치고 도망쳤지만 사실 방다병도 원래부터 이연화에게 큰 기대는 걸지 않았다. 생쥐처럼 겁이 많고 무공 실력도 별 볼 일 없는 위인이니 목숨을 부지하려 도망치는 게 정상이었다. 가짜 갈반이 쫓아간 이상 이연화는 죽은목숨이나 마찬가지였다. 하지만 풍사의 칼을 막아내다 반신의 경맥이 손상된 방다병은 단곤을 손에 쥐고 있는 것만도 버거운 상황이었으므로 이연화를 구하러 갈 수 없었다.

풍사가 방다병에게 천천히 다가갔다. 마도의 칼날에 반사된 설광이 방다병의 미간을 찌를 듯 비추었다. 그 살기어린 빛에 방다병이 몸서리를 쳤다. 이토록 섬뜩한 설광은 처음이었다.

그때 갑자기 숲에서 '갈반'의 놀란 외침이 들려왔다. "누구냐!"

바로 뒤이어 쿵 하는 소리도 들려왔다. 누군가 숲속에서 쓰러진 듯했다.

방다병과 풍사가 놀라 숨을 죽였지만 숲에서는 더이상 아무 소리도 들리지 않았다. 잠시 주저하던 풍사는 방다병이 반격할 힘이 없는 걸 보고 몸을 틀어 삼나무 숲으로 달려갔다.

방다병은 그제야 한숨 돌리고 사방을 둘러보았다. 눈이 닿는 곳은 어디든 흰 눈이 소복이 쌓여 있어 어디로 도망쳐야 할지 판단이 서지 않았다.

방다병이 막 서쪽으로 도망치려 할 때 숲에서 풍사의 외침이 터져나왔다. "누구냐? 넌……"

뒤이어 삼나무 한 그루가 우지끈 쓰러지며 눈발이 사방으로 날아올랐다. 풍사의 마도가 삼나무를 가로로 가르고 날아와 방다병에게서 두 장쯤 떨어진 눈밭에 꽂혔다. 자세히 보니 칼자루가 사라져 있었다!

그후 또다시 아무 기척도 들리지 않았다.

적막이 눈밭을 휘감고 나무 그림자는 바위처럼 미동도 하지 않았다.

방다병은 향 두 대가 탈 만큼의 시간 동안 넋이 나가 있었다. 그때 숲속에 있던 눈더미 하나가 움찔거리더니 그 속에서 사람이 기어나오며 그의 이름을 불렀다. "방다병?"

방다병은 정신을 차리고 소리가 나는 쪽을 쳐다보았다. 눈더미에서 기어나온 사람은 다름 아닌 이연화였다. 숲으로 도망쳐 눈더미 속에 숨어 있었던 모양이었다.

방다병은 안도의 한숨을 내쉬고는 마비가 채 풀리지 않은 다리를 한 발 한 발 내디뎌 숲으로 갔다. 잔뜩 긴장한 채 둘러보니 뻣뻣하게 굳어 있는 '갈반'과 풍사가 보였다. '갈반'은 뒤를 돌아보는 자세로 서 있고, 풍사는 눈밭에 고꾸라져 있었다. 고꾸라지는 순간 날린 칼에 삼나무가 베여 쓰러진 것이다.

이연화는 몸을 숨기고 있던 눈더미에서 살금살금 빠져나왔다. 한 걸음에 발자국이 하나씩 찍혔다. '갈반'과 풍사 주위에는 발자국이 하나도 없었다. 대체 누가 순식간에 무림 고수 둘을 제압한 걸까?

"어떻게 된 일이지?" 방다병의 머릿속이 엉킨 실타래처럼 혼란스러웠다. "누가 이랬는지 봤어?"

이연화가 고개를 저었다. "나는 아무것도 못 봤어."

방다병은 두 사람 앞으로 성큼 다가가 혈도 열여덟 곳을 짚었다.

이연화가 말했다. "지원군이 왔군."

방다병도 누군가 오는 소리를 듣고 고개를 들었다. 사람들이 무리 지어 달려오고 있었다. 제일 앞에 있는 사람은 양추악이었다.

혼자 살려고 도망친 게 아닌 모양이었다. 그때 한 사람이 방다병의 눈길을 사로잡았다. "아니, 당신은……"

무명옷에 짚신을 신은 한 남자가 양추악 뒤에서 따라왔다. 떡 벌어진 어깨에 충직하고 순후해 보이는 인상이었다. 왼쪽 뺨에 있는 커다란 점 때문에 그가 누군지 대번에 알 수 있었다. 그는 바로 불피백석 문하 중 무공이 가장 뛰어난 곽평천霍平川이었다. 불피백석의 문하에 들어오기 전부터 이미 '충의협忠義俠'이라는 별명으로 널리 알려진 인물이었다.

곽평천이 공수를 하며 인사했다. "저는 곽평천이라고 합니다. 일행과 지나가던 길에 갈반 사제의 시신을 발견하고 수소문하던 중 누군가 여기에서 갈반을 사칭하고 있다는 걸 알았습니다. 저희 사고문의 소홀함으로 갈반 사제의 비참한 죽음을 막지 못하고 두 분까지 위험에 빠뜨려 부끄러울 따름입니다."

진심이 묻어나는 곽평천의 말에 방다병은 마음이 한결 차분해졌다. "저 두 사람은 제압해놓았소. 곽 대협이 사고문의 무공으로 두 놈의 근맥을 끊어놓는 것이 어떻겠소?"

곽평천이 미간에 힘을 주었다. "사고문의 절근단골수拆筋斷骨手는 너무 강해 함부로 쓸 수 없습니다. 그런데 단두도 풍사와 벽옥서생碧玉書生 왕옥기를 제압했다는 말씀이십니까?" 믿기지 않는다는 말투였다.

방다병은 마른 웃음을 지으며 숲속에서 꼼짝도 못하고 있는 두 사람을 가리켰다. 그러면서 속으로는 가슴을 쓸어내렸다. 갈반을 사칭한 자가 벽옥서생이었다니! 벽옥서생 왕옥기는 음험하고 악랄하기로 유명한데다 무예의 절대 고수였다. 방다병의 실력으로는 감히 대적할 수 없는 인물이었다. 누군가 몰래 도와주지 않았다면 방다병과 이연화는 벌써 저세상 사람이 되었을 것이다.

곽평천은 삼나무 숲속에서 옴짝달싹도 못하고 있는 두 사람을 보고 놀란 표정을 감추지 못했다. 왕옥기는 뒤를 살피려고 몸을 돌리다 누군가에게 혈도를 짚인 것 같았다. 그런데 왕옥기가 뒤에서 인기척을 느끼고 몸을 돌린 찰나에 어떻게 그의 등에 있는 혈도를 짚을 수 있었을까? 풍사는 누군가를 보고 다급하게 칼을 날린 게 분명해 보였다. 얼마나 세게 칼을 날렸는지 삼나무가 베여 넘어질 정도였다. 실로 엄청난 내공이었다.

방다병이 왕옥기의 아혈을 풀고 다그쳤다. "대체 누구였느냐? 누군지 보았느냐?"

왕옥기는 두려움이 채 가시지 않은 얼굴로 더듬거렸다. "아…… 아무것도 보지 못했다."

곽평천도 풍사의 아혈을 풀었다. "천하의 '단두도'가 칼을 던지게 만들고 등뒤의 신수혈腎兪穴까지 정확히 짚다니. 그게 누군지 보았느냐?"

풍사가 새파랗게 질린 얼굴로 숨을 토하듯 외쳤다. "파사보婆娑步!"

곽평천과 방다병이 동시에 "아!" 하고 놀라움의 탄성을 터뜨렸다. 파사보는 사고문 문주 이상이만이 구사하는 무공으로 미종보법迷蹤步法 가운데 으뜸이었다. 허공을 달리기 때문에 눈을 밟아도 발자국이 남지 않았다. 멀리 달릴 수는 없지만 일대일로 맞붙었을 때는 그 무엇에도 지지 않는 강력한 무공이었다. 하지만 이상이가 죽은 지 십 년이나 됐는데 어떻게 이 삼나무 숲에서 파사보를 보았단 말인가?

곽평천이 물었다. "그게 누군지 보았느냐?" 곽평천이 사고문에 들어갔을 때는 이미 이상이가 실종된 후였기 때문에 여기에서 '파사보'라는 말을 듣고 몹시 놀랐다. '십 년 전에 행방불명된 문주가 살아 있는 걸까? 정말 그렇다면 사고문에 그보다 더 좋은 일은 없을 것이다.'

하지만 풍사는 싸늘하게 말했다. "누군지 볼 수 있다면 그게 파사보겠느냐? 하지만 꿈 깨시지. 이상이는 진즉에 죽은 게 분명하니, 아까 그자는 절대 이상이일 리 없다."

방다병이 다그쳐 물었다. "그걸 어떻게 알지?"

풍사가 음침한 투로 말했다. "이상이의 신법身法과 내력으로 파사보를 썼다면 내가 어떻게 모를 수 있겠는가? 내 신수혈을 짚은 것이 정말로 이상이라면 양주만揚州慢을 열 겹까지 연마한 그의 진력眞力에 제압당해 나는 칼을 던지지도 못했을 거다."

그 말에 곽평천은 속으로 놀랐다. 풍사가 중혈重穴을 찍히고도 칼을 날려 공격할 수 있었다는 건 혈도를 짚은 사람의 내력이 부족해 기혈이 교차하는 곳까지는 힘이 파고들지 못했다는 뜻이었다. 그 때문에 풍사의 전신을 마비시킬 수는 있었지만 그의 진력을 완전히 제압하지는 못했던 것이다. 곽평천이 조금만 늦게 도착했다면 풍사의 혈도가 풀려 원기를 회복했을 것이다. 하지만 그의 혈도를 찍은 사람이 이상이가 아니라면 누굴까? 설마 이상이가 생전에 후계자를 남겨놓았단 말인가?

방다병이 이연화에게 비딱한 시선을 던졌다. “넌 눈 속에 숨어 있었어?”

이연화가 계면쩍은 표정으로 대꾸했다. “응.”

방다병이 바닥에 있는 두 사람을 가리켰다. “저 둘을 누가 저렇게 만들었는지 정말 못 봤어?”

이연화가 “아” 하고 짧은 탄성을 뱉고는 말했다. “희끄무레한 그림자는 봤지만 그게 사람인지 눈인지, 아니면 다른 뭐였는지는 모르겠어.”

방다병이 눈을 흘겼다. “넌 정말 아무짝에도 쓸모가 없어.”

이연화는 “미안해”를 연발하며 고개를 주억거리다 품에서 옥새를 꺼내 곽평천에게 건넸다. “이걸 가지고 있으면 위험할 것 같소. 차라리 여기서 이걸 부숴버릴 테니 곽 대협께서 증인이 되어주시겠소?”

곽평천이 흔쾌히 동의하자 왕옥기가 악에 받쳐 소리를 질렀다. “그 옥새만 있으면 어룡우마방魚龍牛馬幇*을 호령할 수 있단 말이다! 그건……”

방다병이 왕옥기에게 일격을 날려 입을 막아버리고는 히죽거렸다. “어룡인지 소대가린지 알 게 뭐야? 본 공자가 원하면 깨버리는 거지. 자, 자, 곽 대협께서 한방에 깨버리시오.”

곽평천이 옥새를 양손으로 감싸고 힘껏 누르자 그의 손바닥 사이에서 옥새가 산산조각났다.

---

* ‘방(幇)’은 문파를 뜻한다.

그 장면을 본 왕옥기는 얼굴이 하얗게 질리며 온몸이 축 늘어졌다.

곽평천도 옥새를 부수기는 했지만 속으로는 찜찜했다. 어룡우마방은 최근 몇 년 사이 황하黃河와 장강長江 유역의 수십 개 문파를 흡수하며 세력을 불리더니 이제는 개방丐幇*과 비등비등할 만큼 많은 제자를 거느리고 있었다. 아직은 제자들의 무공 실력에 차이가 크고 내력도 제각각이라 강호에서 가장 혼란하고 소란스러운 문파이지만, 전대의 황족이 세력을 이끌며 옥새를 신물信物로 삼아 황조 부흥이라는 명분을 내세운다면 강호가 크게 어지러워질 테다. 옥새를 부수는 정도로는 혼란을 해결할 수 없을 것이므로 불피백석도 그에 대한 대비를 해야 했다.

하지만 방다병은 곽평천처럼 신중한 성격이 아니었기에 옥새를 가루로 만든 그의 장력에 박수를 치며 찬사를 보냈다.

이연화가 한숨을 쉬며 배를 쓸었다. "밥 먹을 때가 됐나? 출출하네."

하늘을 올려다보니 오시午時가 지났을 시간이었다. 아침에 지하궁전에 들어간 뒤 지금까지 며칠은 지난 기분이었다. 방다병이 효월객잔에 가서 밥을 먹자며 사람들을 재촉해 걸음을 옮겼다. 일행은 장청모와 작별인사를 한 뒤 왕옥기와 풍사를 끌고 박서진으로 돌아갔다.

---

* 걸인들로 이루어진 대규모 문파.

7. 무당금검

민가가 수백 호밖에 안 되는 박서진에도 주점酒店*은 있었다. 무덤에서 죽을 고비를 넘기고 빠져나온 이들에게 그곳은 선경仙境이나 마찬가지였다.

곽평천이 불피백석의 제자를 시켜 왕옥기와 풍사를 말에 태워 청원산으로 압송하는 것으로 사건은 일단락되었다. 그후 박서진의 봉견선逢見仙주점에서 손취화가 일행에게 술을 대접했다. 손취화는 그리 예쁜 얼굴은 아니었지만 연신 생글생글 웃으며 양추악에게 애정이 가득 담긴 눈빛을 보냈다. 남편에게 푸욱 빠졌다는 게 느껴졌다.

방다병과 이연화는 쉬지 않고 젓가락질을 하며 먹는 데 열중했고, 곽평천만 점잖게 예의를 갖추며 황칠 도장의 행방에 대해 양추악과 대화를 나누었다.

"황칠 사숙이 박서진에 온 건 확실해요. 하지만 희릉의 지하궁전에 무당금검은 없었어요. 사숙은 일품분에서 살아서 빠져나왔을 거예요." 양추악이 말했다. 아내가 옆에서 살살 웃으며 교태를 부리는데도 그의 표정은 변함이 없었다. 노름은 좋아하지만 여색은 밝히지 않는 듯했다.

곽평천이 고개를 끄덕였다. "무당파의 전대 장문에게 무당금검을 받았다는 건 황칠 도장이 무공과 지략, 도학道學 수행 등 모든

* 술을 팔지만 그 외에 식사와 숙박도 함께 할 수 있는 곳.

면에서 무당파 중 으뜸이었다는 뜻이겠지요. 게다가 행방불명됐을 때 한창나이였으니 일품분에서 빠져나왔을 가능성이 큽니다."

닭다리를 뜯고 있던 방다병이 고개를 홱 들어 이연화를 똑바로 쳐다보았다.

이연화는 젓가락으로 음식을 집으려다 그 시선에 한쪽 눈썹을 추어올렸다. "뭘 봐?"

"아무리 생각해도 이상해."

방다병의 말에 이연화가 미간을 찡그렸다. "뭐가?"

"본 공자의 무공이 형편없는 것도 아니고 삼나무 숲에서 그렇게 멀리 있지도 않았는데 어째서 숲에 있던 세 명 말고 다른 사람의 소리를 전혀 못 들었지? 게다가 누가 숲으로 들어가는 것도 나오는 것도 못 봤단 말이지."

이연화의 미간 주름이 더 깊어졌다. "그게 무슨 말이야?"

방다병이 수상하다는 듯 말했다. "그러니까 내 말은, 설마 파사보로 두 명을 한꺼번에 제압한 사람이 너는 아니겠지? 넌 입만 열면 거짓말을 하잖아. 네가 검다고 하면 십중팔구는 희단 말이지. 네 무공이 소가 뒷걸음치다 쥐 잡는 수준이란 건 알지만 일부러 못하는 척하는 걸 수도 있고, 아무도 못 봤다고 말하지만 실은 네가 했을 수도 있어."

이연화는 사레가 들려 밭은기침을 해댔다. "내가 파사보를 할 줄 알면 왕옥기가 범인이란 걸 알았을 때 바로 붙잡았겠지, 뭣하러 내버려뒀겠어?"

방다병은 잠시 생각하다 말끝을 흐렸다. "그건 그래……"

다 같이 한담을 나누고 있을 때 녹색 옷을 입은 여인이 나긋나긋한 걸음걸이로 주점에 들어왔다. 희고 고운 살결에 눈썹이 가지런한 아리따운 미인이었다.

손취화가 곁눈질로 그녀를 휙 훑고는 웃으며 말했다. "술 사러 왔어?"

여인은 미간에 한 가닥 수심이 빠르게 스쳤지만 곧 미소를 지으며 고개를 끄덕였다.

방다병이 조심스레 물었다. "누구인가?"

양추악이 대답했다. "이홍원 기생 소여小如예요."

"기생 같아 보이지 않는데." 방다병은 그 여인에게서 전혀 속된 분위기가 풍기지 않아 놀라워했다.

여색에 관심이 없는 양추악은 목석처럼 가만히 있었지만 손취화가 슬며시 말했다. "팔자 좋게 물주를 잡아 양갓집 규수처럼 지낸답니다. 그 남자가 여기 동쪽에 집을 사서 첩으로 들였는데, 남자는 이후로 한 번도 밖으로 나온 적이 없어요."

방다병이 웃음을 터뜨렸다. "하하하! 기생 데리고 사는 게 창피한 일도 아닌데 뭘 그렇게 숨어 살아. 광명정대한 일이라고……"

손취화가 입을 비죽이며 그의 말허리를 잘랐다. "에이, 남자들이 이러니까 얼굴 반반한 여자들이 기생이 되는 거지요. 창피한 줄 아세요!"

방다병이 받아치려는데 "아" 하는 이연화의 낮은 목소리가 불쑥 끼어들었다. "무당금검!"

모두들 동작을 멈추고 일순간 조용해졌다.

곽평천이 물었다. "어디요?"

이연화가 젓가락을 살짝 들어 소여의 허리께를 가리켰다.

모두의 시선이 그리로 쏠렸다. 그녀의 허리에 조각된 나무막대기가 달려 있었다. 검처럼 생기기는 했지만 길이가 두세 치밖에 되지 않고, 파란 실로 매달아놓아 걸을 때마다 가볍게 흔들렸다.

양추악의 몸이 떨렸다. 별 볼 일 없는 나무막대기처럼 보이지만 검신에 '진무眞武'라는 두 글자가 새겨져 있었다. 생김새만 보면 무당금검이 틀림없었다.

곽평천이 말했다. "황칠 도장이 희릉 근처에서 실종됐다더니, 저 여인이 어디서 무당금검을 본 건 아닐까요?"

그때 소여가 술이 담긴 병을 들고 사뿐사뿐 밖으로 나갔다.

양추악이 벌떡 일어나려는데 이연화가 젓가락을 살짝 뻗어 양추악의 손목을 눌렀다.

방다병이 일어나 소여의 뒤를 따라 밖으로 나갔다.

곽평천의 입가에 옅은 미소가 스쳤다. 피구가 비둘기에 매달아 보낸 전갈에 두 가지 내용이 적혀 있었다. 갈반이 피살된 사건을 현재 조사하고 있다는 것과 길상문연화루의 이연화를 눈여겨보라는 당부였다. 처음에는 강호에 떠도는 명성에 비해 별로 특별한 것 없고 겁도 많은 사람으로만 보였으나, 젓가락으로 저지하는 이 작은 행동에서 그는 이연화가 속깊고 치밀한 사람이라는 느낌을 받았다. 적어도 별 볼 일 없는 위인은 아닌 것 같았다. 방다병은 이곳에서 낯선 사람이기도 하고 남들 눈에는 화려한 옷차림의 부잣집 한량이 예쁜 여자를 뒤따라가는 것으로 보일 테니 양추악보다 의심을 덜 살 터였다.

방다병은 소여의 뒤를 밟아 박서진을 가로질렀다. 박서진을 서쪽에서 동쪽으로 가로지르는 데 소여의 잔걸음으로 반 시진은 족히 걸렸다. 그녀의 아리따운 미모가 아니었다면 방다병은 도중에 포기했을지도 모른다. 마침내 박서진의 동쪽 끝자락에 도착한 소여가 어느 집 대문을 열고 들어가 문을 꼭 닫았다.

방다병이 몰래 지붕으로 올라가려는데 갑자기 문이 열리고 소여가 다시 밖으로 나왔다. 그녀의 손에 들려 있던 술병은 보이지 않았다. 방다병은 몹시 의아했다. 고작 술만 사다주려고 왕복 한 시진 거리를 다녀온 거란 말인가? 이 집에는 대체 누가 살고 있을까? 담을 넘어 들어가려는데 돌연 길을 지나가는 사람들이 많아졌다. 환한 대낮에 남의 집 담을 넘는 건 아무래도 무리인 듯해 집 주위를 두 바퀴쯤 돌아보는데 또 대문이 열리더니 한 여인이 나왔다.

붉은 옷을 입은 여인이 연방 눈물을 훔치며 떠났다. 얼마나 울었는지 눈두덩이 빨갰고 옷매무새가 흐트러진데다 목에는 입을 맞춘 자국도 어지럽게 나 있었다. 안에서 무슨 일을 당했는지 짐작할 수 있었다.

방다병의 의구심이 더 커졌다. 방금 전에 소여가 술을 사다주었는데 집안에 다른 여인이 또 있었다고? 방다병이 담장을 따라 빙 돌고 있는데 정원 후문 근처에서 갑자기 이상한 냄새가 났다. 방다병은 깜짝 놀랐다. 그건 강호에서 가장 저속하고 더러운 것으로 꼽히는 최음제 미향의 냄새였다! 이 집안에서 무슨 일이 벌어지고 있는지 더욱 명백해졌다.

방다병은 화가 치밀어 소매를 걷어붙이고 후문을 냅다 걷어차 연 뒤 노기등등하게 안으로 들어갔다. "어떤 후레자식이 여기서……" 말이 채 끝나기도 전에 한줄기 장풍이 방다병을 향해 날아들었다. 갑작스러운 장풍에 방다병은 한마디도 더 뱉어낼 수 없었다.

방다병은 재빨리 손바닥을 앞으로 펼쳐 장풍을 막았다. '이 작은 박서진 구석에 이런 고수가 있었다니! 그야말로 와호장룡이 아닌가!'

길게 감탄할 겨를도 없이 장풍이 손바닥에 부딪히는 순간 가슴팍이 덜컹 떨리고 기혈이 솟구치기 시작했다. 귓가가 왱왱 울리고 천지가 뒤집히며 빙빙 돌았다. 방다병은 버티지 못하고 뒤로 벌렁 나동그라졌고 그다음에는 어떻게 됐는지 알 수 없었다.

방씨 가문의 공자 방다병이 상대의 얼굴도 보지 못하고 장풍 한 번에 나가떨어지다니! 대체 상대는 누구란 말인가? 이 정도 무예의 고수가 미향으로 여자를 홀려 겁탈하는 건 또 어찌된 일이고?

방다병이 장풍을 맞고 혼절했지만 상대는 아무런 움직임도 보이지 않았다. 잠시 후에야 누군가 집안에서 옷을 걸치고 나오더니 방다병을 번쩍 들어 정원에 있는 우물에다 던져버렸다.

한편 봉견선에 있는 일행은 술과 음식을 모두 먹고도 두 시진을 더 기다렸다. 어느새 해가 뉘엿뉘엿 떨어지기 시작했다. 점심밥을 먹다 나간 방다병이 저녁밥 때가 되도록 돌아오지 않으니 곽평천이 미간을 찡그리며 말했다. "방 공자에게 변고가 생긴 걸까요?"

양추악도 걱정스러운 듯 말했다. "설마 또다른 함정에 빠진 건 아니겠죠?"

이연화가 씁쓸하게 웃었다. "설마 아가씨와 사랑의 도피를 한 건 아니겠지?"

손취화가 말했다. "그 기생의 물주 집까지 따라갔을 거예요. 대충 어디쯤인지 아니까 가봅시다. 공자님이 위험에 빠졌는지도 모르잖아요."

일행은 술값을 계산하고 손취화를 따라 소여가 산다는 집으로 찾아갔다. 하늘은 이미 검푸르게 변하고 별도 하나둘 반짝이기 시작했다. 굳게 닫힌 대문 안에서는 아무런 인기척도 없었다.

곽평천이 옷매무새를 가다듬은 뒤 문고리를 잡고 문을 두드렸다. "주인장 계십니까? 뭐 좀 물어봅시다!"

집이 비었는지 안에서는 아무 대답도 없었지만 옅은 미향 냄새가 그곳을 감싸고 있었다. 곽평천은 그 냄새만 맡고도 이 집이 어떤 곳인지 알 것 같았다.

양추악이 차가운 투로 뇌까렸다. "도둑이 제 발 저려 문을 못 여는군!"

이연화도 고개를 끄덕이며 미간에 힘을 주었다. 이번에는 일품분과 상황이 달랐다. 그때는 이연화가 어두운 곳에 있고 상대가 밝은 곳에 있었지만, 이번에는 적이 완벽하게 숨어 있고 이들이 드러나 있으니 이쪽이 불리했다.

"취화, 여기는 우리에게 맡기고 아기를 데리러 가게." 이연화가 부드럽게 말했다.

손취화가 생긋 웃고는 잰걸음으로 떠났다.

땅거미가 점점 내려앉는 가운데 세 남자는 별로 특별할 것 없어 보이는 그 집을 주시했다. 고요한 정원, 텅 빈 듯한 집, 표표히 날아오는 미향. 이 집에 어떤 비밀이 감춰져 있는 걸까? 무당금검에 관한 비밀일까, 아니면 소여에 관한 비밀일까? 방다병은 정말로 이곳에서 함정에 빠진 걸까?

곽평천이 장력으로 문을 흔들어 빗장을 가볍게 부러뜨린 뒤 문을 열었다. 잘 관리된 화초 사이로 푸른 응회석이 깔린 길이 이어져 있었다. 정원 중앙의 뜰에는 자갈을 바다에 박아 만든 '수壽' 자가 보였고, 그 뒤에 있는 집은 문과 창이 모두 닫혀 있었다. 여느 민가와 다른 점은 없어 보였다.

양추악이 굵은 목소리로 외쳤다. "아무도 안 계십니까?" 쩌렁쩌렁 울리는 목소리는 아니지만 묵직한 힘이 있어 집안 곳곳으로 소리가 퍼져나갔다. 집안 어디든 사람이 있다면 듣지 못할 리 없었다.

곽평천이 성큼성큼 걸어가 방문을 열었다. 방안에는 이불만 어지럽게 널브러져 있었다. 역시 벌써 도망쳐버린 뒤였다. 침대 옆 향로에서 여전히 흰 연기가 피어오르고 있었다. 집 전체를 감싼 미향의 근원지였다.

"이 집에서 산 지 십 년도 더 된 모양인데." 이연화가 창살을 살짝 밀었다. 길상문연화루처럼 이 집의 창살도 수리하지 않고 이대로 두면 반년쯤 지나서 바스러질 것 같았다. "집주인이…… 형편이 빠듯한 것 같군." 침대 옆에 있는 술상도 단출했다. 박서진 동쪽에 유명한 술도가가 있는데도 술 한 근에 동전 두 닢이 더 싼 봉견선까지 첩을 보내 술을 사 오라고 한 것만 봐도 돈이 넉넉한 사람은 아닌 듯했다.

곽평천이 빙긋 웃으며 말했다. "돈이 없으니 멀리 가지 못하고 곧 돌아오겠군요."

이연화가 미간을 찡그리며 중얼거렸다. "수백 호밖에 안 되는 민가가 길 하나를 따라 늘어선 이 작은 박서진에서 어디로 갈 수 있을까…… 게다가 여자까지 데리고. 그렇다면 이홍원이나 효월 객잔밖에 없어! 큰일났군!"

양추악의 얼굴이 창백해졌다. 손취화가 바로 그 두 곳으로 가고 있었다. 양추악이 훌쩍 뛰어올라 지붕들을 디디며 이홍원 쪽으로 빠르게 달려갔다.

곽평천이 재빨리 말했다. "이 선생님은 봉견선으로 가세요. 여긴 위험합니다."

그러고는 역시 지붕으로 훌쩍 뛰어올라 양추악의 뒤를 따랐다.

이연화는 빠르게 사라지는 두 사람의 뒷모습을 보며 가벼운 한숨을 내쉬었다. 한 가닥 쓸쓸함이 그의 눈동자를 스쳤다. 이연화는 몸을 돌려 텅 빈 정원을 둘러보았다. 그리 탐스럽지 않은 목단 몇 그루가 자라고 있었는데 희끗희끗 눈이 쌓인 앙상한 가지가 처량해 보였다. 이연화는 한참 동안 말없이 서 있다 몸을 돌려 정원을 나왔다. 그러고는 얼마 가지 않아 우뚝 멈추더니 화단을 등진 채 조용히 물었다. "누구십니까?"

조금 전만 해도 아무도 없던 목단 사이에 언제 나타났는지 한 사람이 뒷짐을 지고 우뚝 서 있었다. 오랫동안 거기 서 있었던 것처럼 보였다. 상대는 벗을 만난 것 같지도, 적을 만난 것 같지도 않은 투로, 아무런 감정도 느껴지지 않는 목소리로 말했다. "청력이 예전보다 더 좋아졌군."

"그대의 걸음이 무거웠던 게지." 이연화가 가만히 웃었다. "관음수루를 먹어도 명월침서해明月沈西海의 내상이 하루이틀에 회복되진 않겠지…… 눈밭에 발자국을 남기지 않으려 애쓴 것도 그럴 만해. 적비성의 일촉신법日促身法은 누구라도 알아볼 수 있으니까……"

상대는 잠시 침묵하다 입을 열었다. "그 꼴이 됐어도 이상이는 역시 이상이군." 말투는 그대로지만 진심에서 우러난 칭찬으로 들렸다.

이연화가 웃음을 터뜨렸다. "하하하. 과찬이야. 적비성도 역시 적비성이지. 명월침서해의 내상은 무엇으로도 고칠 수 없을 줄 알았는데, 관음수루가 있다는 건 어떻게 알았지? 하늘의 뜻은 사람이 헤아릴 수 없다더니, 역시 옛말은 틀린 게 없어."

푸른 도포에 삼베신을 신고 목단 사이에 서 있는 상대가 조금 의외라는 듯 말을 받았다. "세월 탓인가. 성격이 많이 변했군."

이연화가 미소를 지었다. "넌 조금도 변하지 않았어."

적비성은 이번에도 잠시 침묵했다 태연하게 말했다. "명월침서해의 내상은 석 달 후면 다 낫겠지만, 넌 예전으로 되돌아갈 수 없어."

이연화도 차분히 말했다. "세상일이란…… 이렇게 될 줄 그때는 몰랐듯, 훗날 어떻게 될지도 지금은 알 수 없겠지. 죽기 전까진 좋은 일인지 나쁜 일인지 누가 알 수 있겠나? 과거는 과거대로 좋았고, 지금은 또 지금대로 나쁘지 않아."

"네가 내상을 억누르며 지금까지 미치지도 죽지도 않고 살아 있는 걸 보면 양주만 심법心法이 훌륭하긴 하군. 하지만 길어야 십삼 년이지." 적비성이 이연화의 뒷모습을 보며 천천히 말했다. "이미 십 년이 흘렀고 이제 남은 시간은 삼 년뿐. 네가 무공으로 진력을 자주 소모한다면 남은 삼 년의 시간마저 단축될 테고."

이연화는 미소로 대답을 대신했다.

적비성은 목단 수풀 사이에서 훌쩍 뛰어올라 우물 속으로 몸을 날렸다. 첨벙 하는 소리가 들리고 곧바로 그가 물이 뚝뚝 흐르는 사람을 데리고 나왔다. "이 년 열 달 뒤, 동해 바닷가." 적비성은 물에 젖은 사람을 이연화 쪽으로 던지고는 그대로 몸을 휙 돌려 가볍게 담장을 넘어 사라졌다.

이연화가 물에 흠뻑 젖은 사람을 받아 안고 보니 방다병이었다. 의식이 혼미한 상태로 몸이 축 늘어져 있었다. 이연화는 방다병을 바닥에 똑바로 눕힌 뒤 가슴의 혈도 몇 곳을 눌렀다.

적비성이 미향으로 여자를 홀려 겁탈할 위인은 아니었다. 또한 그가 방다병을 우물에서 건져준 건 방다병의 목숨을 걸고 약속한다는 의미였다. 이 년 열 달 뒤 동해의 바닷가에서 만나 일전을 벌이자고 말이다.

이연화는 깊은 한숨을 내쉬었다. 적비성의 장력에 내상을 입어 초췌해진 얼굴은 이전의 수려한 외모를 회복하지 못했고 무공 실력도 십 분의 일로 줄어들었다. 예전의 그 이상이는 더는 세상에 존재하지 않았다. 하지만 사람들은 어째서 이연화를 받아들이지 못하고 바득바득 이상이를 찾아내려는 걸까? 사람들은 이상이가 죽었다는 걸 믿지 않으려 했다. 하지만 이상이가 바로 앞에 있는데도 아무도 알아보지 못했다. 정말 이상하지 않은가. 그의 얼굴이 전혀 알아보지 못할 정도로 심하게 바뀌었단 말인가?

이연화는 천천히 앉아 두 손가락으로 방다병의 목 뒤에 있는 풍지혈風池穴을 누르고 진력을 주입해 그의 내상을 치료했다.

십 년 세월 동안 그는 마음도, 체질도, 외모도 모두 변했다. 지금 생각하면 과거에 그를 거만하게 만들었던 것들이 우습고 황당하기 짝이 없었다.

양주만 심법은 수련을 한다 해도 완성하기가 몹시 힘들지만 일단 완성하고 나면 자유자재로 쓸 수 있다. 적비성이 모든 내력을 모아서 쏜 장풍을 맞고도 이상이가 죽지 않을 수 있었던 것도 바로 양주만 심법 덕분이었다. 양주만 심법은 내상 치료에 즉효를 발휘했다. 향 한 대가 탈 시간이 지나기도 전에 방다병의 기혈이 통하고 내상도 다 나았다. "아" 하는 소리와 함께 방다병이 눈을 번쩍 떴다. "연화?"

이연화가 고개를 끄덕였다. "어쩌다 우물에 던져진 거야?"

"내가 우물에 던져졌다고?" 방다병은 어리둥절한 듯 머리를 만져보더니 머리카락이 물에 흠뻑 젖은 걸 알고 벌컥 성을 냈다. "그 죽일 놈이 날 우물에 던졌어? 아야……" 방다병은 순간 가슴 부위의 상처에 극심한 통증을 느끼고 신음을 토했다.

이연화가 미간을 찡그렸다. "네가 이렇게 마르지 않았다면 부상이 이 정도로 심하진 않았을 거야……"

방다병이 또 화를 냈다. "본 공자의 이런 고상함과 수려함 때문에 강호의 뭇 협녀들이 꿈에 그리는 정인情人이 되었거늘! 너 같은 놈이 본 공자의 풍채를 어찌 이해하겠어! 아야…… 내가 우물 속에 있는 건 어떻게 알았어?"

"갈증이 나서 물을 길어 마시려고 보니 우물 속에 머리만 둥둥 떠 있더라고."

방다병은 그제야 부상을 입기 직전의 기억을 떠올리고 몸서리를 쳤다. "그건 무당파의 내력이었어. 무당파 고수가 틀림없어!"

이연화는 의술을 눈곱만치도 모르는 문외한이었기에 방다병이 무당파 심법에 가슴 부상을 입었다는 사실은 전혀 알아차리지 못하고 그저 방다병의 말에 놀라서 물었다. "또 무당파라고?"

방다병이 가쁜 숨을 몰아쉬며 바닥을 짚고 일어났다. "무당심법이 틀림없어! 설마 본 공자가 무당심법도 못 알아볼까봐? 그놈 어디 갔어? 그놈의 무공은 무당 장문에게 결코 뒤지지 않았어. 백목보다 한 수 위일 수도 있고!"

현재 무당파의 장문은 백목 도인의 사제인 자하紫霞 도장이고, 무당파 무공의 일인자는 백목인데, 그보다 한 수 위라면……

이연화가 놀란 표정으로 외쳤다. "황칠?"

방다병은 밭은기침 사이로 헐떡이며 말을 이었다. "그런 것 같아. 어서…… 그들을 구하러 가자……"

무당파 전대 장문이 가장 총애하고 신뢰하는 제자인 황칠이 이 작은 시골 마을에서 십수 년을 숨어 살며 기생의 기둥서방 노릇을 하고 여자를 겁탈하다니. 이연화가 미간을 찡그렸다. "큰일났군.

황칠이 양추악과 마주친다면……"

"입막음을 하려고 죽이겠지! 윽……" 방다병은 타들어가는 듯한 가슴에 손을 얹고 괴로워했다. "그 늙은이…… 미친 게 분명해……"

손취화는 아들을 데리러 이홍원으로 가는 길에 소여를 만났다. 소여는 근심거리가 있는 듯 초점 없는 눈동자로 혼자 느릿느릿 걸어가고 있었다.

"소여." 손취화가 뒤에서 그녀를 불렀다. "다시 왔어?"

소여는 우뚝 멈춰 서더니 손취화가 가까이 다가온 뒤에야 작은 소리로 대답했다. "응."

손취화가 의아하다는 듯 그녀를 위아래로 훑어보고는 히죽 웃었다. "왜? 그 남자가 오늘은 너랑 자기 싫대?"

소여의 하얀 두 볼에 엷은 홍조가 떠올랐지만 눈동자에는 한줄기 처량한 빛이 스쳤다.

그녀의 허리춤에 걸려 있는 목검이 궁금했던 손취화는 이왕 말을 붙인 김에 에두르지 않고 직접적으로 물었다. "허리에 찬 그 목검 말이야, 어디서 만들었어? 근사해 보여서 나도 하나 만들까 하고."

소여가 머뭇거렸다. "내가 직접……"

손취화가 말을 자르며 다그치듯 물었다. "직접 깎아서 만들었다고? 왜 검을 만들 생각을 했어? 목검 말고 여의如意*를 만들었으면 더 좋았을 텐데."

소여는 아무 대꾸도 하지 않고 다시 걸음을 옮겼다. 잰걸음으로 걸어 이홍원 앞에 도착한 뒤에야 그녀가 작은 소리로 말했다. "그 사람한테…… 원래 이렇게 생긴 검이 있었는데 날 데리고 사느라 그걸 팔았어."

손취화는 속으로 깜짝 놀랐다. 그렇다면 정말로 그 남자가……

소여가 나지막이 말을 이었다. "그 사람이 나한테만 잘해주는 건 아니지만…… 그래도 고마운 사람이야." 말을 마친 소여는 천천히 이홍원 안으로 들어가더니 오른쪽 모퉁이를 돌아 작은 자갈길로 사라졌다.

손취화는 벌어진 입을 다물지 못한 채 소여의 뒷모습을 우두커니 쳐다보았다. 소여가 그런 색마를 진심으로 사모하는 건 그렇다 쳐도, 그 색마가 양추악이 그토록 찾아다닌 사숙일지 모른다는 사실은 놀랍기 그지없었다.

바로 그때 황급히 달려오던 양추악과 곽평천이 이홍원 앞에 멍하니 서 있는 손취화를 보고 외쳤다. "아무 일 없지?"

그 소리에 손취화가 정신을 차렸다. 아무 일도 없고 아들은 아직 데려오기 전이라고 말하려는데 갑자기 뒤에서 훅 파고드는 시린 기운에 등이 움신거렸다. 고개를 숙이니 익숙하게 생긴 무언가가 가슴을 뚫고 나온 게 보였다.

젓가락이었다. 피 묻은 젓가락.

"취화!" 양추악이 사색이 되어 외치며 달려왔다.

---

* 상서로운 의미를 담아 만든 장식품.

손취화가 그를 꽉 붙들었다. 여전히 어떻게 된 일인지 알 수 없었다. "소여한테 들었는데…… 그 남자한테…… 무당금검이 있었대……"

양추악은 얼굴이 새파랗게 질린 채 손취화의 가슴에 있는 혈도를 정신없이 눌러댔다. "말하지 마! 취화! 아무 말도 하지 마!"

손취화는 영문을 알 수 없다는 표정으로 가슴을 뚫고 나온 젓가락을 보며 중얼거렸다. "아기는…… 아직 안에……"

양추악이 미친듯이 악을 썼다. "말하지 말라니까!"

손취화가 힘없이 피식 웃었다. "어떤 인간이…… 젓가락을 아무렇게나 던져……" 이어 그녀의 몸이 천천히 늘어지더니 숨소리가 점점 거칠어지고 두 눈도 감겼다.

아내를 부둥켜안은 양추악은 혼란스럽고 아득한 눈으로 이홍원에서 성큼성큼 걸어나오는 한 남자를 보았다. "황칠 사숙…… 대체 왜……"

흰 피부에 구레나룻이 기름한 중년 남자였다. 젊었을 때는 제법 미남자였을 듯한 용모였다. 그는 왼손에 술잔을, 오른손에는 젓가락 한 짝을 들고 있었다. 나머지 한 짝은 손취화의 가슴에 꽂혀 있었다.

중년 남자가 양추악을 흘긋 보았다. "이제 보니 양 사질*이었네. 내가 실례를 했군." 손취화에게 젓가락을 날린 일을 조금도 개의치 않는 말투였다. 마치 지나가던 개미 한 마리를 밟았다는 투였다.

---

* 사형이나 사제의 제자.

곽평천은 방금 전 그의 손짓을 보고도 사람을 죽이려는 건지 몰라 막지 못한 것을 자책했다. 그가 황급히 다가가 두 손을 모으고 포권례를 했다. "저는 곽평천이라고 합니다. 불피백석의 제자입니다. 혹시 무당파의 황칠 도장이 아니십니까? 십수 년 전 홀연히 자취를 감추셨다는 소문은 들었습니다."

황칠이 말했다. "내 속가 이름은 진서강陳西康이네."

곽평천이 나지막한 목소리로 말했다. "진 선배는 어찌 무고한 여인에게 중상을 입히셨습니까? 손취화는 강호 사람도 아니고 무술도 할 줄 모르는데, 선배의 지위와 무공으로 약한 여자를 공격하다니요."

황칠은 아무렇지 않게 대답했다. "내 앞에서 내 여인을 떠봤으니 죽을죄를 짓지 않았는가?"

양추악은 이 상황을 도무지 이해할 수 없어 천천히 고개를 저으며 암담한 투로 물었다. "사숙, 무당금검은…… 어디에……"

황칠이 허리를 젖히며 큰 소리로 웃었다. "하하하! 무당금검? 무게가 다섯 근 일곱 냥이나 나가는 골동품이라 강서江西 어검재語劍齋 주인장에게 팔았더니 은자 삼만 냥을 주더군! 과연 보물이야!"

곽평천이 미간을 찡그렸다. 황칠이 실성해버린 건 아닌지 의심스러웠다.

아내를 끌어안은 양추악은 온몸의 피가 차갑게 식는 것 같았다. 자신이 노름에 미쳐 무당금검을 훔쳤다 사부에게 들켜 문파에서 쫓겨난 일이 불현듯 떠올랐다. 이것이 바로 인과응보일까?

손취화가 황칠이 날린 젓가락을 맞고 피를 흘리며 고꾸라진 뒤 이홍원에 있던 손님들은 비명을 지르며 뒷문으로 도망쳤고 포주도 어느새 도망쳐버렸는지 보이지 않았다.

황칠이 싸늘한 표정으로 말했다. "양 사질, 장문이 네게 문파의 질서를 바로잡으라고 했느냐? 불피백석의 부하까지 데려오다니. 자하 사제가 노망이 났나보군. 너 같은 애송이를 보낸 건 이 사형에게 제물을 바치겠다는 뜻이 아니더냐?" 황칠은 나머지 젓가락 한 짝을 금방이라도 양추악을 향해 날릴 듯 손가락 사이에서 휙 돌렸다. 오랫동안 숨어 살았어도 그의 무공은 조금도 녹슬지 않았다.

곽평천이 재빨리 양추악 앞으로 팔을 뻗어 막았다. "진 선배, 외람되오나 저와 함께 불피백석의 백천원으로 가셔야겠습니다."

황칠이 소매를 살짝 펄럭이자 화약이 터진 것처럼 펑 소리가 났다. 양추악이 외쳤다. "무당오중경武當五重勁*! 곽 형 조심하시오!"

무당오중경의 위력은 곽평천도 잘 알고 있었다. 이 무공은 태극권太極拳의 진화된 형태로, 태극권은 내공을 둥글게 돌려 한 방향으로 진력을 내뿜지만, 무당오중경은 다섯 가지 진력을 태극권처럼 자유롭게 돌려 내뿜는다. 각각의 진력이 향하는 방향과 강약이 모두 다르기 때문에 상당한 공력을 가진 사람도 막아내기가 힘들다.

양추악이 "무당오중경!"을 외쳤을 때는 이미 황칠의 첫 경이 곽평천의 손을 꼼짝 못하게 휘감고 있었다. 두 사람이 팔짱을 끼고 서로 맞붙었다. 곽평천이 불피백석의 문하로 들어간 지는 팔 년밖에 되지 않았지만 공력은 결코 약하지 않았다. 황칠이 연거푸 세

---

* '경(勁)'은 몸안의 내공을 몸밖으로 뿜어낸 힘을 뜻한다.

경을 운용해도 그의 팔짱을 풀 수 없었다. 그러자 황칠이 싸늘한 미소를 날리더니 갑자기 가느다란 숨만 남아 있는 손취화의 가슴을 향해 네번째 경을 튕겨냈다.

곽평천과 양추악 두 사람이 놀라 고함을 지르며 힘을 합쳐 황칠의 일격을 막았다. 그러나 바로 그때, 알 수 없는 무언가가 공중에서 날아와 곽평천의 단중혈膻中穴과 기해혈氣海穴을 강타했다. 방금 전 황칠이 쥐고 있던 젓가락이었다.

곽평천이 팔을 앞으로 오므리자 탁 하는 소리와 함께 젓가락이 그의 겨드랑이 사이에 끼었다. 하지만 그 순간 옆에 있던 양추악이 외마디 신음을 토하며 쓰러졌다. 황칠의 다섯번째 경이 곧장 그의 가슴팍으로 날아가 꽂힌 것이다. 부상이 가볍지 않았다.

무당오중경의 오묘함은 소매 깃을 펄럭여 상대의 눈을 가리며 불시에 공격한다는 데 있다. 황칠의 무당오중경은 이미 완벽하게 단련되어 강호에서 적수를 찾을 수 없었다. 고수인 곽평천도 그를 막아내기엔 역부족이었다.

양추악은 비틀거리면서도 손취화를 안아 다른 쪽으로 옮겨놓은 후 검을 빼 들고 황칠의 이마를 향해 휘둘렀다.

양추악은 비록 무당오중경을 수련한 적이 없지만 그도 무당파의 제자이기에 이 내공심법內功心法*에 대해 잘 알고 있었다. 그의 검 끝이 황칠의 미간에 있는 찬죽혈攢竹穴로 곧장 향했다. 그건 태극경을 와해시키는 지름길이었다. 태극권에서는 눈이 가장 중요하다. 손의 움직임을 반드시 눈으로 좇아야 하고 눈과 손의 호흡이 일치되어야 한다. 그러므로 검으로 미간을 찔러 시선을 가리면 눈과 손의 호흡이 흐트러져 무당오중경의 위력이 약해진다.

하지만 그가 검을 뻗는 순간 황칠의 눈에 싸늘한 웃음이 빠르게 스쳤다. 양추악의 가슴이 서늘해졌다. 검을 거두기엔 이미 늦은 뒤였다. 본래는 곽평천도 앞으로 나아가 협공을 하려 했으나 양추악이 어째서 황칠의 찬죽혈을 노리는지 의도를 이해하지 못해 옆에서 머뭇거렸고, 황칠의 눈동자에 스친 냉소도 보지 못했다.

그때 멀리서 누군가의 목소리가 들렸다. "집을 불태우는 게 얼마나 신나는 줄 알아? 특히 다 쓰러져가는 남의 집을 불태울 때의 쾌감이란 말로 다 못하지."

또다른 사람이 탄식했다. "심보가 못돼먹었구먼……"

한담을 나누는 듯했지만 말하는 속도가 아주 빨랐다. 그 소리에 황칠의 낯빛이 변하는 순간 양추악의 검이 방향을 휙 돌려 황칠의 오른팔을 향해 날아갔다. 황칠은 양손에 경을 모아 쏘려다 집중력이 흐트러져 양추악에게 공격의 기회를 주었지만 바로 소매를 펄럭이며 양손으로 양추악의 검날을 붙들었다.

양추악은 생사를 알 수 없는 아내를 떠올리며 있는 힘을 다해 검날로 황칠의 손을 눌렀다. 양추악의 굳은 얼굴에서는 아무런 표정도 읽어낼 수 없었다.

황칠의 열 손가락은 양추악의 검날에 닿는 순간 기이한 각도로 꺾이며 검날을 튕겼다. 손톱과 검날이 부딪혀 만들어내는 날카로운 소리 외에는 아무것도 들리지 않았다. 양추악의 온몸이 들썩였

---

* 내공을 증진하기 위한 수련법.

다. 검자루를 손에서 놓고 싶었지만 검자루를 통해 침범해 들어온 황칠의 내력이 손을 꽉 잡고 놓아주지 않았다.

손톱과 검날이 부딪히는 소리가 귓속으로 파고들자 곽평천은 귀를 찔린 듯 극심한 통증을 느꼈다. 동시에 구역질도 나 간신히 호흡을 참으며 한 손가락을 세워 황칠의 등에 있는 비유혈脾兪穴을 짚었다.

황칠은 양추악의 검을 열 번 남짓 두드린 뒤 싸늘하게 웃으며 손을 놓았다. 그러자 양추악의 눈이 부릅떠지더니 그의 손에 들린 검이 곽평천의 가슴을 향해 날아갔다. 상대의 검을 흔드는 황칠의 이 기이한 무술은 마치 상대의 정신을 조종하는 사술邪術 같았다.

방금 전 멀리서 들린 목소리의 주인공은 방다병과 이연화였다. 마침 이홍원 앞에 도착한 두 사람은 양추악이 곽평천을 향해 검을 날리는 걸 보고 화들짝 놀랐다.

황칠이 소매를 펄럭이며 자리를 뜨려는데 방다병이 고함을 지르며 소매에서 단곤을 꺼내 공정만무公庭萬舞 초식을 펼쳤다. 단곤이 바람소리를 내며 날아가 황칠의 어깨를 가격했다.

이번에도 이연화가 잽싸게 도망쳐 이홍원 안으로 몸을 숨기는 걸 보고 방다병은 화가 치밀어 미칠 것 같았다. '부상에서 다 회복되지도 않은 본 공자를 두고 혼자 도망치다니! 저 빌어먹을……' 속으로 내뱉던 욕이 끝나기도 전에 황칠이 손가락을 구부려 그의 단곤을 튕겼다.

곽평천이 사색이 되어 소리쳤다. "조심하십시오! 저자가 사람을 미혹시키는 사술을 쓰고 있습니다!"

황칠이 손가락을 한 번 튕겼을 뿐인데 단곤에서 연거푸 일곱 번 소리가 났다. 방다병은 무언가 날아와 가슴의 상처를 일곱 번 두드리는 듯한 극렬한 통증을 느끼며 안색이 창백해졌다. 황칠도 뜻밖의 상황에 잠시 멈칫했으나 곧 웃음을 터뜨렸다. 알고 보니 방다병의 '단곤'이 정교한 구조로 만들어진 단적短笛, 짧은 피리였던 것이다. 그래서 손가락으로 한 번 튕겼을 뿐인데 단적의 몸통이 울려 소리를 내며 황칠이 쓴 법인술法引術의 위력을 몇 배나 증폭시켰다.

옆에 있던 곽평천도 그 소리에 타격을 입는 바람에 양추악에게 빈틈을 허용하고 말았다. 바닥에 쓰러져 있는 손취화는 생사를 알 수 없고 곽평천과 방다병도 절체절명의 위기에 몰린 그때, 이홍원에서 한 여자가 허둥지둥 달려나왔다. 방다병이 흘긋 보니 얼굴에 덕지덕지 분칠을 하고 피가 흐른 듯 입술을 시뻘겋게 칠한 여자였다. 여인은 손취화에게로 달려가 무릎을 꿇고 앉더니 바들바들 떨리는 두 손으로 종이 꾸러미를 펼치고 작은 병을 꺼내 열어 손취화에게 무언가를 먹였다. 그러고는 종이를 들고 떨리는 목소리로 읽기 시작했다. "사신총四神聰, 인당印堂, 예명翳明, 십선十宣…… 사신총, 인당, 예명, 십선……"

방다병은 그걸 듣자마자 단적으로 황칠의 머리에 있는 사신총혈을 찔렀다.

그러자 여인이 기겁을 해서 급하게 외쳤다. "아니에요. 그쪽 말고……" 여인은 곽평천을 가리키며 또 반복해서 읊었다. "사신총, 인당, 예명, 십선……"

방다병은 난처하기 짝이 없었다. 이 기생을 누가 보냈는지도 모를뿐더러 그녀가 읊어주는 비법이 효험이 있을 거라는 확신도 없었다.

곽평천이 양추악의 정수리 옆에 있는 사신총혈을 찌르자 양추악의 눈동자가 제자리로 돌아오고 몸놀림도 느려졌다.

효험이 나타나는 걸 본 방다병이 여인을 향해 외쳤다. "그럼 난?" 허공에서 쉬지 않고 단적을 휘두르며 황칠에게 저항했지만 초식이 조금씩 흐트러지고 가슴의 통증도 점점 심해지고 있었다. 방다병은 종이에 적힌 비방 중 자신을 위한 것도 있기를 간절히 바랐다.

하지만 여인은 고개를 가로젓더니 종이를 번쩍 들고 읊기 시작했다. "매소보梅小寶는 내가 구했고 장소여張小如는 네가 어린 여자를 겁탈한 걸 알고 뒤뜰의 우물에 몸을 던졌다. 과부 하何씨는 네게 여자가 셋이나 있었다는 걸 알고 관부에 널 고발하러 갔다…… 하하하…… 진서강 네놈이 여색을 지독히도 밝히더니 악모만惡母滿…… 악모만……"

여인이 당황한 얼굴로 더듬거렸다. 모르는 글자가 있었다. "악모만혈惡母滿血*이로구나……"

방다병이 배를 쥐고 웃기 시작했다.

황칠은 처음에는 어리둥절해 듣고만 있었으나 점점 얼굴이 붉으락푸르락해졌다. 마지막 구절은 '악관만영惡貫滿盈'**일 것이다. 황칠이 여인의 목을 틀어쥐려 와락 손을 뻗었다. "무식한 기생년

* '악한 어머니가 피범벅이 되었다'라는 뜻으로 해석된다.

이 감히 날 우롱해?" 하지만 분노로 평정심을 잃어 법인술을 제대로 쓸 수 없었다.

방다병이 정신을 차리고 단적으로 명하번설明河飜雪 초식을 펼쳤다. 단적이 번개처럼 허공을 가르며 황칠의 등을 향해 날아갔다.

황칠은 "흥" 하고 콧방귀를 뀌며 왼쪽 소매를 뒤로 휙 펄럭이고 오른손은 다시 여인의 목으로 뻗었다.

그사이 곽평천이 양추악의 사신총혈, 인당혈, 예명혈, 십선혈 등 혈도 열여섯 곳을 짚은 뒤 여인을 구하려고 다가가는데 여인이 손을 들어 자기 목을 감싸 보호했다. 그 모습에 곽평천은 속으로 깜짝 놀랐다. 여인의 동작이 무척 민첩했다……

황칠은 여인의 양손까지 한번에 쥐어잡고 힘을 주기 시작했다. 곽평천은 또 한번 놀랐다. 이 순간 황칠의 눈동자에 떠오른 것이 의기양양함이 아니라 뭐라 형언하기 어려운 충격과 공포였기 때문이다. 그때 방다병의 단적이 황칠의 등을 퍽 하고 강타했다. 순간 황칠의 입에서 피가 분수처럼 뿜어져나와 여인의 얼굴과 몸이 피칠갑이 되었다. 황칠은 그대로 풀썩 주저앉았다.

방다병이 단곤을 거두고는 괴이하다는 눈빛으로 황칠에게 목이 졸렸던 그 '여인'을 유심히 쳐다보다 한참 만에야 눈을 동그랗게 뜨며 한숨을 푹 내쉬었다. "내 이럴 줄 알았지. 이 와중에 뛰어나와 계책을 읊어줄 겁 없는 여자가 어디 있겠어? 역시 너였군. 세상에 둘도 없는 천하의 사기꾼!"

** '악한 짓을 너무 많이 저질러 마침내 그 업보를 받는다'라는 뜻의 사자성어.

곽평천도 그 '여인'을 뚫어져라 쳐다보았다. 향 한 대가 다 탈 만큼의 시간이 흐른 뒤에야 곽평천이 긴 한숨을 내뱉으며 말했다. "이 선생님 참으로 총명하고 기민하십니다…… 명불허전이로군요……"

그 '여인'은 열 손가락을 교묘히 놀려 황칠의 오른손에 있는 상양商陽, 이간二間, 삼간三間, 합곡合谷, 양계陽溪, 편력偏歷, 온류溫溜, 하렴下廉, 상렴上廉, 수삼리手三里 등 열 개 혈자리를 짚었다. 이 열 개 혈이 막히자 황칠의 오른손이 마비되었다. 줄곧 바닥에 무릎을 꿇고 있던 '여인'은 황칠이 덮쳐오자 몸을 뒤로 살짝 빼고는 옆으로 눕다시피 하더니 발끝으로 황칠의 무릎 옆에 있는 음릉천陰陵泉을 찌른 뒤 무릎을 구부려 그의 단전을 가격했다. 방다병도 달려들어 단적으로 황칠의 등을 공격했다. 무적의 고수 황칠도 적을 얕보는 바람에 꼼짝없이 당하고 말았다.

얼굴에 연지를 덕지덕지 바른 이 괴이한 '여인'은 바로 이홍원 안으로 잽싸게 도망쳤던 이연화였다. 이연화는 연지와 핏자국이 뒤범벅된 얼굴을 옷소매로 닦고는 놀란 가슴이 채 진정되지 않은 표정으로 입을 열었다. "내가…… 내가……"

방다병이 바닥에 털썩 주저앉으며 밭은 숨을 토해냈다. "이 자식! 혈도 짚는 실력이 아주 기가 막히던데. 휴…… 그런 건 어디서 배운 거야?"

방다병은 이연화를 안 지 육 년이 되었지만 그가 실제로 상대를 제압하는 모습을 본 건 처음이었다. 비록 황칠이 방심한 덕이 크기는 했지만 열 손가락으로 혈도 열 곳을 짚고 발로 차고 무릎으로 가격하는 동작 모두 상대가 거의 알아차릴 수 없을 만큼 물 흐르듯 자연스러웠다. 요행이라는 말로는 결코 설명할 수 없는 것이었다.

이연화가 진지한 투로 말했다. "채봉우彩鳳羽라는 건데, 어느 낡은 암자에 사는 노인에게 배웠어……"

방다병은 맥이 풀린 표정으로 휙 옷소매를 떨쳤다. "내가 바보냐? 그걸 믿게. 왜, 차라리 절벽에서 떨어져 나무에 걸렸다가 그 나무 밑 동굴에 사는 절대 고수에게 배웠다고 하지."

이연화가 난처한 표정을 지었다. "정말인데……"

방다병이 눈을 흘겼다. "네 그 '닭털 뽑는' 기술은 쓸 만하지만 내력이 너무 약해. 본 공자가 뒤에서 협공을 펼치지 않았다면 이놈을 제압하는 건 어림도 없었을걸."

이연화가 연방 고개를 끄덕였다. "맞아, 맞아."

곽평천이 불피백석의 특수한 사슬로 황칠을 꽁꽁 묶었다.

양추악은 "후" 하고 숨을 토하며 정신을 차린 뒤 하얗게 질린 얼굴로 숨결 하나 없는 손취화를 끌어안았다. 그의 망연한 시선이 이연화에게로 향했다.

이연화가 가벼운 한숨을 지으며 부드러운 목소리로 말했다. "혈기를 멈추게 하는 약을 먹였으니 하루이틀은 죽은 사람 같을 거야. 살리고 싶다면 서둘러서 좋은 의원을 불러다 부상을 치료하게."

방다병은 터지는 웃음을 참다가 사레가 들릴 뻔했다. 의술의 '의' 자도 모르는 이 돌팔이를 비웃어주려는데 이연화가 황칠 앞으로 성큼 다가섰다. "진 선배님."

사슬에 묶인 채 이연화를 죽일 듯이 노려보고 있던 황칠은 그가 다가오자 "흥!" 하고 콧방귀를 뀌었다.

이연화는 무당파 수제자인 황칠 앞에 앉아 그와 눈높이를 맞추고 똑바로 응시했다. "선배님은 십수 년 전 희릉의 보물지도를 얻어 지하궁전에 들어갔다가 살아 나온 뒤 줄곧 박서진에 머물러 계셨지요. 지하궁전에서 무슨 일을 겪으셨습니까?"

황칠이 살기어린 눈동자로 그를 노려보았다. "애송이 놈, 뭘 더 알고 있는 거냐? 죽일 테면 그냥 죽여라. 길게 말해도 소용없어."

이연화가 빙그레 웃었다. "미향하고 여자와 관계가 있습니까?"

순간 황칠이 미간을 찡그렸다. 이연화가 온화한 표정으로 말을 이었다. "십수 년 전, 선배님은 무예면 무예, 인품이면 인품, 모두 강호에서 명성이 자자했습니다. 그런데 돌연 딴사람처럼 성정이 바뀌어 이런 외딴 마을에서 여색에 취해 살고 계셨다면 필시 어떤 연유가 있을 겁니다. 예전의 선배님이라면 혹여 여색을 좋아한다 해도 굳이 미향을 쓸 필요가 없을 만큼 훌륭한 외모와 무예를 겸비하고 있었습니다. 소여 아가씨처럼 진심으로 선배님을 사모하는 여인도 많았고요. 혹시 십수 년 전 희릉에서……" 이연화는 말끝을 흐리며 한숨을 쉬었다. '혹시 지하궁전에서 미향을 풍기는 요염한 여인을 만난 게 아닙니까?'

이연화는 이 물음을 끝내 입 밖에 내지 못했다. 그 뒤에 이어지는 말은 방다병이 속으로 중얼거렸다. '그 여자 때문에 그동안의 수행이 물거품되고 무당파 수제자에서 인두겁을 쓴 짐승으로 변한 것이 아닙니까?'

곽평천도 말없이 생각에 잠겼다.

이연화를 노려보고 있던 황칠이 큰 소리로 웃음을 터뜨렸다.

"하하하! 정녕 알고 싶으냐?"

이연화가 고개를 끄덕이기도 전에 방다병이 먼저 족히 열 번은 끄덕였다.

"그렇게 알고 싶다면 얘기해주지. 네 말대로 여인을 만나긴 했다…… 희릉은 지하궁전 곳곳에 기관이 설치되어 있고 기문팔괘진도 배치되어 있었지. 지하궁전의 귀문을 열고 들어가보니 관음문 앞에 한 여인이 있더군. 그 여자의 발밑에는 뜯어먹다 남은 남자들의 사체가 널브러져 있었어. 뜯어져나온 다리며 팔은 피와 살을 분간할 수 없었지……" 황칠의 입가에 냉소가 스쳤다.

"그 여자가 사람을 잡아먹었다고요?" 방다병은 온몸에 소름이 끼쳤다.

황칠이 고개를 젖히며 큰 소리로 웃었다. "귀문 안에 갇혔으니 잡아먹지 않으면 잡아먹히는 거 아니겠나? 인육을 먹고 있는 그녀를 보고도 난 그녀가 아름답다는 생각밖에 들지 않았어…… 아니, 그녀는 정말 아름다웠어. 다른 남자들도 아마 기꺼이 그녀에게 잡아먹혔을 거라는 생각이 들 만큼. 난 그녀를 데리고 밖으로 나온 뒤 이 마을 민가에서 함께 살기 시작했어. 매일 그녀의 얼굴을 볼 수만 있다면 그녀에게 산 채로 잡아먹혀도 좋다고 생각했지."

이연화와 방다병은 말없이 서로를 쳐다보았다. 두 사람 모두 관음문 안에 있던, 죽은 지 수백 년이 흐르고도 백골마저 아름답던 그 여자를 떠올렸다. 만약 그 백골이 되살아난다면 그 정도로 사람을 홀릴 천하절색일 것이다.

곽평천의 눈동자가 반짝였다. 황칠의 얘기를 듣고 뭔가 생각난 듯했다.

황칠이 계속 말을 이었다. "난 그녀를 선녀로 생각했지만 그녀는 여길 떠날 궁리만 했지. 그녀는 내게 지하궁전에 다시 들어가 관음문을 열어달라고 애원했어. 전대 황제의 옥새와 보물을 갖고 싶다면서. 하지만 그럴 수는 없었어. 그것들을 손에 넣는 순간 그녀는 당장 떠나버릴 테니까. 그래서 어느 날 밤……" 그의 두 눈동자가 갑자기 번뜩이더니 기괴하고도 의기양양한 웃음소리가 그의 입술 사이로 비어져나왔다. "약을 써서 그녀를 차지했지……"

고막을 찢는 듯한 그의 웃음소리에 이야기를 듣던 모두의 미간이 일그러졌다. 곽평천이 물었다. "그 여자는 어떻게 됐습니까?"

"그 여자?" 황칠의 웃음소리가 뚝 멈추더니 눈에 노기가 차올랐다. "끝내 도망쳤어. 방에 가두고 쇠사슬로 문을 묶어놨는데도 말이야. 어떤 남자라도 그녀를 보면 기꺼이 목숨을 내놓을 거야……"

방다병이 고함치듯 말했다. "사람이 아니라 요괴로군! 그 여자가 아직도 살아 있습니까?"

황칠이 싸늘하게 말했다. "물론이지."

이연화의 미간에 주름이 깊게 잡혔다. "그 여자…… 음, 그 협객의 이름이 뭐죠?"

황칠이 조롱하듯 웃었다. "강호에 발 담그고 있는 사람 중에 그녀의 이름을 모르는 사람이 있을까?"

곽평천이 어두운 목소리로 물었다. "혹, 각角씨 여인입니까?"

"우미인虞美人 각려초角麗譙. 지금은 무슨 소인지 말인지 하는 방파의 방주라더군." 황칠이 큰 소리로 웃었다. "너희도 그녀를 꼭 봐야 해. 다들 그녀를 보고 어떤 표정을 지을지 궁금하군. 하하하……"

방다병이 말했다. "어룡우마방?"

곽평천이 고개를 끄덕였다. "보아하니, 희릉 사건은 왕옥기와 풍사를 체포하는 걸로 끝나지 않을 것 같네요. 사라진 관음수루와 삼나무 숲에서 파사보를 한 사람, 지하궁전에서 살아나온 각려초까지. 그들이 희성제와 방기제의 일과 어떤 관계가 있는지는 모르지만 어쨌든 단순한 사건은 아닌 듯합니다."

이연화도 고개를 끄덕이며 중얼거렸다. "심상치 않군."

곽평천이 이연화와 방다병에게 포권례를 했다. "사안이 급박하고 복잡하니 희릉 사건은 서둘러 큰 원주院主와 둘째 원주께 보고해야 할 듯합니다. 지금 당장 이자를 압송해서 떠나겠습니다."

방다병이 손을 내저었다. "배웅은 안 할 테니 어서 떠나시오. 본 공자도 미인을 좋아하기는 하나 음란한 사람은 질색이라서."

방다병이 고개를 끄덕이자 이연화도 따라서 고개를 끄덕이고 방다병이 손을 내젓자 이연화도 역시 덩달아 손을 내저었다. 이연화는 뭔가 다른 생각에 잠겨 있는 듯했다.

곽평천은 그런 이연화를 잠시 응시한 뒤 두 손을 올려 작별인사를 하고는 황칠의 어깨를 붙잡아 서둘러 떠났다.

곽평천의 뒷모습이 멀어지는 걸 보며 양추악도 얼른 아내를 안고 마을의 의원을 찾아갔다.

이연화가 그제야 정신이 든 듯 말했다. "아, 다들 떠났어?"

방다병이 그를 흘긋 보았다. "왜? 아쉬워?"

이연화가 고개를 젓자 방다병이 코웃음을 쳤다. "흥, 그럼 무슨 생각을 그렇게 해?"

이연화가 웃었다. "각려초의 미모가 역시 대단하긴 하다는 생각."

방다병은 어리둥절했다. "각려초를 본 적이 있어?"

이연화가 작은 소리로 대답했다. "응……"

방다병이 허리를 젖히며 크게 웃었다. "이연화가 하는 말을 믿으면 내가 돼지새끼지!"

8. 의술의 신

십여 일 후, 청원산 백천원.

희릉 일품분 사건의 결과가 기한불에게 보고되었다. 왕옥기와 풍사가 각각 갈반과 수릉군 행세를 하며 방다병과 이연화를 이용해 희릉에 있는 전대 황조의 옥새를 찾으려 했고, 두 사람을 백천원으로 압송해오던 중 누군가가 습격해 그들을 데려갔으며 그 와중에 불피백석의 제자 십여 명이 죽거나 다쳤다. 옥새는 곽평천이 부수었고 희릉의 지하궁전에 관한 상황은 조정에 보고되었다. 곽평천이 황칠을 백천원으로 데려와 피구에게 상세히 보고하고 있으며, 박서진에서는 양추악의 아내 손취화가 부상으로 인한 고열에 시달리다 결국 사망했다. 방다병도 부상을 입었고 이연화는 무사했다.

갈반은 희릉으로 가던 길에 누군가에게 살해당했으며, 곽평천이 희릉에 도착했을 때는 일품분의 비밀이 이미 밝혀진 뒤였다. 이연화가 이 사건에서 어떤 역할을 했는지는 이번에도 확실히 알 수 없었다. 하지만 왕옥기와 풍사를 잡아간 사람이 누군지 기한불은 짐작할 수 있었다.

연화루와 적비성의 관계는 아직 알아내지 못했지만 그보다 더 중요한 일이 생겼다.

백천원 서쪽에 별채가 하나 있는데, 사방으로 창이 높게 나 있고 창마다 난간에 화초가 놓여 있어, 아무런 장식도 없는 백천원의 다른 방들과 조금 달랐다.

곽평천은 깨끗한 옷으로 갈아입고 서쪽 별채의 문고리를 공손하게 두드렸다. "곽평천입니다."

방안에서 책 덮는 소리와 함께 부드러운 목소리가 흘러나왔다. "들어오너라."

곽평천은 문을 열고 들어갔다. 문 안쪽에는 작은 병풍이 세워져 있었는데, 백천원의 청빈하고 검박한 분위기와 달리 검고 윤기가 흐르는 병풍에는 새와 봉황이 화려하게 그려져 있었다. 조금 모지라진 모서리에서 세월의 흔적이 느껴지기는 했지만 정교하고 화려했던 과거의 기품을 느낄 수 있었다. 병풍을 돌아 들어가자 책이 가득 쌓여 있는 방이 나왔다. 서가, 책상, 의자 등 눈 닿는 곳마다 책이 어지럽게 쌓여 있었지만 먼지 하나 없이 깨끗했다.

책더미 속에 앉아 있던 사람이 고개를 들었다. "네가 파사보를 보았다고?"

곽평천은 고개를 끄덕이고는 쌓여 있는 책 위에 걸터앉아 희릉에서 있었던 일을 자세히 이야기했다. 방안에 있던 사람은 얘기를 듣는 중간에 한두 마디씩 질문을 던졌고 곽평천은 이에 상세히 대답했다. 방안에서 책을 읽고 있던 사람은 바로 운피구雲彼丘였다. 과거 사고문에서 이상이의 첫번째 군사軍師를 맡았던 인물이었다.

곽평천의 얘기를 다 들은 운피구는 긴 한숨을 내쉬고는 온화한 미소를 지었다. "강호에 대대로 재인才人이 나온다더니, 보아하니 이연화는 의술만 신통한 것이 아닌 듯싶구나…… 황칠 도장을 생포한 건 대단한 일이야."

이상이 곁에서 군사로 있을 때 운피구는 스물셋으로, '잘생긴 제갈량'이라는 별명을 가지고 있었다. 십 년 세월이 흘러 그도 이제 서른이 넘었다. 무명옷에 짚신을 신었고, 희끗희끗한 구레나룻은 여전히 온후한 분위기를 풍겼지만 실제보다 더 나이들어 보였다.

"관음수루를 가져간 사람과 삼나무 숲에서 나타나 우리를 도와준 사람이……" 곽평천은 거기까지 말한 뒤 잠시 생각에 잠겼다가 말했다. "같은 사람일까요?"

운피구가 말했다. "삼나무 숲에서 파사보를 펼친 사람이 천근 바위를 깨뜨릴 만한 공력을 가졌다면 풍사의 기맥을 막지 못했을 리 없지. 아마 다른 사람일 게다."

곽평천이 한숨을 내쉬었다. "고작 며칠 사이에 좁디좁은 희릉에 고수가 두 명이나 나타났다니……"

운피구가 빙그레 웃으며 화제를 돌렸다. "황칠이 희릉에서 각려초를 만났다고 한 게 사실이냐?"

곽평천이 고개를 끄덕였다. "어떤 남자도 홀릴 만큼 아름다웠다고 했습니다."

운피구는 얼굴이 약간 창백해졌으나 이내 가볍게 헛기침을 한 뒤 말했다. "문주께서도 금원맹의 대전에서 그녀를 봤다고 하셨지. 그녀는 분명……" 운피구는 뭐라고 해야 할지 생각나지 않는 듯 말끝을 흐렸다.

곽평천이 걱정스러운 표정으로 물었다. "한증寒證*은 차도가 있으십니까?"

운피구는 자조 섞인 담담한 미소를 지었다. "괜찮다. 보아하니 희롱 사건은 작은 일이 아닌 듯싶구나. 오늘 서신 두 통을 써줄 테니 무당파의 장문 자하와 어룡우마방의 방주 각려초에게 보내거라."

곽평천이 대답했다. "네."

운피구가 천천히 말을 이었다. "에둘러 조사하는 것보다 두 사람을 백천원으로 불러 직접 물어보는 것이 좋겠다. 무당파의 양추악, 황칠, 벽옥서생 왕옥기, 단두도 풍사, 그리고 어룡우마방이 희롱과 무슨 관계가 있는지."

곽평천이 고개를 끄덕였다. "지당하신 말씀입니다. 은근히 떠보는 건 불피백석의 성미에 맞지 않지요."

운피구가 웃음을 터뜨렸다. "사고문 제자는 예의에 얽매이지 않아도 된다. 비록 네 천성이 그렇기는 하지만 내가 하는 말에 다 순

* 몸의 음기가 왕성해져 손발이 차고 맥이 느리며 콧물과 오한 등이 나는 병증.

종할 필요는 없어."

곽평천은 또 "네"라고 하고 싶었지만 그럴 수도 없어 난처했다.

"그런데 그 이연화라는 의원 말이다. 어떤 사람인 것 같으냐?"

"잘 모르겠습니다. 어떤 때는 지혜롭고 총명하지만, 또 어떤 때는 더없이 어수룩해 보입니다. 무예도 보잘것없는 듯한데 번번이 상대를 제압하고요. 그의 깊이를 가늠할 수 없는 제 아둔함을 용서하십시오."

운피구의 눈동자가 어렴풋이 반짝였다. "무기를 사용하더냐?"

곽평천이 고개를 저었다. "무기를 사용하는 건 보지 못했습니다."

운피구가 눈썹을 찡그렸다. 이연화는 그의 예상을 완전히 빗나가 어떤 사람인지 도무지 종잡을 수 없었다. "음…… 이상하긴 하구나. 어느 문파인지 모르겠더냐?"

곽평천이 곰곰이 생각하다 대답했다. "어느 문파도 아닌 것 같았습니다. 혈자리를 정확히 알고 있다는 것 외에 내공은 형편없었습니다."

운피구가 고개를 끄덕였다. "신통한 의원으로 이름이 났으니 혈자리를 정확히 아는 건 당연하겠지."

한편 방씨 저택의 별채에서는 과거의 '잘생긴 제갈량'이 '신통한 의원'이라고 말한 이연화가 누군가를 정성 들여 진맥하고 있었다. 잠시 후 환자의 병세를 파악한 듯 그의 얼굴에 점잖은 미소가 떠올랐다.

옆에서 약 달이는 화로에 부채질을 하고 있던 방다병은 불만 가득한 표정으로 자신의 막내이모를 쏘아보았다. 그의 이모이자 무림의 세번째 미인으로 꼽히는 하효봉何曉鳳이 금방이라도 혼절할 듯한 얼굴로 이연화에게 진맥을 받고 있었다.

방다병의 어머니보다 열 살 아래 동생인 하효봉은 길상문연화루의 주인이 왔다는 소식을 듣자마자 갑자기 어지럽다며 픽 쓰러지는 괴질에 걸려 이연화의 품에 쓰러져서는 촉촉한 눈망울로 그의 얼굴을 올려다보았다. 방다병은 그녀의 눈동자를 스치는 한 가닥 실망감을 놓치지 않았다. 소문으로만 듣던 이 신의의 외모가 비록 준수한 축에 들기는 했지만 그녀가 상상했던 것만큼 호방한 멋이 흐르는 빼어난 미남자는 아니었던 것이다.

"부인, 아니, 아가씨의 병세는……" 이연화가 온화한 얼굴로 하효봉을 보았다. "그리 걱정할 정도는 아닙니다. 탕약을 드시면 곧 나으실 겁니다."

방다병이 고개를 끄덕이며 부채질하는 속도를 올렸다. 사실 그는 평소에 똑똑하다고 잘난 척하던 막내이모가 진맥도 하기 전에 약부터 달이는 이 상황이 수상하다는 걸 왜 눈치채지 못하는지 이해할 수 없었다. 대체 무슨 생각인 건지 막내이모는 자신의 병세에는 관심도 없고 오로지 이연화를 요리조리 뜯어보는 데만 열중했다. 화로 위에서 모락모락 김을 뿜으며 끓고 있는 탕약을 보며 방다병은 얼마 전 이연화에게 했던 질문을 떠올렸다.

"빌어먹을 이연화, 황칠의 사술에 걸렸을 때 사신총혈, 인당혈, 예명혈, 십선혈을 짚어서 풀어야 한다는 건 어떻게 알았어?"

"아……" 이연화는 심드렁한 투로 이렇게 대답했다. "누가 실성한 사람을 그 방법으로 고치는 걸 본 것 같아."

방다병이 어이없다는 표정으로 쳐다보자 이연화가 진지하게 다시 한번 말했다. "정말이야. 미치광이를 그렇게 고치는 걸 본 것 같……"

방다병은 이연화의 말이 끝나기도 전에 머리를 감싸쥐고 괴로워했다. "네 말은 단 한 글자도 더 듣기 싫어. 네가 하는 말은 도무지 믿을 수가 없다고!"

방다병은 점점 검게 졸아들고 있는 탕약을 보며 막내이모가 이 약을 마시고 두 달 뒤에나 일어날 수 있길 바랐다. 그리고 이연화의 품에 쓰러진 것이 얼마나 위험한 행동이었는지 기억하길 빌었다.

제3장

혼례복 살인 사건

일품분 사건이 일단락된 후 이연화는 방다병의 집에서 이틀을 머무른 뒤 연화루가 그립다며 돌아갔다.

이연화가 떠난 뒤 방다병의 막내이모 하효봉은 석 달 동안 토사곽란에 시달렸지만 이연화가 처방해준 탕약을 먹고 탈이 났다는 걸 아무에게도 말하지 못했다.

방다병도 일품분 사건의 뒤처리를 모두 지시해놓고 여유작작하게 병산진으로 이연화를 찾아갔다. 그런데 눈앞으로 전에 없던 푸른 산이 펼쳐져 있었다. 그곳에 있던 집이 사라져 갑자기 시야가 탁 트인 것이다.

잠시 후 병산진 사람들은 흰옷 차림의 비쩍 마른 공자가 텅 빈 거리에서 허공에 삿대질을 하며 욕설을 쏟아붓고 있는 광경을 목격했다. "얼어죽을 이연화! 또 거북이 등딱지를 메고 내뺐어!"

마을 사람들은 동정심과 호기심이 섞인 눈빛으로 백의의 공자를 쳐다보았다. 그곳에 있던 누각의 주인은 며칠 전 소 두 마리를 빌려 누각을 끌고 떠났다. 그때 마음씨 좋은 마을 사람들이 그를 도와주기까지 했다.

갑자기 떠나는 이유를 묻자 누각 주인은 자신에게 은혜를 입은 사람이 막무가내로 재산을 바치겠다고 하는데 그걸 받을 수 없어 몰래 떠나는 것이라고 했다. 작디작은 도움을 주었을 뿐인데 그렇게 큰 보답은 받을 수 없다면서 말이다. 그 얘기를 들은 마을 서생들은 하나같이 누각 주인의 훌륭한 인격과 고상한 절개를 입에 침이 마르게 칭찬했다.

방다병은 길상문연화루가 있던 자리를 가리키며 한참 동안 악담을 쏟아붓다 하늘을 우러러보며 긴 탄식을 내뱉었다. 빌어먹을 이연화가 제멋대로 거북이 등딱지 하나 메고 훌쩍 떠날 때마다 그를 다시 찾아내는 게 하늘의 별 따기만큼이나 힘들지만 이제는 이것도 익숙해졌다는 넋두리와 함께.

1. 불길한 혼례복

설옥진薛玉鎭은 번화한 곳이다. 그곳에서 십 리쯤 더 가면 채련장采蓮莊이라는 장원莊園이 있다. 근방 백 리 안에서 설옥진을 모르는 사람은 있어도 채련장을 모르는 사람은 없을 것이다. 채련장 근처의 유명한 연못 때문이다. 굽이굽이 이어진 수려한 산세를 끼고 있는 이 푸른 연못은 산을 따라 흘러내린 네 줄기 물길이 모여드는 곳으로 사계절 온화한 기후 덕분에 연꽃이 가득 자랐다. 그곳의 연꽃은 색깔이 기묘하며 연둣빛 꽃받침이 곱고 청아해 고상한 문인과 선비들의 발길이 끊이지 않았고, 고관대작들이 찾아와 연꽃을 따가곤 했기 때문에 '채련지采蓮池'라는 이름이 붙었다.

약 오십 년 전 어떤 이가 채련지를 중심으로 반경 십 리의 땅을 비싼 값에 사들여 장원을 짓고 연못의 이름을 따서 '채련장'이라고 이름 지었다. 지금 이 채련장의 장주는 곽대복郭大福이라는 사람으로, 이름은 다소 속되지만 그 자신은 풍류객이라고 자부하는 인물이었다.

약재 상인 곽대복은 돈 버는 데 탁월한 재주가 있어 먹고사는 걱정은 전혀 없었지만 근래에 아들 곽화郭禍 때문에 골치를 앓고 있었다. 곽화의 이름은 언뜻 불길해 보이지만 '화 속에 복이 깃들어 있다'는 뜻의 '화혜복소의禍兮福所倚'에서 따온 매우 길한 이름이었다. 곽화는 세 살에 『시경』을 외고 다섯 살에 『논어』를 읽어 곽대복에게 보배 같은 아들이었다. 곽대복은 곽화가 열한 살 되던 해에 백천원에 보내 무예를 배우게 했다. 불피백석 중에서도 가장 고상한 운피구를 스승으로 삼아 학문과 무예를 전수받길 바랐다. 그러면 훗날 설사 협객이 되지 못하더라도 적어도 상스러운 사람은 되지 않을 것이라고 생각했다. 하지만 곽화가 백천원에서 공부를 마치고 집에 돌아온 지 한 달도 안 되어 곽대복은 근심에 휩싸였다. 곽화가 칼과 창을 휘둘러대기만 할 뿐 학문은 어릴 적에 알던 글자까지도 다 잊어버리고 돌아온 것이었다. '봉래蓬萊'를 '연채蓮菜'로 읽고, '공자孔子'를 '곽자郭子'라고 하는 꼴을 보고 화를 참지 못한 곽대복이 하마터면 부엌에 있던 '솥'*을 가져다 아들의 머리통을 후려갈길 뻔했다. 곽대복의 아들이 글도 못 읽고 재주도 없다는 건 가문의 불행이자 조상을 욕보이는 일이었다.

그 때문에 곽대복은 못난 아들을 잘 이끌어줄 며느릿감을 찾아 일찌감치 혼인시키려고 마음먹었다. 교양 있는 며느리의 영향을 받으면 아들도 공부를 열심히 하지 않을까 하는 생각이었다. 곽대복은 은자 수만 냥을 주고 설옥진에서 똑똑하기로 유명한 고석지顧惜之라는 처자를 며느리로 얻기로 했다. 그런데 하필이면 그녀가 몸이 병약하여 혼례를 올리기도 전에 세상을 떠나는 바람에 곽대복은 애꿎은 은자 수만 냥만 날리고 말았다. 곽대복은 더는 마땅한 처자를 찾지 못하고 하는 수 없이 설옥진에서 제일 유명한 기생 포소소蒲蘇蘇를 며느리로 들였다. 포소소는 기생 출신이기는 하나 청관靑倌**이고 시를 잘 짓기로 이름나 있었다. 유명한 기생이라 고석지보다 미모도 훨씬 뛰어났으므로 곽화는 희희낙락하며 혼례를 올렸다. 그런데 한 달도 되지 않아 포소소가 채련지에서 익사하고 말았다. 한 달 동안 곽화와 엮인 두 여인이 비명횡사하니 설옥진 사람들이 쑤군대기 시작했다. 곽화가 아내를 잡아먹는 팔자라는 소문이 파다하게 돌자 곽대복의 근심이 극에 달했다. 사람이 죽었다는 소문에 채련지를 찾는 고관대작들의 발길이 뚝 끊긴 것도 곽대복을 더욱 초조하게 했다.

* '곽자(郭子)'와 '솥(鍋子)'의 중국어 발음이 같다.

** 악기 연주와 춤 등의 기예만 선보이는 기생.

때는 오월 중순, 푸른 연꽃이 만발하는 계절이지만 채련장은 썰렁하기만 했다. 사람들로 북적이던 예년과는 전혀 달랐다.

곽화는 아내를 잃은 뒤 검술을 연습하는 시간이 더 많아져 곽대복이 정성 들여 길러놓은 후원의 은행나무를 벌써 몇 그루나 베고, 거금을 들여 사다놓은 수산석壽山石*을 몇 개나 부수고는 자신의 무예를 자화자찬하며 어깨를 으쓱였다.

요 며칠 곽대복은 썰렁한 정원과 장부를 보며 연방 한숨을 쉬었다. 어려서 어머니를 여의고 젊어서 아내를 잃었는데 이제는 갓 시집온 며느리까지 영문도 모르게 죽었다. 혹시 젊었을 때 돈에 급급해 가짜 약을 팔았던 것에 대한 벌일까? 그건 아닐 것이다. 그가 지은 죄의 대가라면 기억조차 희미한 어머니의 죽음은 어떻게 설명할 수 있겠는가? 어머니는 그가 가짜 약을 팔기도 훨씬 전인 젖먹이 시절에 돌아가셨다.

"나리." 하녀 수봉秀鳳이 따뜻한 차를 가지고 왔다. "어느 공자가 찾아와 연못을 구경하고 싶다고 합니다. 평소 같으면 돌려보냈겠지만 요즘은 연못을 찾아오는 사람이 거의 없어서…… 어떻게 할까요?"

곽대복은 "평소 같으면 돌려보냈겠지만"이라는 말에서 그 공자가 허름한 행색의 가난뱅이라는 걸 알았다. 잠깐 생각하던 곽대복은 귀찮다는 듯 손을 저었다. "아…… 들어오라고 해라. 소소가 빠져 죽은 뒤로 아무도 연못에 들어간 적이 없으니 부정 탄 걸 건

* 복건성(福建省)의 수산(壽山)에서 나는 아름다운 옥.

어내는 것도 나쁘지 않지."

그때 갑자기 곽대복의 발밑에 있는 채련지에서 사람 머리 하나가 불쑥 솟구쳐나오더니 사방을 두리번거렸다. "여기가…… 어디지? 올라가는 계단은 어디 있지? 여기 아무도 없어요?"

"꺄아!" 수봉이 새된 비명을 지르며 찻잔을 받치고 있던 쟁반을 떨어뜨리자 연못에 있는 사람이 재빨리 물속으로 몸을 숨겼다.

곽대복은 그제야 연꽃 밑에 사람이 있는 것을 보았다. 남자였다. 곽대복이 다급하게 사람을 불렀다. "여봐라! 게 아무도 없느냐! 도둑이 들었다! 물속에 도둑이 있다!"

"물속에 도둑?" 채련지 속에 있는 사람이 놀란 표정으로 두리번거리다 문득 깨달았다. "저 말입니까?"

수봉은 놀란 가슴이 가라앉지 않은 얼굴로 고개를 끄덕이다 그제야 남자를 알아보았다. "나리, 저 사람이 바로 채련지를 구경하러 왔다는 이 공자님이에요."

곽대복이 반신반의하는 눈초리로 물에 흠뻑 젖은 남자를 쳐다보았다. "누구시오? 거긴 어떻게 들어갔소?"

연못 속에 있는 사람이 난처한 듯 쿨럭거렸다. "장원 밖 나무다리를 건너다 미끄러져서 그만……"

수봉과 곽대복은 깜짝 놀랐다. 도둑이 아니라 장원 밖에 흐르는 시냇물에 떠내려와 채련지로 들어왔다니!

"연꽃을 보러 왔소?"

물속에 있는 사람이 고개를 끄덕였다. "실은…… 제 집에 목판 하나가 부족해서……"

그의 말이 끝나기도 전에 곽대복의 얼굴에 희색이 돌았다. "시를 지을 수 있소?"

물속에 있는 사람이 "아" 하고 놀라더니 반문했다. "시를 지을 수 있느냐고요?"

곽대복은 그를 위아래로 훑어보았다. 가난한 서생 같은 행색의 젊은이였다. "이 채련장은 지체 높은 사람만 들어올 수 있으니, 그 대신 연꽃에 관한 시를 몇 수 지어주면 장원에서 사흘 동안 머무르게 해드리리다. 어떻소?"

물속에 있는 사람은 그 제안에 어리둥절해했다. "연꽃에 관한 시라면 예로부터 아주 많은데……"

곽대복이 만면에 미소를 지었다. "그건 그렇소만, 올해 새로 핀 푸른 연꽃에 대한 시는 아니잖소?"

물속에 있는 사람은 여전히 어리둥절한 채로 한참 머리를 굴리다 그제야 무슨 말인지 알아들었다. 사람이 연못에 빠져 죽은 일로 채련장의 명성이 땅에 떨어지자 일부러 연꽃에 관한 시를 퍼뜨려 예전의 명성을 되찾으려는 것이었다.

"음…… 그러니까 그게……" 물에 있는 사람이 더듬거리며 망설이다 한참 만에야 대답했다. "좋습니다. 제가 시를 지을 줄 압니다."

곽대복이 두 손을 모아 인사했다. "고맙소. 여봐라, 이 공자님께 갈아입을 옷을 가져다드려라. 이 공자님, 어서 올라오시지요."

시를 지을 줄 안다는 말에 물속 남자의 신분이 '도둑'에서 '공자'로 바뀌며 몸값이 백배는 상승했다. 이 공자가 물속에서 점잖게 두 손을 모아 포권례를 했다. 그의 행동을 봐서는 일곱 걸음 걷는 사이에 시를 한 수 지어내는 '신동'이 확실해 보였다.

물에 빠진 그 도둑은 바로 얼마 전에 설옥진으로 이사온 이연화였다. 길상문연화루를 소에 묶어 끌고 오는 길에 목판 하나가 떨어져나가고 말았다. 새 목판을 끼워넣기는 했지만 연꽃 문양이 없는 것이 영 마음에 걸려 직접 무늬를 조각할 요량으로 연꽃을 찾아다니던 참이었다. 그렇게 채련장을 찾아왔다가 실수로 물에 빠졌는데 졸지에 시를 짓는 이 공자가 되었다. 물에 빠지기 전까지만 해도 생각지도 못한 일이었다.

"이 공자님, 이쪽으로 오세요." 수봉이 채련장의 손님방으로 이연화를 안내했다. "손님방에 깨끗한 새 옷을 준비해놓았으니 마음에 드는 걸로 골라 입으세요."

이연화는 고개를 끄덕이다 갑자기 뭔가에 발이 걸려 "어이쿠!" 하며 넘어질 뻔했다. 다행히 수봉이 재빠르게 붙잡아주었다. "문턱이 조금 높으니 조심하세요."

이연화가 바닥을 보니 정말로 문턱이 여느 집들에 비해 유난히 높게 만들어져 있었다. 익숙하지 않은 사람은 걸려 넘어지기 딱 좋아 보였다. "이거 참 부끄럽군요."

수봉이 서둘러 그를 손님방으로 안내했다. 널찍하고 격조 있게 꾸며진 방이었다. 창을 열면 넓게 펼쳐진 채련지의 그윽한 풍경이 한눈에 들어오고, 방안에는 서화가 걸려 있었다. 시흥이 오르면 언제든지 붓을 들어 시를 쓸 수 있도록 창가 책상 위에는 지필묵도 가지런히 준비되어 있었다.

이연화는 수봉이 밖으로 나간 뒤 옷장을 열어보았다. 차곡차곡 개켜져 있는 옷들이 하나같이 방다병이 좋아할 만한 것들이었다. 모두 비단으로 지은 유삼儒衫*이었는데 어떤 것은 구름 문양이 잔잔하게 수놓아져 고급스러운 풍치가 흘렀다. 이연화는 그중 가장 고급스러워 보이는 흰옷을 꺼내 입고 거울에 비춰보았다. 거울 속에 말쑥한 재자才子가 서 있었다. 그는 거울에 비친 자기 모습에 퍽 흡족했다.

이연화는 그대로 방을 둘러보았다. 벽에 걸린 서화에는 '인면연화상영홍人面蓮花相映紅', '연화의구소춘풍蓮花依舊笑春風', '천수만수연화개千樹萬樹蓮花開'** 등 멋들어진 글귀가 날아오를 듯 생생한 필체로 쓰여 있었다. 낙관을 보니 어디어디 지현知縣, 무슨무슨 장주莊主, 무엇무엇 주인主人 등 면면이 화려했다. 이연화는 서화를 쭉 둘러본 뒤 창밖으로 시선을 던졌다. 푸른 연꽃이 피는 계절이라 남실거리는 푸른 연잎 아래 연청색 꽃망울이 수줍게 고개를 내밀었다. 붉은 연꽃과는 또다른 청아함을 느낄 수 있었다.

그때 고즈넉한 연못 가운데서 돌연 검은 연기가 피어올랐다. 창밖으로 고개를 내밀고 자세히 보니 갈색 옷차림의 노파가 작은 배를 저으며 연못을 천천히 가로지르고 있었다. 뱃머리에 놓인 화로에서 지전*** 한 다발이 화르르 타고 있고 노파는 계속 뭐라고 중얼

---

* 문인들이 걸치는 옷.

** 차례로 '사람과 연꽃이 서로 비추어 함께 붉구나', '연꽃은 여전히 봄바람에 미소 짓네', '천 송이 만 송이 연꽃을 피워내는구나'라는 뜻.

*** 돈 모양으로 오린 종이. 죽은 사람의 명복을 빌기 위해 태운다.

거렸다. 지전을 다 사르고 난 뒤에도 노파는 배에 앉아 연못을 가득 채운 푸른 연꽃을 바라보며 한숨짓다가 또 갑자기 왈칵 화를 내며 욕을 퍼부었다. 사투리로 욕을 했기에 이연화는 알아들을 수 없었다. 이연화는 창을 넘어 연못가로 가서 노파에게 인사를 한 뒤 배에 올라 이런저런 얘기를 나누기 시작했다.

노파는 곽대복의 유모 강姜씨였고, 곽씨 집안에서 일한 지 오십 년이 넘었다고 했다. 그녀는 죽은 포소소를 위해 지전을 사르는 중이었다. 이연화는 어제 산 간장 가격 얘기로 대화를 시작했다. 노파는 근수를 속여 파는 간장 장수를 함께 욕해줄 사람을 오랫동안 찾지 못했던 것 같았다. 노파는 처음 만난 이 젊은이가 썩 마음에 들었고, 이연화도 노파 덕분에 곽씨 집안의 시시콜콜한 이야기를 많이 들을 수 있었다.

곽대복의 조부는 묘족苗族으로 곽씨 집안에 데릴사위로 들어왔으며 오래전 이곳 설옥진에 정착했다. 곽씨 집안은 곽대복의 조부 때부터 약재 장사를 시작해 돈을 많이 벌었지만 무슨 이유에선지 단명하는 사람이 많았다. 곽대복의 부친 대에서부터 이 집안의 며느리가 대대로 영문 모르게 죽었는데 모두 연못과 관련이 있었다. 곽대복의 조부에게는 아들이 둘 있었다. 곽대복의 부친 곽건郭乾과 숙부 곽곤郭坤이었다. 곽건은 아버지를 닮아 똑똑하고 수완이 좋아 대를 이어 약재 장사를 잘해냈지만, 곽곤은 태어날 때부터 지능이 낮아 형의 보살핌을 받아야 했다. 하지만 곽씨 집안은 큰 탈 없이 평범한 나날을 보냈다. 곽건은 아내를 맞은 후 채련지로 이사해 채련장을 지었다. 그런데 장원이 완성된 지 한 달도 채 되지 않아 곽건의 처 허許씨가 연못에 빠져 죽었다. 곽대복이 태어난 지 한 달도 되지 않았을 때였다. 곽건은 아내의 죽음에 상심한 나머지 하인들을 몇 명만 남기고 모두 내보낸 뒤 아무도 만나지 않고 십 년 넘게 두문불출했다. 곽대복이 자라서 왕王씨와 혼인했지만 일 년이 채 되지 않아 왕씨도 곽화만 남긴 채 연못에 빠져 죽었다. 그러더니 곽화의 처 포소소마저 연못에 빠져 죽은 것이다. 노파는 곽씨 집안에 물귀신이 씐 게 아닌가 하는 의심을 하기에 이르렀다.

"포 부인의 시신을 제일 먼저 발견하셨다고요?" 이연화가 호기심에 찬 눈빛으로 조심스럽게 물었다.

노파가 갑자기 목에 힘을 주며 대답했다. "바로 공자가 묵고 있는 그 방 창문 아래서 물에 빠져 죽었다우."

이연화는 화들짝 놀랐다. "제가 묵는 방 창문 아래서요?"

노파가 고개를 끄덕였다. "그 손님방이 오십삼 년 전에는 나리의 신방이었지. 마님이 그 방 창문 밑에서 물에 빠져 돌아가신 뒤 나리는 서채로 방을 옮기고 그 방은 손님방으로 쓰기 시작했다우."

이연화는 목덜미가 선득했다. "그러니까…… 그, 그…… 이 집안에서 죽은 세 부인이 모두…… 제가 묵고 있는 방의 창문 아래에서 익사했다는 말씀이세요?"

노파가 한숨을 뱉어냈다. "거긴 물이 허리까지도 안 오는 곳인데, 어떻게 거기서 익사했는지 알다가도 모를 일이우. 귀신이 한 짓이라고 하기엔 그동안 그 손님방에 묵은 사람이 이삼십 명은 되는데 손님이 물에 빠져 죽은 적은 없다우. 다른 이유가 있다고 하기엔 노마님이 돌아가신 지 스무 해도 더 지나서 마님이 돌아가셨고, 마님이 돌아가시고 또 스무 해도 더 지나서 아씨가 죽었단 말이우. 세 사람이 서로 아는 사이도 아니고. 한 사람은 학자 집안의 규수였고, 한 사람은 어부의 딸이었고, 또 한 사람은 청관이었으니 서로 아무 연관도 없지."

이연화도 한숨을 내쉬었다. "그래서 망자를 위로하려고 지전을 태우셨어요?"

노파가 목청을 높였다. "세 마님 모두 좋은 분들이었다우. 아랫사람들을 아낄 줄 아셨지. 물귀신이든 요괴든 정말로 있다면 내가 죽기로 싸워서라도 지옥으로 보내버리고 말 거야!"

이연화는 감동받은 표정으로 말없이 앉아 있다 몸을 일으켰다. "세 부인이 모두 연못에서 돌아가셨군요. 그럼 주인 나리의 부친은 어떻게 돌아가셨나요?"

"우리 주인어른 말이우? 며느리가 그렇게 죽고서는 놀라 시름시름 앓다가 한 달 만에 돌아가셨지." 노파가 망연한 눈빛으로 중얼거렸다. "돌아가신 마님이 그리우셨겠지. 우리 주인어른도 불쌍한 분이라우."

이연화도 한숨을 내쉬었다. "……참으로 딱하시네요."

그날 저녁 곽대복이 수봉을 보내 머무는 데 불편한 점은 없는지 물어보자 이연화는 완성된 '시'를 서둘러 건넸다. 수봉은 만족스러운 표정으로 '시'를 받아들고는 곽대복이 편청*에 저녁상을 차려놓고 기다리고 있다고 전했다.

* 손님을 만나거나 접대하는 장소.

이연화는 두 손을 맞잡아 공손히 들어올리며 감사인사를 한 뒤 수봉을 따라 채련장의 서재로 향했다.

곽대복은 이연화가 지은 '시'를 받아 펼쳐보더니 크게 흡족해하며 그에게 상석을 내주었다.

이연화는 겸연쩍은 표정으로 어색하게 상석에 앉았다. 편청은 창문이 유난히 크고 사방이 탁 트여 있었다. 창밖의 연못에서 불어오는 선선한 바람이 우아한 풍치를 자아냈다. 눈앞에는 산해진미가 가득 차려져 있고 바람에 실려온 은은한 연꽃 향기가 코끝을 감쌌다. 곽대복이 이연화가 지은 '시'를 큰 소리로 낭독하고 있다는 것만 빼면 더할 나위 없이 훌륭한 경치에 아름다운 시간이었다.

"곽문郭門의 연못에 푸른 비단 덮인 듯, 근방 십 리 미인들 곁에서 벗이 되네. 과연 은사隱士의 가문이로다. 외밭에서 국화주 기울이며 등불을 바라보네."

곽대복은 이연화의 '시'에 도취되어 고개를 흔들어가며 낭독하고는 찬사를 쏟아냈다. "이 공자의 드높은 문기文氣에 감탄이 절로 나오는구료. 훗날 필시 장원급제할 재목이오."

두 사람은 점잖게 잔을 드는 것으로 식사를 시작했다.

"소소가 변을 당했다고 들었습니다만." 이연화가 닭발을 우물거리며 물었다.

곽대복의 표정이 일순간 굳어졌다. 지금 가장 입에 올리고 싶지 않은 일을 첫마디로 꺼낼 줄이야……

"불행한 사고였소."

이연화가 여전히 닭발을 우물거리며 말했다. "몇 해 전 도읍에 과거를 보러 갔을 때 소소를 만난 적이 있습니다."

곽대복의 표정이 또 한번 굳었지만, 이연화는 모른 체하고 계속 말을 이었다. "얼마 전 곽 공자와 혼인했다는 소식을 듣고 좋은 혼처로 시집을 갔구나 생각했는데 그런 일이 생길 줄은 몰랐습니다." 이연화가 안타깝다는 듯 나지막이 한숨을 내쉬며 물었다. "괜찮으시다면, 소소가 어떤 모습으로 발견됐는지 말씀해주시겠습니까? 죽은 모습도…… 예뻤습니까?"

곽대복은 그제야 찜찜했던 마음이 풀렸다. 이연화가 채련지를 보러 왔다는 건 핑계고 실은 포소소를 보러 찾아왔던 것이다. 하긴, 그런 마음을 품고 찾아오는 젊은이들이 적지는 않았다. 하지만 이제 포소소는 죽고 없으니, 곽대복은 문득 눈앞의 젊은이에게 동정심이 들었다. "혼례복을 입고 죽었소. 워낙 고운 아이라 죽어서도 신부처럼 예뻤다오."

방금 전 이연화의 말을 방다병이 들었다면 틀림없이 배를 잡고 웃으며 이연화가 포소소와 일면식도 없다는 데 내깃돈을 걸 거라는 사실을, 곽대복은 알지 못했다.

"혼례복을 입고 죽었다고요?" 이연화가 의아한 표정으로 물었다. "혼례를 올린 지 십수 일이 지났는데 왜 혼례복을 입고 있었나요?"

곽대복은 순간 얼굴에 우쭐한 빛이 스쳤으나 얼른 헛기침을 하고 대답했다. "묘족이신 내 조부께서 묘강苗疆에서 가지고 온 혼례복이 있소. 금은 장식이 달리고 비단에 수가 화려하게 놓인 귀한 옷이지. 그걸 사겠다는 대인들도 많았소. 은자 십만 냥에 팔라는 사람도 있었지만 거절했다오. 그건 우리 집안의 가보인데 어찌 팔겠소. 내 처도 생전에 틈만 나면 그걸 꺼내 입곤 했지. 여자라면 누구나 다 마음을 빼앗겼다오."

"아." 이연화가 감탄을 내뱉었다. "세상에 그런 옷이 다 있군요?"

우쭐해진 곽대복은 손뼉을 쳐서 하인을 불렀다. "취아翠兒야."

나이 열여섯에 키 크고 호리호리한 하녀가 종종걸음으로 다가왔다. "네, 나리."

"화의 방에 가서 아씨의 혼례복을 가지고 오너라. 이 공자와 술을 마시며 옷을 감상하는 것도 운치가 있을 듯하구나."

곽대복의 분부에 취아는 바로 혼례복을 가지러 갔다.

"실은 내 처도 그걸 입고 죽었다오. 휴……" 곽대복은 갑자기 시무룩해진 표정으로 술을 한 모금 마셨다. "내 모친도 그 혼례복을 입고 돌아가셨고 말이오. 비록 가보이긴 하나 불길한 기운이……"

이연화가 한숨을 내쉬다 조심스럽게 말했다. "원외랑* 나리, 이런 생각은 안 해보셨습니까? 어쩌면 말입니다……"

곽대복은 왠지 모르게 온몸에 소름이 돋았다. "무슨 생각 말이오?"

이연화는 헛기침을 하고 일단 술을 한 모금 마신 뒤 말했다. "어쩌면 연못에 귀신이 있을 수도 있습니다!"

---

* 정식 관리가 아닌 지방의 지주나 토호를 부르는 명칭.

곽대복의 미간이 씰그러졌다. "모친께서 돌아가셨을 때 연못 바닥을 샅샅이 뒤졌지만 물고기와 민물새우 외에는 아무것도 없었소. 물귀신이 있을 리가 없소."

이연화가 안도의 한숨을 쉬었다. "그렇다면 다행입니다."

두 사람은 이내 화제를 돌렸다. 곽대복이 이연화의 '시 짓는 재능'에 칭찬을 아끼지 않으며 다음날 세 수를 더 지어달라고 부탁하자 이연화는 흔쾌히 그러겠다고 답했다. 이연화는 이미 이백의 환생이자, 부활한 두보이며, 조식의 혼이 깃든 대시인이 된 것 같은 기분이었다. 세 수가 아니라 삼백 수라도 일곱 걸음 안에 완성할 수 있을 것 같았다.

2. 반쪽짜리 귀신 얼굴

술자리는 삼경이 넘어서야 파했다.

손님방으로 돌아온 이연화는 술기운이 올라 기분이 좋았다. 곽대복이 비록 풍류를 좋아하는 사람이기는 하나 시를 보는 안목은 썩 뛰어나지 않은데다, 그윽한 풍치를 즐기며 맛있는 음식을 배불리 먹었으니 다리에서 미끄러진 것이 손해는 아닌 셈이었다. 그 덕분에 곽씨 집안의 가보인 혼례복도 구경할 수 있었다. 혼례복은 과연 봉관하피鳳冠霞帔*와 견줄 만큼 정교하고 화려했으며, 장미처럼 거부할 수 없는 아름다움이 풍겼다.

혼례복은 짙은 남색이었고 묘족 특유의 직조법으로 몸판 전체에 선명한 문양이 수놓아져 있었다. 치마폭에는 꽃과 나무가 무성하고, 우물 파는 사람, 술 마시며 노래하는 사람, 둥글게 서서 춤추는 사람들이 있고, 들판에 열매가 주렁주렁 달리고, 하늘에는 해와 달과 별 사이로 봉황을 닮은 커다란 새 두 마리가 날개를 펼치고 날고 있었다. 빛이 비추지 않아도 화려한 색채가 스스로 눈부시게 반짝였다. 좁게 오므린 목둘레에는 은장식이 일곱 겹이나 둘러져 있고, 가슴에는 금은 구슬을 꿰어 만든 커다란 꽃봉오리가 달려 있었는데, 황금으로 만든 꽃술을 달아 눈부시게 아름다웠다. 짙은 남색 혼례복 전체에 금사와 은사로 가득 수를 놓고 자잘한 수정구슬을 꿰어 달아 오묘한 광채가 났으며, 허리에는 옥구슬로 된 허리띠를 묶었다. 치마는 위부터 아래까지 일자로 폭이 좁고, 둥글게 서서 흥겹게 춤추는 사람들이 치맛자락을 빙 둘러 수놓여 있었으며, 밑단에도 아래로는 은색 사슬이, 위로는 방울이 달려 있었다. 남자들 눈에는 옷 전체가 금은보화로 보였다. 어떤 여자가 입더라도 누구나 미인으로 변신시켜줄 것 같았다.

하지만 이연화의 눈에는 그 혼례복이 무척 기이해 보였다. 금은 구슬이 지나치게 치렁치렁 매달려 있고 치마폭은 유난히 좁았다. 공교롭게도 지금까지 그 옷을 입었던 세 여자가 모두 비명횡사했다. 그게 정말 우연일까? 이연화는 침대에 누워 연못을 향해 난 창문을 바라보며 하품을 하다가 곽대복에게 지어준 그 '시'를 떠올렸다. 곽대복은 그 '시' 속에 감춰진 비밀을 발견했을까? 이연화가

---

* 봉황을 수놓은 관과 구름을 수놓은 겉옷으로 이루어진 한족(漢族)의 신부 혼례복.

밤하늘의 반짝이는 별을 보며 막 잠에 빠져들려고 할 때였다. 창밖에서 얼굴 반쪽이 천천히 움직이며 다가와 그를 물끄러미 들여다보았다.

이연화도 멍하니 그 기괴한 얼굴을 응시했다. 꿈을 꾸는 게 아닌가 싶을 만큼 한참을 바라보고 있는데 그 얼굴이 천천히 움직여 사라졌다…… 이연화는 순간 잠이 싹 달아났다. 무엇의 얼굴인지도 알 수 없었다. 볼과 코는 거무튀튀하고 머리카락은 봉두난발로 헝클어져 있었지만, 아무 감정도 실리지 않고 핏발만 잔뜩 선 두 눈은 이상하리만치 형형하게 빛났다. 창밖은 연못이고, 땅이라고는 아주 좁은 습지뿐이었다. 창밖으로 보인 그 반쪽 얼굴의 주인은 어디에 서 있었던 걸까? 그가 멀어지는 발소리가 들렸으니, 그것이 무엇이든 간에 적어도 사람처럼 두 다리로 걷는 건 분명했다.

귀신? 이연화는 한숨을 쉬었다. 귀신을 본 적은 없지만 창밖에 있던 그것은 살아 있었다. 귀신처럼은 보이지 않았다. 그럼 사람인 걸까? 확실히 사람으로 변장한 귀신보다는 귀신으로 변장한 사람이 더 가능성 있어 보였다. 하지만 이 집안에서 한밤중에 그런 몰골로 변장하고 손님방 창 앞에서 소리 없이 방안을 들여다볼 사람이 있을까? 만약 그가 잠들어 미처 그 물체를 보지 못했다면 공들여 변장한 성의를 몰라주지 않았겠는가? 참으로 괴이한 일이었다!

이연화는 침대에서 일어나 창가로 다가갔다. 창밖 습지에 발자국이 남아 있었다.

대체 정체가 뭘까? 어째서 한밤중에 창밖에서 그를 들여다보았을까? 이 집안에서 오십여 년 동안 일어난 사망 사건이 그 검은 얼굴의 괴상한 사람과 관계가 있을까? 이연화는 다시 침대로 돌아가 연못에서 들려오는 개구리 우는 소리를 들으며 생각에 잠겼다 스르르 잠이 들었다.

이튿날 아침, 이연화는 깊은 밤의 그 반쪽짜리 얼굴이 사망 사건과 관계가 있다는 걸 알았다…… 취아가 죽었다.

그녀도 역시 이연화가 묵고 있는 방 창문 밖에서 죽었고, 전날 밤 곽대복이 이연화에게 보여준 그 혼례복을 입고 있었다. 다만 가슴에 달려 있던 금은 구슬로 만든 화려한 꽃장식은 보이지 않았다.

곽대복은 큰 충격에 휩싸여 거금을 주고 군순포軍巡鋪*에 사건 조사를 의뢰했다. 그런데 채련장에 도착한 관리들은 다짜고짜 이연화를 체포했다…… 그의 신분이 불분명한데다 사망 사건이 일어난 현장 바로 근처에 있었으면서 아무 소리도 듣지 못했다고 말했기 때문이다. 더군다나 이번 사건은 그가 채련장에 온 바로 그날 발생했다. 관리들의 오랜 경험으로 볼 때 이런 경우 십중팔구는 외부인 소행이었다.

"이런 대담한 놈을 보았나! 감히 가쇄枷鎖를 풀다니! 여봐라! 죄인을 관아로 압송해 하옥시켜라!" '왕흑구王黑狗'라는 별호를 가진 설옥진 지현 왕 대인이 채련장에서 사망 사건이 발생했다는 소문

---

* 중국 최초의 소방 조직. 화재 진압뿐 아니라 사건 및 사고 등을 조사하고 해결하는 일도 겸했다.

을 듣고 가마를 타고 도착했다. 그런데 가마에서 내리자마자 범인이 나무가쇄를 들고 철사로 감고 있는 것을 보고는 버럭 호통을 친 것이다.

"나리께 아뢰니다." 죄인 옆에 쪼그려앉아 죄인이 하는 양을 보고만 있던 포졸이 급하게 말했다. "이자가 망가진 가쇄를 고쳐주는 중이었습니다! 다 고치는 대로 채우려고 했습니다."

왕흑구가 노발대발하며 포졸에게 발길질을 했다. "이런 얼간이를 봤나! 너는 그것도 못 고치느냐?"

포졸이 바닥으로 나뒹그러졌다. "소인이 고쳐보려고 했는데 못 고쳤습니다."

왕흑구가 성큼성큼 걸어 죄인에게 다가갔다. 정말로 나무 가쇄가 두 동강 나 있었다. 부러진 가쇄를 철사로 꿰어 붙이고 있던 죄인이 몹시 미안해하는 표정으로 왕흑구를 올려다보았다. "거의 다 됐습니다."

"서두르거라!" 왕흑구는 짜증이 난 목소리로 외치고는 다시 고개를 홱 돌려 포졸에게 소리쳤다. "죄인의 이름이 무엇이냐? 뭐하는 놈이야?"

포졸이 대답했다. "이름은 이연화이고 가난한 서생입니다."

"취아를 어떻게 죽였어?"

"그건 모르겠습니다."

그때 이연화가 가쇄 수리를 끝내고 제 손목에 채웠다. 손목이 가늘어 금세라도 가쇄가 벗겨질 것 같았다. 왕흑구는 그걸 보고 신경질적으로 손을 내저었다. "됐다, 됐어! 내가 있으니 감히 허튼

짓은 못하겠지. 가쇄는 그만두어라."

이연화가 대답했다. "네, 네."

왕흑구가 의자에 앉으며 건성으로 물었다. "간밤에 취아를 어떻게 죽였느냐? 이실직고하지 않으면 엄벌로 다스리겠다."

이연화가 어리둥절한 얼굴로 되물었다. "취아가 누군가요?"

왕흑구는 화를 참지 못하고 의자에서 벌떡 일어났다가 다시 털썩 앉았다. "여기서 시중을 드는 어린 하녀 말이다. 네놈이 젊고 예쁜 아이에게 흑심을 품고 어찌 해보려다 반항하니까 물에 빠뜨려 죽인 게 아니냐?"

이연화는 여전히 멍한 시선으로 왕흑구를 쳐다보았다. 무슨 얘길 하는지 도무지 모르겠다는 표정이었다.

옆에 있던 곽대복이 입가에 미소를 지으며 말했다. "이 공자를 어제 처음 만나긴 했지만, 소인이 보기에 그렇게 흉악한 사람은 아닌 듯하옵니다."

왕흑구가 이연화를 향해 호통을 쳤다. "간밤에 있었던 일을 낱낱이 말하지 못할까!"

이연화가 울상을 지으며 더듬더듬 말했다. "어젯밤에…… 소인은 잠에 곯아떨어져서…… 정말 아무것도……"

왕흑구가 탁자를 내려치며 대노했다. "아무것도 모른다고? 취아가 어떻게 죽었는지 네놈이 정녕 모른다는 게냐? 발칙한 놈이구나! 여봐라! 이놈을 매우 쳐라!"

이연화가 겁에 질려 외쳤다. "압니다! 압니다!"

왕흑구의 노기가 조금 누그러졌다. "아는 대로 하나도 빠짐없이 말하거라!"

이연화가 조금 주눅든 목소리로 말했다. "제가 취아의 시신을 봐야 알 수 있을 것 같습니다."

왕흑구는 잠시 생각해보고는 허락했다. "좋다. 증거가 눈앞에 있으면 부인할 수 없겠지."

곽대복은 어제 이연화와 술을 마신 편청으로 그들을 안내했다. 물에 젖은 취아의 시신이 혼례복을 입은 그대로 바닥에 눕혀져 있었다.

이연화는 시신을 뚫어져라 살펴보았다. 가슴에 달린 꽃장식이 사라지고 흠뻑 물에 젖었다는 걸 제외하면 시신이 입고 있는 혼례복은 흐트러짐 없이 단정했다. 시신은 겉으로 보기에 별다른 외상은 없었지만, 일품분에서 본 백골처럼 목이 비스듬하게 기울어지고 턱에 경미하게 긁힌 흔적이 있었다.

"이 시신은……" 이연화가 이상하다는 표정으로 고개를 들어 왕흑구를 보았다. "목이 부러져 죽은 게…… 분명합니다."

왕흑구의 눈썹이 솟구쳐올랐다. "그게 무슨 헛소리냐! 취아는 네놈 방 창문 밑에서 물에 빠져 죽었어! 어디서 수작을 부리는 게야!"

이연화가 쓰르라미처럼 바들바들 떨며 아무 말도 못하고 있는데 옆에 있던 포졸이 시신에게 다가가 머리를 발로 툭툭 쳤다. "나리, 취아의 머리가 이상하긴 합니다요. 오른쪽으로만 돌아갑니다."

왕흑구가 멈칫했다. "정말로 목뼈가 부러졌다고?"

포졸이 오만상을 찌푸리며 손으로 취아의 머리를 돌렸다. "완전히 부러진 건 아니고 뼈가 어긋난 것 같습니다."

왕흑구가 천둥같이 소리쳤다. "이연화!"

이연화는 깜짝 놀라 어리둥절한 얼굴로 왕흑구를 보았다. 왕흑구가 이연화의 코앞에서 삿대질을 하며 고래고래 욕을 퍼부었다. "연약한 여자의 목을 비틀어 물에 처넣다니! 이 잔인무도한 살인마 같으니라고!"

이연화는 거의 울 듯한 표정으로 말했다. "제가 취아의 목을 부러뜨렸다면 이미 죽은 사람을 어째서 바로 제 방 앞에 빠뜨렸겠습니까?"

순간 왕흑구의 말문이 막혀 편청 전체가 고요해졌다. 누구도 이연화의 물음에 반박할 말을 찾을 수 없었다.

이연화가 우물쭈물 말을 이었다. "게다가……"

그때 누군가의 목소리가 우렁차게 울려퍼졌다. "게다가, 뭐요?"

이연화가 깜짝 놀라 소리가 들려온 쪽을 보니 기골이 장대하고 용맹한 인상의 남자가 우뚝 서 있었다. 곽대복의 아들 곽화였다.

"게다가…… 암만 생각해도 이해할 수 없는 것이 있습니다." 이연화는 주눅이 들어 우물쭈물 말했다. "지난 오십 년 동안 채련장에서 일어난 세 번의 사망 사건은 모두 이 댁의 부인들이 연못에서 익사한 것이라고 들었습니다. 그중 곽 어르신의 부인은 어부의 딸이라고 들었는데, 바다에서 나고 자란 사람도 연못에서 익사할 수 있을까요?" 이연화의 어리둥절한 시선이 곽대복에게로 옮겨갔다.

곽대복은 놀라 한참 동안 말문을 열지 못했다. 그의 처는 정말로 어부의 딸이었다. 그와 혼인한 뒤로 바닷가에 간 적이 없기 때문에 곽대복도 그 사실을 잊고 있었다.

이연화가 계속해서 말했다. "만약 마님이 익사한 것이 아니라면…… 그렇다면……"

"그렇다면 죽은 세 사람 모두 누군가에게 살해됐단 말이오?"

곽대복의 말에 왕흑구의 눈썹이 또 한번 솟구쳐오르고, 이연화는 생각에 잠겼다. 이연화는 곽씨 집안의 세 여인이 모두 누군가에게 살해됐을 거라고는 말하지 않았다. 그건 곽대복 스스로 한 말이었다.

마침내 왕흑구가 다시 입을 열었다. "이 사건에 의심스러운 점이 있다 해도 어쨌든 제일 의심스러운 건 이연화 네놈이다! 요사스러운 변명으로 네 죄를 피해갈 생각은 마라!"

이연화가 울상을 짓는데 곽화가 큰 소리로 외쳤다. "진정 타살이라면 살인자를 반드시 내 손으로 잡아내겠습니다! 불피백석의 제자로서 흉악범을 잡는 건 마땅히 해야 할 임무이지요!"

제자가 '불피백석'을 이렇게 들먹이는 걸 그의 스승 운피구가 들었다면 운피구의 한증이 더 심해질 것 같았다.

그때 포졸이 급하게 다가와 혼례복에서 사라진 꽃장식이 이연화가 묵는 방에서 발견됐다고 보고했다. 창가에 있는 탁자 위에 놓여 있었다는 것이다. 왕흑구가 비뚜름한 시선을 이연화에게 던지며 냉소를 지었다.

이연화는 당황해서 연신 고개를 내저었다. 그 꽃장식이 어떻게 그 방 탁자에서 발견됐단 말인가? 아침에 일어났을 때는 분명히 보지 못했다. 문득 한 가지 생각이 그의 뇌리를 스쳤다. "탁자에 올려놓은 '시'는요?"

"시? 무슨 시? 탁자 위엔 꽃장식 외에 아무것도 없었는데."

포졸의 말에 이연화가 쓴웃음을 지었다. 아침에 분명히 '시'를 써서 탁자에 올려두었는데 사라진 모양이었다.

이연화가 의문에 빠져 있을 때 노파가 빗자루를 들고 들어오더니 포졸을 향해 사투리로 욕을 퍼부었다. 이연화는 알아듣지 못했지만 왕흑구와 곽대복은 알아들었다. 그 꽃장식은 노파가 오늘 아침 연못에 떨어진 잎사귀를 치우다 발견한 것인데, 배를 저어 손님방 창문으로 다가가 나리에게 가져다주라며 창 너머로 던졌다고 했다. 이연화가 이미 체포된 걸 모르고 방안에 있는 줄로 알았던 것이다. 하지만 이연화가 탁자에 올려놓은 '시'를 누가 가져갔는지는 여전히 오리무중이었다.

왕흑구가 꽃장식을 받아들어 살펴보았다. 묘족이 가슴에 다는 흉패를 변형시킨 것으로 커다란 꽃송이 아래 은으로 된 나비가 매달려 있어 제법 묵직했다. 손에 들고 가늠해보니 두 근은 너끈히 나갈 것 같았다. 꽃장식에 진흙이 묻어 있는 걸 보니 연못 밑바닥에서 건진 것 같았다.

"이걸 어디서 주웠는가?"

노파가 동쪽을 흘긋 쳐다보았다. "저기 헛간 뒤에, 나리의 부친께서 부인께 주신 거울이 있는 데서요."

곽대복의 부친은 부인을 위해 채련장의 품질 낮은 옥맥이 섞인 바위에 사람 키만한 거울을 붙여주었다. 그 거울바위 근처에 헛간이 두 개 있는데, 우거진 나무와 화초에 헛간은 완전히 가려지고 두 헛간 사이에 난 오솔길만 보였다.

"헛간이라고?" 곽대복은 의아하기만 했다. "손님방에서 멀리 떨어진 곳인데 꽃장식이 어떻게 거기 떨어져 있었을꼬?"

그때 곽화가 성큼성큼 밖으로 나가더니 곧장 헛간이 있는 동편으로 향했다. 모두들 약속이나 한 듯 곽화의 뒤를 따랐다.

헛간은 예전에는 빗자루 등을 넣어두거나 책을 쌓아두는 용도로 썼으나 지금은 빈 채로 방치된 지 오래였다. 반경 십 리에 달하는 채련장 안에 헛간을 지으면서 안채와 거리가 너무 멀다는 걸 미처 생각하지 못한 탓이었다.

"이 헛간은 처음부터 잘못 지었습니다. 땅을 잘못 구획하는 바람에 연못가에 공터가 넓지 않아서 헛간을 다 짓고 나니 중간에 길이 이렇게 좁아졌다고 합니다."

한 사람이 겨우 지나갈 수 있을 정도로 좁은 헛간 사잇길을 지나며 곽대복이 설명했다. 길은 좁기도 좁고 바닥도 경사진 탓에 가파르게 연못가로 이어져 있었다.

"바로 저기서 주웠어요." 노파가 연못가를 가리켰다. "얕은 곳에 떨어져 있길래 손을 뻗어서 건져올렸지요."

이연화가 헛간 문을 툭툭 건드리자 뜻밖에도 삐거덕 소리를 내며 문이 열렸다. 곽대복도 깜짝 놀랐다. 헛간 내부에는 거미줄이 잔뜩 쳐져 있고 먼지가 수북이 쌓여 오랫동안 사람의 손길이 닿지 않은 흔적이 역력했다. 바닥에는 발자국이 어지럽게 찍혀 있었지만 너무 많은데다 방향도 제각각이라 분간할 수 없었다. 종이도 몇 장 떨어져 있었는데 구석에 있는 종이는 오래된 듯 누렇게 변색됐고, 나머지 몇 장은 비교적 최근 것인 듯했다. 그런데 그중에 눈에 익은 종이가 있었다. 바로 이연화의 방에서 사라진 '시'였다.

이연화가 아침에 되는대로 지어놓은 '시'를 누가 여기로 가져다 놓았을까? 이연화는 포졸보다 한발 앞서 종이들을 주워들었다. 누렇게 색이 바랜 종이에는 반듯한 글씨체로 '정지시, 경석입입방, 가의, 입신멱불산晶之時, 境石立立方, 嫁衣, 立身覓不散'이라고 적혀 있었는데, 글귀 아래에 서명은 없고 둥근 달만 그려져 있었다. 또다른 한 장은 장부에서 뜯어낸 것인 듯 물건 이름과 금액이 몇 줄 적혀 있었는데 대부분 잡다한 물건으로 보였고 딱히 이상한 점은 없었다. 그리 오래되지 않은 듯한 나머지 몇 장에도 역시 '정지시晶之時' 운운하는 뜻 모를 글자만 쓰여 있었다.

이연화는 종이들을 훑어본 뒤 왕흑구를 흘끔거리며 조심스럽게 말했다. "나리, 범인은 아마 그 혼례복을 입은 여인만 골라서 죽인 것 같습니다."

왕흑구가 짜증 섞인 목소리로 쏘아붙였다. "허튼소리!"

이연화가 잠시 머뭇거리다 말했다. "누가…… 미끼가 되어 유인한다면 범인이 나타날 수도 있습니다."

왕흑구가 미간을 찡그렸다. "잘못하면 죽을 수도 있는 일을 누가 맡으려 하겠느냐?"

"제가 하겠습니다."

이연화의 말에 모두 놀랐다. 곽대복도 어안이 벙벙해서 반문했다. "이 공자가요?"

그때 곽화가 끼어들어 큰 소리로 외쳤다. "그렇게 위험한 일을 남에게 맡길 순 없지요! 불피백석의 제자인 제가……"

왕흑구가 탁자를 탁 내려치며 이연화를 향해 말했다. "좋다! 이연화 네가 해라! 포졸을 채련장에 매복시켜놓겠다. 만일 범인이 나타나지 않으면 네가 취아를 죽인 범인이라는 걸 더는 부인하지 못하겠지."

곽화는 자신이 미끼가 되겠다고 고집을 부렸지만 곽대복이 아들을 휙 잡아끌며 흘겨보았다. '이연화라면 몰라도 네 몸에 혼례복이 들어가기나 하겠느냐?' 하지만 곽화는 아버지의 속마음을 알아채지 못하고 한사코 자신이 귀신과 요괴를 물리치겠다며 소란을 피웠다.

다시 편청으로 돌아가 범인을 어떻게 잡을 것인지를 놓고 의논한 끝에, 역시 이연화가 범인을 발견하고 큰 소리로 외치면 포졸들이 한꺼번에 덮쳐 체포하는 방법이 제일 좋겠다는 결론을 내렸다. 왕흑구는 이에 매우 흡족해하며 저녁에 다시 오기로 하고 돌아갔다.

하지만 곽대복은 꺼림칙한 마음을 떨칠 수 없었다. 범인을 유인하자는 이연화의 계책이 그럴듯하기는 했지만 방금 전 곽씨 집안의 거의 모든 사람이 편청에 모여 있었다. 만약 정말로 집안사람 중에 범인이 있다면 그 계책을 다 들었을 텐데 어떤 멍청이가 미끼에 속아 정체를 드러내겠는가? 혹시 범인이 외부인일까? 그렇다면 누군가 혼례복을 입었다는 걸 어떻게 알고 때맞춰 나타나 살인을 했을까?

한편 곽화는 속으로 이런 생각을 했다. '닭 모가지도 못 비틀게 생긴 서생 이연화가 어떻게 범인을 잡을 수 있겠어? 나도 편청에

숨어서 범인을 기다려야지.'

3. 살인범

저녁식사를 마친 이연화는 네 여인이 입었던 혼례복 앞에 섰다. 막상 혼례복을 입으려니 조금 으스스했다.

여자 넷이 그 옷을 입고 죽었다. 그중 몇 명은 오래전에 죽었다.

향 한 대를 다 태울 만큼의 시간이 흐른 뒤에야 이연화는 천천히 혼례복을 입기 시작했다. 그 복잡하고 치렁치렁한 옷을 입는 데만 밥 한 그릇을 다 먹을 만큼의 시간이 걸렸다. 옷을 다 입은 뒤에는 창문을 열고 방안에 앉아 차를 마셨다. 그러고 나서야 방에서 나와 헛간 쪽으로 향했다.

아직 그리 늦은 시간은 아니었다. 손님방 문 밖에 매복한 포졸 넷이 쩝쩝대며 연밥을 씹는 소리, 닭발을 뜯으며 몰래 구시렁대는 소리, 손바닥으로 모기 때려잡는 소리 등이 들렸다. 헛간 근처에도 포졸 몇이 몸을 숨기고 있었다. 이연화가 천천히 거울바위로 다가가는데 어디선가 '크르릉, 크르릉' 하는 소리가 들렸다. 깜짝 놀라 가만히 들어보니 코 고는 소리였다.

이연화는 가슴을 쓸어내리고 바위 앞으로 가서 거울 속에 비친 모습을 들여다보았다. 푸른색 혼례복이 반짝반짝 빛났다. 거울 속 사람이 여자였다면 화려하고 아름다웠겠지만 이연화는 거울 속에 괴물이 있는 것처럼 느껴졌다. 평소 말쑥한 그의 모습과는 전혀 딴판이었다. 사방을 두리번거렸지만 아직 범인은 보이지 않았다. 하품을 하고 바닥에 앉으려는데 치마통이 너무 좁아 앉을 수 없었다. 하는 수 없이 두 헛간 사이를 어슬렁거리며 몇 바퀴 돌았다. 포졸들은 바닥에 아무렇게나 누워 곯아떨어져 있었다. 누워 있는 그들의 몸을 넘어 지나가려니 좀 미안했다.

거울바위 뒤에서 곽화가 눈을 크게 뜨고 혼례복 차림의 이연화를 지켜보고 있었다. 헛간 사이를 유유히 돌아다니는 것이 무슨 의도인지 도무지 알 수 없었다. 범인을 유인하는 행동이라기엔 너무 한가로웠지만, 그게 아니라면 뭘 하고 있단 말인가? 생각에 잠겨 있던 곽화가 문득 이상한 기운을 느껴 뒤를 획 돌아보니 그리 멀지 않은 곳에 있는 나무 뒤 연못에서 머리를 풀어헤친 거무튀튀한 얼굴이 그를 향해 흔들흔들 다가오고 있었다. 공허한 눈에서 음산한 기운이 흘러나왔다…… 눈이, 텅 비어 있었다. 눈알이 있어야 할 자리에 아무것도 없었다. 갑자기 등뒤에서 나타난 그 얼굴에 놀라 소리를 지르려 했지만 목에서는 꺽꺽 소리만 새어나올 뿐이었다. 곽화는 세상에 요괴나 귀신 같은 건 없다고 생각했다. 그런데 지금 눈앞에 진짜 귀신이 나타난 것이다!

온몸이 뻣뻣하게 굳어 꼼짝도 못하고 있는 사이 그 얼굴은 천천히 멀어져갔다. 곽화는 그 자리에서 얼어붙은 채 눈만 멀뚱멀뚱 뜨고 쳐다보았다. 그 얼굴이 두 길 정도 멀어졌을 때야 귀신이 아니라는 것을 알았다. 그건 사람이었다! 자루를 등에 메고 있는 사람. 자루에 뭐가 들었는지는 모르지만 머리털 같은 게 자루 밖으로 튀어나와 있고 구멍 두 개가 눈처럼 뚫려 있었다. 자루를 둘러멘 사람이 이쪽을 등지고 있어서 곽화가 자루를 귀신 얼굴로 착각하고 오금이 저리게 놀랐던 것이다. 그 얼굴이 소리 없이 다가왔다가 다시 멀어지는 것도 자루를 둘러멘 사람이 커다란 나무대야를 타고 있기 때문이었다. 물이 많은 강남 지방이라 아이들이 나무대야를 타고 연못을 돌아다니며 연밥을 따곤 했는데, 그 사람도 바로 그런 나무대야를 타고 있었다. 채련지는 시냇물이 모여들어 만들어진 연못이어서 연못 밑바닥으로 잠류*가 흘렀기 때문에 연뿌리가 생기지 않아 나무대야가 소리 없이 떠다닐 수 있었다.

누굴까? 곽화는 놀란 가슴을 애써 진정시켰지만, 목구멍이 여전히 끅끅거리기만 할 뿐 목소리가 나오지 않았다. 어찌나 놀랐던지 손가락 하나 까딱할 수가 없어 나무대야가 멀어지는 걸 지켜보기만 했다. 대야는 헛간 사이 오솔길 끝에서 멈췄다. 구부정한 등에 자루를 짊어진 사람이 굼뜬 걸음으로 다가오는 것 같았다. 곽화는 흠칫 놀랐다. 그의 걸음걸이가 어딘지 모르게 눈에 익었다. 설마……

그 사람은 거울바위 앞에 멈춰 선 뒤 거울에 뭔가를 붙이는 듯하더니 옆에 있는 숲으로 들어갔다. 바로 그때 이연화가 헛간을 돌아 오솔길로 걸어나오다 거울을 보고는 우뚝 멈춰 섰다. "어? 정지시……"

방금 전 그 사람이 글씨가 쓰인 종이를 거울에 붙인 것이다. 몇십 년 전부터 똑같은 행동을 해온 것으로 보였다. 곽씨 집안에서

* 물위가 아닌 물 밑바닥에서 흐르는 물결.

몇 대에 걸쳐 여자들을 죽인 범인은, 바로 그였다! 하지만 어떻게 그럴 수 있지? 대체 왜? 그 이유를 도무지 짐작할 수 없었다……

그때 갑자기 '크르릉' 하는 낮은 괴성과 함께 숲에서 그 사람이 달려나왔다. 등에 메고 있던 자루에서 무언가를 꺼내 치켜들고는 기괴하고 섬뜩한 웃음소리를 내며 이연화를 향해 달려들었다.

"크르릉…… 이놈은 죽었어…… 이놈은 죽었다고…… 넌 절대로 이놈과 함께 날아갈 수 없어! 영영 날아갈 수 없어!"

곽화는 소스라치게 놀랐다. 그의 손에 들려 있는 물체는, 바로 해골이었다! 헝클어진 머리카락과 두 눈처럼 보였던 것이 정말로 해골이었던 것이다! 해골이 있다는 건 누군가 죽었다는 뜻이다. 누구의 해골일까? 어떻게 해골이 그의 손에 있는 걸까?

"어이쿠!" 이연화도 혼이 빠지게 놀라 몸을 돌려 달아나기 시작했다. 거기서 본채로 돌아가려면 두 가지 길이 있었다. 하나는 헛간 두 개를 돌아 거울바위 옆 숲길을 따라가다 꽃밭을 지나 본채로 가는 것이고, 다른 하나는 헛간 두 개를 통과해 곧장 뒷문을 통해 부엌으로 들어간 뒤 오솔길을 따라 본채로 가는 것이었다. 이연화는 망설일 것도 없이 헛간을 향해 달렸다. 부엌을 통해 가는 길이 꽃밭으로 돌아가는 길보다 훨씬 빠르기도 하거니와 그 괴물이 숲에서 달려나왔으므로 숲속에 괴물의 친구가 숨어 있을지도 모르는 일 아닌가?

곽화는 간신히 정신을 차리고 거울바위 뒤에서 기어나와 고함을 지르려다 또 온몸이 얼어붙을 만한 광경을 목격했다……

첫번째 헛간으로 뛰어들어간 이연화가 뒷문으로 나가려고 문턱을 넘다가 치마에 다리가 걸려 앞으로 고꾸라지고 말았다. 이연화는 본능적으로 두 팔을 뻗어 땅을 짚었지만 두 헛간의 사잇길이 경사진 탓에 왼손만 땅을 짚고 오른손은 땅을 짚지 못해 균형을 잃었다. 쿵 하는 소리와 함께 이연화의 목이 두번째 헛간 문턱에 부딪힌 뒤, 바닥에 나뒹그러진 몸이 경사진 길을 따라 굴러떨어지다 그대로 연못에 처박히더니 미동도 하지 않았다.

곽화는 머리끝부터 찬물을 뒤집어쓴 듯 한기를 느꼈다. 이곳에서 죽은 여자들이 넘어지는 장면이 눈앞에 보이는 것만 같았다. 자신의 처 포소소를 포함해서…… 한 명 또 한 명, 이 문턱에서 넘어져 부상을 입은 뒤 연못으로 굴러떨어져 익사한 것이다. 그리고 범인은 바로, 해골을 들고 그녀들을 궁지로 몰아넣은 사람이었다!

곽화의 목구멍에서 드디어 소리가 터져나왔다. 곽화는 사방이 울리도록 우렁차게 고함을 질렀다. "여봐라! 어서 공자를 구하거라! 어서 빨리!"

곽화는 목소리가 터져나온 것과 동시에 온몸의 기력도 되살아나 솟구치듯 몸을 일으켜 아직도 해골을 휘두르고 있는 사람을 움켜잡았다. 곽화의 우람한 팔뚝에 붙잡힌 사람은 마치 그물에 걸린 작은 새 같았다.

곽화는 믿을 수 없다는 눈으로 그를 쳐다보았다. 이런 사람이…… 어떻게 이런 일을 생각할 수 있지? 어떻게 이런 일을 벌일 수 있지?

곽화에게 붙잡힌 사람은 바로, 지능이 온전치 못한 숙부 곽곤이었다!

그의 집에 오십 년 넘게 숨어 있던 살인마가 바로 백치 숙부 곽곤이란 말인가? 숲 뒤에서 코를 골며 자고 있던 포졸들이 헐레벌떡 달려나와 우왕좌왕하다 곽곤을 체포했다. 그중 한 명은 이연화를 물에서 건져내려고 연못가로 달려갔지만 서른 근에 달하는 혼례복의 무게에 이연화의 체중까지 합쳐져 한두 사람의 힘으로는 끌어올릴 수 없었다. 연못이 깊지 않아도 충분히 익사할 수 있는 상황이었다.

왕흑구와 곽대복이 소식을 듣고 서둘러 달려왔다. 왕흑구는 범인을 잡았다며 기뻐했지만 곽대복은 의구심을 떨칠 수 없었다. 곽화와 포졸들이 곽곤을 체포하고 이연화를 연못에서 건져냈다. 외상은 없어 보였지만 이연화는 눈을 꼭 감은 채 깨어나지 못했다.

왕흑구가 의기양양해서 말했다. "이 집안의 여자 넷을 살해한 범인이 바로 곽곤이었어! 오십 년 넘게 미궁에 빠져 있던 사건을 해결하다니, 역시 이 몸은 훌륭한 관리로다!"

곽대복은 여전히 얼이 나간 눈빛으로 곽곤을 쳐다보았다. 칠십 평생 백치로 살아온 사람이 범인이라는 사실을 믿을 수 없었다. 포졸들이 늙고 마른 곽곤의 몸에 쇠사슬 일고여덟 개를 채우고 그의 어깨를 눌러 꿇어앉혔다.

곽곤이 갑자기 왈칵 울음을 터뜨리며 곽대복의 바짓가랑이를 붙잡았다. 억울해하는 표정이었다.

왕흑구가 버럭 화를 내며 관포 자락을 걷어올리고 곽곤에게 발길질을 했다. "눈 하나 깜짝하지 않고 사람을 죽여놓고 어디서 울고불고 애원을 하는 게냐! 이놈의 따귀를 쳐라!"

"네!" 포졸 하나가 달려들어 곽곤의 따귀를 호되게 후려쳤다.

이때 누군가의 차분한 목소리가 들렸다. "왕 대인 나리, 관청에서 정식 재판도 하기 전에 사사로이 판단하여 범인을 때리는 건 법을 어기는 것이옵니다…… 게다가…… 곽곤은 살인범이라고 할 수도 없습니다."

"웬 놈이냐!" 화들짝 놀라 사방을 둘러보던 왕흑구는 이내 그 목소리의 주인공을 발견하고 대노했다. "이연화! 감히 죽은 척해서 대인을 걱정시키고 놀라게 하다니! 여봐라, 이놈을……"

이연화가 천천히 일어나 앉았다. 옷에서 물이 뚝뚝 떨어져 바닥을 흥건하게 적셨지만 그의 웃음소리는 경쾌했다. "나리, 곽곤이 들고 있는 해골이 누구 것인지…… 알고 싶지 않으십니까?"

"그건, 그건……" 왕흑구가 말을 더듬거리다 갑자기 도끼눈을 부라렸다. "넌 알고 있느냐? 감히 날 가지고 놀다니! 여봐라, 이놈을……!"

이연화가 목을 바짝 움츠렸다. "제가 어찌 감히 그러겠습니까."

왕흑구가 냉소를 지으며 비아냥거렸다. "내 눈에는 감히 그럴 놈으로 보이는구나."

이연화가 태연스레 미소로 화답했다. "과찬이십니다."

그 말에 왕흑구는 더 부아가 치밀고 곽대복은 놀라서 벌어진 입을 다물지 못했다.

이연화는 몸을 곧게 펴고 앉아 흙탕물에 더럽혀진 옷을 안타깝게 내려다보다 자신에게 쏠린 어리둥절한 시선을 발견하고는 온화한 미소를 지었다. 자신은 늘 단정한 품행을 잃지 않는다는 듯한 태도였다.

"이 집안에서 삼대에 걸쳐 마님들이 연못에서 익사했다는 얘기를 들었을 때 이분이 범인이라는 걸 직감했습니다." 이연화가 곽곤을 가리키며 말을 이었다. "채련지의 수심이 일정치는 않지만, 하필 수심이 얕은 손님방 창문 아래에서 익사했다니 이상했지요. 게다가 망자 중에는 어촌에서 자란 분도 있었고요. 사인이 익사가 아니라면 두 가지 가능성이 있습니다. 첫째, 익사하기 전에 뜻밖의 사고로 부상을 당해 헤엄을 칠 수 없었다. 둘째, 누군가에게 살해당한 뒤에 익사로 위장하기 위해 물에 던져졌다. 몇 사람이 똑같은 방식으로 죽었으니 다른 사람들이 했을 법한 의심을 저도 했습니다. 혹시 누군가에게 살해당한 것이 아닐까?"

이연화는 옅은 미소를 지어 보이고는 다시 말을 이었다. "다만 이 세 건의 사고가 오십 년 동안 이어졌다는 점과 각 사건 사이에 이십여 년의 간격이 있다는 사실 때문에, 서로 관련도 없는 여자들을 죽이기 위해 누군가 이 집에 오십 년 넘게 숨어 사는 건 불가능하다 여기고 뜻밖의 사고로 결론을 내렸을 테지요. 하지만 저는…… 만약 그들이 누군가에게 살해됐다면 범인은 틀림없이 채련장에서 오십 년 넘게 산 사람일 거라고 생각했습니다. 그게 누굴까요? 강씨 할머니? 아닙니다. 곽대복 나리의 조부를 모시기 시작한 오십삼 년 전 강씨 할머니는 열세 살의 어린 소녀였지요. 그후 성인이 되어 혼인한 뒤에는, 한밤중에 밖으로 나와 살인을 저질렀다면 가족들이 눈치채지 못했을 리 없습니다. 그렇다면 또 누가 있을까요? 강씨 할머니 말고 오십 년 넘게 채련장에 산 사람. 자유롭게 돌아다니고, 어떤 행동을 하든 아무도 이상하게 생각하지 않을 사람. 그런 사람이 한 명 있죠. 바로 곽곤 어르신입니다."

"하지만 숙부님은 태어날 때부터 백치예요. 그런 분이 어떻게 이런 일을……"

곽대복의 말에 이연화가 빙그레 웃었다. "그분은 자신이 어떤 행동을 하는지도 모르는 분입니다. 그분이 처음부터 범인이었다는 말씀은 아닙니다. 최초의 사건은 그분이 저지른 게 아닙니다. 아마 우연히 목격했겠죠. 그후에는 본 것을 따라 했고요."

왕흑구의 몸이 들썩였다. "따라 했다고?"

곽화와 곽대복은 어안이 벙벙해 서로의 얼굴을 쳐다보았다. "따라 했다니? 그게 무슨……"

"그 말인즉슨, 첫번째 피해자는 곽곤 어르신이 죽인 것이 아닙니다. 살인하는 과정을 목격했을 뿐이지요. 그리고 그후 비슷한 광경을 보게 되었을 때 그 살인범이 했던 행동을 그대로 따라 한 겁니다. 스스로는 놀이라고 생각했을 겁니다." 이연화가 또박또박 명료한 투로 말했다. "그 행동을 유발하는 '광경'은 아마도 혼례복일 겁니다. 곽씨 집안의 가보인 혼례복은 그 값을 매기기가 어려울 정도이고 말할 수 없이 아름답습니다. 여자라면 모두 탐낼 만하지요. 한밤중에 몰래 혼례복을 입고 거울바위에 와서 자기 모습을 비춰보고 싶었을 겁니다. 마님들은 물론이고 하녀들까지도요. 하지만 곽곤 어르신은 혼례복을 입은 여자가 살해당하는 걸 목격한 후 혼례복을 입은 여자가 거울바위 앞에 오기만 하면 살인범이 했던 행동을 그대로 따라 했습니다. 그 바람에 여인들은 헛간을 가로질러 도망치다 문턱에 걸려 넘어진 뒤 연못으로 굴러떨어져 익사한 것이지요."

"문턱?" 곽대복이 몇 걸음 떨어져 있는 문턱을 가리키며 물었다. "저 문턱에 무슨 문제라도?"

이연화가 젖은 혼례복의 치맛자락을 들어올려 보였다. "이 치마를 보십시오. 통이 아주 좁지요?"

곽대복과 곽화가 고개를 끄덕이자 이연화가 이번에는 문턱을 가리켰다. "헛간의 문턱 두 개는 채련장의 다른 문턱보다 훨씬 높습니다. 게다가 뒷문 문턱은 앞문보다 한 치나 더 높고요."

왕흑구가 포졸을 보내 재보게 하니 정말 그랬다.

"헛간으로 뛰어들어갈 때 문턱이 높을 거라는 예상을 했는데도 역시 걸려 넘어지고 말았습니다. 앞문 문턱을 넘은 뒤 뒷문 문턱도 넘을 수 있을 거라 착각한 탓이지요. 뒷문 문턱이 앞문보다 더 높을 줄은 예상하지 못했습니다. 그런데 그저 문턱이 좀더 높을 뿐이라면 평소에 다리를 높이 들어 내딛는 사람은 넘어지지 않고 뛰어넘을 수 있었을 겁니다. 허나……" 이연화가 치맛자락을 잡아당겨 보였다. "치마통이 너무 좁은데다 치맛단에 방울과 사슬이 달려 있어 설령 다리를 높이 들어 문턱을 뛰어넘는다 쳐도 치마에 다리가 걸려 결국에는 똑같이 고꾸라질 수밖에 없습니다."

곽대복은 등줄기가 오싹했다. 그렇다면 높은 문턱과 좁은 치마가 살인 흉기인 셈인가!

이연화의 말이 이어졌다.

"첫번째 헛간과 두번째 헛간의 문턱 사이는 아주 가깝습니다.

키 작은 여자가 첫번째 헛간의 뒷문에서 넘어지면 두번째 헛간 문턱에 이마를 부딪히게 됩니다. 취아처럼 키가 큰 여자는 목을 부딪히게 되고요. 혼례복의 두꺼운 옷감과 이상할 정도로 좁은 치마통 때문에 어떻게 넘어지든 몸을 웅크리지 못하고 그대로 앞으로 고꾸라지지요. 게다가 무거운 금은 장식까지 달려 있으니 연약한 여자들은 넘어지는 순간 서른 근이나 되는 옷의 무게를 지탱할 수 없을 겁니다. 자신의 체중과 서른 근의 혼례복 무게, 넘어지는 힘. 이 세 가지가 합쳐진 채로 맞은편 문턱에 부딪히게 되겠지요…… 머리가 깨지는 걸 가까스로 면한다 해도 기절하거나 경추가 부러질 겁니다. 취아의 시신에서는 꽃장식이 사라지고 턱에 상처가 있었지요? 넘어질 때 가슴에 달린 꽃장식이 펄럭였다가 턱을 문턱에 부딪히는 순간 꽃장식을 연결하고 있던 목걸이가 그 틈에 끼어 끊어졌을 겁니다. 그래서 목걸이에서 끊어져나온 꽃장식이 오솔길을 따라 연못가로 굴러떨어진 걸 강씨 할머니가 주운 것이지요. 넘어진 사람은…… 가파른 경사로를 굴러내려와 연못에 빠졌겠지요. 부상을 입은데다 서른 근 가까운 옷을 입었으니 물에 가라앉아 익사하고 만 겁니다."

미간을 잔뜩 찡그리고 신경을 곤두세운 채 듣고 있던 왕흑구가 중얼거렸다. "틀렸어. 그렇다면 어떻게 시신이 손님방 창문 밑에서 발견됐겠나? 여기서 죽은 사람이 어떻게 거기까지 간단 말이야?"

이연화가 연못을 가로질러 저절로 만들어진 물길을 가리켰다. "채련지는 고여 있는 물이 아닙니다. 잠류가 흐르고 있지요. 다친 사람이 물에 빠진 뒤 잠류에 떠밀려 손님방 창문 밑까지 가게 된 겁니다. 그곳은 물살이 느리고 연꽃이 무성해 시신이 더이상 앞으로 나아갈 수 없습니다. 곽곤 어르신이 잠류를 타고 연못을 돌아다닌 것도 채련장 사람들이라면 모두 아는 일이지요." 이연화는 잠시 말을 멈추고 곽곤이 메고 다니던 자루에서 꺼낸 해골로 시선을 옮기고는 한숨을 내쉬었다. "물론 또 한 가지 가능성이 있습니다. 여인들이 익사한 뒤, 최초의 살인범이 그랬던 것처럼 곽곤 어르신이 시신을 붙잡고 잠류를 이용해 손님방 창문 아래로 옮겨놓았을 가능성 말입니다."

"곽곤은 백치인데 어떻게 그가 살인범의 행동을 모방했다고 확신하지? 애초에 혼례복 입은 여자가 그를 보고 놀라 도망치다 죽었고, 그뒤 혼례복을 입은 여자만 보면 놀라 죽게 만들었을 수도 있잖나?" 왕흑구가 게으르고 별 볼 일 없는 위인이기는 하나 어쨌든 지현이라는 관직에 오른 이상 바보는 아니었다.

이연화는 거울바위에 붙어 있는 종이를 가리켰다. "정지시, 경석입입방, 가의, 입신멱불산. 이 종이는……" 그가 한숨을 내쉬었다.

곽대복이 궁금증을 참지 못하고 물었다. "이게 다 무슨 뜻이오?"

이연화가 대뜸 그를 향해 이를 드러내며 씩 웃었다. "여인과 만나자고 약속하는 연서지요. 모르시겠습니까?"

곽대복은 순식간에 돌변한 이연화의 표정에 순간 어리벙벙해졌다. "여…… 연서라니?"

이연화가 일어나 거울바위에 붙은 종이를 떼어내 흘긋 보며 다시 물었다. "이 글귀의 뜻을, 정녕 모르시겠습니까?"

곽화는 고개를 가로저었고 왕흑구와 곽대복은 여전히 의문 가득한 얼굴이었다. 뒤에 있던 포졸들도 모여들어 눈동자를 반짝이며 종이를 들여다보았다.

"'정晶' 자가 바르게 쓰여 있지만 이 글씨를 조금 흘려 쓰면 이렇게 됩니다." 이연화가 땅에서 돌멩이를 주워 진흙 바닥 위에 글씨를 썼다. "자, 이렇게 쓰면 글귀가 재미있게 변하지 않습니까?"

사람들의 의아한 시선이 이연화가 바닥에 쓴 네 글자로 모였다. '월명지시月明之時.'

왕흑구도 그제야 깨달았지만 이게 무슨 상황인지는 여전히 짐작이 가지 않았다. "이건……"

이연화가 말했다. "곽곤 어르신이 누군가 어느 날 밤에 했던 행동을 따라 했다면 이 글귀도 역시 곽곤 어르신이 베껴 썼을 겁니다. 하지만 무슨 뜻인지 모른 채 비슷하게 따라 썼기 때문에 이런 이해할 수 없는 글귀가 됐겠지요."

곽대복이 그제야 고개를 끄덕였다. "그렇다면 이 '경석境石'도 원래 글자는 '경석鏡石'이겠군. 거울바위."

곽화가 글귀를 들여다보며 생각에 잠겼다. "경석입입방, 경석입입방……"

이연화가 헛기침을 했다. "'월명지시'라는 네 글자로 시작했다면 그 뒤에도 네 글자일 겁니다. '입입방' 세 글자에서 '입방立方'을 위아래로 이어놓으면 한 글자가 될 것 같은데……"

왕흑구가 외쳤다. "'방旁'이로군!"

이연화가 고개를 끄덕였다. "그렇게 되면 '경석입방鏡石立旁'으로 의미가 조금 생깁니다. 여기서 '입' 자를 흘려 쓰면 '지之' 자와 비슷하지 않습니까? '경석지방鏡石之旁'이라면 의미가 온전해집니다."

왕흑구가 한쪽 발로 바닥을 쿵 굴렀다. "옳거니! 월명지시, 경석지방. 달이 밝을 때 거울바위 옆에서 만나자는 뜻이로군. 일리가 있어. '가의'라는 두 글자를 보면 더 분명해지지. 혼례복을 입은 여인과 만나는 약속을 한 게야."

이연화가 빙긋 웃었다. "앞에 있는 '입' 자가 '지' 자라면 '가의, 입신멱불산'이라는 일곱 글자도 '가의지신嫁衣之身, 멱불산覓不散'이겠지요."

곽대복이 글귀를 중얼거렸다. "월명지시, 경석지방, 가의지신, 멱불산이라…… 이상한데. 마지막도 필시 네 글자가 되어야 하는데."

이연화가 돌멩이로 바닥에 '멱' 자를 크게 쓰더니 중간에 가로로 금을 그었다. "이렇게 하면 간단하지요……"

곽대복이 그걸 보고 깜짝 놀라 외쳤다. "불견불산不見不散! 올 때까지 기다리겠다!"

모두의 눈길이 두 글자로 갈라진 '멱' 자로 모였다. 암호 같았던 글귀의 의미가 드디어 풀렸다. '월명지시, 경석지방, 가의지신, 불견불산月明之時, 鏡石之旁, 嫁衣之身, 不見不散. 달 밝은 시간 거울바위 옆, 혼례복 입은 이가 올 때까지 기다리겠소.'

이연화가 천천히 말했다. "이건 남자가 깊은 밤에 만나자며 여자에게 보낸 연서입니다……"

이 글귀를 곽곤이 직접 썼을 리 없다. 왕흑구가 한참을 들여다보다 망연히 말했다. "그럼 첫 피해자를 살해한 범인은 누구지?"

이연화도 망연히 한숨을 쉬었다. "그걸 제가 어떻게 알겠습니까?"

왕흑구는 이연화의 대답을 듣지도 않고 혼잣말처럼 중얼거렸다. "곽곤이 들고 있는 해골은 또 누구의 것이지? 아니지, 곽곤이 범인의 행동을 따라 한 거라면 오십몇 년 전 범인도 해골을 들고 있었겠지? 그렇다면 또다른 살인 사건이 있었다는 얘긴데 어떻게 여태 아무도 모를 수 있지?"

이연화가 미안해하는 표정으로 말했다. "저도 모르겠……"

하지만 왕흑구는 이번에도 이연화의 말을 다 듣지도 않고 그의 멱살을 낚아채고는 으르렁거렸다. "네가 알든 모르든 나와는 상관없다. 사흘을 주마. 사흘 안으로 알아내지 못하면 목이 달아날 줄 알아!"

이연화가 벌벌 떨며 손사래를 쳤다. "저는 모릅……"

왕흑구가 불같이 성을 냈다. "여봐라! 이놈에게 곤장을 내려쳐라!"

포졸이 외쳤다. "대인 나리, 곤장이 관아에 있습니다!"

왕흑구가 노발대발했다. "그럼 따귀라도 후려갈겨!"

그때 옆에 있던 곽화가 벌컥 성을 내며 왕흑구를 붙들었다. "이런 짐승 같은 관리를 보았나! 사람을 억지로 혼인시킨다는 얘긴 들어봤어도 범인을 찾아내라고 억지를 쓰는 건 본 적이 없다! 한 번만 더 이 선생님한테 손을 대면 내가 널 가만두지 않겠다!"

옆에서 곽대복이 안절부절못하며 아들을 꾸짖었다. "이 녀석이 무례하게!"

곽화는 왕흑구를 패대기치듯 놓아주며 콧김을 세게 내뿜었다. "흥! 사부님이 일생토록 제일 증오하는 사람이 네놈처럼 백성을 짓밟는 관리들이다!"

이연화가 억울하다는 눈빛으로 그를 보았다. "왕 대인 나리……"

곽화의 손에서 풀려난 왕흑구는 곽대복에게 삿대질을 하며 분풀이를 했다. "사흘 안에 범인을 잡아다 대령하지 않으면 네놈들을 깡그리 옥에 처넣고 엄벌에 처할 테다!"

곽대복의 얼굴이 하얗게 질렸다. "그…… 그건……"

곽화는 더 화가 나서 또다시 왕흑구의 멱살을 잡아챘다.

곽대복이 혼비백산해 왕흑구와 아들 앞에 털썩 엎드려 멈추라고 외치며 한바탕 소란이 벌어졌다.

채련장 사람들이 전부 옥에 갇힐지도 모른다는 소식에 여자들은 목놓아 통곡하고 어떤 이들은 땅에 고개를 조아리며 애걸복걸 용서를 빌었다. 그야말로…… 아비규환이었다.

그때 이연화가 길게 탄식하며 말했다. "그게 말입니다…… 곽 공자가 도와준다면, 사흘 안에 범인을 찾아낼 수 있을지도 모릅니다……"

일순간 모두의 눈동자가 반짝였다. 곽화도 멈칫하더니 왕흑구를 내려놓았다. "돕고말고요!"

이연화가 영웅을 우러러보는 듯한 눈빛으로 곽화를 보며 천천히 말했다. "곽곤 어르신이 범인의 행동을 따라 하고 또 해골을 가지고 있으니 시신이 묻혀 있는 곳도 알고 계실 겁니다. 시신이 묻혀 있는 곳을 알고 있다면 그 사람이 어떻게 살해됐는지도 보셨겠지요. 곽곤 어르신께 그 사람을 보여주면 당시에 목격한 장면을 재연하실 것 같습니다. 그러니까……" 이연화가 무척 송구스러운 표정으로 곽화를 쳐다보았다. "곽 공자가 노마님으로 변장해준다면 제가 이 해골 역할을 하겠습니다……"

곽화가 흔쾌히 고개를 끄덕이다 갑자기 소리를 질렀다. "할머니로 변장하라고요?"

이연화가 점잖게 고개를 끄덕였다. "곽 공자의 무예가 출중하니 공자와 함께 있으면 위험이 닥쳐도 무사할 것 같습니다."

곽화가 물끄러미 이연화를 응시했다. 이연화의 부탁이니 최선을 다해 돕기는 하겠지만 속으로는 그 방법이 참으로 괴상하다고 생각했다.

모두의 의아한 시선을 받으며 이연화가 경쾌한 목소리로 말했다. "제게 사흘만 주십시오. 사흘 뒤, 달 밝은 시간 거울바위 옆, 올 때까지 기다리겠습니다."

그의 말에 모두들 거울바위 옆에 귀신이 나타난 것처럼 등골이 서늘해졌다.

4. 사흘이 덧없이 지나가다

왕흑구와 이연화가 '흥정'을 한 끝에, 곽곤을 일단 채련장에 그대로 두기로 했다. 사흘 동안 이연화가 무엇을 하든 곽대복을 비롯한 그 누구도 아무것도 묻지 않고 사흘 뒤 달 밝은 밤이 오기만 조용히 기다린다는 조건도 붙었다. 이연화는 진실을 밝혀내겠다고 호언장담했지만 사람들은 의심을 떨칠 수 없었다. 왕흑구는 이연화가 진실을 밝혀내지 못하면 곽곤을 상부로 넘기고 사건을 종결한 뒤 알려지지 않은 오십여 년 전의 사건 따위는 없었던 일로 덮어버리겠다고 마음먹었다. 곽대복은 울상을 지으며 연거푸 한숨만 지었다. 노모와 처를 생각하니 깊은 시름이 밀려왔다. 반면 곽화는 열정이 넘쳐 이연화 뒤를 바짝 따라다녔다. 그는 이제 한 점 의심 없이 이연화의 일거수일투족을 믿고 따랐다.

이연화는 손님방으로 들어가 그대로 곯아떨어지더니 둘째 날 아침에야 눈을 떴다. 약속한 사흘 중 벌써 하루하고 절반이 지나가 버린 것이다. 곽화는 조바심이 나서 그의 방 앞에서 서성거리면서도 감히 문을 열고 들어가지는 못했다. 드디어 자리에서 일어난 이연화는 여전히 방에서 나갈 기미 없이 한참 동안 옷장을 뒤적였다. 흰옷 두 벌을 골라놓고 몸에 대보며 비교했지만 어떤 옷을 입을지 결정을 내리기 어려웠다. 결국 눈을 감고 손을 뻗어 잡힌 옷으로 천천히 갈아입었다. 열려 있는 창 밖에서 애타게 이연화를 지켜보며 이제나저제나 기다리던 곽화의 커다란 눈이 거의 빠질 지경이 되어서야 이연화가 문을 열고 나왔다.

이연화가 제일 먼저 간 곳은 곽대복의 서재였다. 채련장이 처음 생겼을 때부터 있던 곳으로 곽건과 곽대복이 수집한 서화와 골동품이 보관되어 있었다. 곽화가 이연화의 뒤에 바짝 붙어 이리저리 기웃거렸지만 이연화는 별로 신경쓰지 않았다.

서재에는 책궤가 여러 개 있었는데, 제일 안쪽에 있는 책궤는 곽건 부친의 것이고, 두번째는 곽건의 것, 세번째는 곽대복의 것이었다. 이연화는 책궤 세 개를 모두 열어 글자가 적힌 것은 일일이 꺼내 살펴보았다. 장부도 있고 행초서行草書로 쓴 서화도 있고, 채련장의 경치를 그린 수묵화도 간간이 눈에 띄었다. 절묘한 붓놀림으로 채련장 풍경을 실제처럼 생생하게 묘사한 그림에는 홍련과 자련, 연꽃 아래 노니는 원앙 등 화려한 연꽃 그림 아래 '천 그루 만 그루 연꽃을 피어내는구나' 같은 절묘한 시구가 적혀 있었다. 책궤를 유심히 들여다보던 이연화가 행초서 한 장을 펼쳐들고 고개를 좌우로 흔들며 읊었다. "기행귀새진幾行歸塞盡, 염이하독지念爾何獨之…… 곽 공자, 이 아랫줄에 뭐라고 쓰여 있소? 난 잘 모르겠군요."

곽화가 눈썹을 찡그리고 그 '시'를 들여다보며 더듬더듬 읽었다. "모상호부暮箱呼夫…… 한寒…… 한 무더기 한 무더기 쓰여 있기는 한데……"

글을 잘 모르는 곽화로서는 구름이 떠가듯 물이 흘러가듯 써놓은 행초서를 알아보기가 힘들었다.

이연화는 그를 비웃지 않고 함께 머리를 맞대고 한참을 들여다보다 재미있다는 듯 말했다. "정말 한 무더기 한 무더기로군. 이 무더기는 꼭 주먹코처럼 생기지 않았소?"

곽화는 큰 소리로 웃음을 터뜨렸다가 문득 이연화가 사건을 조사하러 이곳에 왔다는 것이 생각나 사레가 들렸다. "하하…… 어이쿠…… 이 선생님, 사건 조사를 하셔야죠……"

이연화는 아쉬운 표정으로 서화를 내려놓고 서재를 꼼꼼히 둘러보았다. 창문을 여니 연못이 보였는데, 연꽃이 듬성듬성 피어 있어 손님방 창 밖의 풍경만큼 아름답지는 않았다. 이연화가 창밖을 뚫어져라 응시했다. 곽화도 그를 따라 두리번거렸지만 이상한 점은 발견할 수 없었다. 한참 뒤에야 이연화가 중얼거렸다. "모기가 너무 많아……" 곽화는 이연화의 행동을 도무지 이해할 수 없었지만 이연화는 이 서재가 흥미로운 것 같았다.

서재에서 나온 이연화는 흐뭇한 표정으로 뒷짐을 지고 경치를 감상하더니 또 한참 동안 무슨 생각에 잠겼다가 거울바위가 있는 쪽으로 향했다.

푸른 하늘과 말간 햇살 아래 자라난 화초가 쓸쓸하게 있고 어렴풋이 새소리가 들렸다. 나무 아래 감춰져 있는 큰 헛간 두 채는 선선하고 쾌적했다. 지난밤의 음산함과 섬뜩함은 느껴지지 않았다. 헛간 두 채를 돌아나온 뒤 이연화는 또 느릿느릿 여유롭게 걸었다. 주위에는 아무도 없고 곽화만이 이연화와 걸음을 맞춰 따라왔다. 이연화가 동쪽으로 가면 곽화도 동쪽으로 가고, 이연화가 서쪽으로 가면 곽화도 서쪽으로 갔다. 이연화가 거울바위 앞에서 걸음을 멈추더니 미간을 잔뜩 찡그리고 거울이 박혀 있는 커다란 바위를 살펴보았다. 바위가 자석처럼 색깔이 검어 '옥맥'이 어디에 있는지 알아볼 수 없었다. 이연화가 손을 뻗어 바위를 쓰다듬었다. "이 바위의 원래 생김새가 어땠소?"

곽화는 오래전에 들은 얘기를 떠올렸다. "강씨 할머니에게 들은 바로는 채련장이 완성된 직후에 이곳에서 옥을 발견했는데 값싼 잡옥이었답니다. 조부께서 흥미로워하시며 거울을 이 바위에 박아넣었고요. 이곳은 밤에 달이 유난히 밝아 보름날 거울 아래 앉아 있으면 거울에 비친 달빛에 책을 읽을 수 있을 정도랍니다. 하지만 옥이 어디에 있는지는 조부께서도 찾지 못하셨답니다. 강씨 할머니 말로는 회색 옥이…… 한 무더기 한 무더기 박혀 있다고 했는데, 아마 거울에 가려진 것 같습니다."

이연화는 만족스러운 듯 고개를 끄덕이고는 거울바위를 두드려본 뒤 어슬렁어슬렁 걸어 그제 밤 곽곤이 달려나온 숲으로 들어갔다. 땅에는 낙엽이 두껍게 쌓여 있었다. 커다란 나무가 무성하게 우거져 햇빛이 잘 들지 않는 탓에 나무 바로 아래에는 풀이 거의 자라지 못했는데, 나무 옆에는 뜻밖에도 말리꽃이 수풀을 이루고 있었다. 아직은 희끗희끗 봉오리만 내밀었지만 은은한 말리꽃 향기가 코끝을 감돌아 그윽한 분위기가 풍겼다. 말리꽃 수풀 너머 좀더 높은 곳에는 희고 노란 꽃을 자잘하게 피운 잡초가 군락을 이루었고 연못가에는 녹나무가 우뚝 서서 녹음을 뽐내고 있었다.

숲을 돌아나와 다시 거울바위 앞에 선 이연화가 물었다. "노마님은 어느 계절에 돌아가셨소?"

"7,8월쯤일 겁니다. 연꽃이 한창 만개했을 때라고 강씨 할머니에게 들었습니다."

이연화는 또 고개를 끄덕이며 흡족한 얼굴로 거울바위 앞을 돌다 또다시 숲으로 들어갔다. 곽화는 서둘러 그 뒤를 따랐지만 이연화의 의도를 도무지 짐작할 수 없었다…… 이 숲의 끝은 아마 물과 맞닿아 있을 것이다. 이연화는 오륙십 장쯤 되는 숲을 가로지르며 계속 걸었다. 아침에 고심 끝에 골라 입은 흰옷은 이미 넝마처럼 변해 있었다. 눈앞에 연못이 나타나자 그는 조금 실망한 듯 미간을 찌푸리더니 생각에 잠겨 수면을 응시했다.

곽화의 요란한 하품소리에 연못 속 작은 물고기들이 놀라 재빨리 흩어졌다.

"푸핫!" 이연화가 무슨 생각이 났는지 돌연 웃음을 터뜨리더니 끝이 보이지 않는 연못을 바라보며 크게 기지개를 켰다. "하아, 여긴 참 좋은 곳이군요. 연방*, 연근, 마름도 있고, 낚시도 할 수 있고, 개구리도 잡을 수 있겠어요."

곽화가 무심코 덧붙였다. "들오리도 있고요."

"여긴 땅이 조금 높군." 이연화는 그렇게 중얼거리며 비탈 위로 올라갔다가 천천히 내려왔다. "어쩐지 그 길이 갑자기 가파르게 내려가더라니…… 여긴 경치가 훌륭하지만 아쉽게도 집을 짓기엔 지형이 좋지 않군요."

곽화는 도무지 알 수 없다는 얼굴로 이연화의 말에 고개를 끄덕이기만 했다. 이연화는 실컷 둘러보았다는 듯 뒷짐을 지고 유유히 숲을 가로질러 손님방으로 돌아갔다. '이 선생님에게 뭔가 특별한 생각이 있는 모양이지.' 곽화가 그렇게 생각하고 있는데 이연화가 큰 나무통을 가지고 들어가 문을 닫더니 곧이어 방안에서 물소리

* 연밥이 들어 있는 송이.

가 들렸다. 잠시 후, 목욕을 마치고 옷을 갈아입은 이연화는 침대에 벌러덩 누워 손에 책을 들고 한가로이 읽기 시작했다.

'설마 그저 아침 산책을 했을 뿐이란 말인가?' 곽화의 꽉 막힌 머리가 드디어 이런 가능성을 떠올렸다. 그는 멀거니 이연화를 쳐다보았다. 이연화가 사건을 조사하러 다닌 게 아니라면…… 곽씨 집안의 스무 명 넘는 사람들이 모조리 하옥될 텐데, 어떻게 그럴 수 있단 말인가!

약속한 사흘이 눈 깜짝할 사이에 지나갔다.

그동안 이연화는 서재에 틀어박혀 책만 보았다. 식사시간이 되면 나와서 밥을 먹은 것 외에 그가 다른 일을 하는 모습은 볼 수 없었다.

곽대복이 여러 번 곽화를 보내 살펴보게 했지만 그럴 때마다 이연화는 의서를 읽고 있었다. 게다가 '무예인'인 곽화의 눈썰미로도 이연화가 계속 같은 쪽만 보고 있다는 걸 알 수 있었다.

드디어 날이 저물었다.

차츰 달이 떠오르며 햇빛 아래 싱그러운 녹음을 자랑하던 나무들이 어둠 속에서 스산한 기운을 발산했다.

약속한 시간이 되어 왕흑구가 포졸 십수 명을 데리고 행차하자 곽대복이 하인들을 물리고 만면에 미소를 띤 채 직접 왕흑구의 시중을 들었다. 다른 식솔들은 모두 구석으로 숨었다. 곽곤은 그날 오후부터 내내 풀밭에 앉아 풀을 뽑고 있었다. 몇 시간 동안 지칠 줄 모르고 밥도 거른 채 풀 뽑기에만 전념했다.

달이 점점 높이 떠오르며 더욱 환해진 달빛이 거울 위로 비추었고, 거울에 반사된 빛이 숲 앞쪽 빈 땅을 밝혀 달빛이 한층 밝게 느껴졌다.

이연화는 맑은 물 한 통을 준비해두고 곽화의 몸 앞쪽에 그 혼례복을 묶었다. 곽화는 이연화가 세숫물을 가져왔다고 생각했지만 갑자기 머리 위에서부터 좌악 물이 쏟아져 온몸을 적셨다. 곽화는 푹 젖은 몸으로 소매와 바짓단을 묶고 천천히 거울바위 앞으로 걸어가 고개를 흔들며 시를 읊었다.

"기러기 줄지어 변방으로 돌아왔건만 안타깝도다, 너 혼자 어딜 가느냐. 저물녘 빗속에서 불러봐도 벗은 없고 찬 연못에 내리기도 늦었구나. 모래섬에 구름 낮게 깔려 어둡고 변방의 달만 차갑게 따르네. 화살에 걸리지 않을지라도 홀로 날아가니 절로 염려스럽구나."

곽화는 시를 다 읊은 뒤 거울바위 옆을 서성이며 연방 한숨을 내쉬었다.

모두 영문을 몰라 서로 얼굴만 쳐다보는데 돌연 곽곤이 "크르릉" 하는 낮은 괴성을 내더니 풀밭에 떨어진 마른 나뭇가지를 집어들고 이연화를 향해 돌진했다.

왕흑구는 "멈춰라!" 하고 외치려다 멈칫하고는 목구멍까지 나왔던 고함을 도로 삼켰다. 이연화가 곽곤이 휘두른 나뭇가지를 맞고 쓰러지자 곽곤이 그를 숲으로 끌고 들어가며 미친듯이 외쳤다. "그래, 날아가! 날아가라고! 사실대로 말해. 너와 저 여자가…… 악!" 공포에 질린 처연한 비명이 들리더니 뒤이어 뜻밖의 말이 터져나왔다. "괴물이다!"

'괴물'이라니, 예상치 못한 말이었다. 곽곤이 살기 가득한 눈을 번뜩이며 나뭇가지로 이연화의 머리를 내려쳤다.

"괴물이다! 괴물이다!"

이연화도 놀라 눈이 휘둥그레졌다.

상황이 심상찮다고 판단한 곽화가 달려들었다. "숙부……"

하지만 곽화가 뭐라 더 외치기도 전에 곽곤이 두 손으로 이연화의 머리를 붙잡아 앞으로 홱 잡아당기며 악을 썼다. "잘 봐! 이놈은 괴물이야! 이놈은 죽었어! 너희는 절대 함께 날아갈 수 없어……"

곽곤이 어찌나 세게 잡아당겼는지 이연화는 목이 뽑힐 듯한 고통에 비명을 질렀다. "아악!"

그러자 곽곤이 갑자기 손을 놓고 넋 나간 표정으로 이연화를 보았다. 마치 '죽은 사람'이 어떻게 비명을 지르는지 이해할 수 없다는 듯한 표정이었다.

"괴물이다!"라는 곽곤의 느닷없는 외침에 놀랐던 왕흑구가 그제야 가슴을 쓸어내리며 포졸들에게 곽곤을 체포하라고 외쳤다. 그러고는 바닥에 쓰러진 이연화를 다그쳤다. "이연화, 대체 무슨 짓을 하는 게냐?"

이연화가 뻐근한 목을 붙잡고 일어났다. 그도 곽곤의 갑작스러운 반응에 당황한 것 같았다. "원외랑 나리, 곽곤 어르신이 누구에게 글자를 배웠습니까?"

곽대복이 얼떨떨하게 대답했다. "내 부친께 배웠소만."

이연화가 고개를 끄덕였다. "형제간에 정이 돈독했습니까?"

곽대복이 미간을 찡그리며 대답했다. "두 분은 사이가 좋았소."

이연화가 한숨을 쉬었다. "나리의 부친께서 하는 행동을 곽곤 어르신이 따라 하곤 했나요?"

마침내 이연화의 의도가 드러났다. 곽대복이 뭐라 대답하지 못하고 눈만 둥그렇게 뜨고 있는데 왕흑구가 끼어들었다. "네 말은……"

이연화는 하는 수 없다는 듯 중얼거렸다. "이건 그저 제 생각이고, 제 말이 꼭 옳다는 건 아닙니다만…… 제 생각엔, 아무리 백치라도 모든 사람의 행동을 따라 하진 않을 겁니다. 가장 가깝고 친한 사람의 행동을 따라 하겠지요. 특히 평소에 많은 것을 가르쳐주고, 잘 따라 하면 칭찬을 해준 사람을요."

왕흑구의 미간이 잔뜩 찌푸려졌다. "그건……" 곽곤이 범인이라는 증거가 될 수 없지 않은가.

이연화가 피식 웃었다. "곽곤 어르신이 모방한 대상이 누군지는 차치하고, 일단 죽은 사람만 놓고 보겠습니다. 해골이 있다는 건 분명히 누군가 죽었다는 뜻입니다. 하지만 오십몇 년 전 채련장에서 외부인이 실종된 사건은 없었습니다. 그런 일이 있었다면 강씨 할머니든 원외랑 나리든 누구라도 기억하지 못할 리 없습니다. 아무리 곽씨 집안에서 감추려 해도 채련장에서 사람이 실종됐다면 흉흉한 소문이라도 돌았을 텐데 누구의 기억 속에도 그런 일은 없었습니다. 그렇다면 죽은 사람은 채련장에 당당히 들어온 손님이 아니라, 남들의 눈을 피해 들어온 사람일 겁니다."

곽대복이 고개를 끄덕였다. 오십 년 전에는 채련장을 찾아와 묵는 고관대작이나 문인이 많지 않았고, 부친은 약재 장사로 바빠 벗을 많이 사귀지 않았기 때문에 손님이 거의 찾아오지 않았다.

이연화가 말을 이었다. "그럼 그 사람은 어떻게 아무도 모르게 채련장에 들어왔을까요?"

사람들은 서로 얼굴만 멀뚱히 쳐다보았다.

이연화가 빙그레 웃으며 말했다. "참 이상하지요?"

모두 약속이나 한 듯 고개를 끄덕였다. 정말 이상한 일이었다.

이연화가 재미있다는 듯 웃었다. "그럼 이 이연화는 어떻게 채련장에 들어왔을까요?"

곽대복이 그제야 무릎을 쳤다. "수로! 수로를 따라 헤엄쳐 들어왔지!"

이연화가 고개를 끄덕였다. "채련장에 담장과 대문이 있기는 하지만 어떤 곳은 물이 담장을 대신하고 있습니다. 그러므로 물에 빠져 잠류에 떠밀려오든, 헤엄을 쳐서 오든, 어쨌든 배를 타지 않고도 몰래 채련장으로 들어오는 건 그리 어렵지 않습니다."

왕흑구가 버럭 성을 냈다. "그런 헛소리를 하자고 한참을 지껄인 게냐! 그렇다면 어린애들도 누구나 헤엄쳐서 들어올 수 있겠구나!"

이연화가 쿨럭거렸다. "어린애가 아니었습니다."

왕흑구가 콧방귀를 뀌었다. "흥! 그걸 어떻게 안단 말이냐?"

이연화가 태연하게 말했다. "어린아이는 행초서를 쓸 수 없고 시를 욀 수도 없습니다. 무엇보다도 여인을 유혹할 수 없습니다."

"아." 그 자리에 있던 사람들의 입에서 동시에 탄성이 터져나오고 눈이 휘둥그레졌다.

곽대복이 물었다. "여인을 유혹했다고?"

이연화는 몸을 돌려 정원 뒤에 있는 서재로 시선을 던졌다가 미소를 지었다. "원외랑 나리…… 서재에 있는 서화 두루마리들을 잘 아시지요?"

예상치 못한 질문에 곽대복은 말문이 막혔다. "난…… 그…… 그저……" 그가 알고 있는 건 고관대작들이 쓴 서화뿐이었다.

이연화가 이미 다 알고 있다는 듯 그를 향해 씩 웃었다. "아무렇게나 쌓여 있는 이름 없는 서화들은 곽건 어르신의 유품인가요?"

곽대복이 미간을 찡그렸다. "그 서재에 있는 서화는…… 대부분 내 모친의 것이오만."

이연화는 아들에게 '대복'이라는 이름을 지어준 사람이라면 고상한 교양을 갖춘 사람은 아닐 것이라고 이미 짐작하고 있었다. 이연화가 헛기침을 하고 말을 이었다. "곽씨 집안의 서화는 대부분 연꽃을 소재로 한 것들이었습니다. 청련, 백련, 홍련, 자련 등 모두 연꽃이었습니다. 그중 채련장을 소재로 한 서화들은 여인의 필체였는데 아마도 영당令堂이신 허하월許荷月 노마님이 쓰셨겠지요."

곽대복이 고개를 끄덕였다. 다른 사람들은 이연화의 의도를 짐작하지 못해 미간을 찡그리기도 하고, 고개를 젓기도 하고, 고개를 끄덕이기도 하고, 고개조차 움직이지 못하고 멍한 눈으로 바라보기도 했다. 아무튼 이연화가 왜 그런 얘기를 하는지 아무도 이해하지 못했다.

이연화가 사람들을 둘러보며 빙그레 웃었다. "고관대작과 문인들의 서화는 원외랑 나리께서 수집하신 것이고, 그전부터 있던 서화들은 이 집안의 누군가가 직접 소장하거나 쓴 것일 테지요. 그런데 그중 몇 장은 조금 달랐습니다. 곽건 어르신은 약재 상인이었으니 아마 필획이 단정한 해서체를 쓰셨을 겁니다. 그러므로 곽곤 어르신께 가르쳐준 글씨도 해서체였겠지요. 또 곽건 어르신은 악기, 장기, 서화 등을 좋아하지 않으셔서 서재에 있는 서화는 대부분 노마님의 것이었습니다. 노마님의 글씨는 반듯하고 우아한 필체로 작게 쓴 해서체였습니다. 그렇다면 이 서화는 어디서 온 것일까요? 누가 쓴 것일까요?"

이연화가 하녀 수봉에게서 두루마리를 건네받아 펼쳤다.

> 기러기 줄지어 변방으로 돌아왔건만 안타깝도다.
> 너 혼자 어딜 가느냐.
> 저물녘 빗속에서 불러봐도 벗은 없고
> 찬 연못에 내리기도 늦었구나.
> 모래섬에 구름 낮게 깔려 어둡고
> 변방의 달만 차갑게 따르네.
> 화살에 걸리지 않을지라도
> 홀로 날아가니 절로 염려스럽구나.

이것은 바로 곽화가 '한 무더기 한 무더기'라고 표현했던 글귀였다. 당나라 때 문인 최도崔塗의 시 「고안孤雁」이었다.

"첫째, 이 서화는 행초서입니다. 둘째, 덕담이나 축하하는 말도 아니고 유명인사의 글씨도 아니니 곽건 어르신이 받은 선물도 아닐 겁니다. 게다가 곽건 어르신이 문인도 아닌데 이렇게 쓸쓸한 시를 보내서 무슨 소용이 있겠습니까? 이 시는 의지할 곳 없이 떠도는 것을 안타까워하는 내용입니다. 암담한 처지에 있는 사람이 누군가에게 도움을 청하는 것일 수도 있고 적적함을 홀로 달래기 위해 쓴 것일 수도 있습니다. 그런데 당시 채련장에서 이 서화를 보관해두었을 만한 사람은 곽건 어르신과 노마님뿐입니다. 하인이 주인의 서재에 이런 물건을 보관하지는 않을 테니까요."

"그건……" 곽대복은 뭐라 반박하고 싶었지만 말문이 막혀 입을 다물었다.

이연화가 한숨을 내쉬었다. "그렇다면 이 행초서는 어디서 난 걸까요? 누가 쓴 걸까요? 누군가 노마님께 도움을 청한 걸까요, 아니면 노마님께 선물로 드린 걸까요? 채련장에서 당시에 노마님께 접근할 수 있는 사람이 있었을 겁니다. 노마님께 자기 고민을 털어놓을 수 있는 벗이었겠죠. 그 사람이 누군지, 어떻게 채련장에 들어왔는지 곽건 어르신과 하인들은 모두 몰랐던 것 같고요……"

곽대복이 참지 못하고 따져 물었다. "내 어머니가 다른 남자와 몰래 정을 통했단 말이오? 채련장에 남자를 숨겨놓고? 그런 말도 안 되는 소리를!"

이연화가 고개를 저었다. "아닙니다. 당시에 무슨 일이 있었는지는 누구도 단언할 수 없지요. 제 추측으로는 그 남자가 우연히 채련장에 왔다가 노마님을 만났을 것입니다. 그리고 어떤 이유에선지는 모르지만 노마님이 곽건 어르신에게 그 사실을 알리지 않고 그를 숨겨주었던 것 같습니다. 그 사람이 이 행초서를 가지고 노마님의 동정을 샀고, 학자 가문 출신인 노마님은 그의 재능이 뛰어나다고 여겨 이것을 보관했을 겁니다. 그 사람에게 노마님을 유혹하려는 불순한 의도가 있었다고 추측하는 것은 이 행초서 때문이 아니라 '월명지시, 경석지방, 가의지신, 불견불산'이라는 글귀 때문입니다. 그 글자도 그가 쓴 것이 분명합니다. 이 행초서처럼 남들이 알아보기 힘들게 써놓았겠지요. 곽곤 어르신이 잘못 베껴 쓸 정도로요. 노마님께 혼례복을 입고 달빛 아래서 만나자며 연서를 보낸 건 몹시 무례한 행동이었습니다. 적어도 남편이 있는 여인에게는 적절치 못한 행동이었지요. 곽건 어르신이 서재에서 그걸 발견하고 이 헛간으로 오셨을 겁니다……"

왕흑구가 그제야 무릎을 쳤다. "그렇지! 곽건이 서재에서 그 종이를 가지고 나올 때 마침 곽곤이 보고는 여기까지 따라온 게로군! 그래서 그후에도 그 글귀를 따라 쓰거나 누가 탁자에 올려놓은 두루마리가 있으면 그걸 헛간으로 가져왔고 말이야."

이연화가 고개를 끄덕였다. "곽건 어르신은 여러 가지 정황으로 부인이 몰래 다른 남자를 만나는 걸 눈치챘다가 이 종이를 보고 분노해서 칼을 가지고 여기로 왔고, 이 종이를 거울바위에 붙여놓고 헛간에 숨어 있었을 겁니다. 그 정체불명의 남자는 약속한 대로 이곳에 도착했고요. 아마 물을 따라 헤엄쳐 왔을 겁니다. 곽건 어르신은 물에서 나오는 그를 몽둥이로 쓰러뜨려 붙잡았지만 무언가를 보고 '괴물이다!'라고 소리쳤을 겁니다……"

사람들은 곽곤이 조금 전 "괴물이다!"라고 미친듯이 외친 장면이 떠올라 온몸의 털이 곤두섰다.

왕흑구가 중얼거렸다. "괴물은 무슨? 사람을 죽인 자야말로 괴물이지……"

이연화가 말을 이었다. "그후 곽건 어르신이 그자의 목을 베었을 겁니다. 바로 그때 혼례복을 입은 노마님이 이곳에 오셨겠지요. 그걸 본 곽건 어르신이 그의 목을 들고 노마님에게 달려가며 '이놈은 죽었어. 너희는 절대 함께 날아갈 수 없어'라고 외쳤고, 노마님은 놀라 도망치다 헛간 문턱에 걸려 넘어지며 연못에 빠져 돌아가신 겁니다."

곽대복은 충격에 휩싸여 떨리는 몸을 주체하지 못했다.

왕흑구가 물었다. "이 문턱을 일부러 높게 만든 건 아니겠지?"

이연화가 빙그레 웃었다. "우연일 가능성이 큽니다. 사람을 죽일 함정을 설치하려 했다면 헛간 두 채를 짓는 것보다 예리한 칼을 만들거나 구덩이를 파는 게 훨씬 빠를 테니까요."

왕흑구가 혼자 뭐라고 중얼거리다 갑자기 물었다. "남자의 목이 잘렸다면, 몸은 어딨느냐? 어떻게 아무도 발견하지 못할 수 있지? 개에게 뜯어먹히기라도 했단 말이냐?"

그 질문에 이연화가 조금 주저하다 말했다. "그건…… 제 추측이 맞는다면, 그건……" 그러고는 몸을 돌려 거울바위 앞으로 다가가 천천히 말했다. "곽 공자, 검으로 바위를 쪼개보시지요."

곽화가 고개를 끄덕이고는 검을 휙 쳐들었다 힘껏 내려쳤다. 어둠 속에서 번쩍이는 섬광에 이연화도 흠칫 놀랐다. 곽화가 아둔해 보여도 무예만은 제대로 단련한 것 같았다. 하지만 요란한 소리와 함께 곽화의 손에 들린 검이 두 동강 났다. 검정 바위는 칼에 맞은 흔적만 남았을 뿐, 꿈쩍도 하지 않았다.

왕흑구와 곽대복의 입에서 "아!" 하는 탄성이 터져나왔다. 사람을 시켜 횃불을 비추어보니 칼을 맞아 바위 표면이 떨어져나간 부분에 회색의 매끄러운 재질이 드러났다. 바위 표면과 전혀 다른 질감이었다. 설마 이것이 그 '옥맥'일까?

"이건…… 마노로군요." 이연화가 송구한 표정으로 말했다. "마노는 붉은 것을 상품으로 치고, 회색 마노는 그리 값이 나가지 않지요. 그런데…… 마노는 땅속 깊은 곳에서 분출된 용암이 돌에 난 구멍 속으로 스며들며 한 층 한 층 굳어서 만들어집니다. 그래서 겉에서는 이렇게 커 보여도 어쩌면…… 속은 비어 있을 수도 있습니다."

"비어 있다고?" 모두들 이구동성으로 외쳤다. "이 바위 속이 비어 있다고?"

이연화가 급하게 손사래를 쳤다. "그저 제 추측입니다. 마노는 쇠보다 더 단단한데 쪼개서 확인해보지 않고는 속이 찼는지 비었는지 어떻게 알겠습니까? 그저 그럴 수도 있다는 말입니다. 어쩌면…… 만에 하나…… 그럴 수도……"

이연화가 우물거리며 말끝을 흐리자 곽화가 성큼성큼 걸어가 바위에 붙은 거울을 붙잡더니 기합소리를 내며 힘껏 흔들었다. 거울이 쩌걱쩌걱 소리를 내며 흔들리자 더 힘을 주어 잡아당겼고, 마침내 거울이 바위에서 떨어져나왔다.

"와!" 모두의 시선이 거울바위로 모였다. 거울이 떨어지고 난

자리에 과연 구멍이 드러났다. 거울바위는 높이 여덟 자, 폭 여섯 자, 두께 일곱 자의 거대한 크기로 땅속에 단단히 박혀 있었는데, 이렇게 커다란 바위 속이 비어 있을 거라고 누가 상상이나 했겠는가. 게다가 그저 비어 있기만 한 것이 아니었다. 불을 비춰보니 바위 속에 수정이 가득 박혀 영롱한 빛을 내고 있었다. 그런데 비죽비죽 박혀 있는 수정들 틈에 뭔가 다른 덩어리 몇 개가 끼워져 있었다. 언뜻 봐서는 그것의 정체를 알아볼 수 없었다.

왕흑구가 관포 자락을 들어올리며 포졸에게 횃불을 더 높이 들라고 명했다. 불빛에 의지해 바위 속을 자세히 들여다보던 왕흑구가 소리쳤다. "인골!"

곽대복의 얼굴에서 핏기가 사라지고 온몸이 덜덜 떨렸다. 곽화가 한숨을 내쉬었다. "해골의 몸통이군요."

왕흑구가 포졸을 시켜 유골을 모조리 꺼낸 뒤 곽곤이 들고 있던 머리뼈와 맞춰보게 했다. 과연 온전한 인골이 되었다. 바위 속에는 유골 외에도 녹슨 군도軍刀와 낡아 형태조차 알 수 없는 천조각이 들어 있었다.

"어라?" 유골을 들여다보던 이연화가 이상하다는 듯 말했다. "이 사람 손가락이 어떻게 여섯 개지요?"

께름칙하게 유골을 흘끔거리고 있던 모두의 시선이 일순간 유골의 손으로 쏠렸다. 잠시 후 포졸 하나가 소스라치게 놀라 외쳤다. "귀…… 귓구멍도 두 개씩이에요!"

왕흑구가 자세히 보니 정말로 머리 양쪽에 귓구멍이 두 개씩 뚫려 있었다. 그렇다면 이 사람은 귀가 네 개나 달려 있었단 말인가?

곽화도 기겁을 해서 외쳤다. "이 사람…… 꼬리가 있습니다!"

모두의 시선이 일제히 유골의 엉덩이로 옮겨갔다. 볼기뼈 아래로 길이가 세 치 정도 되는 이상한 뼈가 달려 있었다. 정말로 '꼬리'처럼 보였다.

골똘히 유골을 살피던 이연화가 말했다. "어쩐지…… 부인에게 연서를 보냈다는 이유만으로 곽건 어르신이 그토록 분노하고 질투해 살인까지 저질렀다는 게 의아했습니다. 그런데…… 역시 그랬군요…… 그날 밤 곽건 어르신은 이자의 괴이한 외모를 보고 사람이 아니라고 생각했던 겁니다. 말하자면, 살인을 하는 게 아니라 자기 방어를 위해 괴물을 죽인다고 생각한 것이지요."

곽대복은 위아랫니가 딱딱 부딪힐 만큼 몸을 떨었다. "이…… 이게 무슨…… 괴물이란 말이오?"

이연화는 동정어린 시선으로 유골을 내려다보았다. "보십시오. 이 사람의 손가락과 발가락은 보통 사람보다 훨씬 길고 손가락 사이에 골막이 있습니다. 물속에서 잠수하기에 유리했겠지요. 그저 보통 사람에 비해 귀와 손가락이 하나씩 더 많고 꼬리가 있었을 뿐이지만, 이런 외모 때문에 숱한 고통을 겪었을 겁니다. 그래서 남들 눈에 띄지 않는 곳에 숨어 살았겠지요. 채련장은 채련지 가운데에 있고 사방에서 여러 물길이 모여드는 곳이라 잠류가 어지럽게 흐르는데다 특별한 물고기 같은 것이 서식하지도 않으니 문인과 풍류객들 외에 일반 백성들은 채련지 깊숙한 곳까지 들어오지 않습니다. 그래서 우연히 설옥진에 왔던 이 사람이 몰래 채련장에 들어와 숨어 살았던 겁니다." 이연화가 발밑의 땅을 가볍게 굴렀다. “이곳은 물과 닿아 있고 인적이 드문데다 커다란 헛간 두 개가 나무 그늘에 가려져 있습니다. 연못에는 연근과 마름이 있고 잉어와 개구리도 있지요. 여기 숨어 산다면 물과 먹을 것은 걱정하지 않아도 됩니다. 하지만 이곳에 한 가지 특징이 있다는 걸 그는 생각하지 못했던 것 같습니다. 그래서 쉽게 누군가에게 들키고 말았죠.”

“한 가지 특징이라니요?” 곽화가 호기심어린 표정으로 물었다.

이연화는 말리꽃 덤불 뒤에 넓게 자라고 있는 잡초를 가리켰다. “희고 노란 꽃이 피어 있는 저 잡초는 백련호라는 풀입니다.”

다들 어리둥절한 표정으로 서로의 얼굴을 쳐다보았다. “백련호?”

이연화가 말을 이었다. “백련호의 강한 향기는 벌레를 쫓는 효과가 있습니다. 담수 위에 지어진 채련장에는 모기가 많지만 유독 이곳만은 모기가 없습니다. 백련호는 햇빛을 좋아하고 마른땅에서 자라는데 채련장에서는 이곳만 땅이 높이 솟아 물이 스며들지 않기에 땅이 말라 있습니다. 그래서 백련호는 오직 이곳에서만 자라지요. 채련장에 사는 사람 중에 시원하고 모기가 없는 곳을 찾아 이곳에 오는 누군가가 있었을 겁니다.” 이연화가 부드러운 미소를 지었다. “아마 노마님이셨겠지요. 여기에서 서책을 읽거나 시를 읊조렸을 수도 있고, 수를 놓거나 그림을 그렸을 수도 있지요. 그러다 이 사람과 마주친 겁니다. 마음씨 착한 노마님은 그를 보고 괴물이라며 도망치지 않고 조용히 숨겨주셨던 것 같습니다. 두 사람이 이곳에서 함께 책을 읽고 글씨를 썼고요. 노마님이 그의 재능을 인정해주자 그는 노마님을 연모하게 되었죠. 그러다 그가 밤에 만나자는 서신을 써서 몰래 노마님의 방에 가져다놓았고, 곽건 어르신이 그 서신을 발견한 겁니다……" 이연화의 미간에 깊은 주름이 잡혔다. "어쩌면 곽건 어르신이 노마님에게서 서신을 빼앗았을 수도 있겠네요. 노마님이 서신을 보지 못했다면 그 밤에 이곳에 오셨을 리 없으니까요. 곽건 어르신이 먼저 이곳에 와 괴상한 생김새의 남자를 보고 놀라 그를 죽였고, 노마님은 그 광경을 보고 놀라서 도망치다 문턱에 걸려 넘어져 채련지에 빠진 것이죠. 곽건 어르신은 노마님이 도망쳤다 생각하고 급히 남자의 시신을 토막 낸 뒤 이 마노 속에 숨겼습니다. 하지만 마노 안에 있는 수정 때문에 시신의 머리가 들어가지 않자 머리만 다른 곳에 숨겼습니다. 시신을 다 처리한 뒤에야 노마님이 채련지에 빠져 숨진 것을 알게 됐죠. 다만 노마님의 시신이 이곳에서 발견되도록 내버려둘 수는 없었습니다. 자칫 괴물의 죽음까지 들통날 수 있으니까요. 그래서 큰 나무통을 타고 노마님의 시신을 끌어다 두 분의 방 창문 아래로 옮겨놓고 그곳에서 익사한 것처럼 위장한 겁니다. 하지만 그날 밤 그 모든 과정을 지켜보고 똑똑히 기억하고 있는 사람이 있었다는 건 까맣게 몰랐을 겁니다. 그 사람이 바로 곽곤 어르신이죠."

이연화는 계속해서 차분히 말을 이었다. "곽건 어르신이 하인들을 모두 내보내고 죽은 부인을 애도한 것도 거울바위 속 시신을 들킬까봐 겁이 나서였을 겁니다. 그런데 이십 년이 넘게 흐른 뒤 바로 그 방 창문 밖에서 며느리의 시신이 발견됐죠. 오래전 부인과 똑같은 모습의 시신으로 말입니다. 곽건 어르신은 자기 아우가 자신이 했던 행동을 그대로 따라 했다는 걸 알 리 없었고, 두려움이 병이 되어 돌아가셨을 겁니다." 취아가 죽던 날 밤 이연화가 손님방 안에서 본 그 귀신 얼굴은 곽곤이 창밖을 지나갈 때 등에 메고 있던 해골이었다.

왕흑구와 곽대복은 넋이 나간 얼굴로 서로 눈만 마주치고 있다가 한참 만에야 긴 한숨을 토해냈다. 이연화의 추리는 그저 '추측'이지만 곽곤이 모방 살인을 했다는 건 의심의 여지가 없어 보였다. 곽건이 아니라면 거울바위 속에 시신을 숨기고 또 오십여 년 동안 아무에게도 들키지 않을 사람이 달리 누가 있겠는가? 범인이 누군지는 거의 밝혀진 것 같았다. 그런데 허하월은 어째서 이 기괴하게 생긴 사람을 내쫓지 않고 그대로 두었을까? 둘은 정말 마음이 통하는 벗이었을까? 이 괴인은 누구일까? 선인일까, 악인일까? 곽건의 범행은 질투로 인한 치정 살인일까, 놀란 나머지 저지른 우발적 살인일까? 너무 긴 세월이 흘러 진실은 알 길이 없지만, 이연화의 추리를 들으며 사람들은 거울바위 옆을 스치는 스산한 바람에 떨리는 주먹을 꼭 쥐었다.

우연, 이변, 비밀, 애증, 공포로 인해 일어난 살인과 그 감춰진 죄가 수십 년 세월 동안 기이한 방식으로 곽씨 집안 자손들에게 복수를 반복했던 것이다……

5. 나흘 뒤

채련장 사건이 일단락된 뒤, 왕흑구는 사야를 시켜서 쓴 장문의 상주문을 대리시로 보낸 다음, 포졸들을 데리고 채련장에서 사흘 낮 사흘 밤을 매복한 뒤에야 곽곤의 일거수일투족을 통해 육손괴인이 살해된 사건의 진상을 확인할 수 있었다.

곽대복은 충격을 이기지 못해 며칠 동안 고열에 시달리며 끙끙 앓았고, 효성 지극한 곽화는 그 곁을 지키며 아버지가 좋아하는 문인들의 작품을 펼쳐들고 떠듬떠듬 낭독했다. 며칠 뒤 기력이 돌아온 곽대복은 아들에게 좋은 작품을 감상하는 법을 가르치며 장두시藏頭詩*에 대해서도 알려주었다. 그때 갑자기 곽화가 이연화가 지은 '시'를 집어들었다.

"어라?" 곽화가 각 행의 첫 글자를 하나씩 소리내어 읽었다. "곽십살과**."

곽대복은 자신의 귀를 의심했다. "방금 뭐라고 했느냐?"

곽화가 이연화의 '시'를 내려놓고 차분하게 말했다. "이건 장두시입니다."

이번에는 곽대복이 직접 각 행의 첫 글자를 읽었다. "곽십살과 과시사과***."

곽대복은 두말도 않고 다시 드러누웠고, 내리 사흘 동안 고열이

---

* 각 행의 첫 글자를 따로 모아 읽으면 한 문장이 되도록 의미를 숨겨놓는 시의 한 형식.

** '곽십살과(郭十煞瓜)'는 '곽씨사과(郭氏傻瓜)'와 중국어 발음이 동일함. '사과(傻瓜)'는 '바보'라는 뜻으로 '곽씨 바보'라는 의미.

*** '과시사과(果是傻瓜)'도 '곽씨 바보'와 중국어 발음이 같다.

떨어지지 않았다. 그후 곽대복은 문인들의 시에 흥미를 잃고 다시 가업인 약재 장사에 전념했다.

이상은 후일담이다. 이연화는 사건을 해결한 이튿날 설옥진의 자기 집으로 돌아갔다. 소달구지에 묶어 끌고 어렵사리 옮겨온 그의 길상문연화루로.

그의 '거북이 등딱지'를 며칠 떠나 있었더니 몹시 그리웠다. 창과 문은 잘 닫혀 있는지도 궁금했다.

길상문연화루 앞에 도착하니 놀랍게도 집이 말끔히 닦여 있고, 나무판이 떨어졌던 곳에 덧댄 새 나무판에도 연꽃 문양이 정교하게 조각되어 있었다. 이연화는 골똘히 생각에 잠겼다가 옷매무새를 고치고 점잖게 문 앞에 서서 미소 띤 얼굴로 문을 두드렸다.
"주인장 계시오?"

삐거덕 문이 열리고 회색 승복 차림의 노승이 문 뒤에서 나타났다. 노승이 자비로운 미소로 합장했다. "아미타불, 이 늙은 중 보혜普慧가 시주施主님을 오래 기다렸습니다."

이연화가 점잖게 미소를 지었다. "보혜 대사님."

보혜의 자비로운 미소 사이로 감추지 못한 초조한 기색이 드러났다. "저희 절 주지 스님의 병세가 위중합니다. 의원들도 속수무책이라 상황이 위급하니 시주께서 저희 절에 같이 가주실 수 있겠습니까? 시주님의 신통한 의술로 방장 스님을 살려주십시오."

이연화가 새집처럼 말끔해진 연화루를 흘긋 보고 한숨을 지었다. "물론 가야지요…… 어느 절인가요?"

보혜가 합장을 했다. "보도사普渡寺입니다."

이연화는 낯빛이 약간 변하더니 턱을 쓰다듬으며 쓴웃음을 지었다. "보도사라……"

"무슨 문제라도?"

이연화가 고개를 들고 온화한 미소를 지었다. "한 사람의 생명을 구하는 것이 칠층탑을 짓는 것보다 낫다고 했지요. 소 두 마리만 빌려주시면 지금 당장이라도 출발할 수 있습니다."

보혜가 어리둥절한 표정으로 되물었다. "소 두 마리요?"

이연화가 길상문연화루를 가리키며 진지하게 말했다. "집터가 좋지 않아 이사를 해야겠습니다."

제4장

불경소리, 타오르는 불길

"아발阿發! 요즘 옥서玉瑞는 왜 코빼기도 안 보여? 그 계집애 또 어딜 간 거야?" 희끗희끗한 반백 머리에 작달막하고 통통한 중년 여자가 식칼을 들고 도마 위 동과冬瓜를 썰며 큰 소리로 투덜거렸다. "며칠 전에 달아놓은 외상값도 안 받을 건가? 둘째 원주께 이달 식비를 받았는데 옥서가 보여야 돈을 치르지."

장작 패던 젊은이가 대꾸했다. "며칠 전에 듣기로는 근처 절에 채소 실어다주러 갔다고 했으니까, 돈 받아서 집에 갔겠죠."

동과를 썰던 중년 여자가 실눈을 뜨며 말했다. "아발, 이상한 일이 있었는데 들어볼래?"

젊은이가 눈을 번쩍 떴다. "나도 요즘 이상한 걸 봤는데, 아주머닌 무슨 일이에요?"

중년 여자가 말했다. "장서루藏書樓 옆에 심은 수세미에 며칠 동안 계속 꽃이 폈어. 작년보다 한 달이나 이르게 말이야."

"그게 뭐가 이상해요? 난 장서루에서 이상한 걸 봤는데." 아발이 비밀을 속삭이듯 목소리를 잔뜩 낮추어 말했다. "보름달이 뜨는 밤마다 장서루 안에서 붉은 빛이 새어나오고 안에서 뭔가 흔들흔들 어른거려요. 내가 몇 번이나 봤다니까요? 어젯밤에도 그랬어요…… 그래서 용기를 내서 몰래 안을 들여다봤더니, 뭐가 있었는 줄 알아요?" 아발은 누가 들을세라 중년 여자의 귓가에 대고 속삭였다. "그 안에…… 상반신밖에 없는 여자 귀신이 있었어요!"

중년 여자가 소스라치게 놀라 외쳤다. "말도 안 돼! 이 백천원에 고수가 몇 명인데 감히 어떤 귀신이 발을 붙여?"

아발이 하늘에 대고 맹세했다. "진짜예요. 오늘 아침에 다시 가 봤는데 장서루 안은 그냥 평소처럼 깨끗하고 아무것도 없었어요. 그런데 어젯밤에는 정말로 상반신밖에 없는 여자 귀신이 장서루 안에 있었다니까요. 뒷모습밖에 못 봤지만, 여자 귀신이 아니면 뭐겠어요?"

"네 녀석이 실성해서 꿈을 꿨겠지!" 중년 여자가 깔깔대며 식칼을 흔들었다. "어서 가서 옥서나 데려와. 외상값 준다고 해."

1. 출가인은 거짓말을 하지 않는다

불주佛州 청원산清源山.

청원산은 여느 산과 마찬가지로 나무가 자라고 산 아래로 물이 흐르는 평범하고 야트막한 산이지만, 산속에 두 군데 특별한 장소가 있다. 하나는 강호 사람들이 성지처럼 여기며 동경하는 곳인 사고문 불피백석의 거처 백천원이고, 다른 한 곳은 보도사라는 절이었다.

보도사는 여느 절과 특별히 다른 점은 없었다. 주지 스님인 무료無了 스님은 선하고 자비로운 보살 같은 인상의 노승이었다. 보혜가 말한, 의원들도 속수무책인 중병에 걸렸다는 스님이 바로 그였다.

무료 스님은 청원산에 은거한 지 십수 년이 되었는데 과거에는 나는 새도 떨어뜨릴 만큼 기세가 대단했지만 보도사의 주지 스님이 된 후로는 조용히 수행에만 전념했다. 매일 자신의 선방에서 세 장 정도 떨어진 사리탑 주위를 거닐고 무예를 단련하는 것이 전부였다. 인자한 무료 스님이 갑자기 큰 병이 나자 절 사람들의 걱정이 이만저만이 아니었다.

다섯 장 높이의 소박한 사리탑이 햇빛 속에서 장엄하고도 상서로운 기운을 내뿜고, 사리탑 그림자가 비스듬히 드리우며 산사에 고즈넉한 분위기를 더했다. 아침 불공을 드리는 스님들의 염불소리가 낭랑하게 울려퍼졌다.

이연화는 무료 스님의 병석 앞에 단정히 앉아 미소 띤 얼굴로 한참을 살펴보다 한숨을 내쉬었다. "출가인은 거짓말을 하지 않는다는 말을 모르십니까?"

무료 스님이 빙긋이 웃었다. "이렇게 하지 않았으면 이 문주가 날 보러 왔겠나?"

이연화가 한숨을 내쉬며 동문서답을 했다. "어디가 편찮으세요?"

무료 스님이 고개를 저었다. "멀쩡하지."

이연화가 엉덩이를 툭툭 털며 일어났다. "그러시면 저는 이만 가보겠습니다." 그러고는 두말없이 성큼성큼 문으로 향했다.

"이 문주."

등뒤에서 무료 스님이 불렀지만 이연화는 돌아보지도 않고 문턱을 넘었다.

"이연화!" 무료 스님이 하는 수 없이 버럭 외쳤다.

이연화는 그제야 걸음을 멈추고 몸을 돌려 빙긋 웃더니 점잖게 돌아와서는 의자 위 먼지를 툭툭 떨어내고 다시 앉았다. "무슨 일이세요?"

무료 스님이 침상에서 일어나 미소를 지었다. "이 노승이 그해 대결의 결과가 어떤지 알아보니 십 년 넘게 시주의 행방이 묘연하다고 하더군. 많은 이들이 시주를 걱정하고 있는데 영영 그들을 보지 않을 작정인가?"

이연화는 담담한 미소를 지었다. "보면 어떻고, 안 보면 또 어떻습니까?"

무료 스님이 온화한 투로 말했다. "보면 마음의 응어리가 풀어져 수명이 늘어나고, 안 보면……" 무료 스님은 거기서 말을 잇지 못하고 머뭇거렸다. "안 보면……"

이연화가 웃음을 터뜨렸다. "안 보면 일찍 죽어요?"

무료 스님이 진지하게 말했다. "병산진에서 이 시주를 우연히 만났을 때 이 노승이 의술을 조금 알아 이 시주의 삼경三經이 상한 것을 알았네. 옛 벗들을 찾아가 힘을 합쳐 치료하지 않는다면 아마……"

"아마, 어떻게 될까요?"

무료 스님은 한참을 주저하다 천천히 말했다. "아마 이 년을 넘기지 못하겠지." 무료 스님이 고개를 들어 이연화를 똑바로 응시했다. "이 시주가 무슨 이유로 옛사람들을 보지 않으려 하는지 모르겠지만, 이 노승이 감히 추측건대 피구 때문이 아닌가? 피구는 지난 십 년간 백천원에 자신을 가둔 채 두문불출하고 있네. 누구도 상상하지 못할 고통을 겪고 있겠지. 시주가 넓은 아량으로 그를 용서해주지 않겠나?"

이연화가 웃으며 천천히 말했다. "스님은 수수께끼 풀이를 좋아하시죠. 하지만…… 틀리셨어요……"

그때 사미沙彌*가 차 두 잔을 가지고 들어오자 무료 스님이 웃으며 화제를 돌렸다. "정연定緣아, 보신普神 사질에게 가서 내 선방으로 좀 건너오라고 하거라."

정연이 공손하게 말했다. "보신 사숙께서는 지금 선방에서 참선을 하고 계셔서 제가 방해할 수 없습니다."

무료 스님이 고개를 끄덕이자 정연이 밖으로 나갔다.

"보신 사질은 어릴 적부터 보도사에서 자랐네. 이 절에서 유일하게 검술에 조예가 깊은 승려지. '상이태검'과 겨뤄보는 것이 오랜 꿈이라더군."

* 불교 교단에 입문하여 십계(十戒)를 받고 수행하는 어린 남자 승려.

무료 스님의 말에 이연화가 "아" 하고 탄식했다. "이상이는 십 년 전에 죽었답니다."

"'상이태검'도 죽었는가?"

이연화가 큼큼 헛기침을 했다. "그게 바로 이상이의 과오지요. 이상이가 살아 있을 때 검보劍譜* 남기는 것을 잊었답니다."

무료 스님은 쓴웃음을 지으며 고개를 저었다.

그때 창밖에서 별안간 땅이 울리는 진동과 함께 뭔가 무너지는 소리가 들렸다. 밖을 내다보니 보도사 뒤뜰에 있던 대여섯 장 높이의 커다란 나무가 허리가 꺾여 집채만한 수관이 선방 두 채를 덮친 상태였다. 무너진 선방에서 빠져나온 두 스님이 겁에 질린 얼굴로 나무를 올려다보았다. 나무가 왜 갑자기 쓰러졌는지 영문을 모르겠다는 표정이었다. 스님들이 하나둘 쓰러진 나무 주위로 몰려들었다. 무료 스님과 이연화도 밖으로 나갔다. 살펴보니 벌레 먹어 썩은 나무가 바람에 흔들려 부러진 것 같았다.

이상한 일이기는 하지만 큰일은 아니었다. 무료 스님은 승려들에게 각자 돌아가 불경을 읽고 비질을 하라고 한 뒤 이연화를 데리고 절을 몇 바퀴 산책했다.

무료 스님이 웃으며 이연화에게 말했다. "보도사의 절밥이 아주 기가 막히지. 주방장 고古씨의 채식철갑둥어 요리가 일품인데 한 번 맛보지 않겠나?"

이연화가 미처 대답을 하기도 전에 사미 하나가 헐레벌떡 뛰어

---

* 검법을 적어놓은 책.

오더니 장작광에서 연기가 치솟고 있다고 알렸다. 광 안에 쌓여 있던 장작이 이미 많이 사라진 걸로 보아 저절로 불이 나서 장작이 한참 동안 탄 것 같다고 했다. 무료 스님은 서둘러 장작광으로 가봐야 했으므로 이연화는 하는 수 없이 작별인사를 하고 돌아나오며 속으로 무척 아쉬워했다. 병석에 누워 있던 주지 스님이 금세 건강을 되찾아 멀쩡하게 돌아다니자 보도사 승려들은 듣던 대로 이연화가 뛰어난 신의라며 속으로 감탄했다.

이연화가 보도사 정문을 나서다 뒤를 돌아보니 절 안에 있는 사리탑에서도 검은 연기가 피어오르고 있었다. 이연화는 가벼운 한숨을 내쉬고 하품을 한번 하고는 자신의 연화루로 향했다.

보혜 대사가 소 네 마리를 데려다 열흘이나 걸려 설옥진에 있던 연화루를 청원산까지 옮겨다준 덕분에 지금 연화루는 보도사 바로 옆에 있었다. 이연화는 새로 조각해 넣은 나무판을 매만지며 보혜의 세심함에 흡족해한 뒤 말끔히 수리된 집안으로 들어갔다. 그러고는 이내 뭘 찾는 듯 이곳저곳을 뒤적였다.

이연화가 연화루에 들어가 문을 닫자마자 말 한 마리가 청원산 산길을 달려 연화루 앞을 쏜살같이 스쳐지나갔다. 말에 탄 사람은 이누각에 대해 전혀 몰랐기에 멈추지 않고 백천원을 향해 내달렸다.

보아하니 백천원의 제자인 것 같았다. 이연화든 말을 탄 사람이든 서로를 보았다면 아마 깜짝 놀랐을 것이다. 이연화의 집 앞을 지나면서도 이곳이 그 유명한 길상문연화루인 것을 알아보지 못한 그 사람은 바로 십수 일 전 채련장에서 만난 곽화였다.

2. 외나무다리에서 만나다

"사부님! 운피구 사부님……!" 사자가 포효하는 듯한 소리가 백천원의 정적을 깨뜨렸다.

한 남자가 기한불의 처소로 뛰어들어갔다 뒷문으로 빠져나온 뒤, 백강순의 처소로 달려들어가 또 뒷문으로 나와서는 이번엔 운피구의 처소 창문을 넘어 쳐들어갔다. 그러고는 마침 붓을 들고 글씨를 쓰고 있던 운피구를 와락 붙잡고 외쳤다.

"사부님!"

운피구는 미간을 찡그리며 이상이의 가르침에 따라 기른 자신의 제자를 쳐다보았다. 물론 그 제자는 곽화였다. 곽화는 열한 살 되던 해에 사고문으로 보내져 운피구의 문하로 들어왔지만, 운피구는 자기 방에서 한 발짝도 나가지 않았으므로 곽화에게 글도 무예도 가르칠 수 없었다. 사고문의 다른 사형제들이 그를 딱하게 여겨 가끔씩 한두 가지 가르쳐준 게 전부였다. 하지만 곽화는 천성이 강직하고 순수한데다 이해력은 부족하지만 기억력이 비상한 덕에 십 년 동안 어깨너머로 배운 무공이 이젠 제법 탄탄한 수준이 되었다. 운피구가 곽화에게 미안한 마음을 가지고 있기도 하고, 문주인 이상이가 실속도 없이 말만 번드르르한 걸 제일 싫어했기 때문에 운피구는 이따금 곽화가 거친 행동을 해도 꾸짖거나 단속하지 않았다. 하지만 지금 이 순간 그는 곽화를 그렇게 방치한 것이 후회스러웠다. 적어도 누군가를 방문할 때는 문으로 들어가야 한다는 것쯤은 가르쳤어야 했다고 생각했다.

"집에 돌아간 것 아니었느냐?"

"사부님, 저 혼인했어요." 곽화는 일단 그 얘기부터 내뱉었다.

운피구의 씁쓸한 웃음 사이로 암담한 빛이 빠르게 스쳤다. "축하한다. 알았으면 선물이라도 보냈을 것을."

곽화는 바로 풀죽은 목소리로 말을 이었다. "그런데 처가 죽었어요."

뜻밖의 말에 운피구도 뭐라고 해야 좋을지 몰랐다. "어떻게 그런 일이……"

곽화가 운피구를 붙잡고 목청 높여 말했다. "우리집에서 이상한 사람을 만났어요! 이연화라는 사람인데, 사부님과 둘째 사백께서 그 사람에 대해 얘기하셨던 게 뒤늦게야 생각났어요! 그 사람은 우리 집안의 은인이에요. 그 사람의 거처가 어딘지 당장 알려주세요. 아버지께 말씀드려서 은혜에 보답하는 선물을 보낼 거예요!"

"이연화?" 운피구는 이 천방지축 제자가 왜 이렇게 흥분했는지 이해할 수 없었지만, 가슴속에서 팽팽하게 잡아당겨진 현 한 가닥이 통 하고 튕겨진 기분이었다…… 또 그였다. 이연화!

곽화의 요란스러운 재촉을 들으며 운피구가 생각에 잠겨 있는데 별안간 무언가 타는 냄새가 코끝을 스치며 더운 기운이 창문을 통해 새어들어왔다. 두 사람이 밖을 내다보니 백천원의 오래된 방에서 불길이 치솟고 있었다. 장서루였다. 내부에서 시작된 불길이 점점 거세져 창밖으로 번지는 중이었다.

"남비南飛야! 물을 길어 오너라!" 창밖에서 누가 큰 소리로 외쳤다.

기한불이 벌써 불이 난 방 앞에서 제자들을 지휘해 불을 끄고 있었다. 백강순이 헤엄치는 오리처럼 미끄러지듯 안으로 들어갔다. 또 한 사람이 도착했다. 얼굴은 거무튀튀하고 코에 난 큰 점에 검은 털 몇 가닥이 자라나 있었다. 석수였다. '수水' 자가 들어간 이름에 걸맞게 그가 손바닥을 앞으로 뻗자 서늘한 장풍이 불길을 밀어내 이내 방에서 연기가 피어오르고 불길이 누그러졌다. 곽화가 고함을 지르며 운피구의 방 창문을 넘어 밖으로 나가더니 남비와 함께 수십 근 무게의 물동이를 들어다 불을 향해 뿌렸다.

반 시진쯤 지나서야 불이 꺼지고 검은 연기가 하늘로 피어올랐다.

콰당, 소리와 함께 백강순이 시커멓게 그을린 방에서 나왔다. 그의 낯빛이 심상치 않은 걸 보고 기한불의 미간에 주름이 잡혔다.

"왜 그러느냐?"

"직접 들어가서 보세요. 난 연기에 숨이 막혀 죽을 지경이니까." 백강순이 세차게 부채질을 하며 말했다. 그의 살집 두툼한 얼굴이 온통 재투성이가 되어 있었다. "누가 죽은 거 같아요."

기한불의 미간 주름이 더욱 깊어졌다. "안에 사람이 있었어? 누가?"

백강순의 표정이 난감해졌다. "형체도 알아볼 수 없는 살덩어리인데 누군지 어찌 알아요? 누가 가죽을 벗겼는지 시뻘건 살덩어리가 불에 타서 구운 닭고기처럼 됐어요. 그게 누군지 귀신이나 알아볼까."

기한불이 성난 눈을 부라리자 백강순이 몸을 움츠리고 옆으로 물러났다. 큰 사형이 화가 나면 얌전히 피하는 게 상책이었다.

기한불과 석수가 성큼성큼 걸어 불이 났던 방으로 들어갔다.

책을 보관해놓은 오래된 방이었다. 운피구는 젊은 시절 책에 푹 빠져 살던 때가 있었다. 집안도 부유했기에 닥치는 대로 책을 사서 소장했다. 사고문이 해산하고 백천원에 정착하는 과정에서 그가 수집했던 책 중 상당수가 사라졌지만 아직도 방 하나를 가득 채울 만큼 많았다. 그중 아끼는 책들은 운피구의 방에 두고 나머지는 이 방에 보관하고 있었다. 불길이 순식간에 번진 것도 방안에 책들이 빼곡히 쌓여 있었기 때문이다. 기한불은 잔불이 남아 있는 방을 둘러보았다. 아마 나무바닥 밑에서 불길이 시작됐던 모양으로 바닥에 커다란 구멍이 뚫려 있고 구멍 아래로는 아직 꺼지지 않은 불이 잿더미 속에서 가물거리고 있었다. 기한불이 구멍 밑바닥을 살펴보니, 흙바닥이어야 할 곳에 좁은 지하통로 같은 것이 보이고 작은 불꽃이 가물거리고 있었다. 코로 훅 끼치는 냄새로 판단컨대 기름을 뿌린 게 분명했다. 첫 발화 지점으로 보이는 기름 자국 끝에 무언가 놓여 있었다. 온통 검붉은 그것은, 정말로 살가죽이 반쯤 벗겨진 사람의 시신이었다.

석수가 말했다. "살가죽을 일부러 벗긴 게 아니라, 끓는 기름을 몸에 뿌려 온몸에 물집이 생기는 바람에 옷을 벗길 때 살가죽이 함께 벗겨진 거예요." 석수는 그 외모만큼이나 목소리도 괴이해 말소리가 생쥐가 찍찍거리는 것처럼 들렸다. 아무리 사고문의 제자라 해도 누구나 그를 보면 섬뜩해할 정도였다.

기한불이 고개를 끄덕이며 아직 꺼지지 않은 잔불을 향해 다섯 손가락을 튕겼다. 경풍輕風 다섯 가닥이 차례로 지하통로 바닥의 불꽃을 스치고 지나가자 잔불이 모두 꺼졌다. 기한불이 옷자락을 펄럭이며 지하통로로 뛰어내려 타고 남은 기름 찌꺼기 옆에 사뿐히 착지했다. 어느새 다시 들어와 뒤에 서 있던 백강순은 역시 사형은 사형이라며 속으로 감탄했다. 그는 비대한 몸집 때문에 구멍 밑으로 내려가기 힘들어 위에서 기다리고, 석수는 기한불을 따라 지하통로로 들어가 살펴보았다.

정교하게 파놓은 통로가 아니라 저절로 생긴 틈을 따라 대충 파들어간 통로였다. 형체를 알아볼 수 없는 시신을 가까이에서 보자 두 사람의 등줄기가 선득해졌다. 시신은 가죽이 벗겨졌을 뿐 아니라 한 손을 잘리고 가슴에도 상처를 입은 처참한 모습이었다. 가슴이 둥그스름하게 나와 있는 것으로 보아 여자인 듯했다.

두 사람은 서로 눈짓을 주고받은 뒤 지하통로를 따라 들어갔다. 스무 장쯤 들어가자 뒤에서 새어들어오던 불빛도 사라졌다. 내력이 깊은 두 사람도 더이상 사물을 분간할 수 없었다. 통로 안쪽은 아직 불이 다 꺼지지 않아 호흡을 멈추고 청력에 의지해 천천히 앞으로 더듬어 나아갔다. 그렇게 한참을 들어가는데 갑자기 그리 멀지 않은 곳에서 희미한 발소리가 들렸다. 기한불과 석수는 동시에 우뚝 멈췄다. 지하통로에 사람이 있다니? 두 사람은 통로 양쪽 벽에 조용히 붙어선 채 건너편에서 점점 가까워지는 발소리에 청각을 곤두세웠다. 두려움을 쫓으려는 듯한 콧노래 소리도 작게 들렸다. 발소리가 두 사람에게서 다섯 장 거리까지 가까워졌을 때 발소리가 우뚝 멈추더니 상대의 목소리가 들렸다. “누구세요?”

기한불과 석수는 흠칫 놀랐다. 한 치 앞도 분간하기 힘들 만큼 깜깜했지만 저벅저벅 무겁게 내딛는 발소리로 짐작건대 상대는 무예의 고수는 아닌 듯했고, 두 사람은 가느다란 숨조차 삼키며 악의도 내뿜지 않고 미동도 없이 서 있었는데 상대는 다섯 장이나 떨어진 거리에서 어떤 낌새를 차린 것이다. 직감일까, 아니면…… 상대가 다시 콧노래를 흥얼거리며 천천히 걸어오기 시작했다. 그렇게 서너 장쯤 다가오다 또다시 우뚝 멈춰 서더니 외쳤다. "누구세요?"

기한불과 석수는 미간을 찡그렸다. 상대가 어떤 기척을 느낀 것이 아니라 그냥 얼마쯤 걷다 한 번씩 멈춰 허공에 대고 "누구세요?" 하고 묻고 있었던 것이다. 생각하니 우스꽝스럽기 짝이 없었다.

기한불이 가벼운 기침을 한 뒤 말을 걸었다. "이보게, 친구."

석수가 재빨리 다가가 한 손을 뻗어 상대의 어깨를 더듬어 잡으려는데 상대는 이미 혼비백산해서 "귀, 귀신이다!"라고 외치더니 머리를 감싸고 앞으로 내달렸다. 석수는 그의 어깨를 거의 잡을 뻔했다가 놓치고는 하는 수 없이 청작편青雀鞭*을 휘둘러 소리 없이 그를 낚아챘다.

지금까지 처음 마주치자마자 석수가 무기를 휘두르게 만든 사람은 강호에 단 열 명뿐이었다. 지금 이 상대가 바로 열한번째였다. 하지만 상대는 이것이 얼마나 영광스러운 일인지도 모른 채 혼

---

* 편(鞭)은 채찍 형태의 공격 무기를 일컫는다. 주로 가죽으로 만들지만 쇠로 만들기도 한다.

이 빠지게 놀라 고래고래 외쳤다. "귀신이다!"

"친구, 우린 나쁜 사람들이 아니오. 다만 몇 가지 물어볼 것이 있소." 석수에게 붙들려 버둥거리는 그를 향해 기한불이 태연하게 말했다. "첫째, 그대는 누구요?"

석수의 청작편에 칭칭 감긴 사람이 대답했다. "지나가는 사람입니다."

기한불이 한숨을 내쉬고는 담담하게 질문을 이었다. "둘째, 이 지하통로엔 어떻게 들어왔소?"

"그게, 저도 억울합니다. 제 집에서 멀쩡히 자고 있는데 누가 말을 달려 제 집 앞을 지나갔습니다. 말발굽의 진동이 얼마나 묵직하던지 바닥이 흔들리더니 갑자기 마룻바닥이 와르르 무너져버렸습니다. 그래서 어찌된 일인지 확인하려고 내려왔습니다……"

기한불과 석수가 미간을 찡그렸다. 석수가 불쑥 물었다. "집이 어디요?"

고막을 긁는 듯한 석수의 목소리에 그가 "악!" 하고 비명을 지르더니 한참 만에야 덜덜 떨리는 목소리로 대답했다. "새로……이사왔습니다. 저기 보도사 입구 길가에 삽니다."

곽화가 백천원에 올 때 말을 타고 보도사 앞을 지나쳤을 것이다. 기한불은 그의 말을 억지로 믿어보기로 했다. "이름은 무엇이오?"

"성은 이씨고……"

석수가 불쑥 끼어들어 수상하다는 투로 말했다. "목소리가 어쩐지 귀에 익는데?"

그 말이 끝나기가 무섭게 상대가 소리 내어 웃었다. "그러십니까? 하하하하……"

기한불이 담담하게 말했다. "세번째 질문, 보아하니 그쪽은 겁이 많은 것 같은데 어떻게 이렇게까지 깊숙이 들어왔소?" 지하통로의 끝이 어딘지는 모르지만 어쨌든 보도사 입구까지는 상당한 거리였다.

상대는 또 마른 웃음을 웃었다. "하하하, 길을 잃었지 뭡니까."

기한불은 믿을 수 없다는 듯 아무 대꾸도 하지 않았다.

석수가 또 수상쩍다는 투로 물었다. "당신, 누구야?"

"성은 이씨고 이름은…… 이름은……"

석수가 청작편을 더 바짝 조이자 상대는 아파 죽겠다며 마지못해 이름을 말했다. "이름은…… 연화라고 합니다."

"이연화?" 이름을 듣고 놀란 기한불과 석수가 동시에 되물었다.

석수가 청작편을 거두었다. "신의 이 의원이셨군요."

하지만 석수의 말에는 존경의 투가 조금도 섞여 있지 않았다. "돼지 한 마리였군요"라는 말과 별반 다를 바 없는 무미건조한 어투였다.

하지만 이연화는 신분을 밝히고 오해가 풀리자 안도의 한숨을 내쉬며 미소를 지었다. "그렇습니다. 제가 바로 그 이연화입니다."

기한불이 담담하게 인사했다. "저는 기한불이라고 합니다."

석수도 따라 말했다. "저는 석수라고 합니다."

이연화도 예의바르게 답했다. "명성은 익히 들었습니다……"

기한불이 물었다. "우리가 서로 적이 아니라는 게 밝혀졌으니 이제 말씀해주시지요. 어떻게, 또 무엇 때문에 여기까지 들어오셨습니까?"

이연화가 한숨을 내쉬었다. 하필 여기서 기한불과 마주쳤으니 대답을 피할 수 없어 솔직하게 털어놓았다. "실은 오늘 무료 스님의 병을 치료하러 왔다가 어떤 일이 있었습니다……" 그러고는 아침에 보도사에서 있었던 일을 들려준 뒤 이렇게 말했다. "아무래도…… 그 나무가 이상합니다……"

기한불이 담담하게 말했다. "성동격서聲東擊西."

이연화도 고개를 끄덕이다 문득 상대에게 자신이 보이지 않는다는 걸 깨닫고 얼른 입을 열었다. "그렇지요. 과연 기 대협은 통찰력이 대단하시군요."

기한불의 미간이 미세하게 찡그려졌다. 이연화의 목소리가 왠지 귀에 익었지만 누구의 목소리인지 기억이 나지 않았다. 다만 그가 "기 대협은 통찰력이 대단하시군요"라고 말할 때 몹시 부자연스럽다는 느낌이 들었다.

이연화가 말을 이었다. "보도사에서 가장 눈에 띄는 곳은 주지 스님 선방 앞에 있는 사리탑입니다. 큰 나무가 다섯 장 높이에서 부러졌다면 거센 바람 때문일 수도 있지만, 뭔가 날아가 타격했을 가능성도 있지요. 보도사에서 다섯 장 높이까지 올라갈 수 있는 곳은 사리탑밖에 없으니, 사리탑에 올라가야만 그 높이에서 나무를 쓰러뜨릴 수 있습니다."

이연화가 잠시 멈췄다가 다시 말을 이었다. "고승의 사리가 모셔져 있는 사리탑은 보도사 한가운데 있어서 평소에 사람의 왕래가 많습니다. 사리탑 안에 어떻게 사람이 숨을 수 있었는지는 모르겠지만, 만약 탑 안에 사람이 있었다면 환한 날에 다섯 장 높이밖에 안 되는 사리탑에서 나오는 걸 아무도 못 봤을 리가 없습니다. 그러니까……"

"말씀인즉슨, 누군가 무슨 이유에서였는지 모르지만 사리탑에 들어갔다 남의 눈에 띄지 않고 밖으로 나오려고 일부러 나무를 부러뜨려 스님들을 나무 쪽으로 유인한 뒤 그 틈을 타 탑에서 빠져나왔다는 겁니까? 믿기 힘들군요. 그럼 그 사람은 지금 어디 있습니까?" 석수가 냉랭한 투로 말했다. 당사자를 잡아다 대령하기 전에는 그 어떤 말을 해도 누군가 사리탑에 들어갔었다는 걸 믿지 않을 것 같았다.

이연화는 쓴웃음을 지었다. "그게…… 대부분 제 추측이긴 하지요……"

기한불이 천천히 말했다. "일리 있는 추측입니다. 석수야, 이 지하통로도 있잖느냐."

석수가 콧방귀를 뀌었다. "흥! 그래도 못 믿겠어요."

기한불이 나지막하게 물었다. "넌 이 지하통로가 사리탑과 연결되지 않는다고 어떻게 장담하느냐?"

그 말에 석수는 흠칫 놀라 입을 다물었다.

기한불은 지하통로 안으로 계속 들어가며 말을 이었다. "누군가 백천원의 장서루 밑으로 내려와 이 통로를 따라 사리탑까지 가서 나무를 부러뜨린 다음 사리탑을 통해 밖으로 빠져나와 다시 백천원으로 돌아갈 수 있을까? 불가능한 일이겠느냐?"

석수가 잔뜩 억누른 목소리로 되물었다. "백천원에 첩자가 있다는 말씀이세요?"

기한불이 담담하게 대답했다. "그건 나도 모르지." 그러고서 이번에는 이연화에게 말했다. "오직 추측만으로 이 지하통로를 찾아내다니 참으로 대단하십니다."

이연화가 "아" 하고 내뱉고는 말했다. "사실 보도사 장작광에서 연기가 치솟을 때 보도사를 나오다 사리탑에서도 연기가 새어나오는 걸 보았습니다. 그래서 그 두 곳이 서로 통해 있는 게 아닌가 싶었지요…… 그런데 나중에 보니 백천원에서도 연기가 피어오르더군요. 그래서 이 세 곳이 서로 이어져 있는 게 아닌가 하는 생각을 했습니다……"

기한불은 그리 놀란 기색도 없이 물었다. "의원님은 어디서 내려오셨습니까?"

갑작스레 난처한 질문을 받은 이연화는 대답을 하지 못하고 우물거렸다. "저는……"

"보도사와 백천원이 서로 이어져 있다면 지하통로가 지나갈 법한 곳을 찾아 땅을 파서 내려오셨겠죠. 안 그렇습니까?"

이연화가 민망한 듯 웃었다. "아…… 하하하……"

기한불은 이연화의 반응은 아랑곳하지 않고 태연하게 말했다. "추측하신 대로 이 통로는 백천원과 연결돼 있습니다. 이제 말씀해주시지요. 통로의 반대쪽 끝은 사리탑인가요?"

이연화는 한참을 망설이다가 한숨을 내신 뒤 대답했다. "그렇습니다."

기한불이 천천히 말했다. "의원님…… 저희 문주께서 살아계셨다면 틀림없이 의원님을 호되게 꾸짖으셨을 겁니다."

이연화가 쓴웃음을 지었다. "그렇겠죠……"

석수도 싸늘한 투로 말했다. "똑똑한 사람이 멍청한 척을 하다니 천하제일의 바보천치로군."

이연화는 체념한 표정으로 똑같은 대답을 반복했다.

세 사람은 통로를 따라 계속 들어갔다. 통로는 자연적으로 형성된 틈을 따라 만들어진 것으로, 보도사 안에서 두 갈래로 나뉘어 하나는 장작광으로 이어졌고 또하나는 사리탑으로 이어졌다.

사리탑으로 난 출구는 오랜 세월이 흐르며 저절로 갈라진 기단基壇의 틈새를 이용한 것이고, 원래 출구는 장작광 아래인 듯했다. 다만 보도사 승려들이 그 위에 장작을 수북이 쌓아놓는 바람에 문을 열 수 없어 지금은 사리탑의 출구만이 그 역할을 하고 있었다.

세 사람은 지형을 살펴본 뒤 갔던 길을 따라 백천원으로 돌아왔다.

기한불이 이연화에게 말했다. "누군가 사람을 해친 뒤 지하통로를 통해 도망친 것 같습니다. 백천원 쪽에 시신이 있습니다."

이연화가 화들짝 놀라 외쳤다. "시신이 있다고요?" 바로 그때 오른발에 뭔가 밟히는 바람에 더 놀라 비명을 질렀다. "귀신이야!"

그와 동시에 석수의 청작편이 휘익 날아가 그 물체를 감아올렸다. 잠시 후 어둠 속에서 석수의 덤덤한 목소리가 들렸다. "닭뼈입니다."

"아." 이연화는 가슴을 쓸어내렸다. "부끄럽군요."

3. 옛사람은 사라지고

기한불, 석수, 이연화 세 사람은 천천히 시신이 있는 곳으로 향했다. 통로 안이 점점 환해졌다. 기한불과 석수의 안력이면 작은 빛만 있어도 반경 몇 장은 또렷하게 볼 수 있기에 마침내 이연화의 얼굴도 볼 수 있었다. 이연화를 보자마자 두 사람의 안색이 변했다. "당신은…… 당신은……"

이연화가 눈을 껌뻑였다. "무슨 문제라도?"

늘 차분하고 냉정한 기한불은 원래 놀란 기색을 얼굴에 드러내는 법이 거의 없었는데, 그런 그가 놀람을 감추지 못하고 물었다. "대체 누구십니까?"

이연화가 어리둥절해하며 되물었다. "내가 누구냐고요? 천지간에 사람이 생겨난 뒤 사람이 사람을 낳고, 사람이 또 사람을 낳았지요. 자자손손, 대대손손. 하지만 '나는 누구인가'라는 의문은 아직도 풀리지 않은 천년의 난제 아닙니까……"

기한불이 이연화의 얼굴을 다시 자세히 살펴보더니 긴 한숨을 뱉어내며 중얼거렸다. "아니로군……"

석수는 황망한 얼굴로 성큼성큼 걸어가더니 통로 출구에서 훌쩍 뛰어올라가 혼자 어디론가 사라졌다.

이연화가 빰을 긁적였다. "왜 그러시지?"

기한불이 가볍게 헛기침을 하고 말했다. "의원님이 어떤 분과 몹시 닮았습니다. 하지만 의원님은 눈썹이 연하고 그분은 눈썹이 귀밑머리에 닿을 만큼 길었지요. 또 의원님은 피부가 노랗지만 그 분은 백옥처럼 희었고요. 그분이 살아 있었다면 스물여덟아홉 살이 되었을 텐데 의원님은 그보다 훨씬 젊으신 것 같습니다."

이연화는 전혀 모르는 얘기인 듯 고개를 끄덕이며 듣기만 했다.

기한불은 더는 아무 말 없이 몸을 돌렸다. 앞으로 좀더 걸어가니 한 손이 잘린 채 불에 까맣게 탄 시신이 나타났다.

이연화가 쪼그려앉아 시신을 살피자 기한불이 또 긴 한숨을 내쉬었다. 눈앞의 이 사람은 이상이가 아니었다. 눈썹과 피부색이 다른 것 외에도 이연화는 코가 약간 낮고 뺨에 옅은 곰보 자국도 몇 개 있었다. 보기 흉한 건 아니지만 절세미남이었던 이상이에는 한참 못 미치는 외모였다. 게다가 이연화의 행동거지도 이상이와 천지 차이였다. 이상이가 죽었다 깨어나도 이연화처럼 변할 리는 없을 것 같았다. 생김새가 비슷한 건 그저 우연일 것이다.

"끓는 기름을 뿌리고, 손을 자르고, 칼로 찌르고, 머리를 가격했군요." 이연화가 시신을 보며 분석했다. "네 차례 공격했어요."

기한불은 고개를 끄덕이면서도 이연화의 얼굴에서 눈을 떼지 못했다. 이연화는 아랑곳하지 않고 낮은 한숨을 쉬고는 지하통로 안을 살폈다. 굵은 나뭇가지 세 개를 세워 만든 받침대가 있었는데, 기름솥을 받치는 용도로 사용한 것 같지만 솥은 보이지 않았고 바닥에는 나뭇가지와 닭뼈, 오리뼈 등이 어지럽게 나뒹굴고 있었다.

통로 밖에 있던 백강순도 이연화를 보았다. 세심한 성격의 그도 기한불처럼 이연화의 얼굴에서 이상이와 비슷한 것 같으면서도 미세하게 다른 점들을 발견하고 몹시 혼란스러웠다. 백천원 제자들은 이미 불에 탄 장서루를 정리하고 시신을 수습하기 시작했다. 이연화는 한참을 들여다보아도 죽은 사람의 생김새와 나이조차 추측할 수 없자 약간 골이 난 얼굴로 집에 돌아가 의서나 읽어야겠다며 몸을 일으켰다.

기한불은 이연화를 붙잡고 싶었지만 마땅한 이유가 생각나지 않아 백강순을 시켜 문 앞까지 배웅하게 한 뒤, 방으로 돌아가 시름에 찬 시선으로 우두커니 창밖을 쳐다보았다.

기한불의 방문이 갑자기 덜컹 열렸다. 기한불은 뒷짐진 몸을 홱 돌려 방문객을 보더니 미간을 살짝 찡그렸다. "넌?"

흰옷에 긴 머리를 풀어헤친 사람이 기침을 하며 방으로 들어섰다. "쿨럭쿨럭…… 접니다."

기한불은 그리 유쾌하지 않은 기색으로 대꾸했다. "네가 웬일로 밖에 나왔느냐?"

생김새는 고상하지만 초췌해 보이는 그는 바로 운피구였다. 대답하려고 입을 열었지만 극렬한 기침이 먼저 터져나왔다. "쿨럭쿨럭쿨럭…… 방금 전……" 운피구는 말을 잇지 못하고 계속 밭은 기침을 하다 간신히 숨을 고르고 대답했다. "문주를 봤어요."

기한불이 심드렁하게 말했다. "문주가 아니다. 그저 많이 닮은 사람일 뿐이야."

운피구가 고개를 저으며 작은 소리로 말했다. "문주가 불타 재가 되었다 해도 저는 알아볼 수 있어요. 얼굴에 난 곰보 자국은…… 침을 맞은 자국이에요…… 쿨럭쿨럭…… 금침으로…… 뇌를 찌르는…… 쿨럭쿨럭…… 침술법이에요. 제가 그때 문주에게 벽차지독碧茶之毒을 썼잖아요. 제가 가진 특수한 해독약 없이 그 독을 해독하는 방법이 바로 뇌에 금침을 놓는 거예요. 침을 깊이 찔러 뇌 속에 고인 맹독을 빼내는 거죠."

운피구가 밭은기침을 하고 가쁜 숨을 몰아쉬면서도 단호하게 얘기하자 기한불도 깜짝 놀랐다. "그가 정말…… 문주란 말이냐? 하지만 십 년 세월이 흘렀는데 어찌 그리 젊을 수가 있단 말이냐……"

이연화는 스물네댓 살밖에 되어 보이지 않았다. 중상을 입고 더 늙어버렸으면 모를까 되레 젊어 보일 수가 있을까?

"문주께서 양주만을 단련하셨던 걸 잊었습니까? 양주만의 근기根基는 벽차지독으로도 무너뜨릴 수 없어요. 얼굴을 늙지 않게 유지하는 것쯤이야 뭐 그리 대수겠어요?"

기한불이 담담하게 말했다. "네가 독을 썼던 일은 똑똑히 기억하고 있구나."

운피구의 목소리가 흔들렸다. "그땐 제가 잠깐 정신이 나가서…… 제가…… 제가……"

기한불은 짧은 한숨으로 대답을 대신한 뒤 물었다. "문주가 살아 계셨다면, 왜 백천원으로 돌아오지 않으셨겠느냐?"

운피구가 더듬더듬 대답했다. "그건 아마…… 우리 모두가 문주를 배신한 줄 아셔서……"

기한불이 탁자를 쾅 내려치고는 애써 목소리를 억누르며 사납게 말했다. "운피구, 입 닥쳐라. 그 입을 더 놀렸다간 이 자리에서 죽여버리겠다!"

운피구가 소스라치게 놀라 외쳤다. "형님!"

기한불이 성난 목소리로 고함을 질렀다. "형님이라고 부르지 말거라!"

운피구는 심호흡을 몇 번 하고는 비틀거리며 방에서 나갔다.

기한불은 화가 쉽게 누그러지지 않았다. 십 년 전 이상이와 적비성이 동해에서 결전을 벌일 때 운피구가 각려초의 미모에 홀린 나머지 이상이의 차에 독을 넣었다. 벽차지독은 맹독 중의 맹독으로 공력을 흩어지게 만들 뿐 아니라 뇌를 상하게 해 심하면 사람이 실성해서 죽을 수도 있다. 당시 운피구는 이성을 완전히 상실해 이상이의 차에 독을 탄 것도 모자라 거짓말로 사고문 사형제들을 금원맹의 텅 빈 주전主殿으로 유인했다. 그 탓에 이상이 혼자 사투를 벌이다 동해에서 실종되고 말았다. 하지만 이상이가 행방불명된 뒤 백강순이 복수하겠다며 검을 들고 찾아가자 운피구가 깊이 참회하며 백강순의 검에 순순히 가슴을 찔렸다. 검이 가슴을 관통하고도 숨이 끊어지지 않아 스스로 검을 날려 목을 찔렀지만 석수가 그를 구해 목숨을 살려놓았다. 운피구가 진심으로 참회하며 고통스러워하자 사고문이 해산할 때 그를 추방하지 않고 선처를 베풀었다. 그러나 지난 십 년간 운피구가 자기 방에서 한 발짝도 나오지 않고 고통 속에서 속죄의 나날을 보냈다 해도 기한불은 아직도 그를 진심으로 용서할 수 없었다.

한편, 기한불의 격노와 운피구의 고통에 원인을 제공한 이연화는 여유작작하게 길상문연화루로 돌아가 비질을 하고 있었다. 하지만 그 역시 후회가 없는 건 아니었다…… 백천원에서 좀더 있다가 끼니를 해결하고 오지 않은 것이 못내 후회스러웠다. 밥을 먹으려면 또 이 리 길을 걸어 산 아래 마을에 가서 엽전 다섯 닢을 주고 국수를 사 먹어야 했다.

반 시진쯤 흐른 뒤, 누군가 길상문연화루의 문에 조용히 손바닥을 가져다대는 기척이 났다. 문을 두드리지도 않고 밀고 들어오지도 않고, 그저 문 앞에 서서 문을 어루만지기만 했다.

이연화가 비질을 끝내고 집안에 쌓인 먼지를 깨끗이 닦은 뒤 한참을 더 기다렸지만 그때까지도 문 두드리는 소리는 나지 않았다. 이연화가 창틀의 먼지를 닦은 뒤 삐거덕, 창을 열고 고개를 내밀었다. "뉘신지 몰라도 들어오…… 어?"

문 앞에서 들어오지도 돌아가지도 않고 넋을 놓고 서 있는 사람은 바로 운피구였다. 먼지로 뒤범벅된 이연화의 얼굴이 창문으로 쑥 나오자 운피구의 입가가 씰룩였다. 운피구는 우는 건지 웃는 건지 분간할 수 없는 목소리로 말문을 열었다. "문주님……"

이연화가 창문을 쾅 닫았다. "사람을 잘못 보셨소."

긴 정적이 흐른 뒤 운피구가 느릿느릿 말했다. "운피구 이놈이 구차한 목숨을 버리지 못해 지금까지 꾸역꾸역 살고 있으니 면목이 없습니다. 십 년 전에는 이놈이 미쳤었습니다. 문주님께 사죄드립니다."

운피구가 손목을 돌리자 손에 들고 있던 비수가 드러났다. 그 자리에서 심장을 찔러 자결하려고 찾아온 것이다. 그가 비수를 들어올려 심장을 향해 힘껏 찌르려는 순간, 길상문연화루의 문이 벌컥 열리며 왼쪽 문짝이 운피구의 왼쪽 어깨를 사정없이 강타했다.

그 바람에 윤피구의 왼쪽 가슴이 뒤로 홱 밀쳐져 오른손에 들고 있던 비수가 가슴에 닿지 못했다. 이연화가 "어이쿠!" 하고 놀라 외쳤다. "뉘신지요? 여기서 뭘 하고 계시오?"

윤피구가 어안이 벙벙한 표정으로 되물었다. "제가 누구냐고요?"

눈앞에 있는 사람은 이상이가 틀림없었다. 이상이는 이렇게 호들갑스러운 사람이 아니긴 했지만, 어쨌든 얼굴이며 키며 목소리 모두 이상이가 분명했다. 그런데 어떻게 그가 윤피구에게 "뉘신지요?"라고 물을 수 있단 말인가?

"뉘신지……" 이연화가 조심스레 윤피구를 훑어보다 손에 들린 비수를 발견하고는 겁먹은 표정으로 목을 움츠렸다. "지…… 지금…… 뭘 하시려는 거요?"

윤피구가 얼떨떨하게 물었다. "문주?"

이연화가 주위를 두리번거렸다. "문주門柱? 기둥문을 찾으시오? 제 집이 워낙 작고 마당도 없어서 기둥문은 없소만……"

윤피구는 당혹스러운 표정을 거두지 못했다. "문주, 저 피구예요…… 어찌 이렇게 변하셨습니까?"

이연화가 의아한 듯 되물었다. "피구皮球라고요? 가죽공?"

윤피구도 여전히 멍한 눈으로 되물었다. "가죽공이요?"

이연화가 예의바르게 자기 신분을 밝혔다. "저는 이연화라고 하오. 의술은 조금 알지만 무예는 뛰어나지 않고 학문도 깊지 않소. 대협께서 찾으시는 '기둥문'이 누군지…… 잘 모르겠소만." 장난기라곤 없는 진지한 말투였다.

이제는 윤피구도 헷갈리기 시작했다. “이상이 문주님이…… 아니신가요?”

이연화가 고개를 저었다. “아니오.”

윤피구는 이연화의 얼굴에서 눈을 떼지 못했다. “하지만 이렇게 닮았는데……”

이연화가 안도의 한숨을 내쉬며 부드럽게 말했다. “아…… 제게 원래 쌍둥이 형제가 있었소. 제 모친께서 쌍둥이를 낳아 이연봉李蓮蓬과 이연화라고 이름을 지으셨지요. 이연봉이 형님이고 제가 아우랍니다. 허나 집안이 빈한하여 태어난 지 얼마 되지 않아 지나가는 노인에게 형님을 양자로 주었답니다. 그래서 저는 형님에 대한 기억이 없으나 저와 똑같이 생긴 사람이 세상 어딘가에 살고는 있겠지요.”

윤피구는 반신반의했다. “이연봉이라고요?”

그렇다면 이상이가 이연화의 형이고 본명이 ‘이연봉’이란 말인가?

이연화가 확신에 찬 표정으로 고개를 끄덕였다. “그렇고말고요. 전 거짓말을 하지 않습니다.”

윤피구는 숨을 깊이 들이마셨다. 머릿속이 엉킨 실타래처럼 복잡했다. “이 집의 특이한 구조와 정교한 조각을 보니 가치가 예사롭지 않을 듯합니다. 집이 그토록 가난한데 어떻게 이런 집에 거처하실 수 있나요?”

이연화가 진지하게 대답했다. “보도사 무료 스님께 받은 선물이지요.”

운피구가 깜짝 놀라 되물었다. "무료 스님께요?"

이연화가 난처한 웃음을 지었다. "무료 스님은 출가하기 전에 의적 영웅이셨소. 그러다 중상을 입고 저희 집 앞에 쓰러져 계셨지요. 제가 집안 대대로 내려오는 의술로 스님을 구했소. 그때 무료 스님께서 큰 마차를 습격해 빼앗았는데 마차에 목재가 가득 실려 있었소. 그 목재로 이 집을 지으시고는 집이 너무 무겁다며 제게 주셨지요. 결코 제가 훔친 게 아니에요. 무료 스님께선 지금 보도사에서 수행하고 계시니 못 믿겠으면 직접 물어보시지요."

무료 스님이 젊었을 때 의적 영웅으로 이름을 날렸다는 건 운피구도 알고 있었다. 이연화의 말은 미덥지 못했지만 그의 말투가 워낙 단호한데다 무료 스님을 증인으로 내세우니 또 그럴듯하게 들리기도 했다. 평소 같으면 매사에 이성적이고 예리한 운피구가 이연화의 이런 터무니없는 얘기를 결코 믿을 리 없겠지만, 이 순간에는 워낙 머릿속이 혼란하고 마음이 불안해 판단력이 흐려지고 말았다. 운피구는 이연화의 얼굴만 멀거니 쳐다보았다.

"만약…… 공자님께서…… 문주였다면, 저를…… 사무치게 미워하셨겠지요? 사고문 사형제들을 볼 면목도 없습니다…… 저 따위는 진즉에…… 죽었어야 마땅한 것을……" 운피구는 횡설수설 중얼거리며 몸을 돌려 걸음을 옮겼다. 비수를 든 손은 언제라도 심장을 찌를 듯 여전히 가슴을 향하고 있었다.

"피 대협." 이연화가 뒤에서 그를 불렀다. "지금 마음이 몹시 불안정한 것 같은데, 이왕 여기까지 오셨으니 들어와서 차 한잔하시겠소?"

운피구가 걸음을 멈추고 얼떨떨하게 고개를 돌렸다. "차를 마시자고요?"

이연화가 집안을 가리켰다. 찻주전자가 모락모락 김을 내며 끓고 있었다. 나무탁자에 따끈한 차, 주인의 순후한 미소에 운피구도 가슴이 따뜻해져 사양하지 않고 이연화를 따라 들어갔다.

이연화는 빗자루와 걸레를 옆으로 치워놓고 운피구가 탁자에 내려놓은 비수를 보더니 그 '흉기'도 집어다 대청에서 제일 멀리 떨어진 서랍 속에 넣었다. 그러고는 옷매무새를 가다듬고 자신이 지을 수 있는 가장 온화한 미소를 지으며 말했다. "차 드시지요."

방금 전 두 손가락으로 조심조심 비수를 집어드는 이연화의 모습이 조금 우스웠던데다, 햇볕이 잘 드는 창가에 앉아 나무탁자 위에 놓인 따뜻한 차를 내려다보고 있노라니 운피구는 자기도 모르게 마음이 평온해져 천천히 차를 한 모금 마셨다.

이연화도 그를 따라 찻잔을 들어올려 입가로 가져가며 곁눈으로 조심스럽게 그를 살폈다. 그가 또다시 자결하겠다고 비수를 집어들까봐 겁이 나는 듯했다.

운피구는 문득 자신이 우습게 느껴졌다. "하하하…… 제가 참 우습지요?"

이연화가 고개를 저으며 미소 지었다. "사람은 원래 다 그렇지 않소? 가끔 이런 일도 있어야지요. 그래야 재미있는 인생이 아니겠소?"

그 말에 운피구가 중얼거렸다. "말이 좋아 재미있는 인생이지요. 여자 하나 때문에 제일 존경하는 벗에게 독을 먹여 동해에 빠뜨리고 시신도 찾지 못하게 만들었다면, 그런 놈은 죽어 마땅하지 않습니까?"

이연화가 눈 하나 깜짝하지 않고 대답했다. "죽어 마땅하지요."

운피구는 쓴웃음을 짓고 술을 마시듯 차를 들이켰다. "제가 왜 그랬는지 아십니까? 그 여자가 만일 이상이가 동해 해변에 나타난다면 적비성과 함께 죽어버리겠다고 했기 때문입니다. 그녀는 십삼 년 동안 적비성을 사모했지만 적비성은 그녀의 마음을 모른 척했습니다. 그녀는 적비성이 다른 사람의 손에 죽는 걸 보느니 차라리 그와 함께 자결하는 편을 택하겠다고 했습니다. 그게 거짓말인 줄…… 제가 어떻게 알았겠습니까…… 문주의 무공은 깊이를 헤아릴 수 없을 만큼 막강하니, 저로선 맹독을 쓰는 것 외에 문주를 동해로 가지 못하게 막을 방법이 없었습니다. 제게 해독약이 있으니 잠시 독을 써도 괜찮을 거라고 생각했습니다. 허나…… 그게 아니었죠. 이 모든 게 저의 말도 안 되는 어리석음 때문에 벌어졌습니다…… 공자님이 문주라면 제가 뼈에 사무치게 증오스럽겠죠?"

이연화가 가볍게 탄식한 뒤 부드럽게 말했다. "저였더라도 물론 대협이 증오스럽겠죠."

운피구는 몸을 부르르 떨더니 다시 기침을 심하게 하기 시작했다.

이연화가 서둘러 차를 따라주었다. "그래도 세월이 십 년이나 흘렀으니 아무리 나쁜 일이라도 다 잊지 않았겠소?"

운피구가 떨리는 목소리로 말했다. "정말 잊을 수 있을까요?"

이연화가 미소 띤 얼굴로 차분히 대답했다. "그렇고말고요. 십 년 세월인데요. 어쩌면 그보다 더 불행하고 비참한 일들을 겪으면서, 전에는 결코 용서할 수 없는 죄악이라고 여겼던 많은 일들이 실은 그리 대수로운 일이 아니었다는 걸 깨닫고 그때 일을 잊었을지도 모르지요."

운피구가 벌떡 일어났다. "그 일을 잊으셨다면 왜 돌아오시지 않는 걸까요?"

이연화가 눈을 둥그렇게 떴다. "내가 그걸 어떻게 알겠소?"

운피구는 넋이 나간 듯한 눈으로 이연화를 보았다. 희뿌연 안개가 눈앞을 가로막은 듯 아무것도 알 수 없었다.

"피 대협." 이연화가 그의 잔에 차를 새로 따라주며 천천히 말했다. "지금…… 그보다 더 중요한 일이 있는 것 같은데요."

운피구가 물었다. "더 중요한 일이라니요?"

이연화가 가벼운 한숨을 내쉬고는 싱긋 웃었다. "그게…… 어디 가서 국수나 만두라도 먹어야 하지 않겠소?"

이연화의 말에 어리둥절해진 운피구가 고개를 들어보니 벌써 오시午時였다.

두 사람은 이 리쯤 떨어져 있는 마을로 내려가 양춘면을 한 그릇씩 먹었다. 식사를 마친 뒤 이연화는 새 빗자루를 사고, 운피구는 얼떨떨한 채로 돌아갔다. 운피구는 원래 이연화와 이상이가 같은 사람이 틀림없다고 생각했지만, 식사 후에는 그런 생각이 까맣게 사라지고 이연화에게 정말로 이연봉이라는 형제가 있으며 길상문연화루는 무료 스님에게 받은 것이라고 믿게 되었다.

4. 기름솥

운피구와 이연화가 국수를 먹고 있을 때, 곽화는 백천원의 지하 통로에 앉아 생각에 잠겨 있었다. 아무리 생각해도 이해할 수 없는 점이 있었다. 지하통로에서 발견된 시신은 끓는 기름을 뒤집어쓰고 살가죽이 벗겨진 채 발견됐다. 그런데 그 기름은 어디서 왔을까? 지하통로의 입구를 수십 번 오르내렸지만 기름솥을 찾을 수 없었다. 기름솥이 없다면 끓는 기름은 어디서 가져왔단 말인가?

부남비가 위에서 몇 번을 불렀지만 곽화는 들은 척도 하지 않았다. 어느새 해가 지고 부남비도 진작 가버렸는데 곽화는 여전히 횃불을 든 채 지하통로 안을 살피고 있었다.

곽화는 그리 총명하지는 않지만 결코 포기하지 않는 불굴의 의지를 지닌 사람이었다. 몇 시진 동안 지하통로 내부를 샅샅이 뒤져 다른 사람들이 발견하지 못한 것을 찾아냈다. 주먹만한 크기의 까맣게 탄 물체였다. 말랑말랑한 걸 보면 돌멩이는 아니었다.

곽화가 우두커니 그걸 들여다보고 있을 때 등뒤에서 누군가의 목소리가 들렸다. "아……"

곽화는 흠칫 놀라 몸을 홱 돌리며 두 손으로 악호복양惡虎撲羊 자세를 취했다. "사람이냐, 귀신이냐?"

뒤에 있던 사람도 깜짝 놀라 덩달아 뒤를 돌아보며 두리번거렸다. "어디, 어디? 사람이냐, 귀신이냐?"

곽화가 상대의 모습을 보고 긴 한숨을 뱉으며 자세를 거두었다. "이 선생님!"

곽화의 등뒤에 서 있던 사람은 바로 이연화였다. 운피구가 돌아간 뒤 이연화는 낮에 살펴보고 싶었지만 여의치 않았던 곳을 다시 살펴보려고 지하통로로 내려왔다. 그런데 뜻밖에도 새카만 물체를 보며 생각에 잠긴 곽화를 발견하고는 감탄을 내뱉은 것이다.

곽화가 어리둥절해하며 물었다. "선생님이 어떻게 여기 계십니까?"

이연화가 빙긋 웃었다. "곽 공자는 어떻게 여기에 계시오?"

곽화가 머리를 긁적였다. "기름솥을 찾고 있었습니다."

이연화가 진지하게 말했다. "나도 그렇소."

곽화가 시무룩하게 말했다. "하지만 아직 찾지 못했습니다."

"그보다 기 대협께서 백천원의 인원을 파악해보았소? 백천원 제자 중 실종된 사람은 없었습니까?"

"네. 큰 원주께서 곧바로 인원 파악을 하셨는데 백천원 제자 중에는 실종된 사람이 없다고 합니다. 다만, 부엌에서 허드렛일을 도와주는 여인 하나가 며칠째 보이지 않는데 아마 고향으로 돌아간 것 같다고 들었습니다."

이연화가 미심쩍다는 표정으로 말했다. "그렇다면 불에 탄 시신이 혹시 그 여인일까요?"

곽화가 고개를 저었다. "모르겠습니다."

이연화는 아침에 시신이 발견된 곳까지 되돌아가 몇 걸음 물러나서는 바닥의 흔적을 자세히 살피며 혼잣말을 중얼거렸다. "부뚜막…… 아침에 여기 기름솥이 걸려 있었고 두 사람이 여기서 마주쳤다. 이쪽에 있던 사람이 기름솥을 걷어찼다." 그러고는 한쪽 다리를 들어 앞으로 차는 시늉을 했다. "기름솥이 엎어지며 끓는 기름을 뒤집어쓴 사람이 쓰러지고 기름이 통로 입구로 흘러가 불길이 치솟았다. 입구가 막히는 바람에 기름솥을 걷어찬 사람은 반대쪽 입구로 도망쳐 빠져나갔다……"

옆에서 듣던 곽화가 고개를 끄덕였다. "저도 그렇게 생각합니다."

이연화가 한숨을 내쉬었다. "그냥 아무렇게나 말해본 거예요……"

예상치 못한 말에 곽화는 뒤통수를 얻어맞은 듯 멍했다. 머릿속이 뒤엉켜 곤죽이 된 것 같았다.

이연화가 그 자리를 몇 바퀴 돌자 곽화도 횃불을 들고 이연화를 따라 돌았다.

누가 이 여인을 네 번이나 공격했을까? 여인은 얇고 예리한 검에 가슴을 찔리고, 이마도 뭔가에 부딪혀 상처가 심하게 났으며, 오른쪽 손목이 잘리고 펄펄 끓는 기름을 뒤집어써 온몸의 가죽이 벗겨졌다. 누가 이토록 잔인하고 악독한 방법으로 살인을 저질렀단 말인가?

곽화가 횃불을 들고 지하통로 입구 앞을 서성이는데 부서진 입구에서 돌 몇 개가 떨어져 하마터면 이연화의 머리에 맞을 뻔했다. 이연화가 재빨리 옆으로 몸을 피했다. "아미타불……"

떨어진 돌멩이 중 하나가 조금 전 곽화가 뚫어져라 들여다보던 그 '검게 탄 돌'에 맞고 튕기자 이연화가 물었다. "그런데 저건 뭐죠?"

"사람 손인 것 같습니다……"

그 말에 이연화가 기겁을 했다. "사람 손이라고요? 죽은 사람의 잘린 손 말이오?"

곽화가 고개를 끄덕였다. "기름에 탄 겁니다."

이연화는 뒤통수가 선득했다. 그 '손'은 펄펄 끓는 기름솥에서 새카맣게 타면서도 무언가를 그러쥔 손가락을 풀지 않았다. 이연화는 바닥에 떨어진 마른 나뭇가지 두 개를 주워 그 손을 펼쳐보았다. 손에 쥐어져 있던 물건을 본 이연화는 모골이 송연해졌다. 잠시 후 그 손을 지하통로 구석으로 조심스럽게 옮겨놓고 곽화가 들고 있던 횃불을 건네받아 사방을 비추어보았다. 자세히 보니 석벽에 어지럽게 긁힌 흔적이 나 있었다. 희미해서 잘 분간이 되지 않는 것도 있었지만, 대부분은 손가락으로 쓴 글씨 같았다. 그중 두 번 반복해서 쓰여 있는 글귀가 있었는데, 글씨가 크고 옆으로 기울어진 것을 보면 공부를 많이 한 사람의 필체는 아닌 듯했다. '애희생우愛喜生憂'라는 네 글자였다.

이연화는 그 네 글자를 뚫어져라 들여다보며 곽화에게 말했다. "곽 공자, 백천원에서 실종된 여인을 아는 사람을 불러다 시신이 그 여인인지 확인해주시겠소? 또 백천원의 주방장에게 어제와 오늘 각 끼니마다 무슨 음식을 차렸는지 물어봐주시오."

곽화가 문득 한 가지 일을 떠올렸다. "아발이 어젯밤 이곳에서 상반신밖에 없는 여자 귀신을 봤다고 했습니다. 시신이 옥서라면 왕씨 아주머니와 아발이 틀림없이 알아볼 겁니다."

이연화가 고개를 끄덕였다. "저는 오늘밤 보도사에 있을 거예요. 무료 스님이 밤참을 먹자고 부르셔서……"

곽화는 주저하지 않고 말했다. "제가 보도사로 이 선생님을 찾아가겠습니다."

이연화가 미안한 표정으로 말했다. "아마 부엌에 있을 거예요……"

곽화가 굳센 표정으로 말했다. "부엌으로 가겠습니다!" 그러고는 이연화가 부탁한 일들을 처리하러 곧바로 밖으로 나갔다.

5. 인육의 맛

보도사 주지 스님의 선방.

무료 스님이 쌀밥 한 그릇을 앞에 놓고 생각에 잠겨 있는데 밖에서 누가 창을 두 번 두드리고는 웃으며 말했다. "어린 스님들은 공양간에서 게걸스럽게 밥을 먹는데 노스님께선 밥을 쳐다보고만 있으니, 어찌된 일입니까?"

무료 스님이 빙그레 웃었다. "이 시주."

창을 여니 과연 이연화가 창 앞에 서 있었다. "공양간에 들렀다 왔습니다. 이번 달에는 절밥이 먹을 게 없던데요. 땅콩청경채볶음과 두부튀김을 빼면 쌀밥에 소금밖에 없던데, 절밥이 그리도 맛있다고 큰소리를 치시다니……"

무료 스님이 정색을 했다. "이 시주가 먹고 싶다면 주방장에게 부탁해 특별히 한 상 차려오라고 하지. 우리 주방장은 특히 땅콩, 가루붙이, 고추, 당면 뭐든 천하일미로 튀겨내지……"

이연화가 대뜸 웃으며 말했다. "죽은 사람도 튀길 수 있나요?"

무료 스님은 놀라 잠시 말문이 막혔다가 되물었다. "죽은 사람을 튀긴다고?"

이연화가 우아하게 옷자락을 펄럭이더니 천천히 선방 창을 넘어 들어와 낮에 앉았던 의자에 앉았다. "흠……"

무료 스님도 백천원의 지하통로에서 까맣게 탄 시신이 발견됐다는 얘기는 들어서 알고 있었다. 조금 전 근심에 잠겨 있던 것도 그 지하통로가 보도사까지 이어져 있다는 사실 때문이었다. 이연화는 무료 스님에게 지하통로에 대한 얘기를 자세히 들려준 뒤 무심한 듯 말했다. "보도사의 주방장이 인육튀김이라는 유명한 요리를 할 줄 아는지 모르겠네요……"

무료 스님이 무심한 듯 물었다. "왜 그런 생각을 했지?"

무료 스님의 신중한 성격을 잘 아는 이연화가 빙그레 웃었다. "보도사와 백천원을 잇는 지하통로는 보도사의 사리탑과 장작광으로 연결되어 있어요. 백천원 쪽에서 검게 탄 시신이 발견됐고, 아침에는 보도사의 커다란 나무가 돌연 부러졌죠. 바람도 불지 않았는데 나무가 갑자기 부러지다니, 스님께서도 누군가 장풍으로 나무를 부러뜨렸다는 걸 이미 짐작하고 계시겠죠. 나무를 밑동에서 통째로 쓰러뜨리지 않고 다섯 장 높이에서 부러뜨리려면 똑같이 다섯 장 높이에 있는 사리탑에 올라가 장풍을 쏘아야 해요. 그렇다면 누군가 사리탑 속에 있었다는 뜻이죠. 나무를 부러뜨린 이유는 일단 미뤄두고, 어쨌든 그 사람은 사리탑에, 그러니까 지하통로의 이쪽 끝에 있었고, 그렇다면 불에 탄 시신과 관계가 있으리라는 건 짐작할 수 있어요."

무료 스님이 고개를 끄덕였다. "어제 탑에 사람이 있긴 했지."

이연화가 조심스럽게 물었다. "그게 누군지 아세요?"

무료 스님은 고개를 저었다. "나는 내공이 그리 깊지 않네. 다만 어제 탑 속에서 사람 소리가 나는 걸 듣기는 했어."

이연화는 잠시 생각에 잠겼다가 말했다. "거짓말을 하고 계시는군요…… 어제 탑 속에 누가 있었는지 스님이 모르실 리가 없어요……"

무료 스님이 쓴웃음을 지었다. "왜지?"

"어제 제가 왔을 때는 아침 불공 시간이었고 모든 스님이 염불을 하러 갔지만 스님께서는 병을 핑계로 가시지 않았어요. 그런데 스님 말고 불공을 드리러 가지 않은 사람이 한 명 더 있었지요."

"그게 누구지?"

이연화가 한 글자씩 또박또박 말했다. "보신 스님이요. 스님이 '보신 사질에게 내 선방으로 오라고 해라'라고 하셨을 때 어린 스님이 보신 사질은 선방에서 참선을 하고 있다고 말했어요. 그러니 보신 스님도 아침 불공에 참석하지 않았겠지요. 이게 첫번째 근거예요."

무료 스님은 가벼운 한숨을 내쉬고는 미소를 지었다. "이 시주의 예리함에 그저 감탄할 따름이네."

이연화가 웃으며 말을 이었다. "아침 불공에 가지 않았다는 사실만으로 지하통로에 있던 사람이 보신 스님이라고 단정할 수는 없겠지요. 다만 한 가지 확실한 사실은, 아침에 나무가 쓰러질 때 보신 스님이 어디에 있었는지는 아무도 보지 못했다는 거예요. 제가 보신 스님을 의심한 이유는 지하통로에서 발견된 시신 때문이에요. 첫째, 시신에는 칼에 찔린 상처가 있었어요. 둘째, 백천원 사람에게 찔린 게 아니에요. 셋째, 지하통로로 연결되는 곳은 백천원과 보도사뿐이에요. 넷째, 보도사에서 검술에 정통한 사람은 보신 스님뿐이고요. 이게 바로 그 시신을 찌른 사람이 보신 스님일 거라고 추측하는 두번째 근거예요."

무료 스님이 미소를 지었다. "백천원 제자가 찌른 게 아니라고는 어떻게 확신하지?"

이연화도 미소를 지었다. "칼에 찔린 부위가 가슴이었어요. 그건 검을 휘두른 사람이 죽은 사람 앞에 있었다는 뜻이죠. 서로 모르는 사이였다면 어떻게 마주보고 있었겠어요? 게다가 가슴을 찔렀지만 치명상을 입히지는 않았어요. 이상하지 않으세요?"

그때 문밖에서 누군가의 낮은 목소리가 들렸다. "어떤 점이 이상합니까?"

이연화와 무료 스님은 깜짝 놀라 말을 멈췄다. 밖에 있는 사람이 말했다. "기한불입니다."

뒤이어 또 한 사람의 웃음기 섞인 목소리가 들렸다. "백강순입니다."

또 한 사람의 음침한 목소리가 들렸다. "석수입니다."

마지막으로 또 한 사람이 담담하게 말했다. "운피구입니다. 백천원의 불피백석 네 사람이 주지 스님을 찾아왔습니다."

무료 스님이 문을 활짝 열고 그들을 맞이했다. "네 분께서 왕림

해주시니 보도사가 환해졌습니다그려."

석수가 차갑게 웃었다. 무료 스님의 의례적인 인사가 끝나기도 전에 네 사람이 선방으로 들어와 앉았다.

무료 스님은 속으로 쓴웃음을 지으며 이연화에게 눈짓을 했다. 안하무인에 오만방자했던 이연화의 예전 모습을 그들이 꼭 닮았다는 의미였다.

이연화는 아무것도 모른겠다는 척 짐짓 단정히 앉아 이야기를 이어갔다. "백천원 쪽의 지하통로 입구에는 석판 하나만 덮여 있었습니다. 거센 불길에 석판이 깨져서 무너진 걸 보면 아주 얇았던 것 같습니다. 검으로 찌른 상처가 치명상이 아니었으므로 죽은 사람이 벙어리가 아니었다면 살려달라고 외쳤겠지요. 하지만 백천원에서 살려달라는 비명을 들었다는 사람은 없습니다."

여럿이 고개를 끄덕이자 이연화가 말을 이었다. "부엌에서 일하는 임옥서林玉瑞는 벙어리가 아닙니다. 만약 죽은 사람이 정말 임옥서라면 어째서 살려달라고 외치지 않았겠습니까? 그녀를 찌른 사람은 그녀와 마주보고 있었습니다. 상대에게 자기 얼굴을 보이는 걸 두려워하지 않았다는 뜻이지요. 그 입구의 석벽 가득히 글씨가 적혀 있던 걸로 보아 그녀는 누군가를 기다리고 있었던 게 분명합니다. 아마 그녀를 찌른 그 사람을 기다리고 있었겠죠. 아는 사이였기 때문에, 또한 어떤 이유에서 그녀는 가슴을 찔리고도 살려달라고 외치지 않은 것입니다."

모두들 미간을 찡그리며 생각에 잠겼다. 이연화의 말이 이어졌다. "만약 그녀와 만나기로 한 사람이 백천원의 제자였다면 굳이 한밤중에 지하통로에서 만날 필요가 있었겠습니까? 아마 만나서는 안 되는 사람을 만난 것이겠지요. 그녀가 지하통로로 내려오느라 하반신이 나무바닥 아래 있을 때 마침 아발이 보고는 상반신밖에 없는 여자 귀신이라고 생각했던 겁니다. 물론 그녀가 만난 사람과 그녀를 찌른 사람이 다른 사람일 가능성도 있습니다. 하지만 그렇다면 그녀는 어째서 살려달라고 소리치지 않았을까요? 만약 그녀를 찌른 사람이 백천원의 제자라면, 그녀에게 치명상을 입힌 것도 아닌데 지하통로에서 도망쳐 입구를 닫고 아무 일도 없는 척 행동했을 수 없습니다. 그녀가 죽지 않았으니 밖으로 나와 자신의 범행을 고발할 수도 있는데 어떻게 태연할 수 있겠습니까? 그러므로 그녀를 찌른 사람은 백천원 제자가 아니라 그녀가 만나기로 한 사람일 가능성이 큽니다."

이연화가 미소를 짓고는 말을 이었다. "그녀를 찌른 사람이 백천원의 제자가 아니라면, 보도사에서 검술에 정통한 사람은 보신 스님뿐이니 그녀와 만나기로 약속한 사람은 보신 스님일 겁니다…… 임옥서가 만나기로 한 사람은 만나서는 안 되는 사람이었고, 승려는 여자를 만나서는 안 되죠."

모두들 생각에 잠겨 있을 때 운피구가 제일 먼저 고개를 끄덕였다.

이연화가 온화한 미소를 지었다. "그녀가 기다리고 있던 사람이 승려라는 증거가 또하나 있습니다. 지하통로 석벽에 쓰여진 '애희생우'라는 네 글자를 보셨지요?"

기한불이 고개를 끄덕이자 이연화가 무료 스님을 흘긋 쳐다보았다. "스님……"

무료 스님이 곧바로 말을 받았다. "『법구경』「호희품好喜品」의 게송에 나오는 말입니다. 천축 승려 유기난維祇難 대사가 천축 경전을 한문으로 옮긴 것이지요."

무료 스님은 잠시 말을 멈췄다 천천히 말했다. "애희생우愛喜生憂, 애희생외愛喜生畏, 무소애희無所愛喜, 하우하외何憂何畏. 사랑으로부터 근심이 생기고, 사랑으로부터 두려움이 생긴다네. 사랑 없는 곳에는 걱정이 없나니, 또 어디에 두려움이 있겠는가."

이연화가 말을 받았다. "불가의 게송이지요. 만약 그녀가 만나기로 한 사람이 불가의 승려가 아니었다면……"

이연화의 말이 채 끝나기도 전에 백강순이 불쑥 끼어들었다. "흥! 이 몸이 스님들을 숱하게 만나봤지만 그런 글귀는 처음 듣습니다."

이연화가 고개를 끄덕였다. "그렇습니다. 그녀가 만나기로 한 사람이 불가의 승려가 아니었다면, 그녀는 이런 글귀를 쓸 수 없었을 겁니다. 만약 그녀가 만나기로 한 사람이 승려였고 또한 그 승려에게 가슴을 찔렸다면, 보신 스님의 소행일 가능성이 큽니다. 더욱이 오늘 아침 보신 스님은 불공에도 참석하지 않았습니다. 그런 까닭에 보신 스님이 가장 의심스럽습니다."

무료 스님이 한숨을 내쉬었다. "노승이 여러분께 솔직히 말씀드리겠습니다. 제가 아비지옥阿鼻地獄에 떨어질 망언계妄言戒*를 범했

* 수도승이 반드시 지키도록 정해놓은 계율 중 거짓말을 해서는 안 되는 것.

습니다. 여 시주를 찌른 자는 보신 사질이 맞습니다."

불피백석 네 사람이 동시에 "아!" 하고 놀라움의 탄식을 내뱉었다. 무료 스님은 살인자가 누구인지 알고 있었다니! 무료 스님이 천천히 말을 이었다. "오늘 아침 이 시주가 돌아간 뒤 사리탑에서 검은 연기가 치솟았지요. 보신이 자기 행적을 감출 수 없다고 생각했는지 제 선방으로 와서 부처님께 속죄했습니다. 다만…… 보신은 충동적으로 여 시주를 찌르기는 했으나 살인은 하지 않았다고 하였습니다. 그러니 보신은 여 시주를 죽인 범인이 아닙니다."

바로 그때 누군가 갑자기 창을 벌컥 열고 뛰어들어오더니 웬 커다란 물건을 바닥에 쿵 던지며 우렁찬 목소리로 외쳤다. "이 선생님을 찾으러 부엌에 갔다가 안 계셔서 나오려는데 이자가 수상쩍게 바닥에 엎드려 엿듣고 있기에 붙잡아왔습니다. 역시 여기 계셨군요! 이 선생님을 찾느라 진땀 뺐습니다! 왕씨 아주머니가 시신을 보더니 옥서가 틀림없다고 했습니다. 그리고 백천원에서 나온 음식은 죽순고기볶음……"

이연화가 창으로 뛰어들어온 남자를 보고 미소를 지었다. "어제 오늘 백천원에서 두부튀김을 만든 적이 있는지만 알면 돼요."

창을 넘어 들이닥친 남자는 물론 곽화였다. 그가 큰 소리로 말했다. "두부튀김은 만들지 않았습니다!"

"그럼 됐어요." 이연화는 빙긋 웃고는 바닥에 웅크려 벌벌 떨고 있는 사람에게로 시선을 옮기며 온화한 투로 물었다. "주방장님, 인육은 맛있던가요?"

일순간 선방이 쥐죽은듯 고요해지며 대머리 주방장의 윗니와 아랫니가 딱딱 부딪히는 소리만 들렸다. 주방장 고씨가 덜덜 떨리는 목소리로 말했다. "제…… 제가…… 죽이지 않았습니다……"

이연화가 한숨을 내쉬었다. "그녀를 보았을 때 어떤 모습이었나요?"

"제가 봤을 땐…… 이미…… 죽어 있었습니다요."

"가슴을 찔린 상처 말고 또다른 상처가 있었나요?"

"석벽에 부딪혔는지 머리가 깨지고 피가 흥건하게 흘러나와 있었습니다. 가슴에서도 피가 많이 나왔고요. 이미 숨이 끊어진 뒤였습니다."

"그래서…… 음식을 튀긴 다음 시신도 튀겼나요?"

이연화의 말에 주방장은 온몸을 덜덜 떨었다. "저…… 저는 그저……"

이연화가 호기심 가득한 눈빛으로 물었다. "궁금한 게 있어요. 시신을 발견하고 어떻게 그걸 먹을 생각을 했습니까?"

"제…… 제가 예전에……" 주방장은 땀을 비오듯 흘리며 더듬거렸다. "한 여자를 본 적이 있습니다. 그 여자가 남자와 동침한 후에 남자 손을 잘라서…… 머…… 먹었습니다……"

그 말에 운피구가 흠칫 놀라고 이연화의 입에서도 "아!" 하는 탄성이 흘러나왔다. "그게 누구죠?"

주방장은 힘껏 도리질을 쳤다. "저도…… 모릅니다요. 그저 선녀처럼 아름다운 여인이었는데, 남자 손가락을 한 마디 한 마디 깨물어 씹어 먹었습니다. 그런데 그 모습이 어찌나 아름답던지…… 나도 사람을 죽여…… 먹어보고 싶다는 생각이 들 정도였습니다……"

이연화가 고개를 움츠렸다. "귀신을 봤군요!"

주방장은 또 고개를 세차게 저었다. "아닙니다! 여덟 달 전 산 아래 마을에 갔을 때 한밤중에 소피가 마려워서 나왔다가 바로 옆 객방에서 봤습니다요."

운피구의 얼굴이 창백해지고 기한불이 "하!" 하는 탄성과 함께 외쳤다. "각려초!"

백강순이 성난 목소리로 말했다. "그 요괴 말고 누가 또 그런 짓을 할 수 있겠어요? 그건 그렇고, 이놈이 옥서를 튀겼다는 건 어떻게 아셨소?"

이연화가 "아" 하고 탄식한 뒤 말했다. "첫번째 근거는 기름솥입니다. 지하통로에 부뚜막과 땔감이 있고, 심지어 닭뼈, 오리뼈, 기름도 있었지만 기름솥은 없더군요. 바닥에 나뒹구는 뼈를 보고 누군가 그곳에서 몰래 고기를 먹어왔다는 걸 알았습니다. 그런데 기름솥이 없다면 두 가지 가능성이 있죠. 부뚜막을 만든 사람에게 기름솥을 대체할 기발한 묘안이 있었거나, 매번 기름솥을 가지고 다녔거나 둘 중 하나입니다. 두번째 근거는 땔감입니다. 지하통로는 나무가 자랄 수 없는 곳이므로 땔감은 보도사의 장작광에서 훔쳐왔을 겁니다. 장작이 그렇게 많이 사라졌는데도 보도사에서 모르고 있었다면 장작을 관리하는 사람에게 문제가 있는 것이겠지요. 셋째는 기름을 뿌려 불을 지른 사람이 백천원 사람이 아니라는 점입니다. 백천원 사람이라면 출입구를 덮은 얇은 석판이 거센 불길에 깨질 거라는 사실을 몰랐을 리 없습니다. 또 지하통로에 불이 났는데 가까운 입구로 빠져나오지 않고 보도사 쪽으로 도망쳤습니다. 그리고 또……" 이연화는 잠시 멈칫했다 다시 말을 이었다. "기름에 튀겨진 시신의 손이 두부튀김을 꽉 쥐고 있었습니다. 제 추측으로는…… 잘린 손이 끓는 기름 속에 들어가자 힘줄이 오그라들면서 주먹이 쥐어졌고, 바로 그전에 튀기고 남아 있던 두부가 함께 쥐여진 것 같습니다. 하지만 백천원에서는 최근에 두부튀김이 나오지 않았고, 보도사에서는 이번 달에 날마다 두부튀김이 나왔지요. 주방장은 절의 장작, 기름, 곡식을 관리하고 기름솥도 마음대로 가지고 다닐 수 있습니다. 또한 지하통로의 보도사 쪽 출입구는 장작광에 있고요. 그러니 주방장이 시신을 튀긴 게 아니라면 시신이 제 발로 보도사 부엌에 가서 기름솥으로 걸어들어갔단 말입니까? 어이쿠, 무서워라. 나는 귀신이 무섭습니다……" 이연화가 눈을 휘둥그레 뜨며 호들갑스럽게 말했다.

주방장이 머리를 감쌌다. "제가 정신이 나갔었습니다요. 손을 잘라서 기름솥에 넣긴 했지만 섬뜩하고 무서워서…… 먹지는 않았습니다. 그저 튀기기만 했을 뿐입니다…… 어젯밤에 그랬습니다……"

"그럼 오늘 아침에는 뭘 했나요?"

주방장의 목소리가 바들바들 떨렸다. "그동안 고기를 몰래 먹은 것과 시신을 튀긴 일이 발각될까봐 겁이 나서 아침 불공 시간에 몰래 지하통로로 들어가 시신에 끓는 기름을 부었습니다. 시신을 불태워버릴 생각이었죠. 그런데 옷이 피에 젖었으니 불이 잘 붙지 않을 것 같아 옷을 벗겼는데 살가죽까지 함께 벗겨졌습니다. 그 모습이 너무 끔찍해서 얼른 불만 지르고 장작광으로 도망쳤습니다. 그 뒤에는 지하통로 입구를 장작으로 막아놓고 다시는 내려가지 않았습니다."

"다른 출구가 있다는 걸 몰랐나요?"

이연화의 질문에 주방장이 고개를 끄덕였다. "몰랐습니다요. 저는 장작더미 아래 틈이 깊게 벌어져 있는 것만 발견하고는…… 그 틈으로 내려가 몰래 고기를 먹곤 했습니다."

무료 스님이 탄식했다. "오늘 아침 보신 사질도 그 시주를 살펴보러 지하통로에 내려갔을 겁니다. 그런데 갑자기 입구가 막혀 지하통로에 갇히는 바람에 부득이하게 사리탑으로 나왔겠지요. 아미타불……"

무료 스님이 일어나 천천히 밖으로 나가더니 잠시 후 키가 크고 준수하게 생긴 젊은 승려를 데리고 들어왔다. 무료 스님이 기한불을 향해 고개를 끄덕였다. "시주님께 처분을 맡기겠습니다."

불피백석이 보신과 주방장을 심문한 뒤 이레 안에 결론을 내리고, 죄의 정도에 따라 감옥에 가두거나, 무공을 폐하거나, 혹은 삼년간 개방으로 보내 근신토록 하는 등의 벌을 내릴 것이다.

운피구의 얼굴에 점점 짙은 시름이 드리워졌다. 각려초가 인육을 먹는다는 사실이 머릿속을 떠나지 않았다. 선녀처럼 아름다운 얼굴에 부드러운 말투의 그녀가 어떻게 그리 끔찍한 짓을 한단 말인가. 소름 끼칠 만큼 사악한 일도, 지극히 온화하고 선량한 일도, 그녀는 극과 극을 오가며 눈 하나 깜짝하지 않고 할 수 있었다.

이연화가 보신을 찬찬히 살펴보았다. 스무 살도 안 된 듯 앳되어 보였고 큰 꿈을 품은 무림의 소년처럼 미간에서 영민함이 풍겼다. "그 여인을 왜 찔렀습니까?"

보신은 고개를 젓다가 잠시 멈췄다가 또다시 고개를 젓고는 아무 말도 하지 않았다.

그 처량한 기색에 이연화도 더는 캐묻지 않고 긴 한숨을 내쉬었다. 이유가 무엇이든간에, 그의 살인이 우발적이었든 의도적이었든간에, 그녀는 결국 그 때문에 죽었다. 그가 휘두른 검이 그녀를 죽음에 이르게 했는지, 아니면 그녀 스스로 석벽에 머리를 받아 죽었는지는 알 수 없지만 어쨌든 결국에는 이렇게 되고 말았다. 인생아, 인생아…… 이런 일도, 저런 일도, 절대로 일어날 리 없을 것 같던 일도, 지금 생각에는 절대로 변치 않을 것 같은 일도, 단정지어 말할 수 없는 게 바로 인생이로구나. 설령 이미 분명히 밝혀진 일이라 해도……

자신을 뚫어져라 응시하는 불피백석 네 사람의 시선을 느끼며 이연화도 자기 몸을 위아래로 훑어보았지만 이상한 점을 발견할 수 없었다. 이연화는 하릴없이 그들 네 사람을 향해 웃어 보이며 말했다. "인생이란 게 말입니다, 또 배가 출출하군요……" 그러고는 일어나 기지개를 켠 뒤 무료 스님을 붙들고 말했다. "스님, 맛있는 음식을 주겠다고 부르셨잖습니까?"

무료 스님이 당황해서 더듬거렸다. "허…… 헌데…… 주방장이 요리를 할 수 없으니……"

이연화가 정색을 했다. "불가의 스님이 한번 뱉은 말을 어겨서야 되겠습니까……"

두 사람이 그렇게 옥신각신 부엌으로 향한 뒤, 불피백석 네 사람은 서로 얼굴만 쳐다보았다. 잠시 후 백강순이 턱을 쓰다듬으며 말했다. "난 차라리 문주가 아니길 바라우."

석수도 눈을 질끈 감고 차갑게 말했다. "문주일 리 없어요."

기한불은 미간을 찡그리며 아무 말도 하지 않았고, 운피구는 판단을 포기한 듯 고개를 저었다.

6. 옛사람은 황학을 타고 가버리고*

다음날 아침, 운피구는 또 마음속에 의문을 품고 이연화를 찾아갔다. 그러나 보도사 문 앞에는 푸른 풀과 무성한 나무뿐, 바로 어제 따뜻한 차를 마셨던 길상문연화루는 온데간데없이 사라져 보이지 않았다. 그는 길상문연화루가 있던 자리를 물끄러미 쳐다보다 긴 한숨을 내쉬며 먼산 너머로 시선을 옮겼다. 파란 하늘이 가없이 펼쳐져 있었다.

그는 아직 여러 일들을 이해할 수 없었다. 보도사와 백천원을 잇는 지하통로는 누가 파놓았을까? 무엇을 위해 만들었을까? 각려초는 여덟 달 전 청원산에 왜 왔을까? 몇 달 전 일품분에서 옥새를 두고 벌어진 일이 떠올랐다. 희성제, 방기제, 적비성, 각려초, 금원맹, 어룡우마방. 이건 틀림없이 큰일을 예고하는 징조였다.

* 당나라 시인 최호(崔顥)의 시 「황학루(黃鶴樓)」의 한 구절.

십 년 전 행방불명된 이상이는 살아 있을까? 살아 있다면 지금 어디에 있을까?

한편 오 리 밖에서는 이연화가 말 한 마리, 소 두 마리, 나귀 한 마리를 앞세워 연화루를 끌고 청원산을 떠나고 있었다. 그의 얼굴에서 굵은 땀방울이 흘러내렸다. "싸우지들 마! 싸우지 말라고! 어서 가자! 저 앞에 풀이 있어. 저 앞에 당근도 있고…… 서로 물지 마! 좀더 가서 놓아줄게! 어서 가자꾸나……"

가축 네 마리는 강호에 이름난 길상문연화루를 끌고 한 발 한 발 힘겨운 걸음을 옮겼다. 앞서거니 뒤서거니 서로를 노려보며 아웅다웅하더니 마침내 말이 눈엣가시 같던 나귀를 콱 물어버렸다.

제5장

팔 잘린 귀신

푸른 기와와 붉은 담장이 조화를 이루고, 꽃과 나무가 우거진 정원에 새들 지저귀는 소리가 유난히 맑고 경쾌했다.

"수진秀秦아? 수진아, 어디 있니? 수진아!" 젊은 여인의 목소리가 수양버들 사이를 가로질러 고즈넉한 정원에 울려퍼졌다. 낙엽도 놀라지 않을 듯한 청아하고 나긋나긋한 목소리였다.

정원 한구석에서 조용한 목소리가 들렸다. "엄마, 나 여기 있어."

"수진아!" 젊은 여자가 깜짝 놀라 달려갔다. "또 여기 있었구나. 너…… 아악!" 아이를 본 여인이 입을 막으며 새된 비명을 질렀다. 우거진 수풀 속 궁륭형의 문 뒤에 일고여덟 살쯤 되어 보이는 남자아이가 서 있었는데, 온몸에 피를 뒤집어써 검붉은 피가 뚝뚝 떨어지고 있었다!

"수진아! 수진아……" 여인이 날카로운 비명을 지르며 아이를 끌어안았다. "어떻게 된 거야?"

'수진'이라 불린 아이가 피범벅이 된 자그마한 손으로 엄마의 이마를 쓰다듬으며 작은 소리로 말했다. "엄마, 이상해. 유숙劉叔이 한쪽 팔만 남았어."

"한쪽 팔만 남았다니? 그게 무슨 말이야?" 여인이 겁에 질린 얼굴을 홱 들어올렸다. 여인의 희고 고운 이마에 피 묻은 손자국이 찍혔다.

수진이라는 아이가 천천히 말했다. "한쪽 팔만 남고 다른 곳은 다 사라졌다고."

여인은 벌어진 입을 다물지 못하고 시체처럼 창백한 얼굴로 아이를 와락 끌어안았다. "다른 곳은 다 사라졌다고?"

수진이 천천히 말했다. "응. 다른 곳은 없어졌어……"

작은 새 한 마리가 정원의 오래된 우물가에 앉아 고개를 살포시 기울인 채 방에서 구불구불 흘러나오는 피를 가만히 바라보았다. 주홍색 도마뱀이 핏자국을 따라 천천히 기어나오다 문턱 아래에서 멈췄다.

1. 마가보

쾅. 청차淸茶객잔 안에 있던 누군가가 탁자를 내려치며 벌떡 일어났다. 밥을 먹고 있던 사람들이 그 소리에 놀라 인상을 찌푸리며 고개를 홱 들었다 슬쩍 시선을 거두고 숨을 죽였다.

탁자를 내려친 사람의 손에 장검이 들려 있었다. 그가 장검 칼집으로 내려친 나무탁자에는 큰 구멍이 뚫렸다.

일순간 객잔 전체가 쥐죽은듯 조용해졌다. 그가 객잔 일꾼의 멱살을 잡아채며 닦아세웠다. "유여경劉如京이 죽었다고? 어떻게 죽었어?"

객잔 손님들의 눈길이 일제히 일꾼에게로 쏠렸다. 일꾼이 더듬거리며 대답했다. "손님, 모르셨어요? 유여경은 어제 마가보에서 죽었어요. 들리는 소문에는 기괴하게 죽었대요. 잘린 팔 한쪽과 머리카락 한 움큼만 남아 있고 침대는 피투성이였다고 하더라고요. 그런데 제일 이상한 건 마씨 집안의 그 바보 아이가 유여경과 함께 있다 피범벅이 된 채로 발견됐다는 거예요. 근방 사람들은 다 아는 얘기예요……"

남자는 성난 목소리를 누그러뜨리지 않고 다그쳤다. "유여경은 무예의 고수인데다 창이 주무기란 말이다. 긴 창을 쓰는 고수가 어떻게 팔을 잘릴 수 있어? '사호은창四虎銀槍' 중 한 사람인 유여경이 어떻게, 어떻게 그럴 수가……" 남자는 슬픔과 분노가 뒤섞이며 목이 메어 더이상 말을 잇지 못했다.

다른 손님들 사이에서도 낮은 탄식이 흘러나왔다.

그때 남자의 옆 탁자에 앉아 있던 사람이 싸늘한 투로 불쑥 말했다. "이미 죽은걸. 화낸들 무슨 소용인가."

남자는 일꾼의 멱살을 잡고 있던 손을 놓고 털썩 주저앉았다. 일꾼은 지옥에서 풀려난 사람처럼 허겁지겁 부엌으로 도망쳤다. 아마 한참 동안은 부엌에서 나오지 못하고 숨어 있을 것이다.

나란히 놓인 두 탁자에 두 사람이 앉아 있었다. 한 사람은 회색 옷을 입고, 다른 한 사람은 자주색 옷을 입었다. 회색 옷을 입은 사람이 객잔 일꾼의 멱살을 잡았다가, 자주색 옷을 입은 사람이 한마디하자마자 순순히 다시 자리에 앉은 것이다.

회색 옷은 왕충王忠이고, 자주색 옷은 하장何璋이었다. 이들 둘과 유여경은 사호은창의 세 사람이었다. 사호은창은 십 년 전 사고문에서 용맹하기로 제일가는 이들이었다. 누구와 대결하든 물러설 줄 모르고 오로지 전진만 하는 맹장이었기에 '사호은창'이라 불렸다. 본래 네 사람이지만 사고문과 금원맹이 결전을 벌일 때 그중 한 사람이 전사하고, 나머지 세 명도 사고문의 해산과 함께 뿔뿔이 흩어졌다. 왕충은 창을 버리고 검술을 단련해 '진검震劍'이라는 독창적인 검술을 만들어냈고, 하장은 포화이청천 밑에서 높지도 낮지도 않은 관직에 있었으므로 포졸인 셈이었다. 유여경은 스승이 있는 마가보馬家堡*로 돌아와 은거하며 십 년 동안 거의 바깥에 나오지 않았다. 왕충과 하장은 최근 강호에 떠도는 괴이한 소문을 들었다. 사고문 문주 이상이와 금원맹 맹주 적비성이 결전을 벌이다 실종되기는 했지만 둘 다 죽지 않고 살아 있다는 소문이었다. 뜻밖의 소식에 감격한 세 사람은 마가보에서 만나 문주를 찾아낼 방도를 논의하기로 약속했다. 그런데 둘이 도착하기도 전에 유여경이 누군가에게 살해된 것이다!

---

* '보(堡)'는 무림 세력이 한곳에 터를 잡고 성벽을 둘러 촌락을 형성해놓은 작은 성을 뜻한다.

"마가보." 찻잔을 비운 하장이 은자를 탁자에 툭 던져놓고 곧장 밖으로 나가자 왕충도 검을 들고 그를 따라 나가며 하장의 탁자에 놓인 주전자를 흘긋 쳐다보았다. 향기로운 차가 아직 절반이나 남아 있었다. 두 사람은 객잔 앞에서 훽 말에 올라타고 총총히 떠났다.

객잔에 있던 사람들은 약속이나 한 듯 일제히 한숨을 돌리며 서로 얼굴을 쳐다보았다. 그때 누군가 불쑥 말했다. "요즘 마가보가 평온하질 않군. 수진 공자를 고칠 의원을 천만금을 써서 간신히 모셔왔다더니 의원이 마가보에 들어가자마자 유 사부가 죽었잖아. 그런데 이번엔 또 흉악한 사람이 둘이나 들어가게 생겼으니……"

그러자 옆에 있던 사람이 입을 가리고 소곤소곤 말했다. "뭘 모르는 소리. 마가보에서 유 사부를 시기하는 누군가가 의원을 불러다 유 사부를 독살했을 수도 있어. 저 역귀疫鬼 둘이 마가보에 들어가서 그 의원을 잡아 족치면 누구 짓인지 밝혀질 거야!"

한편, 전날 아침 마가보.

마가보의 보주堡主 마황馬黃은 말없이 고개를 숙인 채 손가락만 꼼지락거리고 있는 아들을 보며 미간을 찡그렸다. "이연화는 아직도 안 왔느냐?"

호위병이 대답했다. "아직 도착하지 않았습니다."

아들 마수진을 보고 있는 마황의 미간에 주름이 깊게 파였다. "이연화가 죽은 사람도 살려내는 강호 최고의 신의라고는 하지만 수진의 병도 고칠 수 있을지 모르겠구나……"

그때 문밖에서 연신 외치는 소리가 들렸다. "신의가 오셨습니다! 신의가 오셨습니다!"

마황은 반색을 하며 벌떡 일어나 소매를 털고 "명성을 익히 들었습니다"라고 인사할 준비를 했다.

부하들이 땀을 뻘뻘 흘리며 들어와 외쳤다. "신의 오셨습니다!"

마황이 의아한 표정으로 물었다. "어디 계시느냐?"

부하들 중 하나가 갑자기 구령을 외쳤다. "하나, 둘, 셋! 내려놔!"

부하들 속에서 커다란 마대 하나가 툭 떨어지더니 동시에 자루 안에서 "어이쿠!" 하는 소리가 났다. 자루 안에서 누군가 나올 방향을 찾지 못하는 듯 버둥거렸다. 부하 하나가 자루 주둥이를 열어주자 안에 있던 사람이 머리를 쑥 내밀며 씁쓸하게 웃었다. "초면에 송구합니다…… 이연화라고 합니다……"

마황은 놀라서 말을 잇지 못하다 부하들을 향해 눈을 부라리며 불같이 외쳤다. "신의께 무슨 짓들이냐! 이놈들에게 치도곤을 스무 대씩 쳐라!" 그러고는 황급히 이연화를 향해 공수를 하며 사과했다. "경솔한 제자 놈들이 신의께 불경을 저질렀습니다. 이쪽으로 앉으십시오."

마황은 소문으로만 듣던 신의를 위아래로 훑어보았다. 나이는 스물너덧이 안 되어 보였는데, 용모가 점잖게 생긴 것이 한눈에도 신의 같은 분위기가 풍겨 제법 흡족했다.

그때 부하 하나가 말했다. "보주께 아룁니다. 의원께서 병을 고칠 줄 모른다며 기둥을 끌어안고 오지 않겠다고 버티셨는데, 그러다 저희가 내놓은 황금 만 냥을 얼떨결에 발로 차서 강물에 빠뜨리셨습니다. 저희 입장에서는 돈이 사라졌으니 의원님을 꼭 모셔와야 했기에, 그래서⋯⋯ 그래서⋯⋯"

마황이 굳은 얼굴로 말했다. "그래서 의원님을 마대에 넣었느냐? 손님을 이렇게 모셔오는 법이 어디 있단 말이냐?"

이연화는 난처한 표정으로 헛기침을 했고, 부하가 억울하다는 듯 말했다. "의원님께서 직접 자루 안으로 들어가 숨으셨습니다. 저희가 어찌 감히 의원님을 자루에 넣었겠습니까⋯⋯ 저희는 그저 힘을 합쳐 자루를 메고 왔을 뿐입니다."

마황은 혼란스러운 얼굴로 팔을 내저었다. "물러들 가라. 물러들 가." 그러고는 몸을 돌려 '강호 제일의 신의' 이연화를 향해 부드러운 미소를 지었다. "의원님, 이놈이 제 아들입니다. 이놈의 병을 고쳐주십사 의원님을 먼길 오시게 했습니다."

마대에서 기어나온 이연화가 배시시 웃어 보이자 마황은 아들의 병세를 자세히 얘기했다. 병세를 다 듣고도 이연화가 아무것도 물어보지 않자 마황은 속으로 감탄했다. '과연 절세 신의로고. 증상을 듣기만 해도 훤히 아는 게야. 더 길게 설명할 필요도 없을 것 같군.'

마황의 아들 수진은 올해 일곱 살인데 어찌된 까닭인지 두 살 무렵부터 남들 앞에서는 거의 말을 하지 않고 혼자 방에 틀어박혀 종이만 접었다. 백지 한 장만 있으면 천 번이고 만 번이고 접었다 폈다 하며 놀 수 있었고 싫증도 내지 않았다. 수진은 유독 유여경을 잘 따라 하루에 겨우 한두 마디쯤 하는 말이 모두 유여경에 대한 얘기였다. 그래서 아이는 늘 유여경의 방에 가서 놀았고 아버지인 마황과는 함께 있는 시간이 거의 없었다.

수진이 이연화를 흘긋 보더니 손가락을 들어 제 머리를 톡톡 건드렸다. 이연화가 팔을 뻗어 자기 머리를 만져보니 마대에서 빠진 실 한 올이 머리에 붙어 있었다. 이연화가 얼른 실을 떼어버리고 뭐라고 말을 건네려는데 수진이 고개를 획 돌리고는 입을 꾹 다문 채 창밖 어딘가로 시선을 던졌다.

이것이 이연화와 수진의 첫 대면이었다. 그날 오후 이연화와 마황이 차를 마시고 있을 때 수진은 유여경의 방에서 놀고 있었다. 그런데 마황의 부인이 아들을 데리러 갔다가 유여경의 방 앞에서 피범벅이 되어 서 있는 아이를 발견했다. 유여경의 침대와 방안에 선혈이 낭자했다. 잘린 오른팔 하나가 침대 끝에 걸쳐져 있고 바닥에 흥건히 고인 피 웅덩이 속에 잘린 머리카락 한 줌이 떨어져 있을 뿐, 유여경은 보이지 않았다.

다음날 오후, 유여경의 옛 벗 왕충과 하장이 마가보에 도착했다. 이연화는 아직도 놀란 가슴이 진정되지 않는다며 침대에 누워 밖으로 나오지 않았다. 마가보는 한순간 혼란에 휩싸였다. 공포, 당혹감, 의구심이 마가보 전체를 뒤덮고, 알 수 없는 은밀함이 고요한 정원을 휘감으며 짙은 불안감을 자아냈다.

왕충과 하장이 마가보에 온 그날 밤, 마황의 부인이 갑자기 쓰러져 혼수상태에 빠졌다. 이연화가 몸져눕는 바람에 부인을 치료할 수 없어 급하게 다른 의원을 불러다 진찰하게 했더니 독에 중독된 듯하다며 해독약을 구하지 못하면 병세가 위급해질 것이라고 했다.

그런데 숨 돌릴 틈도 없이 다음날 아침 마황 부부가 침대에 나란히 누운 채 숨져 있는 것을 하녀가 발견했다. 방안의 물건도 모두 그대로이고 문도 굳게 닫혀 있었지만, 마황의 오른팔은 누군가 베어내려다 실패한 듯 수차례 칼을 내려친 흔적이 남은 채 몸에 간신히 붙어 있었다. 유여경이 살해된 현장과 마찬가지로 방안은 온통 피범벅이었다. 그런데 처참하게 칼에 베인 마황과 달리 부인의 시신은 상처 하나 없이 온전했다. 게다가 마황은 갈비뼈가 부서질 만큼 오른팔을 심하게 베였는데도 저항한 흔적이 전혀 없었다. 칼에 베일 때 이미 의식을 잃었던 것으로 보였다.

마가보는 새벽부터 혼란에 휩싸였다. 전날은 당혹감이 컸다면 오늘은 공포 그 자체였다. 심지어 무서움을 견디지 못하고 도망친 하인들도 있었다. 마황의 몇몇 제자들은 권력을 차지하기 위해 다툼을 벌였다. 수십 년 동안 평안했던 마가보에 경천동지할 큰일이 벌어진 것이다.

사흘 사이에 호원護院*과 보주, 보주의 부인이 비명횡사했고, 호원과 보주는 거의 흡사한 수법으로 사망했다. 억울하게 죽은 유여경의 원귀가 보주 부부의 목숨을 앗아간 것일까? 이 일은 마가보의 '팔 잘린 귀신 사건'이라고 이름 붙여져 불과 며칠 만에 강호에 파다하게 퍼졌다.

---

* 호위 임무를 맡은 관직.

2. 혼란

"셋째 형님. 둘째 형님은 정말 돌아가신 걸까요?" 죽은 마황 부부의 방을 둘러보던 왕충이 입을 열었다. 왕충은 핏자국이 선명하게 남아 있는 침대에서 시선을 떼지 못했다. "시신이라고는 한쪽 팔밖에 보지 못했는데 형님이 죽었는지 살았는지 어떻게 알아요? 난 어쩐지 둘째 형님이 살아 계실 것 같아요."

자주색 옷을 입은 하장이 담담하게 말했다. "둘째 형님이 죽지 않고 살아서 마황 부부를 죽였을 거란 말이냐?"

왕충이 잠시 머뭇거리다 말했다. "예전에 둘째 형님이 마황과 사이가 좋지 않았잖아요……"

하장이 한숨을 내쉬었다. "설사 형님이 사제와 불화했다 해도 사부에게는 충심이 깊었어. 결코 그런 일을 하실 분이 아니다. 형님의 죽음을 인정하지 않고, 마황의 죽음을 형님이 살아 계신 증거로 여기다니. 너는 십 년 사이에 더 타락했구나."

왕충도 속으로 부끄러웠다. 자신의 말이 그저 억측이라는 건 스스로도 잘 알았다. 유여경은 충성스러운 사람이었으니, 오히려 누가 마황을 죽이려 하면 자기 목숨을 걸고 구할 사람이었다. 그런 그가 마황 부부를 살해했을 리 없었다.

마음이 어수선하고 불안한 마가보 사람들은 두 사람이 무엇을 하든 신경쓸 겨를이 없었을뿐더러, 포졸인 하장이 사건 현장을 살펴보는 것을 감히 가로막을 사람도 없었다. 두 사람은 방안에 있는 물건들을 자세히 살펴보았다. 모든 물건이 반듯하게 정리되어 있고 미심쩍은 구석도 전혀 없었다.

하장이 말했다. "살인범이 아무것도 건드리지 않은 것 같군. 방의 구조에 아주 익숙한 사람일 거야……"

그때 누군가의 목소리가 불쑥 끼어들었다. "아…… 그 서랍……"

하장이 고개를 돌려보니 한 남자가 문 앞에 서 있었다. 남자는 조심스럽고도 미안해하는 눈빛과 온화한 투로 말했다. "그 서랍의……"

남자의 말이 끝나기도 전에 하장과 왕충의 입에서 똑같은 말이 튀어나왔다. "문주?"

문 앞에 선 사람은 한층 더 미안해하는 표정으로 자기 얼굴을 만졌다. "아…… 저는 이연화라고 합니다. 실종된 사고문의 문주 이상이와 닮았다는 얘길 많이 들었습니다. 하지만 지금 제 얼굴은 어렸을 때와 많이 다릅니다." 이연화는 안으로 들어와 방을 가득 채운 핏자국을 보고는 몸서리를 쳤다. "제가 열두 살 때 절벽에서 굴러떨어졌다가 어느 노인에게 구조됐습니다. 절벽에서 떨어지면서 바위에 부딪혀 얼굴을 심하게 다쳤는데 그 노인이 절세의술로 제 얼굴을 이렇게 바꿔놓았답니다. 제 의술도 그 이름 모르는 노인에게 배운 것이지요. 정말입니다. 저는 거짓말은 하지 않습니다." 이연화는 그렇게 말하며 사람 좋게 웃어 보였다.

왕충과 하장은 반신반의했다. 하지만 잠시 생각해보니 이 사람의 얼굴이 사고문 문주 이상이와 몹시 닮은 건 사실이지만 이상이 특유의 차가우면서도 아름다운 미모에는 미치지 못했고, 말투와 행동은 더더욱 거리가 멀었다. 두 사람은 이연화의 말을 믿는 쪽으로 마음이 기울었다. 하지만 이연화가 몇 달 전에는 자신과 이상이가 쌍둥이이고, 이상이의 본명은 이연봉이며 어릴 적에 이름도 모르는 노인에게 양자로 보내졌다고 둘러댔다는 사실을, 두 사람은 알지 못했다.

계속 이연화의 얼굴을 뚫어져라 쳐다보던 하장은 이연화가 이상이와 닮기는 했지만 이상이는 아니라고 확실히 결론을 내린 뒤 태연하게 물었다. "아까는 뭐라고 하셨던 거죠?"

이연화가 말했다. "그 서랍의 자물쇠가 여섯 글자까지 맞춰져 있다고요."

하장이 이연화의 시선을 따라가보니 침대 옆 서랍장의 서랍에 자물쇠가 걸려 있었다. 고리 일곱 개를 돌려서 여는 원기둥 형태의 자물쇠였다. 각각의 고리에는 글자가 네 개씩 새겨져 있고, 시 구절이 완성되도록 고리를 돌려 글자를 맞추면 열리는 자물쇠였다. 요즘 유행하는 형태였다. 그중 제일 아래 서랍에 매달려 있는 자물쇠는 각각 일곱 글자 중 여섯 글자가 맞춰져 있었다. 요즘 유행하는 시구라는 걸 대번에 알 수 있었다. '운모병풍촉영심雲母屛風燭影深, 장하점락효성침長河漸落曉星沈, 항아응회투영약嫦娥應悔偸靈藥, 벽해청천야야심碧海青天夜夜心'*에서 다른 여섯 글자는 다 맞춰져 있지만

* 당나라 시인 이상은(李商隱)의 시 「항아(嫦娥)」. '운모 병풍에 촛불 그림자 그윽한데 / 은하수 점점 기울고 새벽별도 희미해지네 / 항아는 불사약 훔친 것을 후회해 / 검푸른 바다 위 하늘에서 밤마다 시름하리니.'

각 행의 네번째 글자인 '풍', '락', '회', '천'이 맞춰져 있지 않았다.

하장이 다가가 자물쇠를 유심히 들여다보았다. 무뚝뚝한 성격의 왕충은 자물쇠를 보지도 않고 대뜸 물었다. "누가 이 서랍을 열려고 했을 거란 말입니까?"

이연화가 말했다. "그런 말은 하지 않았습니다. 그저 일곱 글자 중 여섯 글자가 맞춰져 있다고만 했지요."

하장이 자물쇠를 들여다보며 말했다. "이것만 가지고는 누가 자물쇠를 열려다 열지 못한 건지, 열었다가 고리 하나씩만 돌려놓은 건지 판단할 수 없소…… 하지만 여섯 글자가 맞춰져 있으니 자물쇠를 열지 못했을 가능성은 적겠군요. 누군가 자물쇠를 열고 서랍 속에 있던 물건을 가지고 간 것 같소……" 하장은 손쉽게 서랍을 열었다. 서랍 속에는 빈 편지지만 한 뭉치 들어 있을 뿐 누군가 탐낼 만한 물건은 보이지 않았다.

이연화가 서랍을 흘긋 보고 뭐라고 말하려는데 하장이 편지지 뭉치를 꺼내 뒤적였다. 편지지는 모두 새것이었고, 사이에 다른 물건이 끼워져 있지도 않았다. 왕충은 계속 방안을 둘러보았다. 사건이 일어났을 때 문은 잠기지 않고 닫혀만 있는 상태였다고 하니 범인은 문을 통해 나갔을 것이다. 그런데 어째서 누구의 눈에도 띄지 않았는지 의문이었다.

"의원께서는…… 부인이 살해당하기 하루 전날 독에 중독된 것도 이 사건과 관련이 있다고 보십니까?"

천천히 방을 훑어보던 이연화는 하장의 물음에 얼른 대답했다. "관련이 있을 겁니다. 부인이 하루 전날 중독되어 의식을 잃은 것으로 추측건대, 보주가 팔을 베이면서도 저항하지 않은 것 또한 아마 같은 원인이었을 겁니다."

왕충이 미간을 찌푸리며 물었다. "중독이요?"

하장이 고개를 끄덕였다. "보주도 부인과 동일한 독에 동일한 방법으로 중독된 것 같습니다. 정신이 혼미해진 뒤 팔을 베였으면 저항한 흔적이 없을 수밖에요."

이연화가 옆에서 고개를 끄덕이고는 물었다. "어떤 독일까요?"

하장이 의아하다는 표정으로 되물었다. "모르십니까?"

이연화는 말문이 막혀 머뭇거리다 "아……" 하고 의미를 알 수 없는 탄성을 흘렸다.

왕충도 이상하다는 듯 이연화를 보았다. "어떤 독에 중독됐는지, 신의께서 모르신단 말입니까?"

이연화가 우물댔다. "세상에 둘도 없는 기이한 독이지요……"

하장이 고개를 끄덕였다. "세상에 둘도 없는 기이한 독이 아니라면 마황을 쓰러뜨릴 수 없겠지요. 그런데 누가 감히 마황 부부를 독살했고, 어떻게 두 번이나 같은 방법으로 독을 썼으며, 매번 성공했을까요?"

이연화가 천천히 입을 열었다. "두 번이 아니라, 세 번일 겁니다……"

왕충이 외쳤다. "맞아요!"

"정말…… 아주 이상한 사건이군요……" 이연화는 그렇게 중얼거리며 벽에 남아 있는 핏자국을 응시했다. 칼을 휘두를 때 튄 것으로 보이는 피가 침대 머리맡의 하얀 벽을 오른쪽에서 왼쪽으로 가로지르며 선명한 흔적을 남겼다.

이연화가 생각에 잠겨 있는데 창밖에서 어린아이의 조용한 노랫소리가 들려왔다. "……사마귀가 잠자리를 잡아먹고, 잠자리는 파리를 잡아먹고, 파리는 달팽이를 잡아먹고, 달팽이는 냉이꽃을 먹는다네…… 사마귀도 사라지고, 잠자리도 사라지고, 파리도 사라지고, 달팽이도 사라진다네……" 젖내가 가시지 않은 아이의 어설픈 발음으로 부르는 노랫소리였지만 방안에 있던 세 사람은 왠지 모르게 뒷덜미가 선득했다. 늘 멍한 표정으로 누구와도 말을 하지 않는 일곱 살짜리 아이는, 어쩌면 어른들보다 더 많은 것을 보았을지도 모른다. 다만 그게 뭔지 이해할 수 없을 뿐……

"……사마귀가 잠자리를 잡아먹고, 잠자리는 파리를 잡아먹고, 파리는 달팽이를 잡아먹고, 달팽이는 냉이꽃을 먹는다네…… 사마귀도 사라지고, 잠자리도 사라지고, 파리도 사라지고, 달팽이도 사라진다네……" 마수진은 부모님의 침소 앞에서 혼자 놀고 있었다. 아직 아무도 그 아이에게 부모님이 모두 돌아가셨다는 얘기를 해주지 않았다. 붉은 옷을 입은 어린 하녀가 아이를 따라다니고 있었다. 밥을 먹자고 아무리 달래도 아이는 고집스럽게 고개를 숙인 채 풀숲을 헤집어 뭔가를 잡으며 놀기만 했다.

"저 아이는 마황의 친아들이 아니에요." 왕충이 불쑥 말했다. "둘째 형님에게 들었어요. 마황의 부인이 둘째 형님 사부, 그러니까 마황 부친의 관문제자*인데 젊었을 적 아주 아름다웠대요. 열여덟 살에 사부와의 사이에서 사생자를 낳았고 얼마 되지 않아 사부가 돌아가신 뒤 보주의 자리를 물려받은 마황과 혼인을 했대요. 그렇게 해서 마수진이 마황의 아들이 되었지만 실은 마황의 이복동생이에요."

이연화가 깜짝 놀라 물었다. "마황이 형제를 아들로 삼았단 말입니까?"

왕충이 마른 웃음을 지었다. "그건…… 아마 부인에 대한 깊은 사랑 때문이겠지요. 마황은 세간의 시선을 개의치 않았어요……"

하지만 이연화는 계속 고개를 가로저었다. "이상한 일이군요. 이상해요. 그럴 순 없어요."

하장이 담담하게 말했다. "이 사실을 아는 사람은 많지 않습니다. 마황이 이 일을 일절 입에 올리지 않고 마수진을 몹시 아꼈다고 합니다."

왕충이 웃었다. "마황이 죽었으니 저 아이가 보주가 되면 그 사형들이 가만히 있진 않을 겁니다……"

그의 말이 끝나기도 전에 갑자기 밖에서 퉁 하는 기황機簧** 소리가 들렸다. 하장이 재빨리 편지지를 뭉쳐 창밖으로 던지자 멀리서 날아온 작은 물체가 허공에서 편지지 뭉치에 부딪혀 바닥으로 떨어졌다. 왕충과 하장은 십 년 만에 만났지만 여전히 손발이 착착 맞아서, 하장이 편지지 뭉치를 던지는 순간 왕충은 창밖으로 몸을 날려 바닥에 떨어진 물체를 주웠다. 왕충이 외쳤다. "비우전飛羽箭*** 이에요!"

* 사부가 마지막으로 받은 제자.

** 탄성을 이용해 물체를 튕겨 발사하는 기구.

*** 깃털 달린 표창.

하장은 창 앞에 서서 여전히 아무것도 모른 채 놀고 있는 마수진을 내려다보며 천천히 말했다. "설마 마가보에 원한을 품은 누군가가 저 일곱 살짜리 아이까지 없애려는 건 아니겠죠……"

이연화는 비우전이 날아온 방향을 응시했다. 마황 부부의 침실 밖에 연못이 있고, 연못가에는 꽃나무가 무성하게 자라고 버드나무도 심겨 있었다. 버드나무 뒤로 난 오솔길 몇 개는 각각 마황 제자들의 방으로 이어졌고, 제자들의 방 뒤편에 하인들의 거처가 있었다. 비우전은 바로 연못가 꽃나무 사이에서 날아왔다. 그 뒤에 건물 수십 채가 있고 각 출입구도 모두 열려 있으므로 비우전을 날린 사람을 찾는 건 결코 쉽지 않을 터였다.

왕충이 비우전을 들고 돌아와 자세히 살펴보다 미간을 찡그렸다. "이건……"

비우전을 받아 살펴보던 하장의 얼굴도 굳어졌다. "이건……"

두 사람의 낯빛이 무거워졌다.

"둘째 형님의 암기예요."

이연화가 의아한 표정으로 물었다. "유 대협은 죽었잖아요?"

왕충이 숨을 깊게 들이마셨다. "둘째 형님이 잘 쓰던 암기예요."

하장은 왕충보다 더 생각이 깊었다. "둘째 형님의 암기인 건 맞지만 둘째 형님이 던진 건 아닙니다."

"그걸 어떻게 아시죠?"

"수십 년 전부터 비우전을 써온 둘째 형님이 기황을 쐈을 리 없습니다. 암기의 길이가 두 치 세 푼이고, 무게도 대략 일 전錢* 정도밖에 안 되는데, 어린애도 던질 수 있는 이런 암기를 어째서 기황을 써서 날렸겠습니까? 암기를 날리는 데 익숙하지 않은 사람이 분명합니다."

이연화가 한숨을 쉬었다. "그 말씀도…… 일리가 있군요……"

왕충이 마수진을 보며 말했다. "저 아이가 위험해요."

하장도 고개를 끄덕였다. "누가 둘째 형님의 팔을 자르고 마황 부부를 살해했는지는 모르지만, 둘째 형님은 행방불명됐고 마수진도 위험해. 범인도 찾고 아이도 지키려면, 마가보의 각 길목을 봉쇄하고 마가보 사람들을 하나하나 조사하는 게 좋겠어."

왕충이 긴 한숨을 내쉬었다. "범인이 정말 아이를 노린다 해도 독 안에 든 쥐가 되는 거죠."

이연화가 고개를 끄덕이다 불쑥 물었다. "만약 유여경의 원혼이 범인이라면요?"

왕충과 하장이 당황해서 아무 대답도 하지 못하자 이연화가 혼잣말을 중얼거렸다. "그럴 리는 없겠지. 그럴 리가 없어……"

두 사람은 서로의 얼굴만 멀뚱멀뚱 쳐다보았다. 귀신이 무서운 듯 잔뜩 겁먹은 표정을 감추지 못하는 '강호 제일의 신의'를 보며 두 사람은 내심 실망했다. 하장이 차분하게 말했다. "의원님도 몸이 편찮으시다고 들었습니다. 일찍 들어가 쉬시지요."

이연화는 홀가분한 표정으로 몸을 돌려 막 방을 빠져나가다 문득 뭔가 생각난 듯 예의를 갖춰 말했다. "저는 감기에 걸려 방에 돌아가 쉬어야겠습니다."

---

* 과거의 무게 단위. 1전은 3.73그램.

이연화가 돌아간 뒤 왕충은 참았던 불만을 터뜨렸다. "강호 제일의 신의가 저렇게 겁 많고 허술한 사람이었다니……"

하장도 코웃음을 쳤다. "강호에 흩어져 있는 밀정들에게 보고받기로는 이연화가 죽은 사람도 살려낸다고 호언장담을 했다는데, 사기꾼임이 분명해. 염라대왕 면전까지 갔다가 되살아났다는 시문절과 하란철도 이연화의 친구가 분명할 테고. 거짓으로 죽은 척했겠지. 세상 누구도 죽은 사람을 살려낼 순 없어. 거짓말로 세상을 속여 명성을 얻고, 구차한 목숨에 연연해 죽기를 겁내고, 심지어 의술은 배운 적도 없는 돌팔이가 틀림없어. 마가보 사건이 해결되면 내 손으로 저 사람을 잡아 불피백석에 넘겨 처벌받게 할 테다."

하장은 포화이청천의 심복이므로 그의 말은 누구도 무시하지 못했다. 곧바로 마가보의 출구 네 곳이 봉쇄되고 마가보의 식솔들은 각자 방에서 명령을 기다리며 대기했다. 하장이 마황의 제자 몇 명을 데리고 모든 방을 샅샅이 조사했다. 하지만 하인들이 슬쩍해 간 귀중품 몇 가지와 하녀가 몰래 보낸 연서, 침대 밑에 처박아둔 고린내나는 양말 몇 켤레 같은 것 외에는 아무것도 찾아내지 못했다. 조사를 받는 이들의 안색도 평소와 다름없어 수상한 점이 전혀 없었다. 그날 밤 마가보의 통행이 금지되자 정원은 쥐죽은듯 적막했다. 하장이 직접 순찰을 돌며 작은 기척이라도 있으면 일일이 가서 확인했다.

밤새도록 아무 일도, 아무 소리도 없었다. 겉으로는 평온하고 고요해 보였다.

이연화는 자기 방에서 자고 있었다. 날씨도 선선하고 노름판에서 다투는 소리도 거의 들리지 않아 편히 잘 수 있었다. 꿈에서 쥐와 달팽이의 싸움이 무승부로 끝나고 이 년 열 달 뒤에 다시 만나기로 약속할 때쯤…… 갑자기 누군가 흔들어 깨우는 바람에 이연화는 놀라 벌떡 일어나 앉았다. "귀신이야!" 가만히 보니 왕충이었는데, 얼굴에 핏기가 하나도 없고 땀으로 흠뻑 젖어 있었다. 왕충이 다급한 목소리로 말했다. "이연화! 빨리 일어나요! 하장 형님이 함정에 빠져 정신을 잃었어요! 형님을 살릴 수 있겠어요?"

이연화는 깜짝 놀랐다…… 정말 큰 충격을 받았다. 하장의 무공은 사호은창 중에서도 최고였다. 게다가 포화이청천의 수하에 오랫동안 있었기 때문에 사건 수사에 경험도 많고 관찰력도 예리했다. 본래 성격도 냉정하고 차분하며 의심이 많고 호기심이 적은 사람인데, 그런 하장이 누군가의 함정에 걸렸다니? 마가보에 숨어 있는 살인마는 이연화의 상상을 초월하는 고수인 듯했다.

"하장은 어디에 있습니까?"

왕충이 이연화를 침대에서 일으켜 손님방으로 끌고 가서는 마가보 사람들의 호기심어린 곁눈질에도 아랑곳하지 않고 다짜고짜 하장의 방으로 밀어넣었다. "어젯밤 하장 형님과 길을 나눠 순찰을 돌았어요. 아침에 정원을 순찰하는데 형님이 쓰러져 있지 뭡니까. 두 눈은 동그랗게 뜨고 있는데 온몸에 열이 펄펄 끓고 말을 하지 못했어요."

이연화가 하장의 몸을 만져보더니 외쳤다. "왕충! 나가 계시오!"

왕충이 영문을 몰라 우물쭈물하자 이연화가 단호하게 말했다.

"나가 계시오!"

왕충이 얼떨떨한 표정으로 방에서 나간 뒤 이연화가 문을 닫아 걸었다. 방안에는 이연화와 하장만 남았다.

차가운 표정의 이연화는 정말로 이상이 문주와 비슷했다. 문 앞에 덩그러니 남겨진 왕충은 머릿속이 하얗게 비었다. 이연화가 자신을 내쫓고 무슨 짓을 할지 몰라 문을 밀어보려고 했지만 왠지 용기가 나지 않았다.

'이연화. 세상을 속여 거짓 명성을 얻은 돌팔이. 대체 사람을 살릴 수 있는 걸까, 없는 걸까? 나를 내쫓고 방안에서 뭘 하려는 거지? 사람을 살리는 의술이라는 것이 차마 남에게 보여주지 못할 방법인 걸까, 아니면 정말 세상에 하나뿐인 비법이 있어 누구에게도 보여주지 않으려는 걸까?'

문은 굳게 닫힌 채 열리지 않았고, 방에서는 아무 소리도 나지 않았다.

3. 이빨 자국

차 한 잔 마실 정도의 시간이 흐른 뒤 문이 열렸다. 왕충이 안을 들여다보니 누워 있는 하장의 얼굴에 혈색이 돌고 이연화는 은침과 약병 등을 바쁘게 정리하고 있었다. 단순한 성격의 왕충도 문득 의문이 들었다. 방안에 물도 없는데 저 많은 병 속에 든 약을 어떻게 먹였지? 모두 붙이는 고약인가? 형님 몸에는 상처가 하나도 없었는데? 하지만 모든 의문은 금방 흩어졌다. 왕충이 물었다. "셋째 형님은 어떻습니까?"

이연화가 한숨을 내쉬었다. "아주 기이한 독에 중독되었습니다."

"그게 무슨 독인가요?"

이연화는 그 물음에는 대답하지 않고 화제를 돌렸다. "기혈은 뚫었지만 몸속에 독이 남아 있어 며칠 있어야 깨어날 겁니다."

왕충이 어금니를 악물었다. "대체 누굴까요? 어떤 놈이 감히 형님에게 독을 썼을까요? 저는 귀신의 소행이라고 절대 생각하지 않습니다!"

이연화가 하장의 손가락을 가리키며 천천히 말했다. "아무 흔적도 없는 건 아니어서, 적어도 사람을 죽인 '것'이 유 대협의 원혼이 아니라는 건 알았습니다."

자세히 살펴보니 하장의 오른손 새끼손가락에 아주 작은 이빨 자국이 있었다. 실로 살짝 묶었던 흔적처럼 거의 보이지 않을 만큼 얕은 자국이었다. "이게 뭐예요?"

그게 뭔지 모르겠는 건 이연화도 마찬가지였다. "모르겠어요."

왕충이 한참을 들여다보고는 말했다. "작은 벌레나 짐승한테 물린 자국 같아요."

이연화가 그를 칭찬했다. "왕 대협도 관찰력이 좋으시군요."

왕충의 미간에 주름이 잡혔다. 평소 생각이란 걸 깊이 해본 적이 거의 없는 그가 골똘히 생각에 잠겼다 입을 열었다. "설마 정체 모를 벌레가 살인범일까요? 누군가 작정하고 마씨 가문의 씨를 말리려는 게 아니라 우연히 독충에 물려 죽은 걸까요?"

"그건…… 아닐 거예요. 어제 누군가 마수진에게 몰래 암기를 날린 건 우리가 직접 봤잖아요. 벌레가 마황 부부를 독살했다면 그 암기도 벌레가 날렸게요?"

왕충이 쓴웃음을 지었다. "역시 제 머리로는 어렵네요. 지금은 셋째 형님까지 쓰러졌으니 정말 어떻게 해야 할지 모르겠어요. 마황의 제자들도 전부 나귀만큼이나 멍청하고요. 아마 나보다도 멍청할 거예요. 불피백석의 피구 선생님을 모셔오는 게 좋겠어요."

이연화는 그의 시무룩한 말을 듣지 못한 듯 태연하게 물었다. "왕 대협, 마가보에서 날아다니는 커다란 벌레를 본 적이 있습니까?"

왕충이 고개를 저었다. "나방 한두 마리는 본 적 있어요."

이연화가 하장의 상처를 흘긋 보았다. "이빨 자국이 미세하기는 하지만 새끼손가락에 한 바퀴 빙 둘러서 자국이 나려면 적어도 머리가 손가락 굵기만한 크기는 돼야 해요. 그러니 아주 작은 벌레는 아닐 겁니다. 또 하 대협의 손가락을 물었으니 날아다니는 것이거나 하 대협이 바닥에 엎드려 있을 때 누군가…… 벌레를 하 대협의 손에 올려놓았겠지요."

왕충이 무릎을 탁 쳤다. "그럴듯하군요!"

이연화가 곁눈질로 왕충을 흘긋 보았다. "여기서 날아다니는 커다란 벌레가 사람을 무는 걸 본 적이 있습니까?"

"셋째 형님이 마가보의 출구를 봉쇄할 때 비슷한 추측을 하고 관가管家*에게 물어봤지만 이상한 화초나 독충은 없다고 했어요."

왕충은 고개를 저으며 그렇게 말하고는 잠시 생각에 잠겼다 알 수 없다는 표정으로 말을 이었다. "독충을 이용해 마황 부부를 살해한 것, 둘째 형님과 마황의 팔을 자른 것, 마수진을 암살하려고 한 것. 이 모든 사건이 참으로 괴이합니다. 마가보에서 둘째 형님의 팔을 자를 만큼 무공이 뛰어난 자가 누굴까요? 아무도 모르게 독충을 기를 수 있는 사람은 또 누구고요? 독을 쓴 뒤에 어째서 팔을 베려고 했을까요? 마수진을 암살하려고 한 사람은 누굴까요? 마황이 죽으면 마수진이 보주가 된다고는 하지만, 지금 마수진을 죽여서 얻을 수 있는 이득이 없잖아요. 네 명을 연달아 죽이는 건 너무도 흉악하고 잔인한 일이에요. 만약 지금 마수진이 죽는다면 누가 보주의 자리에 오르든 살인자라는 의심을 피할 수 없을 텐데, 설마 그런 생각도 안 해봤겠어요? 게다가 아무것도 모르는 바보 같은 아이인데, 죽여봤자 무슨 소용이 있다고요."

이연화의 미간에 깊은 주름이 파였다. "왕 대협은 참으로 영특하고 예리하시군요. 왕 대협이 모르는 건 저도 알 수 없지요."

둘은 혈색이 돌아온 하장을 지켜보고 있다 약속이나 한 듯 탄식했다.

왕충이 말했다. "셋째 형님은 의원님이 세상을 속여 거짓 명성을 얻었다고 했지만 제가 보기엔 그렇지 않은 것 같네요."

이연화가 계면쩍은 표정으로 말했다. "과찬이십니다."

희푸른 새벽빛이 차츰 물러가고 온화한 햇빛이 비추자 창밖의

* 지주나 관리의 집을 관리하는 비교적 지위가 높은 하인.

나뭇잎이 더 푸르게 보였다. 살인마가 숨어 있는 곳이라고는 상상이 가지 않았다.

두 사람이 살해되고 한 사람이 실종되고, 또 한 사람이 혼수상태에 빠졌지만 마가보의 신비한 살인마는 새벽안개 속을 떠다니는 유령처럼 작은 실마리 하나 잡히지 않았다.

그날 오후.

"나비 한 마리에 나비 한 마리를 더하면 몇 마리일까?" 이연화가 종이로 접은 나비 두 마리를 들고 웃으며 마수진에게 물었다.

마수진은 이연화의 물음을 듣지 못한 듯 고개를 숙인 채 이미 수천 번 접었다 편 종이를 가지고 노는 데 열중했다.

이연화가 종이로 접은 사마귀 두 마리를 들고 다시 물었다. "벌레 한 마리에 벌레 한 마리를 더하면 몇 마리일까?"

마수진은 들은 척도 하지 않았다.

이연화는 계속 만면에 미소를 띤 채 종이 나비 두 마리와 종이 사마귀 두 마리를 손에 들고 물었다. "벌레 두 마리에 벌레 두 마리를 더하면 몇 마리일까?"

그제야 마수진이 고개를 들어 이연화를 보았다. 아이의 눈동자는 까맣게 빛났지만 총기가 느껴지지는 않았고, 이목구비는 제 엄마를 닮아 제법 잘생긴 얼굴이었다. 아이가 가만히 말했다. "한 마리."

"벌레 두 마리에 벌레 두 마리를 더하면 네 마리지…… 자, 보렴. 하나, 둘, 셋, 넷……"

이연화가 손에 들고 있는 종이 나비와 사마귀를 가리키며 세어 보였지만 마수진은 다시 고개를 숙이고 조용히 제 손에 있는 종이만 가지고 놀았다.

마황에게는 장달張達, 이사李思, 왕무王武 세 제자가 있었다. 장달이 제일 큰 사형이고, 이사가 둘째, 왕무가 막내로, 모두 오랫동안 마황의 문하에서 무예를 닦았다. 세 사람은 무공과 글재주가 고만고만하지만 성격은 하나같이 거칠고 급했다. 이연화가 아침나절 내내 종이를 접어 나비 두 마리와 사마귀 두 마리를 만들더니 오후에는 또 마수진 곁에서 말을 붙여보려고 한나절을 보내자 세 사람의 인내심이 한계를 넘었다.

장달이 말했다. "의원님, 사부님과 사모님을 해친 건 이사의 짓이 틀림없습니다. 하 대협이 깨어나면 똑똑히 얘기해주십시오……"

옆에 있던 이사가 버럭 성을 냈다. "헛소리 마요! 내가 어떻게 사부님을 해칠 수 있어요? 내가 사부님을 해치는 걸 형님 눈으로 봤어요? 형님이 그날 밤 사부님 침소 앞을 지나갔잖아요! 형님이 제일 의심스럽다고요!"

장달도 화를 냈다. "나는 뒷간에 간 거야! 밤에는 뒷간도 가면 안 된단 말이냐? 뒷간에 간 게 사부님을 해친 거야?"

왕무는 이사 편을 들었다. "둘째 사형이 범인이라는 대사형의 말은 증거가 없어요. 하지만 대사형이 한밤중에 뒷간에 가면서 사부님 침소 앞을 지나간 건 나도 봤어요."

장달이 분노했다. "이사 네놈이 사부님과 사모님의 비밀을 알게 돼서 사부님이 널 죽여 입막음을 할까봐 먼저 선수를 쳤겠지. 네

시키면 속을 내가 모를 줄 아느냐? 사부님만 없애면 다 될 줄 알았어? 세상에 이 장달이 있다는 걸 잊지 마라……"

"그 비밀이 뭡니까?" 세 사람이 성을 내며 정신없이 다투고 있을 때 호기심 가득한 목소리가 끼어들었다.

놀란 세 사람은 이연화가 옆에 있다는 사실을 그제야 떠올렸다.

장달은 얼굴이 벌겋게 달아오른 이사에게 삿대질을 하며 말했다. "이놈이 사부님과 사모님의 비밀을 알고 있습니다! 지난번에 이놈이 술에 취해서는 자기가 우연히 놀라운 비밀을 들었다면서 은자 삼백 냥을 주면 말해주겠다고 했어요."

이연화의 시선이 이사의 얼굴로 옮겨갔다. 붉게 달아올랐던 이사의 얼굴에서 빠르게 핏기가 가셨다. "내가 술에 취해서 헛소리를 한 거예요. 난 아무것도…… 아무것도 몰라요."

"저런, 술버릇이 나쁘시군요."

이연화의 말에 이사가 손바닥으로 탁자를 쾅 내려쳤다. "무슨 소리! 내가 비록 무공은 별 볼 일 없어도 술버릇은 흠잡을 데가 없습니다!"

이연화도 지지 않고 말했다. "술에 취하면 헛소리를 하시잖아요."

이사가 노발대발하며 왕무의 머리통을 가리켰다. "이놈한테 물어보십쇼! 마가보에서 주량과 술버릇을 자랑할 때는 다들 자기가 둘째라고 한단 말입니다. 이 이사가 있는 한 그 누구도 자기가 첫째라고는 못해요!"

"그거 이상하군요. 방금 전에는 술에 취해 헛소리를 했다고 하시지 않았습니까……"

이사의 말문이 막히자 장달이 고소하다는 듯 그를 보았다. "꼴좋다! 어서 털어놔! 사부님과 사모님의 비밀이 뭐야?"

이사가 이연화를 노려보자 이연화는 고의가 아니었다는 듯 미안한 표정을 지었다. 이사는 입을 꾹 다물고 생각에 잠겼다 털썩 주저앉았다. "사실인지는 모르지만…… 사부님과 술을 마신 적이 있는데……" 이사는 운만 띄워놓고 또 한참을 망설이다 조심스럽게 말했다. "사부님이 그랬어요…… 사모님을 사랑하긴 하지만 언젠가는 사모님을 죽이고야 말겠다고."

장달과 왕무가 소스라치게 놀랐다. "뭐라고?"

놀라기는 이연화도 마찬가지였다. "왜죠?"

"왜냐하면…… 사부님이 사조師祖*님을 죽였다는 걸 사모님이 알고 있으니까요."

"아!" 장달과 왕무가 온몸을 떨며 눈을 휘둥그레 떴다. "사부님이 사조님을 죽였다고?"

이사가 마른 웃음을 웃었다. "사부님이 술에 취해 헛소리를 한 건지도 모르지만, 어쨌든 그렇게 말했던 것 같아요…… 자기가 사조님의 아들인데, 사조님은 유 사숙과 사모님을 누구보다 더 아끼고 아들인 자신은 홀대했다고. 사조님이 마가보를 유 사숙에게 물려주겠다고 하는 바람에 사부님이 사조님과 다투다 얼떨결에 절벽에서 밀어버렸대요……"

* 스승의 스승.

이연화도 충격을 받아 얼굴이 사색이 되고 온몸을 떨었다. "그, 그럼…… 부인이 그걸 봤답니까?"

이사가 쓴웃음을 지었다. "모르겠어요. 사모님이 그걸 안다고만 했어요." 자신에게 쏠린 모두의 시선을 보고 이사가 다급하게 말했다. "난 아무한테도 얘기 안 했어요. 사부님이 술에 취해 헛소리를 하셨을 거예요…… 사부님이 사모님과 수진을 얼마나 아꼈는지는 강호 사람들이 다 아는 걸요."

"그렇겠죠…… 암요…… 참, 장 대협." 이연화가 화제를 돌리며 장달에게 물었다. "사건이 일어난 그날 밤 변소에 가다가 보주의 침소 앞을 지날 때 이상한 건 보지 못했습니까?"

장달이 고개를 저었다. "제가 침소 앞을 지날 때는 방에 불이 켜져 있었어요. 사부님이 수진을 안고 놀아주고 계신 것 같았어요. 이상한 건 없었어요."

이연화가 고개를 돌려 이사와 왕무에게 물었다. "그날 밤 두 사람은 왜 잠도 안 자고 장 대협의 뒤를 밟았죠?"

이사와 왕무가 깜짝 놀랐다. 왕무는 장달의 뒤를 밟지 않았다고 부인했지만, 이사는 잠시 생각하다 입을 열었다. "우리가 형님의 뒤를 밟은 걸 어떻게 아셨습니까?"

이연화가 진지하게 대답했다. "두 사람의 방에서 보주의 침소까지는 꽃나무와 버드나무가 우거져 있지요. 지난 며칠 동안 달빛이 어두워 멀리 떨어진 각자의 방에서는 장 대협이 보주의 침소 앞을 지나 뒷간에 가는 걸 볼 수 없었을 겁니다. 게다가 두 사람이 동시에 그걸 우연히 봤을 가능성은 더욱 희박합니다. 그렇다면 뒤를 따라가며 가까이에서 보았겠지요."

왕무는 이사와 시선을 마주쳤다가 더듬거리며 말했다. "실은…… 형님의 뒤를 밟으러 간 게 아니었어요. 우리 둘이……"

이연화가 물었다. "뭘 하셨습니까?"

왕무가 망설이다 용기를 내어 입을 열었는데, 그 대답이 무척 놀라웠다. "우리가 유 사숙의 유령을 봤어요."

이연화가 깜짝 놀라 외쳤다. "유여경의 유령을 봤다고요?"

장달도 놀라 입을 떡 벌렸다. 이사가 다급하게 손을 내저었다. "왕무가 봤어요. 나는 못 봤어요. 난 정원에서 장달 형님만 봤는데 왕무는 유 사숙을 봤다고 했어요."

왕무가 또 한참을 주저하다 말했다. "정말이에요. 유 사숙의 유령이 정원을 돌아다니다 사라졌어요. 그리고 이튿날 사부님과 사모님이 숨진 채 발견됐고요."

이연화의 얼굴이 어두워졌다. "유여경의 유령을 봤다고요? 어이쿠, 무서워…… 난 귀신이 제일 무서운데…… 세상에 정말로 귀신이 있다고요?"

그때 마수진이 고개를 돌려 그를 흘긋 보자 이연화가 얼른 아이를 향해 웃었다. "벌레 두 마리에 벌레 두 마리를 더하면 몇 마리지?"

마수진이 이번에는 이연화의 말을 무시하지 않고 잠시 생각하다 어설픈 발음으로 가만히 말했다. "네 마리."

이연화가 아이를 칭찬했다. "옳지, 똑똑하구나."

4. 귀신 잡기

마황 부부가 죽은 지 나흘째 되는 날.

하장이 여전히 깨어나지 못하자 왕충의 초조함과 불안감이 점점 심해졌다. 눈앞에 적이 있다면 당장 달려들어 사생결단을 냈겠지만 살인마는 어디에 숨었는지 오리무중이었다. 그는 꼬박 이틀 동안 방에 우두커니 앉아만 있었다. 두 눈에 붉게 핏발이 섰지만 좀체 잠이 오지 않았다. 이연화는 그 와중에도 온종일 마수진과 나비를 잡으러 다니고 물고기를 잡고 종이접기 놀이를 했다. 마치 마가보의 살인 사건이 자신과는 무관하다는 듯한 태도였다. 왕충은 그런 그가 몹시 불만스러웠지만 이연화는 원래 마황이 마수진의 병을 고치기 위해 데려온 의원이고, 또 이연화가 마수진과 놀아주는 것이 잘못인 이유를 찾을 수 없었으므로 화를 눌러 삼켜야 했다.

마가보를 봉쇄한 지 사흘이 흘렀다. 신선한 채소와 과일이 거의 바닥나 이대로 범인을 찾아내지 못하면 다시 문을 열 수밖에 없었다. 그러면 출입구를 막고 범인을 잡으려 했던 노력이 모두 허사로 돌아갈 것이다. 게다가 하장이 습격당한 이후 며칠 동안은 사람들의 불안감과 달리 새로운 사건이 발생하지 않았다. 표면적으로는 마가보가 평온을 되찾은 듯했다.

이날은 날씨가 유난히 좋았다. 저물녘이 되자 석양이 하늘을 아름답게 물들여 마가보 전체가 금빛에 휘감겼다. 사람들의 안색도 한결 좋아 보였다. 괴이하고 두려웠던 날들이 정말로 다 지나간 것 같았다.

왕무는 정원의 연못가에서 무예를 연마하고 있었다. 그는 장달과 이사보다 조금 우둔하지만 누구보다 성실하게 무예를 단련했다. 마황이 제자를 가르치는 능력이 그렇게 변변찮지만 않았다면 그는 제법 쓸 만한 재목이 되었을 것이다. "헙! 흑호도심黑虎掏心! 헙! 후자노월猴子撈月!" 동작을 할 때마다 기합을 넣는 왕무에게서 활력과 생기가 넘쳤다.

그때 풀숲에서 뭔가가 움찔거렸다. 왕무가 흠칫 놀라 동작을 멈췄다. "누구냐!"

풀숲에서는 아무 기척도 없었다.

그 순간 참혹하게 죽은 마황 부부의 모습이 뇌리를 스쳐 왕무는 목덜미가 선득했다. 마음 같아서는 성큼 다가가 다시 한번 "누구냐!" 하고 외치고 싶었지만 발이 떨어지지 않고 목소리도 나오지 않았다. 한참을 그 자리에 얼어붙어 있던 왕무는 바닥에서 돌멩이 하나를 주워 툭 던졌다. 돌멩이가 풀숲에 떨어지자 파리떼가 화락 날아오르며 흩어졌다. 목을 빼고 가만히 들여다보던 왕무가 기겁을 하고 놀라 비명을 지르며 몸을 돌려 달아났다. "으악! 사람이 죽었다! 여봐라!"

왕충과 이사 등이 비명소리를 듣고 달려오니 언제 왔는지 이연화가 이미 파리가 잔뜩 앉아 있는 물체를 살펴보고 있었다. 이연화는 때마침 건너편 연못가에서 마수진과 놀고 있다 비명소리에 달려온 것이다. 마수진은 유모가 데리고 갔다.

왕충이 성큼성큼 다가가 물었다.

"누가 죽었습니까?"

생각에 잠겨 있던 이연화는 왕충의 물음에 깜짝 놀랐다. "누, 누가 죽었습니까?"

왕충이 의아한 표정으로 물었다. "왕무가 달려와 또 누가 죽었다고 했어요. 시신은 어디 있습니까?"

이연화는 풀숲 가운데를 가리켰다. "여기에는 팔 한쪽밖에 없어요……"

왕충은 이연화가 가리키는 곳으로 시선을 옮겼다. 잘린 팔 하나가 풀숲에 떨어져 있었다. 파리가 새까맣게 들러붙어 있는 것을 보니 잘린 지 좀 된 것 같았다. 왕충의 얼굴이 하얗게 질렸다. 유여경의 상황과 비슷한데, 누구의 팔일까? "몸은 어디에 있습니까? 누구 팔이죠?"

이연화가 말했다. "여자 손이군요……"

잘린 팔을 살펴보던 이사와 장달이 동시에 외쳤다. "소홍小紅!"

이연화는 어리둥절했다. "소홍이 누구죠?"

장달이 말했다. "수진을 돌보는 하녀요. 사모님의 몸종이기도 하고요."

왕충도 그제야 생각났다. 미수진을 따라다니며 밥을 먹이는 어린 하녀였다. "누가 그 하녀에게 이런 짓을 했을까요?"

장달이 하인들에게 말했다. "소홍이 방에 있는지 확인해보고, 만약 없으면 그 방을 샅샅이 조사하거라."

이연화가 말했다. "여기 이상한 것이 있군요."

자세히 보니 잘린 팔 옆에 생김새도 특이하고 색깔도 괴이한 물체가 떨어져 있었다. 무언가의 내장인 것 같았다. 비릿한 악취가 나는데 그 위에는 파리가 거의 붙어 있지 않았다. 도마뱀 한 마리만 기어와 한입 베어 물고는 곧바로 풀 사이로 사라졌다.

장달이 중얼거렸다. "소홍이 어째서 여기에 이런 걸 갖고 왔을까요? 주방장을 불러오라고 할게요. 생선이나 새 같은 동물의 내장인 것 같아요."

이연화가 고개를 끄덕이고는 말했다. "그런데 파리가 여기에는 내려앉지 않네요……" 그러고는 고개를 들어 사방을 둘러보았다. 무예를 단련하는 뒤뜰은 초목이 푸르고 연못가에 대나무 정자와 오래된 우물도 있었다. "어라? 연못가에 또 우물이 있군요?"

이사가 약간 짜증스럽다는 듯 말했다. "누가 파놓았는지는 모르겠어요. 십수 년 전에 이 연못이 지금보다 훨씬 넓었을 때는 우물에도 물이 있었지만 지금은 연못 물이 절반으로 줄고 우물도 말랐어요."

이연화가 "아" 하는 짧은 탄성을 내뱉으며 말했다. "알았습니다."

모두 어리둥절했다. "뭘요?"

이연화가 말했다. "여기서 더 가면 유 대협과 세 분의 거처가 있고, 저쪽에 보주 부부의 침소가 있군요. 이쪽은 보주 부부의 침소 앞에 있는 꽃나무 숲과 연못이고……"

사람들은 영문을 몰라 서로 얼굴만 쳐다보았다. 왕충이 헛기침으로 화를 누르며 말했다. "마가보에서 며칠을 지내셨는데 여기가 어딘지 이제야 아셨습니까?"

이연화가 계면쩍은 표정으로 대답했다. "그건…… 오솔길이 워낙 구불구불해서 헷갈렸어요. 이쪽으로 건너와서 보니 보주의 침소에서 바라본 것과 다르군요……"

장달이 콧방귀를 뀌고는 나지막이 뇌까렸다. "돼지같이 아둔하군."

이연화는 못 들은 체 말을 이었다. "그렇다면 비우전도 이 숲에서 날렸겠지요……"

"맞아요!" 왕충도 그제야 깨달은 듯 맞장구를 치고는 연못 너머로 시선을 던지며 생각에 잠긴 듯한 목소리로 말했다. "비우전을 반대편 연못가로 날리려면 바로 여기가 최적의 위치죠."

이사도 두뇌 회전이 느리지 않았다. "그럼 이곳에 수상한 점이 있단 말인가요?"

"이곳에 귀신이 있어요."

이연화의 말에 왕충이 미간을 찡그렸다. "말도 안 됩니다. 세상에 정말로 귀신이 있다면 엄청난 악행을 저지른 이들을 왜 안 잡아간답니까? 어째서 억울한 사건이 벌어지도록 내버려두겠어요? 절세 신의께서 어찌 그런 황당한 얘기를 하십니까?"

하지만 이연화는 진지한 표정으로 뜻을 굽히지 않았다. "이곳에 귀신이 있어요. 틀림없습니다."

왕충이 큰 소리로 말했다. "귀신 따윈 없어요! 내 생각엔 마가보에서 누가 독물毒物을 기르고 있는 것 같군요. 그걸로 사람들을 중독시키는 게 틀림없어요!"

장달이 냉정한 투로 말했다. "왕 대협, 마가보 안에 범인이 있다는 건 우리도 알고 있습니다. 하지만 대체 누가 사부님을 살해했는지, 대협은 아세요?"

왕충은 말문이 막혀 민망한 나머지 버럭 화를 냈다. "그럼 누가 범인인지 자네는 알고 있나?"

이연화가 헛기침으로 둘의 다툼을 중단시키고는 빙그레 웃었다. "저는 압니다."

"안다고요?" 사람들이 믿기지 않는다는 듯 경멸조로 반문했다.

이연화가 진지한 표정으로 고개를 끄덕였다. "정말로 압니다."

"범인이 누굽니까?"

이연화가 뜻밖의 대답을 했다. "그건 귀신을 잡으면 알 수 있을 겁니다."

왕충의 호기심이 동했다. "귀신을 잡는다고요?"

이연화가 빙긋 웃었다. "여기에 귀신이 있습니다. 사람 팔을 베는 귀신을 잡으면, 누가 그를 죽였는지 직접 물어보시지요. 어떤가요?"

모두 아무 말도 못하고 반신반의하는데 이연화가 늘어지게 하품을 했다. "어떻게 귀신을 잡을지는 오늘밤에 다시 얘기하기로 하지요…… 저는 수진 도련님을 잘 지키겠습니다. 보주께서 생전에 내게 맡긴 일이니 보주님을 실망시킬 순 없지요."

잘린 팔 옆에서 발견된 것은 주방장이 생선 내장이라고 확인해주었다. 어제 저녁에 복어 요리를 했다는 것이다. 파리가 앉지 않았던 건 복어 내장에 독이 있기 때문이었다. 이 생선 내장이 부엌에서 나온 건 틀림없는 듯했다. 소홍의 방에서는 의심스러운 점이 발견되지 않았고, 아침부터 지금까지 소홍을 봤다는 사람 또한 없었다. 그녀가 한쪽 팔만 잘렸는지, 죽었는지 판단할 수 없었다.

저녁을 먹은 뒤에도 이연화는 마수진을 데리고 놀았다. 사람들은 그의 '귀신 잡기'가 시작되기만을 기다렸다. 하지만 달이 점점 높이 뜨고 졸음이 쏟아지는데도 이연화는 여전히 마수진과 종이접기에만 열중했다. 마침내 삼경이 지나자 장달과 이사는 이연화를 믿은 자신이 멍청한 돼지라고 속으로 욕하며 잠을 자러 방으로 돌아가고, 왕충과 왕무만 남아 이연화가 귀신을 잡기를 기다렸다. 왕충은 잠이 오지 않았기 때문이지만, 왕무는 이연화가 정말로 귀신을 잡을 수 있을지도 모른다는 생각이 들어 끝까지 기다려보기로 했다.

사경四更이 되자 드디어 이연화가 움직이기 시작했다.

"수진아, 나랑 같이 가자." 이연화의 말투가 유난히 부드러웠다.

마수진은 조금 겁먹은 표정으로 뒤로 살짝 물러났으나 이연화가 다시 한번 부드럽게 말하자 조용히 몸을 일으켰다. 이연화는 아이 손을 잡고 무예 단련장 옆, 숲과 연못으로 둘러싸인 풀밭으로 향했다.

왕충과 왕무는 영문도 모른 채 다섯 장쯤 떨어져 둘의 뒤를 따랐다. 달빛이 밝아 칠흑처럼 어둡지는 않았다. 이연화와 마수진은 곧장 연못으로 향했다.

'혹시 연못 속에 뭔가 있단 말인가……' 왕충이 그렇게 생각하고 있을 때였다. 이연화가 갑자기 "어이쿠!" 하고 비명을 내지르며 벌러덩 뒤로 자빠졌다.

왕충과 왕무가 놀라 재빨리 달려가는데 숲속에서 어떤 물체가 튀어나와 그들보다 더 빠른 속도로 연못을 향해 날아갔다. 은빛 검광이 어둠 속에서 번뜩이더니 이연화의 어깨를 덮쳤다.

"멈춰라!" 왕충이 우레 같은 목소리로 외치며 재빨리 달려들었다. 그의 두 손가락이 허공을 가르는 검날을 튕기자 그 '물체'는 검을 놓친 뒤 몸을 돌려 달아났다. 그때 바닥에 쓰러졌던 이연화가 몸을 일으키며 외쳤다. "유 대협! 도망치지 마시오! 나는 독에 중독되지 않았소!"

그 물체와 정면으로 마주친 왕충이 순간 소스라치게 놀라 소리쳤다. "둘째 형님!"

놀란 건 왕무도 마찬가지였다. "유 사숙!"

이연화에게 검을 휘두르고 도망친 사람은 바로 한쪽 팔이 잘린 유여경이었다!

여러 사람에게 신분이 들통나자 유여경도 도망치기를 포기했다. 왕충을 응시하는 그의 눈빛이 복잡했다. 십 년 만에 사제를 만난 감회와 침울함이 뒤섞였다. "난……"

왕충은 그 순간 마가보에서 연달아 일어난 참극을 다 잊은 듯 유여경에게 성큼성큼 다가가 와락 어깨를 잡았다. "둘째 형님! 십 년 만입니다. 잘 지내셨습니까?"

진흙을 털고 일어난 이연화가 미소를 머금고 두 사람을 지켜보았다.

"난…… 어…… 난……" 꽉 잠긴 목소리로 말을 잇지 못하던 유여경이 고개를 들어 이연화를 보았다. "문주와 너무도 닮으셨군요. 문주로 착각할 뻔했소. 그런데 내가 죽이려는 게 아니라는 걸 어떻게 아셨습니까?"

이연화가 마수진의 손을 잡고 말했다. "여긴 위험하니 대청으로 가서 얘기할까요?"

유여경은 고개를 끄덕였지만 왕무는 놀란 표정으로 그에게서 눈을 떼지 못했다. "유 사숙, 살아 계셨습니까? 그럼 그날 밤에 제가 본 것이 정말로 유 사숙이었군요…… 유 사숙이…… 사부님을 죽이셨습니까?"

유여경이 "휴" 하고 한숨을 내쉰 뒤 말을 이었다. "자네 사부가 큰 재목은 아니지만, 그렇다고 내가 그를 죽일 이유는 없네. 왕년에 우리 사호은창이 어떤 이들이었는지 왕충에게 물어보게. 사고문의 문하에는 소인배가 없어. 마 사제가 일처리는 서툴렀지만 본성이 나쁜 사람은 아니었어. 난 그를 죽이지 않았네."

마황 부부를 죽이지 않았다면 그는 왜 숨어 지냈으며, 왜 이연화의 팔을 베려고 했을까? 대청으로 돌아올 때까지 이연화는 계속 마수진의 손을 잡고 있었다.

대청에 앉은 뒤에야 절반이 잘린 유여경의 오른팔이 왕충의 눈에 들어왔다. 두껍게 감은 붕대 위로 피가 배어나와 있었다. 왕충이 참담한 표정으로 말했다. "형님, 누가 형님을 이렇게 만들었습니까? 형님은 왜 이 의원의 팔을 베려고 하셨고요?"

"범인의 정체는, 나도 뜻밖이었다……" 그렇게 말한 유여경이 고개를 들어 이연화를 응시했다. "나조차 믿을 수 없는 일을, 의원님은 어떻게 아셨소? 내가 사람을 죽이려는 게 아니라 살리려고 팔을 벤다는 걸 말이오."

왕충과 왕무가 동시에 반문했다. "사람을 살리려고 팔을 벴다고요?"

유여경이 고개를 끄덕였다. "범인의 독물이 맹독을 가지고 있어. 그 독에 중독된 즉시 팔을 잘라내지 않으면 한두 시진 내에 숨이 끊어지지."

왕무가 깜짝 놀라 물었다. "그렇게 무서운 독이 있습니까? 대체 범인이 누굽니까?"

왕충도 속으로 몹시 놀랐다. 살인범이 팔을 자른 것이 아니라 유여경이 중독된 사람을 살리기 위해 팔을 잘랐다니! "범인이 누굽니까?"

유여경이 이연화를 응시했다. "범인은……"

이연화가 엷은 미소를 지으며 마수진을 앞으로 밀었다. "여기 있습니다."

왕충과 왕무가 깜짝 놀라 동시에 외쳤다. "이 아이가요? 어떻게 그럴 수가!"

이연화가 한숨을 내쉬었다. "실은 나도 믿고 싶지 않았습니다…… 하지만 일곱 살 아이는 우리가 상상하는 것보다 훨씬 더 많은 걸 알 수 있습니다. 다만, 안다 해도 역시 어린애일 뿐이죠. 이런 일을 저지른 건 역시 아이가 잘 모르기 때문입니다. 그렇지, 수진아?"

낮에 이연화가 종이로 접어준 새끼 돼지를 손에 꼭 쥔 채 고개를 숙이고 있던 마수진의 얼굴에 약간 놀란 기색이 번졌다. 아이는 입술을 깨물며 아무 말도 하지 않았다.

유여경이 마수진을 보았다. "수진아, 내가 널 얼마나 아꼈는지 너도 잘 알 게다. 그날 어째서 그것이 날 물게 했느냐?"

마수진은 겁에 질린 듯 몸을 약간 움츠렸다.

유여경이 목소리를 높였다. "왜 그랬느냐?"

이연화 뒤에 숨어 입을 꾹 다물고 있던 마수진이 마침내 들릴락 말락 하는 목소리로 말했다. "왜냐하면…… 자꾸만 글공부와 무예 연습을 시켜서요. 저는 글공부가 싫어요."

유여경은 분노를 넘어선 황당함에 실소를 터뜨렸다. "단지 그 이유 때문에? 잘했구나. 아주 잘했어……"

마수진이 이연화의 옷자락을 꼭 쥐었다. "엄마가 그랬어요. 누구든 내 일을 방해하면 죽여도 된다고요."

왕충과 왕무가 고개를 설레설레 흔들었다.

유여경이 물었다. "어째서 어머니까지 죽였느냐?"

마수진이 입술을 비죽거렸다. "엄마가 봤어요."

유여경이 차갑게 웃었다. "네가 기르는 그 물건을 봤다고? 그럼 아버지는? 비록 네 친부는 아니지만 널 친아들처럼 아껴줬는데 어째서 아버지까지 죽였어?"

마수진이 갑자기 크게 소리쳤다. "그 사람은 내 아빠가 아니에요! 엄마가 그랬어요. 그 사람이 내 아빠를 죽였다고!"

왕충이 참고 있던 질문을 던졌다. "그럼 하장은?"

한줄기 공포가 마수진의 눈동자를 스쳤다. "그 사람은…… 날 잡으려고 했으니까……"

이연화가 마수진의 머리를 토닥이며 온화한 투로 말했다. "이제 됐다. 더는 말하지 않아도 돼. 여기서부턴 이 아저씨가 대신 말하마."

늘 무표정하던 마수진의 작은 얼굴에 두려움이 번지더니 입술이 일그러졌다. 이연화의 옷자락을 꼭 쥔 마수진의 눈에서 왈칵 눈물이 쏟아졌다. "엄마가 보고 싶어요…… 엉엉엉…… 아빠도 보고 싶어요…… 엉엉엉엉……"

다들 어찌할 바를 몰라 서로 얼굴만 쳐다보았다. 분노와 당혹감이 차올랐지만 또 한편으로는 측은함을 느꼈다.

5. 도마뱀

"의원님은 수진이 범인이라는 걸 어떻게 아셨소?" 유여경이 물었다. "수진이 기르는 독물에게 물렸다는 걸 알았을 때까지도 나는 수진이 날 죽이려 한다는 걸 믿기 힘들었소."

왕충이 긴 한숨을 내쉬며 마수진을 응시했다. "저 아이가 사람을 죽이는 걸 내 눈으로 직접 봤더라도 믿지 못했을 거요."

왕무는 뭐라고 해야 좋을지 몰라 일곱 살짜리 아이를 그저 바라보기만 했다. 얼굴에는 아직도 믿기지 않는다는 기색이 역력했다.

이연화가 마수진을 보며 한숨을 지었다. "제가 신선처럼 초능력을 가진 것은 아닙니다. 처음에 제가 아는 단서는 하나뿐이었습니다. 유 대협의 시신이 발견되지 않았으니 '죽었다'고 단정할 수 없다는 것이었죠. 유 대협의 팔은 아마 스스로 베었을 것이고, 마수진이 그 광경을 목격했을 거라고 생각했습니다."

왕충이 물었다. "그걸 어떻게 아셨습니까?"

"오른쪽을 벨 때 머리카락도 함께 잘렸다면 아주 예리한 검이었다는 뜻이죠. 만약 이 마가보에 사호은창 유여경의 팔을 벨 수 있는 고수가 있다면 어째서 유 대협을 도망치게 내버려두었겠습니까? 어떻게 그 자리에 있는 마수진을 놓아주었겠습니까? 그는 어떻게 들어오고 어떻게 나갔을까요? 수진의 몸에 피가 튀었으니 유 대협의 팔이 잘릴 때 수진이 바로 옆에 있었을 겁니다. 그게 아니라면 어디에서 피가 튀었을까요? 또 수진은 유숙의 한쪽 팔만 남았다고 말했을 뿐, 다른 사람을 봤다는 얘기는 하지 않았습니다. 따라서 유 대협의 팔을 자른 건 유 대협 자신일 거라고 생각했습니다."

이연화가 잠시 생각에 잠겼다 천천히 말했다. "하지만 풀리지 않는 의문이 있었습니다…… 어째서 유 대협은 마수진의 눈앞에서 스스로 팔을 잘라야 했을까요? 여러 이유로 자기 팔을 자를 수는 있겠지만, 아이가 보는 앞에서 팔을 자른 건 이상한 일입니다. 그러다 보주 부부가 독살되고, 보주의 시신에서도 팔을 베려고 한 흔적이 발견되자 저는 생각했습니다. 어쩔 수 없이 자기 팔을 잘라야만 했던 사람도 아마 독에 중독됐을 거라고 말이죠. 보주가 예리한 칼에 베였을 때 그는 이미 의식을 잃은 뒤였습니다. 그를 죽일 생각이었다면 처음부터 심장을 찌르지 뭐하러 팔을 베었겠습니까? 그래서 팔을 벤 것은 사람을 죽이려는 게 아니라 사람을 살리려는 거라는 데 생각이 미쳤습니다. 또한 벽에는 오른쪽에서 왼쪽으로 핏자국이 여러 개 나 있었는데, 보주의 팔을 수 차례 베고도 잘라내지 못한 건 힘이 약한 왼손으로 검을 썼기 때문입니다." 여기까지 말한 이연화는 유여경을 보며 말을 이었다. "그래서 보주의 팔을 자르려고 한 사람이 바로 중상을 입은 유 대협일 거라고 추측했습니다. 하지만 독을 쓴 사람이 누군지는 알 수 없었습니다. 그런데 장달의 말을 듣고 알았습니다."

"아." 왕무가 나지막이 탄성을 내뱉고는 물었다. "대사형의 말이라뇨?"

이연화가 빙그레 웃었다. "장달이 뒷간에 갈 때 뭘 봤다고 했죠?"

왕무가 기억을 더듬었다. "사부님의 방에 불이 켜져 있었다고 했던 것 같습니다."

이연화가 고개를 끄덕였다. "보주가 아들을 안고 놀아주고 있었다고 했지요. 보주 부부가 사망하기 전 마지막으로 함께 있었던 사람이 또 마수진이었던 겁니다!"

왕충의 가슴이 서늘해졌다. "하지만 그것만 가지고 이 아이가 범인이라고 단정할 수는 없어요."

이연화가 미소를 지었다. "그때는 마수진이 범인일 거라고 의심하지 않았습니다. 그런데 한 가지 실험을 해보았지요. 내가 종이로 나비 두 마리와 사마귀 두 마리를 접었던 걸 기억하십니까? 벌레 두 마리에 벌레 두 마리를 더하면 몇 마리냐고 물었더니 아이는 한 마리라고 대답했죠."

왕무가 말했다. "두 마리 더하기 두 마리는 네 마리잖아요."

이연화가 고개를 저었다. "사마귀가 나비를 잡아먹으니까 사마귀 두 마리에 나비 두 마리를 더하면 사마귀 두 마리죠. 그런데 암컷 사마귀는 수컷 사마귀를 잡아먹으니까 사마귀 두 마리 중 한 마리만 남습니다."

"아." 모두가 탄성을 내뱉었다. 하지만 왠지 이상하다는 생각이 들었다.

이연화가 계속해서 말했다. "하지만 내가 네 마리라고 하자 아이는 곧바로 네 마리라고 바꿔 말했습니다. 이 아이가 절대로 아둔하지 않다는 증거입니다. 오히려 아주 영리합니다. 이 아이는 종이접기를 좋아합니다. 왕 대협, 마황 부부의 침소에서 본 서랍 기억하시죠?"

"기억합니다만……" 왕충이 어리둥절한 표정으로 대답했다. 서랍 자물쇠의 일곱 글자 중 여섯 글자가 맞춰져 있었기 때문에 또렷이 기억하고 있었다.

이연화가 웃었다. "그 서랍 안에 뭐가 있었죠?"

"편지지요……"

"그 빈 편지지는 마수진이 늘 가지고 노는 종이입니다. 서랍 속에 다른 귀중품은 없었습니다. 누군가 열어보았다고 하기에는 자물쇠를 다시 걸어둔 것이 이상합니다. 보통의 경우 서랍을 열었지만 귀중품이 없다면 대부분은 자물쇠를 다시 잠가놓지 않겠지요. 반대로 서랍을 열려고 했지만 열지 못했다고 하자니 칠언시 중 여섯 글자가 맞춰져 있는데도 열지 못한 것이 이상했지요. 이미 여섯 글자나 맞춰져 있는데 어떻게 열지 못할 수 있을까요? 혹시 그 시를 모르는 사람은 아니었을까요? 그래서 자물쇠를 열었다 다시 잠가놓았든, 자물쇠를 열려다 열지 못했든, 어느 쪽이든 그건 어린애의 짓일 것이라고 추측했습니다."

모두 생각에 잠겨 있을 때 유여경이 말했다. "그럴듯한 추리군요."

이연화가 천천히 말을 이었다. "만약 자물쇠를 만진 사람이 어린애였다면 최근에 아이 혼자 그 방에서 한참 동안 머무른 적이 있었을 겁니다……"

왕무는 온몸의 솜털이 곤두서는 것 같았다. "그럼 마수진이…… 부모를 독살한 뒤 그 방에서 한참 동안 머물러 있었단 말이에요?"

"꼭 그날 밤이 아닐 수도 있습니다……"

이연화 뒤에 숨어 있던 마수진이 언제 울음을 그쳤는지 기어들어가는 소리로 말했다. "엄마가 침대에 누워 있어서 서랍을 열지 못했어요."

이연화가 아이의 머리를 쓰다듬은 뒤 시선을 들어 유여경을 향해 미소를 지었다. "비록 이 아이가 의심스럽기는 했지만 확신할 수는 없었습니다. 범인이라면 독물을 갖고 있을 텐데, 이 아이에게서 그런 끔찍한 독물을 발견하지는 못했으니까요. 그런데 오늘 저녁, 소홍의 잘린 팔 옆에 생선 내장이 떨어져 있었지요. 도마뱀 한 마리가 기어오더니 그걸 한입 먹었습니다. 복어 내장에는 독이 있어서 파리도 앉지 않는데 어떻게 그걸 먹었을까요? 그러다 문득 생각이 났습니다…… 마가보의 살인 독물이라는 게 바로 지극히 평범한 생김새에 어디서나 볼 수 있는 도마뱀은 아닐까? 소홍이 도마뱀에게 먹이로 주려고 생선 내장을 가지고 온 건 아닐까? 그러다 실수로 도마뱀에게 물린 건 아닐까? 보주 부부가 죽은 뒤 소홍에게 그 일을 시킬 수 있는 사람이 누굴까? 설마 정말로 마수진일까? 그때 한 가지 일이 생각났습니다. 유 대협 덕분에 이 아이가 범인이라는 걸 확신할 수 있었습니다."

"어떻게요?" 왕충이 물었다.

이연화가 조심스럽게 왕충을 흘긋 보았다. "왕 대협도 그날 숲에서 누군가 마수진에게 암기를 날린 일을 기억하시죠?"

"둘째 형님의 암기였죠." 왕충이 고개를 끄덕이고는 고개를 돌려 유여경에게 물었다. "형님의 암기로 몰래 이 아이를 해치려 한 게 누구예요?"

유여경의 얼굴에 난처한 빛이 떠오르자 이연화가 미소를 지으며 대신 답했다. "그건 유 대협이 날린 것이었습니다. 저는 중상을 입은 유 대협이 암기를 멀리 날릴 수 없으니 기황을 사용했을 거라고 추측했지요. 그 암기 덕분에 모든 게 분명해졌습니다…… 유 대협이 누군가를 죽이려고 했다면, 그게 누굴까요? 바로 자신을 해친 사람이겠지요. 그 암기는 마씨 가문의 대를 끊기 위해서가 아니라 마가보의 수십 명을 살리기 위해 날린 것이었습니다. 유 대협과 보주 부부가 해를 입었을 때 두 번 모두 마수진이 현장에 있었습니다. 하장 또한 완전히 무방비 상태가 아니었다면 어떻게 독에 중독됐겠습니까? 마수진이 보주의 침소에서 혼자 오랫동안 머물렀지만 아무도 감시하지 않았습니다. 마수진을 돌보는 하녀 소홍은 도마뱀에게 생선 내장을 주며 길렀고요. 그 도마뱀은 맹독을 먹고도 아무렇지 않았습니다. 그리고 마수진은 아둔한 아이가 아니라 반대로 몹시 영리한 아이입니다. 첫 피해자인 유 대협이 마수진을 죽이려 했으므로 마수진이 범인입니다."

모두 긴 한숨을 내쉬었다. 이연화가 유여경에게 말했다. "유 대협도 말씀해주시지요. 독이 퍼진 팔을 자른 뒤 어째서 숨어 지내셨습니까?"

유여경이 쓴웃음을 지었다. "독물에 물린 건 갑작스러운 일이었소. 그때는 마 사제가 어린 아들을 시켜 날 해치려 한다고 생각했소. 독이 너무 강해 팔을 자른 뒤 바로 창을 넘어 도망쳐나와 마른 우물 속으로 몸을 숨겼습니다."

이연화가 빙그레 웃었다. "제가 한 가지 비밀을 맞혀볼까요? 마가보의 마른 우물 바닥은 다른 곳으로 이어져 있지 않습니까?"

유여경이 고개를 끄덕였다. "그렇소. 우물 바닥은 다른 곳들로 이어지는 천연 통로가 형성되어 있소. 밤에는 부엌에 가서 먹을 것을 훔쳐먹기도 하고 방에 가서 쉬기도 했소. 낮에는 우물 밑에서 부상이 낫길 기다렸고요. 그런데 이틀 뒤 깊은 밤에 먹을 것을 찾으러 나왔다가 수진 혼자 마 사제의 방에서 나오는 걸 보았소. 마 사제가 어째서 이 깊은 밤에 수진을 혼자 방으로 돌려보내는지 이상했지요. 그래서 창문으로 방안을 들여다보니 부부가 정신을 잃고 침대에 누워 있었소. 문이 잠겨 있지 않아 황급히 달려들어가 마 사제의 중독된 오른팔을 잘라내려고 했지만, 구하기엔 이미 늦은 뒤였소. 사매는 이미 숨져 있었지. 그제야 깨달았소. 수진이 자기 의지로 살인했다는 걸 말이오. 다음날 수진을 죽여 마 사제의 복수를 하기로 했소. 너무 무서운 아이라는 걸 알았으니까…… 하지만 상처가 낫지 않은 터라 기황을 써서 암기를 날려야 했소. 셋째 사제가 중간에 가로막지 않았다면 수진은 그 암기를 맞고 죽었을 거요. 수진을 죽이기로 마음먹은 이상 사제들 앞에 모습을 나타낼 수는 없으니 계속 우물 속에서 숨어 지낼 수밖에 없었소."

"아. 그럼 소홍도 형님께서 구하려고 했던 거로군요?"

왕충의 물음에 유여경이 조용히 웃었다. "어린 아가씨가 독물에 물린 걸 보고 팔을 잘라 목숨을 구했지. 지금 우물 밑에 있는데 아직 깨어나지는 못했어."

왕충이 그제야 생각난 듯 물었다. "참, 사람을 무는 그 독물은 대체 뭐예요?"

유여경의 미간에 깊은 주름이 파였다. "도마뱀인데, 벽을 타고 오르지도 못하는 것 같고, 물에서 헤엄을 치지도 못하는 것 같아. 기어가는 속도가 빠르지도 않고, 붉은색도 조금 섞여 있고…… 나도 제대로 본 적은 없구나…… 그놈의 살갗에 독이 있는 것 같아. 손으로 잡기만 했는데도 독이 퍼졌어."

왕무가 깜짝 놀라 물었다. "도마뱀이요? 십 년 넘게 마가보에 살면서 도마뱀을 자주 보고 또 손으로 잡은 적도 몇 번 있는데, 독성이 조금 있기는 해도 사람을 죽일 정도는 아니었습니다."

유여경이 고개를 저었다. "나도 지금껏 도마뱀을 조심해본 적은 없네." 그러고는 아이에게 물었다. "어떻게 그런 걸 길러냈느냐?"

마수진의 꾹 다문 입은 열리지 않았다. 두 뺨에는 눈물 자국이 선명했다.

이연화가 물었다. "작은 물고기를 먹여 길렀니?"

고개를 돌려 이연화를 보는 아이의 눈빛이 기이했다. 아이는 한참 망설이다 고개를 끄덕였다.

"아. 보주 부부가 복어를 즐겨 먹었습니까?"

이연화의 물음에 유여경이 고개를 끄덕였다. "마 사제가 복어를 좋아해서 며칠에 한 번씩 복어 요리를 먹었소. 주방장도 복어 요리를 잘하고."

이연화가 혼잣말처럼 중얼거렸다. "복어 내장에는 맹독이 있고, 원래 독성을 가진 도마뱀이 복어 독을 먹으면 독성이 더 강해진다?"

마수진은 무슨 말인지 아는 듯 모르는 듯 애매한 표정을 짓고 있다가 뜻밖의 말을 했다. "엄마가 작은 둑중개*를 찍찍이한테 먹이로 주라고 했어요."

유여경이 깜짝 놀라 물었다. "찍찍이? 네 어머니가 그 도마뱀들을 키우라고 했단 말이냐?"

"아버지가 내게 보주 자리를 물려주지 않는다면 찍찍이를 시켜 아버지를 물게 하라고 했어요. 그 사람이 내 진짜 아버지를 죽였다고요."

모두들 어안이 벙벙해 서로 얼굴만 쳐다보았다. 이연화는 온몸의 솜털이 곤두서고 식은땀이 났다. "어머니가…… 찍찍이 기르

* 독성을 가진 민물고기.

는 법을 가르쳐줬어? 그걸로…… 아버지를 죽이라고?"

마수진은 고개를 숙였다. "네."

유여경이 차가운 숨을 들이마시며 쓴웃음을 지었다. "그깟 마가보 보주 자리가 그토록 중요하단 말인가?"

이연화가 마수진에게 물었다. "수진아, 보주가 뭔 줄 아니?"

마수진은 의구심 가득한 얼굴로 이연화를 보며 잠시 생각하다 말했다. "보주는…… 죽이고 싶은 사람을 마음대로 죽이고…… 미워하는 사람은 전부 죽여도 되는 사람이에요."

이번에도 모두들 서로 얼굴만 쳐다볼 뿐 아무 말도 하지 못했다. 왕무의 미간에 주름이 깊게 파였다.

유여경의 낯빛도 침울했다. "그것도 어머니가 가르쳐준 거니?"

아이는 아무 대답도 하지 않았다.

이연화가 옅은 한숨을 내쉬었다. "그런데 어머니는 왜 죽였어?"

"엄마가 미워서요." 이번에는 아이가 망설이지 않고 빠르게 대답했다. "유숙의 방에 찍찍이가 있는 걸 보고 날 때렸어요. 그래서 엄마가 미웠어요."

"엄마가 미웠어요"라고 말할 때 일곱 살 아이의 얼굴에 차오른 원망과 증오는 놀랄 만큼 섬뜩했다. 조금 전 엄마가 보고 싶다며 울던 불쌍한 아이의 모습은 조금도 찾아볼 수 없었다.

이연화가 또 한숨을 쉬었다. "나도 밉니?"

마수진은 다시 이연화 뒤로 숨으며 대답하지 않았다.

이연화가 중얼거렸다. "넌 나도 미워할 것 같구나. 벌레 두 마리에 벌레 두 마리를 더하면 한 마리라고 말했던 그날부터 내가 계속

네 곁을 떠나지 않는 바람에 네 일이 방해를 받았을 거야. 찍찍이에게 먹이도 주지 못했겠지…… 그래서 찍찍이가 소홍을 물었구나…… 수진아……"

"수진아"라는 이연화의 부름에 마수진은 불덩이에 닿기라도 한 듯 뒤로 한 걸음 홱 물러났다. 놀람과 당혹감, 그리고 믿기지 않는다는 듯한 표정이 아이의 얼굴에 차올랐다. 하지만 아이의 손은 이미 이연화에게 꽉 붙들렸다. 이연화가 말했다. "……죽은 찍찍이를 가지고 있으면 더러워. 게으른 건 참을 수 있어도 더러운 건 못 참는다는 말도 있지. 어서 버리는 게 좋겠다."

모두의 눈앞에서 마수진이 들고 있던 대나무통을 열었다. 그 안에는 죽은 도마뱀이 들어 있었다. 도마뱀의 몸에 주홍색 혹이 잔뜩 돋아 있었다. 도마뱀이 왜 죽었는지는 알 수 없었다.

이연화가 대나무통을 받아 혐오스럽다는 표정으로 멀찌감치 가지고 가서는 제일 높은 책궤 위에 올려놓았다. 그러고는 홀가분한 얼굴로 사람들을 둘러본 뒤 마수진을 향해 미안한 표정을 지었다. "네가 독약을 가지고 있는 줄 알고 며칠 동안 네 곁을 지켰단다. 네가 또다른 사람에게 독을 쓸까봐서 말이야. 그 바람에 며칠 동안 먹이를 주지 못해 찍찍이가 굶어죽었구나. 정말 미안하다."

왕충이 난감하다는 표정을 지었다. 이연화를 쳐다보는 마수진의 눈동자에는 극도의 공포와 증오가 차올랐다.

유여경이 단호히 말했다. "난 이 아이를 죽일 겁니다……"

"아. 강호의 형당 불피백석이 보낸 사람들이 도착할 겁니다. 이 아이를 어떻게 할 건지는 그들에게 맡기는 게 좋겠습니다.

그……" 이연화가 유여경을 조심스럽게 살피며 말을 이었다. "설마 그들에게 함께 체포되고 싶진 않으시겠죠?"

유여경이 벌컥 성을 냈다. "이 일은 우리 문중의 일인데 누가 불피백석에게 알렸소?"

이연화가 말했다. "저는 아닙니다."

왕충이 쓴웃음을 지었다. "저예요."

유여경은 멈칫했다가 긴 한숨을 내쉬었다. "넷째야, 십 년 전 문주께서 바다에 빠져 실종되셨을 때, 난 죽을 때까지 그들 네 사람을 용서하지 않겠다고 맹세했다. 우리 문중 일에 불피백석을 개입시킬 필요는 없어."

왕충은 그저 쓴웃음만 지었다.

사고문 문주 이상이는 십 년 전 금원맹 맹주 적비성과 동해에서 결전을 벌이다 둘이 함께 행방불명됐다. 당시 형세는 사고문이 우세했지만, 이상이의 심복인 불피백석 네 사람이 사고문 제자들을 잘못 지휘하는 바람에 이상이 혼자 동해에서 결전중에 발생한 일이었다. 사고문 제자들은 그 시간에 텅 빈 금원맹 본거지를 급습하고 있었다. 비록 금원맹을 무너뜨려 강호의 큰 골칫거리를 없애기는 했지만, 유여경은 불피백석 네 사람의 결정적인 실책을 용서할 수 없어 분노하며 사고문을 떠나 은거했다. 이미 십 년 세월이 흘렀고, 지금은 불피백석 네 사람이 강호에서 두터운 명망을 얻고 있지만 그들을 향한 유여경의 사무친 증오는 조금도 누그러지지 않았다.

이연화가 두 사람을 번갈아 쳐다보다 말했다. "생전에 이상이는 고집불통인 사람을 제일 싫어했습니다…… 유 대협, 십 년 전 일을 그토록 마음에 담아둘 필요가 있습니까? 그리고……"

유여경이 싸늘하게 말했다. "그리고, 뭐요?"

이연화가 느릿느릿 말했다. "그게…… 유 대협이 바다에 빠진 것도 아니고……"

그의 말이 다 끝나기도 전에 유여경이 버럭 성을 내며 말을 끊었다. "문주의 안위가 얼마나 중대한 일인데, 똑똑하다고 큰소리치던 운피구가 천하에 다시 없을 잘못을 저질렀소! 나 유여경은 비록 똑똑하지는 않지만 눈감는 순간까지 결코 그들을 용서하지 않을 것이오!"

이연화는 말문이 막혀 더듬거렸다. "이상이가…… 벌받을 짓을 했……"

유여경이 더욱 분노해 소리쳤다. "한 번만 더 문주를 욕보이면 당신도 같이 죽여버리겠소!"

이연화가 깜짝 놀라 바들바들 떨었다. "제가 어찌 감히 대협의 문주를 욕보이겠습니까……"

하루가 채 지나기도 전에 불피백석이 보낸 사람이 도착해 '팔 잘린 귀신 사건'을 조사했다. 그 결과는 역시나 마수진이 사소한 일로 맹독을 가진 도마뱀을 이용해 유여경을 독살하려고 하자 유여경이 자기 팔을 자르고 도망친 것이었다. 마황의 부인이 정원을 살피다 마수진이 살인을 했다는 것을 눈치챘고, 이틀 뒤 마수진이 부모를 독살했다. 첫째는 자기 죄를 감추기 위해서였고, 둘째는 '친부'의 복수를 위해서였다. 그날 밤 하장이 마가보를 봉쇄하라고 명령하고 범인을 수색하자 마수진은 도마뱀을 잡아달라며 하장을 유인해 역시 도마뱀을 써서 그를 혼수상태에 빠뜨렸다. 하녀 소홍은 유여경이 숨어 있던 마른 우물 안에서 발견됐다. 소홍은 며칠 동안 굶은 도마뱀에게 먹이를 주려다 도마뱀에게 물렸다. 이것이 바로 마가보를 충격에 빠뜨린 '팔 잘린 귀신 사건'의 진상이었다. 유여경은 여러 사람의 팔을 잘랐지만, 죽이려던 것이 아니라 구하려던 것이었음이 인정됐다.

마수진은 불피백석에게 보내졌다. 유여경은 그 아이에게 분노하고 그 아이를 증오했지만 끝내 차마 죽이지는 못했다. 이연화는 그의 여린 동정심을 높이 사며, 이상이가 살아서 돌아온다면 틀림없이 크게 기뻐할 것이라는 둥, 선량하고 인자하며 성숙한 위인이라는 둥 한바탕 칭찬을 늘어놓았다. 하지만 유여경으로부터 마가보를 떠나달라는 깍듯하고 완곡한 요청을 받고 길상문연화루로 돌아갔다.

한바탕 피바람은 이렇게 일단락되는 듯했다.

하장은 이연화가 '완곡한 요청'에 따라 마가보를 떠난 뒤에야 의식을 회복했다.

6. 양주만

하장이 깨어난 건 이연화가 떠난 지 이틀째 되는 날이었다.

유여경의 상처도 차츰 아물었다. 왕충은 마가보에서 며칠 더 머무르며 유여경을 도와 마수진과 마황의 부인이 기르던 붉은 도마뱀을 박멸하고, 십 년 만에 만난 사형들과 회포를 풀기로 했다.

하장은 의식을 회복했지만 한참이 지나도록 좀처럼 말문을 열지 않아 왕충과 유여경을 걱정시켰다.

"셋째 형님?" 왕충이 말을 시키려고 불러보았다.

유여경의 미간에도 깊은 시름이 내려앉았다. "셋째야, 어디가 아픈 것이냐?"

하장은 고개를 젓고 묵묵히 있다가 잠시 뒤 드디어 입을 열었다. "기혈이 잘 통해서 아픈 곳이 없습니다."

왕충이 이상하다는 표정으로 물었다. "그런데 왜 말을 안 하는 거예요?"

하장은 또 고개를 젓고 한참 동안 침묵을 지키다 혼란스러운 표정으로 말했다. "내 몸에 퍼진 맹독을 누가 해독시켜주었느냐? 오장육부가 원활하게 소통되고 공력도 강해진 것 같은데……"

왕충은 유여경과 시선을 마주쳤다. 왕충의 안색이 변했다. "몸에 퍼졌던 독이 해독됐다고요?"

하장이 고개를 끄덕이며 침대에서 일어나 앉았다. "세상에 이런 공력을 가진 사람이 몇이나 될까?"

왕충이 쓴웃음을 지었고 유여경은 크게 놀랐다. "셋째를 치료해준 사람이 누구냐?"

"이연화요."

이번에는 세 사람이 서로 시선을 마주쳤다. 하장이 확신에 찬 투로 말했다. "무공을 위해 쏟아부은 내 이십팔 년 세월을 다 걸고 장담하는데, 날 치료한 내공심법은 양주만이 틀림없어요! 몸에 퍼진 맹독을 이렇게 짧은 시간에 해독할 수 있는 방법은 양주만뿐이에요……"

양주만은 이상이의 유명한 내공심법이었다.

왕충도 말했다. "얼굴도 문주와 많이 닮았어요……"

유여경의 얼굴이 파랗게 질렸다. "설마 그가 진정……"

그 순간 세 사람의 머릿속에는 흐리멍덩한 눈으로 줏대 없이 해죽해죽 웃고 다니던 이연화의 얼굴이 떠올랐다. 그들은 동시에 쓴웃음을 지었다. "그럴 리가 없지."

상이태검 이상이는 냉철하고 오만한 성격에다 소녀들의 마음을 숱하게 흔들어놓은 강호 최고의 미남이었다. 그랬던 그가 어떻게 그런 모습으로 변할 수 있단 말인가?

"혹시 문주의 친척일까요?"

"사형이나 사제?"

"아니면 친형제?"

"어쨌든 문주보다 훨씬 못생겼고, 문주보다 젊고, 무공도 문주보다 못해요…… 아니, 문주의 무공과는 비교조차 할 수 없어요……"

"음, 무공은 아예 문외한이라 할 만하지."

"문주와 비교하면 이연화는 재주도, 인품도, 외모도, 무공도 별 볼 일 없고, 사람을 잡아끄는 기운도 하나 없어요."

"가진 게 하나도 없지."

"맞아요. 단 하나도 없어요."

"단 하나도, 아무것도, 절대로 없어요!"

"그는 문주가 아니야……"

제6장

강호의 명의들, 한자리에

강호에서 '신의'라고 하면 누구나 길상문연화루의 이연화를 떠올렸다. '죽은 사람도 되살려낸다'는 그의 의술은 이미 강호의 기적으로 회자되고 있었다. 불가능한 일을 가능하게 만들며 신과 귀신의 경계를 넘나드는 것이 이연화가 '신의'로 불리게 된 이유였다.

하지만 강호에서 '명의'라고 하면 '유약무문有藥無門'이라는 별칭을 가진 공양무문公羊無門 선생을 가리킨다는 걸 누구나 알고 있었다. 공양 선생으로 말하자면, 소 잃고 외양간 고친다는 속담을 비웃듯 '숫염소公羊를 기르며 문을 활짝 열어놓고 사는無門' 사람인가 싶겠지만, 그게 아니라 그저 성이 '공양'에 이름이 '무문'인 의원이었다. 올해 나이 여든일곱인 그는 염소수염을 기른 염소상 얼굴에 체구는 작달막했지만, 연로한 나이가 무색하게 지금도 씩씩하게 강호를 누비고 다녔다.

길상문연화루를 끌고 동에 번쩍 서에 번쩍하는 이연화와 달리,

공양무문은 서생배루書生背簍*를 등에 지고 해마다 기러기를 따라 북쪽으로 올라갔다가 남쪽으로 내려왔으며 항상 동일한 노선을 따라 움직였다. 누구든 그에게 부탁할 일이 있으면 그 길에서 기다리면 그를 만날 수 있었다. 누구의 부탁이든 흔쾌히 들어주었고, 의술도 뛰어났기에 몇십 년 동안 그가 살리지 못한 사람은 열한 명밖에 되지 않았다.

하지만 최근 강호를 떠도는 젊은이들에게 강호의 '협의俠醫'를 꼽으라고 한다면 대부분 '유연신침乳燕神針' 관하몽關河夢을 떠올릴 것이다. 관하몽은 신비한 전설처럼 회자되는 이연화와는 달랐다. 이연화는 생김새, 나이, 무공의 깊이, 심지어 생년월일 등 그에 관한 무엇도 강호에 알려진 바가 없지만, 유연신침 관하몽에 대해서는 모르는 사람이 없었다. 관하몽은 명문정파 출신으로 나이는 스물하고도 여섯인 다재다능한 젊은이였다. 준수한 외모에 키는 여덟 척 한 치이고 무술년 정월 초하루에 태어났으며, 앞길이 창창한 데다 아직 정인은 없이 혈혈단신이었다.

바로 지금, 강호에서 이름난 신의, 명의, 협의와 방씨 가문의 젊은 주인 방다병, 조정에서 내려온 포화이청천 중 화여설 등 강호의 쟁쟁한 인물들이 한자리에 모여 있었다. 신의, 명의, 협의가 모두 모였으니 당연히 환자가 있을 터이고, 방다병이 함께라는 건 흥미진진한 구경거리가 있다는 뜻이며, 화여설이 있다는 건 관아가 개입해야 하는 중대한 사안이라는 뜻이었다.

---

* 서생들이 책과 지필묵 따위를 넣어 등에 지고 다니는 광주리.

실은 아주 단순한 사건이었다. 강호의 금만당金滿堂이라는 사람이 기이한 병에 걸렸다. 금만당은 재산이 조금 있다 뿐이지 그리 대단한 인물은 아니었다. 뭐, 재산이라고 해봤자 금 십수만 냥에 은자 삼십만 냥, 그리고 가치를 가늠하기 힘든 진귀한 보석이 헤아릴 수 없이 많은 정도랄까.

1. 돈만 있으면 귀신도 부릴 수 있다

방다병은 한번 터진 웃음이 하루종일 멈출 줄 몰랐다. 그가 갓 스무 살 넘은 청년이 아니었다면 아마 웃다가 치아가 몽땅 빠졌을지도 모른다…… 이연화와 공양무문, 관하몽이 한자리에 모이다니, 방다병이 장장 육 년 동안 꿈에 그리던 장면이었다. 의술의 '의' 자도 모르는 돌팔이 이연화가 드디어 제대로 걸렸다. 진짜 '신의'와 마주친 것이다. 이연화가 또 어떤 새빨간 거짓말로 자신이 가짜라는 걸 숨길지 흥미진진하게 지켜볼 기회가 왔다.

방다병. 무림 명문 방씨 가문의 대공자이자 '근심 공자'라는 별호를 가지고 있으며, 올해 스물두 살이고, 길상문연화루 주인인 신의 이연화와는 알고 지낸 지 육 년째였다. 그는 지금 금만당의 저택 영선전迎仙殿 한가운데에 있는 팔걸이의자에 앉아 마주앉은 사람을 향해 시원한 웃음을 터뜨리고 있었다. "관 협의의 명성은 익히 들었습니다."

방다병 앞에 앉아 있는 앳된 청년은 허리띠를 느슨하게 맨 장포 차림에 이목구비가 반듯했다. 장작처럼 깡마르고 창백한 얼굴의 방다병과는 전혀 다르게 귀티가 흐르는 청년 영웅이었다. 관하몽이 훤칠한 몸을 일으켜 두 손을 모으고 방다병에게 읍揖하며 공손하게 답례했다. “과찬이십니다. 방 공자님이야말로 뛰어난 문재와 풍류로 명성이 자자하시지요.”

방다병은 헛기침을 하고는 만면에 봄바람 같은 미소를 머금은 채 왼쪽으로 몸을 틀어 이번에는 염소처럼 생긴 노인을 향해 두 손을 모았다. “공양 선생님의 명성도 많이 들었습니다.”

다섯 척 키에 염소수염을 기르고 장작처럼 깡마른 노인이 방다병 옆에 앉아 있었다. 바로 유약무문이라 불리는 공양무문이었다.

공양무문은 연로한 나이지만 금만당의 집에 제일 먼저 도착했다. 그가 온 다음날 온주溫州 ‘금영검金羚劍’ 동영董羚이 금만당의 저택에서 갑작스럽게 사망한 사건을 조사하기 위해 화여설이 왔고, 금만당이 병에 걸렸다는 얘기를 들은 화여설이 그를 치료해달라며 관하몽과 이연화를 불렀다. 이연화는 관하몽이 도착하고 이틀 뒤에야 방다병에게 붙들려 도착했다. 그렇게 해서 약 닷새에 걸쳐 이들이 제각각 이곳에 왔다. 예의바르고 깍듯한 관하몽과 달리 공양무문은 방다병을 흘긋 쳐다보고는 심드렁한 투로 중얼거렸다. 방다병이 자기도 모르게 “아” 하고 내뱉자 공양무문이 불쑥 말했다. “자네처럼 비쩍 마르면 예순 넘어서 온갖 병에 시달릴 걸세. 몸보신이 필요해.”

쇠약해 보이는 노인에게서 뜻밖에도 천둥처럼 우렁찬 목소리가 흘러나오자 방다병은 깜짝 놀랐다. 그 바람에 손에 들고 있던 찻잔과 잔 받침이 부딪혀 달그락거려 옆에 있던 사람들이 그 소리에 놀랐다. 그때 한 사람이 기침을 터뜨리자 방다병이 굳은 표정으로 핀잔을 주었다. "갑자기 웬 기침이야?"

그가 미안한 듯 말했다. "쿨럭쿨럭…… 차 마시다 사레들렸어……" 흰 피부에 고상하게 생긴 얼굴, 낙심한 서생 같은 모습으로 방다병의 오른쪽에 단정하게 앉아 있는 그는 바로, 이연화였다.

방다병이 콧방귀로 대꾸하려는데 이연화가 아주 진지한 투로 덧붙였다. "널 비웃으려는 건 아니었어. 절대로."

관하몽은 터져나오려는 웃음을 간신히 참았다. 방다병은 이연화를 한참 노려보다가 어색하게 한마디를 뱉어냈다. "그것 참 고맙네."

이연화는 점잖은 미소를 지었다. "천만에."

이들은 모두 강호에서 이름난 인사였다. 무림의 대부호 금만당이 이상한 병에 걸렸다는 소식에 의원 세 사람이 모였고, 방다병은 방씨 가문을 대표해 금만당에게 무슨 천년 묵은 인삼인가 하는 것을 가져다주러 왔다. 또한 금만당이 병이 났다는 소식이 전해지기 전, 금만당의 저택 원보산장元寶山莊에서 온주의 '금영검' 동영이 갑자기 사망한 사건이 발생해 포화이청천 중 화여설도 원보산장으로 와 사건을 조사하고 있었다. 그렇게 해서, 돈은 많지만 사람은 적었던 원보산장에 며칠 사이 갑자기 유명인사들이 몰려들게 된 것이다.

"신의 여러분, 나리께서 안으로 청하셨사옵니다!"

원보산장의 관가 금원보金元寶가 목소리를 잔뜩 쥐어짜 외치는 소리가 들렸다. 그 말투가 꼭 황제의 어지를 전하는 환관 같아 방다병은 속으로 웃음을 터뜨렸다.

신의 세 사람이 일어나 앞장서고 방다병도 이연화 뒤를 바짝 따라 흥미진진한 표정으로 금만당의 침실로 들어갔다. 무림의 갑부가 얼마나 이상한 병에 걸렸기에 신의 세 사람을 한꺼번에 불러모은 건지 몹시 궁금했다.

방다병은 속으로 이미 수만 가지 상상을 했음에도 불구하고 금만당을 보자마자 소스라치게 놀랐다. 놀란 건 이연화도 마찬가지였다. 관하몽은 저도 모르게 검자루를 꼭 쥐었고, 공양무문은 "휴" 하고 탄식했다. 방안에 있는 커다란 침대에 비단옷을 입은 시신이 누워 있고 구더기떼가 득실득실 그 위를 기어다니고 있었다. 이미 심하게 부패한 상태였다. 원보산장의 총관總管* 금원보가 공손하게 말했다. "나리의 병세가 위중합니다."

"이미……" 관하몽의 미간이 잔뜩 찡그러졌다. "돌아가신 지 오래됐군요."

공양무문은 심드렁한 눈빛으로 하품을 하고, 이연화는 '경외감'이 충만한 눈으로 금만당의 시신을 쳐다보았다. '이 사람이 바로 강호 최고의 갑부로군.'

금원보가 싸늘한 목소리로 말했다. "함부로 말하지 마십시오. 나리께서 돌아가셨다니요? 나리는 병에 걸리셨을 뿐입니다. 닷새째 일어나지 못하고 계십니다. 오늘 제가 옷도 갈아입혀드렸는데,

* 관가 중 가장 높은 사람.

어째서 돌아가셨다는 겁니까?"

다들 아무 말도 하지 못하고 가만히 한숨만 내뱉었다.

"금만당은 죽었소." 그때 누군가 문밖에서 금원보보다 더 음침한 목소리로 싸늘하게 말했다. "금영검 동영과 비슷한 시기에 죽은 것 같소. 이미 공양무문 선생께서 살펴봐주셨소. 금원보는 실성했으니 그의 말은 신경쓸 것 없소."

방다병은 충격이 누그러지자 호기심이 발동했다. "금만당과 동영이 함께 죽은 겁니까? 어떻게 그럴 수 있죠? 동영은 금만당과 아무 친분도 없고, 그저 지나가다 이곳에서 하룻밤 묵던 중에 돌연히 죽었는데 어째서 금만당까지 죽었나요?"

문 앞에 서 있는 사람은 생쥐상의 얼굴에 흰옷을 입은 화여설이었다. 그가 어두운 목소리로 말했다. "어째서 같이 죽었는지, 나도 그게 궁금하오. 금만당이 어떻게 죽었는지 세 의원이 힘을 합쳐 밝혀낸다면 큰 화는 피할 수 있을 것 같소."

방다병이 물었다. "큰 화라고요?"

관하몽이 말했다. "금만당이 엄청난 재산을 남기고 죽었는데, 그에겐 처자식이 없으니……"

"아……" 방다병도 그제야 깨달았다.

만약 지금 금만당의 죽음이 알려지면 주인 없는 재산을 노리는 사람이 적지 않을 것이다. 사건의 진상을 밝혀 그의 재산을 적절하게 처리하고 후계자를 정해놓은 뒤에 금만당의 죽음을 알리는 게 최선이었다.

화여설이 말했다. "다행히 금원보가 실성하여 이 저택 사람들은 금만당이 기이한 병에 걸린 줄로만 알고 있소."

금원보는 공손한 표정으로 목석처럼 문 앞에 서 있었다. 이연화가 금원보의 허리춤에 매달린 마른 귤껍질과 찹쌀 꾸러미를 가만히 응시하며 중얼거렸다. "금 총관의 실성한 모습이 참 이상하군……"

화여설이 그를 유심히 살펴보다 불쑥 말했다. "이연화?"

이연화가 얼른 대답했다. "네."

화여설은 이상쩍다는 듯 그를 쳐다보다 하던 얘기를 이어서 했다. "닷새 전 원보산장에서 무슨 일이 일어났는지 꼭 밝혀내주길 바라오."

"금만당의 시신은 이미 심하게 부패했습니다." 관하몽이 어느새 시신 가까이 다가가 자세히 살펴보았다. "사인을 알아내기가 쉽지 않을 것 같습니다."

화여설이 냉랭하게 말했다. "동영의 시신도 살펴보았는데 얼굴 표정이 금만당과 똑같았소. 그의 소지품은 여기 있소." 그가 회색 보따리를 탁자 위에 턱 내려놓았다. 관하몽이 펼쳐보니 금영검과 우산 하나, 갈아입을 옷 몇 벌, 돈주머니 하나, 빗 하나가 전부였다.

순간 사람들의 시선이 일제히 빗으로 모였다. 옥으로 만들어 반질반질 윤이 나는 빗이었다. 빗살 두 개가 부러지기는 했지만 꽤 값이 나갈 것 같았다. 특히 빗에 금 몇 줄이 새겨진 형태가 여느 빗들과 달랐다. 아무리 봐도 강호의 떠돌이인 동영의 것으로는 보이지 않았다.

이연화가 동영의 유품을 살펴보는 사이 공양무문과 관하몽이 금만당의 시신을 뒤집어가며 살폈다. 잠시 후 공양무문이 말했다. "이연화, 어떻게 생각하나?"

공양무문의 등뒤에서 어깨 너머로 기웃거리고 있던 방다병은 공양무문을 따라 이연화 쪽으로 시선을 옮기며 야릇한 미소로 그를 응시했다. 뜻밖의 질문을 받은 이연화는 어리둥절한 표정으로 천천히 다가가 금만당의 시신을 흘긋 보았다. "아……"

공양무문이 반쯤 감긴 눈으로 물었다. "어떻게 생각하나?"

이연화가 천천히 입을 열었다. "제가 보기엔……"

방다병은 속으로 폭소가 터졌지만 한편으로는 걱정도 되었다. 육안으로 보기만 하고 금만당의 사인을 알아내는 건 쉬운 일이 아니었다. 이연화가 사기꾼이라는 사실이 들통나기라도 한다면 큰 낭패였다.

이연화가 더듬더듬 말을 이었다. "살해당한 건 아닌 듯합니다."

방다병은 속으로 크게 놀랐다. '뭐라고?'

하지만 공양무문은 눈을 번쩍 뜨며 말했다. "과연 이연화로군."

관하몽도 고개를 끄덕였다. "제가 보기에도 그렇습니다. 외상은 없고 눈을 번쩍 뜬 채 얼굴은 공포에 질려 있으며, 낯빛은 검푸르고 두 손으로 가슴을 움켜쥐고 있습니다. 은침을 찔러 검사해보니 독에 중독된 것도 아닙니다. 무언가에 놀라서 죽은 것 같습니다."

방다병이 곁눈질로 이연화를 보았다. 이연화는 내심 안도하는 기색이 분명한데 태연히 미소를 지으며 말했다. "금만당이 어찌 그리 쉽게 살해당할 수 있겠습니까? 숨이 넘어갈 만큼 그를 놀라게 한 것이 뭔지 궁금하군요."

관하몽이 고개를 저었다. "동영도 금만당과 같은 모습으로 죽었다면, 동영도 놀라서 죽었단 말입니까? 금만당이야 쉰이 넘은 나이에 무공도 약하고 지병이 있었으니 갑작스러운 충격에 급사할 수도 있지만, 동영이 놀라서 급사했다는 건 믿기가 힘듭니다."

그 말에 공양무문이 콧방귀를 뀌고는 우렁우렁한 목소리로 말했다. "화피畵皮*한 여자 귀신을 만나면 젊은이 몇 명이 동시에 급사해도 이상할 게 없지."

관하몽이 웃는 얼굴로 공손하게 말했다. "화피는 지어낸 이야기에나 나오는 것이지요……"

공양무문은 눈을 흘겼지만 관하몽을 쳐다보지는 않았다. 괴이한 성격의 노인이었다. 유난히 명성을 중하게 여겨 이연화와는 대화를 했지만 관하몽은 애송이라고 무시하는지 그와는 말을 섞으려 하지 않았다.

화여설이 여전히 싸늘한 목소리로 말했다. "난 죽은 동영의 표정이 금만당과 똑같다고만 말했소. 공양 의원께서 시신을 살펴본 뒤 목이 졸려 죽었다고 하셨고. 그의 시신은 바로 옆방에 있소."

"금만당은 지금 이 자리에서 죽은 겁니까? 동영은 또 어디서 죽었습니까?"

방다병의 질문에 화여설이 말했다. "금만당은 침실에서 죽었소. 창 밑에 엎드린 채로 죽어 있었다고 하오. 창문을 통해 이상한 것

---

* 사람의 피부에 그림을 그리는 것을 '화피'라고 한다. 요괴가 아름다운 여자로 변신한 이야기인 포송령(蒲松齡)의 괴담집 『요재지이(聊齋志異)』의 편명이기도 하다.

을 본 것 같소."

이연화가 끼어들었다. "그럼 동영은요?"

"동영은 창밖 정원에 쓰러져 있었소."

방다병이 또 물었다. "설마 둘이 동시에 귀신을 보고 놀라서 죽었을까요?"

화여설이 어두운 투로 말했다. "그럴지도 모르지."

이연화는 눈을 휘둥그레 뜨고는 방다병을 쳐다보았다. 이연화가 세상에서 유일하게 무서워하는 것이 바로 귀신이었다.

방다병이 흥 하고 콧방귀를 뀌었다. "보아하니 원보산장에 무서운 괴물이 있는 것 같군요. 그 괴물 때문에 금만당이 놀라서 죽고 동영은 목을 매달아 죽고, 금원보도 놀라서 실성한 거지요. 그 괴물을 잡기만 하면 진실이 밝혀지겠군요."

관하몽과 공양무문의 미간이 동시에 일그러지고 화여설은 기뻐하는 기색 하나 없이 냉랭히 말했다. "만약 화피한 여자 귀신이라면 방 공자가 잡을 수 있겠소?"

방다병이 눈을 크게 뜨며 되물었다. "제가 못 잡을 거라 생각하십니까?"

화여설이 냉소적인 표정으로 눈썹을 치켜떴다.

이연화가 천천히 말했다. "화피한 여자 귀신이든 백골 요괴든 백년 묵은 여우든, 방 공자는 거뜬히 잡을 수 있습니다. 두말하면 잔소리지요."

관하몽이 피식 웃음을 터뜨렸고, 방다병은 부아가 치민 얼굴로 말했다. "믿어줘서 참으로 고맙구나."

이연화가 정색을 하며 말했다. "천만에."

2. 비취빛

다 함께 금만당의 시신을 면밀히 살펴보았지만 그가 살해당한 게 아니라는 점이 더 확실해졌을 뿐 새로 알아낸 게 없었다. 옆방에 있는 동영의 시신도 살펴보았다. 공양무문은 두번째로 살펴보는 것이었다. 목에는 밧줄에 졸린 흔적이 뚜렷했고 경추가 부러져 있었으며, 시뻘건 얼굴로 공포에 질린 채 죽어 있었다. 그 외에 다른 상처는 없었다. 스스로 목을 매단 듯 옷도 깨끗하고 저항한 흔적도 없었다.

방을 나온 뒤 화여설이 금만당의 침실 문을 잠그고 그들을 데리고 창밖 정원으로 향했다.

원보산장의 정원에는 온갖 꽃이 흐드러지게 피어 있고 커다란 나무도 무성하게 자라고 있었다. 공들여 가꾼 정원이었다. 아까부터 출출했던 방다병의 배에서 꼬르륵 소리가 나기 시작했다. 금만당의 정원에서 자라는 화초들은 모두 흔치 않은 기이한 것들이라 방다병조차 그 어느 것 하나 이름을 알 수 없었다. 방씨 가문도 강호에서 부호로 이름나 있지만, 금만당의 사치스러움에는 비할 바가 아니었다.

정원에는 방다병이 모르는 꽃과 나무가 가득 심겨 있을 뿐 아니라, 귀한 곤륜옥을 깔아 만든 양옆으로 여인의 머리카락처럼 야들

야들한 푸른 풀이 한 척 다섯 촌 높이로 자라고 있어 우아한 풍치가 감돌았다.

이 푸르고 고상하며 향기로운 정원에서 화여설은 칼집을 꺼내 풀밭 위에 길쭉한 타원을 그렸다.

방다병이 정원과 어울리지 않게 심각한 화여설의 행동을 비웃으려는데 보면 볼수록 타원의 형태가 이상했다. "이게 뭡니까?"

화여설은 들은 체 만 체하고는 팔짱을 끼고 타원 옆에 섰다. 관하몽이 뭔가 깨달은 듯 물었다. "혹시…… 발자국인가요?"

이제 보니 우거진 풀밭 위에 뭔가가 쓸고 지나간 듯한 자국이 두 가닥 나 있었다. 쓸린 자국을 따라 풀은 꺾였지만 흙이 파헤쳐질 정도는 아니었다. 풀 또한 줄기가 연한 것만 꺾여 있는 것으로 보아 풀밭을 짓밟거나 무거운 것으로 짓누른 자국은 아닌 듯했다. 사람이 밟고 지나간 자국도 아니고, 수레바퀴가 지나간 흔적 같지도 않았다. 뭔가 풀밭을 스치고 지나간 것 같은데 갈수록 자국이 살짝 깊어졌다. 풀이 쓸린 자국만 보면 새나 박쥐가 스치고 지나간 것 같지는 않았고, 새보다 훨씬 무거운 것이 빠르게 스치고 지나간 흔적에 가까웠다.

"발자국은 아닐세. '초상비草上飛'*를 쓴 것 같군."

공양무문의 말에 사람들의 눈이 반짝였다. 경신법을 이용해 풀밭 위를 지나갔다면 정말로 이렇게 살짝 스친 듯한 흔적이 생길 것 같았다.

* 몸을 가볍게 해서 이동하는 무술의 일종.

관하몽이 몸을 일으키더니 초상비를 이용해 풀밭 위를 건너가 정원의 다른 쪽에 착지했다. 옷자락에 살짝 풀물이 들었다. "어떻습니까? 비슷한가요?"

화여설이 고개를 저으며 싸늘하게 말했다. "나도 이미 해봤소. 직접 확인해보시오."

관하몽이 뒤를 돌아보니 그가 지나간 자리에 풀줄기가 꺾이기는 했지만 자국은 한 줄밖에 없었고, 원래 있던 자국보다 훨씬 넓었다. 또 원래 있던 것은 자를 대고 그린 듯 곧게 뻗어 있지만, 관하몽이 남긴 흔적은 한쪽으로 기울어지고 깊이도 일정치 않았다.

"초상비로 스치고 지나간 흔적은 아닌 것 같아요. 정말 이상하군요."

방다병의 말에 화여설이 콧방귀를 뀌었다. "흥. 하나 마나 한 소리를!"

이연화는 풀밭을 가로지른 두 줄 흔적을 보고 있다가 그 흔적을 따라가보았다. 흔적은 풀밭 중간에서 사라졌다. 고개를 들어보니 반경 두 길 이내에는 꽃과 풀 외에 아무것도 없었다. 뒤를 돌아보아도 금만당이 죽은 침실과 침실 문 앞에 있는 커다란 나무뿐이었다.

정원 곳곳을 살펴보았지만 풀밭 위의 기이한 흔적 외에는 의심스러운 점이 없었다. 다들 원보산장을 몇 바퀴 돌아본 뒤 대청으로 돌아와 동영의 유품이 놓인 탁자에 둘러앉았다.

"아까부터 왠지…… 이 빗이 수상쩍군요." 이연화는 옥빗에서 시선을 떼지 못했다. "아주 상등품 옥으로 만든 듯해요……"

관하몽이 고상한 투로 이연화의 말을 바로잡았다. "이건 비취옥입니다. 이 정도로 투명하고 푸른 비취는 흔치 않지요."

"아." 이연화가 가벼운 탄성을 내뱉었다. "비취라면 아주 단단하겠군요……"

"맞아." 방다병이 어깨를 으쓱였다. 그의 허리에도 비취옥으로 만든 옥패가 달려 있었다. 예로부터 옥은 다섯 가지 덕을 지녔기에 군자라면 반드시 차고 다녀야 한다는 말이 있었다. 그래서 방다병도 항상 옥을 지니고 다녔다. 비취는 쇠보다도 단단했다.

이연화가 말했다. "비취로 만든 것인데, 머리를 빗다 빗살이 이렇게 여러 개 부러질 수 있을까요?"

화여설이 냉랭하게 말했다. "빗을 바닥에 내동댕이친다 해도 그렇게 되지 않을 텐데."

이연화가 빗을 가리켰다. "게다가 이건…… 바닥에 부딪혀서 부러진 것 같지도 않고요……"

방다병이 빗을 집어 자세히 살폈다. 빗살은 부러진 단면이 고르지 않고, 하나는 왼쪽으로, 다른 하나는 오른쪽으로 기울어져 있었다. "꼭 비틀어서 부러뜨린 것 같아."

이연화가 심드렁한 투로 대꾸했다. "응. 그래서 이상하단 얘기야……"

두뇌 회전이 빠른 관하몽이 물었다. "혹시 어느 틈에 끼워져 있던 빗을 무예의 고수가 내력으로 비틀어 꺼냈다고 생각하시는 겁니까?"

이연화가 고개를 저으며 천천히 말했다. "아니요."

관하몽이 어리둥절한 표정을 짓자 이연화가 씨익 웃었다. "저게

빗이 아니라 열쇠일지도 모른다는 얘기지요."

뜻밖의 얘기에 모두 멍해졌다. 이연화는 방다병의 손에 있던 빗을 가져다 길게 파인 홈을 가볍게 쓰다듬어보더니 어딘가에 빗을 꽂고 돌리는 시늉을 했다. 모두들 그제야 알아들었다. 정말로 빗을 어딘가에 집어넣고 돌리다 빗살이 부러졌다면, 어디에 집어넣었던 걸까? 왜 비틀어 돌렸을까? 어딘가에 집어넣고 돌리는 것은…… 열쇠 아닌가.

만약 이것이 빗이 아니라 열쇠라면, 무엇을 여는 열쇠일까? 동영은 어째서 이걸 가지고 있었으며, 왜 죽었을까?

방다병은 의아한 표정으로 열쇠일지도 모를 비취빗을 한참 동안 응시했다. "열쇠라…… 열쇠가 있다는 건 어딘가에 금은보화나 무공 비적秘籍, 골동품이나 서화 같은 것이 있다는 뜻이겠지."

화여설이 쌀쌀맞은 투로 말했다. "열쇠가 있다는 건 어딘가에 밀실이 있다는 뜻이지. 밀실에는 문이 있고."

다들 의혹 가득한 얼굴로 서로를 쳐다보았다. 밀실? 금만당의 원보산장에 정말 밀실이 있는 걸까?

한참 만에 방다병이 헤헤 웃으며 정적을 깼다. "이 빗이 정말 열쇠라면 물론 밀실이 있겠죠. 반대로, 원보산장에 밀실이 없다면 이 빗은 열쇠가 아닐 테고, 이연화가 헛소리한 거고요."

이연화가 뭐라고 하기도 전에 공양무문이 예의 우렁우렁한 목청으로 외쳤다. "찾아보세!"

이미 원보산장을 샅샅이 수색한 화여설의 입가에 희미한 냉소가 번졌다. 원보산장의 수많은 보물은 무예의 고수 덕분이 아니라

치밀하게 설계된 구조 때문에 지켜졌다. 원보산장은 모든 건물이 철판으로 만들어져 있었다. 바닥, 문, 창문을 모두 철로 만들고 잠금장치를 설치해 어떤 곳은 안에 보물이 있다는 걸 알아도 특수하게 제작한 열쇠가 없으면 그 어떤 방법으로도 열 수 없었다. 또한 철판이 얇아 누구에게도 들키지 않고 벽 속에 밀실을 만드는 것은 거의 불가능했다. 화여설이 이미 금원보에게서 받은 열쇠로 모든 방을 다 열어보았지만 아무것도 발견하지 못했다.

방다병이 갑자기 흥분해 이연화를 잡아끌었다. "어서 밀실을 찾아보자!"

공양무문은 여전히 무표정했지만 그 역시 금만당의 집에 밀실이 있을지도 모른다는 사실에 흥미가 생긴 듯했다.

관하몽도 호기심이 동해 재빨리 일어나 밖으로 나가려다 문 앞에서 이연화와 부딪혔다. 두 사람 다 흠칫 놀라 뒤로 물러나 머뭇거리다 이내 각자 내키는 방향으로 발을 옮겼다.

방다병은 이연화를 데리고 곧장 부엌으로 향했다. "여자보다 재물이 더 좋아 혼인도 하지 않은 사람이니 남들은 생각지 못한 곳에 보물을 숨겼을 거야. 곳간, 침실, 서재 같은 곳에 밀실을 뒀을 리 없어……"

이연화는 바닥의 계단이나 벽돌, 문턱 등을 유심히 살펴보려 했지만 방다병이 계속 팔을 잡아끄는 바람에 비틀거리다 몇 번이나 넘어질 뻔했다. 그렇게 겨우 부엌에 도착했는데 그만 발이 미끄러졌다. 꽈당 하는 요란한 소리와 함께 부엌문 앞에 엎어지고 말았다. 고개를 드니 눈앞에 별이 번쩍이다 부엌 뒤편에 서 있는 커다란 나무가 보이고, 뒤이어 방다병의 값비싼 신발이 눈에 들어왔다. 이연화는 쓴웃음을 지었다.

"계속 엎드려서 뭘 하는 거야? 바닥에 보물이라도 있어?" 아무리 기다려도 이연화가 일어나지 않자 방다병이 물었다.

이연화는 한숨을 내쉬고는 아픈 팔꿈치와 무릎을 문지르며 천천히 일어났다. "아니. 바닥에도 없고, 부엌에도 없을 거야……"

자신의 추측이 무시당하자 방다병은 부아가 치밀었다. "부엌에 보물이 있는지 없는지 네가 어떻게 알아?"

이연화는 쓴웃음을 지으며 원보산장의 부엌을 훑어보았다. "여긴 네모반듯하게 지어졌고 벽 두께도 다섯 치가 안 돼. 창문 두 개는 모두 자물쇠가 망가졌고. 무엇 하나 덧붙여진 것도 없고 부족한 것도 없는데 어디에 밀실을 감출 수 있겠어……"

부엌을 둘러보던 이연화의 목소리가 왠지 모르게 점점 작아졌다.

방다병은 커다란 부뚜막과 온갖 양념이 빽빽하게 놓여 있는 찬장을 둘러보며 분을 삭이지 못하고 강변했다. "밀실이 꼭 커야 하는 건 아니잖아? 손바닥만큼 작을 수도 있지. 감추고 싶은 보물이 들어가기만 하면 그만이니까."

이연화는 뒤통수를 한 대 얻어맞은 기분이었다. "보물이 들어가기만 하면 그만이니까…… 밀실이 꼭 커야 하는 건 아니지…… 다병, 역시 너는 똑똑해."

방다병은 다시 기분이 좋아져 싱글 웃었다. "틀림없이 이 부엌에 밀실이 있을 거라니까. 내 말 믿어!"

"아." 이연화가 탄성을 내뱉었다. "그래, 부엌에 있을 수도 있어……"

방다병은 벌써 그릇, 표주박, 쟁반 등을 들춰가며 밀실을 찾느라 이연화의 말이 들리지 않았다. 샅샅이 뒤졌지만 아무것도 찾지 못해 실망한 표정으로 이연화를 돌아보았으나, 어느새 이연화는 사라진 뒤였다.

관하몽은 금만당의 침실에서 나와 서재로 향했다. 가는 길에 벽이며 담장 모퉁이, 벽돌 틈 등도 꼼꼼히 살폈다. 과연 최근에 부러진 듯한 나뭇가지들을 발견했는데, 예리한 칼로 잘린 흔적이 있었다. 관하몽은 삼 년간 강호를 떠돌며 괴이한 일을 많이 보았기에, 금만당의 갑작스러운 죽음과 동영이 남긴 빗살 부러진 비취빗을 보며 원보산장에 특별한 무언가가 있을 거라는 확신을 굳혔다.

금만당은 뭘 보고 놀라서 죽었을까? 그 비취빗은 동영의 것일까, 아니면…… 그런 생각을 하며 원보산장의 외진 곳에 다다랐다. 사방에 꽃과 나무가 우거져 있고 나비와 벌이 날아다녔지만 관하몽은 아무 관심도 없이 나무 밑에 우두커니 서서 생각에 잠겼다.

그때 무슨 냄새가 코끝을 스쳐 본능적으로 고개를 들어보니 허공에 흰 연기가 떠돌고 있었다. 연기를 따라 시선을 옮기자 그리 멀지 않은 곳에 있는 나무 밑에서 누군가 담뱃대에 불을 붙이고 있었다. 상대도 관하몽 쪽으로 고개를 돌렸다. 공양무문이었다. 관하몽이 웃으며 말을 건넸다. "공양 선배님, 밀실을 찾으셨습니까?"

공양무문의 처진 눈꺼풀이 움찔거렸다. 그가 덤덤하게 말했다. "못 찾았네. 잠시 쉬고 있어. 자넨?"

관하몽이 고개를 저었다. "아무것도 찾지 못했습니다. 어쩌면 그 비취빗이 열쇠가 아니라 그저 빗인지도 모르겠어요……"

공양무문이 클클 웃었다. 그는 금만당에게 '박람인두泊藍人頭'라는 보물이 있다는 걸 알고 있었다. 해골 모양의 파란 술잔인데 고양이 머리통만한 크기에 두 눈과 코의 뚫린 부분을 금으로 막아 만든 것이었다. 그 해골잔에 술을 따라 마시면 만병을 고칠 수 있고 어떤 독에도 중독되지 않는다고 했다. 지난 이십 년간 그 술잔으로 술을 마신 사람은 단 한 사람뿐이었다. 바로 사고문 문주 이상이였다. 이상이는 십 년 전 금만당에게 대접받으면서 그 해골잔에 술을 마신 적이 있다. 그 술잔은 의가醫家에 전해 내려오는 보물로 한 번 사용할 때마다 효능이 조금씩 줄어든다는 점 때문에 그 가치가 더욱 높았다. 유연신침 관하몽이 금만당의 병을 고쳐주겠다는 명분으로 찾아오기는 했지만, 정말 구두쇠로 악명 높은 금만당을 살리겠다는 순수한 의도로 이 먼길을 마다않고 달려온 걸까?

공양무문과 관하몽이 얘기를 나누고 있을 때 뒤에 있는 곁채에서 공포에 질린 비명소리가 들렸다. 비명의 주인공은 원보산장에서 일하는 하인이었다.

놀란 두 사람은 몸을 홱 돌려 뒤에 있는 곁채로 달려들어갔다. 외진 곳에 있는 어둡고 휑뎅그렁한 방안에서 누군가 대들보에 매달려 흔들리고 있었다. 관하몽이 경악해 소리쳤다. "금원보!"

금원보를 발견한 하인은 겁에 질린 얼굴로 바닥에 주저앉아 바들바들 떨며 대들보에 매달린 금원보를 가리켰다. "총…… 총관…… 총관이……"

관하몽이 금원보의 발꿈치를 만져보았다. "목을 매단 지 얼마

안 된 것 같습니다. 서두르면 구할 수 있을지도 몰라요." 그러고는 재빨리 금원보를 내려 바닥에 눕히고는 호흡이 있는지, 심장이 뛰는지 살펴보았다. 다행히 아직 숨이 붙어 있었다. 목에는 금원보 자신의 것으로 보이는 허리띠가 매여 있었다. 의원 두 사람이 급하게 조치한 덕분에 목숨을 살릴 수 있었다.

공양무문이 금원보의 몸을 더듬어 살펴보다 이상하다는 듯 고개를 갸웃거렸다. 관하몽도 이상하다는 표정을 지었다. "선배님, 이 사람은 놀라서 실성한 게 아닌 것 같습니다. 이건……" 관하몽이 금원보의 뒤통수에 동그랗게 튀어나온 돌기를 발견했다. 그 외에도 몸 곳곳에서 콩알만하게 튀어나온 돌기가 여러 개 발견됐다. "무슨 병에 걸린 것 같습니다."

"촌백충병!" 공양무문이 외쳤다.

관하몽이 고개를 끄덕였다.

촌백충병은 촌에서 흔하게 나타나는 기생충병으로, 익히지 않은 돼지고기나 쇠고기를 먹고 걸리는 병이었다. 이 병에 걸리면 촌충이 사람 몸 곳곳에 알을 낳아 살이 콩알처럼 부풀어오르고 그 알이 부화하면 피와 살 속에서 꿈틀거리기도 했다. 끔찍한 병이지만 치료하는 건 그리 어렵지 않아 구충약을 먹으면 금세 나았다. 다만 촌충 알이 혈관을 타고 사람 뇌로 올라가면 얘기가 달라졌다. 알이 뇌 속에 박힐 경우, 심하면 목숨을 잃고 정신이 이상해지거나 가벼우면 두통, 구토, 발열, 오한 등에 시달렸다.

대부분 병에 걸린 돼지나 소의 날고기를 먹고 걸리는 병인데, 금만당의 관가가 그 병에 걸렸다는 사실이 의아했다. 관하몽은 금원보의 정신이상 증세가 금만당의 죽음 때문이 아니라 촌충이 원인이며, 그저 우연의 일치로 지금 증상이 나타났을 뿐 촌백충병에 걸린 지는 아마 오래됐을 거라고 생각했다.

공양무문이 벌벌 떨고 있는 하인을 싸늘하게 노려보았다. "뭘 여기 멍하니 있는 게야?"

그 말에 정신이 든 하인이 허둥지둥 밖으로 뛰쳐나갔다.

공양무문의 목소리에서 갑자기 맥이 빠졌다. "금원보가 목을 매단 것도 화피 귀신을 보고 놀라서가 아니라 실성한 탓이겠군."

관하몽이 고개를 끄덕였다. 실성한 사람은 남들이 이해할 수 없는 행동을 하는 법이니까. "화 대인은 밀실을 찾으셨을까요?"

3. 밀실

화여설은 정말로 밀실을 찾아냈다. 하지만 누군가 "여기 밀실이 있어요"라고 알려준 덕분이었다. 진지한 투로 미소를 머금고 밀실을 찾아냈다고 알려준 사람은 물론 이연화였다.

밀실은 바로 금만당의 침실 안에 있었다. 어쩌면 당연한 일이었다. 침실 안 옷장에 화장품함, 빗, 머릿기름 등을 넣어두는 서랍이 있었는데, 서랍을 꺼내니 그 뒤로 보이는 벽에 작은 구멍이 일렬로 나 있었다. 이연화가 그 구멍에 비취빗을 넣어보니 크기와 길이가 꼭 맞았다. 그곳이 바로 '밀실'이었다.

이연화가 조심스럽게 서랍을 꺼내고 밀실을 찾아내는 것을 보고도 화여설은 그리 놀라지 않았다. 그는 이연화와 초면이 아니었다. 강호의 신의로 이름난 이연화의 의술이 얼마나 대단한지는 모르지만, '푸른 창의 살인귀' 사건에서 이연화가 보여준 활약은 또렷하게 기억하고 있었고, 그가 아둔한 사람이 아니라는 것도 알고 있었다.

이연화는 비취빗을 꽂아 밀실이라는 걸 알아낸 뒤 안도의 숨을 내쉬며 미소를 지었다. "빗이 열쇠라면 밀실은 빗이 있어야 할 곳 근처에 있을 거라고 추측했지요."

화여설이 문가에 비스듬히 기대서며 말했다. "열어보시오."

이연화가 빗을 힘껏 돌렸다. 단단한 비취빗은 구멍에 꼭 맞게 들어가기는 했지만 돌아가지는 않았다.

화여설이 싸늘한 목소리로 말했다. "빗살이 두 개만 부러진 걸 보면 그렇게 돌려서 부러진 건 아닐 듯하오."

이연화도 알고 있었다. 이렇게 벽에 난 구멍에 빗을 완전히 꽂은 채로 돌렸다면 빗살이 몇 개만 부러졌을 리 없다. 하나도 부러지지 않았거나 전부 다 부러졌을 것이다. 차라리 빗이 두 동강 날 수는 있어도, 빗살 몇 개만 부러졌을 가능성은 희박하다. 빗살이 몇 개만 부러졌다는 건 그 몇 개 빗살만 구멍에 넣고 힘주어 돌렸다는 뜻이다. 하지만 이 벽에는 튀어나온 곳도 없고, 구멍 열일곱 개가 빗에 딱 들어맞도록 한 줄로 나란히 뚫려 있어서 다른 방법으로 빗을 꽂았을 가능성은 없어 보였다.

어떻게 열지? 한참을 궁리하던 이연화는 빗 전체를 구멍에 끼운 상태에서 꾹 눌렀다. 구멍 열일곱 개가 동시에 눌리자 벽에서 찰칵

하고 작은 소리가 났다.

"내가 이렇게 멍청하다니까. 동영이 빗을 비틀다 부러뜨렸다면 잘못된 곳에서 잘못 사용했다는 뜻이겠지……" 이연화가 혼잣말을 중얼거렸다. "동영은 이걸 어디에 꽂았을까……"

이연화가 생각에 잠겨 있을 때 벽에서 작은 서랍이 서서히 튀어나왔다.

화여설이 미간을 찌푸렸다. 그 서랍 속에는 반지르르한 검은 비단 깔개만 깔려 있었다. 솜이 들어 있는 듯 푹신한 깔개는 무척 고급스러워 보였고, 그 위에 뭔가가 올려져 있었던 것처럼 움푹 들어간 자국만 남아 있었다.

이연화가 고개를 갸웃했다. "금만당이 벽 속에 검은 깔개를 감춰놓은 걸까요?"

화여설이 눈을 흘기며 침울한 목소리로 말했다. "여기 있던 물건을 도둑맞았거나 다른 곳으로 옮겨 감췄겠지."

"아." 이연화는 건성으로 짧게 대답하고는 멍하니 서랍만 쳐다보았다.

화여설이 고개를 들어 대들보를 올려다보며 중얼거렸다. "풀밭 위의 기이한 흔적, 목매달아 죽은 시신…… 놀라서 죽은 시신…… 밀실…… 사라진 물건……"

이연화도 그를 따라 고개를 들어올리더니 빙그레 웃었다. "아…… 오호……"

화여설이 천천히 물었다. "뭘 알아냈소?"

"아. 아니요……"

화여설이 한숨을 내쉬었다. "세상에서 제일 무의미한 일이 살인이오."

이연화의 시선이 대들보에서 화여설의 얼굴로 옮겨갔다. 그 순간 화여설은 이연화가 자신의 얼굴을 똑바로 쳐다본 게 처음이라는 생각이 들었다. 그의 미간에 주름이 잡히려는데 이연화가 말했다. "세상에서 제일 단순한 일도 살인이지요……"

화여설이 다시 한숨을 내쉬었다. "모든 살인은 인간의 욕망 때문이지."

이연화가 미소를 지었다. "욕망이 없으면 어찌 사람이겠습니까?"

바로 그때 밖에서 방다병의 외침이 들렸다. "이연화! 이연화!"

화여설이 차갑게 외쳤다. "여기 있소!"

방다병이 그 소리를 듣고 뛰어들어왔다. "실성한 금원보가 하마터면 목을 매달아 죽을 뻔했고, 나는 부엌에 있는 아궁이 속 잿더미에서……"

이연화가 어리둥절해서 물었다. "금원보가 널 죽일 뻔했다고?"

방다병이 버럭 성을 냈다. "아니! 금원보가 자살하려고 할 때 내가 부엌에서……"

이연화는 점점 더 이해할 수 없었다. "금원보가 부엌에서 널 죽이려 했다고?"

방다병은 피를 토할 것처럼 화가 나서 비명을 지르듯 내뱉었다. "금원보가 방금 전에 자살하려고 목을 매단 걸 관하몽과 공양 선생이 구했다고! 금원보가 날 죽이려 한 게 아니라!"

그제야 이연화가 고개를 끄덕이자 방다병이 이어서 말했다. "내가 부엌 아궁이에서 이걸 발견했어."

방다병이 화여설과 이연화 앞으로 손을 내밀어 펼쳐 보였다. 불에 타다 남은 종이의 모서리였는데 어렴풋이 몇 글자가 보였다.

살짝 변색되고 불에 반쯤 그을렸지만 질 좋은 종이라는 걸 알 수 있었다. 다른 부분은 불에 탔지만 가장자리는 아궁이의 불길에도 재가 되지 않고 여전히 희고 빳빳하게 남아 있었다. 결코 평범한 종이가 아니었다.

방다병이 말했다. "이건 온주견溫州鐲이야!"

이연화와 화여설의 낯빛이 조금 변했다. 온주견은 온주에서만 생산되는 종이로 희고 매끄러우며 튼튼하기로 유명했다. 워낙 비싸기 때문에 대부분 황실에 공물로 바쳐졌고, 원보산장 근방에서는 결코 볼 수 없는 것이었다. 화려한 것을 좋아하는 금만당은 평소 소주蘇州에서 만든 색깔 있는 종이를 썼다. 조정 관리인 화여설은 온주견을 잘 알고 있었고, 그가 보아도 온주견이 틀림없었다. 가장자리가 하얗기는 해도 이미 오래되어 새것처럼 산뜻하지는 않았고, 그 위에 남은 몇 글자는 워낙 거칠게 흘려 쓴 탓에 알아볼 수 없었다. 언뜻 초서草書인가 싶었지만 초서 같지는 않고, 또 대전大篆이나 소전小篆* 같지도 않아 뭐라고 쓴 건지 알 수 없었다.

이연화와 화여설은 금원보가 목을 매단 일도 잊어버린 채 방다

* 대전은 자형이 복잡하고 수식이 많은 서체이고, 소전은 대전을 간략하게 변형한 서체이다.

병이 아궁이에서 찾아 온 종잇조각을 들여다보며 골똘히 생각에 잠겼다. 종이의 한 귀퉁이에 위에서 아래로 쓴 네 글자와 도장 자국이 비교적 선명했다. 아궁이의 불길에도 용케 타지 않고 글자까지 온전히 남았건만…… 글씨를 알아볼 수 없었다!

방다병도 뭐라 꼬집어 설명할 수는 없지만 자신이 들고 있는 이 종잇조각이 원보산장에서 연달아 일어난 이상한 사건들의 핵심적인 단서일 것 같다는 직감이 들었다. 하지만 아무리 들여다보아도 무슨 글씨인지 알 수 없었다. 옆을 흘끔 보니 생쥐 같은 화여설의 얼굴이 흙빛이 되어 있었다. 포쾌捕快* 나리도 이게 무슨 글씨인지 읽어내지 못하는 것 같았다.

방다병이 속으로 히죽거리고 있는데 이연화가 중얼거렸다. "이 네 글자…… 어딘가 익숙한데, 어디서 봤지."

순간 화여설의 눈이 반짝였다. "어디서 봤는지 생각해보시오!"

방다병에게서 종잇조각을 건네받아 들여다보던 이연화가 갑자기 "아" 하는 탄성을 내뱉었다. "차첩위조此帖爲照! 이 네 글자는 '이 첩은 증서다'라는 뜻의 '차첩위조'입니다! 이것은 당표當票**로 보입니다."

당표? 방다병은 어리둥절했다. 유복한 가문에서 자란 그는 당표가 뭔지 알지 못했고, 화여설은 당표를 본 적은 있지만 자세히 본 적은 없었다. 늘 세간살이를 맡겨 돈을 융통해야 하는 가난뱅이 이

* 관청에서 범인 잡는 일을 담당하는 관리.

** 전당포에서 물건을 맡고 돈을 빌려줄 때 발급하는 증서.

연화만이 그걸 알아볼 수 있었다. 그 글자는 당포當鋪*에서 상투적으로 쓰는 글귀의 맨 마지막에 등장하는 것이었다. '이 첩을 가진 아무개가 금일 급전이 필요하여 물건을 맡기고 은자 ○○냥을 빌린다. 이제부터 주고받는 돈은 모두 은자로 한다. 매달 삼 부씩을 이자로 지급하고 기한은 ○개월로 하며 기한이 지나면 당포가 임의로 처분한다. 저당 기간에 쥐가 쏠거나 벌레 먹은 것은 물건 주인이 감수한다. 이 첩은 증서다.' 당포에서 당표를 쓸 때는 정해진 원칙이 있었고, 글씨도 초서보다 더 흘려 쓰는 독특한 서체를 사용했으니 화여설과 방다병이 글씨를 알아보지 못한 것도 당연했다. 그런데 별것 아닌 당표를 어째서 귀하디 귀한 온주견에 썼을까? 대체 무슨 물건을 저당잡혔기에?

당표라는 것이 밝혀지자 방다병은 도장을 유심히 들여다보았다. "여기 '당포'라고 찍혀 있는 거 아니야?"

도장에 새긴 글씨는 붓으로 쓴 것보다는 알아보기가 쉬웠다. 화여설이 예의 싸늘한 목소리로 말했다. "'원보당포元寶當鋪'라고 찍혀 있군."

이연화가 한숨을 쉬었다. "금만당이 젊었을 적 당포를 했는데 그 당포 이름이 원보당포였다고 들었어요."

"아!" 방다병이 이제야 알았다는 듯 탄성을 내뱉었다. "그렇군! 이제 알았어!"

이연화가 또 한숨을 내쉬었다. "뭘 알았는데?"

---

* 물건을 맡기고 돈을 빌리는 전당포.

방다병이 히죽거렸다. "금만당이 젊어서 당포를 할 때 써준 당표가 지금 금만당의 부엌에서 불탄 채 발견됐잖아. 그렇다면 둘 중 하나지. 빌려줬던 돈을 받고 물건을 내어줘서 더이상 당표가 필요 없어졌거나, 저당잡았던 물건을 돌려주지 않으려고 당표를 가로채 아궁이에 넣고 태웠거나."

이연화가 연거푸 한숨을 쉬었다. "그 정도는 나도 알아. 난 거기서 한 가지 더 알지."

의기양양하던 방다병이 금세 시무룩해져서 물었다. "그게 뭔데?"

"최근에 원보산장에 온 외부인은 동영뿐이라는 것. 그러니까 이 당표의 주인은 동영이라고 추측할 수 있지. 게다가 동영은 온주에서 왔어……"

방다병이 또 대단한 발견을 한 듯 외쳤다. "동영이 죽은 이유를 알았어! 동영이 당표와 돈을 가지고 와서 예전에 맡겼던 보물을 돌려달라고 했더니, 금만당이 보물을 돌려주기 싫어서 동영을 죽이고 당표를 빼앗아 아궁이에 던져넣은 거야!"

이연화가 네번째 한숨을 내쉬었다. "넌 역시 똑똑해. 나는 생각도 하지 못한 걸 네가 알아냈구나……"

방다병이 우쭐댔다. "본 공자는 이미 다 꿰뚫어보았으니 모르는 게 있거든 본 공자에게 물어보렴."

"네 추측이 사실이라면 금만당은 왜 죽은 거야?" 이연화는 지나가는 말처럼 묻고는 동정어린 시선으로 방다병을 응시했다. "금만당도 죽었다는 걸 잊지 마……"

방다병은 입을 꾹 다물었다. 의기양양하던 표정은 온데간데없고 금세 시무룩한 얼굴이었다. 만약 금만당이 동영을 죽였다면, 금만당 본인은 왜 죽었단 말인가? 무엇에 놀라서 급사했을까?

화여설이 담담하게 말했다. "이 당표를 찾아낸 것만 해도 큰 수확이오. 방 공자의 해석도 제법 비슷하게 맞는 것 같고. 풀리지 않는 의문이 몇 가지 있기는 하지만."

방다병은 화여설이 생김새는 얄미워도 실은 그리 나쁜 사람이 아니라고 속으로 칭찬했다. "옳은 말씀입니다."

이연화가 중얼거렸다. "중요한 건 금만당이 왜 죽었느냐 하는 건데…… 이 당표를 받고 맡긴 물건이 뭘까? 금만당은 놀라서 죽었고, 동영은 목매달려 죽었는데 시신이 어떻게 금만당의 침실 창밖에서 발견됐지? 화 대인, 금만당에게 박람인두라는 아주 귀한 보물이 있다고 하던데, 그 소문을 들어보셨습니까?"

화여설이 고개를 끄덕였다. "서역의 소국에서 전대 황제에게 바친 공물인데 그게 민간에서 떠돌아 다니다 십여 년 전쯤 금만당의 차지가 됐다고 들었소. 하지만 원보산장을 몇 번이나 뒤졌어도 박람인두는 찾지 못했소."

이연화는 점점 더 이해할 수 없다는 표정을 지었다. "박람인두가 사라졌다 해도 밀실에 숨긴 물건이 박람인두였다고 단정할 수는 없겠죠……"

"음, 박람인두는 우선 차치하고, 동영의 죽음은 이 당표와 관련이 있을 것 같소. 금만당의 죽음은 정말로 예기치 않은 사고였을지도 모르고. 그래도 여전히 의문은 남는군."

방다병이 호기심 가득한 얼굴로 물었다. "무슨 의문이요?"

화여설은 이연화를 응시하며 말했다. "동영은 어디서 목이 매달려 죽었으며, 동영의 목을 매달았던 밧줄은 어디에 묶여 있었겠소?"

방다병도 그제야 거기에 생각이 미친 듯 연방 고개를 끄덕였다. 이연화는 벽에서 튀어나온 서랍에 시선을 고정한 채 안에 깔린 부드러운 깔개를 손가락으로 문지르며 혼잣말로 뭐라고 중얼거리다 대뜸 말했다. "동영의 죽음은 당표뿐 아니라 밀실과도 관계가 있는 것 같습니다."

"밀실?" 방다병이 서랍을 가리켰다. "이 밀실?"

이연화가 빙그레 웃었다. "비취빗이 부러졌다는 건, 그 빗을 쓴 적이 있다는 뜻이지. 구멍을 잘못 찾기는 했지만 말이야. 그가 찾은 구멍은 어디였을까? 그는 왜 그곳이 밀실이라고 생각했을까? 어쩌면 그가 잘못 찾은 밀실이 그의 죽음과 관련이 있지는 않을까."

화여설이 미간을 찡그리며 낮게 깔린 목소리로 말했다. "원보산장에 또다른 밀실이 있고, 동영이 그 밀실에서 누군가에게 목이 매달려 죽었단 말이오?"

이연화는 화들짝 놀라 더듬더듬 변명했다. "제 말은 그저…… 동영이 밀실을 잘못 찾아 열쇠를 맞지 않는 구멍에 넣었을지도 모른다는 겁니다……" 화여설이 눈을 부릅뜨고 쳐다보자 이연화가 미안해하는 표정을 지었다. "저는 원보산장에 다른 밀실이 있을 거라는 말은 안 했습니다……"

방다병은 콧방귀를 뀌며 속으로 이연화를 약아빠진 소인배라고 욕했다. "본 공자가 널 찾아다니느라 산장을 한 바퀴 돌았지만 다른 밀실은 발견하지 못했어. 게다가 살인 밀실이라니! 그런 건 절대로 있을 수 없어!"

화여설이 다시 싸늘하게 말했다. "원보산장은 보물이 많기로 유명하고 산장의 모든 문과 창이 쇠로 정교하게 만들어져 잠그면 모두 밀실이 되지. 하지만 꼭 밀실에서만 살인을 할 수 있는 건 아니오. 금원보의 무공이 동영에게 미치지 못하니, 만일 금원보가 동영을 죽이려 했다면 필시 어떤 음모를 썼을 것이오."

이연화가 고개를 끄덕이는데 방다병이 불쑥 말했다. "동영은 목매달려 죽고, 금원보도 역시 목을 매달았잖아?"

이연화가 눈을 크게 뜨고 방다병을 보더니 천천히 말했다. "원보산장 사람들은 목매달아 죽는 걸 좋아하나봐……"

화여설은 옆에서 크게 한숨을 쉬고는 아무 대꾸도 하지 않았다.

세 사람은 금만당의 침실에서 한나절이나 머리를 맞대고 고민했지만 끝내 실마리를 찾지 못한 채 금원보의 상태를 보러 갔다. 실성한 것 같았던 금원보는 목을 매달았다가 살아난 뒤 아예 백치처럼 변해 있었다. 목의 부상이 심해 공양무문이 은침을 열몇 대 놓았지만 말을 하려면 앞으로 두세 달은 걸리고, 자유롭게 거동하는 것도 열흘은 더 있어야 할 거라고 했다. 목숨이 붙어 있는 것만 해도 다행이었다.

아무리 생각하고 궁리해봐도 의문점은 계속 늘어나기만 했다. 풀밭에 난 이상한 자국, 부엌에서 발견된 당표, 목을 매단 채 발견된 금원보, 보물이 사라진 '밀실'…… 원보산장의 기이한 사건은 금만당의 죽음으로 끝난 게 아니라 계속 진행되고 있는 것 같았다. 금원보의 방에서 나온 세 사람은 점심을 먹을 때까지 각자 방으로 돌아가 휴식을 취하기로 했다.

방다병은 자기 방으로 가지 않고 이연화의 방으로 따라 들어갔다. 이연화는 방에 들어가자마자 빗자루로 바닥을 쓸고 걸레로 탁자를 닦았다.

청소 삼매경에 빠져 있는 이연화를 보다못한 방다병이 버럭 짜증을 냈다. "얼어죽을 이연화! 금만당이 뭣 때문에 놀라서 죽었는지 생각은 하고 있는 거야? 난 점점 머리가 부풀어올라 터져버릴 것 같다고……"

이연화가 태연하게 말했다. "넌 원래 나보다 머리가 크잖아."

화가 머리끝까지 치밀어오른 방다병이 발끈 성을 내려는데 이연화가 중얼거렸다. "사실 이번엔 나도 머리가 안 돌아가. 내가 너보다 더 모르겠다고. 게다가 난……" 이연화는 말을 잇지 못하고 머뭇거리다 탁자 닦던 손을 멈추고 가벼운 한숨을 내쉬었다. 그러고는 의자에 앉아 손으로 이마를 짚었다. 어쩐지 지쳐 보였다.

방다병이 걱정되어 물었다. "어디 아파?"

이연화가 고개를 젓더니 불쑥 말했다. "강호에서 금영검 동영의 명성이 어떤지 알아?"

이연화의 안색에 슬그머니 걱정이 되던 방다병은 이연화가 갑자기 화제를 돌리자 또다시 어리둥절해지면서 부아가 치밀었다. '이 얼어죽을 이연화는 역시 천하제일의 호래자식이야!' 속으로 그렇게 욕을 퍼붓고는 "흥" 하고 콧방귀를 뀌었다. "동영의 명성이 어떠냐고? '유연신침'이라 불리는 관 협의만큼 훌륭하지는 않아도 강호의 준걸이라고 할 수 있지. 좋은 편이야."

이연화는 방다병을 흘긋 쳐다보고는 천천히 말했다. "정인이 있다고 들었는데……"

방다병이 고개를 끄덕였다. "연자준燕子梭 강부용姜芙蓉. 두 사람이 죽고 못 사는 사이지."

이연화는 계속해서 느릿느릿 말했다. "그런 정인을 두고…… 목매달아 자살할 수 있을까?"

방다병이 조금의 망설임도 없이 고개를 저었다. "그럴 리 없지."

방다병의 호응이 만족스러운 듯 이연화가 미소를 지었다. "그렇다면 분명 누군가가 동영의 목을 매단 거네."

이번에는 방다병도 이연화 말에 순순히 호응해주지 않았다. "하나 마나 한 소리지! 동영이 타살당했다는 건 우리가 다 아는 얘기잖아."

"강제로 목이 매달렸는데 버둥거리지도 않았다니……"

방다병이 아무렇지 않게 말했다. "목이 매달리기 전에 이미 제압당했겠지. 혈도를 짚였든가, 독에 중독됐든가."

이연화가 고개를 저었다. "중독된 건 아냐. 중독됐다면 관하몽과 공양 선생이 알아봤겠지. 혈도를 짚였을 가능성도 희박해. 원보산장에 사는 열다섯 명을 다 봤잖아. 죽은 사람과 산 사람을 통틀어서 동영보다 무공이 더 강한 사람이 있어?"

방다병이 단호히 말했다. "없지."

"그럼 동영은 어떻게 제압당했을까?"

"모르겠어."

이연화가 한숨을 푹 쉬었다. "이게 내 첫번째 의문이야."

"그럼 두번째는?"

"두번째는 금원보가 왜 목을 매달았느냐는 거야." 이연화가 쓴웃음을 지었다. "금원보가 죽었다면 의문이 덜했을 수도 있어. 그런데 목을 매달았다가 죽지 않았단 말이지……"

방다병이 미간을 찡그렸다. "그건…… 원래 목을 매달아도 죽는 사람 있고 안 죽는 사람 있으니 이상할 건 없지."

방다병을 흘긋 쳐다보는 이연화의 눈빛에 실망감이 가득했다. 이연화는 또 한숨을 푹 내쉬었다. "그리고 세번째 의문은…… 원보산장에 모두 열다섯 명이 살고 있는데 금만당은 죽고, 금원보는 죽은 것이나 마찬가지고, 나머지 열세 명은 하인이야. 이곳에 온 동영도 죽었어. 사건이 발생한 날 원보산장에 있었던 중요한 세 사람이 모두 죽은 셈이지. 그 당표와 바꾼 물건이 정말 박람인두라면, 박람인두는 어디로 갔을까?"

방다병의 말문이 막혔다. "그건…… 음…… 산장의 하인이 훔쳐갔겠지……"

이연화가 쓴웃음을 웃었다. "그럴 가능성은 없어. 금만당이 급사하면서 바닥에 떨어뜨린 박람인두를 하인이 주워갔다면 모르지만, 그땐 금원보가 멀쩡했는데 어떤 하인이 그렇게 대담한 짓을 할 수 있겠어? 설마 금원보가 실성할 줄 미리 알고 있었을까? 원보산장의 하인 중에 쥐도 새도 모르게 동영의 목을 매달고, 금만당을 놀라 죽게 만든 뒤 아무도 모르게 박람인두를 훔치고, 또 며칠 동안 잠복해 있다 금원보까지 목매달아 죽이고, 그러고도 밖에 있던 공양 선생과 관하몽에게 들키지 않을 수 있다면, 그자는 귀신이 분명해……"

방다병도 물러서지 않고 반박했다. "만약 이상이 같은 절대 고수라면? 그래도 불가능할까?"

이연화가 눈을 휘둥그레 떴다. "그런 절대 고수가 뭣하러 원보산장에서 허드렛일이나 하고 있겠어? 또 금만당을 놀라게 만들어 급사시키는 건 이상이도 할 수 없어. 정말로 그런 기인奇人이 한 짓이라면 복면을 하고 박람인두를 훔쳐가면 간단하지, 뭣하러 복잡하게 사람을 죽이겠어?"

방다병은 대답할 말을 찾지 못해 화를 냈다. "그럼 어떻게 된 일인지 넌 알아?"

"몰라." 이연화가 시원스럽게 대답하고는 곧바로 말을 이었다. "아무리 골몰해도 의문이 풀리지 않는다면, 그건 우리 생각이 처음부터 틀렸단 뜻이겠지."

"처음부터?"

"우린 처음부터 동영을 목매달아 죽이고 금만당을 놀라 죽게 만든 것이 동일한 무언가일 거라고 단정했어. 금원보가 목을 매단 것도 동영과 금만당을 해친 그 무언가의 수작일 거라고 생각했고. 결국 원보산장의 누군가가 그런 일을 했다면 그건 귀신밖엔 없다는 결론이 나와. 어쩌면…… 세 가지 사건을 각각 별개로 생각해야 할지도 몰라. 동영과 금만당의 죽음은 각기 다른 무언가의 소행이고, 금원보가 목을 매단 것도 전혀 별개의 일일 수도 있지 않을까? 실성한 금원보가 뜬금없이 자살하려고 했을 수도 있잖아?"

방다병이 미간을 찡그렸다. "세 사람의 죽음이 우연의 일치라고? 그건 대두귀大頭鬼*를 마주치는 것만큼이나 이상한 일 같은데."

"아니, 내 말은 이 산장에 범인이 한 명이 아닐 수도 있다는 뜻이야. 범인이 둘일 수도 있고, 셋일 수도 있고." 그 말에 뒤통수를 얻어맞은 듯 놀란 표정을 짓는 방다병에게 이연화가 말했다. "배고프다."

이연화가 자세히 설명해주길 기다리고 있던 방다병은 갑작스러운 화제 전환에 멍한 표정으로 되물었다. "뭐라고?"

이연화가 천연덕스럽게 말했다. "배고프다고. 밥 먹으러 가자."

방다병은 어이없다는 표정으로 버럭 성을 냈다. "이 산장에 범인이 둘이나 셋일 수도 있다며? 그래서 그다음은?"

"그다음은, 내가 배가 고프다고."

방다병은 속으로 '이연화는 호래자식!'이라고 서른여섯 번 욕을 퍼부은 뒤 이연화에게 붙들려 부엌으로 향했다.

부엌에서는 점심 준비가 한창이었다. 이연화는 당장 허기를 달랠 수 없다는 사실에 한숨을 쉬었다. 그러더니 부엌 뒤에 있는 꽃나무에 매달린 열매를 쳐다보았다. 방다병은 왠지 불길한 예감이 들었다. 아니나 다를까 이연화가 천천히 그 나무로 기어올라가는

* 중국 민간설화에 등장하는 귀신. 몸에 비해 머리가 몹시 커서 양손으로 머리를 받치고 거리를 돌아다닌다고 한다.

것이 아닌가. 이연화는 나무 위에서 이리저리 둘러보고 여기저기 들춰보더니 실망한 표정으로 내려왔다. 이연화의 손에 철사 하나가 들려 있고, 철사 끝에는 애벌레가 끼워져 있었다. 이연화가 겸연쩍은 표정으로 말끝을 흐렸다. "나무에 벌레가 있길래……"

방다병은 눈을 확 흘기고는 이연화를 잡아끌고 부엌으로 들어갔다. 주방장이 푸성귀를 씻고 있었는데, 반 시진은 더 기다려야 밥을 먹을 수 있을 것 같았다. 방다병은 속으로 웃음을 터뜨렸고 이연화는 만면에 실망한 기색이 역력했다. 주방장이 둘을 돌아보며 지금은 눈코 뜰 새 없이 바쁘니 정 배가 고프면 손님이 직접 국수를 만들어 먹어도 좋다고 해, 이연화는 흔쾌히 그러겠다고 했다. 방다병은 배가 고프지 않았지만 괜히 신이 나서 식칼을 손에 들고 돕겠다고 나섰다.

이연화는 불을 돋워 물을 끓이려고 아궁이 속을 들여다보았다. 불길이 그리 세지 않았다. 그런데 아궁이 속을 쑤석이던 이연화가 검게 탄 무언가를 발견해 끄집어냈다.

방다병은 깜짝 놀랐다. 그날 아침 아궁이를 뒤질 때 보았지만 무심코 지나친 것이었다. 이연화가 꺼낸 물건에 딸려나온 재가 어지럽게 날렸다.

방다병이 공중으로 날리는 재를 붙잡았다. "이게 뭐지?"

"응?" 이연화가 아궁이에서 기다란 물체 몇 개를 꺼내다 고개를 들어 물었다. "그게 뭐야?"

"당표네." 방다병이 손을 펼쳐 보였다. 타다 남은 종잇조각에 '람藍'이라고 흘려 쓴 것으로 보이는 글씨가 절반 정도 남아 있었다.

이연화가 아궁이에서 꺼낸 건 밧줄 몇 가닥이었다. 방다병의 눈이 휘둥그레졌다. "그게 동영의 목을 매단 밧줄일까?"

이연화가 고개를 갸웃했다. "그러기엔 너무 긴데."

원보산장은 부뚜막이 무척 길어 솥을 여러 개 올렸는데, 이 밧줄로 부뚜막을 다 두를 수도 있을 것 같았다. 밧줄을 다 이으면 세 장은 족히 될 듯했고, 이미 얼마나 불에 타 사라졌는지도 알 수 없었다. 대들보에 목을 매다는 데 쓰였다고 하기에는 너무 길었다.

이연화가 부엌을 둘러보았다. 창문 두 개 중 하나는 자물쇠가 고장나 있었다. 부뚜막 위쪽에 커다란 굴뚝이 있고, 뒤에는 키와 광주리 등이 있었으며, 아궁이 다섯 개, 도마 세 개가 있었다. 여느 부엌과 별반 다를 바는 없었다.

"만약 이 밧줄로 동영의 목을 매달아 죽였다면 아궁이에 넣어 태운 게 설명이 돼……" 이연화가 밧줄을 잡아당겼다. 불에 타서 몇 가닥으로 끊어졌지만 중간에 옭매듭과 풀매듭이 하나씩 묶여 있었다. 목을 매다는 용도로 썼을 수도 있지만, 물을 길어올리는 용도로 썼을 수도 있다. 군데군데 이끼도 끼어 있었다.

두 사람이 밧줄을 바닥에 놓고 쪼그려앉아 머리를 맞대고 있는데 주방장 초肖씨가 부엌으로 들어왔다. "뒤뜰에 있는 우물에서 끊어진 밧줄이에요. 더이상 쓸 수 없어 땔감이나 하려고 아궁이에 넣었어요."

"아." 이연화가 뭔가를 깨달은 듯 탄성을 내뱉었다. "이걸 직접 아궁이에 넣으셨소?"

주방장이 이상한 눈빛으로 이연화를 보았다. "우리 주인 나리께

선 절약이 몸에 배셨어요. 밧줄이 끊어졌으니 우물에서는 쓸 수가 없지만 땔감으로는 쓸 수 있죠. 약한 불로 오래 끓여야 할 때 아주 좋아요."

이연화가 물었다. "이 밧줄이 언제 끊어졌소?"

"한 닷새쯤 됐을 거예요."

주방장의 말에 방다병이 "아" 하고 내뱉으며 이연화를 곁눈질로 흘긋 보았다. 하지만 이연화는 멍하니 생각에 잠겼다 한참 만에야 "아" 하고 반응했다.

잠시 후 이연화는 골똘히 생각에 잠긴 얼굴로 물을 끓이고, 면을 넣고, 면을 건지고, 대파와 소금을 뿌린 뒤 맛있는 냄새가 풍기는 국수 한 그릇을 탁자에 내려놓았다. 그러고는 방다병에게 빙긋 웃어 보였다. "너 먹어."

"응?" 방다병은 얼떨떨하기만 했다. "배고프다고 한 건 내가 아니라 너잖아…… 응? 어딜 가는 거야……"

이연화는 국수를 탁자에 내버려둔 채 뒷짐을 지고 유유히 부엌을 빠져나가더니 관하몽과 공양무문의 방이 있는 쪽으로 향했다.

4. 기사회생

관하몽과 공양무문도 원보산장에서 일어난 일련의 이상한 일들에 대해 얘기를 나누고 있었다. 공양무문은 금만당이 뭔가를 보고 놀라 가슴이 두근거리는 병이 생겼다가 밤중에 갑자기 발작해 죽었을 것이라고 추측했지만, 동영이 어떻게 목이 매달리고 어떻게 시신이 정원으로 옮겨졌는지는 여전히 오리무중인 상태였다. 금원보는 정신병이 발작해 스스로 목을 매단 게 분명해 보였다. 관하몽도 딱히 이렇다 할 추리를 내놓지는 못했다. 동영이 살해당했는 점은 동의하지만 시신을 어떻게 옮겼는지는 도무지 짐작할 수가 없었다.

"공양 선배님…… 관 대협……" 미소 띤 얼굴로 문으로 들어서는 사람을 보고 관하몽은 순간 깜짝 놀랐다. 푸른 풀을 손에 살포시 들고 있는 그의 머리 위로 화사하고 따뜻한 햇빛이 쏟아져내려 더없는 미남자처럼 보였다. 그 사람이 가까이 다가와서야 누군지 알아볼 수 있었다. 바로 이연화였다.

공양무문은 이연화의 손에 들려 있는 풀을 곁눈으로 흘긋 보았다. "무슨 일인가?"

"제가 죽은 사람을 되살려낼 수 있다는 걸 두 분도 알고 계시겠지요. 바로 이 풀이 그 비결입니다."

이연화의 말에 관하몽과 공양무문이 깜짝 놀라 풀을 들여다보았으나 이내 관하몽이 미간을 찡그리며 말했다. "이건…… 강아지풀이 아닌가요?"

이연화가 정색을 했다. "강아지풀과 헷갈리기 쉽지요. 하지만 이 강…… 음…… 이 약초를 자세히 보면, 씨앗이 백서른다섯 개 달려 있고, 색이 푸르면서도 누르스름하며 줄기에 이파리가 두 장만 달려 있지요. 씨앗에는 약 반 치 길이의 솜털이 나 있고요. 제일 쉽게 구분하는 방법은 줄기를 꺾어서 피처럼 새빨간 진액이 흘러

나오는지 보는 거예요."

반신반의하던 두 사람도 이연화가 '약초' 줄기를 꺾어 선홍빛 진액이 흐르는 걸 보여주자 그의 말을 좀더 믿을 수밖에 없었다. 이연화가 계속해서 말했다. "이 풀을 학정홍鶴頂紅, 비상, 견기독牽機毒, 공작단孔雀胆 같은 맹독과 섞어 물 한 그릇을 붓고 절반으로 졸아들 때까지 약한 불로 달인 뒤 뜨거울 때 먹이면……"

그의 말이 다 끝나기도 전에 공양무문이 싸늘하게 말을 잘랐다. "헛소리! 그 독들은 약성이 서로 충돌하는데다 함께 끓이면 약효가 다 사라져버리네."

이연화는 낯빛도 변하지 않고 계속 말했다. "죽은 사람을 살려내는 비방에는 이 약초가 핵심입니다. 제가 오 년 전 시문절을 살려낼 때 우연히 발견한 비방이지요. 네 가지 독약을 함께 써서 독으로써 독을 다스리는 방법도 있지만, 시문절의 몸에 퍼진 장독掌毒을 해독하는 데는 아무 효과가 없었습니다. 하지만 몇 가지 독약을 약한 불에 달이면 약성이 크게 줄어들어 경혈과 혈기를 자극할 정도의 약한 독성만 남게 되지요. 약한 독성이 죽은 사람의 근육과 혈기를 자극한 뒤에 이 신비한 약초가 독을 제거하고 심장을 보호하는 역할을 발휘해 사흘이 채 지나지 않아 죽은 사람이 되살아났습니다…… 제가 여러 번 시험해보았는데 매번 효험이 있었습니다."

공양무문의 미간에 살짝 주름이 잡혔다. 관하몽은 뭐라 반박하고 싶었지만 이연화가 약리 작용에 따라 설명한 것이 아니므로 어디서부터 어떻게 반박해야 할지 알 수 없어 그저 이렇게만 말했다.

"피에 독이 한 방울만 섞여도 숨이 끊어진다는 얘기는 들어봤지만, 약한 독이 혈기를 자극한다는 얘긴 들어본 적이 없군요."

공양무문은 조금 전보다 누그러진 목소리로 말했다. "약한 독으로 혈기를 자극해 사람을 살리는 게 가능하긴 하지."

이연화가 고개를 끄덕였다. "정말로 그렇다니까요. 금 총관의 병세가 심각하니 이 약을 먹여 빨리 회복시킨 뒤에 어떻게 목을 매달게 됐는지 조사하는 것이 좋겠습니다."

관하몽이 깜짝 놀랐다. "이 약을…… 이 약을……" 이연화를 믿지 못하는 것이 아니라 약이 너무 미덥지 못했다. 강아지풀에 네 가지 맹독을 섞은 걸로 어떻게 죽어가는 사람을 기사회생시킨단 말인가?

공양무문이 천천히 말했다. "한번 해보지."

이연화가 빙그레 웃었다. "정말이십니까?"

"이 신의가 할 수 있다는데 우리가 믿지 않을 도리가 있나?"

이연화가 짐짓 진지하게 말했다. "그렇습니까? 제가 이미 부엌에 탕약을 한 사발 달여놓았으니, 그럼 선배님께서는 금 총관에게 가서 목에 꽂힌 은침을 뽑아주십시오."

공양무문이 그 말을 듣고 몸을 돌리는 순간 이연화가 공양무문의 뒷목을 세차게 내려쳤다. 공양무문은 그 자리에서 푹 고꾸라졌다.

갑작스러운 상황에 관하몽이 깜짝 놀라 외쳤다. "선배님!"

이연화가 손을 들어 보이며 겸연쩍은 미소를 짓자 관하몽은 두어 걸음 뒤로 물러났다. "당…… 당신…… 설마 당신이……"

이연화는 손가락 하나를 세워 조용히 하라는 시늉을 했다. "쉿!

내가 무서운가요?"

관하몽은 어떻게 대답해야 할지 몰랐다. 불쑥 들어와 죽은 사람을 살리는 신비의 약초에 대해 얘기하다 갑자기 공양무문을 기절시키다니. 조금은 멍청하고 온화해 보이던 그의 모습은 가짜였단 말인가? 악의가 없다는 듯 손을 살짝 들어 보인 채 싱긋 웃는 이연화를 보며 관하몽은 뒷목이 선득해지는 걸 느꼈다. 무섭지 않다고 하면 거짓말일 것이다. "어쩔 생각이십니까?"

이연화가 탄식했다. "뭘 어쩌려는 건 아닙니다. 어서 가서 식사 시간을 알리는 종을 쳐서 사람들을 부엌으로 부르세요. 그런 다음 금원보의 목에 꽂혀 있는 은침 중 쓸데없는 건 뽑고 그를 부엌으로 데려오세요. 그러면 제가 차를 한잔 대접하지요."

관하몽이 뭐라고 해야 할지 몰라 멍하니 서 있는데 이연화는 아무렇지 않게 공양무문의 왼쪽 발목을 잡고는 쌀자루처럼 질질 끌고 성큼성큼 부엌으로 향했다.

방다병은 이연화가 만든 국수 그릇을 들고 그다지 내키지 않는 기분으로 국물을 한 모금 마시던 참이었다. 그 순간 공양무문의 왼쪽 발을 끌고 느릿느릿 부엌으로 들어오는 이연화를 보고 입에 머금었던 국물을 그대로 바닥에 뿜었다. "이연화 너…… 사람을 죽였어?"

"지금까지 내가 죽인 사람이 네가 먹은 국숫가락보다 많을걸?" 이연화는 바닥에 쏟아진 국물을 보며 미간을 찡그리더니 공양무문의 왼쪽 발을 방다병에게 넘겨주고는 부뚜막에 있던 걸레를 가져다 바닥을 닦았다.

방다병은 공양무문의 왼쪽 발목을 쥔 채 안절부절못했다. 놓자니 안 될 것 같고, 안 놓자니 그것도 안 될 것 같아 고래고래 외쳤다. "이연화! 이 노인은 왜 이렇게 만들어놓은 거야?"

이연화는 바닥에 쏟아진 국물을 깨끗이 닦은 뒤에야 만족스러운 듯 걸레를 툭 던져버리고 온화한 미소를 지었다. "곧 알게 될 거야……"

얼마 지나지 않아 관하몽이 금원보를 데리고 왔다. 하지만 금원보의 목에 꽂힌 은침은 그대로였다. 화여설과 그의 포졸들도 부엌으로 모였다. 방다병이 공양무문의 왼쪽 발을 붙잡고 있는 것을 보고 모두 아연실색했다.

이연화는 부엌 왼편에 난 창문 밑으로 천천히 다가가 창문에 달려 있는 자물쇠를 풀더니 고개를 돌려 싱긋 웃었다. "화 대인, 금만당의 죽음을 풀 단서를 찾으셨습니까?"

화여설이 냉랭한 투로 말했다. "그렇소."

방다병과 관하몽은 놀라 눈이 휘둥그레졌지만 이연화는 여전히 미소를 지은 채 말했다. "자세히 들려주시지요."

"단서가 너무 많아 아직 결론을 내리지 못했소."

화여설의 말에 방다병이 숨죽여 키득거렸다.

이연화가 공손하게 말했다. "원보산장 곳곳에 단서가 있지요. 아무렇게나 휘둘러봐도 의심스러운 구석이 한두 군데가 아닙니다. 그러니 눈에 보이는 단서를 모두 따라가다보면 오히려 결론을 내리기가 힘들지요……"

화여설이 일갈했다. "하나 마나 한 소리!"

이연화는 표정도 바뀌지 않고 계속 웃는 얼굴로 말했다. "그건…… 원보산장에서 일어난 일련의 사건들이 연쇄적인 것이 아니라 각각 다른 사건이기 때문입니다."

화여설의 낯빛이 싹 변했다. 관하몽은 깜짝 놀라 어리둥절한 표정을 지었고 포졸들도 술렁였다. 오로지 방다병만 이미 들었던 얘기라 태연하게 공양무문의 왼쪽 발을 들어올렸다. "이 노인네가 그 범인 중 하나라는 거야?"

"그건 아직 나도 몰라……"

방다병이 벌컥 성을 냈다. "그것도 모르면서 기절시켰다고?"

"일단 내 얘길 들어봐." 이연화가 씩 웃더니 화여설에게로 시선을 옮기며 아궁이에서 찾은 당표 조각 두 개를 품에서 꺼냈다. "이건 온주견이고 남아 있는 글씨로 볼 때 당표가 확실합니다. 맡긴 물건은 희귀한 보물인 박람인두일 겁니다. 금만당이 가지고 있는 보물의 출처이기도 하고요. 당표에 '원보당포'라는 도장도 찍혀 있습니다."

화여설이 고개를 끄덕였다. 당표 조각은 그도 이미 본 것이었다.

"온주견은 온주에서만 생산됩니다. 이 종이를 당표로 썼다는 건 원보당포가 온주에 있었다는 뜻이겠지요. 금영검 동영이 온주에서 왔으니 그와 이 당표 사이에 연관이 있는 게 틀림없습니다. 온주 동씨 가문의 것이었던 박람인두가 이십 년 전 원보당포에 맡겨졌고, 이십 년 뒤 동씨 가문의 한 자제가 성공해서 가보를 되찾기 위해 당표를 가지고 금만당을 찾아왔다…… 그럴듯한 추측이지요."

화여설이 고개를 끄덕이자, 관하몽도 고개를 끄덕였다.

이연화가 말을 이었다. "하지만 박람인두는 금만당이 가장 아끼는 보물이었으니 동영에게 돌려주고 싶지 않았겠지요. 무공으로 따지면 금만당은 동영의 적수가 되지 못하고, 또 박람인두를 돌려주지 않을 핑계도 없었을 겁니다. 박람인두를 금만당이 가지고 있다는 건 누구나 아는 사실이니 없다고 오리발을 내밀 수도 없고요. 박람인두를 지키려면 동영을 죽이는 수밖에 없었겠죠. 아무도 모르게, 소리소문 없이."

관하몽이 중얼거렸다. "힘든 일이죠."

"아주 쉽지요."

이연화의 말에 방다병이 의아한 표정을 지었다. "설마 원보산장에 정말 살인 밀실이라도 있단 말이야?"

이연화가 빙그레 웃었다. "있다면 있고, 없다면 없어."

화여설이 담담하게 말했다. "내가 말했잖소. 원보산장의 모든 문과 창은 쇠로 정밀하게 만들어져 문을 잠그기만 하면 모든 방이 밀실이 될 수 있다고."

"그렇죠." 이연화는 짧게만 대답했다.

관하몽이 끼어들었다. "하지만 동영은 소리소문 없이 죽은 게 아니라 누구나 다 볼 수 있는 창밖에서 죽었잖아요?"

이연화가 탄식했다. "그는 창밖 풀밭에서 목을 매달려 죽은 게 아닙니다. 모두 동영의 시신을 보고도 이상한 점을 발견하지 못하셨습니까?"

"이상한 점?" 방다병이 반문했다.

관하몽과 화여설은 고개를 끄덕였다. 관하몽이 말했다. "풀밭에서 초상비를 써본 뒤에야 동영의 옷이 너무 깨끗하다는 걸 깨달았어요. 꼭 누가 갈아입힌 것처럼요."

이연화가 미소를 지었다. "그렇죠. 금만당의 창밖에서 자라는 풀은 아주 연하고 촉촉해서 동영이 풀밭에 쓰러졌다면 그렇게 흔적 하나 없을 수가 없어요. 누군가 옷을 갈아입힌 게 분명해요. 왜 그랬을까요? 옷을 갈아입힌 게 아니라면 어떻게 정원으로 옮겨왔을까요? 잘 살펴보면 쉽게 짐작할 수 있지요."

"동영이 어떻게 죽었는데?" 방다병이 눈을 커다랗게 떴다.

이연화는 망설임 없이 대답했다. "부엌에서 목매달려 죽었어."

"부엌에서 목이 매달려 죽었다고?" 방다병은 말문이 막혀 머뭇거리다 "푸핫!" 웃음을 터뜨렸다. "이연화 네가 미쳤구나. 동영이 뭐하러 부엌에서 목을 매?"

이연화가 고개를 저었다. "부엌에서 누군가에게 제압당한 뒤 목을 매달린 거야."

화여설이 중얼거렸다. "부엌? 부엌이라……"

방다병은 계속 비웃었다. "이 부엌은 창문 자물쇠가 고장나서 창문도 제대로 안 잠기는데 어떻게……"

화여설이 눈을 휘둥그레 떴다. "창문 자물쇠?"

이연화는 손에 들고 있던 자물쇠를 흔들어 보이더니 빙긋 웃으며 자물쇠 머리로 탁자를 탁탁 두드렸다. 그러자 자물쇠 구멍에서 무언가가 두 개 떨어져 나와 바닥에 부딪히며 청명한 소리를 냈다.

빗살이었다!

부러진 빗살이 부엌 창문 자물쇠에 끼워져 있었다니!

"이…… 이건……" 방다병의 눈이 휘둥그레졌다. "어떻게 된 거야?"

이연화가 빗살 두 개를 주워 탁자 위에 올려놓았다. "동영이 비취빗으로 이 자물쇠를 열려고 했다는 증거입니다. 왜 그랬을까요?"

화여설이 냉기가 도는 투로 말했다. "부엌에 갇혔었군!"

이연화가 만족스러운 표정으로 웃었다. "동영을 속여 부엌으로 유인하는 건 아주 쉬웠을 겁니다. 박람인두가 부엌에 숨겨져 있다는 거짓을 흘리기만 하면 제 발로 부엌에 들어갈 테니까요. 그런데 어째서 동영을 부엌에 가둬야 했을까요?" 이연화가 모두를 쓰윽 돌아보았다. "이 부엌은 그리 크지 않고 창문도 두 개밖에 없는데 아주 큰 부뚜막과 아궁이 다섯 개가 있습니다. 문을 닫으면 통풍이 되지 않지요. 아래쪽에는 통풍구가 없고, 굴뚝은 너무 높이 나 있어 통풍구 역할을 하지 못합니다. 부엌의 문과 창을 모두 닫고 아궁이에 은근히 불을 피워두면 한두 시진만 지나도 어떻게 될지 모두들 짐작하시겠지요?"

관하몽이 이제야 알겠다는 듯 대답했다. "질식하겠죠……"

이연화가 빙그레 웃었다.

화여설의 얼굴이 무겁게 굳었다. "그런데 동영이 어째서 밀폐된 부엌에 제 발로 들어갔을까? 속임수를 눈치채지 못했단 말인가? 굴뚝으로 빠져나갈 수도 있었을 텐데?"

이연화가 차분히 설명했다. "속임수를 들키지 않기 위해 약간의 계략이 필요했겠지요…… 화 대인, 대인께서 동영이고 제가 이름난 구두쇠인 금만당이라고 가정해보겠습니다. 제가 대인께 은자 삼만 냥을 받은 뒤 박람인두를 돌려주고 채무 관계를 청산해야 하는데, 제가 갑자기 '박람인두는 부엌에 숨겨놓았으니 직접 찾으시오. 그걸 찾아내기만 하면 그냥 가져가도 좋소'라고 말한다면, 대인은 그 말을 믿으시겠습니까?"

화여설이 조금 망설이다 대답했다. "물론 안 믿겠지!"

이연화가 고개를 끄덕였다. "금만당이 동영을 속이려 했다면 동영이 믿지 않았을 겁니다. 천하의 구두쇠인 금만당이 은자 삼만 냥을 포기할 리 없으니까요. 그러니까 동영을 부엌으로 유인하고 그에게 비취빗을 준 사람은 금만당이 아니었을 겁니다. 하인이었을 수도, 어쩌면 금원보였을 수도 있지요."

화여설이 고개를 끄덕였다. 이연화의 설명이 이어졌다. "금만당은 하인을 시켜 금만당이 박람인두를 돌려주지 않으려고 그걸 어딘가에 숨겨놓았다고 동영에게 귀띔하게 했을 겁니다. 그 하인은 거짓으로 동영에게 호감을 표했거나, 아니면 다른 어떤 이유를 내세워 동씨 가문의 보물인 박람인두가 부엌에 숨겨져 있다며 귀한 비취빗도 함께 건넸습니다. 아주 세심하고 신중한 사람이 아니고서야 십중팔구는 그 말을 믿겠지요."

방다병이 눈썹을 찡그렸다. "그래서 그게 어쨌다는 거야?"

이연화는 체념한 듯한 눈빛으로 방다병을 보았다. "동영은 그 말을 믿고 한밤중에 부엌에 들어가 샅샅이 뒤졌겠지. 오늘 아침에 네가 했던 것처럼……"

방다병은 여전히 이해할 수 없다는 표정이었다. "오늘 아침에 내가 했던 것처럼 부엌을 뒤진 게 어쨌다는 거야?"

이연화가 이제는 측은하다는 눈빛으로 그를 보았다. 백정이 곧 도살될 돼지를 바라보듯 연민이 담긴 눈빛이었다. "밤중에 뭔가를 찾으려면 등불이 필요하겠지. 하지만 남에게 들켜선 안 되니까 창문을 닫고 나서 등불을 켰을 거야."

"아." 관하몽이 탄성을 내뱉었다.

방다병은 계면쩍은 듯 중얼거렸다. "그렇게 된 거로군……"

이연화가 화여설을 보며 말을 계속 이었다. "하지만 이 자물쇠는…… 한번 잠그면 다시 열 수 없습니다. 찰칵 하고 잠기면 특별 제작한 원보산장의 열쇠로 열지 않는 한 다시는 열 수 없지요. 그러니까 누군가 동영을 가둔 것이 아닙니다." 이연화가 밝게 웃으며 방다병에게로 시선을 옮겼다. "문은 그의 손으로 직접 잠근 것이지."

"시간이 흐르며 아궁이 속 불이 공기를 다 태웠고, 동영이 뭔가 이상하다고 느꼈을 땐 이미 늦었겠군. 비취빗을 자물쇠에 집어넣어봤지만 도망칠 수 없었고." 화여설이 굴뚝을 올려다보며 냉소를 지었다. "굴뚝이 너무 높아 경공법의 고수가 아니면 올라갈 수 없겠어."

이연화도 굴뚝을 쳐다보며 담담하게 말했다. "금만당의 당초 계획은 동영이 질식해서 정신을 잃거나 질식사하는 것까지였겠지요. 그런데……" 그가 시선을 옮겨 관하몽을 향해 웃었다. "매미를 잡으려는 사마귀 뒤에 참새가 그 사마귀를 노린다는 옛말이 있지요…… 박람인두는 어떤 병이든 고칠 수 있는 천하의 보물이라고 알려졌으니 동영과 금만당 외에도 호시탐탐 노리는 또다른 사람이 있었겠지요."

관하몽의 가슴이 철렁 내려앉았다. 그가 먼길을 달려 여기까지 온 이유 역시 그저 박람인두를 한번 보고 싶다는 생각에서였기 때문이다.

"금만당은 동영이 정신을 잃은 뒤 아무도 모르게 죽일 방법을 궁리했고, 제일 좋은 방법은 시신을 태우는 것이었습니다. 시신을 태워 흔적을 없애는 일은 물론 심복을 시켰겠지요. 그래서 동영의 시신을 금원보에게 처리하게 했습니다."

"금원보?" 사람들의 시선이 일제히 금원보에게로 쏠렸다.

"금원보는 수십 년 동안 금만당 밑에서 일했으니 제일 믿을 수 있는 심복이었죠. 하지만 금만당은 사소한 한 가지를 간과했습니다."

"그게 뭐야?" 방다병이 물었다.

이연화가 관하몽에게로 시선을 옮겼다. "관 대협은 잘 아시겠지만 금원보는 촌백충병을 앓고 있습니다. 비록 불치병은 아니지만 촌백충이 뇌로 들어가면 몹시 고통스럽지요."

관하몽이 고개를 끄덕였다. "그렇습니다."

"그러니까 금원보에게도 박람인두가 필요했던 겁니다. 금만당은 이 보물을 몹시 아껴서 지난 이십 년 동안 극소수의 사람에게만 인두주를 대접했습니다. 그러니 금원보에게 흔쾌히 나눠주었을 리 만무하지요. 박람인두는 한 번 술을 담아 마실 때마다 효력이 조금씩 줄어든다고 들었습니다. 금만당은 그걸 아껴서 오래오래 장수

할 요량이었을 겁니다. 하인인 금원보에게 박람인두는 그림의 떡이었습니다. 하지만 그는 박람인두가 어디에 숨겨져 있는지 알고 있었지요. 그건 몹시 고통스러운 일이었습니다. 볼 수는 있지만 가질 수는 없는 것 말이죠. 그래서 금만당이 동영의 시신을 처리하라고 분부하자 금원보는 한 가지 묘책을 떠올렸습니다."

"무슨 묘책이오?" 화여설이 물었다.

"박람인두를 손에 넣으면서도 자신의 소행이라는 걸 감출 수 있는 방법이었죠." 이연화가 한숨을 한번 내쉬었다. "동영의 시신을 몰래 빼돌린 뒤 금만당에게는 동영이 혼수상태에 빠졌다 깨어나서는 어딘가에 숨어 있다 박람인두를 훔쳐 도망갔다고 거짓말을 하는 겁니다. 금원보가 금만당과 함께 있을 때 동영이 갑자기 '사라진' 것처럼 꾸민다면 금만당을 속일 수 있습니다."

방다병은 들을수록 알쏭달쏭했다. "금만당과 같이 있을 때 동영의 시신이 갑자기 사라지게 만든다고?"

이연화가 빙긋 웃었다. "응. 동영이 죽지 않았다고 믿게 만들어야 했으니까."

화여설이 굴뚝을 올려다보며 천천히 말했다. "이제 알겠소……"

관하몽도 굴뚝을 올려다보았다. "저도 알겠습니다. 하지만 아직도 잘 모르겠습니다."

이연화가 유감스럽다는 표정으로 방다병을 보았다. "부엌에 있는 시신을 '갑자기' 사라지게 하려면 딱 한 가지 방법밖에 없어. 굴뚝을 이용하는 거지."

방다병이 미간을 찡그렸다. "굴뚝?"

이연화는 방다병에게 실망한 듯 한숨을 내쉬었다. "잘 생각해봐. 네가 아무리 눈치가 없어도 머리는 달려 있…… 음…… 시신을 창밖으로 던지면 누구에게든 들킬 수밖에 없어. 하지만 위로 끌어올린다면 얘기가 달라지지. 동영의 목에 밧줄이 묶여 있었던 걸 생각해봐. 이미 질식해서 정신이 혼미한 사람을 칼로 찔러 죽일 수도 있고 항아리에 빠뜨려 익사시킬 수도 있는데 왜 굳이 밧줄로 목을 매달아 죽였을까?" 이연화가 찬찬히 설명해주었다. "이 부엌에는 아궁이가 다섯 개나 있어. 연기를 내보내기 위해 굴뚝을 아주 크게 만들었지. 원보산장에는 가지가 부드러운 꽃나무가 많아. 높이가 비슷한 꽃나무 두 그루를 긴 철사로 연결해 직선이 되도록 팽팽하게 당긴 다음 밧줄을 걸어 철사를 따라 움직이게 하고, 밧줄의 다른 쪽 끝에는 목을 거는 올가미를 만드는 거야. 그런 다음 굴뚝을 따라 밧줄을 늘어뜨려놓는 거지. 동영이 정신을 잃었든 죽었든 저항하지 못하게 된 걸 금만당이 확인하고 금원보에게 처리하라고 지시한 뒤 부엌에서 나가려고 할 때, 금원보가 동영의 목에 그 밧줄을 묶었어. 그런데 목을 감은 밧줄이 짧아 두 나무를 연결한 철사가 아래로 당겨지며 양쪽 끝에 있는 나뭇가지가 구부러졌다가 금원보가 손을 놓는 순간, 구부러졌던 나뭇가지가 펴지면서 동영의 시신이 빠른 속도로 솟구쳐 굴뚝을 통해 밖으로 빠져나간 거야. 깊은 밤 인적이 드문 숲속이었으니 남에게 발견될 가능성도 없었지."

화여설이 미간을 찡그린 채 듣고 있다 한참 만에 입을 열었다. "일단 그게 가능하다고 친다면…… 동영의 옷을 갈아입힌 이유도 해석이 가능하겠군. 굴뚝을 통해 빠져나왔으니 옷에 검댕이 묻어 새카매졌겠지."

이연화가 미소를 지었다. "또한 정원의 풀밭에 있는 쓸린 자국도 해석이 가능해집니다. 동영이 도망친 것으로 꾸미기만 하면 금원보가 박람인두를 훔친 뒤 동영의 소행으로 뒤집어씌울 수 있었지요. 그런데 금원보가 예상치 못한 일이 벌어졌습니다. 동영이 사라지자 금만당이 허겁지겁 방으로 달려가 박람인두 옆을 지킨 것이죠. 그 바람에 금원보는 박람인두를 훔칠 수 없었습니다. 그런데 바로 그때, 또 예상치 못한 일이 일어났습니다……"

"뭔데? 동영이 살아나기라도 했어?" 방다병이 농담을 던졌다. "아니면 시신이 벌떡 일어났어?"

이연화가 씩 웃었다. "응. 맞아."

방다병은 소스라치게 놀랐다. "시신이 일어났다고? 정말이야? 겁주지 마."

이연화는 창 너머로 멀찌감치 보이는 금만당의 침실을 가리켰다. "부엌의 굴뚝이 높아서 동영의 시신이 밖으로 빠져나가려면 적어도 네 장 높이에 철사를 묶어야 해. 원보산장을 통틀어 그렇게 높은 꽃나무는 단 두 그루밖에 없지. 하나는 부엌 뒤에 있고, 다른 하나는 금만당의 침실 앞에 있어. 금원보가 두 나무에 묶어 연결한 철사가 정원 위 허공을 가로질렀는데, 철사가 완전히 수평이 되도록 묶기는 힘들었어. 금만당의 침실 앞쪽이 더 낮았거든. 허공에 매달려 있던 동영의 시신은 시간이 흐르면서 저절로 낮은 쪽으로 미끄러졌어……"

그의 말을 듣고 있던 사람들이 일제히 "아" 하고 탄성을 터뜨렸다. 그 광경을 떠올려보니 생각만 해도 섬뜩했다.

반면 이연화의 표정은 점점 밝아졌다. "금만당은 자기 방으로 달려가 박람인두를 지키다 창밖으로 그 무시무시한 광경을 보게 된 거야. 혀가 축 늘어진 흉측한 표정에 온몸에는 새카맣게 검댕이 묻은 동영이 두 다리가 땅에서 떨어진 채 천천히 그를 향해 날아오고 있는 장면을……"

관하몽은 두근거리는 가슴을 누르며 말했다. "평소 기혈에 문제가 있는 사람이라면 심각한 자극을 받았을 때 갑작스럽게 중풍을 맞아 죽는 것도 충분히 가능합니다."

이연화가 고개를 끄덕였다. "그래서 금만당은 급사하고 동영은 철사에 매달린 채 풀밭을 쓸고 지나가며 기이한 흔적을 만들었던 겁니다."

방다병이 긴 한숨을 내쉬었다. "금만당을 놀라 죽게 만든 건 바로 동영이었구나……"

"박람인두를 훔칠 틈만 노리고 있던 금원보도 예상치 못한 사건에 당황했겠지. 철사를 끊고 목을 매달았던 밧줄도 자른 뒤 동영의 시신은 풀밭에 버렸어. 그뒤 박람인두를 훔치고는 갑작스러운 충격에 실성한 척했어. 그래야 그날 밤에 무슨 일이 있었는지 모른다고 할 수 있으니까. 금만당의 죽음은 금원보의 의도가 아니었지만, 사건을 조사하면 박람인두가 사라졌다는 게 알려질 테고, 아무리 재산이 많아도 금만당이 죽으면 원보산장도 자연히 몰락하게 되겠지. 그래서 금원보는 도망칠 시간을 벌기 위해 외부에는 아직 금만당이 죽지 않았다고 했어. 하지만 동영의 시신까지 감출 수는 없었고, 또 동영의 시신으로 금만당의 시신에서 나는 악취도 덮을 수 있으니 동영의 시신을 금만당의 침실 옆에 놓아두었지."

이때 화여설이 싸늘한 투로 끼어들었다. "하지만 금원보에게서는 박람인두가 발견되지 않았소. 이 대협의 추리로 많은 의문이 풀리기는 하지만 아직은 아무 증거도 없소."

"동영과 금만당의 죽음에 얽힌 비밀을 어떻게 추측하든, 박람인두가 아직 원보산장 안에 있다는 건 변치 않습니다. 그게 '갑자기 사라졌지요'…… 방다병."

이연화가 돌연 이름을 부르자 방다병은 기겁을 했다. "왜?"

"만약 네가 불로장생약을 손에 넣었다면, 네 눈에 보이지 않는 곳에 숨겨둘 것 같아? 예를 들면 정원의 땅속이라든가, 침대 밑이라든가, 화분 속이라든가."

방다병이 조금의 망설임도 없이 대답했다. "아니. 하루종일 깔고 앉아 있든가, 아니면 삼켜버리겠지."

이연화가 히죽거렸다. "목숨과 관계된 물건이니 부득이한 상황이 아니라면 금원보도 절대로 자기 눈에 보이지 않는 곳에 두진 않았을 겁니다. 그런데 금원보는 그걸 지니고 있지 않았죠. 게다가 목을 매달려고 했고요. 왜 그랬을까요?"

화여설이 물었다. "설마 그걸 삼켜버렸단 말이오?"

이연화는 깜짝 놀라며 쓴웃음을 지었다. "박람인두를 삼키면 숨통이 막혀 죽겠지요. 제 말은, 또다른 사람이 그걸 훔치거나 빼앗아갔을 거란 뜻입니다."

"또다른 사람이 있다고?" 방다병이 눈을 동그랗게 뜨고 물었다.

이연화는 방다병, 관하몽, 화여설, 공양무문, 그리고 자신의 얼굴을 차례로 손가락으로 가리키더니 씩 웃었다. "있지."

관하몽이 깜짝 놀라 자기도 모르게 말했다. "그 사람이 우리 중에 있단 말입니까?"

이연화가 부드러운 투로 말했다. "우리 중 누군가가 금원보의 거짓 연기를 간파하고 그에게서 박람인두를 빼앗은 겁니다."

방다병이 공양무문의 왼쪽 발을 살짝 들어올렸다. "그게 이 노인네란 말이지?"

이연화가 웃었다. "응……"

화여설이 불쑥 말했다. "나도 공양무문이 의심스러웠소."

이연화는 "아" 하고 짧은 탄성을 내뱉고는 또 "아……"라며 말끝을 흐렸다.

화여설이 싸늘한 눈빛으로 관하몽을 노려보았다. "자네도 의심스러워."

관하몽은 화들짝 놀랐다. "저는…… 저는……"

화여설은 들은 척도 하지 않고 단호한 어조로 잘라 말했다. "'유연신침'이라면서 의술에 통달하지 못했어."

방다병이 "푭" 하고 웃음을 터뜨렸다. 하마터면 침을 잘못 삼켜 사레까지 들릴 뻔했다. 가짜 신의가 이연화 말고 또 있단 말이야? 관하몽도 돌팔이였다고? 하지만 이연화는 예상했다는 듯 안색 하나 변하지 않았다.

화여설이 냉랭한 목소리로 말했다. "동영의 시신을 보면 목매달아 죽은 다른 시신들과 달리 얼굴이 붉지. 그건 질식사했다는 증거인데도 자넨 그걸 이상하게 여기지 않았어."

관하몽의 얼굴이 창백해졌다. 화여설이 이연화를 흘긋 보자 이연화가 미소를 지었다. 마치 동영의 사인이 질식사라는 걸 이미 알고 있었던 것처럼. 그걸 보고 방다병은 어이없다는 듯 웃음을 터뜨렸다.

화여설이 말을 이었다. "내가 의술은 잘 모르지만 점혈술에는 정통하지. 사람 목에 혈도가 몇 안 된다는 건 누구나 아는 사실이고. 하여 공양무문이 금원보의 목에 은침을 십여 개나 꽂은 것을 보고 이상하다고 생각했네. 그런데 자넨 왜 그걸 이상하게 여기지 않았지?"

관하몽이 입술을 잘근잘근 깨물었다. "저는……"

"금원보가 목을 매달았을 때 자네와 공양무문이 바로 문밖에 있었는데, 자네의 무공으로 방안에서 누군가 목을 매는 소리를 듣지 못했다는 것도 이해할 수 없군."

방다병이 놀란 눈으로 관하몽을 보았다. 관하몽의 잘생긴 얼굴이 붉으락푸르락했다.

관하몽이 갑자기 한숨을 토하더니 발을 구르며 화를 냈다. "그래요…… 난…… 관하몽이 아니에요. 난……"

이번에는 이연화도 놀란 기색이었다. '관하몽'이 눈을 흡뜨고 이연화를 향해 말했다. "선배님은 아시잖아요. 제가 누군지……"

이연화는 점잖고 부드러운 미소를 지어 보였다. "난 아무것도 모릅니다."

'관하몽'은 당황한 듯 얼굴이 굳어지더니 천천히 고개를 숙였다. "제 성은 소蘇이고……"

"소씨?" 화여설은 무림의 협객 중 소씨 성을 가진 이들을 머릿속으로 쭉 훑었다. "그럼 자네가 유연신침의 의매義妹인 쌍비雙飛 소소용蘇小慵?"

관하몽의 의매이자 가짜 관하몽이 고개를 끄덕였다. 불의를 증오하는 관하몽이 금만당을 치료하지 않겠다고 했지만 소소용은 박람인두를 보고 싶다는 호기심에 몰래 남장을 하고 와 관하몽 행세를 했던 것이다.

방다병이 푸하하 웃음을 터뜨렸다. 소소용은 경공을 제법 할 줄 알지만 내력이 약하고 점혈법에 정통하지 못했다. 그래서 불과 몇 길 떨어진 곳에서 나는 기척도 듣지 못하고, 금원보의 목에 은침이 지나치게 많이 꽂힌 것도 이상하게 여기지 않았던 것이다.

소소용이 곁눈질로 이연화를 흘긋 보았다. 이연화와 문 앞에서 부딪혔을 때 이연화는 그가 여자라는 걸 알아차렸을 것이다. 그런데 한편으로는 정말 몰랐던 것 같기도 했다.

이연화는 흥미롭다는 듯 공양무문을 내려다보았다. "관 대협의 의매가 누군가를 목매달게 만들 악인은 아니겠지요? 사실 저는 처음부터 이 공양…… 선배가 의심스러웠습니다."

"뭐가 의심스러웠는데?" 이번에는 방다병도 알면서 물었다.

이연화가 기다렸다는 듯 말했다. "금원보가 거짓으로 실성한 척하는 게 분명한데 그걸 모른 척했고, 동영의 사인이 질식사인데도 목을 매달아 죽은 거라고 했어. 그리고 제일 이상한 건……"

소소용이 말을 자르고 끼어들었다. "금원보가 실성한 척 연기했다고 어떻게 장담하죠? 그 사람이 병에 걸렸던 건 사실이에요."

이연화가 유난히 부드러운 투로 말했다. "금원보의 허리춤에 귤껍질과 찹쌀꾸러미가 매달려 있었지요. 둘 다 시독屍毒*을 막는 것들이에요. 온종일 동영의 시신 곁을 지키는 것도 아닌데, 그가 정말로 금만당이 살아 있다고 생각한다면 뭣하러 그것들을 차고 다니겠어요?"

소소용은 얼굴을 붉히며 아무 말도 하지 않았다.

"제일 이상한 건, 금원보가 목을 매달았을 때 공양 대협과 소 낭자가 밖에 있었다는 사실이에요. 소 낭자는 우연히 지나가던 길이었지만, 공양 대협은 소 낭자보다 먼저 그곳에 와 있었죠. 소 낭자가 오기 전까지 그는 거기서 뭘 하고 있었을까요? 다들 한참 동안 흩어져 밀실을 찾으러 다녔으니 공양 대협이 그동안 뭘 했는지는 아무도 모르죠."

방다병과 소소용은 서로의 얼굴만 보며 아무 말도 하지 못했다.

이연화가 천천히 말을 이었다. "박람인두는 원보산장 안에 있어야 하지만, 화 대인이 산장을 샅샅이 뒤져도 찾지 못했어요. 산장의 모든 사람을 다 수색했는데도 고양이 머리통만한 그 물건이 감쪽같이 사라진 것이죠. 그런데 화 대인보다 먼저 이 산장에 도착한 사람이 있지요. 바로 공양무문이에요." 이연화가 화여설을 응시했다. "공양무문의 몸을 수색해보셨습니까?"

---

* 시신이 부패할 때 나오는 독.

화여설은 한참 뜸을 들이다 대답했다. "안 했소."

이연화가 긴 한숨을 내쉬었다. "금원보가 스스로 목을 맸는지, 공양무문이 그의 목을 매달았는지는 모르겠습니다. 어쨌거나 공양무문이 우리 중 가장 먼저 도착했으니 금원보가 박람인두를 훔쳤다는 단서를 우리보다 더 많이 발견했겠지요. 게다가 의술에 조예가 깊으니 금원보가 실성한 척 연기하고 있다는 것도 간파했을 테고요. 그걸 빌미로 금원보를 위협해 박람인두를 가로챘을 가능성이 충분합니다. 박람인두를 빼앗았으니 금원보는 죽여 없애야 했겠죠. 그가 살아 있는 한 공양무문은 박람인두를 안전하게 가지고 있을 수 없으니까요."

소소용이 가만히 탄식했다. "일찍부터 의심스러웠다면 왜 진즉에 화 대인에게 말하지 않고 굳이 신비의 약초로 속이셨어요?"

이연화가 웃음을 터뜨렸다. "방다병."

방다병이 소매를 펄럭이며 신이 난 투로 힘차게 대답했다. "응!"

이연화가 손을 펼쳐 누렇게 말라버린 강아지풀을 보여주며 웃었다. "이건 죽은 사람을 살리는 신비의 약초야. 강아지풀과 혼동하기 쉽지. 이 약초를 자세히 보면, 씨앗이 백서른다섯 개 달려 있고, 색이 푸르면서도 누르스름하며 줄기에 이파리가 두 장만 달려 있어. 또 씨앗에는 약 반 치 길이의 솜털이 나 있지. 제일 쉽게 구분하는 방법은 줄기를 꺾어서 피처럼 새빨간 진액이 흘러나오는지 보는 거야……"

이연화가 아까 했던 말을 토씨 하나 안 바꾸고 되풀이하자 소소용이 깜짝 놀랐다. 이연화가 방다병에게 물었다. "이 말을 믿어?"

방다병이 대뜸 욕을 퍼부었다. "그걸 믿느니 차라리 네가 대두귀라는 말을 믿겠다! 이건 영락없는 강아지풀이잖아. 이 방 공자가 강아지풀도 모르는 줄 알아?"

이연화가 진지하게 말했다. "이건 흔한 강아지풀과 달라. 선홍색 진액…… 아니…… 검붉은 진액이 흐른다고……" 줄기가 꺾인 자리에서 배어나온 '진액'이 검게 변한 걸 보고 이연화가 재빨리 말을 바꿨다.

방다병의 낯빛이 그보다 더 검게 변했다. 그가 낄낄거리며 말했다. "네가 그 풀을 꺾다 손을 베인 걸 내가 모를 줄 알아?"

이연화는 강아지풀을 가볍게 흔들며 비스듬한 눈길로 소소용을 향해 미소를 지었다. "방다병조차 믿지 않는 것을 연세가 여든일곱이나 된 늙은 여우 공양무문이 믿을 리 있어요? 그런데도 믿는 척하니 그게 바로 의심스러운 것이지요. 네 가지 맹독을 한꺼번에 목구멍에 들이부으면 죽는다는 건 삼척동자도 아는 사실이에요. 게다가 뜨거운 탕약을 마시면 중독돼서 죽기 전에 목구멍을 데여서 죽을 겁니다. 하지만 공양무문은 내가 자신을 속이려는 건지 아닌지 긴가민가했을 겁니다. 내 말이 워낙 번지르르했으니까요. 어쩌면 내가 독으로 독을 제압하는 방법으로 우연히 한두 사람쯤 낫게 하고는 죽은 사람을 살려낼 수 있다고 큰소리치는 걸 수도 있으니까요. 내가 정말로 금원보에게 이 '기사회생약'을 먹였다면 공양무문은 속으로 쾌재를 불렀을 것이고, 내가 그저 거짓말을 하는 것이라 해도 그가 아무 핑계나 찾아내 금원보에게 침을 놓아 죽일 수도 있고요. 공양무문은 내가 약초의 효험에 대해 얘기한 것이 그를 뒤에서 가격하기 위해서였다는 걸 예상하지 못했죠." 이연화가 소소용을 흘긋 보았다. "오히려 심성이 선한 소 낭자는 내가 이 약을 쓰지 못하게 극구 말렸고요."

소소용의 얼굴이 또 붉어졌다. "대협이…… 그리 복잡하고 이상한 속셈을 가진 줄…… 제가 어찌 알았겠어요?"

이연화가 부드럽게 말했다. "소 낭자는 나를 본받지 마세요."

"하지만 대협의 잘못은 아니에요. 다 눈치 없는 제 탓이지요."

소소용의 말에 이연화는 더는 아무 말 없이 빙그레 웃기만 했다.

방다병은 속으로 웃었다. 이 어린 아가씨의 마음에 복사꽃이 피어 이연화를 좋아하게 된 건 아닐까?

그들이 말을 나누고 있는 동안 화여설이 공양무문의 몸을 뒤졌다. 과연 숫염소를 닮은 이 늙은이의 주머니에서 비단천에 감싸인 둥근 물건이 발견됐다.

소소용의 눈이 번쩍 뜨였다. "풀어보세요!"

방다병의 눈동자도 호기심과 기대감으로 반짝였다. 박람인두의 명성은 많이 들었지만 실제로 보는 건 처음이었다.

화여설이 그 물건을 감싸고 있는 비단천을 펼치는 순간 세 사람 모두 멈칫했다.

연청색이 도는 투명한 돌이 눈부시게 빛났고, 두 눈과 콧대 부분에 뚫린 구멍을 황금으로 메워 술잔의 형태를 띠고 있었다. 하지만 세 사람은 실망을 감출 수 없었다.

방다병이 말했다. "남보석*으로 만든 해골 모형 같군요…… 그냥 보석이에요."

소소용도 미간을 찌푸렸다. "아름답긴 하지만……" 그녀가 상상했던 신비하고 섬뜩한 박람인두와는 거리가 멀어도 너무 멀었다.

화여설의 얼굴에서는 여전히 아무 감정도 읽을 수 없었다. 그는 포졸을 시켜 박람인두에 꼬리표를 붙인 뒤 증거 목록에 적어넣게 했다.

"박람인두는 사실 '박람지석泊藍之石'으로 만든 해골 모형입니다." 이연화가 홀가분한 투로 말했다. "박람지석은 남보석의 일종이죠. 햇빛을 받으면 파란 광채를 내고 가끔 연둣빛을 띠기도 해 호수를 닮았다 하여 '박람'이라고 부르게 됐습니다. 이 잔에 술을 따라 인두주를 마셔도 수명이 늘어나지는 않습니다. 모든 독을 없애고 모든 병을 고칠 수 있다는 건 이 보석이 워낙 크고 조각이 특이한 까닭에 옛부터 전해 내려오는 풍문일 뿐이지요. 예전에 이상이가 인두주를 마셨는데, 만약 그 술이 정말 모든 독을 다 해독할 수 있다면 어떻게 그가……" 이연화는 더는 말을 잇지 않고 미소만 지었다.

모두들 허탈한 한숨을 지었다. 피비린내나는 파란을 일으키고 몇 사람의 목숨을 앗아간 것이 고작 근거 없는 환상이었다니.

그때 방다병이 물었다. "이상이가 어쨌다고?"

"어떻게 그가 바다에 빠져 죽을 수 있었겠느냐고."

방다병이 의아하다는 표정으로 또 물었다. "이상이가 독에 중독

* 사파이어.

돼서 바다에 빠져 죽은 줄 네가 어떻게 알아?"

이연화는 얼버무리는 듯한 투로 말했다. "무림의 고수 이상이가 인두주를 마시고 그 어떤 독에도 중독되지 않는다면 더 막강한 고수가 되지 않았겠어? 그런 사람이 바다에 빠져 죽었다면 분명 어떤 문제가 있었겠지."

방다병이 반신반의하는 표정으로 중얼거렸다. "얼어죽을 이연화, 넌 정말 알다가도 모르겠어……"

"이 대협. 다음달 무림에 성대한 행사가 있는데, 알고 계세요?" 소소용은 박람인두에 금세 흥미를 잃었는지 화제를 돌려 이연화에게 물었다.

이연화가 눈을 껌뻑거렸다. "성대한 행사라고요?"

미소 짓는 소소용의 입술 사이로 가지런한 흰 치아가 살짝 드러났다. "다음달 보름에 '자포선천紫袍宣天' 초자금肖紫衿이 교완만喬婉娩과 혼인한답니다. 제 의형이 축하해주러 가는데 저도 따라갈 거예요. 이 대협도 가실래요?"

이연화는 뜻밖이라는 표정을 지었다. "초자금이 교완만과 혼인한다고요?"

소소용이 부러운 듯 고개를 끄덕였다. "십 년 동안 교완만 언니를 연모해온 초 대협이 드디어 미인의 마음을 얻은 거죠. 정말 아름다운 결말이에요. 교완만 언니가 예전 상이태검 이상이의 연인이었는데 이상이가 행방불명되자 몇 번이나 바다에 몸을 던졌다죠. 그때마다 초 대협이 바다로 뛰어들어 구했고요. 그러면서 두 사람이 강호에서 동고동락했는데, 십 년이라는 긴 세월을 지나 교완만 언니가 드디어 초 대협과 혼인하기로 결심한 거예요. 나 같은 후배에게는 거의 전설 같은 이야기예요."

"그렇군요……" 이연화는 나지막이 한숨을 내쉬었으나 곧 미소를 지었다. "정말 전설 같은 이야기로군요. 초 대협이 곁을 지키지 않았다면 교 낭자는 오래전에 죽었겠죠."

소소용이 맞장구를 쳤다. "그럼요. 지조 없는 여자라고 교완만 언니를 흉보는 사람들 정말 싫어요. 선배님도 축하해주러 같이 가실래요?"

이연화가 망설였다. "난……"

"물론 가야지. 소 낭자가 간다는데 네가 안 갈 이유가 없잖아?" 방다병이 히죽거리며 소소용의 어깨를 툭 쳤다. "걱정 마요. 얼어 죽을 이연화가 안 가겠다고 버티면 내가 끌고라도 갈 테니까."

소소용이 기뻐하며 입을 오므리고 몰래 웃었다.

이연화는 계속 한숨만 쉬다가 중얼거렸다. "다음달에는 집도 수리해야 하고 솜이불도 사고 겨울옷도 지어야 하는데. 곧 겨울이 오잖아……"

그사이 화여설이 공양무문을 깨워 금원보의 목에 꽂힌 은침들 중 쓸데없는 것을 뽑게 했다. 그렇게 해서 금원보는 저승 문턱에서 겨우 살아났다.

며칠 뒤, 목에 난 상처가 거의 회복된 금원보가 사건의 진상을 털어놓았다……

예상대로 동영이 당표를 가지고 찾아와 박람인두를 돌려달라고 했지만, 그건 가문의 가보를 지키기 위해서가 아니라 독에 중독된 연인 부용을 살리기 위해서였다.

사건의 경과는 이연화의 추리와 거의 맞아떨어졌다. 다만 금원보는 목이 매달린 것이 아니라 공양무문이 그를 목졸라 살해하려다 소소용의 발소리가 들리자 급하게 허리띠를 그의 목에 감아 대들보에 묶은 것이었다. 공양무문은 그가 죽을 줄 알았지만 요행히 하인에게 빨리 발견돼 목숨을 구할 수 있었다.

금원보와 공양무문은 관아로 압송되어 옥에 갇혔다. 화여설이 박람인두를 빼앗으려 한 이유를 추궁하자 공양무문은 오래전부터 갖고 싶었다고 털어놓았다. 박람인두를 손에 넣은 뒤 모든 독을 해독하고 만병을 치료하는 신비한 비밀을 연구하고 싶었다고.

그런 공양무문에게 화여설이 날카로운 한마디를 던졌다. "사람을 죽여서 사람 살리는 법을 연구하려 했다고?"

공양무문은 아무 말도 하지 못하고 옥 안에 갇힌 채 통곡했다. 뼈저린 후회의 눈물이었다. 그는 아흔이 되어서야 옥에서 나올 수 있을 것이다. 그가 살아 옥에서 걸어나온다면 그때는 정말로 훌륭한 사람이 될 것이다.

금원보는 촌백충병의 증상이 악화되어 얼마 못 가서 숨을 거두었다. 그가 어디서 그 병에 옮았는지는 알 수 없었지만, 그를 감시했던 옥졸들 사이에서는 그가 썩은 고기를 즐겨 먹었다는 소문이 돌았다.

5. 산 밖에 청산이 있고, 누각 밖에 또 누각이 있네

'자포선천' 초자금과 교완만이 혼인한다는 소식에 무림 전체가 떠들썩했다. 불과 며칠 사이에 그들의 혼인이 강호 최고의 화젯거리가 되었다. 초자금은 예전 사고문의 셋째 문주로 이상이의 의형제였고, 교완만은 이상이의 연인이었다. 이상이가 이 세상 어딘가에 살아 있다면, 오래전 함께 강호를 누비던 여인이 자신의 의형제와 혼인한다는 사실을 알고 무슨 생각이 들까?

이연화는 시름에 젖은 채 하루하루를 보냈다. 날이 추워지기 전에 바람이 술술 들어오는 길상문연화루를 대대적으로 수리해야 했기 때문이다.

제7장

관음수루

편주扁州는 원래 그리 유명한 곳이 아니었다. 이곳이 처음 사람들의 입에 오르내린 건 이십 년 전 한 가난뱅이가 관리를 죽인 뒤 목을 매 자살한 사건 때문이었고, 본격적으로 이름이 나게 된 건 육 년 전 '자포선천' 초자금이 사랑하는 여인 교완만과 함께 편주의 소청봉小青峰에 은거하면서부터였다.

세상이 다 아는 두 사람이 은거한다는 소문이 퍼지자 편주가 갑자기 떠들썩해졌다. 소교주루小喬酒樓, 자건포장紫巾布庄, 무림객잔武林客棧, 선려다관仙侶茶館 등 여러 점포들이 우후죽순으로 생겨났고 모두 장사도 잘됐다. 강호의 뭇 젊은이들이 그들 두 사람과 길에서 '우연히' 마주쳐 몇 마디라도 나눠볼 수 있기를 기대하며 일부러 이곳에 와서 술을 마시고 무술을 단련하고 경치를 즐겼기 때문이다. 하지만 초자금과 교완만이 명성 자자한 협객답게 숨바꼭질에도 능해서인지, 그저 두 사람의 운이 좋아서인지는 불분명해도, 은

거한 지 육 년이 지나도록 그들이 소청봉 어디에 살고 있는지조차 아는 사람이 한 명도 없었다.

그런데 이달 보름날, 마침내 그 비밀이 풀리게 되었다.

십 년을 하루같이 교완만을 바라봐온 초자금이 드디어 소청봉에서 그녀와 혼인하게 된 것이다. 그는 무림의 대협들에게 무림첩* 을 돌려 혼례에 초대했다. 초자금이 이렇게 기뻐하는 것도 무리는 아니었다. 권문세가의 자제인 그는 어려서부터 여러 사람과 어울려 떠들썩하게 즐기는 것을 좋아했고 자유분방한 성격이었다. 이상이가 이끄는 사고문의 문하로 들어가 훌륭한 무예로 군웅을 누르고 셋째 문주가 된 후에는 더 큰 명예와 호시절을 누렸다. 하지만 이상이가 죽고 교완만이 수차례 자살을 시도하면서 그에게도 수심이 드리웠고, 나이가 들면서는 언행이 진중해져 예전처럼 내키는대로 행동하는 일도 거의 없었다. 그렇게 세월이 흘러 서른넷의 나이에 아리따운 배필을 맞이하게 됐으니 그 기쁨은 이루 말할 수 없었다. 오랜만에 옛 벗들을 불러모아 한바탕 놀며 이 경사를 자축하고 싶은 게 당연했다.

8월 보름, 편주 소청봉 백초파百草坡에 수많은 사람이 모여들었다. 서로 아는 사이든 모르는 사이든, 가고 싶은 사람이든 가기 싫은 사람이든, 초자금의 체면을 살려주기 위해 백초파의 야하소축野霞小築에서 열린 선남선녀의 혼례식에 모두 참석했다.

* 무림에 큰 행사나 사건이 있을 때 보내는 편지.

1. 연근에게 묻노니 네 속의 실이 얼마나 있느냐? 누구 때문에 속을 태우느냐?*

탕탕탕, 탕탕탕, 탕탕탕……

길상문연화루에서 나무 두들기는 소리가 끊이지 않고 새어나왔다. 이연화는 톱밥을 함빡 뒤집어쓴 채 나무벽을 새로 수리하고 표면을 열심히 대패질하고 칠했다. 널찍한 연화루 안에 톱밥이며 못이며 걸레 등이 여기저기 널브러져 몹시 어수선했다.

창밖에서 청명하게 지저귀는 새 소리가 들려 이연화가 내다보니 여새가 잠시 멈췄다가 날갯짓을 하며 날아갔다. 가을이 깊어가고 있었다. 얼마 후면 새를 보기도 힘들어질 것이다.

"이소화李小花, 어서 와. 어서." 한 남자가 의자를 문밖으로 옮겨다놓고 잔뜩 신이 나서 닭구이를 먹고 있었다. 야들야들하고 노릇하게 구워져 구수한 냄새를 풍기는 닭이 가을 햇빛을 받아 더욱 식욕을 자극했다. 게다가 그는 이연화의 탁자도 밖으로 옮겨다 맛있는 포도주까지 올려놓고 이연화를 기다리고 있었다. 남의 탁자와 의자를 마음대로 밖으로 내갔으면서 술은 달랑 한 잔만 따라놓은

---

* 금나라 문인 원호문(元好問)이 쓴 시 「모어아(摸魚兒)·문연근유사다소(問蓮根有絲多少)」의 한 구절. 서로 사랑한 남녀가 부모의 반대 때문에 함께 투신자살을 한 뒤 그들이 죽은 연못의 연꽃이 모두 한 줄기에 두 송이씩 짝을 지어 핀다는 이야기를 듣고 그들의 슬픈 사랑을 기리기 위해 지은 시로, 이어지는 소제목들은 모두 이 시의 구절에서 따왔다.

이 얄미운 손님은 물론 강호에서 유명한 방씨 가문의 대공자 방다병이었다. 그가 가지고 온 닭구이와 술은 보통 물건이 아니었다. 닭구이로 말할 것 같으면 들꿩과 수수닭의 후손에 꿀을 바르고 비법 양념에 재운 뒤 뽕나무로 불을 피워 은근한 불에서 정성 들여 구운 것이고, 술은 서역에서 공물로 바친 것을 황제가 방씨 가문에 하사한 것이었다. 방다병은 이 귀한 음식과 술을 들고 친구를 보러 왔다. 물론 술과 고기는 모두 자기 뱃속에 들어갈 것이었고, 그저 탁자와 의자를 빌리러 왔을 뿐이었다.

창밖의 새를 보고 있다 방다병이 부르는 소리에 고개를 돌린 이연화는 이미 누더기가 된 닭구이를 안타까운 시선으로 바라보았다. "거의 다 됐어. 배가 출출했는데 네가 가져온 닭을 보니 갑자기 시장기가 사라졌어."

방다병이 닭다리를 크게 한입 베어물고는 흡족한 표정으로 물었다. "어떻게 시장기가 갑자기 사라질 수 있지?"

이연화는 한숨을 내쉬었다. "온전한 통닭이라면 모를까, 꼭 개가 물어뜯다 만 것 같은 닭고기를 가져왔으니 먹고 싶겠어?"

방다병은 웬일인지 화도 내지 않고 히죽거리며 고기를 뜯고 술을 마셨다. "그래? 내가 이소화의 말을 믿을 거 같아?"

이연화는 또 한숨을 내쉬었다. "눈치가 더 빨라졌구나."

방다병이 꿀꺽꿀꺽 술을 마시며 말했다. "닷새 뒤에 초자금과 교완만이 혼례를 올린다지. 우리집에도 희첩喜帖*이 왔더라. 내가

* 청첩장.

우리 가문 대표로 축의금을 전달하러 갈 건데 같이 갈래? 너한테 살랑살랑 눈길을 던지던 그 소 낭자도 올 거야. 참으로 희한하지. 얼굴로 따지면 본 공자가 너보다 더 맑고 준수하고, 분위기로 따지면 본 공자가 너보다 더 고상하고 우아하며, 인품으로 따져도 본 공자가 한결같이 소탈하고 시원스러운데다, 어수룩한 척 의뭉떨며 남을 속인 적도 없고, 충직하고 진실하고 믿을 만한데…… 어째서 만나는 여자들마다 전부 너한테 눈웃음을 던지는지, 정말이지 암만 생각해도 모르겠어……"

이연화는 소매에 묻은 톱밥과 먼지를 점잖게 툭툭 떨고는 빙그레 웃었다. "내가 너보다 더 유명하니까."

방다병은 순간 닭고기가 목에 턱 걸렸다. "그렇긴 하지만…… 네가 본 공자보다 유명한 게 이해가 안 가…… 얼어죽을 이연화, 닷새 뒤 혼례에 나와 함께 참석하는 게 좋을 거야. 이건 우리 할아버지의 뜻이기도 해. 안 가겠다면 억지로 끌고 갈 거야."

이연화가 놀란 눈으로 물었다. "네 조부님의 뜻이라고?"

방다병이 눈을 슬쩍 흘겼다. "왜 그런지 모르겠어?"

이연화는 고개를 저었다. "내가 알 턱이 없잖아." 방다병의 조부는 현재 방씨 가문의 제일 큰 어른으로 지체 높고 부유하여 조정 관리들과 가깝게 교류했으며 강호의 시시콜콜한 일에는 관심이 없었다.

방다병이 히죽거리며 말했다. "잊었어? 나한테 어리광쟁이 이모가 있다는 걸. 너한테 추파를 던진 그 이모 말이야…… 지난번에 네가 지어준 약을 먹고 석 달 동안 토사곽란에 시달리면서도 한 번도 널 원망하지 않더라."

이연화는 흠칫했다. "아……"

방다병이 느릿느릿 말을 이었다. "혼기가 꽉 찬 이모가 너한테 첫눈에 반했다니 널 이모의 배필로 삼고 싶으신가봐. 이번 초자금의 혼례 때 할아버지도 참석하실 거야. 그래서 널 자세히 보고 싶다며 꼭 데려오라고 하셨어……"

이연화는 조금도 주저하지 않고 고개를 내저었다. "그럴 순 없어. 암, 안 되고 말고."

방다병은 흥이 올라 연신 술을 들이켜고 고기를 먹었다. "사실 우리 이모가 어리광이 심하고 엉뚱한 짓도 많이 하지만, 미모는 흠잡을 데가 없지……"

이연화는 또 고개를 젓다 웃음을 터뜨렸다. "사실 초 대협의 혼례에는 가볼 생각이었어. 하지만 네 이모부가 되고 싶어서 가는 건 결코 아니야."

이연화의 말에 방다병이 술잔을 든 손을 멈칫했다. "가겠다고?"

이연화는 짐짓 진지한 표정으로 말했다. "그럼. 귀한 선물도 가지고 갈 거야."

방다병이 이연화를 위아래로 훑어보았다. "정말?"

이연화가 고개를 끄덕였다. "응."

방다병이 물었다. "내가 그 말을 믿을 거 같아?"

편주 백초파, 야하소축.

가을이 깊어 소청봉 백초파의 풀색도 누르스름해지고 산바람이 소슬했다. 혼례가 가까워오니 조금은 들뜬 분위기였지만 스산한 기운은 떨칠 수 없었다. 검은 연기 몇 가닥이 산바람에 흩어지고 불씨가 사그라지지 않은 종잇조각이 점점이 날아올라 바람을 타고 너울거리며 하늘 끝으로 사라졌다. 바람에 연기와 진흙과 풀 냄새가 섞여들어 누군가 무덤 앞에서 지전을 사르고 있다는 걸 알 수 있었다.

저녁놀이 내려앉기 시작했다. 백초파 야하소축에서 그리 멀지 않은 곳에 바위가 우뚝우뚝 솟은 석림石林이 있고, 그 석림 안에는 수심을 헤아릴 수 없을 만큼 깊고 커다란 연못이 있었다. 그리고 바로 그 연못가에 소박한 비석이 세워진 흙무덤이 있었다.

타고 남은 지전 조각이 비석 앞에 흩어져 있고 채 가시지 않은 연기가 무덤 위를 떠다녔다. 무덤 앞에는 남녀 두 사람이 나란히 무릎을 꿇고 있었다. 시간이 한참 흐르도록 둘은 서로 아무 말도 나누지 않았다. 남자는 꼿꼿하고 호리호리한 몸에 자주색 도포를 입었으며 옆모습만 봐도 꽤 미남이었고 형형하게 빛나는 눈에선 상대를 압도하는 위엄이 느껴졌다. 여자는 고운 몸매에 흰옷을 입고 검은 머리는 쪽을 지어 틀어올렸다. 장신구는 하나도 보이지 않았고 귀 옆에 흰 꽃 한 송이만 꽂고 있었다. 이 두 사람이 바로 닷새 뒤 혼례를 올릴 주인공, 자포선천 초자금과 이상이의 옛 연인 교완만이었다. 두 사람이 절을 올리고 있는 무덤은 이상이의 의관총이었다. 무덤 앞에 무릎을 꿇고 앉은 지 반 시진이 지나도록 둘은 말 한마디 하지 않고 비석에 새겨져 있는 '진정한 벗 이상이의 묘'라는 아홉 글자만 넋을 놓고 응시하고 있었다.

"참 빨라요…… 어느새 십 년이 흐르다니……" 교완만이 한참 만에야 천천히 입을 열었다. 그녀의 우아하고 단정한 외모는 청초하고 수수한 매력이 풍겼고, 말투에서는 감정을 읽어낼 수 없었다.

초자금이 천천히 몸을 일으켜 옷자락을 털었다. "십 년 동안 우리 사이에 그에게 미안한 일은 없었소."

교완만도 고개를 끄덕였지만 무슨 생각에 잠겨 있는지 가만히 눈을 감은 채 무덤 앞에서 일어나지 않았다.

초자금이 그녀를 부축해 일으킨 뒤 두 사람은 천천히 걸어 야하소축으로 돌아가 대문을 닫았다.

초자금이 이상이를 처음 만난 건 십이 년 전이었다. 이상이는 열여섯, 초자금은 스물둘이었다. 적비성이 금원맹을 세우기 전이었으므로 강호는 평온했다. 초자금과 이상이, 그리고 나중에 사고문의 둘째 문주가 된 단고도單孤刀 세 사람이 의형제를 맺은 뒤, 함께 산수를 돌며 경치를 즐기고 술을 마시고 무예를 단련하며 혈기 왕성한 젊은 시절을 보냈다.

그후 적비성이 강호를 휘젓고 다니며 혼란을 일으키기 시작했다. 이상이가 뛰어난 무공과 남다른 지혜로 강호에서 점차 영향력을 쌓아가면서 초자금과 단고도가 자연스럽게 아우의 조력자가 되었다. 몇 년 뒤 단고도가 소나무 숲에서 벌어진 결투에서 목숨을 잃고 이상이가 바다에 빠져 실종되자 명성을 날리던 사고문도 구름처럼 흩어졌다. 의기투합했던 의형제의 불행한 결말에 초자금이 얼마나 안타까워하고 쓸쓸해했는지 아무도 모를 것이다……

혼례 준비를 하며 붉은 등을 달고 알록달록한 천을 매달아 화려하게 꾸민 야하소축의 외관은 바깥의 스산한 분위기와 대조되었다. 초자금이 교완만의 까만 눈동자를 보며 물었다. "아직 그를 잊지 못했소?"

교완만의 눈꺼풀이 가늘게 떨렸다. 교완만은 잠시 후에야 작은 소리로 말했다. "모르겠어요."

초자금도 예상치 못한 건 아니었다. 그는 몸을 돌려 창가로 걸어가 뒷짐을 지고 섰다. 산골짜기에서 솨솨 불어오는 바람에 옷자락이 펄럭였다. 등뒤에서 교완만이 조용한 목소리로 말했다. "내가 아는 건 하나뿐이에요. 당신에게 미안하다는 것."

"나랑 혼인합시다. 언젠간 그를 잊을 거고, 그에게 미안한 마음도 사라질 거요."

교완만이 가만히 웃었다. "혼인하겠다고 했잖아요. 맞아요, 우린 그에게 미안한 게 없어요."

초자금이 몸을 돌려 교완만의 어깨에 손을 얹었다. "당신은 강인한 여자잖소. 남들이 뭐라 하든 신경쓸 거 없소. 닷새만 지나면 세상 사람들에게 알릴 수 있지. 당신과 내가 영원히 헤어지지 않고 백년해로할 거라고."

교완만이 고개를 끄덕이며 천천히 창가로 다가가 그와 나란히 섰다. 창밖에는 석양이 뉘엿뉘엿 내려앉고 있었다. 황금빛으로 물든 가을 풀과 나무가 다사로워 보였다.

8월 12일.

초자금과 교완만의 혼례가 사흘 앞으로 다가왔다.

편주 소청봉 자락은 이미 잔치 분위기였다. 소교주루, 무림객잔, 선려다관 등에는 방을 구할 수 없을 만큼 사람들이 모여들었다. 대부분 무림 사람들인지라 묵을 곳을 찾지 못한 어떤 이는 나무에 밧줄을 묶어놓고 밧줄 위에서 잠을 청했고, 그걸 본 어떤 이는 질세라 바닥에 낭아봉狼牙棒 두 개를 나란히 놓고 그 위에서 잠을 잤다. 그러자 매화장梅花樁* 위에서 자는 사람, 거꾸로 매달려 자는 사람, 젓가락처럼 가는 나뭇가지 위에 올라가 자는 사람, 물 위에서 자는 사람 등등 저마다의 방식으로 자리를 잡고 잠을 잤다. 바위에 누워 잔 사람은 다음날 일어나보니 누워 있던 바위가 산산조각이 나 있었다. 하지만 이 기기묘묘한 방법들 중 제일 섬뜩한 건 거미줄 위에서 잤다는 사람과 자신의 검을 바닥에 거꾸로 꽂아놓고 검 끝에 누워서 잤다는 사람이었다. 물론 그게 사실인지 거짓인지는 알 수 없었다……

이연화는 방다병과 함께 8월 11일에 방씨 집안의 마차를 타고 소청봉에 당도해 무림객잔 '천자天字 1호' 객실에서 침대에 누워 편안히 잠을 잤다. 원래는 다른 손님이 묵고 있었지만 방다병이 얇은 종이를 나무탁자에 꽂아넣는 '입지여도立紙如刀' 기술로 그를 혼비백산 놀라게 했다. 손님은 놀란 가슴을 쓸어내린 뒤 탁자에 꽂힌 오십 냥짜리 은표銀票**를 뽑아 토끼처럼 빠른 속도로 도망쳤다. 나중에 알고 보니 그는 초자금의 혼례에 참석하러 온 하객이 아니라

---

* 무술의 보법을 단련하기 위해 바닥에 박아놓는 말뚝.

** 돈으로 바꿀 수 있는 일종의 어음.

그저 편주를 지나가던 객상이었다.

무림객잔에는 '천자 1호'라고 이름 붙은 방이 모두 네 개 있었는데, 이곳에서 가장 좋고 편안한 방이었다. 이연화는 제일 왼쪽 방, 방다병은 왼쪽에서 두번째 방에 묵고, 제일 오른쪽 방에는 소소용이, 오른쪽에서 두번째 방에는 그 이름도 유명한 유연신침 관하몽이 묵었다. 방다병과 이연화는 식사를 하다 우연히 소소용과 마주쳤고 그뒤에 관하몽과도 통성명을 했다. 비록 옆방에 있었지만, 방다병은 이 정의감으로 똘똘 뭉친 강호의 준걸이 이연화에게 그리 호의적이지 않다는 느낌을 받았고, 그 점이 방다병의 호기심을 자극했다.

네 사람은 이연화의 방에서 함께 술을 마셨다. 소소용은 물론 여인의 옷을 입었지만 큰 키에 마른 체형 때문인지 여성적인 아름다움은 느껴지지 않았다. 방다병은 그녀가 남장을 했을 때 훨씬 더 수려해 보였다고 생각했다. 남장한 그녀에게 속아넘어간 것도 그럴 만했던 것이다. 관하몽은 잘생기고 늠름한 젊은이였지만 말수가 적고 잘 웃지 않았으며, 이연화와는 다르게 워낙 진지하고 신중한 성격이었다.

"이 선배님, 보름 전에 아픈 사람이 찾아왔습니다." 관하몽은 이연화를 만나자마자 의술에 대한 얘기를 화제로 꺼냈다. 방다병은 참을성 있게 앉아 그의 얘기를 들으며 두 남자 사이를 오가는 소소용의 눈빛을 몰래 관찰했다. 그녀의 마음도 눈빛처럼 흔들리는 걸 직감하고 방다병은 속으로 웃음을 터뜨렸다.

"그 환자는 혈이 허하고 몸이 약했는데, 날마다 귀신이 보인다면서 벌벌 떨고 밤에 잠을 자지 못하다가 갑자기 광포해져서는 칼로 사람을 죽였다고 했습니다. 제가 황련, 남즙, 맥문동, 인진, 해금사, 자삼, 백두옹, 백미, 백선피, 용담, 대황, 작약 등 열두 가지 약재를 물에 넣고 달여 며칠 동안 복용하게 했지만 효과가 없었습니다. 은침으로 혈을 찔러 광포함은 눌러놓았지만 병을 근본적으로 고치지는 못했습니다. 이 선배님은 어떻게 생각하십니까?"

"호장을 추가해볼 수 있겠군."

방다병은 막 들이켠 술을 뿜어버릴 뻔했다. 호장이라고? 호랑이 발바닥? 그때 옆에서 소소용도 깜짝 놀라 외쳤다. "어머나! 호장은 맹독이라 약으로 쓰는 건 아주 신중해야 하잖아요."

관하몽이 고개를 저었다. "호장을 넣어 만드는 수성환壽星丸이라는 약도 있어. 다만……" 관하몽은 잠시 망설이다 말을 이었다. "천남성은 약초라서 흙구덩이에 달군 숯 서른 근과 독한 술 다섯 말을 부어 꼬박 하루를 달이면…… 재가 되겠지……"

이연화가 생각에 잠겼다가 말했다. "환자가 무림의 사람이고 내력이 약하지 않다면 호장을 달이지 않고 그대로 먹게 할 수도 있지……"

관하몽과 소소용은 깜짝 놀라 할말을 잃은 채 휘둥그런 눈으로 이연화를 보았다.

방다병은 그들이 왜 그러는지 알 수 없었다. 그뿐 아니라, 이연화가 말하는 '호장'과 관하몽이 말하는 '천남성'이 같은 독초이며, '호장남성'이라는 또다른 이름으로도 불린다는 것 또한 알지 못했다. 호장은 맛이 쓰고 성질은 따뜻하며 독성이 강하다. 가래를 삭이고 어혈을 풀어주며 풍을 없애고 경련을 멎게 하는 효능이 있다. 『본초강목』에 이르기를, 놀라서 두려움에 떨거나 실성한 사람을 치료할 때 수성환을 쓸 수 있다고 했다. 구덩이를 파고 괄게 달아오른 숯불 서른 근을 넣어 구덩이 표면을 구운 다음 술 다섯 말을 붓는다. 술이 모두 스며들어 사라지면 천남성 한 근을 넣고 구덩이를 그릇으로 덮는다. 다음날 천남성을 꺼내 곱게 갈고 호박 한 냥, 주사 두 냥을 넣어 섞은 뒤 생강즙과 함께 환으로 빚어 인삼석창포탕을 끓여 복용하는데, 이를 수성환이라고 한다. 호장은 독성이 강해 약으로 쓸 때는 신중해야 하며 약으로 가공하지 않고 함부로 먹어서는 안 된다. 그런데 병든 사람에게 맹독성 풀을 그대로 먹여볼 수 있다는 이연화의 말은 환자의 내력으로 맹독과 목숨을 건 대결을 벌이게 하겠다는 뜻이었다.

순간 갑자기 분위기가 얼어붙었다. 관하몽이 천천히 말했다. "이…… 그건 살인입니다……" 원래는 '이 선배님'이라고 부르려 했지만 놀람과 분노가 동시에 차올라 '선배님'이라는 말이 차마 입 밖으로 나오지 않았다.

"독에 중독돼 실성한 것이라면, 호장을 그대로 먹이면 정신이 되돌아올 것이네. 독에 저항할 만큼 내력이 강하지 않다면 물에 우려서 먹일 수도 있어. 호장의 독성이 강하기는 하나 정신발작을 늦추거나 시간을 단축시켜줄 수 있다네……"

이연화가 의술에 문외한이라는 사실을 모르는 관하몽과 소소용은 놀라면서도 반신반의했지만, 방다병은 속으로 깜짝 놀랐다. 의술의 '의' 자도 모르는 이연화가 호장으로 실성한 사람을 고칠 수 있다고 호언장담하다니, 몹시 수상했다……

"환자가 독에 중독돼서 실성했는지 어찌 아십니까?" 관하몽이 낮은 목소리로 물었다.

소소용은 관하몽이 말하는 '환자'가 그의 벗인 용심성수龍心聖手 장장궁張長弓이라는 것을 알고 있었다. 장장궁은 미혼독에 중독돼 실성한 지 몇 달이나 됐고 보름 전부터 관하몽이 그를 치료했지만 회복될 기미가 전혀 없었다.

이연화는 순간 멈칫했다 계면쩍은 투로 말했다. "아…… 그냥 가볍게 얘기한 것이네……"

관하몽의 얼굴에 노기가 차올랐다. "병자를 고치는 일을 어찌 확신도 없이 경솔하게 얘기하십니까? 그 방법으로 병자를 고친 적이 있습니까?"

이연화는 말문이 막혔다. 관하몽은 더이상 다그치지 않았지만 방다병은 그의 기분이 몹시 상했다는 걸 알았다. 처음에 관하몽은 길상문연화루 주인에 대해 그래도 약간의 경의를 품고 있었지만, 이연화의 몇 마디로 인해 그에 대한 편견이 더욱 깊어졌다.

관하몽이 소소용을 향해 눈을 부라리는 것을 보고 방다병은 그가 처음부터 이연화에게 그리 호의적이지 않았던 이유를 알았다. 의매인 소소용이 이연화에게 관심을 보이는 것이 영 마뜩잖았던 것이다. 방다병은 속으로 웃음을 터뜨렸다.

관하몽의 싸늘한 표정에 이연화는 민망한 표정을 짓고 방다병은 이연화에게 살짝 눈을 흘겼다. 그때 소소용이 말했다. "오라버니가 어떻게 알아요? 연화 오라버니가 달이지 않은 호장으로 아픈 사람을 고쳤을 수도 있잖아요. 연화 오라버니는 당대의 명의예요. 비록 호장의 독성이 강하기는 하나 바로 그 독성이 사람을 살릴 수도 있죠."

소소용의 말에 이연화가 "아" 하고 탄성을 터뜨렸다. 하지만 그가 뭐라고 맞장구치기도 전에 관하몽이 끼어들었다. "환자에게 천남성을 먹여도 절대로 죽지 않고 병이 낫는다고 장담할 수 있습니까?"

이연화가 쓴웃음을 지었다. "장담할 수는 없네."

"그럼 환자에게 약을 먹여 시험한다는 겁니까? 사람 목숨이 잡초인 줄 아십니까!" 관하몽이 탁자를 쾅 치며 벌떡 일어나 불같이 성을 내는 바람에 이연화와 방다병은 소스라치게 놀랐다. 소소용도 놀라서 버럭 소리쳤다. "오라버니!"

관하몽은 불의를 참지 못하는 강직한 성격의 소유자였다. 그리 온화하지는 않지만 환자들에게는 참을성 있게 대했기 때문에 소소용도 그가 그렇게까지 화를 내는 모습은 거의 본 적이 없었다. 하지만 산 사람에게 약을 시험하는 것이 잔인한 행위라는 건 그녀도 알 수 있었다.

분위기가 험악해지자 방다병이 만면에 웃음을 띠고 중재에 나섰다. "맹독을 먹어도 괜찮네. 내력으로 독성을 해소시킬 수만 있다면 생명에는 지장이 없어. 하하하!"

관하몽이 분노에 찬 냉소를 지었다. "그 정도 공력을 가진 사람이 세상에 몇이나 되겠습니까? 이상이? 적비성? 소림의 원화元化 장문?"

방다병이 자신의 조부인 방이우方而優도 그 정도 공력을 가졌다고, 우리 할아버지를 얕보느냐고 관하몽에게 따지려는데, 이연화가 냉큼 술잔을 들어 방다병의 입을 막으며 빙그레 웃었다. "갑자기 졸음이 쏟아지네."

"그럼 이만!" 관하몽은 소매를 떨치며 일어나 고개도 돌리지 않고 나가버렸다.

소소용은 이연화를 흘긋 쳐다보며 무어라 말하고 싶은 듯 입술을 달싹이다 이내 노기에 찬 눈빛만을 던지고 서둘러 관하몽을 따라 나갔다.

이연화가 갑자기 들이부은 술에 사레들릴 뻔한 방다병은 간신히 술을 삼킨 뒤 왈칵 성을 냈다. "뭐하는 짓이야?"

이연화가 한숨을 내쉬었다. "네 입을 그대로 뒀다가는 관 소협이 검을 뽑아들고 널 죽일 것 같았어."

방다병은 사레들릴 뻔한 목을 주무르며 구시렁거렸다. "네가 온갖 아는 척으로 헛소리를 해서 관 소협의 화를 돋웠잖아!"

이연화도 구시렁거렸다. "다음번엔 이 이연화가 의술이라곤 쥐뿔도 모르니 두통이든 열이든 감기든 기침이든 아무것도 묻지 말라고 할게……"

방다병은 웃음이 터졌다. "네가 의술이라곤 쥐뿔도 모른다고 해도 관 소협의 화를 돋우긴 마찬가지겠지."

두 사람은 서로를 쳐다보다 크게 웃음을 터뜨렸다. 그러고는 술을 몇 잔 더 마신 뒤 각자 씻고 잠자리에 들었다.

밤새 달게 자고 일어나보니 관하몽은 이미 일어나 어디로 갔는지 보이지 않고, 소소용만 혼자 객잔 아래층 탁자에 앉아 있다 이연화와 방다병이 내려오는 걸 보고 미소를 지었다. 이연화는 몹시 미안한 표정으로 미소를 지으며 옷매무새를 가다듬고 그녀 앞에 앉았다.

"연화 오라버니, 안녕히 주무셨어요?" 누구를 위해 단장했는지는 모르겠지만, 연보라색 치마를 입고 얼굴에 연지와 분을 살짝 바른 소소용은 어제보다 훨씬 예뻐 보였다.

방다병은 그녀 옆으로 가서 앉으며 농담을 건넸다. "다병 오라버니는 안녕히 주무셨는지 안 물어보고?"

소소용은 방다병을 향해서도 깍듯한 투로 인사했다. "다병 오라버니, 안녕히 주무셨어요?"

이연화가 부드러운 투로 관하몽은 어디 갔는지 묻자, 소소용은 그가 함께 혼례에 참석할 풍진전風塵箭 양송梁宋, 자국녀紫菊女 강혜하康惠荷, 백마편白馬鞭 양수홍楊垂虹, 취소주吹簫姝 용부첩龍賦婕을 마중하러 소청봉 아래에 갔다고 대답해주었다. 그 네 사람은 서로 모르는 사이지만 모두 관하몽에게 치료를 받고 목숨을 구한 이들이었고, 역시 초자금의 초대를 받고 혼례에 참석하기 위해 오고 있었다. 후배들이 먼 곳에서 온다는 소식을 듣고 관하몽이 며칠 일찍 당도해 그들이 묵을 곳을 정해놓고 기다린 것이다.

방다병은 관하몽의 친절함을 높이 칭찬했고 이연화는 얼른 만두 여덟 개와 차 여덟 잔을 사다놓고 관하몽과 그의 벗 네 사람이 오기를 기다렸다.

이연화가 만두 접시를 어떻게 배치할지 진지하게 고민하는 걸 보고 소소용은 속으로 웃었지만 한편으로는 마음이 따뜻해지는 걸 느꼈다. 이연화는 똑똑한데다 강호에서 명성이 자자한 유명인사지만 거만하게 굴지 않았다. 직접 만두를 사 오는 그 모습을 보고 그가 의술이 신통하고 재주와 지혜가 출중한 기인이라는 걸 누가 생각이나 할 수 있을까?

"벌써 13일이네. 혼례가 이제 이틀 앞으로 다가왔어."

방다병의 말에 소소용이 차를 한 모금 홀짝이고는 말했다. "교완만 언니가 너무 부러워요. 이상이 같은 기인을 만난 것도 모자라 초 대협의 오롯한 사랑과 보호를 받다니. 그것도 십 년이나……" 소소용은 가벼운 한숨을 내쉰 뒤 말을 이었다. "그 긴 세월 동안 초 대협은 단 한 번도 교완만 언니 곁을 떠난 적이 없어요."

방다병이 의아하다는 표정으로 물었다. "두 사람을 잘 알아?"

소소용이 고개를 끄덕였다. "저와 하몽 오라버니는 8일에 여기 왔어요. 소청봉에 올라갔다 우연히 두 분을 만났는데, 이상이의 의관총에 향을 올리고 있었어요."

이연화가 가만히 웃었다. "이미 죽은 사람인걸. 죽은 사람이야 산 사람들이 잘살기만 하면 그저 안심이지. 그렇게 마음 쓸 필요 없어."

"그건 오라버니 생각이죠. 강호에도 교완만 언니가 지조 없이 변심했다며 흉보는 사람들이 많아요. 그보다 더한 말도 들어봤는걸요." 소소용이 콧방귀를 뀌었다. "이상이가 죽은 지 십 년이나 됐는데, 여자는 평생 한 남자만 바라보며 청상과부로 살라는 법 있어요? 교완만 언니가 이상이와 혼인했던 것도 아니잖아요."

방다병이 끼어들었다. "초자금을 질투하는 사람들이 하는 말이겠지."

소소용이 어리둥절한 표정을 지었다. "질투를 한다고요?"

방다병이 진지한 투로 설명했다. "이렇게들 생각하겠지. '교완만이 변심해서 나한테 왔어야지 어찌 초자금에게 간 거야? 변심해서 나와 혼인한다면 종량從良*이지만 초자금과 혼인하면 탕부지!'"

소소용은 순간 웃음이 터졌지만 애써 참으며 말했다. "초 대협이 그 말을 들으면 오라버니 머리를 박살내버릴 거예요. 초 대협이 교완만 언니를 얼마나 아끼는데요."

방다병의 호기심이 동했다. "어떻게 아껴주는데?"

"교완만 언니에게 언제나 온화하게 대해요. 항상 언니 곁에 있어주진 못하지만 언니가 뭘 하고 싶어하는지, 무슨 생각을 하는지 다 알죠. 교완만 언니가 하려는 일이라면 뭐든 반대하지 않고, 아무리 작은 일도 진심으로 도와줘요. 정말 부러워 죽겠어요……"

소소용의 이야기를 듣던 이연화가 갑자기 미소를 지었다. 그의 눈빛도 무척 따뜻했다.

방다병이 말했다. "초 대협도 사랑 앞에서는 대장부의 기개가 무너지는군. 설마 혼인한 다음엔 탁자 닦고 바닥 쓸고 요리에 설거지까지 하는 거 아니야?" 방다병은 '탁자 닦고 바닥 쓸고'라는 말을 할 때 이연화를 흘긋 쳐다보며 속으로 웃었다. 얼어죽을 이연화도 마누라를 얻으면 집에서 탁자 닦고 바닥 쓸고 요리에 설거지까

* 기생이 양민과 혼인해 기생의 신분을 벗어나는 것.

지 할 게 틀림없다고 생각하면서.

"그건…… 교완만 언니가 초 대협에게 그런 것까지 시키진 않겠죠?" 그렇게 말하던 소소용이 미간을 살짝 찡그렸다. 초자금은 혼인해도 집에서 탁자 닦고 바닥 쓰는 일은 하지 않을 거라고 자신 있게 말할 수 없었다.

방다병은 원래 별생각 없이 한 얘기였지만 소소용이 진지하게 받아들이자 속으로 웃음이 났다.

세 사람이 한창 잡담을 나누고 있을 때 문밖에서 말발굽소리가 들리더니, 한 무리의 사람들이 무림객잔 앞에 말을 세우고 내려 성큼성큼 안으로 들어왔다.

소소용이 그쪽을 향해 외쳤다. "오라버니!"

제일 앞서 들어오는 사람은 관하몽이었다. 검은 장포 차림에 늠름한 자태로 걸어들어온 그는 이연화와 방다병이 소소용과 한 탁자에 앉아 있는 걸 보고 안색이 조금 어두워졌지만 예의를 차려 인사했다. "두 분 안녕히 주무셨습니까?"

이연화가 연신 고개를 끄덕였다. "잘 잤는가?"

방다병은 관하몽의 어깨 너머로 시선을 던졌다. 남자 두 사람, 여자 두 사람이 관하몽을 따라 들어왔다. 남자 중 한 명은 서생 차림이고, 다른 한 명은 몸에 붙는 옷을 입고 있었다. 서생 차림의 남자는 옥패가 달린 허리띠를 매고 있었는데 자세히 보니 연편軟鞭*이었다. 백마편 양수홍이 틀림없었다. 그가 구사하는 백마금락편白馬

* 부드러운 채찍형 무기.

金絡鞭은 천하의 편법鞭法* 중 다섯번째로 꼽혔다. 회색 도포를 몸에 꼭 맞게 입은 남자는 풍진전 양송이었다. 무공은 그리 강하지 않지만 진실하고 착실하며 부지런하고 의지가 굳세어 강호에서 명성이 자자했다. 두 여자 중 아리따운 미모에 녹색 치마를 입은 여자는 자국녀 강혜하이고, 무명 치마를 입고 연지도 분도 바르지 않은 수수한 모습에 학구적인 분위기가 물씬 풍기는 여자는 취소주 용부첩이었다.

한바탕 서로 소개하고 공수하며 "명성은 익히 들었습니다"라고 인사를 나눈 뒤 탁자에 둘러앉았다. 새로 온 네 사람은 자신들을 맞이한 사람이 그 유명한 길상문연화루의 주인과 방씨 가문의 공자라는 사실에 놀라움을 금치 못했다. 특히 이연화는 신비로운 소문과 달리 별로 특별할 것 없어 보이는 고상한 서생인 것을 보고 속으로들 놀랐다. 차를 마시며 자연스럽게 대화가 이어졌다. 방다병은 그들이 관하몽 덕분에 목숨을 구했을 뿐 아니라, 초자금도 그들에게 생명의 은인이라는 걸 알게 되었다.

풍진전 양송이 말했다. "저는 나이가 어려 사고문과 금원맹의 대결을 늦게야 알았지만, 다행히 이 년 전 월지굴月支窟 결투에서 초 대협을 한번 만난 적이 있습니다. 늠름하고 호방한 초 대협은 교완만 아가씨과 천생연분입니다."

강혜하가 입술을 오므리며 웃었다. "초 대협이 늠름하고 호방한 건 사실이지만 천하제일까지는 아니죠. 양형께서도 무공으로는 미

* 채찍을 휘두르고 감는 것을 위주로 하는 무공.

치지 못하지만 영웅적인 기개와 의리로 치면 초 대협보다 더하면 더했지 못하지 않을 거예요."

강혜하는 미모만 아리따운 게 아니라 말솜씨까지 좋았다. 그때 취소주 용부첩이 생긋 웃으며 말했다. "양형은 영웅적인 기개와 의리가 뛰어나지만, 누군가는 영웅적인 기개와 의리뿐 아니라 늠름함과 호방함까지 모두 뒤지지 않지……"

강혜하가 얼굴을 붉히며 그녀를 나무랐다. "부첩!"

용부첩은 웃음을 참는 듯한 표정으로 관하몽에게 시선을 옮겼다가 차를 한 모금 마신 뒤 앞에 있는 만두를 집어들고 조금씩 뜯어 입에 넣었다.

방다병은 흥미진진한 표정으로 관하몽을 보고, 이연화는 곁눈질 한 번 하지 않고 묵묵히 차만 마셨다.

양송은 가볍게 헛기침을 했다. 그는 강혜하가 관하몽을 마음에 두고 있다는 걸 알고 있었다. 하지만 관하몽은 소소용에게 각별해 보였다. 난처한 입장에 처한 관하몽을 구하기 위해 양송이 화제를 돌려 양수홍에게 물었다. "양형은 혼례 축하선물로 뭘 가져왔습니까?"

양수홍은 풍류를 즐기는 귀공자인데다 통이 큰 편이었다. 그가 소매 깃에서 쥘부채만한 나무함을 꺼냈다. "이걸 가져왔지요."

강혜하가 호기심어린 표정으로 물었다. "그게 뭐예요?"

길이는 한 자쯤 되고 너비는 두 치쯤 되는 길쭉한 나무함이었다. 방다병도 호기심이 동했다. "거기 뭐가 들었소? 젓가락?"

양수홍이 웃으며 나무함을 열었다. 반짝이는 무언가가 들어 있었다. 아주 짧고 가느다란 단검이었다. 쇠를 벼려 만든 검은 보통 서늘한 검광이 번뜩이지만 이 단검은 기이한 분홍빛 광택이 흘러 무척 예뻤다. 방다병이 자세히 살펴보다 말했다. "소도홍小桃紅!"

양수홍이 고개를 끄덕이며 칭찬했다. "방 공자님은 역시 안목이 대단하시군요. 오십육 년 전 천사무접天絲舞蝶 도 부인의 그 소도홍입니다."

그 말에 용부첩이 깜짝 놀랐다. "금을 베고 옥을 자를 만큼 예리하다고 들었어요. 무엇보다도 단검의 살기 때문에 주위에 모기도 얼씬거리지 않고 맹수도 제풀에 도망치는 호신 신물神物이라죠. 이걸 어디서 구하셨어요?"

양수홍이 우쭐해하며 말했다. "우연히 당포에서 발견하고 큰돈을 주고 사 왔지. 초 대협은 내게 생명의 은인이니 교완만 아가씨께 이것만큼 적합한 선물은 없어."

모두 고개를 끄덕이며 각자 무슨 선물을 가지고 왔는지 물어보았다. 용부첩은 봉황비녀를 가지고 왔다. 금으로 만든 봉황에 진주를 드리운 것으로 무척 값진 것이었다. 그뿐 아니라 세 치밖에 안 되는 짧은 비녀에 육유陸游의 시 「채두봉釵頭鳳」*이 세밀한 글씨로 새겨져 있었다. 육십 자나 되는 글자가 모두 또렷했으며 서체가 물 흐르듯 자연스러운 것이 진귀한 명품이 틀림없었다. 모두들 감탄하면서도 속으로는 혼인하는 부부에게 선물하기에는 비녀에 새겨진 시가 불길하다는 생각을 했다. 하지만 비녀 자체가 골동품이

---

* '비녀 머리 위 봉황'이라는 뜻. 육유가 헤어진 전처에 대한 애절함을 담아 지은 시.

므로 그런 것까지 까다롭게 따질 필요는 없었다. 강혜하가 가져온 선물은 곱고 선명한 색의 연지였다. 서역의 진기한 꽃으로 만든 물건으로, 오래 사용하면 노화를 늦출 뿐 아니라 상처를 아물게 하는 신묘한 효과가 있어 금창약金瘡藥*으로도 사용했다. 양송은 서화를 가지고 왔다. 유명한 서예가가 쓴 '낭재여모郎才女貌'**라는 네 글자였다. 관하몽과 소소용은 선물을 가져오지 않았고, 방다병의 선물은 지극히 세속적이었다. 은자 일만 냥과 포도미주葡萄美酒 스무 단지, 여러 색깔의 비단 열 필, 희귀한 꽃 화분 백 개였다. 방이우는 이 선물을 하인들을 시켜 실어 보냈으며 혼렛날 방다병이 방씨 가문을 대표해 초자금에게 건넬 예정이었다.

방다병이 세속적이라면 이연화는 인색하다고 말할 수 있었다. 그의 선물은…… 사탕*** 한 상자가 전부였다.

방다병은 어이가 없다는 듯 한참을 쳐다보다 말했다. "내가 가져온 것 중 꽃 화분 백 개는 네가 주는 선물이라고 할까?"

다른 사람들도 사탕을 보며 속으로 코웃음을 치거나 의아하게 생각했지만, 이연화는 방다병의 선심을 거절했다. "나는 사탕을 선물할 거야."

다들 미간을 일그러뜨리며 세상 물정 모르는 사람이라고 속으로 이연화를 흉봤다. 초자금과 교완만이 어떤 사람들인데 하찮은 사탕 한 상자를 선물하다니, 그들의 체면이 뭐가 된단 말인가?

---

* 무기류에 찔린 상처에 바르는 약.

** '신랑은 재능이 있고 신부는 아름답다'라는 뜻.

*** 중국에선 혼례 같은 경사를 치를 때 하객에게 사탕을 나눠주는 풍습이 있다.

이연화는 사탕이 든 상자를 톡톡 두드리고는 보물 다루듯 조심스럽게 보자기로 감쌌다.

방다병은 부아가 치밀었다. 이연화에게는 고작 사탕이 '귀한 선물'이란 말인가? 하지만 생각해보면 인색하기로 둘째가라면 서러운 수전노 이연화가 엽전 다섯 닢이나 주고 사탕을 샀으니 '귀한 선물'을 준비한 셈이었다.

2. 짝지어 피는 꽃 은근히 서로를 향하지만 그 옛날 남녀라네

8월 15일. 쾌청한 날이었다. 저녁이 다가오자 자줏빛 석양이 비스듬히 하늘에 번지며 미감을 자아냈다.

편주 소청봉의 야하소축은 손님으로 북적이고, 이리저리 오가는 사람들의 왁자한 소리가 안팎을 가득 채웠다. 문 앞에는 붉은 등이 높이 내걸렸고, 초롱을 달고 오색 천으로 장식한 정원에도 탁자 수십 개가 가득 놓였다. 탁자에는 갖가지 안주와 고기, 생선, 과일, 채소 등 산해진미가 풍성하게 차려졌다. 손님들은 활짝 웃으며 서로 손을 모아 "명성을 익히 들었습니다" 하며 인사를 주고받거나 초자금에게 축하를 건넸다.

교완만은 거울 앞에서 머리를 빗고 화장을 하고 있었다. 빛을 잃어 누르스름한 거울을 보며 천천히 눈썹을 그리고 입술을 발랐다. 거울 속에 있는 사람의 얼굴은 예전 그대로였다. 화장을 더 한다 해도 여기서 더 아름다워질 수 없을 정도로 이미 충분히 아름다웠다. 미모는 여전하건만 사람은 예전의 그녀가 아니었다…… 초자금과 혼인을 하다니…… 십 년 전에는 꿈에서라도 자신이 초자금과 혼인한다는 생각은 해본 적이 없었다.

자금을 사랑하는 걸까? 그녀는 자신에게 수없이 물었다. 십 년 전에도, 팔 년 전에도, 육 년 전에도, 사 년 전에도…… 어젯밤까지도 자신에게 물었다. 자금을 사랑하느냐고. 어젯밤 꿈에서 자금은 그녀를 위해 피를 흘리고, 그녀를 위해 헌신했지만, 그녀를 위해 눈물을 흘리지는 않았다. 잠에서 깬 그녀가 곰곰 생각해보니 정말이었다. 자금은 그녀를 위해 피를 흘린 적은 있어도 눈물을 흘린 적은 없었다. 이 남자는 그녀의 버팀목이 되기 위해 안간힘을 써왔지만, 그 외에 다른 건 한 번도 말한 적도 없고 보여준 적도 없었다.

그는 상이와 달랐다. 그녀는 상이를 사랑하고 있을까? 사랑한다. 한순간도 사랑하지 않은 적이 없었다. 상이는 제멋대로였다. 막강한 무공, 남다른 지혜, 빛나는 공적이 그를 오만하게 만들었다. 그는 남에게 명령하기를 좋아하고 또 명령하는 데 노련했다. 이상하게도 사람들은 그의 명령이라면 뭐든 한마디 불평도 없이 순순히 따랐다. 그녀도 그에게 명령을 받고 그가 시키는 대로 따랐다. 그가 가라면 가고, 하라면 하고, 기다리라면 기다렸다…… 늘 그렇게 상이의 지휘에 따르고, 그를 믿고, 그를 기다렸지만 그는 영원히 돌아오지 않았다. 하지만 자금은 달랐다. 자금은 절대로 그녀에게 무엇을 하라고 강요하지 않을 것이다.

그녀의 말이라면 그녀를 위해 죽을 수도 있는 남자였다.

교완만의 입가가 천천히 올라갔다. 처량함이 담긴 미소였다. 그녀는 자금에게 자신을 위해 죽으라고 하지 않을 것이다. 그 누구에게도 죽으라고 하지 않을 것이다. 그녀는 모든 걸 버리고 목숨을 가벼이 여기는 사람을 증오했다.

자금을 사랑하는 걸까? 사랑한다. 십 년 세월을 지나 마침내 혼례를 올리게 되어 그녀는 몹시 기뻤다.

하객들이 속속 도착했다. 자리에 앉기 전 모두들 선물을 건넸다. 그녀도 무예를 연마한 사람이므로 바깥에서 나는 소리를 들을 수 있었다. 선물은 대부분 값지고 귀한 것들이었다. 교완만은 단장을 마친 뒤 가만히 미소를 지었다. 요사이 자금은 진중하고 검소하게 지내왔지만 원래 겉치레를 좋아하는 편이라 속으로 무척 기뻐할 것이다.

그때 밖에서 누가 문을 두드렸다. "완만 언니? 나 소용이에요."

교완만이 대답했다. "들어와."

소소용이 문을 밀고 들어오더니 감탄을 터뜨렸다. "와! 과연 평소보다 훨씬 예뻐요."

교완만은 가볍게 웃음을 터뜨렸다. "거짓말도 잘하는구나."

소소용이 펄쩍 뛰었다. "언니는 원래 강호의 유명한 미인이잖아요. 거짓말이라뇨?"

교완만이 미소를 지었다. "유명한 건 맞지만 미인은 아니야. '유명하다'는 게 과연 좋은 것인지도 모르겠고."

소소용이 탁자에 있는 빗을 집어들고 교완만의 쪽진머리를 가볍게 빗어 정리해주었다. "얼마나 많은 사람들이 언닐 부러워하는

지도 모르고요."

교완만이 눈을 감았다 반짝 뜨더니 미소를 지었다. "우미인 각려초를 못 봤구나. 진짜 미인은 각려초야."

소소용이 입술을 삐죽거렸다. "요녀 얘기는 왜 해요? 그 여자가 이끄는 방이 엉망진창이래요. 간음이며 도둑질이며 온갖 나쁜 짓을 다 한다죠. 그 여자도 좋은 사람은 아닐 거예요."

교완만이 조금 우스워 뭐라고 말하려는데 꽃가마가 문밖에 도착했다. 소소용이 교완만에게 봉황관을 씌워주고 옷매무새를 정돈해준 뒤 그녀를 부축해 꽃가마에 태웠다.

붉디붉은 꽃가마가 가마꾼들의 구령에 맞춰 천천히 출발해 중정으로 향했다. 연회는 중정에 마련되어 있고, 혼례가 열리는 희당喜堂은 중정 뒤 대청에 마련되어 있었다. 교완만의 규방에서 대청까지는 회랑이 곧게 이어져 있고 수백 걸음이면 갈 수 있는 거리였다. 경사스러운 풍악소리가 울리고 손님들도 속속 자리에 앉았다. 좌중이 조용해졌다. 요란한 음악소리가 사방을 가득 채워 꽃가마가 삐걱거리는 소리도 거의 들리지 않았다. 조용해졌던 손님들이 다시 웅성거렸다. 웃음소리, 박수 소리, 북소리, 우렁찬 노랫소리가 한데 뒤섞여 떠들썩했다.

가마에 앉은 교완만은 수줍어 두 볼에 홍조가 떠올랐다. 가마에 드리운 발 사이로 흘긋 밖을 쳐다보니, 저멀리 희당에 서 있는 초자금의 장대한 뒷모습이 보였다. 그가 붉은 옷을 입은 모습은 처음이었다. 그녀는 자기도 모르게 입가에 웃음이 번지고 가슴이 두근거렸다. 마음에 드는 남자를 처음 만난 열일고여덟 살의 어린 아가씨가 된 것 같았다.

손님들도 연회석에 앉아 꽃가마를 기다린 지 한참이었다. 꽃가마가 회랑 모퉁이를 돌아 나오자 모두의 시선이 일제히 쏠렸다. 얼마나 아리따운 신부이기에 강호 재자의 마음을 송두리째 빼앗았는지 궁금해 꽃가마에 구멍이라도 뚫을 기세로 목을 빼고 쳐다보는 사람들도 있었다.

소소용은 줄곧 꽃가마를 따라왔다. 그녀 외에도 하녀, 가마꾼이 가마 옆을 따랐다. 얼마 가지 않아 젊은 혈기에 요란스러운 강호의 청년들도 여럿 따라왔다. 소소용은 사람들이 가마에 부딪힐까봐 그들이 너무 가까이 오지 못하게 막느라 바빴다. 그런데 그때 누가 그녀의 어깨를 가볍게 두드렸다.

소소용이 고개를 돌려 쳐다보았다. "왜요? 무슨 일 있어요?"

그 사람이 고개를 끄덕이며 그녀에게 손을 흔들었다.

소소용은 조금 의아했지만 가마도 거의 문 앞에 도착했고, 그 사람 성격은 그녀도 잘 알고 있었다. 중요한 용건이 아니라면 그녀를 가급적 피할 사람이지 결코 먼저 다가와 인사할 사람이 아니었다. 그래서 고개를 끄덕이고는 그 사람을 따라 객방으로 향했다.

가마 옆에서 기웃대는 사람들은 소소용이 자리를 뜬 것도 알아차리지 못하고 교완만이 가마에서 내릴 때 한 번이라도 가까이에서 보려고 기다렸다.

악단 앞에서 길을 트는 사람이 희당의 문턱을 휘휘 쓸었다. 교완만은 형제가 없으니 가마 앞을 이끄는 사람도 없고, 중매인은 더더욱 없었으므로 영친迎親* 행렬에 매파 가마도 없었다. 길을 트는 사람이 지나간 뒤 신부의 가마가 곧바로 문 앞에 도착했다. 길시吉時가 되어야 신랑이 나와 신부와 함께 안으로 들어갈 수 있었다. 교완만의 꽃가마는 밖에서 잠시 기다렸다. 하객들이 농을 하며 떠들어대기 시작했다. 모두들 웃고 환호했다. 몸을 돌려 뒤를 바라보는 초자금의 입가에 어렴풋이 웃음기가 번졌다.

방다병은 하객석 중 제일 상석인 정석正席에 앉았다. 옆자리에 가문의 제일 큰 어른인 방이우가 앉아 있었기에 방다병의 행동도 평소와 달리 신중하고 조심스러웠다. 관하몽과 불피백석 중 세 사람, 사호은창 중 세 사람도 방다병과 한 탁자에 앉아 있었다. 현재 남아 있는 사고문의 벗들이 모두 축하하러 와주었는데, 불피백석 중 운피구만 오지 않았다. 백천원을 지킬 사람이 필요한데다 병든 몸이라 오지 못했다고 했다.

이연화는 일곱번째 탁자에 앉았다. 원래는 강호에서 전설처럼 떠도는 신비의 길상문연화루 주인이라고 자신을 소개하고 싶었지만, 방이우가 하효봉의 배필감을 보려고 기다리고 있다는 생각이 들자 가슴이 서늘해져 말하지 않기로 했다. 그의 왼쪽에는 사피思皮 대협 방극호房克虎, 오른쪽에는 설화雪花 선자 유한매柳寒梅가 앉았다. 여기에서도 "명성은 익히 들었습니다"라는 말치레가 한바탕 오갔다. 한참 만에 이연화가 옆에 앉은 설화 선자에게 나직이 물었다. "제 옆에 앉은 사피 대협은 어디서 온 누구신가요?"

유한매가 빙그레 웃으며 그의 귓가에 속삭였다. "'사피'는 남만

* 혼례식을 위해 신랑이 신부집으로 꽃가마를 보내 신부를 데려오는 것.

南蠻의 황량한 땅에 있는 작은 지역입니다. 반경 이십 리밖에 안 된답니다."

"아." 이연화는 가벼운 탄성과 함께 존경스러운 시선으로 방극호를 보았다. "이십 리면 아주 넓은걸요."

유한매가 얕보는 투로 말했다. "그러고도 대협이라고 할 수 있습니까?"

이연화는 '암요. 그렇고 말고요'라는 표정을 지었다. 잠시 후 그가 또 방극호에게 나직이 물었다. "허허…… 제 옆에 앉은 유 선자는…… 어디서 온 뉘신지요?"

방극호가 웃음을 터뜨렸다. "하하하. 황하오환도黃河五環刀 문하의 제자랍니다. 설화 선자라는 명칭은 저도 처음 듣습니다. 설마 오늘 급하게 지어낸 건 아니겠지요?"

유한매가 탁자를 쾅 치며 벌떡 일어나 눈썹을 바짝 세우고 성을 냈다. "지금 뭐라고 했습니까? 강호 사람을 자처하면서 이 설화 선자의 명성도 모른다는 겁니까?"

이연화가 깜짝 놀라 두 손을 모르고 굽실거렸다. "두 분의 명성은 여기 계신 분들 모두 익히 들어 잘 알고 있습니다. 부디 노기를 거두고 앉으시지요."

유한매는 화가 덜 풀린 표정으로 털썩 의자에 앉더니 이연화를 홱 노려보았다. "그쪽의 존함은 무엇이오? 호를 밝혀보시지요."

이연화는 순간 멈칫했다. "저, 저는…… 성은 이씨이고……"

이연화가 이름을 말하기도 전에 그의 품에 있는 붉은 사탕 상자가 유한매의 비딱한 시선에 잡혔다. 유한매가 기겁하며 물었다.

"이게…… 축하선물이오?"

이연화가 고개를 주억거렸다.

유한매는 질겁을 하고는 그와 함께 앉아 있는 것조차 치욕스럽다는 듯 벌떡 일어나 다른 자리로 옮겨 갔다. 유한매가 자리를 옮기자 다른 사람들도 하나둘 자리를 옮기고 공짜 밥과 술을 얻어먹으러 온 건달인 듯한 두세 명만 남았다. 그때 한 사람이 유유히 다가와 일곱번째 탁자에 앉았다. 용부첩이었다. 그녀는 자리를 뜬 사람들을 비웃듯 이연화를 향해 생긋 웃었다.

정석에 앉아 있던 방다병은 그 광경을 유심히 지켜보다 속으로 웃음을 터뜨렸다. 그때 긴 수염을 기른 한 노인이 일어나더니 목청을 돋워 외쳤다. "길시요!"

하객석이 와글와글해지고 사람들의 고개가 일제히 한쪽을 향했다. 붉은 도포를 입고 가슴에 붉은 꽃을 꽂은 초자금이 문 앞에 있는 붉은 가마를 향해 천천히 걸어갔다. 떠들썩한 소음이 잦아든 뒤 초자금이 가마 앞에 드리운 붉은 비단을 가만히 걷었다. 비단천이 젖혀지고 붉은 천을 머리에 쓴 신부가 천천히 가마에서 내렸다. 붉은 신부옷을 입은 곱디고운 신부가 초자금을 따라 천천히 걷기 시작하자 하객석에서 저절로 환호성이 터져나왔다. 초자금의 몸이 가늘게 떨렸다. 천하의 초자금도 붉은 비단을 걷어올리는 순간부터 몸이 떨렸다.

이연화는 술잔을 든 채 초자금의 일거수일투족을 집요한 시선으로 좇았다. 하객이 가득했지만 초자금의 눈은 교완만 한 사람에게만 향해 있었다. 초자금은 신부의 손을 잡고 하객석을 지나 희당에 올랐다.

긴 수염의 노인은 초자금의 숙부였다. 그가 우렁우렁한 목소리로 외쳤다. "천지에 일배!" 초자금과 교완만은 손을 잡고 문을 바라보며 천지에 절했다. "고당高堂에 이배!" 두 사람은 뒤로 돌아 윗사람들을 향해 천천히 절했다. "부부 대배對拜!" 신랑 신부는 다시 몸을 돌려 서로를 향해 허리를 깊이 숙여 맞절을 한 뒤 손을 잡고 일어났다.

하객들이 외쳤다. "초 대협과 교 낭자의 혼인을 축하합니다!" "초 대협! 미인을 배필로 맞이하심을 축하드립니다!" "다복과 장수를 기원합니다!" "득남하시길 기원합니다!"

왁자한 웃음소리가 하객석을 가득 채웠다.

마침내 초자금의 입가에도 웃음이 번졌다. 그는 신부의 손을 잡고 신방으로 들어갔다.

이연화는 사탕을 건네지 못하고 계속 가지고 있다 살짝 미소를 지은 뒤 일곱번째 탁자 옆에 있는 선물함에 넣었다. 다른 하객들의 값비싼 선물들 속에서 그의 사탕 상자가 유난히 도드라져 보였다. 사탕을 선물함에 넣은 뒤 이연화는 젓가락을 들고 채소 한 조각을 집어 입에 넣었다. 같은 탁자에 앉은 사람들이 모두 놀라 예의도 모르는 식객이라고 속으로 흉을 보았다. 정석에 앉은 사람들이 젓가락을 들고 식사를 시작한 뒤에야 저마다 술을 권하며 시끌벅적하게 식사를 시작했다. 하지만 이연화는 방금 전 채소 한 조각을 입에 넣은 뒤 젓가락질을 멈췄다. 이연화의 양옆에는 아무도 없었다. 이연화는 웃으며 술잔을 들고 나직하게 시를 읊조렸다. "술잔 들어 권하니 이 얼마나 좋은 밤인가……"

그때 누군가 이연화 곁으로 다가와 천천히 읊조렸다. "서강은 푸르고, 강변 정자에 밤 제비 날아가는데 멀리서 손님이 오셨네. 멀리서 온 손님과 술잔 들어 권하니 이 얼마나 좋은 밤인가. 촛불은 사그라들고 꽃은 시들어 노랫소리 잦아드는데, 변방의 마원馬苑* 에서는 소식이 없네. 망대에 뿔피리 소리 울려도 옛사람은 오지 않는구나."

이연화가 깜짝 놀라 고개를 들어보니 붉은 옷에 흑단 같은 머리를 빗어올린 여인이 서 있었다. 곱고 요염한 얼굴에 부용 금비녀를 꽂아 신부보다 더 화려해 보이는 이 여인은 바로 하효봉이었다.

이연화와 같은 탁자에 앉은 다른 사람들도 무림의 세번째 미인으로 꼽히는 그녀를 잘 알고 있었으므로 그녀가 갑자기 다가오자 모두 신기하게 쳐다보았다. 옆 탁자에 앉은 사람들도 호기심어린 시선으로 무림의 미인이 무엇을 하려는지 쳐다보았다. 그녀는 이연화를 향해 해사한 미소를 짓더니 유한매가 앉았던 자리에 앉았다. "오랜만이에요. 잘 지내셨어요?"

"잘 지냈습니다. 하 낭자도 잘 지내셨습니까?"

하효봉이 이연화를 보며 생글생글 웃었다. "귀하신 이 공자께서 어찌 이런 말석에 앉아 계세요? 초 대협이 큰 실례를 범하셨네요. 제가 있는 탁자로 옮기세요. 자."

이연화가 부드럽게 말했다. "저는 여기가 좋습니다."

---

* 말 사육장.

하효봉이 웃었다. "그럼 저도 여기 앉을게요."

그 탁자에 앉은 사람들은 속으로 '이 공자'가 대체 누구이기에 강호에서 손꼽히는 미인이 이리도 친절을 베푸는지 궁금해했다. 그녀는 나이가 무색할 만큼 아름다웠다.

바로 그때 정석이 왁자해졌다. 옷을 갈아입고 나온 초자금이 하객들과 축배를 들기 시작한 것이다. 기한불, 백강순, 석수가 함께 일어나 잔을 들어올리자 초자금이 손에 든 잔을 단숨에 들이켰다. 백강순이 너털웃음을 웃었다. "형님의 오랜 염원이 드디어 이뤄졌군요. 축하합니다."

석수는 냉랭하게 말했다. "문주가 계셨다면 셋째 문주가 감히 교 낭자를 아내로 맞이할 수 있었겠어요?"

기한불이 매섭게 노려보자 석수는 가만히 입을 다물었다. 기한불이 초자금에게 말했다. "감축드립니다."

초자금은 노여워하지 않고 긴 한숨을 내뱉었다. "사실 문주의 죽음이…… 내겐 행운이었지." 두번째 술잔을 비우는 그의 눈가에 희미하게 눈물이 반짝였다. 그가 천천히 말했다. "날 미워들 하게."

기한불이 그의 어깨를 힘주어 투덕이고는 담담히 말했다. "그렇지 않습니다."

왕충, 하장, 유여경 세 사람도 함께 일어나 축하인사를 건넸다. 초자금은 연거푸 술 일곱 잔을 비우고도 얼굴색이 변하지 않았다. 방다병과 방이우도 일어나 술을 따라주었다. 방다병은 '초 대협'을 처음 보는지라 위아래로 자세히 훑어보았다. 잘생긴 얼굴에 진중한 분위기가 풍기며 기골이 장대해 가만히 있어도 위엄이 느껴졌다. 이연화처럼 쩨쩨한 소인배들과는 근본적으로 달라 보였다.

초자금은 정석에 앉은 하객들과 축배를 든 뒤 탁자 하나하나를 돌며 축배를 들었다. 내력이 두텁고 명문세가 출신인 초자금은 주량이 대단했다. 단숨에 십수 잔을 마셨는데도 얼굴에 취기가 조금도 돌지 않았다. 어느새 하효봉이 앉아 있는 탁자 차례가 되었다. 한 사람이 초자금을 따라다니며 술을 따라주었다. 술잔을 들고 일곱번째 탁자의 상석으로 다가가던 초자금이 우뚝 걸음을 멈췄다. 그의 손에서 미끄러진 술잔이 바닥에 떨어져 요란한 소리를 내며 산산조각났다.

연회장이 일순간 쥐죽은듯 고요해졌다. 모두들 의아한 표정을 지었다. 이상이와 적비성이 죽은 뒤로 초자금의 무공은 '강호 제일'까지는 아니어도 '강호 제일 중 한 명'으로 꼽혔다. 수백 근짜리도 쥐어올릴 수 있을 만큼 악력이 강한 초자금이 자그마한 술잔을 손에서 놓치다니!

초자금은 일곱번째 탁자에 앉아 있는 한 사람을 뚫어져라 응시했다. "당…… 당신은……"

상대가 미소를 지으며 술잔을 들고 일어났다. "이연화라고 합니다. 초 대협과 교 낭자가 부부의 연을 맺으심을 감축드립니다. 백년해로하시길 기원합니다."

초자금은 이연화에게서 시선을 떼지 못했다. "당신은……"

이연화가 먼저 술잔을 단숨에 입에 털어넣었지만 초자금은 한참을 멍하니 서 있다 겨우 탁자에서 빈 잔을 들어 술을 새로 따라 마셨다. 이연화가 부드러운 목소리로 말했다. "이제 대협 자신을 잘 돌보세요."

초자금은 굳은 표정으로 멍하니 있다 고개를 끄덕였다.

이연화가 두번째 잔을 들이켰다. "축하합니다."

초자금은 또 고개를 주억거리며 말했다. "당신, 당신은……"

이연화가 비운 술잔을 뒤집어 보였다. "이연화입니다."

초자금이 이연화 앞에 선 채 걸음을 옮기지 못하자 옆에 있던 사람들은 초 대협이 취한 것 같다고 쑤군거렸다. 초자금은 술 한 잔을 스스로 따라 단숨에 비우더니 술잔을 탁 소리가 나게 내려놓고 다른 탁자로 가버렸다.

일곱번째 탁자에 앉은 다른 사람들과는 축배를 들지 않았다.

하효봉은 성큼성큼 걸어가는 초자금의 뒷모습을 놀란 눈으로 좇다 더듬거리며 이연화에게 말했다. "이 공자는…… 참 이상한 분이에요."

이연화가 어리둥절해했다. "제가 이상하다고요?"

하효봉이 초자금을 가리킨 뒤 다시 이연화를 가리켰다. "두 분 다…… 정말 이상해요."

이연화가 의아하다는 표정으로 물었다. "초 대협의 혼인을 축하해주러 온 게, 뭐가 잘못입니까?"

하효봉은 잠시 말을 잇지 못하다 이렇게 말했다. "초 대협이 내게는 술을 따라주지 않았어요."

이연화는 더 의아하다는 표정을 지었다. "초 대협이 하 낭자를 보고 술잔을 떨어뜨린 게 아닌가요?"

하효봉이 입을 딱 벌리며 자기 얼굴을 가리켰다. "날 보고 술잔을 떨어뜨렸다고요? 이 공자를 보고 떨어뜨린 것 같은데요……"

이연화가 한숨을 쉬었다. "하 낭자의 미모에 넋을 잃고 술잔을 놓친 거지요."

하효봉은 반신반의했지만 내심 기쁘기도 했다. "정말요?"

이연화가 정색을 했다. "물론이죠. 하 낭자를 보고 넋을 잃지 않았다면, 설마 절 보고 넋을 잃었겠습니까?"

그 말에 하효봉이 잠시 생각해보더니 얼굴이 만개한 봄꽃처럼 환해졌다. "그렇긴 하네요……"

다른 하객들은 쑤군거리며 호기심이 차오른 눈동자로 이연화를 뜯어보았다. 하지만 정석에 있는 관하몽은 일어나 초자금에게 술잔을 올리지도 않고 이연화에게 눈길을 주지도 않은 채 다른 생각에 잠겨 있었다.

아까부터 그런 그를 이상하게 여기던 방다병이 불쑥 물었다. "관 형, 무슨 일이 있나?"

관하몽이 놀라 미간을 찡그렸다. "의매가 어디 갔는지 생각하고 있었습니다."

방다병이 주위를 둘러보았다. 그러고 보니 정말 소소용이 보이지 않았다. 교완만과 친해 정석에 앉아 있어야 할 소소용이 어디로 간 걸까?

"교 낭자의 단장을 도와주러 간다더니 아직 돌아오지 않았습니다." 관하몽이 어두운 목소리로 말했다.

방다병은 피식 웃음을 터뜨릴 뻔했지만 옆에 앉은 방이우를 의식해 고상한 미소로 고쳐 웃었다. "계속 교 낭자와 함께 있는 건

아닐까?" 하지만 속으로는 이렇게 생각했다. '설마 신방까지 따라 들어간 건 아니겠지?'

"그럴 리 없습니다." 관하몽이 고개를 젓고는 연회장을 구석구석 훑어본 뒤 천천히 말했다. "사라진 것 같습니다."

"여긴 야하소축이야. 자포선천의 집이라고. 누가 감히 여기서 일을 벌이겠어? 잠깐 어딜 간 모양이지. 별일 없을 테니 안심하게."

관하몽의 얼굴에 냉소가 차올랐다. "이곳이 바로 초 대협의 집이기 때문에 누가 일을 벌일까봐 걱정하는 겁니다. 혼례를 치르느라 모두들 무방비 상태니까요……"

그의 냉소에 방다병은 머리털이 쭈뼛 서는 걸 느끼며 억지로 웃었다. "관 형의 말도 일리가 있지만 걱정할 정도는 아닌 것 같아……"

연회가 한창 무르익어 초자금이 어느새 마지막 축배를 들고, 하객들도 음식을 절반쯤 먹었을 때였다. 문밖에서 누군가의 비명이 들렸다. "누구냐! 악!"

정원을 가득 채운 사람들이 놀라 문 쪽으로 시선을 돌리자 어떤 물체가 붕 날아들어와 수평으로 바닥에 철퍼덕 떨어졌다. 야하소축의 정문을 지키던 하인이었다. 하인은 엉거주춤 일어나 사방을 두리번거렸다. 자신에게 무슨 일이 일어났는지조차 모르는 것 같았다.

연회장을 가득 채운 무림의 고수들도 놀란 눈으로 서로를 쳐다보기만 했다. 사람을 정원으로 내던지는 건 어려운 일이 아니지만, 사람 몸을 낮게 던져 평평한 자세로 바닥에 떨어뜨리는 건 결코 쉬운 일이 아니었다. 그것도 떨어질 때 먼지 한 점 피어오르지 않고 멍자국 하나 없이, 게다가 내던져진 사람이 놀랄 겨를도 없이 순식간에 던지는 것은. 대체 어떤 무공일까?

초자금은 이미 술을 몇 동이나 마셔 약간 취기가 돈 상태였지만 역시 반응이 민첩해 순식간에 정원 문을 막아서며 외쳤다. "어떤 놈이냐!"

하객들 중 상대와 무공을 겨뤄보려는 사람들이 하나둘씩 일어났다. 정원 문 밖에 버티고 서 있는 건 푸른 옷의 남자였다. 나이는 서른쯤 되어 보이고 준수한 얼굴에 차가운 표정을 하고는 손에 나무함 하나를 들고 있었다. 경사를 축하하러 온 표정도, 그렇다고 도발하러 온 표정도 아니었다.

사람들의 시선이 일제히 그에게 날아가 꽂혔다. 처음 보는 얼굴이었다. 적어도 최근 강호에서 회자되는 인물은 결코 아니었다. 그런데 정석에 있던 몇 사람이 안색이 하얘지며 온몸을 떨었다. 그들이 동시에 외쳤다. "적비성!" 그러고는 벌떡 일어나 순식간에 초자금 앞을 막아섰다. 저 악마가 어떻게 아직도 살아 있는지는 모르지만 이 자리에서 숨이 끊어지는 한이 있더라도 초자금과 교완만은 무사히 지켜야 한다고 생각했다.

죽음 같은 정적이 연회장을 휘감았다. 사람들은 휘둥그런 눈으로 십 년 전 죽었다고 알려진 금원맹 맹주를 쳐다보았다. 적비성의 비풍백양 심법은 무림 제일의 강맹한 내력이었다. 그가 정말 적비성이라면 하객이 빽빽하게 앉아 있는 이런 연회장에서 장풍 한줄기로 몇 사람의 숨통은 가뿐하게 끊어놓을 수 있다. 이 흉맹한 자가 어떻게 아직도 살아 있단 말인가? 지난 십 년간 그는 대체 어디 있었단 말인가? 야하소축에는 왜 왔을까? 다들 불현듯 엄습하는 두려움에 목덜미가 선득해졌다. 만약 그가 초자금에게 원수를 갚기 위해 여기에서 무자비한 살생을 벌일 작정으로 온 것이라면, 하객들 역시 모두 이곳에서 억울한 죽음을 맞게 될 터였다.

적비성은 사람들의 긴장된 시선을 아랑곳하지 않고 문 앞에 선 채 정원을 스윽 둘러보았다. 하객들의 간담이 서늘해졌다. 저자는 대체 뭘 하려는 걸까?

초자금이 막 입을 열려는데 기한불이 그의 앞을 막아서며 나직이 말했다. "교 낭자가 방에 있습니다."

초자금은 적비성이 왜 아직 죽지 않았는지, 그가 왜 이곳에 왔는지는 알 수 없지만 잔뜩 노기가 차올라 술기운을 빌려 검을 뽑아 들려는 참이었다. 그러나 기한불의 한마디에 뜨겁게 끓어올랐던 분노가 일순간 싸늘하게 식었다.

기한불이 사람들 앞을 막아서며 낮은 목소리로 물었다. "적비성?"

적비성은 들고 있던 나무함을 기한불 앞으로 툭 내던지며 담담하게 말했다. "십 년 만이군. 잘 지냈나?"

기한불은 그가 무슨 꿍꿍이인지는 알 수 없었지만 역시 담담하게 말을 받았다. "잘 지냈지. 적 맹주가 여긴 무슨 일로 왔나?"

적비성은 바로 대꾸하지 않고 초자금을 위아래로 훑어보았다. "몇 년간 무공이 부쩍 강해졌다는 소문은 들었지. 강호의 백도白道든 흑도黑道든 자네를 무림 제일의 고수라고 인정하더군."

사람들은 그가 선한 의도로 온 건 아니라는 걸 직감했다. 기한불이 낮은 목소리로 말했다. "무림 제일의 고수 운운하는 건 강호 벗들의 과찬이지. 강호의 와호장룡 중에 진정으로 무림 제일의 고수를 자처하는 이가 있던가?"

적비성은 "흥!" 하고 냉소하며 초자금만을 응시했다.

초자금은 하객들 앞에서 겁쟁이가 되고 싶지 않아 눈썹을 추어올리고 우렁우렁한 목소리로 말했다. "무림 제일의 고수는 아니지만 적 맹주가 무공을 앞세워 내 혼례를 방해하려 한다면, 나도 내가 어떻게 나갈지 모르겠군……"

적비성이 초자금의 말을 자르고 담담하게 말했다. "오늘 내 공격을 받아낼 수 있다면 이 함 속에 든 물건을 네 혼례 축하선물인 셈 치마."

그 말에 초자금이 멈칫했다. 하객들도 의아해했다. 적비성은 금원맹이 와해된 것에 복수를 하러 온 게 아니라 무공을 겨루기 위해 온 것 같았다. 게다가 바닥에 떨어져 있는 나무함 속에 무엇이 들어 있는지도 궁금했다.

초자금이 소매 깃을 펄럭이며 낭랑한 웃음소리를 내뱉었다. "적 맹주가 선물을 가져왔는데 안 받아줄 수 있겠나?"

적비성이 무표정한 얼굴로 천천히 한 걸음 내딛자 초자금 뒤쪽에 있던 사람들이 슬금슬금 뒤로 물러섰다. 그들은 적비성의 무공이 얼마나 되는지 잘 알지 못했지만, 사고문의 문하에 있던 이들은 똑똑히 알고 있었다. 기한불이 나지막한 소리로 초자금에게 조심하라고 일렀다. 적비성의 무공은 강하고 악랄했다. 단 한 번의 공격으로도 목숨을 끊어놓을 수 있을 정도였다. 대적할 수 없다면 절대로 맞붙지 말고 피하는 게 상책이었다. 기한불은 백강순과 함께 초자금 뒤에 섰다. 초자금이 버텨내지 못한다면 즉시 달려들어 구할 요량이었다.

방다병의 가슴이 요란하게 방망이질쳤다. 오늘 이 자리에서 적비성을 보게 되리라고는 상상도 못했다. 방다병의 무예는 이런 일에 낄 수 있는 수준이 아니었다. 저절로 이연화에게 시선이 옮겨갔다. 이연화라면 이 상황을 원만히 해결할 묘수가 있을까? 하지만 이연화는 전설 속 마귀를 마주친 사람처럼 잔뜩 얼어붙은 채 꼼짝도 하지 않고 적비성을 쳐다보고 있었다.

바로 그때 문 앞 바닥에서 타닥 하는 가벼운 소리가 나는가 싶더니 적비성이 살짝 솟아올라온 푸른 벽돌을 발끝으로 디뎠다. 사람들이 긴장감에 고개를 움츠렸다. 적비성은 초자금을 향해 두 걸음 다가갔다. 몸에 힘이 들어가지 않은 사뿐한 걸음이었다. 이 행동만으로도 잔뜩 긴장한 채 방어하고 있는 초자금을 기선 제압한 것이다. 자신감 없이는 결코 불가능한 행동이었다.

기한불과 백강순은 위험이 닥치면 당장이라도 초자금을 엄호해 후퇴할 태세를 갖추고 전신으로 진력을 보냈다.

적비성이 세번째 걸음을 내디디며 가볍게 팔을 들어 앞으로 휘둘렀다.

이때였다. 방다병 옆에 줄곧 말없이 앉아 있던 방이우가 별안간 탁자를 탁 치며 외쳤다. "백일소전골白日銷戰骨!"

방다병은 화들짝 놀랐다. 가볍게 휘두른 듯 보이는 적비성의 손에서 뜨겁고 맹렬한 장력이 뿜어져나오고 있다는 걸 그제야 알아챈 것이다. 적비성의 유명한 필살기였다. 이 기술에 당하면 이레 동안 고열에 시달리다 죽는데, 이 기술을 피해 도망친 사람이 아직 한 명도 없었다.

하객들이 놀라 비명을 질렀지만 초자금은 눈썹을 씰룩이더니 장력을 모아 적비성의 백일소전골에 맞섰다.

방다병이 초자금의 용맹함에 탄복하고 있을 때 펑 하는 큰 소리가 들렸다. 하지만 방다병의 기대와 달리 산이 무너지고 나무가 쏟아져내리며 바람에 돌이 날아오거나 피가 사방으로 낭자하게 튀는 비장한 장면은 펼쳐지지 않았다. 다만 적비성이 탁탁탁 뒤로 세 걸음 물러났을 뿐이다.

지켜보던 사람들 모두 놀라움을 감추지 못했다. 두 사람이 장력을 겨뤄 초자금이 이긴 것이다!

기한불과 백강순은 당혹감에 휩싸였고, 초자금도 얼떨떨한 표정이었다.

적비성이 "휴!" 하고 숨을 내뱉었다. "바닥에 떨어진 나무함은 네 혼례선물이다." 그러고는 바로 몸을 홱 돌려 떠났다.

사람들은 서로 얼굴만 멀뚱히 쳐다보았다. 어찌된 영문인지 몰라 모두 어리둥절했다.

"저 악마가 호의를 베풀 리 없습니다. 나무함 안에 뭐가 들었을까요?"

관하몽의 말에 기한불이 고개를 저었다. "적비성은 사납지만 용맹한 효웅梟雄이라네. 무고한 이들을 무참히 죽이긴 해도 비열한 수는 쓰지 않는 사람이지. 그가 선물이라고 했으니 선물일 거야. 속임수일 리 없어."

관하몽은 더는 아무 말 하지 않았다. 초자금은 이미 취기가 완전히 가시고 정신이 또렷해졌다. 적비성이 자신의 혼례에 찾아온 의도를 짐작할 수 없었다. 상자를 주워 뚜껑을 여니 작은 병 하나가 들어 있었다. 옥처럼 흰 표면에 푸른 꽃이 그려져 있고 '관음수루'라는 네 글자가 작게 쓰여 있었다.

기한불은 그제야 깨달았다. 희릉에 있다던 관음수루를 가져간 자는 적비성이었다. 자취를 감춘 지 십 년 만에 나타난 걸 보면 당시에 큰 부상을 입고 오랜 세월 회복되지 못한 게 분명했다. 이렇게 갑자기 나타난 건 이 약을 먹고 부상이 회복됐기 때문일 것이다. 자신의 무공이 얼마나 회복됐는지 시험하기 위해 초자금을 도발한 것이리라! 방금 전에는 초자금이 이긴 듯했지만 그 악마가 자신의 공력을 얼마나 발휘했는지 알 수 없었다. 어쩌면 약을 먹은 지 얼마 되지 않아 무공이 완전히 회복되지 않았을 수도 있다. 시간이 좀더 지난다면 초자금은 그의 적수가 될 수 없을 것이다.

초자금이 병을 열었다. 텅 비어 있었다. 그저 뚜껑을 뽑는 순간 상쾌한 향이 코를 훅 덮쳤을 뿐이다. 그 냄새만으로도 병 속에 귀하고 신비한 약이 담겼었다는 걸 알 수 있었다. 그런데 적비성은 왜 빈 약병을 그에게 선물로 주었을까? 무슨 의도일까?

기한불이 앞으로 한 걸음 다가가 나직한 목소리로 관음수루에 대해 설명해주었다. 백강순을 비롯한 다른 사람들은 다시 자리로 돌아가 앉았다. 방다병은 속으로 적비성의 풍모를 칭찬하며 '악마'

라고 불리는 그가 생각만큼 극악무도한 건 아닌 듯하다고 생각했다. 다른 사람들은 적비성이 눈 하나 깜짝하지 않고 사람을 죽인다는 소문을 익히 들어왔기에 큰 불상사가 벌어지지 않은 것에 안도했다. 하지만 더이상 음식이 입으로 들어가지 않았다.

연회장에서 한바탕 풍파가 휘몰아치는 동안 신방에서는 다른 일이 일어났다. 교완만이 붉은 두건을 쓰고 방안에 조용히 앉아 있을 때 갑자기 어디선가 미풍이 불어왔다. 야하소축에서 오래 기거한 그녀는 창문이 열렸다는 걸 알았다. 그런데 창문이 열리는 소리는 전혀 듣지 못했다. 그녀의 무공이 비록 일류라고는 할 수 없지만 일류와 이류 사이쯤은 되었다. 그런데도 가까이 있는 창문에서 아무 기척도 느끼지 못한 것이다. 그녀가 붉은 두건을 걷어올리자 창밖에서 어떤 얼굴 하나가 그녀를 향해 웃었다. 어둠 속에 울긋불긋하게 떠 있는 그 얼굴은 물감으로 그린 귀신 가면이었다.

교완만이 소스라치게 놀라자 상대가 얼른 귀신 가면을 벗었다. 가면 뒤에서 나타난 아름다운 얼굴에 교완만의 가슴이 철렁 내려앉았다. 세상에 미인은 많지만 창밖에 있는 여자의 미모는 같은 여자인 교완만이 보아도 가슴이 두근거릴 만큼 엄청났다. 다른 미인들은 얼굴이 아름다운 것에 그쳤지만 그녀는 눈동자만 조금 움직여도 흐르는 물에 떠가는 복사꽃을 연상시키고 청초함과 요염함이 미묘하게 어우러져 보는 이의 넋을 빼놓았다.

바로 각려초였다. 교완만은 그녀를 십 년 만에 보았다. 각려초도 이제 서른이 넘었을 것이다. 하지만 십 년 전보다 더 아름다웠다. 각려초가 창밖에서 손을 흔들었다. 교완만은 머리에 썼던 붉은 비단을 손에 쥐고 경계했다. 그때 각려초의 붉고 보드라운 입술이 소리 없이 벙긋거렸다. "이.상.이.가. 아.직. 살.아. 있.어……"

교완만의 가슴이 철렁 내려앉았다. "지금 어디 있는데?" 그 순간 입안으로 냉기가 훅 빨려들어왔다. 각려초가 귀신 가면 속에 미세한 암기를 숨겨놓아 교완만이 입을 벌리는 순간 암기가 입속으로 훅 빨려들어간 것이다. 암기는 입에 들어가자마자 녹아버려 뱉어낼 수도 없었다. 교완만은 순식간에 눈앞이 깜깜해져 그대로 앞으로 고꾸라졌다.

창밖에 있는 여자의 입가에 웃음이 번졌다. 누구라도 그 웃음을 보았다면 그녀의 석류빛 붉은 치마 위로 쓰러지지 않을 수 없을 것이다. 그녀가 손가락을 튕기자 붉은 편지가 창 안으로 날아들어 침대 머리맡의 베개 아래에 꽂혔다. 각려초는 몸을 휙 돌려 어디론가 사라졌다.

널찍한 신방에 침대와 의자가 텅 비고 붉은 신부복의 옷자락과 그 옆에 떨어진 붉은 머리쓰개만 밤바람에 가늘게 팔락였다.

3. 하늘도 허락하였는데,
어찌 한 쌍의 원앙으로 백년해로하지 못하는가

정원에 모인 사람들은 주흥이 깨져 다들 술잔을 내려놓고 적비성이 온 이유를 추측하느라 설왕설래했다. 관하몽은 불안을 떨치지 못했고, 방다병도 내심 의아했다. 적비성이 이런 소동을 일으켰는데도 소소용의 모습은 보이지 않았다. 정말로 변고가 생긴 걸까? 하지만 야하소축에서 무슨 일이 일어날 수 있단 말인가? 축하연은 예정보다 일찍 끝났다. 초자금이 밖에서 하객들을 배웅했다. 얼마 지나지 않아 야하소축에는 그와 친한 벗들을 포함해 열 명 남짓 남았다. 방다병은 방이우에게서 벗어나 관하몽과 함께 소소용을 찾으러 돌아다녔다. 방이우는 손자를 내버려두고 이연화를 부르며 다가갔다.

일곱번째 탁자에 멍하니 앉아 있던 이연화는 갑작스러운 부름에 어리둥절한 얼굴로 돌아보았다. 방이우가 물었다. "자네 이름이 무엇인가? 생년월일시는 언제이고?"

"아. 저는 성은 이가이고, 이름은 연화입니다…… 무자년 칠월 초이레 자시子時에 태어났습니다."

"음." 방이우는 아예 이연화 옆에 자리를 잡고 앉았다. "양친은 누구신가? 집에 재산은 있는가?"

이연화가 겸연쩍은 얼굴로 말했다. "일찍이 양친을 모두 여의고 이연봉이라는 쌍둥이 형제와도 오래전에 헤어졌습니다. 조강지처와……"

여기까지 들은 방이우의 미간이 구겨졌지만 이연화는 모르는 척 계속 말을 이었다. "첩이 한 명 있사온데, 집이 가난하고 역병이 돌아 처와 첩이 모두 오래전에 죽었습니다."

"천하의 신의인데 어찌하여 처첩이 역병으로 죽었는고?"

이연화가 진지한 표정으로 말했다. "조강지처를 역병으로 잃고 난 뒤부터 공부를 시작해 십 년간 각고의 노력으로 의술을 쌓았습니다."

방이우는 감정을 읽어낼 수 없는 무표정한 얼굴로 이연화를 위아래로 훑어보았다. "고향은 어디인가? 고향의 특산물은 무엇이고?"

이연화는 물 흐르듯 대답했다. "고향은 묘강苗疆의 사모산思毛山이옵고, 특산물은 독성이 있는 목서木薯*입니다. 물에 담가두었다 익혀 먹으면 무척 맛있습니다."

방이우가 살짝 놀란 기색을 보이며 물었다. "죽은 사람을 살려내는 의술이 묘강의 의술이었나?"

이연화가 고개를 끄덕였다. "사모산에 기이한 풀이 자라는데 열매가 부드러운 털로 덮여 있고 씨앗이 백삼십 개 들어 있습니다. 노르스름한 빛을 띠는 초록색 줄기에 잎은 단 두 장만 달려 있습니다. 씨앗에는 반 치쯤 되는 털이 나 있고 줄기를 꺾으면 피처럼 붉은 즙이 흘러나옵니다……"

방이우는 잠시 생각에 잠겼다. 처음에는 이연화가 거짓말을 하고 있다고 생각했지만 듣다보니 반신반의하게 되었다. 만약 이연화가 정말로 척박한 묘강에서 태어나 자랐고 처첩이 있었다면 하효봉이 아무리 그를 마음에 두고 있다 해도 방씨 가문에서 그와의 혼인을 허락할 리 없었다.

그때였다. 방다병이 곁채에서 헐레벌떡 달려나오며 소리쳤다. "얼어죽을 이연화! 빨리 와봐! 소 낭자가 크게 다쳤어……"

---

* 대극과의 낙엽 관목인 카사바.

방다병의 말이 끝나기도 전에 초자금이 한 사람을 안아 들고 신방에서 급하게 나오더니 핏기가 하나도 없는 얼굴로 목소리를 떨며 말했다. "완만이…… 각려초의 맹독에 중독됐소……"

방다병이 눈을 휘둥그레 뜨며 뒷말을 삼키고는 정신을 잃은 교완만을 보고 경악했다.

소소용이 다쳤다는 말에 놀랐던 사람들은 초자금이 교완만을 안고 나오자 더더욱 놀랐다.

누군가 격분해서 외쳤다. "이제야 알겠어! 적비성 그 악랄한 놈이 왜 불쑥 나타났다 사라졌는지. 성동격서였던 거지! 사람들의 주의를 다른 데로 돌려놓고 요녀 각려초를 시켜 뒷방의 두 여인을 해치게 한 거야!"

하지만 조금이라도 생각이 있는 사람이라면 의문을 품었을 것이다. 각려초가 교완만에게 독을 쓴 건 충분히 있을 수 있는 일이지만, 무슨 연유로 소소용에게는 상처만 입혔을까? 각려초의 성정과 무공이라면 소소용쯤은 백 명이라도 손가락 튕기듯 쉽게 죽일 텐데 말이다.

이연화도 몹시 놀라 교완만을 안고 자신을 향해 다가오는 초자금을 쳐다보기만 했다. 얼굴이 새하얗게 질린 초자금이 오른손으로 이연화를 와락 낚아채듯 잡고는 낮게 깔린 음성으로 말했다. "이리 오시오!"

이연화의 입에서 "어!" 하는 소리가 비명처럼 튀어나왔다. 초자금은 무예의 고수가 아닌가. 그의 손에 붙잡히면 천하의 적비성이라도 쉽게 빠져나갈 수 없을 것이다. 이연화보다 덩치가 훨씬 큰 초자금이 멱살을 잡아채자 발이 바닥에서 붕 떠올랐다. 초자금은 이연화를 끌고 제일 가까운 곁채로 성큼성큼 걸어갔다.

초 대협이 신의를 끌고 가는 동안 사람들은 그저 입을 떡 벌린 채 보고만 있었다. 잠시 후 곁채의 문이 쾅 닫히고 이연화와 초자금, 그리고 정신을 잃은 교완만의 모습이 모두의 시야에서 사라졌다.

방다병이 참지 못하고 곁채로 달려갔지만 문 앞에서 무언가 푹신한 벽에 부딪혀 튕겨져나와 세 걸음 뒤로 물러났다. 어느새 달려온 백강순이 문 앞에 버티고 서 있는 걸 보고 방다병의 안색이 조금 변했다. 백강순은 서양배처럼 투실투실한 몸집에 체구가 무척 컸지만 경공에 능해 소리 없이 빠르게 달려가 문 앞을 막을 수 있었다. 백강순이 말했다. "여기서 기다리시죠."

방다병이 백강순에게 부딪힌 콧잔등을 문질렀다. "하지만 소 낭자도……"

기한불이 냉랭한 투로 말을 잘랐다. "거긴 관하몽이 있소."

석수가 기이한 눈빛으로 곁채의 꼭 닫힌 문을 응시했다. 그의 입가가 웃는 듯 마는 듯 미세하게 위로 올라갔다. 걱정하는 것인지 몰래 쾌재를 부르는 것인지 분간할 수 없었다.

한편 곁채 안에서는 이연화를 끌고 들어간 초자금이 왼팔로 교완만을 침대에 조심스레 눕혔다. 그러면서도 이연화의 멱살을 잡아쥔 오른손은 힘을 풀지 않았다. 초자금의 얼굴이 백지장처럼 새하얬고 눈빛은 터질 듯 이글거렸다. 초자금이 무서운 눈빛으로 이연화를 노려보며 간신히 억누른 목소리로 말했다. "네가 어떻게 이 자리에 있는지는 상관없다. 완만을 반드시 살려내! 무슨 일이 있어도 살려내야 해! 제발…… 부탁이야……"

이연화는 눈만 커다랗게 뜬 채 말을 잇지 못했다. "그게……"

초자금이 다른 한 손을 들어 이연화의 목을 움켜쥐고는 꽉 잠긴 목소리로 천천히 말했다. "상이…… 제발…… 완만을 살려줘……"

"사람을 잘못 보셨……"

이연화의 목을 움켜쥔 초자금의 손에 더욱 힘이 들어갔고, 눈동자에는 고통이 차올랐다. "시치미떼도 소용없어. 네가 어떻게 변하든 내가 널 못 알아볼 것 같아? 어서 완만을 살려내! 양주만 외에는 이 세상 그 무엇으로도…… 살릴 수 없어……"

숨통이 조여 창백해진 이연화는 체념한 듯 눈빛이 어두워졌다. 이연화가 탄식하며 말했다. "살리지 않겠다고 한 적 없어요. 먼저 날 좀 놓아주세요."

이연화의 말에 초자금은 잠시 멍하니 있다 그의 목을 쥐었던 손을 천천히 풀고 떨리는 목소리로 말했다. "살아 돌아온 널 탓하는 건 결코 아니다……"

이연화가 빙그레 웃었다. "나도 알아요." 그러고는 초자금의 어깨를 두드렸다. "두 사람이 혼인하게 돼서 나도 기뻐요. 진심이에요."

초자금의 눈동자에 복잡하고도 고통스러운 빛이 일렁였다. 그가 부상당한 야수처럼 낮게 울부짖었다. "어서…… 완만을 구해줘……"

이연화가 교완만 옆으로 가 앉아 그녀의 머리카락을 가볍게 쓰다듬었다. 초자금이 품에서 심하게 구겨진 종이를 꺼내 천천히 교완만의 머리맡에 내려놓았다. 초자금과 교완만의 혼인을 알리는 새빨간 희첩이었다. 그 위에 몇 글자가 쓰여 있었다. '빙중선氷中蟬은 눈과 서리처럼 차다. 이 독은 양주만으로 푼다.'

'빙중선'은 천하의 맹독 중 스물여덟번째로, 입에 들어가면 한기가 느껴지기 때문에 쉽게 알아차릴 수 있다. 그러므로 특별히 위험하지도 않고 이 독을 쓰는 사람도 많지 않다. 빙중선이 입에 들어갔을 때 입안에 상처가 없다면 즉시 물로 입을 헹궈내면 문제가 없지만, 입안에 상처가 있거나 잘못해서 독을 삼키면 맹독이 혈액을 통해 위장까지 들어가 반 시진 내에 내장을 모두 얼려 사람을 동사시켜버린다. 해독하려면 한기를 밀어내고 온기를 불어넣어야 하지만 한기를 밀어내는 약물의 효과가 나타나 몸이 따뜻해지기도 전에 동사해버려 치료하기가 힘들다. 유일한 방법은 고수가 순수한 내력을 오장육부에 불어넣어 환자를 대신해 독성에 저항하게 하는 것이다. 빙중선의 약성이 사라질 때까지 버텨준다면 환자는 목숨을 구할 수 있고, 그후로는 평생 추위를 타지 않으므로 전화위복이라고도 할 수 있다. 그런데 천하의 내공심법 중 가장 순수하고 조화로운 것이 양주만이다. 한기에 저항하는 내력에 난폭한 기운이 아주 조금이라도 섞여 있으면 꽁꽁 얼어 약해질 대로 약해진 내장에 부상을 입혀 환자가 급사하게 된다.

교완만의 얼굴은 아직 혈색이 남아 있고 신부 화장도 그대로여서 단정하고 우아한 모습으로 잠들어 있는 것처럼 보였다. 하지만 그녀의 피부를 살짝 건드리기만 해도 피부를 뚫고 스며나오는 한

기를 느낄 수 있었고, 오래 만지고 있으면 그 한기에 몸서리가 쳐질 터였다.

이연화는 그 붉은 희첩에 적힌 수려한 필체를 들여다보았다. 흘려 썼지만 왠지 모르게 나긋나긋하면서 아름다운 자태가 연상됐다. 이연화가 한숨을 내쉬었다. "각 방주가 많이 고심했군……" 그의 말이 끝나기도 전에 초자금은 각려초가 교완만에게 독을 쓴 이유를 깨달았다. 이상이가 아직 살아 있는지 확인하기 위해서였다. 만약 교완만이 빙중선에 중독되고도 살아난다면 이상이가 아직 살아 있다는 뜻이고, 이상이가 살아 있다 해도 교완만을 완치시키려고 양주만을 쓰는 동안 원기가 크게 상해 오랫동안 회복하지 못할 것이므로 결코 적비성의 적수가 될 수 없을 터였다.

갑자기 굳어버린 초자금의 얼굴을 보고 이연화가 옅은 미소를 지었다. "지난 십 년 사이 의학 기서를 한 권 얻었는데 각종 병의 치료법이 적혀 있었어요. 빙중선을 해독하는 방법은 붉은 노른자가 든 달걀 세 개, 한겨울에 핀 매화 예순 송이, 내린 지 열흘이 지나지 않은 눈 석 되, 꿀 한 되, 오색 깃털을 가진 수탉 한 마리, 독한 술 다섯 되를 센 불에 달여 한 사발 마시는 것이에요. 내력을 쓸 필요가 없어요."

초자금이 낮게 가라앉은 목소리로 말했다. "구하기 쉬운 것들이군. 내가 구해오지."

그러고는 문을 열자마자 순식간에 자취를 감추었다. 적을 상대할 때보다 더 빠른 경공법이었다. 이연화는 한숨을 내쉬며 조금 후회했다. 그의 무공이 이토록 놀랍게 성장했다는 걸 알았다면 붉은 쌍노른자가 든 달걀 한 근, 한겨울에 핀 금잔화와 흰 매화 육백 예순여섯 송이, 천산설련天山雪蓮*의 꿀 한 되, 다리 네 개 달린 수탉 한 마리, 황제에게 진상되는 술 한 동이가 필요하다고 했을 것이다. 이연화는 서둘러 교완만을 부축해 일으킨 뒤 눈을 감고 그녀의 등을 통해 양주만의 순수한 내력을 불어넣었다. 그의 내력이 순식간에 교완만의 전신 경맥으로 퍼져나가 그녀를 대신해 한기에 저항할 것이다.

그는 정말로 십 년 전 바다에 빠져 실종된 사고문 문주 이상이였다. 다만 십 년 세월이 그의 몸에 남긴 흔적이 그 누구보다 많을 뿐이었다. 그해에…… 그는 그저 어린애였다…… 지금 그의 몸에는 적비성이 최신장摧神掌**으로 남긴 상처가 있어서 앞으로 이 년 후면 이성을 잃고 미치광이가 될 것이다. 그의 무공도 이미 팔할 가까이 사라졌다. 진력을 남용하면 실성하는 시기가 앞당겨질 것이다. 처지가 이러한데 옛 연인과 친한 벗의 혼인이 비통하겠는가? 비통할 수 있겠는가…… 이연화가 미소를 지었다. 그는 더 이상 어린애가 아니었다. 슬픔의 이면에 감춰진 기쁨을 볼 수 있었다. 세상에는 보이는 것만큼 나쁘지 않은 일도 있었다. 그녀에겐 이상이와 혼인하는 것보다 초자금과 혼인하는 것이 훨씬 더 좋은 일이었다. 이상이는 이미 공력을 팔 할 가까이 잃었다. 초자금이 곁에서 그를 지켜본다면 금방 눈치챌 수 있을 것이다. 각려초는

* 곤륜산의 비탈에서만 자라는 약용식물.

** 상대의 정신을 상하게 만드는 무공.

이상이의 공력이 감퇴되기를 바라는 것이 아니다. 그녀가 원하는 건 이상이가 미쳐버리는 것이다…… 이런 끔찍한 사실을 오늘 혼인하는 사람들이 알게 할 수는 없었다. 이연화가 천천히 기를 불어넣자 교완만의 몸속에 있던 한독寒毒이 조금씩 누그러졌다. 방안이 적막에 감싸였다.

다른 객채에서는 관하몽이 충격과 분노가 뒤섞인 얼굴로 혼수상태의 소소용을 내려다보고 있었다. 소소용은 교완만의 규방 옆방에 쓰러져 있었다. 사방 벽에 핏자국이 낭자한 걸로 보아 상대와 오랜 시간 몸싸움을 벌인 듯했다. 바깥은 경사스러운 분위기 속에서 모두 초자금과 교완만의 혼례를 축하하느라 방안에서 무슨 일이 벌어지고 있는지 전혀 알지 못했다. 벽에 난 핏자국은 일정한 방향 없이 어지러웠고, 소소용의 몸에 난 상처도 특이했다. 예리한 흉기에 깊이 찔린 것 같기도 하고, 칼로 난도질당한 것 같기도 한데 몇 군데는 상처가 깊숙이 장기까지 파고든 것으로 짐작됐다. 방다병이 자리를 피할 핑계로 함께 소소용을 찾으러 다니지 않았더라면 그녀는 싸늘한 시신으로 발견됐을 것이다.

간신히 숨만 붙어 있는 소소용을 내려다보며 관하몽의 미간이 잔뜩 일그러지고 두 손이 가늘게 떨렸다. 어떻게 치료해야 할지 관하몽이 고민에 빠져 있는 동안, 그의 뒤를 따라 들어온 백강순 등 몇 사람은 벽에 남은 핏자국을 살펴보고 있었다. 그들도 도무지 이해할 수 없다는 표정이었다.

이 방은 가로세로 두 장 정도 되는 정방형이었는데 사방 벽에 가로 또는 세로로 곧게 핏자국이 나 있고, 바닥에는 이미 검붉게 변색된 핏자국이 넓게 번져 있었다. 소소용이 흘린 피인 듯했다. 그 외에 다른 혈흔은 발견되지 않았다. 탁자와 의자는 쓰러져 나뒹굴었고, 침대 위에 있어야 할 이불과 베개도 바닥에 널브러져 있었다. 격렬한 몸싸움이 벌어졌음을 증명하는 것들이었다.

소소용의 상처는 자세히 살펴볼수록 더 경악스러웠다. 칼에 찔린 상처들은 작지만 아주 깊고, 또다른 예리한 흉기에 찔린 상처도 아주 깊었다. 두 가지 흉기가 모두 아주 조금만 더 길었다면 심장과 폐를 찔러 그녀는 진즉 숨을 거뒀을 것이다. 가장 끔찍한 건 가슴과 뺨에 있는 상처였다. 가슴을 두 차례 찔렸는데 두 번 모두 늑골이 부러졌다. 심장과 폐를 찔리지 않은 게 천만다행이었다. 뺨에 난 상처는 왼쪽 뺨을 뚫고 들어간 흉기가 목까지 관통한 것이었다. 상처가 무척 심각했다. 범인은 잔인하고 악랄했다. 그녀를 죽이고야 말겠다는 의도가 분명했다. 초자금과 교완만의 혼례가 진행되는 사이에 이렇게 잔혹하게 살인을 저지르려 했다니. 소소용은 나이도 어리고 강호에서 이름이 알려진 인물도 아닌데, 대체 누가 이 아가씨를 죽이려 했을까?

백강순은 덩치는 커다랗지만 세심한 성격이었다. 그는 중상을 입은 소소용의 모습에서 어딘가 이상하다는 걸 느꼈다. 분명히 뭔가가 몹시 신경에 거슬렸지만, 그게 뭔지는 아무리 생각해도 떠오르지 않았다.

관하몽은 백강순이 미간을 구긴 채 아무 말도 하지 않는 것을 보고 그가 소소용에게 관심이 없다고 오해하고는 속으로 몹시 화가 났다. 오만한 불피백석이 평범한 사람의 죽음을 하찮게 여긴다고 생각한 관하몽은 소소용의 상처를 세게 눌러 지혈한 뒤 그녀를 번쩍 들어 안고 성큼성큼 밖으로 나갔다.

백강순은 이 꺼림칙한 기분이 무엇 때문인지 곰곰이 생각하다 갑자기 관하몽이 소소용을 안고 밖으로 나가자 영문을 모르고 당황했다.

옆에 있던 석수가 몸을 틀어 관하몽이 나갈 수 있게 길을 터주고는 그가 나간 뒤 음침한 목소리로 말했다. "크, 사람을 처음 죽여본 모양이네요."

백강순이 말했다. "소 낭자도 이런 공격은 처음 받아본 것 같군."

"사람을 처음 죽이는 거라 어떻게 베어야 단칼에 죽일 수 있는지 몰라 이렇게 많은 피를 흘리게 한 거라고요."

"무공 실력도 형편없어. 넷째 네가 한 수 가르쳐줘야겠다."

소소용을 안고 밖으로 나간 관하몽은 그제야 교완만도 독에 중독돼 혼수상태에 빠졌다는 걸 알았다. 손님들이 뿔뿔이 떠나고 남은 사람들 중 대부분이 교완만의 부상에만 관심을 가졌다. 그걸 보고 관하몽은 더욱 분노했다. 소소용을 죽이려 한 사람이 틀림없이 하객들 속에 섞여 있으리라 짐작했지만 그게 누군지 알 수 없었고 이미 도망쳤을 듯했다. 그는 소소용의 생사에 아무도 관심이 없는 걸 보고 숨을 한번 몰아쉰 뒤 그녀를 품에 감싸안고는 경공으로 훌쩍 몸을 돌려 야하소축을 떠났다.

방다병은 그가 나오는 걸 보고 알은척을 하려 했지만 그가 어두운 표정으로 소소용을 안고 밖으로 휙 나가버리자 강호의 소협치고 발이 제법 빠른 것 같다고 혼자 중얼거렸다.

한편, 초자금이 방에서 나온 뒤에도 이연화와 교완만이 여전히 방안에서 나오지 않자, 사람들은 신의 이연화가 과연 교완만도 살릴 수 있을 것인지 기대하며 객방의 문을 뚫어져라 주시했다.

얼마 지나지 않아 문이 삐그덕 열리고 이연화가 나오더니 몸을 돌려 문을 닫았다.

방다병이 냉큼 물었다. "어떻게 됐어?"

"음." 이연화는 잠시 뜸을 들였다. "몸에 퍼진 빙중산 독은……"

모두들 기다렸지만 한참을 기다려도 그의 뒷말은 이어지지 않았다. 오히려 이연화가 이상하다는 표정으로 사람들에게 물었다. "소 낭자도 다쳤다고 하던데요?"

사람들이 고개를 끄덕였다.

"소 낭자는 어디 있나요?"

사람들이 고개를 저었다.

방다병이 말했다. "얼어죽을 이연화, 소 낭자가 피투성이가 된 채 교 낭자의 규방 옆방에서 발견됐어. 교 낭자는? 어떻게 됐냐니까?"

이연화가 말했다. "몸에 퍼진 빙중산 독은……"

방다병이 짜증 섞인 투로 말했다. "교 낭자 몸에 빙중산 독이 퍼진 건 나도 알아. 그래서? 그래서 어떻게 됐어?"

이연화가 한숨을 내쉬었다. "교 낭자의 몸에 퍼진 빙중산 독은……" 이연화가 똑같은 말을 또 반복하자 방다병은 미쳐버릴 것 같았다. 다행히 이번에는 곧바로 다음 말이 이어졌다. "이상이,

적비성, 소림 방장, 무당파 장문 같은 기인을 데려다 기를 불어넣어달라고 할 수 없다면, 유일한 방법은 교 낭자와 가장 가깝고 가장 사랑하는 사람이 첫날밤을 치르는 거야. 그래야만 해독이 될 거야."

뜻밖의 얘기에 모두들 어리둥절했다. 그거라면 어렵지 않았다. 그녀가 독에 중독되지 않았더라도 오늘 첫날밤을 치르는 건 당연한 일이었다. 그런데 신랑은 어디로 간 걸까?

이연화는 이 '해독 비법'을 말한 뒤 방다병의 얼굴에 가득 차오른 불신의 표정을 못 본 척하며 진지한 얼굴로 물었다. "소 낭자는 어딜 다쳤어?"

방다병이 산밑을 가리켰다. "잘 모르겠어. 관 대협이 소 낭자를 안고 산을 내려갔어."

이연화가 빙그레 웃었다. "내려가볼게."

그러고는 두 손을 모아 사람들에게 인사를 한 뒤 곧바로 산을 내려갔다.

방다병이 미처 따라갈 틈도 없었다. 그는 뭔가 이상하다고 생각했다. 이연화가 교완만을 치료하다 죽이고는 일부러 신비로운 척하며 줄행랑치는 건 아닐까? 평소에 달팽이처럼 굼뜬 이연화가 저렇게 빨리 가버리는 걸 보면 뭔가 꿍꿍이가 있는 게 분명했다!

사람들이 설왕설래하고 있을 때 초자금이 돌아왔다. 그의 뒤로 몇 사람이 따라 들어왔다. 한 사람은 매화나무 반 그루를 들고 있고, 또 한 사람은 커다란 수탉을 안고 있고, 또 한 사람은 큰 항아리 두 개를 양팔로 안고 있었다. 말수가 적고 일처리가 진중한 초자금이 난데없이 신기하고 이상한 것들을 가져오자, 사람들은 코끝에 감도는 술향기를 느끼며 그의 분노가 극에 달해 실성해버린 건 아닐까 의심했다…… 그들은 초자금이 젊은 시절에는 성정이 급하고 거칠며 사치스럽고 오만했다는 사실을 모르고 있었다. 그는 본래 이성적인 성격이 아니었다. 이연화가 터무니없는 헛소리를 지껄였음에도, 너무 다급한 나머지 그 말을 굳게 믿을 정도였다.

삐그덕. 초자금은 문을 열었다가 깜짝 놀랐다. 이연화는 보이지 않고, 교완만이 숨을 고르게 쉬며 침대에 반듯하게 누워 있었다. 조금 전까지만 해도 그녀의 온몸이 얼어 있었다는 걸 믿을 수 없었다. 초자금은 손을 들어 꽃과 수탉 등을 안고 뒤를 따르는 이들에게 들어오지 말라는 표시를 한 뒤 가볍게 문을 닫았다. 그러고는 침대 앞으로 다가가 그녀의 이마에 손을 짚어보았다…… 혈도를 짚여 금방 깨어나지는 않겠지만 손에 닿는 그녀의 살갗이 따뜻했다. 빙중선이 해독된 것이다.

그 순간 초자금은 깨달았다. 다른 해독 비법이 있다고 했던 건 자신을 내보내려는 핑계였다. 그런데 이연화는 왜 그녀를 치료할 때 초자금이 옆에 있는 걸 원치 않았을까? 설마 그가…… 설마 그가 완만에게…… 초자금은 침대 옆에 우두커니 서 있다 주먹을 불끈 쥐었다. 한참 뒤 그의 눈동자에 한 가닥 증오가 스쳤다.

네가 정말 죽었더라면 얼마나 좋았을까?

산을 반쯤 내려가고 있던 이연화가 갑자기 재채기를 했다. "에

춰…… 누가 내 욕을 하고 있나?" 이연화는 걸음을 멈추고 몸을 돌려 야하소축을 올려다보며 가만히 한숨을 내쉬었다.

그때 누군가의 싸늘한 목소리가 들렸다. "켕기는 짓을 하지 않았다면 누가 날 욕할까봐 두려워할 필요가 없지 않습니까."

이연화가 소스라치게 놀라 뒤를 돌아보니 그리 멀지 않은 풀숲에 남자 하나와 여자 하나가 있었다. 여자는 풀밭에 누워 있고, 풀밭에서 무언가를 찾다가 허리를 펴고 일어나는 남자는 관하몽이었다.

이연화가 미안한 표정으로 말했다. "두 사람이 여기 있는 줄 몰랐군. 아까는 배웅을 못해서 미안하네……"

관하몽의 낯빛이 붉으락푸르락했다. "의매가 피를 많이 흘려 산 밑에 내려갈 때까지 버티지 못할 것 같습니다. 물을 좀 먹여야 할 것 같은데 혹시 물병 있습니까?"

"아. 내가 소 낭자의 상처를 좀 봐도 되겠나?"

이연화는 그렇게 말하고는 허리를 굽혀 수풀을 뚫고 풀밭으로 갔다. 바닥에 누워 있는 소소용을 보자마자 이연화는 깜짝 놀랐다…… 소소용의 몸에 난 상처들이 무척 기이했다. 이연화가 품 안에서 양피 물주머니를 꺼내 관하몽에게 건넸다. "여기 물이 있네. 이상하군. 무엇에 찔린 거지?"

관하몽은 물병을 받은 뒤 소소용의 상체를 일으켜 물주머니를 그녀의 입가에 가져다대고 물을 먹이며 굳은 투로 말했다. "칼과 송곳인 것 같습니다."

이연화가 소소용의 가슴 네 곳의 혈도를 짚었다. "아미자蛾眉刺*

일 수도 있지."

관하몽의 낯빛이 점점 어두워졌다. "관동원앙철혜關東鴛鴦鐵鞋**도 신발코에 칼이 달렸고, 서북쌍인모西北雙刃矛***일 수도 있습니다."

이연화가 헛웃음을 웃었다. "원앙철혜나 쌍인모였다면 소 낭자는 이미…… 하하……"

그 말에 관하몽은 흠칫 놀랐다. 원앙철혜나 쌍인모였다면 소소용은 이미 저세상 사람이었을 것이다. 지금까지 살아 있을 수 없다. 이연화가 말을 이었다. "소 낭자를 이 지경으로 만들어놓은 건 두 가지 가능성이 있어. 상대가 소 낭자보다 무공이 서툴거나, 사람을 죽지도 살지도 못할 극도의 고통에 빠뜨리는 걸 즐기는 특이한 성격의 소유자이거나."

관하몽은 놀라 아무 말도 하지 못했다.

"자기 실력에 자신이 있다면 사람을 이렇게 피투성이가 되도록 만들지 않을뿐더러, 심지어 이 지경을 만들어놓고 목숨이 붙어 있도록 두지는 않지."

관하몽이 침착함을 되찾았다. "오늘 혼례에 참석한 사람들 중에 의매보다 무술이 서툰 사람은 많지 않았습니다."

이연화가 미소를 지었다. "오늘 어떤 사람들이 왔는지는 초 대협에게 물어보면 알겠지."

소소용은 물을 마시고 안색이 조금 돌아왔다. 이연화와 관하몽

---

* 반지처럼 생긴 고리에 손가락을 넣어 사용하는 침 모양의 무기.

** '철혜'는 쇠로 만든 신발.

*** '쌍인모'는 양쪽 끝에 날이 달린 창.

이 그녀를 안고 소청봉 아래 무림객잔으로 돌아가 상처를 치료했다. 부상이 심했지만 다행히 흉기가 그렇게까지 길지는 않아 내장까지 침범하지는 않았다. 외상이 심한 곳에는 관하몽이 지닌 금창약을 발라 응급처치를 한 덕분에 소소용의 목숨을 살릴 수 있었다. 그녀가 깨어나면 누가 그녀를 그렇게 만들었는지 알 수 있을 것이다. 관하몽은 조바심이 났지만 마음이 많이 진정됐다.

이연화는 밤늦도록 관하몽 대신 약을 달이고 다 쓴 붕대와 침을 정리하고 탁자와 바닥을 닦았다. 관하몽은 넋이 나간 채 혼수상태에 빠진 소소용을 쳐다보기만 했다. 그의 눈가가 거무죽죽해지며 초췌한 빛이 내려앉았다. 그가 소소용에게 얼마나 애틋한 마음을 품고 있는지 알 수 있었다.

이연화와 관하몽은 그날 밤을 뜬눈으로 지새웠다. 다음날 아침 강혜하, 양송, 용부첩, 양수홍 등도 야하소축에서 내려왔다. 그들은 어제 교완만이 중독된 사건에 대해 얘기하다 소소용을 공격한 것도 동일한 사람의 소행일 거라 추측했다. 소소용이 깨어나 그녀와 격투를 벌인 자가 누구인지 말한다면 교완만과 초자금의 불행을 바라는 사람이 누구인지도 밝혀질 거라 생각했다.

하지만 소소용은 계속 고열에 시달리며 깨어나지 못했다. 관하몽이 날마다 정성껏 약을 달여 먹였다. 시간을 조금도 어기지 않고 매일 유시酉時에 약을 달여 술시戌時에 먹였다. 그렇게 시간이 흘러 어느새 초자금과 교완만이 혼인한 지 나흘째가 되었다.

4. 석양은 말이 없네

이연화가 야하소축을 떠나고 얼마 되지 않아 방다병도 다른 핑계를 대고 빠져나왔다. 그날 이연화가 산허리쯤에서 소소용을 만나 물을 나눠주고 있을 때 방다병은 이미 무림객잔에 돌아와 있었다. 관하몽, 소소용, 이연화를 찾지 못한 방다병이 객잔 주인에게 항의하다 실랑이가 벌어졌는데, 때마침 그들 세 사람이 객잔으로 돌아왔다. 그들이 조금만 늦게 왔더라면 객잔 주인은 방다병의 다그침에 못 이겨 자신이 각력교脚力喬라는 허드렛일꾼과 한패라고 거짓 자백을 했을 것이다.

교완만과 초자금이 혼례를 올린 지 나흘째 되는 날이었다. 소소용이 중상을 입었다는 소식을 들은 교완만과 초자금도 병문안을 다녀갔다. 그런데 갓 혼인한 부부의 안색이 어쩐지 조금 창백해 보이고 표정도 그다지 좋지 않았다. 두 사람은 뭐가 그리 바쁜지 갖가지 귀한 약재들을 건네고는 곧 돌아갔다. 무거운 근심을 안은 사람들처럼 보였다.

방다병은 생각할수록 의아했다. 왼쪽 옆방에 있는 관하몽은 아직 혼수상태에서 깨어나지 못한 의매 걱정에 시신처럼 초췌해진데다 가슴은 터질 듯한 분노로 가득차 있었고, 오른쪽 방에 있는 이연화는 며칠째 몸이 불편하다며 온종일 방에 틀어박혀 잠만 잤다. 무료함을 견디다 못한 방다병은 양수홍의 방에 놀러갔다. 원래는 노름이나 하며 시간을 때울 요량이었지만 양수홍이 연구聯句*를 하자고 해 잠시 망설이다 하는 수 없이 "그럽시다"라고 했다. 그렇게 해서 방다병은 하품을 해대며 문무를 겸비한 강호의 준걸 두 사람과 연구를 하게 되었다. "매화 한 송이 피었구나. 한 송이 만개하니 또 한 송이 피어나네." "따뜻한 옷과 향기 가슴에 한껏 품고, 느꺼워 넋을 잃고 남몰래 나삼羅衫 끈을 푸네." "홍안紅顔은 아직 늙지 않았는데 은총은 끊어져, 이제 낭군은 낯선 이가 되었네." 절묘한 문장이 끝없이 이어졌다. 방다병은 머리가 어질어질하고 눈이 침침해 속으로 살려달라고 애걸했지만, 다른 둘은 시흥을 주체하지 못하고 마치 평생 시를 짓지 못해 한이라도 맺힌 사람들처럼 시구를 쏟아냈다. 그렇게 사흘째 되던 날 삼경 무렵 방다병은 두 손을 모아 읍하며 "저는 졸려서 이만"이라고 말하고는 뒤도 돌아보지 않고 밖으로 나갔다. 남은 사람이 어떤 말로 붙잡아도 돌아오지 않을 기세였다.

양수홍이나 양송처럼 초자금과 교완만의 혼례가 끝난 뒤에도 편주에 머무르는 강호의 청년들이 많았다. 무림의 쟁쟁한 협객들이 아직 떠나지 않았기 때문이기도 하고, 적비성과 각려초가 또다시 나타나지 않을까 하는 기대감 때문이기도 했다. 말하자면 그들은 흥미로운 구경거리를 기다리고 있었다. 반면 방다병은 조부 방이우가 먼저 돌아갔기에 여기서 며칠 더 놀다가 가기로 했다. 게다가 어젯밤 연구를 하고 나서는 따분함을 견디지 못하고 소교주점으로 달려가 한바탕 취하도록 마신 뒤 오늘 해가 중천에 떠서야 객잔으로 돌아왔다. 이연화는 그때까지도 방에 틀어박혀 나오지 않

* 여러 사람이 한 구씩 이어가며 시를 짓는 것.

고 있었다.

“얼어죽을 이연화, 이연화, 밥 먹자……” 방다병이 이연화의 방문을 두드렸다. 이연화는 내내 잠만 자고 있었다. 계속 저렇게 누워 있다가는 온몸에 곰팡이가 필지도 모른다는 생각에 방다병은 벌컥 문을 열고 이연화의 방으로 쳐들어갔다.

“이연……” 방다병이 걸음을 우뚝 멈췄다. “이연화? 야! 이연화?”

이연화는 이불을 끌어안은 채 침대에 앉아 있었다. 그의 검은 눈동자가 초점을 잃고 망연히 문을 향하고 있었다. 이연화가 멍하니 있는 건 예전에도 본 적이 있지만…… 이런 적은 없었다.

이렇게 죽은 사람처럼 공허한 눈빛은 처음이었다.

방다병은 그 눈빛을 보는 순간 서늘한 한기를 뒤집어쓴 것 같았다. 어떻게 저런 눈빛을 할 수 있을까…… 마치 사람을 잡아먹는 악귀가 이연화의 몸속으로 들어가 그의 눈을 통해 자신을 노려보고 있는 것 같은 착각이 들 정도였다.

“어이! 이연화!” 방다병은 온몸의 털이 쭈뼛 섰다.

이연화는 아무 반응도 하지 않고 눈도 한번 깜빡이지 않은 채 음침한 시선을 문에 고정시키고 있었다.

방다병이 놀라서 얼른 다가가 그를 흔들었다. “이연화?”

“어……” 이연화가 몸을 부르르 떨며 그에게로 시선을 옮겼다. “넌…… 넌……” 그러고는 눈을 몇 번 깜빡이더니 이내 미소를 지었다. “아, 너구나.”

방다병은 온몸에 돋은 소름이 가라앉지 않았다. 방금 진 이연화는 분명히 그를 알아보지 못했다. "너 왜 그래?"

"나 아무렇지도 않은데?"

방다병은 아무래도 미심쩍었다. "정말 아무렇지 않아?"

"아무렇지 않다니까. 소 낭자는 어때?"

"소 낭자도 아무렇지 않아. 오늘밤엔 깨어나겠지."

"관 대협은?"

"몰라. 궁금하면 가보지 그래. 사흘이나 틀어박혀서 잠만 잤는데 갑갑하지도 않아?"

이연화가 무안한 표정으로 말했다. "갑갑하지." 그러고는 이불 속으로 파고들어가 옷을 갈아입고 천천히 밖으로 나왔다. "소 낭자를 보러 가자."

소소용의 방은 관하몽의 옆방이었다. 두 사람이 관하몽의 방 앞을 지나는데 이연화의 발밑이 미끄덩했다. 발바닥을 들어보니 신발 밑에 검붉은 자국이 묻어 있었다. 이연화가 고개를 갸웃했다. "이게 뭐지……"

방다병도 그 자국을 들여다보았다. 왠지 낯설지 않았다. "꼭 돼지 피…… 같네…… 피?"

이연화와 방다병은 깜짝 놀라 서로를 쳐다보다 거의 동시에 팔을 뻗어 관하몽의 방문을 홱 밀어 열었다.

핏자국이 침대 아래에서부터 구불구불 이어져 있었다. 바닥에 단검 한 자루가 떨어져 있었는데 단검의 날을 따라 피가 문 쪽으로 흘러 문 아래 틈을 통해 밖으로 새어나간 것이었다. 피는 이미 어느 정도 마른 상태였다. 침대 위는 엉망으로 어질러져 있었다. 이

불과 요가 한데 뒤엉켜 있고 그 아래로 어렴풋이 사람의 형상이 드러나 있는데, 이불 위에 칼로 찌른 자국이 십수 개나 있었다. 이불을 뒤집어쓴 사람의 한쪽 팔이 침대 옆으로 늘어져 있고, 그의 팔과 손가락을 따라 흘러내린 피가 바닥에 고여 있었다. 가장 섬뜩한 것은 침대 위에 박힌 긴 화살이었다. 이불과 침대를 관통한 화살촉이 침대 상판 밑으로 비죽 나와 있고, 화살촉 아래 바닥에도 떨어진 핏방울이 어지러웠다.

바닥에 떨어져 있는 단검은 작지만 날이 번뜩이며 은은한 분홍빛 광택이 흘렀다. 소도홍이었다! 이불을 뚫고 들어간 화살도 보통 화살에 비해 길고 꼬리에 달린 깃털이 짧았다. 풍진전이었다!

방다병의 심장이 미친듯이 뛰었다. 방다병은 한참 주저하다 침대로 다가가 천천히 이불을 들춰보았다. 칼에 난자당하고 화살에 가슴을 깊숙이 관통당한 사람은…… 예상대로 소소용이었다.

문 앞에 서 있는 이연화의 점잖고 온화한 눈썹 위로 분노가 스쳤다.

방다병이 발을 세게 구르며 낮은 소리로 말했다. "이…… 이게 어떻게 된 일이지? 대체 누가 소 낭자를 기어이 죽인 거야? 소 낭자는 아무것도 모르는……"

이연화는 손으로 이마를 짚고 문틀에 반쯤 기대며 긴 한숨을 토해냈다. "내 잘못이야…… 밤새 아무 소리도 듣지 못했다니."

방다병의 미간이 구겨졌다. 문득 조금 전 이연화의 이상한 모습이 떠올랐다. "너 정말로 아팠던 거야?"

이연화는 한참 만에야 말없이 고개를 끄덕였다.

방다병도 긴 한숨을 내쉬었다. "그래. 네 꼴을 보니 옆방에서 북을 치고 징을 두들겨도 못 들었을 것 같더라…… 네 탓이 아냐."

이연화의 창백한 얼굴 위로 쓴웃음이 스쳤다.

방다병이 말을 이었다. "중요한 건 누가 소소용을 죽였느냐는 거야. 무슨 철천지원수를 졌다고, 이 어린 아가씨를 이토록 난도질해서 죽여? 누군지 몰라도 잔인하고 악랄해! 인간의 탈을 쓴 짐승이야!"

이연화는 고개를 저으며 조금 잠긴 목소리로 말했다. "관하몽은 어디 있지?"

방다병이 놀라 반문했다. "관하몽?"

이연화가 천천히 말했다. "여긴 관하몽의 방인데 소소용이 왜 여기 누워 있어? 소소용은 살해당했는데 관하몽은 어디에 있지?"

방다병은 등줄기가 선득했다. 그렇다. 여긴 관하몽의 방인데 그는 어디로 갔을까?

소소용은 고통에 일그러진 얼굴로 눈을 감은 채 침대에 누워 있었다. 옷매무새는 단정했고 신발도 신은 채였다. 왼쪽 뺨의 상처가 얼굴 전체를 일그러뜨렸고 온몸은 피칠갑이 되어 있었다. 실로 참혹한 광경이었다.

이연화가 소소용의 몸에 꽂힌 풍진전을 힘껏 잡아당겼지만 화살촉의 미늘이 침대 상판에 걸려 뽑히지 않았다. 이연화가 안타까움에 한숨을 내뱉었다.

방다병이 불쑥 말했다. "양송의 화살이야…… 설마 그가……"

이연화가 쓴웃음을 지었다. "그가 범인이라면 자신의 것으로 세상에 알려진 무기를 현장에 남기고 갔겠어? 소소용을 죽인 범인이 자신이라고 일부러 알리려고? 게다가 의협심이 강하기로 유명한 양송이 이런 짓을 할 리 없어. 또……"

"또, 뭐?"

"양송이 소소용을 죽이려 했다면 장풍 한 번으로도 가능한데 굳이 이렇게 만들어놓았을까?"

방다병이 헛웃음을 웃었다. "그렇지…… 그리고 여기 소도홍도 있잖아. 아, 아니지!" 방다병이 갑자기 깜짝 놀라 외쳤다. "이건 초자금에게 혼례선물로 준 거잖아! 이게 어떻게 여기에 있지?"

이연화가 한숨을 내쉬었다. "소청봉에서 소소용에게 중상을 입힌 흉기가 바로 이 소도홍일 거야."

방다병은 모골이 송연했다. "그럼…… 범인은 양수홍?"

이연화가 또 한번 한숨을 쉬었다. "양수홍이라면 역시 단칼에 죽이지 않았겠어? 또 그가 소소용을 죽일 이유가 없잖아? 아무것도 모르는 아가씨를."

방다병이 눈을 크게 떴다. "소소용이 관하몽의 의매라는 걸 잊었어? 아무것도 모르는 소소용은 누구에게 원한을 살 일이 없었겠지만, 관하몽은 강호에 몸담은 삼 년 동안 의로운 일을 하며 알게 모르게 원한을 맺은 사람이 적지 않을 거야. 그가 소소용을 좋아한다는 걸 아는 사람이 소소용을 해쳤을 가능성은 없을까?"

"네 생각도 그럴듯해……" 이연화는 크게 수긍하지 않는 투로 말하고는 고개를 들어 방을 구석구석 살펴보았다. 방안의 다른 물건들은 흐트러짐 없이 바르게 놓여 있어 누가 건드린 것 같지 않았다. "만약 소청봉에서 소소용을 찌른 사람과 동일한 자라면…… 산에서 우리를 따라 내려와 가까운 곳에 있었다는 뜻이겠지. 풍진전과 소도홍으로 죽인 걸 보면, 어쩌면 이 객잔에 묵고 있을지도 몰라……"

방다병이 눈썹을 잔뜩 찡그렸다. "범인의 무공이 서툴다면, 그럼에도 불구하고 풍진전과 소도홍을 손에 넣은 것이 이상하고, 무공이 뛰어나다면, 소소용을 공격한 두 번 모두 단번에 죽이지 못하고 난도질을 해서 피범벅을 만들어놓았으니 역시 이상해."

이연화가 한숨을 내쉬었다. "정말 모르겠어?"

방다병은 고개를 가로젓다 갑자기 눈을 크게 떴다. "그럼 넌 아는 거야?"

"풍진전을 손에 넣는 건 무공이 뛰어나지 않아도 가능해. 양송을 찾아내기만 하면 빌리든 훔치든 빼앗든 뭐든 할 수 있지. 소도홍의 경우는, 혼례식 때 사람이 북적거리고 복잡한 틈을 타 선물함에서 몰래 가져가는 게 어렵지 않아. 하지만 그 수많은 선물 중 이런 살인 무기가 있다는 사실은 아무나 알 수 없지."

방다병은 선득한 기분에 몸서리쳤다. "네 말은…… 양송이나 양수홍, 아니면 소소용과 가까운 사람이 범인이라는 뜻이야?"

이연화가 또 한숨을 내쉬었다. "양송과 양수홍도 의심스럽긴 하지만……"

방다병이 반박했다. "그들이 자신의 무기를 살인 현장에 남겨뒀을 리 없다면서? 게다가 그토록 힘들게 소소용을 죽였을 리도 없고."

이연화가 눈을 크게 떴다. "그들이 그런 추측을 역으로 이용해 일부러 무기를 두고 갔을 수도 있잖아? 일부러 피범벅이 되도록 찔러 죽이고 말이야."

방다병은 말문이 막혔다가 왈칵 성을 냈다. "그럼 지금까지 나눈 얘기가 전부 하나 마나 한 얘기잖아……"

이연화가 쿨럭 헛기침을 했다. "적어도 한 가지는 분명해."

방다병은 허튼소리만 해대는 이 돌팔이와 다시는 말을 섞지 않겠노라고 속으로 맹세했지만 결국 또 궁금증을 참지 못했다. "그게 뭔데?"

이연화가 싱긋 웃었다. "네 말대로 관하몽에 대한 복수로 소소용을 죽인 거라면, 범인은 적어도 관하몽이 소소용을 좋아한다는 걸 아는 사람이어야 해. 범인과 관하몽이 잘 아는 사이라는 뜻이지. 풍진전과 소도홍을 쉽게 손에 넣은 것도 그가 관하몽의 벗과 가까운 친구이거나 이 객잔에 묵고 있다는 증거야. 안 그래?"

"네 말인즉슨, 범인은 혼례에 참석했고, 관하몽과 잘 아는 사이고, 무공 실력이 별 볼 일 없으며, 선물 중에 소도홍이 있다는 걸 알았고, 이 객잔에 묵고 있을 가능성이 큰데다, 또 초자금과 교완만의 혼례식 날부터 어제까지 편주에 머물러 있는 사람이라는 거지? 그렇다면……"

"범인은 양송, 양수홍, 너, 나, 관하몽, 강혜하, 용부첩 중에 있겠지. 그날 소도홍을 본 사람들이니까."

바로 그때 열린 방문으로 들어오던 빛이 어렴풋이 어두워지며 두 사람이 문 앞에 와서 섰다. 잠시 후 방안의 기괴하고도 참혹한 광경을 보고 한 사람은 새된 비명을 지르며 몸을 떨었고, 다른 한 사람은 놀라서 혼절하듯 앞으로 푹 쓰러졌다.

이연화와 방다병이 황급히 달려나갔다. 혼절할 듯 고꾸라진 사람은 관하몽이었다. 그는 두 눈을 부릅뜬 채 가쁜 숨을 힘겹게 몰아쉬었고 얼굴이 백지장처럼 새하얬다. 몹시 큰 충격을 받은데다 극도의 분노까지 더해진 듯했다. 방다병이 그를 측은해하며 혈도 몇 곳을 눌러주었다.

그와 함께 있던 사람은 강혜하였다. 그녀는 끔찍한 광경에 놀라 정신이 나간 듯 같은 말만 반복했다. "소용아⋯⋯ 소용아⋯⋯ 맙소사⋯⋯"

이연화가 그녀의 혈도를 짚으며 중얼거렸다. "미안해요."

방다병은 관하몽의 혈도를 눌러준 뒤 그를 붙잡고 흔들었다. "어디 갔었어? 어젯밤엔 어디 있었어? 왜 소소용이 자네 방에 있는 거야?"

그때 관하몽의 품안에서 뭔가 툭 하고 떨어졌다. 금창약이 든 꾸러미였다. 간신히 정신을 차린 관하몽은 미쳐버릴 것 같은 마음을 가까스로 진정시키고 쉰 목소리로 말했다. "약을 사러 약방에 다녀왔습니다. 금방 다녀오려고 했는데 중요한 약재 하나가 없어 임진臨鎭까지 가서 사 오느라 어젯밤에 돌아오지 못했습니다⋯⋯ 소용이 왜⋯⋯ 왜 이렇게 됐습니까? 소용이⋯⋯ 왜 여기에 있습니까? 내가⋯⋯ 내가⋯⋯ 소용을⋯⋯"

의원인 관하몽은 소소용이 이미 죽었다는 걸 한눈에 알아보았다. 슬픔에 겨운 그의 눈동자가 이연화에게 매달렸다. 그 눈동자에는 강렬한 기대와 간절한 애원이 담겨 있었다. 이연화는 죽은 사람을 살려내는 신의라고 했다. 소문이 사실이라면 소소용을 살려낼 수 있는 사람은 이 세상에서 오직 이연화뿐이었다!

이연화는 관하몽이 무엇을 기대하는지 알고 있었다. 지금이라도 실은 기사회생술 같은 건 없다고 말하려 했지만 차마 입이 떨어지지 않았다. 이연화가 한참을 주저하다 한숨을 쉬는데 방다병이 말했다. "걱정 말게. 이연화가 천하제일의 신의 아닌가. 자네와는 비교도 할 수 없는 신비한 의술로 열흘 안에 소 낭자를 살려낼 거네. 소 낭자가 자리를 박차고 일어나 멀쩡히 돌아다닐 거야."

관하몽도 그게 황당무계한 얘기라는 건 알았지만 그 말을 간절히 믿고 싶었다. 온몸에 힘이 풀리고 눈물이 쏟아지려 해 눈을 천천히 감았다.

옆에 있던 강혜하도 왈칵 눈물이 터져 얼굴을 감싸고 흐느꼈다.

이연화가 말했다. "여긴 나와 방 공자가 있으니 두 사람은 가서 쉬어요. 관 대협이 많이 힘들 테니 강 낭자가 잘 보살펴주세요."

강혜하가 고개를 끄덕였다. 관하몽은 여기서 함께 소소용의 상처를 살펴보겠다고 고집을 부렸지만 방다병에게 혈도를 짚이는 바람에 저항하지 못하고 강혜하의 부축을 받아 다른 방으로 갔다.

"어젯밤에 정말로 관하몽이 없었다면 누가 소소용을 관하몽의 방으로 옮겼을까? 왜 옮겼을까?" 방다병은 생각할수록 이상했다. "소소용의 방과 관하몽의 방은 똑같이 생겼어. 네 방과 내 방도 마찬가지고. 그런데 누가 굳이 소소용을 옆방으로 옮겨다놓았을까?"

"응?"

"네가 죽은 소소용을 살려낼 수 있다고 큰소리를 쳐놓았으니 범인이 그걸 막기 위해 널 죽이려고 찾아올 거야. 그때 본 공자께서 나타나 범인을 잡고 소 낭자의 원한을 갚아주겠어."

"그래……"

방다병이 으쓱한 표정으로 말했다. "걱정 마. 본 공자가 있으니 아무 일도 없을 거야. 범인을 내 손으로 잡아줄게."

"범인의 무공이 소소용보다 약하다면 네가 내 곁에 버티고 있는데 감히 날 죽이러 올 수 있겠어? 나도 비록 고수는 아니지만 적어도 소소용보다는 낫고……"

방다병의 미소가 순식간에 얼어붙었다. 이연화는 실망스러운 눈빛으로 그를 쳐다보며 계속 중얼거렸다. "역시 넌 머리가 참 비상해……"

방다병이 도끼눈을 뜨고 이연화를 노려보았다. "난 그래도 묘책을 내놓기라도 했잖아. 변변찮은 계책 하나도 생각해내지 못한 너보다는 훨씬 나아!"

이연화는 아무 대꾸도 없이 방안을 둘러보았다. 방다병은 그제야 무슨 말을 해도 이연화의 귀에 들어가지 않는다는 걸 알았다. 소소용은 조용히 침대에 누워 있었고, 범인의 살인 방식은 단순했다. 광기 그 자체였지만 단서는 조금도 남겨놓지 않았다. 소소용의 몸을 이불로 덮고 이불 위에서 소도홍을 내리꽂았으니 범인과 소소용 사이에 아무런 접촉도 없었을 것이고, 그러니 범인의 몸에 피가 튀지도 않았을 것이다. 범행이 끝난 뒤에는 소도홍을 바닥에 버리고 갔다. 살해 수법은 명백했지만 누가 범인인지는 오리무중이었다…… 이 세상에 이토록 미친 짓을 할 사람이 과연 누구란 말인가.

"다들 간밤에 뭘 했는지 물어봐야겠어." 이연화가 중얼거렸다.

소청봉, 야하소축.

교완만과 초자금은 말없이 마주앉아 있었다. 혼례를 올린 지 이제 겨우 나흘이 지났지만 설레거나 들뜬 기색이 전혀 없었다. 교완만은 불안해 보였고 초자금의 미간에는 살기가 내려앉았다. 조용히 앉은 두 사람은 각자 생각에 빠져 있었다. 몸은 함께 있으나 마음은 함께 있지 않은 듯했다.

얼마 후, 교완만이 먼저 입을 열었다. "난 아직도 믿을 수 없어요. 빙중선을 해독할 수 있는 건 양주만뿐이에요. 그가 아니라면…… 그가 아직 살아 있는 게 아니라면, 내가…… 내가 지금 어떻게 살아 있을 수 있어요? 첫날밤 동침을 하면 해독이 된다고요? 그건 강호의 황당무계한 헛소리예요. 내가 그걸 믿을 것 같아요? 날 속이려는 거예요?" 그녀가 가라앉은 목소리로 마지막 한마디를 반복했다. "날 속이려는 거예요?"

초자금이 천천히 말했다. "평생 속임수 따위는 써보지 않은 내가 어떻게 당신을 속이겠소? 이상이가 죽고 지난 십 년간 그의 무덤에 자라난 잡초를 당신 손으로 뽑았잖소. 그런데 어떻게 이상이의 죽음을 믿지 못할 수 있지?"

교완만이 벌떡 일어났다. "그 무덤엔…… 그의 시신이 없잖아요! 바다에 빠진 그를 찾지 못했잖아요……"

초자금이 양쪽 눈썹을 치켜올렸다. "그래 맞아! 이상이는 바다에 빠졌고 우린 아무것도 찾지 못했지. 그는 오래전에 죽었소. 백골도 남아 있지 않다고. 죽은 사람은…… 절대로 살아 돌아올 수 없어!"

교완만의 목소리가 떨렸다. "하지만…… 하지만……"

초자금이 그녀를 와락 끌어안고 뺨에 입을 맞췄다. 그러고는 꽉 잠긴 목소리로 말했다. "그는 오래전에 죽었소. 완만, 당신이 이 세상 아무도 믿지 못한다 해도 난…… 난 당신을 속이지 않아. 이제 그만 그를 잊어요. 상이가 당신에게 잘해줬던 것도 아닌데 이렇게 오래 괴로워할 필요가 있소? 내가 평생 당신을 행복하게 해주겠소. 절대로 가슴 아프게 하지 않을 거요. 우리의 앞날만 생각할 순 없겠소?"

교완만은 멍하니 두 팔로 자기 몸을 감싸며 눈을 감았다. 두 눈에서 눈물이 흘러내렸다. "자금, 그건 내가 전생에 그에게 빚을 진 거예요…… 그에게 빚진 거라고요……"

초자금이 그녀의 눈물에 입을 맞추며 말했다. "난 이번 생에 당신에게 빚을 졌소."

그가 교완만의 붉은 입술에 입술을 포갰다. 잠시 후 그가 속삭였다. "완만, 난 당신에게 거짓말을 하지 않아. 그는 틀림없이 죽었소. 틀림없이……"

교완만이 눈을 감은 채 고개를 끄덕였다. 초자금의 입에서 흐릿하게 새어나온 마지막 몇 글자는 제대로 듣지 못했다.

완만, 난 당신에게 거짓말을 하지 않아. 그는 틀림없이 죽었소. 틀림없이…… 죽었어야 해.

무림객잔.

방다병과 이연화는 잠시 상의한 뒤 객잔에 남아 있는 사람들을 찾아가 물어보기로 했다. 그때까지 객잔에 남아 있는 사람은 양송, 양수홍, 용부첩, 강혜하, 관하몽 그리고 이연화와 방다병이었다. 소소용이 살해당했다는 소식에 모두들 경악했다. 어젯밤 객잔은 평온했고 이상한 소리를 들은 사람도 없었다. 늘 위험을 안고 살아가는 무림 사람들 사이에서는 죽고 죽이는 일이 비일비재하지만, 정정당당하게 결투를 벌이지 않고 아무도 모르게 난도질해서 살해하는 건 결코 예사로운 일이 아니었다. 소소용의 비참한 죽음에서 핏빛 광기가 느껴졌다.

"어젯밤 해가 진 뒤부터 오늘 동이 트기 전까지 양 형은 어디서 무엇을 하셨습니까?" 방다병은 양송과 마주앉아 단도직입적으로 물었다. "양 형의 풍진전이 어떻게 소 낭자의 몸에 꽂혀 있을까요? 어떻게 된 일인지 설명해주시겠습니까?"

자신의 풍진전이 소소용의 시신에 꽂혀 있는 것을 보고 충격에 빠진 양송은 방다병의 물음에 잔뜩 긴장한 표정으로 대답했다. "일찌감치 잠자리에 들었소."

방다병이 이해할 수 없다는 표정으로 물었다. "어젯밤 늦게 삼경까지 저와 연구를 하지 않으셨습니까? 일찍 잠자리에 들었다니요? 머리가 어떻게 되셨습니까?"

양송이 당황해 더듬거렸다. "그, 그렇소…… 어젯밤 양 형과 방 공자와 함께 밤이 깊도록 연구를 했소……" 그는 풍진전을 본 뒤 얼이 빠진 것 같았다.

방다병은 미간을 찡그렸다. "설마 양 형이 소소용을 죽인 범인입니까?"

그 말에 양송이 기겁을 했다. "아니오! 난 아니오! 나일 리가 없잖소……"

방다병이 화를 냈다. "일찍 잤다고 했다가, 연구를 했다고 했다가, 이랬다저랬다 하시잖습니까? 어제 연구가 끝난 뒤 몰래 소소용을 죽였습니까?"

양송은 빠르게 고개를 저었다. "아니오, 나는 아니오. 방 공자가 증인이잖소. 어젯밤 나는 두 사람과 깊은 밤까지 연구를 했고, 방 공자가 가고 난 후 나 역시 내 방으로 돌아갔소. 그때가 이미 삼경이 지난 시각이었는데 언제 사람을 죽인단 말이오? 또 어떻게 소리 없이 사람을 죽일 수 있단 말이오? 더욱이 설령 원한이 있다 해도 난 무림의 법도에 따라……"

방다병이 히죽거렸다. "해명해도 소용없습니다. 어젯밤 양 형이 양수홍의 방에서 나온 시각이 삼경이었으니 동이 틀 때까지 두 시진 정도 더 있었습니다. 사람을 죽이려 했다면 충분한 시간이지요. 양 형이 혼례 때 소도홍을 훔쳐놓았다 어젯밤 소소용의 방에 몰래 들어가 찔러 죽인 뒤, 일부러 자신의 풍진전을 시신에 꽂아놓은 겁니다. 누군가 자신을 모함하려 한 것처럼 꾸미려고……"

양송의 얼굴이 난감하게 일그러졌다. "방 공자!"

"내 말이 틀렸습니까?"

양송이 씁쓸한 웃음을 지으며 한참 망설였다. "소 낭자는 내가 죽인 것이 아니오. 다만…… 다만……"

"다만 뭡니까?"

"어젯밤 삼경 넘어서 뭘 보긴 했소…… 범인을 봤소."

방다병이 의아한 표정으로 물었다. "뭘 봤다고요?"

양송은 잠시 주저하다 입을 열었다. "어젯밤 내 방에 돌아온 지 얼마 되지 않아 누군가 지붕 위를 뛰어넘어가는 소리를 들었소. 움직임이 날렵한 걸로 보아 무공이 제법인 듯했고 손에는 장검을 들고 있었소. 수상쩍은 생각에 활을 쏘았소."

양송의 말에 방다병이 깜짝 놀랐다. "그 화살을 양형이 쏘았다고요? 그런데 그게 어떻게 소소용의 몸에 꽂혀 있을까요?"

양송이 고개를 저었다. "나도 그게 이상하오. 내가 화살을 쏘자마자 그자는 사라져버렸소. 이상해서 객잔 주위를 한 바퀴 돌아보았지만 그자를 찾지 못했소. 그런데…… 그때 또다른 걸 보았소……"

"이번엔 뭘요?"

양송이 나지막이 말했다. "용 낭자가 관 형의 방에서 나오고 있었소."

방다병이 깜짝 놀라 물었다. "용 낭자요? 용부첩?"

양송이 고개를 끄덕이고는 민망해하는 표정으로 말했다. "그때는 그냥 남녀 간의 일이라 생각하고 내 방에 들어와 잠을 잤소. 그런데 그 방에서…… 소 낭자가 죽어 있을 줄 누가 알았겠소."

"용부첩이 어젯밤 관하몽의 방에서 나왔다고요? 그럼 용부첩이 소 낭자를 죽였을까요? 정말 이상하군요…… 어떻게 그런 일이……"

한편, 양수홍의 방에서는 이연화가 차 두 잔을 따뜻하게 우려낸 뒤 양수홍에게 앉으라고 권했다. "어젯밤 인시寅時에 뭘 하셨습니까?"

양수홍은 발끈 성을 냈다. "내가 뭘 했는지 말해야 할 의무가 있소? 이 형은 어젯밤에 뭘 하셨소?"

이연화가 멋쩍어하며 말했다. "저는 요 며칠 고뿔에 걸려 기침이 심해 계속 잠만 잤습니다. 그래서 어젯밤에 무슨 일이 있었는지 전혀 모릅니다……"

양수홍은 믿을 수 없다는 듯 냉랭한 표정만 지어 보였다.

"어쩌면 제가 몽유하다 얼떨결에 소 낭자를 죽였을 수도 있겠지요."

그 말에 양수홍이 흠칫 놀랐으나 이연화는 침착하게 말을 이었다. "소 낭자가 어젯밤 이곳에서 살해당했으니 우리 모두에게 혐의가 있습니다. 양 형뿐만이 아닙니다."

양수홍은 이연화가 진실한 사람이라고 생각하며 마침내 입을 열었다. "어젯밤…… 방 공자와 양 형과 함께 내 방에서 연구를 하며 술을 마셨소. 두 사람이 돌아간 뒤 잠이 들었고 다른 특별한 일은 없었소."

"뭔가 이상한 소리는 못 들으셨습니까?"

양수홍은 고개를 저었다. "못 들었소. 술을 많이 마신 터라 세 사람 모두 반쯤 취한 상태였으니 이상한 소리가 났다 해도 듣지 못했을 거요."

"아, 네. 잘 알겠습니다. 고맙습니다." 이연화는 그렇게만 대답했다.

방다병은 양송의 방에서 나와 곧장 용부첩의 방으로 향했다. 마침 양수홍의 방에서 나오던 이연화가 급히 걸음을 옮기는 방다병을 보고 물었다. "왜 그래?"

방다병이 목소리를 잔뜩 낮춰 말했다. "아주 수상해. 양 대협이 어젯밤 용부첩이 관하몽의 방에서 나오는 걸 봤대. 인시 무렵이었으니 십중팔구는 소소용이 죽은 뒤였을 거야. 그런데도 용부첩은 아무것도 모르는 척하고 있잖아."

그 말에 이연화는 몹시 놀랐다. "그게 정말이야?"

방다병이 용부첩의 방을 가리켰다. "내가 가서 물어볼 테니 너는 강혜하에게 가봐."

이연화가 고개를 끄덕였다. 둘은 각각 다음 사람의 방으로 향했다.

"용 낭자." 방다병은 용부첩의 방으로 들어가자마자 의자를 문가에 가져다놓고 앉아 단도직입적으로 물었다. "어젯밤 용 낭자가 관하몽의 방에서 나오는 걸 본 사람이 있습니다. 젊은 여인이 한밤중에 관하몽의 방에는 무슨 일로 갔습니까? 소 낭자가 죽어 있는 걸 봤을 텐데 왜 말하지 않았습니까?"

방다병은 용부첩이 이 말을 들으면 어쩔 줄 모르고 당황해서는 자신이 소소용을 죽였노라고 순순히 자백할 거라고 예상했다. 그런데 흰옷 차림으로 머리를 빗고 있던 용부첩은 담담하게 말했다.
"어젯밤 관 대협의 방에 갔던 건 사실이에요."

뜻밖의 반응에 방다병이 노기를 삼키며 물었다. "방안은 어떤 상황이었습니까?"

용부첩은 잠시 생각에 잠겼다 질문에 대한 대답 대신 이렇게 말했다. "소 낭자를 죽인 범인을 보았어요."

"뭐라고요?"

소스라치게 놀란 방다병과 달리 용부첩은 차분히 말을 이었다.
"저는 매일 밤 삼경이 지난 뒤 정좌를 하고 기를 수련해요. 어젯밤에도 그랬고요. 기가 온몸에 돌아 정신이 맑아졌을 때 누군가 내 방 지붕 위를 넘어가는 소리가 들렸죠. 곧바로 화살 쏘는 소리도 들리기에 심상치 않다고 생각했어요."

방다병은 흠칫 놀랐다. 간밤의 그자를 본 사람이 또 있었다니.
그렇다면 양송의 말도 거짓이 아닐 것이다.

"마침 좌선을 끝낸 터라 조용히 밖으로 나가 살펴보았죠. 어떤 자가 관 대협의 방 창문을 넘어 들어가 침대에 누워 있는 사람을 검으로 내려찍는 것을 봤어요. 그걸 보고 놀라서 관 대협의 방으로 따라 들어갔고요."

방다병의 얼굴에 긴장감이 흘렀다. "소소용을 죽인 사람이, 누구였습니까?"

용부첩은 냉랭한 어투로 말했다. "그자가 침대에 누워 있는 사람을 검으로 찌르고 곧 반대편 창문으로 도망치는 바람에 얼굴은 보지 못했어요."

방다병의 미간에 주름이 잡혔다. "범인을 봤다면서요?"

용부첩은 두 눈을 감았다. "얼굴은 보지 못했지만 그자가 침대에 누워 있는 사람을 내려찍던 검법은 똑똑히 봤어요. '낙엽반사落葉盤沙'라는 검술로 백마금락편의 스물네 가지 초식 가운데 유일하게 검법으로 활용할 수 있는 초식이에요."

방다병의 입이 떡 벌어졌다. "소소용을 죽인 사람이 그럼…… 양수홍이란 말입니까? 그걸 왜 진즉 말하지 않았습니까?"

용부첩이 차갑게 말했다. "범인의 검법만 봤을 뿐 얼굴은 보지 못했다고 했잖아요. 백마금락편으로 유명한 건 양수홍 대협뿐이지만 낙엽반사 초식을 쓸 수 있는 사람은 아주 많아요. 그게 양수홍 대협인지 제가 어떻게 알겠어요?"

방다병은 용부첩이 억지를 부린다고 생각했다. 세상에 낙엽반사를 구사할 수 있는 건 양수홍 한 사람뿐이다. 방다병은 가슴에서 분노가 끓어올라 속으로 욕을 퍼붓고는 생각했다. '이연화는 아까 양수홍에게서 무슨 대답을 들었을까?'

한편 이연화는 강혜하의 방에서 차를 마시고 있었다. 강혜하는 아름다운 미모만큼이나 화려한 옷을 입고 있었다. 방안에 있으면서도 곱게 단장한 차림이었다. 초록색 앵무새 한 마리가 창 앞에서 깃털을 고르고 있는데 앵무새조차 그녀를 닮아 요염한 매력을 풍겼다. 이연화가 받쳐든 찻잔에서 상큼한 향이 피어올랐다. 투명하리만치 얇고 섬세하게 빚어낸 찻잔이었다. 그가 입을 떼기도 전에 강혜하가 조용히 한숨을 내쉬며 먼저 말을 꺼냈다. "믿지 않겠지만, 방 공자님과 이 공자님을 제외하면 제 방이 관 대협의 방에서 제일 가까운데도 어젯밤…… 저는 아무 소리도 듣지 못하고 일찍 잠들었어요."

"일찍 잤다는 사실을 확인해줄 증인이 있습니까?"

강혜하의 눈이 조금 커지더니 그녀의 고운 얼굴 위로 노기가 차올랐다. "젊은 여자가 잠자리에 든 걸 증언해줄 사람이 있느냐고요? 저를…… 어떻게 보시는 거예요?"

이연화가 서둘러 사과했다. "죄송합니다. 그런 의도는 아니었는데……"

강혜하는 성난 기색을 거두지 않았다. "다른 용건이 없으면 나가주세요."

이연화는 연신 미안하다고 사과하며 서둘러 강혜하의 방에서 나왔다.

방다병은 아직도 용부첩의 방에 있었다. 이연화는 복도에서 천천히 서성이다 다시 관하몽의 방으로 갔다.

이미 밤이 깊어 문 앞에서는 소소용의 얼굴이 어둠에 잠겨 그리 무섭지 않았다. 이연화는 촛불을 들고 침대 가까이 다가가 소소용을 가만히 살펴보다 그녀의 옷섶을 들추었다. 옷 아래 감춰져 있던 참혹한 상처가 드러났다. 예리한 칼날이 베고 지나간 상처 주위가 붉게 부어올랐고 시리도록 창백한 피부는 희미한 보랏빛을 띠고 있었다. 피멍이었다. 시신을 손으로 눌러보니 완전히 경직되어 얼음처럼 차갑고 단단했다. 혼례 당일에 생긴 자상도 채 아물지 않아 끔찍했다. 온몸을 난자당해 죽은 어린 여인이 말할 수 없이 가련했다. 하지만 화살이 박힌 가슴의 상처는 깨끗했다. 가슴을 관통한 화살을 따라 피가 다 빠져나가기라도 한 듯 창백한 피부에 멍자국 하나 없었다.

이연화는 미간을 찡그리며 침대 상판 밑의 화살촉을 살펴보았다. 미늘이 삼나무 상판 아래 단단히 박혀 화살은 뽑히지 않았고, 화살대에는 핏자국이 없었다.

이연화는 시선을 바닥으로 옮기다 희미한 흰색 자국을 발견했다. 어떤 물체에 부딪혀서 생긴 자국이었다. 매끄러운 자국이 불빛 아래에서 윤기를 띠어 얼핏 아름답게 보이기도 했다. 이게 뭘까? 시선을 들어올리던 이연화는 창틀에 난 어렴풋한 흔적을 발견했다. 피 묻은 발자국이었다. 비록 반쪽뿐이지만 신발 밑창의 무늬까지 선명하게 찍혀 있었다. 남자의 뒤꿈치 자국이었다…… 누구 것일까?

한참을 생각하던 이연화는 갑자기 문을 벌컥 열고 나가 바로 옆에 있는 소소용의 방으로 들어갔다. 진한 약냄새가 훅 끼쳤다. 침대 위 이불은 젖혀져 있고 탁자에는 빈 사발이 놓여 있었으며 문은 잠겨 있지 않았다. 바닥에는 깨진 구리거울 조각이 흩어져 있었다. 이연화는 방안을 한참 살피다 한숨을 쉬며 나와 문을 닫았다.

"얼어죽을 이연화!" 방다병이 이해할 수 없다는 표정으로 용부첩의 방에서 나오며 이연화를 불렀다. "알면 알수록 점점 더 이상해. 용부첩이 어젯밤 관하몽의 방에 갔었대."

이연화가 눈을 크게 떴다. "정말로 갔었다고?"

방다병이 쓴웃음을 지었다. "그것뿐이 아니야. 범인도 봤대. 놀랍게도 범인이 낙엽반사를 구사했다는데? 얼굴은 제대로 보지 못했고. 이상하지 않아? 그 말을 믿어도 될까?"

"믿어도…… 되겠지?" 이연화가 중얼거렸다. "머리 없는 시신 사건 때는 범인의 그림자조차 찾지 못했는데 이번엔 범인을 본 사람이 둘이나 있네…… 어쨌든 어젯밤 인시가 지나 양송, 용부첩, 양수홍이 모두 관하몽의 방에 갔었다는 얘기야. 설령 방에 들어가지는 않았어도 문 앞까지는 갔어……"

방다병이 짜증을 냈다. "그건 나도 알아. 얼어죽을 이연화, 소소용을 죽인 범인이 누군지 정말 짚이는 거 없어? 어쩌면 각려초가 범인 아닐까……"

이연화는 방다병을 흘긋 째려보고는 한숨을 내쉰 뒤 진지하게 말했다. "네가 정말 똑똑하다면…… 꼬치꼬치 내게 물어볼 필요도 없잖아." 그러고는 옷매무새를 가다듬고 글을 가르치는 선생 같은 표정으로 보폭을 크게 벌려 몇 걸음 걸어가더니 관하몽 방의 창틀에 있는 피 묻은 발자국을 가리켰다. "저거 보여?"

방다병은 어리둥절한 표정으로 미간을 바짝 좁히며 이연화가 가리키는 곳으로 시선을 옮겼다. "본 공자가 장님인 줄 알아? 보이고 말고. 저건 나도 봤어…… 범인의 발자국이겠지."

이연화는 고개를 저으며 안타까운 눈빛으로 방다병을 쳐다보다 그를 데리고 방으로 들어갔다. 이번에는 바닥에 있는 희미한 흰색 흔적을 가리키며 물었다. "저것도 봤어?"

"아니…… 이제 봤어…… 이연화 너 미쳤어?"

"멍청한 널 두고 미쳐버리기에는 마음이 놓이질 않는구나." 이연화가 한숨을 내쉬었다. "널 가르쳐서 똑똑하게 만들어놓아야겠어."

방다병은 머리끝까지 화가 치밀어 성을 냈다. "이연화! 감히 본 공자를 놀리다니!"

이연화가 고개를 저으며 낮은 목소리로 탄식했다. "젖내나는 애송이라 가르칠 수가 없구나……" 이연화가 문 앞에 서서 손가락으로 문을 가볍게 두드렸다. "용부첩, 양수홍, 양송, 강혜하 모두 어젯밤에 있었던 일을 얘기했어. 그들의 말이 사실이라면 어젯밤 인시에 이 방에서 이런 일이 있었을 거야. 관하몽이 약을 사러 나간 뒤 범인이 양송과 용부첩의 방 지붕을 넘어 관하몽의 방에 들어와 침대에 누워 있던 소 낭자를 죽였어. 양송과 용부첩이 기척을 듣고 나왔는데, 먼저 나온 용부첩은 범인이 낙엽반사로 소낭자를 죽이는 걸 보고 창을 넘어 들어왔지만 범인은 맞은편 창문으로 도망쳤어. 용부첩이 방문을 열고 나갔을 때 양송이 그걸 목격했어…… 그렇지?"

방다병이 고개를 끄덕였다. "양수홍과 강혜하에게서는 뭘 알아냈어?"

"두 사람 다 자고 있었대."

방다병이 코웃음을 쳤다. "흥. 그걸 믿으라고?"

이연화가 빙긋 웃었다. "이것만 봐도 누가 제일 수상한지 알겠지?"

"용부첩!" 방다병이 자신 있게 단정지었다. "범인의 범행을 보고도 어떻게 창문으로 들어갔다가 문으로 나올 수가 있지? 왜 범인을 끝까지 추격하지 않았으며, 왜 소리쳐서 사람들을 깨우지 않았을까? 게다가 그 깊은 밤까지 잠도 안 자고 뭘 한 거야? 제일 수상해."

이연화가 고개를 끄덕였다. "그리고 또?"

"또? 어…… 또……" 방다병은 머뭇거리며 생각에 잠겼다 가증스럽다는 투로 눈을 가늘게 뜨며 말했다. "그 범인이 진짜인지 가짜인지 어떻게 알아? 양송하고 용부첩이 작당해서 꾸며냈을 수도 있잖아."

이연화가 고개를 저었다. "아니, 그건 아니야."

방다병이 성을 냈다. "그게 아니면 뭐야?"

이연화는 헛기침을 하며 또 고개를 저었다. "자고로 군자는 느긋하고 소인은 늘 근심한다 했거늘, 어찌 그리 쉽게 사람을 의심한단 말이냐……"

방다병이 노발대발했다. "넌 군자고 난 소인이란 말이야?"

이연화는 또 고개를 저으며 진지한 투로 말했다. "범인이 혼례식 때 소도홍을 본 사람이라면, 관하몽, 양수홍, 용부첩, 양송, 강혜하, 이 다섯 사람 중에 범인이 있겠지. 그러면 이 다섯 사람이 말한 어젯밤 행적 중 하나는 거짓말일 거야."

"그렇지……"

"관하몽은 소소용을 진심으로 좋아하니까 범인일 리 없어. 만약 그가 소소용을 죽이려 했다면 오는 길에 아무도 모르게 죽이지, 굳이 객잔까지 와서 떠들썩하게 죽일 필요가 있었겠어? 그러니까 약을 사러 갔다는 관하몽의 말은 사실일 거야. 약방에 물어보면 금방 확인할 수 있는 사실이니 거짓말을 할 수도 없을 테고."

"맞는 말이야."

"그렇다면 범인은 용부첩, 양수홍, 양송, 강혜하 중에 있을 거야. 그들이 얘기한 어젯밤 행적을 간단히 정리해보면, 용부첩은 낙엽반사를 쓰는 사람이 범인이라고 했어. 그건 양수홍을 범인으로 지목한 거야. 양송은 용부첩이 범인이라고 했고, 양수홍과 강혜하는 자고 있었다고 했는데 그건 자신들은 범인이 아니라는 얘기야. 그렇지?"

방다병은 머리 회전이 멈춘 듯 한참을 생각한 끝에 겨우 이해했다. "응……"

이연화가 빙그레 웃었다. "아주 쉬운 문제야. 이중 한 사람은 거짓말을 하고 있어. 용부첩은 양수홍이 범인이라고 했지만 양수홍은 자신은 범인이 아니라고 했어. 양송은 용부첩이 범인이라고 했지만 용부첩은 범행을 인정하지 않았지. 그렇다면 용부첩과 양수홍 중 누군가는 거짓말을 하고 있다는 뜻이야. 양수홍이 거짓말을 하고 있다면 그가 범인이겠지만, 양송은 용부첩을 범인으로 지목했어. 그럼 양송도 거짓말을 하고 있는 거잖아? 이건 '한 사람이 거짓말을 하고 있다'는 전제에 어긋나. 반대로 양수홍의 말이 사실이라면 범인은 용부첩일 거야. 용부첩이 거짓말을 하고 있다면, 양수홍과 강혜하는 정말로 자고 있었을 것이고, 용부첩이 범인이라는 양송의 말도 사실일 거야. 그러니까……"

방다병은 그제야 이해했다. "알겠어. 그러니까 용부첩 한 사람만 거짓말을 하고 있어. 범인은 바로 용부첩이야!" 방다병은 속으로 쾌재를 불렀다. 이연화의 추리를 듣기 전부터 이미 용부첩이 범인이리라 생각하고 있었기에, 역시 자기가 이연화보다 더 똑똑하다며 속으로 우쭐댔다.

"그런데 말이지……" 이연화는 자신이 지을 수 있는 가장 따뜻하고 너그러운 미소를 지었다. "잊지 말아야 할 게 하나 있어. 용부첩이 범인이라는 결론에는 '네 사람 중 단 한 명만 거짓말을 하고 있다'는 전제가 있다는 거야. 만약 네 사람 중 두 사람 이상이 거짓말을 하고 있다면 이 추리는 성립되지 않아."

우쭐함에 큰 웃음이 터지려던 방다병은 갑자기 목구멍이 컥 막히며 사레가 들렸다. "켁켁…… 켁켁켁…… 설마, 그럴 리가. 그럼 범인이 한 명이 아니라는 거야?"

"범인이 두 명이나 세 명, 심지어 그 이상이라면 소소용이 열 명이라도 거뜬히 죽일 수 있었겠지. 관하몽이 사라지길 기다릴 필요도 없이 말이야."

방다병이 마지못해 동의했다. "하지만 방금 전 네 추리는 타당해."

이연화가 느릿느릿 말을 이었다. "만약 용부첩이 범인이라면 풍진전을 훔쳐다 소소용을 찌른 사람은 당연히 용부첩이겠지. 그런데 이상한 게 있어. 양송의 화살을 썼으면서 어째서 누명은 양수홍에게 씌웠을까? 이상하지 않아? 양송이 관하몽의 방에 있는 걸 봤다고 했으면 얘기가 맞아떨어졌을 텐데."

방다병은 또 침묵에 잠겼고 이연화가 계속해서 말했다. "또 소소용이 아하소축에서 처음 공격당했을 때 용부첩은 계속 일곱번째 탁자에 앉아 있었어……"

"아." 방다병이 기억을 떠올려보니 그때 확실히 용부첩은 이연화와 한 탁자에 앉아 있었고 자리를 떠난 적도 없었다. "그렇다면 용부첩도 범인이 아니란 얘기야?"

이연화가 웃었다. "용부첩이 범인인지 판단하려면 '네 사람 중 과연 한 사람만 거짓말을 하고 있을까'라는 의문을 풀어야 해. 한 사람만 거짓말을 하고 있는 게 아니라면 용부첩은 범인이 아닐 가능성이 크지."

방다병이 미간을 잔뜩 구겼다. "그중에 몇 사람이 거짓말을 하고 있는지 내가 어떻게 알아? 범인이 아니라면 굳이 거짓말을 할 필요가 없잖아?"

"물론 범인이 아니라면 거짓말을 할 필요가 없지. 하지만 고의가 아니라 속아서 거짓말을 했을 수도 있잖아?"

"응?" 방다병이 눈을 휘둥그렇게 떴다. 이제는 머릿속이 뒤죽박죽 엉켜 이연화의 논리를 따라갈 수 없었다. "뭐라고?"

이연화는 친절하고 선량하며 동정심이 충만한 눈으로 방다병을 응시했다. "가끔 사람은 일부러 거짓말을 한 게 아니라 눈으로 직접 본 걸 얘기했을 뿐인데 그게 진실이 아닐 때가 있지."

방다병은 여전히 어리둥절해서 물었다. "그게 무슨 뜻이야?"

이연화가 온화하고 점잖은 투로 말했다. "다시 말해서, 이 넷 중 한 명을 제외한 나머지는 일부러 거짓말을 한 게 아니지만 그들의 얘기가 사실이 아닐 수도 있다는 뜻이야."

"어떻게 그럴 수 있어?" 방다병이 가르침을 구하듯 겸허한 표정을 지었다.

이연화는 방으로 들어가 소소용의 옷자락을 들추더니 뒤따라 들어온 방다병의 귓가에 대고 뭐라고 속삭였다.

"아! 어떻게 그럴 수가……" 방다병의 입에서 큰 소리가 터져 나오려는 찰나, 이연화가 소매에서 무얼 꺼내 방다병의 입속에 쏙 집어넣어 입을 막았다. 방다병은 하마터면 목구멍이 막힐 뻔했다.

"켁켁…… 얼어죽을 이연화……"

방다병의 욕지거리가 끝나기도 전에 이연화는 소매를 펄럭이며 쌩하니 밖으로 나갔다. "천천히 생각해봐. 난 밥 먹으러 간다."

방다병은 목구멍에 걸릴 뻔했다가 토해낸 것을 혀로 한번 굴려 보았다. 달짝지근했다. 손에 뱉어내고 보니 혼례 때 먹는 붉은 사탕이었다. 방다병이 서둘러 밖으로 뛰어나갔지만 이연화는 이미 사라지고 없었다. 어디로 밥을 먹으러 갔는지도 알 수 없었다. 방다병은 서성거리다 몸을 획 돌려 어느 객방으로 가서는 문을 발로 쾅 차서 열고 들어가 방안에 있던 사람을 덥석 움켜쥐었다. "따라오게."

방에는 또 한 사람이 침대에 누워 있었다. 그 사람이 몸을 일으키려 애쓰며 당황한 표정으로 방다병을 보았다. "그거 놓으세요! 왜 그러십니까?"

방다병이 싸늘한 웃음으로 그를 응시했다. "내가 자네 의매 살해 사건을 해결해주겠다는데, 불만 있나?"

상대는 의혹에 찬 얼굴로 말을 제대로 잇지 못했다. "범인을…… 범인을……"

방다병은 손에 붙잡고 있는 사람을 홱 끌어올렸다. "범인은 바로 이 여자야."

하얗게 질린 얼굴로 침대에 누워 있는 사람은 관하몽이었고, 방다병의 손에 붙들린 사람은 바로 강혜하였다.

향 반 대가 탈 정도의 시간이 흐른 뒤, 무림객잔의 정원.

양송, 양수홍, 용부첩 등이 각자의 객방에서 나왔다. 모두들 놀란 기색을 감추지 못하고 서로의 얼굴만 쳐다보았다. 강혜하가 범인일 거라고는 아무도 예상하지 못한 것 같았다.

방다병은 강혜하의 전신에 열 곳 넘게 혈도를 짚은 뒤 바닥에 털썩 내려놓았다.

관하몽은 며칠 내내 소소용을 돌보느라 이미 초췌해진데다 소소용의 죽음에 큰 충격을 받아 고열에 시달리고 있었지만 몸을 간신히 지탱하고 선 채, 놀람과 의심이 뒤섞인 눈동자로 방다병을 응시하고 있었다. 강혜하는 방금까지 방에서 그를 간호하고 있었는데, 이토록 다정하고 상냥한 여자가 어떻게…… 어떻게 소소용을 죽일 수 있단 말인가?

방다병은 헛기침 두 번으로 목청을 고른 뒤 이연화처럼 느긋한 미소를 지었다. 다만 이연화의 미소가 겸손하고 온화한 느낌이라면, 방다병의 미소는 어쩐지 털끝을 곤두서게 만드는 섬뜩함이 느껴졌다. 방다병이 의기양양한 투로 말했다. "다 밝혀냈습니다. 범인은 바로 강혜하입니다."

정원에 모인 사람들 모두 믿을 수 없다는 표정을 지었다. 용부첩이 싸늘한 눈으로 양수홍을 노려보자 양수홍은 난처해하는 기색이 역력했고, 양송의 어리둥절한 시선은 용부첩과 강혜하 사이에서 방황했다.

방다병은 정원의 돌의자에 한쪽 발을 턱 올렸다. "강혜하, 뭔가 변명할 말이라도 있나? 이 살인자……"

강혜하는 혈도를 짚여 바닥에 고꾸라진 채 굵은 눈물을 흘렸다. "내가 왜 소 낭자를 죽였겠어요? 어젯밤에 무슨 일이 있었는지 난 아무것도 몰라요. 방 공자가 아무리 지체 높은 가문의 자제이고 강호의 유명인사이기로서니 허무맹랑한 말로 사람을 중상모략할 순 없어요!"

방다병이 호통쳤다. "허튼소리! 넌 야하소축에서 열린 혼례 때 소도홍을 훔치고 그걸로 소소용을 죽이려다 실패한 뒤 호시탐탐 기회를 기다렸다. 그러다 소소용의 곁을 지키던 관하몽이 약을 사러 간 틈에 그녀를 찔러 죽였어. 안 그래?"

강혜하가 울음을 터뜨렸다. "그건…… 그건…… 중상모략이에요…… 내가 왜 소 낭자를 죽이겠어요? 나와 아무런 원한도 없는 사람을 왜 죽인단 말이에요?"

방다병은 말문이 막혀 머뭇거리다 재빨리 화제를 돌렸다. "소소용의 몸에 새로 생긴 상처는 모두 소도홍에 찔린 것들이다. 소도홍이 예리하기는 하나 칼날이 짧아 이불이 덮여 있으면 아무리 급소를 찌른다 해도 살을 뚫고 깊이 들어갈 수 없다. 네가 열 번도 넘게 찌른 뒤 흉기를 버리고 도망쳤지만 소소용은 즉사하지 않고 한참 동안 피를 흘린 뒤 과다출혈로 숨을 거두었다. 소소용의 몸에 있는 자상이 붉게 부어오른 것이 바로 그녀가 칼에 찔리고도 한참 뒤에야 죽었음을 보여주는 증거지. 그런데 소소용의 가슴에 화살을 꽂는 누군가를 용 낭자가 본 건 인시 무렵이었다. 화살에 찔린 상처는 부어오르지도 않았고 화살이 움직인 흔적 또한 전혀 없었다. 화살에 찔렸을 때 소소용은 이미 죽은 상태였다는 뜻이다. 따라서 소도홍으로 소소용을 찔러 사망에 이르게 한 사람과 그녀의 가슴에 화살을 꽂은 사람은 동일인이 아니지. 용 낭자가 본 사람은 살인범이 아니라는 얘기야. 이미 죽은 사람을 찌른 것이니까."

용부첩은 흠칫 놀라며 무의식중에 의심스러운 눈초리로 양수홍을 흘겨보았다.

이때 양수홍이 재빨리 끼어들었다. "그렇소. 어젯밤 내가 이미 죽은 소 낭자의 가슴에 화살을 꽂았소. 그녀를 죽인 건 내가 아니오. 다만 그런 일이 있었던 줄은 생각도 못했소. 사실 어젯밤……" 양수홍의 시선이 별안간 관하몽에게로 날아가 꽂혔다. "어젯밤 내가 죽이려 했던 사람은 소 낭자가 아니라 관 대협이었소."

일순간 모두 충격에 휩싸였다. 당사자인 관하몽은 말할 것도 없었다. 양수홍이 싸늘하게 말을 이었다. "생명의 은인인 관 대협에게 불경한 마음을 품어서는 안 된다는 걸 나도 알고 있소. 하지만 나와 사제가 목숨을 살려달라고 찾아갔던 그때 관 대협은 영험한 약을 갖고 있으면서도 죽어가는 내 사제를 구해주지 않았소. 비록 나는 목숨을 구했지만 관 대협의 그 행동을 도무지 납득할 수 없었소……" 갑자기 양수홍의 목소리가 올라가고 말투가 처량해졌다. "관 대협, 추파秋波라는 해독약을 가지고 있었으면서도 어째서 약이 없다며 내 사제를 죽게 내버려둔 것이오? 설마 협의라는 명성은 허울일 뿐, 죽어가는 사람에게 해독약을 조금 베풀기가 아까웠던 것이오?"

관하몽의 낯빛이 더욱 창백해졌다. "대협의 사제를 중독시킨 독은 저도 본 적이 없는 것이었고, 의서에는 '공안초空眼草'로 해독할 수 있다고 적혀 있었습니다. 죽어가는 사람을 구하지 않은 것이 아니라 그 약초가 제게 없었던 겁니다."

양수홍은 분노로 얼굴이 새파랗게 질린 채 외쳤다. "모든 독을 해독하는 추파가 당신에게 있었잖아! 추파로 그 독을 해독할 수 있다고 의서에 쓰여 있지 않아서 내 사제를 죽게 내버려뒀다고? 당신은 내 사제의 체질이 특이해서 벌에 물리면 온몸에 붉은 발진이 일어난다는 걸 알고 있었어! 설사 추파를 나눠주기 싫었다 해도 간단한 치료만 해줬으면 사제는 죽지 않았을 거라고! 사람을 죽인 돌팔이!"

놀란 표정으로 눈앞의 광경을 보고만 있던 방다병은 '사람을 죽인 돌팔이'라는 말에 하마터면 웃음을 터뜨릴 뻔했다. 세상에 돌팔이가 이토록 많단 말인가……

관하몽이 갑자기 돌탁자를 쾅 내려치자 쩍 하는 소리와 함께 탁자에 금이 갔다. "의서에 명기되지 않은 일에 어떻게 함부로 나선단 말입니까? 약을 남용하는 것이야말로 환자의 목숨을 하찮게 여기는 게 아닙니까?"

양수홍도 카랑카랑한 목소리로 외쳤다. "넌 사람 목숨을 귀하게 여기는 게 아니라 융통성이라곤 하나 없이 앞뒤가 꽉 막힌 것이다! 협의를 자처하면서 의서에 쓰여 있지 않으면 병에 손도 대지 않다니! 그렇다면 너의 유연신침이 무슨 소용이 있단 말이냐! 돌팔이, 돌팔이! 내가 널 죽이지 않으면 네 손에 억울하게 죽은 영웅의 혼백을 무슨 낯으로 대할 수 있겠느냐!" 그러고는 허리춤에 차고 있던 백마금락편을 차르륵 뽑아들더니 이마에 시퍼렇게 핏줄을 세우며 외쳤다. "내 무공이 네게 미치지 못한다는 걸 안다. 날 찔러라. 사제의 원한은 갚지 못했지만 네 손에 죽는다면 헛된 삶은 아니겠지!"

관하몽은 분노가 폭발해 외쳤다. "허튼소리!" 하지만 곧 말문이 막혔다. 그는 의서에 쓰여 있지 않은 치료법을 경솔하게 쓴 적이 없다. 하지만 그렇다면 그의 유연신침이 무슨 소용이냐는 양수홍의 물음에는 아무 반박도 할 수 없었다. 관하몽은 걷잡을 수 없는 분노에 옷자락을 펄럭이며 맞서 싸울 태세를 취했다.

바로 그때 방다병이 양수홍의 왼쪽 어깨와 관하몽의 오른쪽 어깨에 각각 손을 얹더니 힘주어 눌렀다. "싸우려거든 본 공자의 말을 다 듣고 싸우시오. 말리지 않을 테니."

방다병은 곧이어 오른쪽 다리를 구부려 바닥을 슬금슬금 기어가는 강혜하를 도로 끌어당기며 그녀를 향해 씩 웃었다. "본 공자의 말을 다 듣지도 않고 어딜 가려고?"

정원에 있는 사람들 모두 가늘게 몸을 떨며 강혜하에게로 시선을 돌렸다. 방다병은 헛기침을 한번 하고는 으쓱한 기분을 얼굴에 고스란히 드러낸 채 말을 이었다. "어젯밤 인시쯤 양수홍은 본 공자와 연구를 한 뒤 관하몽을 죽이기 위해 야행 복장으로 갈아입고 나갔습니다. 양수홍의 무공이 관하몽에게 대적할 수 없으므로 객잔에서 며칠 머물며 관하몽이 소소용을 간호하다 기력을 다하기만을 기다린 것이지요. 그런데 마침 양송의 방 지붕을 넘어 지나가다 들켜 양송이 쏜 풍진전을 손에 넣었습니다. 그런데 그는 약을 사러 나간 관하몽이 인시가 되도록 돌아오지 않았을 줄은 예상하지 못했지요. 관하몽의 방으로 몰래 들어가니 어스름한 불빛 속에 한 사람이 침대에 누워 있었습니다. 그걸 보고 양송에게 누명을 씌울 심산으로 누워 있는 사람의 가슴팍에 풍진전을 찔러넣었습니다. 화살을 꽂은 뒤에야 뭔가 이상하다는 걸 알았지요. 침대에 누워 있는 사람은 관하몽이 아니었을 뿐 아니라 이미 죽은 시신이었습니다. 그때 그를 미행한 용 낭자가 나타나자 재빨리 창문으로 도망쳤습니다. 뜻밖의 상황에 당황한 나머지 창틀에 피 묻은 발자국을 남기고 말았죠." 방다병이 양수홍을 툭 치자 양수홍은 온몸이 마비되는 기분이었다. 방다병의 예상치 못한 무공 실력에 놀라며 양수홍은 고개를 끄덕였다.

방다병이 우쭐해하며 시원하게 웃었다. "하하하! 그후 살해 장면을 목격한 용 낭자가 그 방으로 들어왔지만 바닥에서 어떤 물건을 발견하고는 살인 현장을 목격한 사실을 비밀로 했습니다."

방다병의 시선이 용부첩의 놀란 얼굴에 가닿자 용부첩은 순간 주저하다 이내 고개를 끄덕였다.

"무슨 물건을 발견했소?" 양송이 또 한번 놀라며 물었다.

방다병이 침을 튀기며 설명했다. "관 대협 방의 바닥에는 희미한 흰색 자국이 있었습니다. 불빛을 비쳐보니 일곱 가지 색이 은은하게 감돌았지요. 진주가 내는 빛이었습니다. 자국의 크기가 큰 것으로 판단컨대, 진주가 밟혀 부서진 흔적이었을 겁니다. 본 공자는 용 낭자가 방에서 그걸 봤다고 확신합니다……"

용부첩이 또 고개를 끄덕이자 사람들이 동시에 물었다. "그게 뭐요?"

방다병은 얼른 대답하지 않고 뜸을 들이며 긴장감을 끌어올린 뒤 의기양양하게 말했다. "봉황비녀지요! 봉황비녀를 주워 밖으로 나오던 용 낭자를 양송 대협이 보았고, 그래서 양 대협은 용 낭자가 범인이라고 생각했던 겁니다."

모두들 소스라치게 놀랐다. 용부첩은 살인 현장에서 자신이 초자금에게 혼례선물로 준 봉황비녀를 발견하고 의아해하며 그걸 주워 서둘러 방을 빠져나왔기 때문에 자신이 어젯밤에 본 것에 대해 말하지 않았던 것이다.

방다병이 말을 이었다. "봉황비녀와 소도홍을 보았으니 소소용이 무엇에 찔렸는지 분명해졌지요. 소소용은 야하소축에서 이 두 흉기에 난자당해 목숨이 위태로운 지경에 처한 것입니다."

양송이 물었다. "범인은 어째서 그 두 가지를 흉기로 썼을까요?"

방다병이 그의 물음에 대답하는 대신 코웃음을 쳤다. "초 대협과 교 낭자의 혼례선물 중 소도홍과 봉황비녀가 있다는 사실을 아는 사람은 여기 있는 여러분뿐이니 이중에 범인이 있겠죠."

"아직 풀리지 않은 의문이 있소. 소 낭자는 어째서 관 대협의 방에 누워 있었을까요?" 양수홍의 미간에 깊게 주름이 파였다. "도무지 이해할 수 없군요."

방다병이 자신만만하게 말했다. "아주 중요한 질문입니다. 바로 그 점이 범인을 찾는 단서였습니다."

모두들 "아" 하고 짧은 탄성을 흘리며 어리둥절한 표정으로 서로의 얼굴을 쳐다보았다.

"소소용의 방에는 탕약이 비워진 약사발이 있었습니다. 관하몽은 매일 유시에 약을 달여 술시에 소소용에게 먹였습니다. 탕약을 다 마셨다면 어젯밤 술시까지도 소소용이 살아 있었다는 뜻이지요. 방안에서 구리거울이 깨진 채 발견됐고, 소소용의 시신에는 양말과 신발이 단정하게 신겨져 있었습니다. 어제 관하몽이 그녀에게 탕약을 먹이고 약을 사러 나간 뒤 얼마 되지 않아 그녀가 혼자 깨어났다는 걸 추측할 수 있지요. 혼자 일어나 양말과 신발을 신었지만 끔찍하게 망가진 자기 얼굴을 거울 속에서 발견하고는 두려움에 떨며 도움을 청하러 관하몽의 방으로 갔을 겁니다. 하지만 관하몽이 출타중이었으므로 방문이 잠겨 있었겠지요. 관하몽과 객잔 주인 외에 자물쇠를 열 수 있는 사람은 관하몽과 함께 투숙한 소소용뿐일 겁니다. 그러니 소소용이 직접 문을 열고 방으로 들어간 겁니다."

모두 고개를 끄덕였다. 방다병은 돌탁자에 자리를 잡고 앉아 사람들을 둘러보며 차근차근 얘기를 이어갔다. "소소용은 술시까지 살아 있었지만 인시에는 죽은 상태였습니다. 그렇다면 해시亥時나 자시에 죽었을 겁니다. 바로 그 시간에 내가 양수홍, 양송과 함께 연구를 하고 있었으므로 양수홍과 양송은 범인이 아닙니다. 만약 용 낭자가 해시나 자시에 소소용을 죽였다면 어젯밤 인시에 그 방에 갔을 리 없죠. 더욱이 소소용이 아하소축에서 처음 습격을 받은 때에 용 낭자는 줄곧 이연화와 있었으니 살인을 할 수 없습니다. 따라서 용 낭자는 범인이 아닙니다. 용 낭자가 범인이 아니라면……" 방다병은 잠시 뜸을 들이며 어깨를 으쓱였다. "그렇다면 한 사람만 남죠." 그러고는 자신에게 다리를 걸리고 아혈이 짚여 바닥에 쓰러져 있는 강혜하에게로 휙 시선을 던졌다. "이연화, 본 공자, 관하몽, 소소용, 강혜하, 용부첩, 양송, 양수홍 순으로 객방을 쓰고 있습니다. 어젯밤 본 공자는…… 헤헤…… 나가서 술을 마시고 있었으므로 인시에 내 객방은 비어 있었습니다. 이연화는 병이 나 세상 모르고 잠들어 옆방에서 나는 소리를 듣지 못했지요. 그런데 어젯밤 누군가가 강혜하의 방 지붕을 넘어 지나갔고, 또 한 사람은 그녀의 방 지붕 위를 향해 화살을 쏘았습니다. 모두 세 사람이 그녀의 방 근처를 서성이고 문을 열었다 닫았다 하고 창을 넘고 심지어 침대에 화살까지 꽂았지요. 강혜하도 무예를 배운 사람인데 아무리 잠이 들었다 해도 아무 낌새도 채지 못한 것이 이상하지 않습니까?"

양송은 흠칫 놀랐다. 양수홍이 편법에는 능하나 내력과 경공은 그리 뛰어나지 않아서 그가 지붕 위를 지나가고 또 자신이 그를 향해 화살을 쏘았으니 모두들 그 소리를 들었을 것이다. 강혜하가 아무리 무공이 뛰어나지 않다 해도 소소용의 옆방에 묵고 있었고, 관하몽의 방도 엎어지면 코 닿을 거리에 있으니 곤히 잠들어 아무것도 몰랐다는 말은 믿기 힘들었다.

방다병의 말이 계속 이어졌다. "소소용이 자기 방에서 나가 관하몽의 방으로 갈 때는 워낙 소리가 작아서 가장 가까운 방에 있던 사람 말고는 아무도 알지 못한 겁니다. 소소용이 다행히 목숨을 건졌으니 언제라도 깨어나면 자신을 공격한 범인이 누군지 말하겠지요. 그런데 관하몽이 그녀 옆을 떠나지 않고 보살피고 있어 강혜하는 그녀를 죽여 입막음할 기회가 없었을 겁니다. 그러다 어젯밤 관하몽이 돌아오지 않고 소소용이 그의 방으로 들어가자 강혜하에게 절호의 기회가 온 것이지요. 강혜하는 혼례 때 훔친 두 가지 흉기를 들고 가 소소용에게 이불을 덮어씌우고 침대 위로 밀어 넘어뜨린 뒤 십수 번을 찔렀습니다. 그러고는 흉기를 내던지고 아무 일도 없었던 것처럼 자기 방으로 돌아갔습니다."

용부첩이 의문을 제기했다. "그럴듯한 추측이지만 이해할 수 없는 점이 있어요. 살인을 하려고 소도홍을 훔친 건 그럴 수 있다 치지만 봉황비녀는 왜 훔쳤을까요? 봉황비녀로도 물론 사람을 죽일 수는 있겠지만 소도홍에 비하면 훨씬 무딘데 그걸 어디에 쓰려고 했을까요?"

방다병은 말문이 막혔다. 이연화가 그것까지는 말해주지 않았던 것이다. 속으로 아차 싶어 '본 공자가 망신을 당하겠구나!' 하고 생각하는데 퍼뜩 잔꾀가 떠올랐다. 방다병이 강혜하를 발로 툭 차서 혈도를 풀더니 이연화처럼 반들거리며 히죽 웃었다. "그건 당사자에게 직접 물어보는 게 좋겠군요."

모두의 눈길이 강혜하에게로 쏠렸다. 강혜하는 아혈이 풀리자마자 새된 고함을 질렀다. "내가 안 그랬어요!"

방다병이 냉소했다. "그럼 누구지?"

강혜하는 멈칫하더니 떨리는 눈동자로 사람들을 차례로 응시했다. 사방에서 자신에게 내리꽂히는 멸시와 혐오의 시선을 보고는 갑자기 주눅이 들었는지 서럽게 울음을 터뜨렸다. "어젯밤…… 어젯밤 소소용을 찌른 건 나예요. 하지만…… 야하소축에서 소소용을 공격한 건 내가 아니에요!"

모두들 놀랐다. 그중에서 제일 놀란 건 방다병이었다. "뭐라고?"

방다병은 바닥에 엎드려 목놓아 우는 강혜하를 부축해 일으켰다. 강혜하는 흐느끼며 말했다. "혼례가 치러지고 있을 때, 내가…… 소도홍을 훔쳐서 소소용을 불러낸 건 맞아요. 아무런 경계심도 없는 소소용의 혈도를 짚었어요. 하지만…… 붉은 옷을 입은 어떤 여자가 뒤에서 내 혈도를 짚어 나를 쓰러뜨렸어요. 언제부터인지 모르지만 그 여자가 계속 내 뒤를 따라다녔어요. 내가 선물함에서 소도홍을 훔치자 그 여자는 봉황비녀를 훔쳤어요. 그러고는 내 앞에서 소소용을…… 끔찍하게…… 너무 끔찍하게 난자했어요……"

방다병의 미간에 깊은 골이 파였다. "그걸 믿으라고? 세상에 그렇게 이상한 여자가 어디 있어?"

강혜하의 날카로운 고함이 허공을 갈랐다. "그 여자가…… 소소용 위에 엎드려 상처에서 피를 빨아 먹었어요…… 요괴예요! 요괴!"

모두들 믿지 못하겠다는 표정으로 서로 눈을 마주치자 강혜하가 숨을 헐떡이며 외쳤다. "면사포를 쓰고 그 아래 가면을 쓰고 있었어요. 키는 크지 않았지만 몸매도 몸짓도 형언할 수 없이 아름다웠어요. 꼭…… 선녀처럼, 요괴처럼!"

방다병의 가슴이 철렁 내려앉았다. 설마 각려초? 세상에 그녀 말고 그런 짓을 할 사람이 또 있을까?

강혜하의 말이 이어졌다. "그녀가 내게 물었어요. 내가 좋아하는 사람을 이 여자가 빼앗아가지 않았느냐고. 자기는 사랑하는 사람을 얻지 못한 여자가 제일 불쌍하다면서, 그러면서…… 소소용을…… 그렇게 만들었어요……"

모두들 그제야 알았다. 강혜하가 관하몽을 연모했지만 관하몽의 마음속에는 오로지 소소용뿐이었기에, 강혜하가 소소용을 죽였다는 것을.

방다병이 물었다. "가면 쓴 그 여자의 얼굴은 못 봤고?"

강혜하가 고개를 젓고는 목 옆부분을 가리키며 말했다. "여기에 자그마한 빨간 점이 하나 있었어요. 피 한 방울이 떨어진 것처럼."

양송이 "아!" 하며 눈을 크게 떴다. "그 여자, 나도 혼례식 때 봤소."

강혜하가 처연한 표정을 지었다. "난 소소용이 죽었다고 생각했지만, 그 여자는 소소용을 죽이지 않았어요. 하지만 소소용은 내게 혈도를 짚여 정신을 잃었으니 깨어나면 자신을 난자한 게 나라고 생각하겠죠. 그래서…… 어젯밤에…… 소소용을 죽였어요."

방다병이 미간을 찡그렸다. "그럼 아하소축의 벽에 어지럽게 나 있던 핏자국은 어떻게 된 거지?"

강혜하가 경멸조로 말했다. "그건 내가 연지로 그린 거예요. 똑똑한 척하면서 그것도 모르셨어요?"

방다병은 아래턱을 쓰다듬으며 속으로 뇌까렸다. '얼어죽을 이연화는 첫 습격이 일어난 방에는 가보지도 않았어. 가봤다면 속았을 리 없지. 이연화는 야하소축에 잠깐이라도 더 머물고 싶지 않은 것처럼 휑하니 산을 내려가버렸어. 지금도 어디서 밥이나 먹고 있겠지……' 그러면서도 겉으로는 이렇게 말했다. "강호의 법도에 따르면 결투를 벌이다 죽일 수는 있어도 사람을 독살하거나 암살하는 건 떳떳하지 못한 일이다. 지금 불피백석 사람들이 소청봉에 있으니 그분들을 모셔다 처분을 맡기겠다."

5. 사령운謝靈運*이 거닐던 안갯속도, 상비湘妃**가 뛰어든 강물도 이 둘의 사랑만큼 애끓지는 않네

방다병이 객잔 뒤뜰에서 득의만면하고 있을 때 이연화는 무림객잔 바깥 대청에서 밥을 먹고 있었다. 한가롭게 술 한 병과 말린 두부 두 접시, 국수 한 그릇을 시켰다. 엽전 여덟 닢짜리 식사는 몹시 흡족했다.

술 반병과 말린 두부 한 접시를 거의 비워갈 때쯤 다른 손님들은 뭘 먹고 있는지 둘러보는데 자주색 도포 차림의 한 남자가 눈에 들어왔다. 막 술을 삼키던 이연화는 사레가 들려 켁켁대다 얼른 국수 그릇을 비운 뒤 품에서 손수건을 꺼내 입가를 깨끗이 닦고는 엽

* 중국 남북조시대 문인. 주로 산수 경치를 서정적으로 노래하는 시를 썼다.

** 요임금의 딸인 아황(娥皇)과 여영(女英). 순임금의 첫째 왕비와 둘째 왕비가 되었으나, 순임금이 죽자 뒤따라 상수에 몸을 던져 죽었다.

전 여덟 닢을 탁자에 올려두고 몸을 일으켰다.

자주색 도포 차림의 남자도 일어났다. 그는 머리에 삿갓을 쓰고 검은 비단천으로 얼굴을 가렸으며 손에는 검을 들고 있었다.

이연화가 위를 가리킨 뒤 두 사람은 함께 밖으로 나갔다.

소청봉, 전객애顚客崖.

두 사람은 전객애 절벽 위에 말없이 서 있었다. 한 사람은 우뚝 솟은 큰 키에서 절로 위용이 느껴졌고, 다른 한 사람은 그보다 조금 작고 마른 체구였다. 자주색 도포 차림에 삿갓을 한쪽에 벗어놓은 사람은 초자금이고, 약간 왜소한 몸에 잿빛 무명옷을 입은 사람은 이연화였다.

그렇게 한참을 말없이 서 있다 이연화가 먼저 탄식과 함께 입을 열었다. "식사는 하셨어요?"

뜻밖의 질문에 초자금은 순간 당황한 기색이었다. "먹었다."

이연화는 미안한 표정으로 말했다. "실은 식사를 대접할 돈도 없었어요."

초자금은 또 당황한 듯 한참을 굳은 표정으로 있다가 천천히 말했다. "십 년 사이에 많이 변했구나."

"그래요? 하긴 십 년이나 흘렀으니…… 형님도 많이 변하셨어요. 기세도 많이 누그러지셨고."

"완만 때문이지. 완만이 원한다면 어떻게든 변할 수 있어."

이연화가 빙그레 웃었다. "두 사람이 좋다면 됐어요."

초자금은 아무 대꾸 없이 이연화를 뚫어져라 응시했다. 이연화는 자기 몸을 이리저리 살펴보다 "아" 하는 짧은 탄성과 함께 민망한 듯 말했다. "소매가 뚫어진 것도 몰랐네요……"

초자금이 허리를 좀더 곧게 폈다. "진즉에…… 죽었으면서 왜 돌아왔느냐……"

뚫어진 소매 깃을 재빨리 감싸쥐던 이연화가 그 말에 놀라 되물었다. "돌아왔다니요?"

초자금이 낮은 목소리로 말했다. "설마 완만을 놓아주지 않겠다는 거냐? 완만은 너 때문에 십 년을 고통받았다. 우리의 십 년 청춘을 이상이의 죽음과 맞바꿨는데 그걸로도 부족해? 대체…… 왜 돌아왔느냐?"

이연화는 망연한 표정을 지었다. "아…… 방다병에게 억지로 끌려왔어요. 실은……" 순간 목소리가 가늘게 떨려 이연화는 한숨을 내쉬었다. "옛 벗도 보고 선물도 주고 싶었어요. 돌아오겠다느니 그런 생각은 하지 않았어요……"

초자금의 얼굴에 한 가닥 냉소가 스쳤다. "강호 사람들은 아직도 이상이의 명성을 잊지 않았다. 각려초와 적비성이 돌아왔는데 네가 돌아오지 않으면 그 명성을 저버리는 것이겠지. 게다가 오로지 너 하나만 따르는 사람들도 있으니……"

"강호에는 늘 인재가 등장하는 법이죠. 지난 십 년간 우리보다 더 훌륭한 젊은 영웅들이 나타났으리라 믿어요."

초자금이 싸늘한 투로 말했다. "넌 그리 믿을지 몰라도 난 못 믿는다. 네가 돌아오면 완만의 마음도 변할 테고."

이연화가 알 수 없는 눈빛으로 그를 응시하다 천천히 입을 뗐다. "형님이 완만을 못 믿으시다니……"

초자금의 미간이 솟구치듯 불룩해졌다. "난 완만을 믿지 않아. 네가 살아 있는 한, 난 영원히 그녀를 믿을 수 없어."

이연화가 "아" 하고 탄식하자 초자금이 버럭 고함을 질렀다. "뛰어내려! 내 손으로 널 죽이고 싶지는 않다."

전객애의 절벽에 몰아친 매서운 바람에 두 사람의 옷자락이 마구 나부꼈다. 이연화는 절벽 아래를 슬며시 내려다보다 얼른 목을 움츠렸다.

초자금이 싸늘한 눈빛으로 그를 노려보았다. "아직도 죽음이 두려우냐?"

이연화가 탄식했다. "절벽 아래에 큰 나무도 없고, 강물도 없고, 절대 고수가 은신해 있을 만한 동굴도 없어요. 뛰어내리면 살아날 가망이 없다고요. 무섭습니다."

초자금이 손에 든 검을 들어올렸다. "그렇다면, 덤벼라."

이연화가 나지막이 말했다. "정말로 저를 죽이시려고요?"

초자금은 칼집에서 검을 휙 빼들고 칼집은 바닥으로 툭 내던졌다. 그의 손에 들린 파성검破城劍의 시퍼런 검광이 이연화의 얼굴을 비췄다. "물론이지! 내가 한번 뱉은 말은 반드시 지킨다는 걸 너도 알잖느냐."

이연화는 구멍난 소매 깃을 놓고 뒤돌아섰다. 그의 옷자락이 바람에 펄럭였다.

이연화는 아무 말도 하지 않았다. 초자금의 가슴이 선득했다. 이상이의 무공을 누구보다 잘 아는 그였다. 비록 십 년 세월이 흘렀고 중상을 입은 뒤 공력이 줄어들었겠지만 이연화가 눈앞에 있는 것만으로도 두려웠다. 초자금의 검날이 파르르 떨리더니 윙 하는 소리와 함께 검 끝이 이연화의 가슴을 향해 곧장 날아갔다.

야하소축, 정방正房 객청.

교완만은 창 앞에 서 있었다. 초자금은 저녁을 먹은 뒤 볼일이 있다며 혼자 산을 내려갔다. 휘영청 밝은 달빛, 찬란한 별빛, 풀, 나무, 굽이굽이 이어진 산자락. 모든 게 익숙했다. 언제부턴지 모르지만 그녀는 지금의 생활에 익숙해졌다. 의지할 곳 없이 떠도는 불안감도 사라졌다……

"교 낭자."

문을 두드리는 소리에 돌아보니 기한불이었다. "기 사형."

평소에 그녀와 거의 대화를 나눈 적 없는 기한불이 찾아오다니, 중요한 용건이 있는 게 분명했다.

"몸은 회복됐습니까?" 기한불이 예의 무덤덤한 투로 물었다. 예전에 이상이와 대화할 때도 그는 다정하거나 살가웠던 적이 없다.

교완만은 온화한 미소를 지었다. "다 나았어요. 걱정해주신 덕분이에요."

기한불이 고개를 끄덕이고는 덤덤하게 말했다. "일전에는 자금 형님이 계셔서 묻지 못했습니다. 그날 각려초를 만난 거죠? 그 요녀의 무공이 더 강해졌던가요?"

교완만은 고개를 끄덕였다. "제 입을 향해 빙중선을 쏠 때, 미처 저항할 수도 없었어요. 가면에 암기를 감춘 기법과 손의 힘, 정확도가 마치……"

기한불이 천천히 말했다. "마치, 피구의 무공과 비슷했습니까?"

교완만이 낮은 한숨을 내쉬었다. "그래요."

기한불이 무거운 표정으로 말했다. "솔직히 말하면, 불피백석 중 각려초의 끄나풀이 있는 것 같습니다. 최근 어룡우마방이 백천원의 백여든여덟 개 감옥 중 세 곳을 습격해 죄수 서른 명을 빼내 갔습니다. 백여든여덟 개 감옥의 위치를 알고 있는 건 우리 넷뿐입니다. 우리 넷 중 누가 알려주지 않았다면 감옥 세 개가 연달아 습격당하는 건 불가능해요."

교완만의 몸이 가늘게 떨렸다. "제일 의심스러운 사람이……"

기한불이 차분하게 말했다. "증거가 없으니 섣불리 누굴 의심할 수는 없습니다. 다만 각려초에게서 어떤 단서를 찾을 수 있을까 싶어 교 낭자에게 물어본 것입니다."

"피구가…… 오래전에 각려초를 흠모했으니…… 각려초가 그의 무공 기법을 배운 건 그럴 수 있어요. 기 사형, 사고문은 오래전에 흩어졌고, 이제 사고문의 정신을 지킬 수 있는 건 불피백석 네 사람뿐이에요. 그중 누군가가 배신했다는 얘기는 듣고 싶지 않아요." 교완만이 가만히 눈을 감고 나직이 말했다. "상이가 죽은 뒤 우리 중 누구도 가업을 지키지 못했어요…… 불피백석은 유일하게 남은 사고문의 자랑이에요."

기한불이 차가운 시선으로 창밖을 응시하다 대뜸 말했다. "백천원 지하에 통로가 있는 걸 압니까?"

교완만이 놀라며 고개를 저었다.

기한불이 싸늘한 목소리로 말했다. "아무 도움 없이 누가 감히 백천원 지하에 큰 통로를 팔 수 있었을까요?"

교완만은 아무 말도 하지 않았다. 그녀의 눈가에서 눈물이 반짝였다.

기한불은 한참 동안 침묵하다 담담하게 말했다. "정말로 우리 넷 중 누구도 변심하지 않았다면, 교 낭자보다 내가 더 기쁠 겁니다." 말을 마친 기한불은 몸을 휙 돌려 방에서 나갔다.

교완만의 눈시울에 그렁그렁 맺혔던 눈물이 두 뺨을 타고 흘러내렸다. 밤바람이 불어와 뺨을 시리게 감쌌다. 교완만은 고개를 돌려 밤하늘에 뜬 달과 별을 올려다보다 눈을 감았다. 상이, 상이, 네가 살아 있다면 세상이 이렇게 변하진 않았을 텐데…… 네가 살아 있다면 사고문의 명맥이 지금까지 이어졌을 텐데…… 네가 살아 있다면 우리는…… 예전처럼 두려움 없이 든든하게 의지할 수 있을 텐데.

기한불이 교완만의 방에서 나오는데 객청이 시끄러웠다. 장작처럼 비썩 마르고 흰옷을 입은 청년이 석수와 서로 멱살을 쥐고 싸우고 있었다.

"무슨 일이냐?" 기한불이 낮은 목소리로 물었다.

백강순이 히죽거리며 대답했다. "방씨 가문 자제예요. 별호 근심 공자. 자국녀 강혜하가 관하몽의 의매 소소용을 죽였다면서 넷째에게 강혜하를 체포해달라고 찾아왔어요. 넷째가 절대로 자기는 여자를 체포하지 않는다고 버티고 방 공자는 여자를 체포해 가라고 고집을 부리다 싸움이 났어요."

기한불의 짙은 눈썹이 약간 일그러졌다. "살인을 했다는 확실한 증거는 있고?"

백강순이 고개를 끄덕였다. "조목조목 설명하는 걸 들어보니 틀림없어요."

기한불이 말했다. "평천에게 맡기거라."

백강순이 껄껄 웃었다. "진즉에 맡겼어요. 그런데도 방 공자가 분이 안 풀려서 넷째를 붙잡고 늘어지는 거예요."

방다병이 석수의 멱살을 붙잡고 고래고래 외쳤다. "여자도 호랑이보다 사나울 수 있어! 여자도 뭐든지 다 할 수 있다고! 살인도 하고, 방화도 하고, 남자도 유혹하고, 사기도 치고, 애도 낳고……"

기한불은 방다병을 쳐다보지도 않고 백강순과 석수에게 번갈아 눈길을 던졌다. 석수의 표정은 싸늘했고 백강순은 계속 히죽거렸다.

그때였다. 별안간 밖에서 우렁우렁한 외침이 들렸다. "선배님들, 아직 강호에 큰 소란은 일어나지 않았으나 근심스러운 조짐이 나타나고 있습니다. 사고문을 새롭게 정비해 다시 일어나야 합니다. 북쪽으로는 각려초의 어룡우마방 세력을 평정하고, 남쪽으로는 적자관赤子觀에 대항하고, 중앙에서는 적비성이 다시 득세하지 못하도록 다스려 백성들을 편안히 살게 해주어야 합니다. 저희 일행은 초 대협의 혼례식이 끝나고도 돌아가지 않고 계속 머물러 있었습니다. 식객으로 며칠 밥을 얻어먹었으니 선배님들께 충언을 드리고자 합니다. 이상이 선배님이 돌아가시고 사고문이 와해된 뒤로는 이렇게 한자리에 모일 기회가 없었고 저 부형양傅衡陽의 지위가 낮아 아무도 제 말을 귀담아듣지 않았습니다. 허나 선배님들께서 제 의견을 들어주신다면 강호의 형세를 크게 바꿀 수 있을 것이옵니다."

정방에 모여 있던 사람들 모두 깜짝 놀랐다. 앳된 목소리에 예의바른 말투지만 혈기 왕성하고 포부가 넘쳤다. 대체 누굴까? 방다병이 시끄럽게 고함을 지르기는 했어도 누가 다가오는 기척을 들은 사람이 아무도 없으니 경공 또한 제법 훌륭했다. 허랑방탕한 애송이는 아닌 듯했다.

기한불이 한쪽 눈썹을 추어올렸다. "들어오게."

문밖에서 낭랑한 웃음소리가 들리더니 후리후리한 몸에 잘생긴 얼굴, 흰옷을 입은 자태가 말쑥한 청년이 환하게 웃으며 문을 열고 들어섰다. 낯선 얼굴이었다. 기한불 무리는 서로 의구심 가득한 눈빛을 주고받았다.

방다병이 청년을 위아래로 훑어보았다. "자넨 누군가?"

청년이 두 손을 모아 예를 갖췄다. "저는 부형양이라고 합니다. 출신은 보잘것없고, 아직 변변한 재주도 없습니다. 잘하는 것이라고는 그저 '오만방자'라는 네 글자뿐이옵니다."

방다병은 "하하하!" 하고 웃음을 터뜨렸다. "오만방자라. 재미있는 친구일세. 지금 자네가 누구와 얘기를 하고 있는 줄은 아나?"

부형양이 정색을 하고 진지하게 대답했다. "불피백석의 높은 명성을 제가 어찌 모르겠사옵니까? 선배님들께서 저를 모르실 뿐이지요."

방다병이 웃자 백강순도 껄껄 웃었다. 석수는 웃음기가 조금도 없는 음침한 얼굴로 서 있었다. 기한불이 물었다. "사고문을 다시 일으켜세우기가 말처럼 쉽겠는가? 그 옛날 맹우盟友들이 거의 모두……"

부형양이 그의 말허리를 잘랐다. "제게 생각해둔 바가 있습니다. 선배님들께서 한마디만 해주신다면 사고문을 다시 일으켜세울 수 있습니다."

방다병은 부형양이 첫눈에 마음에 들어 속으로 환호성을 질렀다. 감히 기한불의 말을 자르고 끼어드는 놈이 있다니. 젊은 녀석이 정말로 오만방자하기 짝이 없지 않은가!

기한불도 화난 기색이 없었다. "한마디라니?"

부형양이 고개를 살짝 들고 미소를 지었다. "'좋다'라고 말씀만 해주십시오."

기한불이 말했다. "어디 한번 자세히 말해보게."

"사고문이 다시 일어서려면 두 가지가 필요합니다. 첫째, 문주가 없습니다. 둘째, 제자가 부족합니다. 초자금 대협을 문주로 추대한다면 아무도 반대하지 않을 것입니다. 그리고 제자는…… 십 년 전 사고문에 선배님들이 계셨는데, 십 년 후 사고문에서 강호의 젊은이들을 받아 새로운 피를 수혈하지 못할 이유가 있겠습니까?" 부형양이 팔을 휘둘러 소매 깃을 펄럭이자 문이 덜컹 열렸다. 야하소축 대문 밖 이상이의 의관총 옆에 불빛이 점점이 밝혀져 있었다. "제 일행이 사고문의 중흥을 위해 계책을 올리고 피와 땀을 흘리고자 하옵니다."

문밖을 휙 둘러보던 방다병이 갑자기 "아!" 하고 외쳤다. "자네가 누군지 알겠어! 유연신침 관하몽과 쌍벽을 이루는 그 유명한

'소년광少年狂'이로군!"

"하하하! 천만의 말씀이십니다. 저는 관하몽과 한데 어울려 더러운 유명세를 얻은 적이 없습니다."

불과 몇 달 사이에 강호의 유명인사로 떠오른 소년광을 기한불이 싸늘한 시선으로 응시했다. 사고문을 부흥시키겠다는 그의 말은 확실히 오만방자한 것이었다. 현재 불피백석 네 사람은 겉으로는 가까워 보여도 실제로는 서먹한 사이로 변했고, 적비성과 각려초가 나타났으며, 강호 곳곳에 어려움이 도사리고 있으니 어찌 말처럼 그리 쉬운 일이겠는가……

기한불이 결단을 내리지 못하고 있을 때 방안에 드리운 죽렴이 휙 걷히더니 누군가 떨리는 소리로 외쳤다. "좋다!"

백강순과 석수가 깜짝 놀라고 기한불도 어리둥절해했다. 방다병이 "아" 하고 탄성을 질렀다. "부인……"

죽렴을 걷고 나온 사람은 교완만이었다.

부형양이 우렁찬 웃음을 터뜨렸다. "좋습니다! 태산 같은 그 말씀을 떠받들어 지금 이 시간부터 저희 일행 일곱 명은 사고문에 충성을 다할 것이며, 강호의 대업을 위해 목숨도 아끼지 않겠습니다!"

방다병이 탁자를 탁 치며 칭찬했다. "호방한 기세로다! 사고문의 부흥에 나도 한몫 거들겠소!"

기한불은 미간에 깊은 주름이 파였고, 교완만은 깊은 숨을 내쉬며 형형한 눈동자로 정방에 있는 모든 이들의 얼굴을 차례로 응시했다. 이유는 알 수 없지만 그녀의 눈빛에 처연함이 감돌았다.

침묵하고 있던 백강순이 한숨을 내뱉었다. "사고문의 부흥에 이

뚱보도 한몫 거들겠소이다!"

석수가 어두운 목소리로 말했다. "형님이 언제 쫓겨나신 적이 있소?"

백강순이 헛웃음을 웃었다. "내 입을 쳐야겠구나. 우린 원래 살아서도 문중 사람이고 죽어서도 문중 귀신이지."

기한불의 미간 주름이 더 깊어졌다. 그는 여전히 침묵했다.

교완만의 눈에서 왈칵 쏟아진 눈물이 그녀의 꽃신 앞 흙바닥에 떨어졌다. "자금도…… 기뻐하며 문주 자리를 수락할 거예요……" 그녀의 잠긴 목소리에서 간절한 바람이 묻어났다.

그녀가 지난 세월 내내 사고문이 다시 일어서길 바란 이유가 이상이를 기다린 것일 뿐임을 기한불은 잘 알고 있었다. 초자금은 명예욕이 강하고 독선적인 사람이었다. 비록 지금은 조용히 살고 있지만 본성은 쉽게 변하지 않는다. 문주로 추대한다면 흔쾌히 받아들일 것이다. 한참 동안 말없이 교완만의 처량한 표정을 보고 있던 기한불이 담담한 투로 입을 열었다. "사고문의 부흥에 대해 신중하게 논의해봅시다."

그의 말에 모두의 얼굴이 상기됐다. 불피백석이 처음으로 찬성의 뜻을 밝힌 셈이었다.

부형양이 몹시 기뻐하며 고개를 들어 휘파람을 길게 불자 이상이의 의관총 뒤에서 수많은 불빛이 켜졌다. 그들 뒤에 수십 명의 청년들이 도열해 있었던 것이다. 맨 앞에 서 있는 청년 여섯 명이 동시에 외쳤다. "선배님의 유지를 받들어 이 한몸 다 바치겠습니다!" 무공이 뛰어난 여섯 청년의 우렁찬 외침이 메아리가 되어 사방에서 울렸다.

교완만이 그들을 응시했다. 사고문이 처음 세워지던 때를 보는 것 같았다. 하지만 그때…… 이상이는 지금 눈앞에 있는 청년들보다 더 젊고 늠름했으며 더 자만심이 넘쳤다…… 그녀의 입가에 미소가 떠올라 더 처연하게 보였다. 청년들이 "선배님"을 외치고 있지만 이상이가 죽지 않았다면 그들보다 불과 몇 살 많은 나이일 테니 그들이 상상하는 선배의 모습은 아닐 것이다……

소청봉, 전객애 절벽 앞.

초자금의 검이 가슴을 향해 곧장 날아오자 이연화는 몸을 돌려 도망쳤다. 그때 맞은편 절벽의 야하소축에서 우렁찬 외침이 울려 퍼졌다. "선배님의 유지를 받들어 이 한몸 다 바치겠습니다!" 크고 낭랑한 소리가 산골짜기에 부딪혀 메아리가 되어 흩어졌다.

두 사람 모두 크게 놀랐다. 초자금의 검이 이연화의 목을 약간 비껴 허공을 찌르고 이연화는 바닥에 나뒹굴었다.

맞은편 산자락에 점점이 밝혀진 불빛이 천천히 움직이며 '사고문 부흥'이라는 다섯 글자를 만들었다.

초자금과 이연화의 눈빛이 마주했다. 이연화의 망연한 눈동자 위로 의심에 가득찬 초자금의 눈빛이 비쳤다. 이연화가 황급히 손을 내저었다. "내가 한 게 아니에요."

초자금이 검을 거두어 칼집에 넣었다. 맞은편 산자락에 불빛이 환하게 밝혀지고 큰일이 난 것처럼 사람들의 그림자가 어른거렸다. 교완만의 안위가 걱정됐다. 초자금이 몸을 휙 솟구쳐 숲속 오솔길로 향하며 외쳤다. "완만 앞에 한 번만 더 나타나면 널 죽여버리겠다!"

방금 전 바닥에 나뒹굴 때 이연화는 정말로 아찔했다. 허리와 등이 욱신거려 일어날 수 없었다. 맞은편 산자락을 한참 동안 바라보던 그가 중얼거렸다. "어떻게 이런 일이……"

맞은편 산자락에서 너울대는 불빛은 그의 환각이 아니었다. 저들이 드높은 기개와 뜨거운 혈기를 품고 웅대한 일을 시작하려 하고 있었다.

며칠 지나지 않아 강호에 사고문이 다시 등장했다는 소식이 무림 전체로 퍼졌다. 적비성과 각려초가 나타났다는 소식이 일으킨 파문이 채 잦아들기도 전에 강호가 다시금 떠들썩해졌다. 자포천선 초자금이 사고문의 문주가 되고, 불피백석 네 사람이 계속 형당을 관리했으며, 군사는 소년광 부형양이 맡았다. 그 아래로 백기당百機堂과 백천원이 나란히 배치되고 각 문파마다 지략이 뛰어난 청년 준걸들이 포진했다. 사호은창의 남은 세 명 중 두 명이 돌아왔다. 소림 장문, 무당 도장, 개방 방주 등이 잇따라 찾아와 축하했으며, 방씨 가문의 대공자 방다병이 사고문의 객좌客座를 맡았다. 마침내 사고문을 다시 일으켜세우기로 확실히 결정되었다.

강호 사람들 모두 사고문의 재기를 환영했다. 유일하게 기뻐하지 않은 이는 아마 이연화일 것이다. 길상문연화루의 주인이자 강호 제일의 신의라 불리는 그가 힘을 보태지 않을 수 없었다. 부형양이 그를 사고문의 의사醫師로 영입해 죽어가는 사람을 살리고 다친 사람을 치료하는 책임을 맡겼다.

조용했던 소청봉에 사람들이 모여들었다. 만나는 사람마다 고개를 끄덕여 인사를 나누고, 두 손을 모으고 명성을 익히 들었다며 반가워하고, 동지들과 웃고 떠들고 대협들과 왕래하며 시끌벅적해졌다.

6. 규방 꿈속에 다행히 영지靈芝와 상서로운 이슬이 있다네

사고문이 부흥을 선언한 뒤 불피백석 세 사람은 소청봉에 머물지 않고 백천원으로 돌아가 백여든여덟 개 감옥 중 세 개가 습격당한 사건을 처리했다. 부형양은 소청봉에서 복잡한 일들을 해결하는 데 착수했다. 예전 사고문의 규칙에 따라 인력을 배치하고 제자들을 훈련시키고 새로 들어온 제자들을 적재적소에 안배하는 등 눈코 뜰 새 없이 바빴다. 방다병은 사고문 부흥에 대한 뜨거운 열정만큼은 남들 못지않아 필요한 자금을 융통해주었지만, 인력 배치도 할 줄 모르고 원대한 포부도 없었기에 최근에는 하는 일 없이 무료하게 소청봉에서 시간을 보내고 있었다.

하지만 소청봉에서 방다병보다 더 따분하고 무료하기 짝이 없는 사람이 있었으니, 바로 신의 이연화였다. 소청봉에는 아픈 사람도 죽은 사람도 없었고, 설령 아픈 사람과 죽은 사람이 있어도 그가 고치거나 살려낼 수도 없었다. 그래서 그는 요 며칠 부형양이 정해준 방안에 틀어박혀 『본초강목』을 품에 안은 채 잠만 늘어지게 잤다.

"……새로운 사고문에서 다른 사람은 몰라도 방다병은 절대로 건드리면 안 된대……" 어느 날 이연화가 모처럼 잠을 자지 않고 먼지떨이를 들고서 방 청소를 하는데, 갑자기 밖에서 누군가 소곤거리는 소리가 들렸다. 일부러 엿들으려는 건 아니었지만 그 목소리가 계속 귓속으로 파고들어왔다.

"그 여자가 다른 여자를 죽였는데 방다병이 그걸 꿰뚫어보고 체포했다지. 앞으로 우리도 절대로 나쁜 짓을 하면 안 돼……"

이연화가 조심스럽게 먼지떨이를 내려놓고 걸레로 선반을 닦는데 문이 삐그덕 열리며 얘기를 나누던 몇 사람이 걸어들어왔다. "이 선생은 어디 계신가?"

"아……" 이연화가 몸을 돌렸다. 방으로 들어온 세 사람은 백기원의 제자들이었다. 한 명은 주먹코에 눈이 작고, 다른 한 명은 튀어나온 입술 사이로 뻐드렁니가 툭 불거졌으며, 나머지 한 명은 개구리처럼 눈이 컸다. 백운파白雲派 사마옥司馬玉의 수제자들로 이틀 전 사고문에 새로 들어온 이들이었다.

"이봐 일꾼, 이연화 선생은 어디 가셨어? 모기가 내 몸을 만신창이로 만들어놨으니 약 좀 줘. 이 선생에게 좋은 약이 있다던데 어서 좀 발라줘봐." 뻐드렁니가 그렇게 말하며 한쪽 다리를 내밀었다. 정말로 산모기에 물린 붉은 자국으로 뒤덮여 있었다.

이연화가 또 "아" 하자 주먹코에 작은 눈이 버럭 성을 냈다. "아는 무슨 아야? 어서 약 내놔!"

이연화가 뭐라고 말하기도 전에 개구리눈이 킬킬대며 말했다. "둘 다…… 뭐뭐뭐뭘 그리 크크크큰 소리를 내고 그래? 아아아안

준다고 하하하하지도 않았는데……"

이연화가 미안한 표정으로 말했다. "모기 물린 걸 치료하는 약은 없소……"

뻐드렁니가 모기에 물린 자국을 긁으며 성을 냈다. "왜 없어? 이연화가 천하의 모든 병을 다 고친다고 부형양에게 들었어! 죽은 사람도 살려내는데 그깟 모기 몇 마리를 못 이기겠어?"

이연화가 기어들어가는 목소리로 말했다. "그런 약은 없소……"

뻐드렁니가 계속 소리를 질렀다. "이 산속에 수백 명이 살고 있는데 모기 물린 데 바르는 약 하나 없다는 걸 어떻게 믿어? 저리가. 내가 찾을 테니!"

이연화가 황급히 말했다. "잠깐 기다리시오. 탁자를 아직 덜 닦았소. 다 닦으면 찾으시오……"

말이 끝나기도 전에 뻐드렁니가 이연화의 멱살을 확 낚아채 번쩍 들어올리자 다른 두 명이 서랍을 열고 거칠게 뒤지기 시작했다. 『금석연金石緣』 『수혜기繡鞋記』 『천표도天豹圖』 등 전기소설 몇 권과 걸레, 먼지떨이, 옷 두 벌, 신발 한 켤레 외에 약병이 여러 개 있었지만 모두 빈병이었다.

그새 모기 물린 곳이 점점 더 가려워진 뻐드렁니가 물었다. "약은 어디 있어?"

이연화가 말했다. "사고문 사람들은 무공이 뛰어나고 기혈이 잘 돌아 살갗을 통해서도 기를 발산하고, 입은 옷은 쇠로 된 갑옷 같은데 어떻게 모기에 물리겠소……"

세 사람의 낯빛이 싹 변했다. 이연화를 두들겨패려는데 갑자기 빼드렁니가 "어이쿠!" 하고 외마디 비명을 지르더니 얼굴이 순식간에 하얗게 질리고 눈동자가 뒤로 넘어가면서 입에 흰 거품을 물고 쓰러졌다. 다른 두 사람이 기겁을 했다. "여자 귀신 말이 맞았어!"

이연화도 놀라 황급히 부축했지만 눈 깜짝할 사이 빼드렁니의 온몸에 붉은 반점이 번지고 피부가 불덩이처럼 뜨거워졌다. 이연화가 다른 둘에게 물었다. "여자 귀신을 보았소?"

그들이 번갈아가며 얘기를 쏟아냈다. "우리 셋이 소청봉 아래 저잣거리를 돌아다니다 밥을 먹고 있는데 이상한 가면을 쓴 여자가 오더니 백운파 제자냐고 묻기에 그렇다고 했지. 그랬더니 대뜸 백운파는 아무 재주도 없는 고름덩어리들이라면서 우리 화를 돋우잖아. 그래서 빼드렁니 형님이 백운파가 무공도 약하고 못생겼지만 세상에서 유일무이한 재주가 있다고 했지…… 우리 백운파의 내공심법이 크게 쓸모는 없지만 열흘 밤낮을 꼬박 자지 않고도 졸지 않고 버틸 수 있거든. 우리 문파 선배님이 옛날에 양상군자로 살 때 터득한 내공인데 이걸 사부님이 전수받았다가 우리 삼형제에게도 전수해주셨어. 아무튼 백운파 제자들이 세상에서 제일 잠이 없다고 했더니 그 여자가 잠을 안 자는 게 무슨 재주냐고 형님을 조롱하더군. 빼드렁니 형님이 말하길, 또 우리 셋이 강호에서 제일가는 문지기들이라고 했지. 어떤 문파든 문을 지키거나 사람을 감시해야 할 땐 우리에게 부탁한다고 말이야. 그랬더니 그 여자가 그럼 문지기 노릇이나 할 것이지 소청봉에는 왜 왔느냐고 하잖아. 그래서 명성이 자자한 사고문이 사람을 감시해달라고 부탁하기에 왔다고 했지. 누구를 감시하러 왔느냐고 묻기에 며칠 전 초자금 대협의 혼례 때 사람을 죽인 강혜하라는 여자를 감시하러 왔다고 했지. 그랬더니 그 여자가 어디 있느냐고 묻더군. 우리가 출출하여 밥을 먹으러 나오느라 그 여자를 꽁꽁 묶어서 사부님 침대 밑에 숨겨놓고 왔으니 얼른 밥만 먹고 갈 거라고 했어. 그 여자가 그걸 듣고 휙 자리를 떴는데 그 순간 여자 소매에서 까만 모기가 몇 마리 날아나와 우리 주변을 맴돌지 뭐야. 우리 셋이 각자 한 마리씩 잡아 죽였더니 온몸에 붉은 자국이 생겼어. 그런데 그 여자가 뒤를 돌아보더니 우리가 충직하고 성실하니 독살해버리는 게 낫겠다고 하잖아. 물론 헛소리라고 생각했지. 사람이 모기에 물린다고 죽으면 개미에 물려도 죽고, 새에 쪼여도 죽고, 벼룩에 물려도 죽겠네? 하하하! 그 여자는 우리가 생전 모기에 물려본 적이 없는 줄 아나봐."

이연화가 고개를 끄덕였다. "세상에 없는 기재奇才들인데 모기가 사람을 물어죽일 수 없다는 걸 모를 리 없지요. 뻐드렁니 형님, 내 말 들리시오?"

흰 거품을 물고 쓰러진 뻐드렁니가 고통스러운 표정으로 고개를 끄덕였다. 주먹코에 눈이 작은 사람의 이름은 고벽高壁이고 개구리눈은 엄탑嚴塔이었다. 세 사람이 일제히 이연화를 보았다. 이연화가 미소를 지으며 손가락으로 뻐드렁니의 가슴에 있는 기문혈, 뒷목의 곡지혈, 발뒤꿈치의 족규음혈, 손가락의 중저혈을 눌렀다. "이제 덜 아프시오?"

뻐드렁니가 고개를 끄덕였다. 이연화가 기이한 온기를 내뿜으며 네 곳의 혈을 누르자 극심하던 통증이 확실히 줄어들었다. 이연화가 빙그레 웃으며 말했다. "세 영웅들 모두 수시로 자기 몸의 이 네 곳을 누르시오. 매일 내식內息*이 이 네 곳을 거치게 하면 제일 좋소. 그러면 서서히 나을 거요."

고벽이 기뻐하며 다가왔다. "일꾼, 나도 눌러줘."

이연화가 그의 혈자리도 눌러주었다. 고벽은 특별한 걸 느끼지 못했지만 옷을 벗으면 이연화가 누른 자리에 선명한 붉은 자국이 생겼다는 것을 볼 수 있었을 테다. 이연화가 손끝에 양주만의 힘을 모아 눌렀으니 보통 사람의 손으로 누른 것과 비교할 수 없었다. 이연화가 차례로 혈을 눌러준 다음 약을 바르거나 먹을 필요는 없다고 하자 세 사람은 가려움이 훨씬 줄어들었다고 기뻐하며 돌아갔다.

"신의라더니 과연 명불허전이군요." 창밖에서 누군가의 웃음기 섞인 목소리가 들렸다. "그 흑진주라는 독이 숱한 목숨을 앗아갔는데 약도 쓰지 않고 손가락 두 개로 치료하다니 과연 신비한 의술입니다."

이연화가 놀라 뒤를 돌아보았다. "아, 과찬이네. 부 군사가 온 것도 모르고 있었다니 미안하군……"

흰옷을 펄럭이며 소탈한 웃음과 함께 방으로 들어오는 사람은 부형양이었다. 그가 낭랑한 음성으로 말했다. "저 엉뚱한 삼형제가 강혜하를 사마옥의 침대 밑에 숨겨두었더군요. 내가 다른 곳으

* 몸 내부에 흐르는 호흡.

로 옮겨놓지 않았으면 각려초에게 빼앗길 뻔했습니다. 저들 몸에 퍼진 독을 해독할 수 없을까봐 걱정했는데 이 선생께서 맹독을 풀어주고 요독심법療毒心法까지 알려주셨군요. 이토록 세심하게 마음 쓰신 걸 저들이 알지 모르겠습니다."

이연화가 부형양을 가만히 응시하다 미소를 지었다. "과연 청년 영웅답군. 뛰어난 지모가 감탄스럽네."

오만방자하기로 유명한 부형양이므로 이런 찬사에 겸손하게 응대한 적은 없었다. "이 선생님, 지금 소청봉에 이백스물여덟 명이 있습니다. 제가 그중 이백스물다섯 명은 손바닥 들여다보듯 훤히 알고 있지만 나머지 세 명에 대해서는 확신이 없습니다."

이연화가 겸허한 투로 물었다. "그 세 명이 누구인가?"

부형양이 이연화를 뚫어져라 쳐다보며 질문과 다른 대답을 했다. "꿰뚫어보지 못한 것이 아니라 '확신이 없다'는 것입니다. 그건 이미 꿰뚫어보긴 했다는 뜻이지요…… 그 세 명은 이연화, 이상이, 그리고 저 자신입니다."

이연화가 놀라며 반문했다. "이상이? 그도 소청봉에 있다고?"

부형양이 고개를 젖혀 우렁차게 웃었다. "그의 시신이 소청봉에 안장되어 있으니 그 역시 소청봉에 있는 셈이지요. 이상이는 젊은 시절 교만하고 거짓말을 제일 싫어했지만 남들이 자신에게 아첨하는 것은 좋아했고, 남에게 모질고 냉담하며 자만심이 하늘을 찔렀다고 들었습니다. 치기어린 나이의 경솔함과 미성숙한 심성 때문이었겠지요. 제가 일 년 동안 이상이의 생전 행적을 연구해보니 그는 결코 굽히지 않는 자존심을 지닌 사람이었습니다. 만약 지금도 살아 있다면 십 년 전과는 비교도 할 수 없을 만큼 큰 성과를 거두었을 겁니다. 다만 그의 행동에 나타난 여러 가지 모순들은 그의 심성이 확립되지 않은 탓이었으므로 저도 감히 판단할 수가 없습니다."

이연화가 쓴웃음을 지었다. "그를 아주 잘 알고 있군."

부형양이 말했다. "이 선생님도…… 저는 죽은 사람이 되살아날 수 있다는 걸 믿지 않는데 죽은 사람을 되살려낸 일로 강호에서 명성이 자자하시지요. 또 근래 들어 강호에서 일어난 여러 건의 은밀한 살인 사건들을 해결하는 과정에 모두 이 선생님이 관련되어 있고요. 그런 분이 소청봉에서 며칠 동안 주무시고만 있다니, 저는 왠지 융중隆中에서 칩거하던 제갈량이 떠오르는군요. 누군가 찾아와 삼고초려하길 기다리고 계신 건 아닌가 해서 말입니다."

누군가 찾아와 삼고초려하길 기다리고 있다고? 이연화가 헛웃음을 웃었다. "실은 요즘 날씨가 좋기도 하고 이 의자에 누워 있으면 무척 편해서……"

부형양이 그의 말허리를 잘랐다. "이 선생님이 깊이 감추고 계신 게 무엇인지 제가 감히 꿰뚫어볼 수가 없습니다."

이연화는 그의 말투에 주의했다. "감히 꿰뚫어볼 수가 없습니다"라고 했지만 그의 말투는 확신에 차 있었다. 상대가 반박할 수 없으리라는 자신감이 넘쳤다. '뭔가를 깊이 감추고 있다는 것', '제갈량처럼 칩거하고 있다는 것', '누군가 찾아와 삼고초려하길 기다린다는 것'을 인정하지 않을 수 없으리라는 확신이었다. 이연화가 한숨을 지었다. "그럼 자기 자신은 어찌하여 꿰뚫어보지 못한다는 말인가?"

부형양이 거리낌없이 말했다. "본래 오만방자한 제가 사고문 백 기원의 우두머리가 되었습니다. 사고문이 날로 창대해진다면 몇 년 뒤에도 강호의 평화를 위해 헌신하겠다는 현재의 초심이 순수하게 유지될지 장담할 수 없습니다."

이연화가 빙그레 웃었다. "적비성처럼 천하를 호령하려고 나설 수도 있단 말인가?"

부형양이 고개를 젓다 갑자기 큰 소리로 웃었다. "저도 모르겠습니다. 그래서 저 자신조차 꿰뚫어볼 수 없다고 한 겁니다…… 하하하하……"

이연화도 그를 따라 방자한 웃음소리를 냈다. "하하하하……"

부형양이 돌연 웃음을 뚝 멈추더니 예리한 눈으로 이연화를 똑바로 응시했다. "이 선생님은 결코 평범한 사람이 아닙니다. 제 눈은 못 속입니다. 사고문 부흥의 본거지인 이 소청봉에서 허튼 행동을 한다면 누구라도 용서치 않을 겁니다. 무슨 꿍꿍이를 품고 있든 간에 사고문의 법도를 조금이라도 거스른다면…… 이 부형양이 가만히 있지 않을 것임을 잊지 마시길 부탁드립니다."

이연화가 고개를 끄덕였다. "알겠네. 알겠네……"

부형양이 소매를 펄럭였다. "또 한 가지, 이 선생님께서 스스로 백락伯樂을 만나지 못한 천리마라고 생각하여 능력을 크게 펼치길 원치 않으신다면, 이 부형양이 선생님의 백락이 되어드리겠습니다. 사고문에는 해야 할 일이 많고 인재 등용이 시급합니다. 이 선생님의 훌륭한 능력을 십분 발휘한다면 강호에 길이 남을 업적을 세울 수 있을 겁니다."

이연화는 그저 고개를 끄덕이며 겸양의 말만 되풀이했다. "고맙네. 고맙지만 내가 어떻게 감히……"

부형양이 피식 웃으며 몸을 돌렸다. "제 얘긴 여기까집니다."

이연화는 기다렸다는 듯 말했다. "살펴 가게. 멀리 안 나가네."

부형양의 멀어지는 뒷모습을 보며 이연화는 긴 한숨을 내쉬었다. 확실히 두뇌가 비상하고 재주 많은 젊은이였다. 그의 추리가 적중하지는 않았지만……

창문에 비껴드는 햇빛이 여전히 다사로웠다. 다시 긴 의자에 몸을 누이자 저절로 졸음이 쏟아졌다. 그는 옆에 있던 『본초강목』을 들어 얼굴을 덮고 늘어지게 하품을 했다.

7. 인간 세상의 고금을 굽어보고 우러러보니, 바다가 마르고 바위가 썩어도 인연은 끊어지지 않고, 가슴 깊은 원한도 황토에 묻히지 않네

강혜하는 부형양에 의해 다른 곳으로 옮겨졌다 곽평천에게 넘겨져 백천원으로 호송됐다. 강혜하를 납치하려던 각려초의 계획은 수포로 돌아갔지만, 사마옥의 집 근방에서 십수 명이 각려초에게 독살당하고 사마옥도 그녀에게 납치됐다. 각려초는 약이 바짝 올라 강혜하 대신 사마옥을 인질로 잡아간다며 초자금과 부형양이 열흘 안에 강혜하를 내놓지 않으면 사마옥을 열 토막 내서 돌려주겠다고 으름장을 놓았다.

강호가 또 한번 들썩였다. 각려초가 어째서 강혜하를 그토록 원하는지 추측이 분분했지만, 부형양은 그저 도발을 위한 핑계일 뿐이라는 걸 알았다. 각려초에겐 강혜하든 사마옥이든 아니면 또다른 아무개든 중요치 않았다. 그저 막 다시 일어선 사고문을 제압하기 위한 수단일 뿐이었다. 게다가 강혜하는 사고문에 감금된 죄인이었다. 그녀가 납치된다면 사고문의 체면이 땅에 떨어질 것이다. 각려초가 강혜하를 놓쳤으니 일단은 부형양의 작은 승리였지만, 각려초가 소청봉을 제집처럼 드나들며 휘젓고 다녔는데도 속절없이 당했으니 사고문의 무능함이 드러난 셈이었다. 그렇게 따지면 둘 중 어느 쪽도 이겼다고 할 수 없었다.

사마옥이 납치되자 부형양이 바빠졌다. 다른 일은 내팽개치고 오로지 교완만에게만 신경을 쏟고 있던 초자금이 며칠 뒤 부형양을 시켜 사마옥을 구출해 오자 모두들 놀랐다. 강호 사람들이 다시 일어선 사고문을 바라보는 눈빛이 달라지자 초자금도 놀랐다.

방다병은 새로운 사고문에 점점 더 열정을 쏟았지만, 이연화는 부형양이 마련해준 '약방'에 두견화 화분을 두 개 가져다놓고 날마다 물을 주고, 산책을 하거나 책을 읽거나 낮잠을 즐기며 한가한 나날을 보냈다.

야하소축에서 혼례가 치러진 지 한 달 남짓 흘렀다.

남편이 세상에 이름을 떨치고 자신을 끔찍하게 위해주자 교완만도 이상이와의 옛일을 점점 잊으며 평온하고 조용한 생활에 익숙해졌다.

나비가 날아다니고 제비가 춤을 추는 어느 오후였다. 무림의 동지 수백 명이 소청봉에 운집해 있었지만 교완만의 평온한 생활은 조금도 방해받지 않았다. 교완만은 목욕재계를 한 뒤 붉은 옷에 머리를 풀어 늘어뜨리고 천천히 걸어 이상이의 무덤으로 갔다. 한 달 넘게 돌보지 않은 무덤에 잡초가 무성했지만 그 사이로 연보라색 꽃들이 우아하고 청초하게 피어 있었다.

내가 결국 당신을 배신했어.

교완만은 무덤 앞에 섰다. 무덤 앞에 설 때마다 두근거리고 흔들리던 마음이 지금은 더 견잡을 수 없이 떨렸다. 그녀는 자신이 이 사랑을 지킬 수 있으리라 생각했다. 일생 동안, 아니, 몇 번의 생이 거듭된다 해도 변치 않을 줄 알았다. 하지만 고작 몇 년 만에…… 그녀는 천천히 고개를 떨구었다. 몇 년? 오 년? 십 년…… 아니, 십 년도 되지 않아 그녀는 변심했다. 초자금과 혼인하기로 결정했을 때 그녀는 자신이 틀림없이 후회하리라 생각했다. 하지만 지금 그녀는 행복하다.

상이, 상이, 난 결국 당신을 배신했어. 당신이 죽지 않았다면, 날 미워하겠지? 그녀는 길고 긴 한숨을 내쉬었다. 그의 성격이라면 원망하고도 남을 것이다. 하늘이 무너지고 땅이 뒤집어질 만큼 탓하고 증오하고, 죽을 때까지 그렇게 원망할 것이다. 어쩌면…… 그녀를 죽이거나 초자금을 죽일지도 모른다……

허나 그는 동해에서 죽었다. 이제는 그가 아무도 죽일 수 없으니, 그를 배신해도 두렵지 않고, 죄를 지어도 불안하지 않다. 그녀는 '친한 벗 이상이의 묘'라고 새겨진 묘비를 뚫어져라 응시했다.

지금의 생활이 행복했지만 가슴 깊숙한 곳에는 아직 떨치지 못한 처량함과 미련이 남아 있었다. 초자금과 혼인한 스스로를 칭찬해 주어야 할까, 벌주어야 할까? 웃어야 할까, 울어야 할까?

그때였다. 이상이의 의관총 뒤 그리 멀지 않은 곳에서 허리를 굽힌 채 수풀 속에서 뭔가를 줍고 있는 사람이 교완만의 눈에 들어왔다. 교완만은 그 사람이 뭘 하고 있는지 몰라 멍하니 쳐다보다 일전에 부형양 무리가 바닥에 꽂아놓은 초를 정리하고 있다는 걸 알았다. 그녀는 조금 놀랐다. 이토록 따뜻한 심성을 가진 사람이 있다니……

이연화는 그날 낮잠을 자고 일어나, 방다병이 볼 때마다 조잡하다고 타박하는 두견화 화분 두 개에 물을 준 뒤 밖에 나가 산책을 했다. 소청봉을 한 바퀴 돌아보던 중 또 '깔끔병'이 도져 바닥에 꽂힌 초들을 눈에 보이는 대로 뽑고 있었다. 초를 그대로 두면 만에 하나 산불이 일어날지도 모르고 꽃과 풀이 자라는 데도 방해가 되었다. "꽃은 다시 피지만 사람의 청춘은 다시 돌아오지 않네. 부귀는 부질없는 것. 편하고 즐거우면 신선이라……" 그는 요즘 제일 유행하는 곡조를 흥얼거리며 흙에서 뽑아낸 초들을 한쪽에 쌓아놓았다. 초를 다 뽑으면 광주리에 담아 한꺼번에 메고 갈 요량이었다.

그를 물끄러미 보고 있던 교완만은 자기도 모르게 심란해졌다. 한참을 듣고 있다 그가 읊조리는 곡조가 〈두아원竇娥冤〉*의 한 구절

* 원나라 때 관한경(關漢卿)이 지은 희곡. 젊은 과부 두아가 시아버지를 죽였다는 누명을 쓰고 처형당한 뒤 한을 품은 망령이 되어 나타나 결백을 호소하고 누명을 벗는다는 내용.

이라는 걸 알았다. 그녀가 아연히 한숨을 내쉰 뒤 이상이의 묘비를 손으로 다독이고 돌아가려는데 무덤 뒤에 있던 사람이 인기척을 느꼈는지 몸을 일으켜 두리번거렸다.

그 순간 교완만의 손가락이 뻿뻿하게 얼어붙으며 그대로 묘비를 붙잡았다. 그녀는 얼굴에서 핏기가 싹 가시고 숨이 가빠졌다. 교완만이 그를 똑바로 쳐다보았다. 그녀는 귀신을 믿지 않았다…… 한 번도 믿은 적이 없었다……

상대방도 놀라 흠칫하더니 이내 옷자락을 툭툭 털며 교완만을 향해 미소를 지었다. 따뜻하고 진심이 담긴 미소였다. 결코 억지 미소가 아니었다.

교완만은 그 자리에서 한참을 우두커니 서 있었다. 비명을 내지르고 싶었다. 혼절해버리고 싶었다. 귀신을 보았다고 생각했다…… 미동도 없이 그를 뚫어져라 보고 있던 그녀의 입술이 달싹이며 두 글자가 새어나왔다. "상이……"

상이……

두 글자 뒤에 그녀는 그 어떤 말도 할 수 없었다. 머릿속이 하얗게 비었다. 만길 낭떠러지로 추락한 것처럼 눈앞이 아득했다. 그 순간 그녀는 십 년 전 죽은 사람이 그가 아니라 자기 자신이라는 착각마저 들었다.

"상이"라는 목소리가 들리자 이상이의 무덤 뒤에 서 있던 사람의 입가가 살짝 말려 올라가 미소가 더 평온해 보였다. 그가 고개를 끄덕였다.

그녀는 더이상 아무 말도 할 수 없었다. 몸이 사시나무처럼 떨려 바닥에 풀썩 주저앉았다. 위아랫니가 부딪혀 딱딱 소리가 났다. 무서워서가 아니었다. 어떻게 해야 할지 몰랐고, 자기 자신을 주체할 수 없어서였다.

그는 다가와 그녀를 부축하지 않았다. 아니, 조금도 가까이 오지 않고 무덤 뒤에 멀찌감치 선 채 평온하고 흐뭇한 미소만 짓고 있었다. 그러다 갑자기 말했다. "그날 바다에 빠졌는데……"

교완만이 마침내 몸을 움찔거리더니 뻣뻣하게 굳은 손으로 머리를 와락 감쌌다. "말하지 않아도 돼!"

그는 말을 멈췄다 잠시 후 다시 입을 열었다. "……적비성의 배 선루에 걸린 덕에 바닷속으로 가라앉지 않았어. 파도에 밀려 뭍으로 올라온 뒤 병든 채로 사 년을 보냈고." 그 사 년 동안 있었던 일은 말하지 않았다. 그는 잠시 후에야 말을 이었다. "사 년이 흐르고 보니 강호는 몰라보게 변했더군. 넌 자금 형님을 따라 고왕蠱王과 일전을 벌이러 묘강에 가고 사고문은 흩어졌고. 난……" 그는 또 말을 멈췄다 한참 만에 미소를 지으며 말했다. "그때 많은 걸 깨달았어."

교완만이 고개를 젓자 눈물이 후드득 떨어졌다. 울려고 한 건 아니었는데 참을 틈도 없이 눈물이 쏟아졌다. 그녀의 이가 계속 맞부딪혔다.

"넌 날 속였어." 그녀가 작은 소리로 말했다. "날 속였어……"

이연화가 고개를 저었다. "이상이는 죽었어. 정말이야. 난 널 속이지 않았어. 그 거만한 놈이……"

그녀의 새된 외침이 그의 말을 가로막았다. "그 거만한 애가! 그래. 그때는 어린애였지! 상이는 철부지 어린애였고, 남의 마음에 못을 박고도 눈 하나 깜짝하지 않았어. 나도 알아. 하지만…… 하지만 난……" 그녀가 황당하고 우습다는 투로 말했다. "하지만 그런 그 사람을 내가 좋아했잖아…… 그런데 어떻게 그 사람이 죽었다고 날 속일 수가 있어…… 어떻게 죽었다고 거짓말을 할 수가 있느냐고……"

"이상이가 십 년 만에 이 무덤에서 되살아날 수 있다고 생각해?" 이연화가 나직이 한숨을 뱉어냈다.

"아이는 결국 자라서 어른이 되지. 상이는……" 교완만은 이상이의 무덤에 기대선 채 이해할 수 없다는 눈빛으로 그를 응시하며 잠긴 목소리로 말했다. "그가 죽었다고 거짓말을 하지 않았다면, 난 자금과 혼인하지 않았을 거야."

이연화가 짧은 한숨을 내뱉었다. "네가 지금 괴로운 건 자금 형님과 혼인해서가 아니야. 자금 형님과 혼인한 게 후회되지 않아서지."

교완만이 멍한 눈동자로 그를 보았다. 그녀의 두 뺨은 어지럽게 흘러내린 눈물 자국으로 엉망이 되어 있었다. 향 한 대가 타고도 남을 만큼의 시간이 흐른 뒤 그녀가 갑자기 웃음을 터뜨렸다. 다친 짐승이 낮게 신음하듯 고통에 겨운 웃음소리였다. "상이 넌…… 그대로구나…… 늘 그렇게…… 말 한마디로 사람을 죽였지……"

이연화가 온화한 표정으로 교완만을 바라보았다. "완만, 우리 둘 다 이제 어린애가 아니야. 네가 자금 형님을 좋아하고 의지하는 건 잘못이 아니야. 그를 사랑하니까 혼인한 거잖아. 안 그래?"

교완만은 그 말에는 대답하지 않고 한참 뒤에야 이렇게 물었다. “내가 미워?”

“미워했었지.” 이연화가 가볍게 웃었다. “몇 년 동안은 세상 모두를 증오했어.”

교완만이 고개를 끄덕였다. 이해할 수 있었다……

“하지만 지금 제일 두려운 건 초자금과 교완만이 백년해로하지 못하는 거야.”

교완만은 한참 뒤에야 고개를 끄덕이다 다시 고개를 힘껏 저었다. “넌 상이가 아니야.”

이연화가 웃었다. “응……”

그녀는 고개를 들어 망연한 눈빛으로 그를 응시하며 말했다. “상이는 그 누구도 용서한 적이 없어.”

이연화가 고개를 끄덕였다. “꽃을 심고 나무를 키운 적도 없지.”

교완만의 입가에 마침내 옅은 미소가 번졌다. “구멍난 옷을 입은 적도 없어.”

이연화도 미소를 지었다. “거의 잠을 자지 않았고.”

얼굴에 흐른 눈물 자국이 채 마르기 전에 교완만은 가벼운 한숨을 내쉬었다. “상이는 언제나 바빠서 잠도 자지 않았고, 항상 누군가에게 원한을 품었지. 돈도 잘 썼어. 남에게 명령할 줄만 알고 이래라저래라 사람을 부렸고…… 하지만 늘 큰일을 해냈지.”

이연화도 한숨을 쉬며 중얼거렸다. “반면 난 가난뱅이에다 조용한 구석에 틀어박혀 잠잘 궁리만 하지. 원수도 없어. 참, 내 방에 있는 두견화 화분에 꽃이 피었어. 보러 갈래?”

교완만이 배시시 웃었다. 그 순간 그녀의 움츠렸던 마음이 탁 트이는 것 같았다. 십 년 동안 가슴에 똬리를 튼 채 그녀를 놓아주지 않던 옛일이 순식간에 사라졌다. 눈앞에 있는 남자는 옛 벗이자 달관자였다.

"보고 싶어."

이연화가 소매를 툭툭 털며 쑥스러운 듯 말했다. "잠깐 기다려."

교완만은 소맷부리로 눈물을 닦고 옷에 묻은 흙을 털다 문득 방금 전 자기 모습이 우스꽝스러웠다는 생각이 들었다. 광주리를 메고 급한 걸음으로 야하소축 뒤뜰의 쓰레기장으로 가는 이연화의 뒷모습을 보며 그녀는 또 웃었다. 사고문의 부흥을 선포하기 위해 심혈을 기울여 꽂아놓은 초들을 이상이가 한나절을 꼬박 걸려 깨끗이 치웠다는 걸 안다면 부형양은 어떤 기분일까? 그런 생각이 끝나기도 전에 이연화가 멀리서 손짓을 해 그녀는 그를 따라갔다.

교완만은 이연화의 방에서 두견화를 한참 동안 바라보았다. 샛노란 꽃잎이 활짝 벌어져 고귀해 보였다. 탐스러운 꽃송이에서 키운 사람의 정성이 느껴졌다. 교완만이 한참을 들여다보다 물었다. "이게 두견화라고?"

이연화가 머뭇거리다 말했다. "방다병이 두견화라고 했어…… 산밑 들판에 가득 피어 있어서 캐 왔는데."

교완만이 가볍게 기침을 하더니 상냥한 투로 말했다. "이건 원추리꽃이야. 농가에서 심어 기르는 거야…… 재배하는 거라고…… 어서 돌려줘."

이연화는 "아" 하고 짧은 탄성을 내뱉고는 보름 넘게 기른 '두견화'를 들여다보았다. 그러고는 쑥스러운 얼굴로 말했다. "어쩐지 두견화치고 꽃송이가 크더라……"

교완만이 "풋!" 하고 참고 참았던 웃음을 터뜨렸다.

두 사람은 '두견화'와 서로를 번갈아보며 웃었다. 그때 이연화의 방에서 멀지 않은 나무 위에 서서 두 사람을 지켜보는 이가 있었다. 금테를 두른 자줏빛 도포 차림에 키가 크고 어깨가 떡 벌어졌지만 얼굴은 핏기 하나 없이 창백했다. 무슨 생각에 잠겼는지 그는 창문 너머로 보이는 두 사람에게서 시선을 떼지 못하고 있었다.

방안에서 이연화가 자신이 기른 원추리를 보고 있다 갑자기 진지하게 물었다. "원추리꽃이 피었으니 머지않아 쌀쌀해지겠어. 산속이라 겨울에 춥지 않아?"

교완만이 놀란 듯 되물었다. "춥지 않느냐고?"

이연화가 고개를 끄덕였다. "눈도 내려?"

교완만도 고개를 끄덕였다. "물론이지."

이연화가 어깨를 움츠렸다. "추운 거 싫은데."

교완만이 웃었다. "상이는 추위를 두려워하지 않았어."

이연화가 한숨을 쉬었다. "난 추위도 두렵고, 죽음도 두려워."

8. 상사나무는 세월 흐르니 까닭 없이 서풍에 스러지네

또 며칠이 지났다.

요즘 방다병은 부형양과 바둑을 두며 시간을 보냈다. 소년광 부형양이 사고문의 복잡한 일들을 처리하는 데 뛰어난 능력을 발휘했지만 바둑 실력은 영 변변치 않아 방다병은 그와 바둑 두는 게 무척 재미있었다. 승부욕이 강한 부형양은 질수록 오기가 생겨 계속 더 두자고 했고 며칠 새 수백 번을 지고도 좀처럼 패배를 인정하지 않았다.

이날 방다병은 내리 세 판을 이기고 난 뒤 문득 요즘 뭔가 이상하다는 생각이 들었다. 그러고 보니…… 요 며칠 이연화가 환한 대낮에도 보이지 않고, 한가로운 저녁에도 보이지 않고, 밥 먹는 시간에조차 코빼기도 보이지 않았다! 설마 이 자식이 또 내뺐나?

"이연화?" 방다병은 이연화의 약방 문을 발로 꽝 차서 열었다. 방안 탁자와 의자에 서책들이 가지런히 놓여 있고, 창틀은 먼지 하나 없이 말끔히 닦여 있었으며, 창에는 새 창호지가 발라져 있었다. 한 귀퉁이에는 빈 화분 두 개가 나란히 놓여 있었다.

"이연화?" 방다병이 약방 안으로 들어가 두리번거리다 탁자 위에 문진으로 눌러놓은 종이를 집어들었다. "이놈은 '나 간다'라는 세 글자도 쓸 줄 모르나……"

방다병이 방안을 둘러보며 내 이럴 줄 알았다고 생각했다. 언제 떠났는지 모르지만 이연화가 또 훌쩍 떠나버린 것이다. 그런데 종이를 들여다보던 그의 눈이 번쩍 뜨였다. 종이 위에 '나 간다'라는 세 글자 대신 깨알같이 작은 글씨가 빽빽하게 적혀 있었다. 이연화가 떠나며 장문의 편지를 남긴 건 정말이지 예상 밖이었다.

'화피, 화피, 화피, 화피, 화피……' 종이에 깨알같이 빽빽하게 써놓은 글씨는 전부 '화피'라는 두 글자뿐이었다. 환한 대낮인데도 방다병은 순간 오싹한 공포를 느끼며 소름이 등줄기를 타고 온몸으로 퍼졌다. 얼어죽을 이연화가 실성을 했나? 떠나려면 그냥 떠날 것이지 이런 건 뭣하러 써놓았단 말인가……

어쨌든 사고문의 부흥이라는 대업도 얼어죽을 이연화를 붙잡을 수는 없었다. 그는 이번에도 역시 훌쩍 떠나버렸다. 방다병은 '화피'를 손에 든 채 이유를 알 수 없는 섬뜩함을 느꼈다. 그날 침대에서 이불을 끌어안고 웅크려 있던 이연화의 망연한 눈동자가 생각났다. 마치 속이 텅 비어버린 이연화의 몸속으로 인간 세상을 잘 모르는 악귀가 들어가 이연화의 눈을 통해 눈앞의 세상을 구경하는 것 같았다.

얼어죽을 이연화에게 비밀이 있는 게 분명했다. '화피'가 빼곡히 적힌 종이를 품에 넣으며 방다병이 떠올린 사람은 부형양이 아닌 초자금이었다. 방다병은 곧장 초자금을 찾아갔다.

이연화가 떠났다는 얘기를 듣고도 초자금은 별로 놀라지 않았지만 '화피'라는 두 글자가 수없이 적힌 종이를 보고는 놀란 기색이었다. 하지만 곧 담담한 어조로 말했다. "각려초가 연마한 내공심법이 바로 '화피'요. 각려초가 중생을 사로잡을 수 있는 것도 그녀가 수련한 이 악독한 미공媚功* 때문이오. 정력定力이 부족한 사람은 그녀의 유혹에 저항하기가 힘들지. '화피요공畫皮妖功'을 깊이 연마할수록 외모가 아름다워지지만 또 그만큼 더 잔인해지고 살인을 즐기게 되오. 그래서 보통 사람은 상상하기도 힘든 일을 저지르는

* 남자를 유혹하는 수법.

것이지."

방다병이 의아한 표정으로 물었다. "각려초가 화피를 연마했다는 걸 이연화가 어떻게 알았을까요?"

초자금은 방다병을 흘긋 보더니 말없이 깊은 한숨만 내뱉었다. 이상이는 각려초의 미공에 넘어가지 않은 첫번째 남자였다. 그러므로 각려초가 화피를 연마했다는 걸 누구보다 잘 알고 있었다. 이상이의 절세무공…… 하지만 초자금은 끝내 말하지 않았다. 이 빼곡히 적힌 '화피'라는 글자들이 그에게도 심상치 않은 예감을 주었다. 뭔가 알 수 없는 불길한 예감을……

길상문연화루의 주인 이연화가 작별인사도 없이 소청봉을 떠난 건 사고문에서 그리 큰 사건이 아니었다. 부형양은 그 소식을 듣고 놀라기는 했지만, 이연화가 했던 일들이 대부분 사고문에 해를 끼쳤던 것을 생각하며 자신에게 간파당한 그가 은밀한 계획이 성사되기 힘들 듯하자 조용히 떠난 거라고 짐작했다. 그러면서 자신의 예리함과 과감함에 우쭐해했다.

소청봉에서 멀리 떨어진 이주離州 소원진小遠鎭.

언제인지 모르지만 소원진의 난장강亂葬崗*에 정교한 무늬가 조각된 이층짜리 목조 누각이 나타났다. 두 달 전까지만 해도 들개에 파헤쳐진 백골과 굶어죽은 들개 사체 외에는 아무것도 없던 곳이었다. 그런데 얼마 전 조상의 무덤을 보수하러 난장강에 다녀온 장

* 무덤을 따로 만들지 못한 시신들을 매장하는 공동묘지.

삼단張三蛋이 말하기를, 어떤 사람이 난장강에 집을 지었는데 바로 '구멍' 위라며 미치광이가 틀림없다는 것이었다. 그 소문이 퍼지자 소원진 사람들이 너도나도 조상 무덤을 보수한다는 핑계로 난장강으로 몰려들었다. 사람들은 번듯하고 화려한 누각 주위를 몇 바퀴 돌고 손으로 만져보고 진짜 누각이라는 걸 확인한 뒤 마을로 돌아가 이러쿵저러쿵 떠들어댔다. 우리 난장강의 '구멍'이 얼마나 특별한지 모르는 걸 보니 집주인은 타지 사람이 틀림없다고 말이다.

소원진의 난장강에는 '구멍'이라고 불리는 곳이 있었다. 그건 정말 구멍이었다. 사람 머리통만한 둥근 구멍인데 밑바닥이 어딘지 알 수 없을 만큼 깊었다. 낮에 보면 특별할 것 없는 흔한 구멍이어서, 난장강 곳곳에 들개들이 파헤쳐놓은 구멍들과 다를 게 없어 보였다. 하지만 밤만 되면 이 구멍에서 귀신 흐느끼는 소리, 늑대 우는 소리 같은 괴성과 함께 하얀 연기가 피어올랐다. 가끔은 밤길을 지나다 구멍에서 어스름한 빛이 새어나오는 걸 보았다는 사람들도 있었다. 대낮에도 구멍 주위에서 이상한 것들이 발견되기도 했다. 동전이나 옛날 돈을 주운 사람도 있고, 다 떨어진 옷이나 기이하게 생긴 작은 옥그릇을 본 사람도 있었다. 제일 섬뜩한 건 어느해 여름에 이 구멍을 중심으로 반경 스무 길 안에 있는 잡초가 까닭 없이 전부 말라죽고 벌레와 새들이 사라진 사건이었다. 그뿐 아니라 들개 십수 마리와 밤길을 지나던 나그네 두 사람이 구멍 옆에서 죽은 채 발견됐다. 마치 순식간에 구멍에서 솟구쳐나온 괴물에게 붙잡혀 도망칠 겨를도 없이 숨통이 끊어진 것처럼 보였다.

그 목조 누각이 구멍 위에 우뚝 나타난 뒤에도 매일 밤 귀신 흐느끼는 소리와 늑대 우는 소리가 멈추지 않았지만 누각은 그 자리를 떠나지 않고 멀쩡히 버텼다. 구멍만큼이나 희한한 누각이었다. 집주인이 귀신 따위는 믿지 않는 대단한 담력의 소유자인 모양이었다. 그렇지 않고서야 굳이 그 구멍 위에서 먹고 자고 싸다니!

사람들의 호기심은 나날이 커져만 갔다. 소원진에 사는 백스물여덟 명이 수시로 기웃거리며 엿본 결과, 그 누각에 사는 사람은 가난한 서생인데 온종일 집안에서 책을 읽거나 가부좌를 틀고 앉아 좌선을 했고, 하루 세끼 밥은 마을에 와서 먹었지만 누구와도 말을 섞지 않고 『시경』 『논어』 같은 책에 코를 박고 중얼거리며 밥을 먹었다. 그 가난한 서생은 날이 완전히 저물기도 전에 잠자리에 들었는데 코 고는 소리가 구멍에서 나오는 소리와 우열을 가리기 힘들 정도로 우렁찼다. 자기 집 밑바닥에서 나는 이상한 소리에 조금도 아랑곳하지 않는 듯했다. 그도 그럴 것이 매일 그렇게 일찍 잠들었다 다음날 해가 중천에 뜰 때쯤에야 일어났다. 그러므로 그의 생활은 안락하고 평온했다. 단지 작은 흠이 있다면 주변 경관이 덜 수려하다는 것 정도일까.

어느 날 소원진에 낯선 타지인이 또 나타났다. 소매를 기운 회색 유삼 차림에 크지도 작지도 않은 키, 다소 마른 듯한 체구에 점잖고 온화한 인상이었으며 말씨가 몹시 부드러웠다. 그가 소원진에 와서 처음 한 일은 잡화전에서 빗자루 두 개와 말린 수세미 한 줄, 조협* 반 근, 만두 두 개를 산 것이었다. 그는 그것들을 들고 느

* 조각자나무의 열매. 비누가 없던 옛날 이 열매를 끓인 물로 빨래를 했다.

릿느릿 걸어 난장강으로 향했다. 마을 사람들은 그를 보며 생각했다. 저 젊은이의 조상이 우리 마을 난장강에 묻혀 있나? 무덤에 절을 하러 왔나? 청명절은 이미 한참이나 지났는데……

길상문연화루를 난장강으로 옮겨놓고 그 집에서 편하게 먹고 자고 한 사람은 물론 시문절이었다. 그는 길상문연화루를 끌고 시끌벅적한 양주揚州를 떠나 소원진의 난장강 한가운데다 떡하니 옮겨다놓고는 이연화에게 편지를 보냈다. 과거를 보러 상경해야 할 때가 다가오고 있으니 어서 돌아오지 않으면 이 귀한 누각을 난장강에 버려두고 떠나겠다는 것이었다.

"학이시습지學而時習之면 불역열호不亦說乎아." 시문절이 고개를 흔들며 책장이 너덜너덜해진 『논어』를 읽고 있을 때 문 두드리는 소리가 '똑, 똑, 똑' 세 번 들렸다. 시문절은 속으로 환호하며 길게 읊조렸다. "유붕有朋이 자원방래自遠方來면 불역락호不亦樂乎아……" 그러고는 벌떡 일어나 문을 열자 갑자기 눈앞이 깜깜해지며 한쪽 어깨에 뭔가가 툭 떨어졌다. 문밖에 서 있던 사람이 문이 열리자마자 그에게로 푹 고꾸라진 것이었다. 그와 동시에 그 사람이 들고 있던 물건들이 와그르르 쏟아졌다. 시문절은 빗자루, 걸레, 만두가 바닥에 나뒹구는 걸 보고 당황하며 자기 품으로 쓰러진 사람을 밀어 일으켜세웠다. "사기꾼?"

이연화는 눈도 뜨지 못하고 시문절에게 떠밀려 문 쪽으로 뒷걸음치더니 흐느적거리며 문에 등을 기대고 주르륵 미끄러졌다. 시문절이 황급히 손에 들고 있던 『논어』를 바닥에 내던지고 두 손으로 이연화의 가슴에 있는 대혈을 눌렀다. "사기꾼! 이봐, 사기꾼!"

가슴을 대여섯 번 세게 누르자 혼절했던 이연화가 숨을 한꺼번에 토해냈다. "밥 좀 줘."

시문절은 어리둥절해서 그의 가슴을 누르고 있는 손을 뗄 생각도 하지 못했다.

이연화가 눈을 뜨고 몸을 일으키며 계면쩍은 표정으로 물었다. "밥 남은 거 있어?"

시문절은 눈을 휘둥그렇게 뜨고 이연화의 얼굴을 가리켰다. "너, 너, 너……"

이연화는 몹시 쑥스러운 표정을 지었다. "너무 배가 고파서……"

시문절은 웃을 수도 울 수도 없었다. 이연화가 탄식했다. "어찌나 배가 고픈지 다리에 힘이 다 풀렸네."

시문절은 그제야 킬킬 웃었다. "이 집에는 쌀도 없고 아궁이도 없잖아. 그런데 밥이 있겠어? 네가 굶어죽으면 차라리 난 편해. 이 낡아빠진 집과 함께 난장강에 버려두고 가면 그만이니까."

이연화는 천천히 몸을 일으켰다. "친구를 잘못 사귄 내 불찰이지……" 그러고는 집안을 쓰윽 둘러보았다. "뜬금없이 집은 왜 이런 데다 옮겨놓은 거야?"

"원래는 과거 시험장 앞에다 옮겨놓으려 했어. 그러면 매일 공부하기도 좋잖아. 그런데 집을 끌던 소들이 여길 지나다 갑자기 죽어버렸지 뭐야? 그러니 어쩌겠어. 오도 가도 못하고 여기 자리를 잡을 수밖에."

이연화가 주위에 들쭉날쭉 뒤엉켜 있는 묘비, 패방, 무덤, 잡초, 백골과 바람에 흩날리는 흙먼지를 보며 중얼거렸다. "풍수가 안

좋긴 하군……"

그날 오후 시문절은 과거를 보러 떠났다. 삼 년 전에도 과거를 보러 상경한 적이 있지만 성적이 어땠는지는 아무도 모른다. 그저 도읍에서 도춘풍度春風이라는 기생 때문에 한바탕 소란을 벌이는 바람에 하마터면 포화이청천에게 체포되어 감옥에 갈 뻔했다는 소문만 들었다. 올해는 과연 장원에 오를 수 있을까?

길상문연화루는 시문절이 어지럽혀놓은 종잇조각, 손자국, 먼지, 머리카락, 찻잎, 털 빠진 붓 등으로 엉망진창이었다. 이연화는 오후 내내 길상문연화루를 깨끗이 쓸고 닦느라 술시가 되어서야 겨우 숨을 돌릴 수 있었다.

어느새 밝은 달이 높이 떠올랐다. 별이 성글어 달이 유난히 더 밝아 보였다. 이연화는 길상문연화루의 위층 창가에 홀로 앉아 찻주전자에 녹차를 우려냈다. "밝은 달을 향해 술잔을 들어 권하니 그림자까지 더해 셋이 되었구나"*라는 시구처럼 달빛 아래에 찻주전자 하나, 찻잔 하나, 사람 하나가 앉아 있었다.

몇 년 전까지만 해도 처량하고 외로웠다. 가끔은 머릿속을 비집고 떠오르는 옛 생각을 억지로 떨쳐내곤 했다.

하지만 이젠 달라졌다.

그가 검술을 연마하고 시를 쓰던 시절에 이런 시를 읊조린 적이 있다. "백년을 시들어 있던 인생꽃. 즉흥시 속에서 기꺼운 눈빛 되어 수없이 흩어져내리네." 인생이 정말 한 송이 꽃이라면, 그의 꽃

---

* 이백의 시 「월하독작(月下獨酌)」 중 일부.

이 피었다가 시들었는지, 지금 활짝 피어 있는지, 아무도 알 수 없다. 그저 오래전 이상이를 알았던 사람들이 안타까워하는 것이겠지?

선선한 사람이 불어와 잠깐 동했던 시흥이 흩어지고, 찻잔에서 모락모락 피어오른 김도 어둠 속에서 표표히 흩어졌다. 비록 창밖에는 백골이 나뒹굴고 있지만, 살아 있는 사람의 시시비비를 따지지 않는 선한 손님이었다. 이연화는 천천히 잔을 들어 차를 마셨다. 곁들여 먹는 간식도 없어 탁자 위가 휑했다. 가끔씩 그가 손톱으로 탁자 가장자리를 가볍게 튕기며 흥얼거렸다. "의술은 짐작으로, 처방은 본초에 따라. 죽은 사람 못 살리고, 산 사람은 치료하다 죽이네…… 이 몸은 노盧가입니다. 사람들이 훌륭한 의원이라며 새노의賽盧醫라고 부릅니다. 이 산양현山陽縣 남문에서 약방을 열고 있습죠……" 조금 있다 또 이어서 흥얼거렸다. "이 몸은 성은 두이고 어릴 적 이름은 단운端雲입니다. 조상은 초주楚州 사람입니다. 저는 세 살 때 어머니를 여의고 일곱 살에 아버지와 헤어졌습니다. 아버지는 저를 채蔡씨 노파에게 며느리로 주었고 그후 이름이 두아로 바뀌었습니다. 열일곱에 결혼했지만 불행하게도 남편은 죽었고 벌써 삼 년 세월이 흘러 저는 스무 살이 되었습니다. 남문 밖에 새노의라는 사람이 있는데 우리 시어머니에게 은자를 빌렸습니다. 원금에 이자를 합쳐 스무 냥이 되어 여러 번 독촉했지만 갚지 않는 터라 오늘은 시어머니가 직접 받으러 가셨답니다. 두아야, 네 운명이 참으로 기구하구나……" 요즘 제일 유행하는 〈두아원〉이었다. 이연화도 오는 길에 몇 번이나 구경했는데 배우들의 목청이 좋아 여러 번 보아도 재미있었다.

밝은 달빛 아래에서 차를 마시며 혼자 노래를 흥얼거리던 이연화는 문득 등뒤로 서늘한 바람이 한줄기 스치는 걸 느꼈다. 고개를 뒤로 돌리는 순간 열린 문이 미처 보이기도 전에 갑자기 바닥에서 괴성이 터져나오며 광풍이 일었다. 귀신의 흐느낌 같기도 하고, 늑대 우는 소리 같기도 하고, 처절한 비명 같기도 하고, 서러운 울음소리 같기도 한 괴성이 연화루 밑바닥에서 솟구쳐올라 누각의 계단을 타고 모든 구석으로 퍼져나갔다.

이연화는 열린 문을 똑바로 쳐다보았다. 문 앞에 검은 그림자가 있었다…… 아무리 눈을 씻고 보아도 그게 무엇인지 똑똑히 보이지 않았다…… 밑바닥에서 올라오는 괴성이 점점 더 처량하게 울렸다. 방안에서 숨을 수 있는 곳이라면 어디든 파고들어 울리는 것 같았다.

지금껏 살아오며 숱한 어려움을 겪고 이루 말할 수 없는 고통을 경험했으며 보통 사람은 상상할 수도 없는 기이한 일들을 수차례 목격한 이연화였다. 지독하게 증오도 해보고, 분노도 원망도 해보았지만 뭔가를 무서워해본 적은 없었다…… 그런데 이 달빛 비추는 난장강에서 그의 가슴이 철렁 내려앉으며 온몸에 식은땀이 흐르고 자기도 모르게 몸이 덜덜 떨렸다. 괴성의 정체는 거센 바람이 좁은 틈을 휘젓고 지나가는 소리였다. 그걸 알았지만 극심한 공포를 억누를 수 없었다. 게다가 문 앞의 검은 그림자는 무엇인가?

그는 문 앞에 나타난 몽롱한 그림자를 한참 동안 노려보았다. 그리고 괴성이 조금씩 잦아들 때쯤 그 물체에 그림자가 없다는 걸 알았다…… 그럼 뭘까? 귀신? 세상에 정말 귀신이 있단 말인가? 이연화가 가까스로 눈을 깜빡이자 별안간 그 물체가 사라졌다. 시선을 창밖으로 옮기니 이번에는 그곳에 그 물체가 나타났다. 방금 전과 똑같은 형체였다. 다만 그게 뭔지는 여전히 알 수 없었다.

그 물체는 공중에 떠 있었다……

이연화는 눈을 감았다 뜨고, 또 감았다 떴다. 어디를 보든 그의 시선이 닿는 곳에 그것이 있었다. 괴성은 멎었지만 그를 무너뜨릴 듯한 극도의 공포감은 점점 강렬해졌다. 사방이 고요해졌으나 이 순간은 그 고요가 섬뜩하리만치 무서웠다. 이곳은 난장강이었다…… 이연화는 속으로 스스로를 비웃었다. 그가 언제 무덤을 무서워한 적이 있던가. 무덤보다 수백 배 무서운 것도 보았던 그였다. 하지만 이곳이 난장강이라는 걸 떠올리자 전신이 뻣뻣하게 굳은 채 덜덜 떨려 도망은커녕 손가락 하나 까딱할 수 없었다.

정상이 아니다.

이래서는 안 된다.

뼛속까지 시린 밤바람을 맞은 이연화는 문득 깨달았다. 그 검은 그림자는 실제로 존재하지 않는다는 것을. 그건 문 앞에 있는 것도 아니고, 창밖에 있는 것도 아니었다. 그 어디에도 없었다. 그건 그의 눈 속에 있었다…… 그건 그의 환각이었다.

공포의 반응은 한 시진이 지나서야 서서히 사라졌다. 그의 얼굴에 다시 웃음이 번졌다. 사실 괴성 따위에 넋이 나가도록 놀란 게 아니었다. 실은…… 적비성에게 일격을 당한 후유증이 드디어 나타나기 시작한 것이었다.

고개를 들어 차갑게 식어버린 차를 한 모금 마셨다. 아직 두려움이 다 가시지 않았지만 돌연 담대한 기세를 되찾아 찻잔 바닥으로 탁자를 두드리며 길게 읊조렸다. "장강이 동쪽으로 흐르며 세찬 물결로 천고의 영웅호걸을 다 쓸어가버렸네. 옛 보루의 서쪽을 사람들은 삼국시대 주유의 적벽이라 하네. 바위는 구름을 뚫을 듯 우뚝우뚝 솟아 있고, 놀란 물결은 강기슭에 부딪히며 천 개의 눈더미 같은 물보라를 휘감아 올리네. 그림 같은 이 강산에 한때 호걸이 얼마나 많았던가. 아득히 주유의 그때를 생각하니 소교小喬와 갓 혼인하여 영웅처럼 늠름한 자태 빛났으리. 깃털 부채 들고 비단 두건 쓰고 담소하는 사이 적의 배는 불에 타 재가 되어 사라졌네……"*

읊조림이 뚝 멎었다. 잠시 후 이연화가 탄식하며 중얼거렸다. "아아, 그때를 생각하니…… 영웅처럼 늠름한 자태 빛났으리…… 담소하는 사이 적의 배는 불에 타 재가 되어 사라졌네…… 아……" 이연화는 이내 면목 없는 표정으로 탁자를 두들기던 찻잔 바닥을 향해 사과하듯 말했다. "내가 널 아프게 했구나. 미안하다."

기나긴 밤, 이상하리만치 밝은 달빛이 길상문연화루 안을 환히 비추고 그 은백색 광채가 사방 벽에 조각된 정교한 문양을 따라 흘렀다. 도깨비불이 떠다니는 난장강 위에 연꽃이 송이송이 만개한 누각이 우뚝 서 있었다. 멀리서 보면 뭉게뭉게 피어오른 상서로운 구름인지, 흩어지지 않는 음산한 기운인지, 신선이 사는 곳인지,

* 소동파의 시 「염노교(念奴嬌)·적벽회고(赤壁懷古)」

귀신이 사는 곳인지 분간할 수 없었다.

(중권에 계속)

吉祥紋蓮花樓

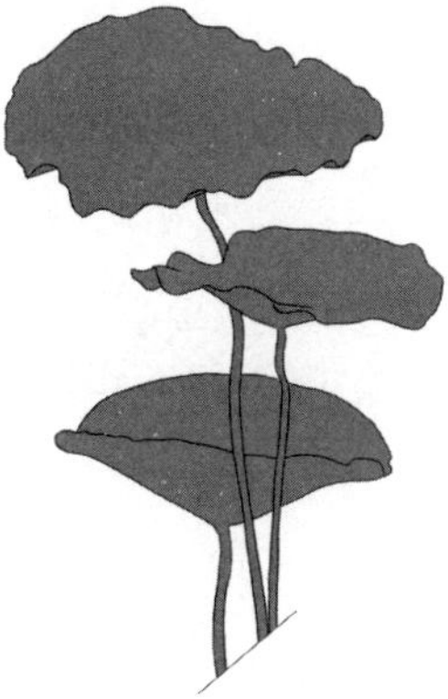

옮긴이 **허유영**
한국외국어대학교 중국어과와 동 대학교 통번역대학원 한중과를 졸업했으며 현재 전문 번역가로 활동하고 있다. 지은 책으로 『가장 쉽게 쓰는 중국어 일기장』이 있으며, 옮긴 책으로 『팡쓰치의 첫사랑 낙원』 『햇빛 어른거리는 길 위의 코끼리』 『원스 어폰 어 타임 인 홍콩』 『삼체』(2, 3권) 『적의 벚꽃』 등이 있다.

문학동네 세계문학
길상문연화루 上

초판 인쇄 2022년 2월 16일 | 초판 발행 2022년 2월 25일

지은이 텅핑 | 옮긴이 허유영
기획 · 책임편집 박인숙 | 편집 이원주 고선향 이현자
디자인 고은이 이주영 | 저작권 박지영 이영은 김하림
마케팅 정민호 이숙재 박보람 한민아 김혜연 이가을 안남영 김수현 정경주 이소정
브랜딩 함유지 함근아 김희숙 정승민
제작 강신은 김동욱 임현식 | 제작처 한영문화사

펴낸곳 (주)문학동네 | 펴낸이 김소영
출판등록 1993년 10월 22일 제2003-000045호
주소 10881 경기도 파주시 회동길 210
전자우편 editor@munhak.com | 대표전화 031) 955-8888 | 팩스 031) 955-8855
문의전화 031) 955-8895(마케팅) 031) 955-2699(편집)
문학동네카페 http://cafe.naver.com/mhdn | 트위터 @munhakdongne
북클럽문학동네 http://bookclubmunhak.com

ISBN 978-89-546-8513-9 04820
978-89-546-8512-2 (세트)

잘못된 책은 구입하신 서점에서 교환해드립니다.
기타 교환 문의 031) 955-2661, 3580

www.munhak.com